Zu diesem Buch

Von Isabella Milborne, der Königin der Saison, schnöde abgewiesen, heiratet der junge Salonlöwe und Springinsfeld Lord Sheringham – halb aus Trotz, halb aus Mitleid – Hero Wantage, eine mittellose, aber grazile und amüsante Waise. Hero, spöttisch «Das Kätzchen» genannt, entpuppt sich im Ehestand als ein ausgepichtes enfant terrible, das den verschwenderischen Leichtfuß Lord «Sherry» schließlich zu einem verliebten und treuergebenen Gatten domestiziert. Turbulente Verwicklungen, kapriziöse Skandälchen und ein spritziges Happy-End inmitten der britischen High Society zu Beginn des 19. Jahrhunderts – ein Wirbel von leichtsinnigen jungen Leuten, die vor allem damit beschäftigt sind, ihr ererbtes Vermögen auf möglichst amüsante Art durchzubringen. Feudale Bälle, Spielsalons, Gala-Dinners, mondäne Kurorte und Boudoirs sind Schauplätze des kurzweiligen Müßiggangs.

Eine lockere, spritzige Story, mit routiniertem Charme und spöttischem Esprit serviert.

Die Engländerin Georgette Heyer schrieb mit siebzehn Jahren ihren ersten Roman, der zwei Jahre später, 1921, veröffentlicht wurde. Seit dieser Zeit hat sie eine lange Reihe unterhaltender historischer Romane verfaßt, die weit über die Grenzen Englands hinaus Widerhall fanden. Ihre Bücher erreichten Auflagen von mehreren Millionen. 1925 heiratete Georgette Heyer und ging mit ihrem Mann nach Ostafrika. Dort lebte sie bis 1928 und reiste dann für ein Jahr nach Jugoslawien. Heute lebt sie in London. Zu ihren bekanntesten Werken gehören die Romane «Die bezaubernde Arabella» (rororo Nr. 357; unter der Regie Axel von Ambessers mit Johanna von Koczian und Josef Meinrad verfilmt), «Die Vernunftehe» (rororo Nr. 477), «Die drei Ehen der Grand Sophy» (rororo Nr. 531), «Geliebte Hasardeurin» (rororo Nr. 569), «Der Page und die Herzogin» (rororo Nr. 643/644), «Die spanische Braut» (rororo Nr. 698/699), «Venetia und der Wüstling» (rororo Nr. 728), «Penelope und der Dandy» (rororo Nr. 736), «Die widerspenstige Witwe» (rororo Nr. 757), «Frühlingsluft» (rororo Nr. 790), «April Lady» (rororo Nr. 854), «Falsches Spiel» (rororo Nr. 881/882), «Serena und das Ungeheuer» (rororo Nr. 892/893), «Ehevertrag» (rororo Nr. 949), «Liebe unverzollt» (rororo Nr. 979/980), «Barbara und die Schlacht von Waterloo» (rororo Nr. 1003/1004), «Der schweigsame Gentleman» (rororo Nr. 1053), «Heiratsmarkt» (rororo Nr. 1104), «Die galante Entführung» (rororo Nr. 1170), «Die Jungfernfalle» (rororo Nr. 1289), «Brautjagd» (rororo Nr. 1370) und «Verlobung zu dritt» (rororo Nr. 1416).

Gesamtauflage der Werke von Georgette Heyer in den rororo-Taschenbüchern: Über 2,6 Millionen Exemplare.

Georgette Heyer

Lord «Sherry»

Roman

Rowohlt

Titel der Originalausgabe «Friday's Child»
Berechtigte Übertragung aus dem Englischen von Pia von Hartungen
Umschlagentwurf Eva Kausche-Kongsbak

1.–35. Tausend	Januar 1967
36.–50. Tausend	September 1967
51.–65. Tausend	Januar 1969
66.–78. Tausend	Juli 1970
79.–93. Tausend	September 1971

Ungekürzte Ausgabe
Veröffentlicht im Rowohlt Taschenbuch Verlag GmbH,
Reinbek bei Hamburg, Januar 1967

Gesetzt aus der Linotype-Aldus-Buchschrift
und der Palatino (D. Stempel AG)
Gesamtherstellung Clausen & Bosse, Leck/Schleswig
Printed in Germany
ISBN 3 499 10910 7

1

«Oh, schweigt, Mylord, ich bitte Euch», sagte Miss Milborne in beschwörendem Ton, wobei sie ihr liebliches Antlitz etwas zur Seite neigte und beide Hände über dem Busen kreuzte.

Ihr Besuch, ein hochgewachsener junger Gentleman, der sich romantischerweise vor ihrem Stuhl auf ein Knie niedergelassen hatte, schien durch ihre gestammelte Bitte völlig aus der Fassung zu geraten.

«Verdammt, Isabella – ich meine, verwünscht –» verbesserte er sich ein wenig ungeduldig, als die junge Dame ihre braunen Augen vorwurfsvoll auf ihn richtete; dann wendete er ein: «– ich habe doch noch gar nicht begonnen!»

«Ach, bitte, tut es nicht.»

«Ich habe aber die Absicht, um deine Hand anzuhalten», sagte der Viscount mit weit mehr als bloß einem Anflug von Strenge.

«Ich ahnte es», erwiderte die junge Dame. «Doch es ist völlig aussichtslos. Oh, schweigt, Mylord, ich bitte Euch.»

Der Viscount erhob sich aufs äußerste gekränkt von seinem Knie. «Ich muß sagen, Isabella, du hättest mich wenigstens zu Wort kommen lassen sollen!» rief er ärgerlich.

«Mylord, den Kummer wollt ich Euch ersparen.»

«Ich wäre dir dankbar, wenn du endlich aufhören würdest, in dieser verdammt theatralischen Weise mit mir zu sprechen», sagte der Viscount, «und hör endlich auf, zu mir ‹Mylord› zu sagen, als hättest du mich nicht dein ganzes Leben lang gekannt.»

Miss Milborne errötete und wurde womöglich noch etwas förmlicher. Da ihre Besitzungen aneinandergrenzten, war es vollkommen richtig, daß sie den Viscount zeitlebens gekannt hatte. Durch ihre blendende Karriere als anerkannte Beauté, der die Hälfte aller heiratsfähigen Jungen Männer Londons zu Füßen lag, war sie aber an ein bei weitem ehrerbietigeres Benehmen gewöhnt als jenes, das der Spielgefährte ihrer Kindheit an den Tag legte. Etwas erzürnt, sah sie kühl aus dem Fenster, während ihr Freier einige Male hastig durch das Zimmer schritt.

Die Aussicht auf saubere Rasenflächen, reich besetzte Blumenbeete und gestutzte Hecken war wohl lieblich, aber Miss Milborne hielt sich durchaus nicht aus Liebe zu der herrlichen waldreichen Umgebung auf dem Lande auf.

Sie hatte sich vor einigen Wochen aus der Hauptstadt zurückziehen müssen, weil sie sich an einer abscheulichen Kinderkrankheit angesteckt hatte, die sie zwang, in einem Moment den Augen der vornehmen Welt zu entschwinden, in dem es ihr von niemandem übelgenommen worden wäre, hätte sie sich, wenn schon nicht als ihren Mittelpunkt, so doch als ihren Hauptanziehungspunkt betrachtet. Ihre Mama war, was die Lächerlichkeit ihrer Erkrankung anbelangte, ebenso vernünftig wie sie selbst und hatte das Gerücht verbreitet, daß Isabella durch die Anforderungen des gesellschaftlichen Lebens völlig erschöpft sei. Sie hatte sie in einer vierspännigen Kutsche eiligst nach Kent gebracht, wo sie sich in angemessener Weise in einem bequemen Herrenhaus vor den Verfolgungen der *jeunesse dorée* verbergen konnte und in völliger Abgeschiedenheit nicht nur Gelegenheit fand, Gesundheit und Schönheit wiederzuerlangen, sondern ihre Krankheit auch auf zwei Kammerzofen und einen kleinen Pagen zu übertragen. Sie hatte das Krankenzimmer bereits vor einigen Wochen verlassen, da sie aber noch immer etwas blaß war und noch nicht im vollen Besitz ihrer Schönheit, hatte sich Mrs. Milborne, eine Dame, die sich durch ihren bewunderungswürdig scharfen Verstand auszeichnete, entschlossen, sie auf dem Land zu lassen, bis die Rosen – wie sie sich ausdrückte – wieder auf ihren Wangen erblühten.

Eine Schar glühender Bewunderer stellte sich in Milborne House ein, die in der Hoffnung, daß man ihnen gestatten würde, einen Schimmer der Unvergleichlichen zu erhaschen, den weiten Weg von London hergefahren kamen. Die Tür blieb ihnen jedoch verschlossen, und sie waren genötigt, ihre Blumensträuße und leidenschaftlichen Billetts in den Händen eines keineswegs empfindsamen Butlers zu lassen und ihre mannigfaltigen Wagen wieder stadtwärts zu lenken, ohne wenigstens der Erquickung teilhaftig geworden zu sein, ihre Lippen auf die lilienweißen Hände der Beauté drücken zu dürfen.

Lord Sheringham wäre zweifellos derselbe Empfang zuteil geworden, wäre er nicht, in höchst unschöner Weise auf seine lange Bekanntschaft mit der Familie pochend, von Sheringham Place, wo er die Nacht verbrachte, herübergeritten, um, nachdem er sein Pferd in den Stallungen eingestellt hatte, den Garten zu durchschreiten und das Haus durch eine der hohen Fenstertüren zu betreten, die auf den Rasenplatz führten. Als er auf einen ziemlich überraschten Lakaien stieß, warf Seine Lordschaft, der tat, als wäre er hier zu Hause, Reitpeitsche und Handschuhe auf einen Tisch, legte seinen breitrandigen Filzhut daneben und verlangte den Herrn des Hauses zu sprechen.

Mr. Milborne, keineswegs mit jener weltlichen Weisheit gesegnet, die seine Gemahlin auszeichnete, hatte kaum den Zweck dieses Besuches erfaßt, als er etwas vage und nicht sehr hoffnungsfreudig vorschlug, Seine Lordschaft täte besser daran, mit Isabella persönlich zu sprechen. «Denn ich weiß es wahrhaftig nicht, Anthony», hatte er gesagt, wobei er den Viscount bedenklich ansah. «Man kann nie sagen, was in ihren Köpfen vorgeht, nein, ganz bestimmt nicht.»

Worauf Seine Lordschaft, der richtig erriet, daß sich diese rätselhafte Äußerung auf Mr. Milbornes Frau und Tochter bezog, fragte: «Und Sie selbst, Sir, haben jedenfalls nichts dagegen, nicht wahr?»

«Nein», erwiderte Mr. Milborne. «Das heißt – ach nein –, ich glaube, ich habe nichts dagegen einzuwenden. Sie sprechen aber am besten mit Isabella selbst.»

Also wurde der Viscount vor das Antlitz der Schönen geführt, bevor diese auch nur Zeit gehabt hätte, sich durch herabgelassene Vorhänge vor dem zu verräterischen Tageslicht zu schützen. Hierauf hatte er sich, ohne die geringste Einleitung, in den ersten Heiratsantrag seines Lebens gestürzt.

Miss Milborne befand sich in der unangenehmen Lage, selbst nicht zu wissen, was sie wollte. Der Viscount hatte im vergangenen Jahr zu ihren anerkannten Bewerbern gezählt, und auch die Tatsache, daß sie ihn fast von der Wiege an kannte, machte sie seinem Charme gegenüber nicht unempfänglich. Er war ein eleganter junger Mann, von dem man sich genügend tolle Streiche erzählte, um die weibliche Phantasie anzuregen, und wenn er auch keine so brillante Partie war wie der Herzog von Severn, der ihr in letzter Zeit durch allerlei schmeichelhafte Anzeichen zu verstehen gegeben hatte, daß er nahe daran sei, sich ihr zu erklären, so war er zumindest von weit einnehmenderem Äußeren als Seine Gnaden, denn dieser war bedauerlicherweise ein phlegmatischer junger Mensch, der zur Fettleibigkeit neigte. Andererseits brachte ihr der Viscount nicht die hingebende Liebe entgegen wie sein Freund Lord Wrotham, der seiner Bereitwilligkeit verschiedene Male Ausdruck verliehen hatte, sich eine Kugel durch den Kopf zu schießen, falls ihr ein derartiger Gewaltakt Vergnügen bereiten sollte. In der Tat war Miss Milborne mehr als einmal der Verdacht aufgestiegen, daß sich der Viscount der Schar ihrer Bewunderer nur aus dem wenig schmeichelhaften Grunde angeschlossen habe, daß er nicht zu jenen gehörte, die sich von einer Mode ausschlossen. Seine angebliche Verehrung war nie so weit gegangen, ihn dazu zu veranlassen, seine ewige Jagd auf Ballettänzerinnen und käufliche Mädchen aufzugeben oder jene Charakterfehler zu verbessern, über die sich Miss Milborne mehr als einmal beklagt hatte. Sie war über ihn etwas aufgebracht. Hätte er nur einige sichtbare Zeichen seiner Ergebenheit an den Tag gelegt, wie etwa, seinen skandalösen Lebenswandel zu ändern, abzumagern wie der arme Wrotham, bei einer Zurechtweisung zu erbleichen oder durch ein Lächeln von ihr in Verzückung zu geraten, dann, dachte sie, wäre sie sehr geneigt gewesen, seine Werbung anzunehmen. Aber anstatt sich auf die Art zu betragen, die sie als ihr gutes Recht zu betrachten gelernt hatte, setzte der Viscount – obwohl er ihr gewiß eine Menge Huldigungen darbrachte – seinen beklagenswerten Lebenswandel fort und verschaffte sich nach wie vor seine Vergnügungen durch die unterschiedlichsten Belustigungen, die er anscheinend im Hinblick darauf wählte, seiner Familie ein Maximum an Angst und Sorgen zu bereiten.

Unter dem Schutz ihrer langen Wimpern warf ihm Isabella einen verstohlenen Blick zu. Nein, er sah nicht so blendend aus wie der arme Wrotham, dessen dunkle leidenschaftliche Schönheit ihre Träume nicht wenig beunruhigte. Denn Wrotham war eine romantische Gestalt, besonders wenn seine schwarzen Locken in Unordnung gerieten, was oft geschah, weil er in seiner Verzweiflung stets darin wühlte. Auch die blonden Locken des Viscount schienen sich in Unordnung zu befinden, dabei konnte man aber durchaus nichts Romantisches finden, weil diese Unordnung das Ergebnis raffiniertester Friseurkunst war und Miss Milborne den schweren Verdacht hegte, daß seine Leidenschaft für sie nie so ungestüme Formen annehmen könnte, ihn zu veranlassen, in dieses inspirierte Kunstwerk seines Kammerdieners störend einzugreifen. Er war größer als Wrotham, ziemlich schlaksig und neigte dazu, in seinem Äußeren eher etwas achtlos zu sein. Diese Kritik wäre, wie Miss Milborne anzuerkennen gezwungen war, bei dieser Gelegenheit allerdings nicht berechtigt gewesen. Er hatte sich unverkennbar mit großer Sorgfalt gekleidet. Nichts hätte zierlicher sein können als das Halstuch, das er trug, und nichts sorgfältiger gestärkt als die hohen Spitzen seines Hemdkragens. Sein langschößiger Rock aus blauem Tuch, den kein Geringerer als der große Stulz selbst angefertigt hatte, saß faltenlos auf seinen Schultern; die Reithosen waren, der Mode entsprechend, blaßgelb und die Stulpenstiefel auf Hochglanz poliert. Während er jetzt im Zimmer auf und ab schritt, wurde sein Gesicht durch einen ziemlich finsteren Blick entstellt; doch seine Gesichtszüge waren gut geschnitten, und wenn ihm auch der romantische Ausdruck Wrothams fehlte, konnte man doch nicht leugnen, daß er, wenn er wollte, auf eine Art lächeln konnte, die seinem eigensinnigen Mund ungemein viel Charme verlieh. Er besaß irreführenderweise die blauen Augen eines Engels, die einen seltsamen Kontrast zu dem undefinierbar flotten Anstrich bildeten, der seiner Person anhaftete. Während ihn Miss Milborne betrachtete, begegneten sich zufällig ihre Blicke. Einen Moment lang starrten sie einander kriegerisch an, dann aber gewann die Gutmütigkeit Seiner Lordschaft die Oberhand, und er sagte grinsend: «Ach was, hol's der Teufel, Bella, du weißt doch, daß ich bis über die Ohren in dich verliebt bin.»

«Nein, das weiß ich nicht», sagte Miss Milborne mit unvermuteter Ehrlichkeit.

Der Viscount zog ein langes Gesicht. «Aber, mein liebes Mädel! Nein, wirklich, Bella! Bin dein ergebenster Sklave. Ehrenwort eines Gentleman, das bin ich wahrhaftig! Du lieber Gott, bin ich dir denn nicht, seit ich dich kenne, nachgelaufen?»

«Nein», sagte Miss Milborne.

Der Viscount sah sie flüchtig an.

«Als du mich kennenlerntest», sagte Miss Milborne keineswegs boshaft, sondern lediglich wie jemand, der die Wahrheit feststellt, «sagtest du, daß alle Mädchen lästige Quälgeister sind. Und du nanntest mich Füchslein, weil du behauptetest, ich hätte fuchsrote Haare.»

«Tatsächlich?» sagte Seine Lordschaft, und der Mund blieb ihm vor Entsetzen über diese Ketzerei offen.

«Ja, das hast du getan, Sherry; und überdies hast du mich in den Gärtnerschuppen eingesperrt, und wäre nicht Cassy Bagshot gewesen, hätte ich den ganzen Tag dort bleiben müssen.»

«Nein, nein», protestierte Seine Lordschaft schwach. «Doch nicht den ganzen Tag.»

«Jawohl, den ganzen Tag, denn du weißt ganz genau, daß du mit der Vogelflinte deines Vaters Taubenschießen gegangen bist und keinen Gedanken mehr an mich verschwendet hast!»

«Du lieber Himmel, das hatte ich total vergessen», rief Sherry aus. «Habe dem alten Grimsby auch noch den Hut vom Kopf geschossen. Der war aber toll vor Wut! Hatte ein höllisch unangenehmes Temperament, dieser Grimsby! Ging schnurstracks zu meinem Vater und erzählte es ihm. Wenn ich an die Prügel denke, die mir mein alter Herr verabfolgte – Ja, übrigens, da du mich darauf gebracht hast, Bella, wie, zum Kuckuck, hätte ich da noch an dich denken können, wenn mich mein Vater beim Ohr kriegte und mir so verdammt weh getan hat, daß ich an nichts anderes mehr denken konnte? Sei vernünftig, mein liebes Mädel, bitte, sei doch vernünftig.»

«Das hat auch nicht soviel zu bedeuten», erwiderte Miss Milborne. «Aber wenn du sagst, du wärest mir nachgelaufen, seit du mich zum erstenmal sahst, so ist das die größte Unwahrheit, die ich je gehört habe.»

«Jedenfalls habe ich dich lieber als alle andern Mädchen, die ich kenne», sagte der Viscount verzweifelt.

Miss Milborne sah ihn an, während ihre Gedanken offensichtlich in der Vergangenheit weilten, eine Tatsache, die Sherry besonders auf die Nerven fiel. «Nein, das glaube ich nicht», sagte sie schließlich. «Wenn du überhaupt jemanden bevorzugt hast, dann war es Hero Wantage.»

«Hero?» rief der Viscount aus. «Nein, zum Kuckuck, Bella, ich habe mein ganzes Leben nie an Hero gedacht. Ich schwöre es!»

«Nein, das weiß ich», sagte Miss Milborne ungeduldig, «aber als wir noch Kinder waren, hattest du sie lieber als mich, Cassy, Eudora oder Sophy, weil sie dir alle Arbeiten abnahm und dir vorheuchelte, es mache ihr gar nichts aus, wenn du ihr mit deinen abscheulichen Kricketbällen weh tatest. Sie war eben noch ein Baby, sonst hätte sie schon gemerkt, was für ein ekelhafter Junge du warst. Denn das warst du, Sherry, das weißt auch du ganz genau.»

Erregt erklärte der Viscount mit dem Brustton der Überzeugung: «Ich kann es beschwören, daß ich nicht halb so ekelhaft war wie die Bagshot-Mädchen. Himmel, Bella, erinnerst du dich noch, wie die kleine falsche Katze Sophy zu ihrer Mutter lief und uns alle vertratscht hat?»

«Mich nicht», sagte Miss Milborne kühl. «Denn über mich gab's nichts zu tratschen.» Da sie aber bemerkte, daß ihre Laune, sich in der Vergangenheit zu ergehen, den Viscount angesteckt hatte, und da ein merkwürdiger Glanz in seinen Augen sie warnte, es könnten für sie äußerst unerwünschte Erinnerungen in seinem Gedächtnis auftauchen, beeilte sie sich, ihn in die Gegenwart zurückzurufen. «Natürlich weiß ich, daß das nichts zu bedeuten hat. Der wahre Grund ist, daß wir nicht zueinander passen würden, Sherry, ich bin tief ergriffen über die Ehre, die du mir erwiesen hast, aber ...»

«Laß diesen Blödsinn!» unterbrach sie ihr Freier. «Ich kann beim besten Willen nicht einsehen, warum wir nicht außerordentlich gut miteinander auskommen sollten. Hier hast du mich, Bella, wie verrückt in dich verliebt – und ich gebe dir mein Wort, daß ich mich deinethalben zu Tode gräme! Nein, mein liebes Kind, ich scherze durchaus nicht! Stulz hat es festgestellt, als er mir für diesen Rock Maß nahm.»

«Ich glaube, Mylord», sagte Miss Milborne steif, «wenn Sie abgemagert sind, dann ist das Leben, das Sie führen, weit eher dafür verantwortlich. Ich schmeichle mir durchaus nicht, die Ursache zu sein.»

«Also, da hört sich wirklich alles auf!» rief Seine Lordschaft ungehalten. «Ich wüßte gerne, wer mich so vertratscht hat!»

«Niemand hat dich vertratscht. Ich spreche nicht gern darüber, aber du wirst zugeben müssen, daß deine Eskapaden kein Geheimnis sind. Und ich muß sagen, Sherry, ich glaube, wenn du mich wirklich so liebtest, wie du behauptest, dann würdest du dir doch ein bißchen Mühe geben, mir etwas zu Gefallen zu tun!»

«Mühe geben, dir etwas zu Gefallen zu tun! Bemühen – nein, bei Gott, Bella, das ist zuviel! Wenn ich bedenke, wie ich dir im Almack den Hof gemacht habe und Abend für Abend meine Zeit damit vergeudet habe –»

«Um mich frühzeitig zu verlassen und in eine der abscheulichen Spielhöllen zu gehen», warf Miss Milborne ein.

Der Viscount hatte soviel Anstand zu erröten, er sah sie aber mit funkelnden Augen an und sagte grimmig: «Bitte, Miss, wollen Sie mir vielleicht sagen, was Sie von Spielhöllen wissen?»

«Ich bin so glücklich, sagen zu können, daß ich gar nichts über sie weiß, außer, da Sie sich ständig in einer von ihnen aufhalten, was alle Welt weiß. Und das kränkt mich ungemein.»

«Ach, was du nicht sagst!» brachte Seine Lordschaft hervor, alles eher denn erfreut über diesen Beweis der Besorgnis seiner Angebeteten.

«Ja», sagte Miss Milborne, und die beglückende Vision eines Viscount erschien vor ihrem geistigen Auge, der sich, durch seine Liebe zu einer edlen Frau bekehrt, vom Pfade des Lasters abwandte. Sie erhob ihre schönen Augen zu seinem Antlitz und sagte: «Vielleicht sollte ich nicht darüber sprechen, aber – aber du hast eine Charakterschwäche gezeigt, Sherry, einen – einen Mangel an Prinzipien, die es mir unmöglich machen, deinen Antrag anzunehmen. Ich will dir nicht weh tun, aber die Gesellschaft, in der du dich bewegst, deine Verschwendungssucht, deine wilden hemmungslosen Exzesse müssen jedes zartfühlende Mädchen daran hindern, dir ihre Hand zu reichen.»

«Aber, Bella!» protestierte Seine Lordschaft entsetzt. «Du lieber Gott, mein liebes Mädel, das wäre doch alles eine Sache der Vergangenheit! Ich würde dir ein ausgezeichneter Gatte sein. Ich schwöre es! Ich habe nie eine andere Frau angesehen –»

«Nie eine andere Frau angesehen? Sherry, wie kannst du? Mit meinen eigenen Augen sah ich dich im Vauxhall mit dem vulgärsten, verabscheuungswürdigsten –»

«Ich meine natürlich, was eine Ehe betrifft!» sagte der Viscount hastig. «Das war doch nichts – das hat überhaupt nichts zu bedeuten. Hättest du mich nicht dazu getrieben, mich zu zerstreuen –»

«Blödsinn!» sagte Miss Milborne gereizt.

«Aber ich erkläre dir, daß ich dich wahnsinnig liebe – hingebungsvoll! Wenn du mich nicht heiratest, ist mein ganzes Leben zerstört!»

«Keine Sorge. Du wirst auch weiter hirnrissige Wetten abschließen, dich an Rennen beteiligen und hasardieren und –»

«Also, da bist du aber auf dem Holzweg», unterbrach sie Sherry. «Das könnte ich gar nicht, weil ich total pleite bin, wenn ich nicht heirate.»

Dieses wenig empfindsame Geständnis bewirkte, daß Miss Milborne auf beunruhigende Weise wie erstarrt dasaß. «Was Sie nicht sagen!» rief sie dann aus. «Soll ich das so verstehen, Mylord, daß Sie nur deshalb um meine Hand anhielten, um sich Ihrer Schulden zu entledigen?»

«Nein, nein, das natürlich nicht. Wäre das der einzige Grund gewesen, dann hätte ich in den vergangenen drei Jahren um eine Menge Mädchen anhalten können», erwiderte Seine Lordschaft mit schöner Offenheit. «Tatsache ist, Bella, daß ich bis jetzt außerstande war, dazu den Mut aufzubringen, obwohl ich es, weiß Gott, versuchte! Habe außer dir nie ein Mädchen kennengelernt, an das ich mich fürs Leben hätte binden können – das kann ich beschwören! Frag Gil! Frag Ferdy! Frag George! Frag, wen du willst! Alle werden dir sagen, daß es wahr ist.»

«Ich habe nicht das geringste Bedürfnis, sie zu fragen. Vermutlich hättest du auch nie daran gedacht, um mich anzuhalten, wenn dir dein Vater sein Vermögen nicht in dieser albernen Form hinterlassen hätte!»

«Nein, wahrscheinlich nicht», stimmte der Viscount zu. «Das heißt, doch, ich hätte es getan! Natürlich hätte ich es getan! Aber bedenk doch nur, mein liebes Kind! Mein ganzes Vermögen würde bis zu meinem fünfundzwanzigsten Lebensjahr verwaltet, außer wenn ich vorher heirate! Du mußt verstehen, in welch höllisch übler Lage ich mich befinde!»

«Gewiß», sagte Miss Milborne eisig. «Ich kann nur nicht verstehen, warum du nicht auf der Stelle um eines der vielen Mädchen anhältst, die zweifellos glücklich wären, dich heiraten zu können.»

«Aber ich will niemanden heiraten als dich!» erklärte ihr gepeinigter Freier. «Könnte nicht einmal daran denken. Zum Kuckuck, Isabella, ich wiederhole doch immer wieder, daß ich dich liebe!»

«Nun, und ich erwidere Ihre Liebe keineswegs, Mylord», sagte Miss Milborne äußerst verärgert. «Vielleicht machen Sie statt dessen Cassy einen Antrag, denn ich bin überzeugt, Mrs. Bagshot hat sie Ihnen in den verflossenen sechs Monaten immer wieder an den Hals geworfen. Sollten Sie aber so wählerisch sein und Einwände gegen Cassys Teint erheben, von dem ich allerdings zugeben muß, daß er arg sommersprossig ist, so zweifle ich nicht, daß Eudora die Ehre zu schätzen wüßte, wenn Sie Ihr Taschentuch in *ihre* Richtung werfen würden. Was aber mich betrifft, Mylord, so ist mir der Gedanke, Sie zu heiraten – obwohl ich Ihnen bestimmt alles Gute wünsche –, nie in den Sinn gekommen, und ich muß Ihnen nochmals sagen, und zwar zum letztenmal, daß ich Ihren ehrenvollen Antrag nicht annehmen kann.»

«Isabella», sagte Lord Sheringham in prophetischem Ton, «treib es nicht zu arg mit mir! Wenn du einen anderen liebst – höre, Bella, wenn du dir Severn in den Kopf gesetzt hast, so kann ich dir heute schon sagen, daß du ihn nie bekommen wirst. Du kennst die Herzogin nicht! Der arme Severn kann nicht einmal behaupten, daß ihm seine Seele gehört, und sie würde nie zugeben, daß er dich heiratet, darauf kannst du dich verlassen.»

Miss Milborne stand jäh von ihrem Stuhle auf. «Ich finde, daß du das widerwärtigste und abscheulichste Geschöpf der Welt bist!» sagte sie ärgerlich. «Nein, so etwas – ich wollte wirklich, du gingest endlich!»

«Schickst du mich weg, dann gehe ich schnurstracks zum Teufel!» drohte Seine Lordschaft.

Miss Milborne lachte höhnisch. «Ich glaube, Mylord, daß Sie sich dort äußerst zu Hause fühlen würden.»

Der Viscount knirschte hörbar mit den Zähnen. «Madam, Sie werden Ihre Grausamkeit noch bereuen – wenn es zu spät ist!»

«In der Tat, Mylord, wenn wir vom Theaterspielen sprechen –!»

«Wer spricht vom Theaterspielen?» fragte der Viscount.

«Sie.»

«Habe nie etwas Derartiges gesagt. Wahrhaftig, Isabella, du kannst einen Mann um den Verstand bringen!»

Sie zuckte die Achseln und wandte sich ab. Der Viscount, der plötzlich das Gefühl hatte, daß er ihr vielleicht seine glühende Liebe – die ihn, wie er glaubte, verzehrte – nicht genügend bewiesen hätte, machte zwei Schritte auf sie zu und versuchte, sie in die Arme zu schließen. Er erhielt aber nur eine Ohrfeige, die ihm die Tränen in die Augen trieb, und befand sich einen Augenblick in Gefahr, zu vergessen, daß er nicht mehr ein Schuljunge war, der einem lästigen kleinen Mädchen gegenüberstand.

Miss Milborne, die in seinen Augen Rachegelüste aufblitzen sah, unternahm einen strategischen Rückzug hinter ein kleines Tischchen und rief in theatralischem Ton: «Gehen Sie!»

Der Viscount sah sie von oben bis unten prüfend an. «Bei Gott, Bella, wenn ich dir jetzt eine Tracht Prügel geben könnte, würde ich –» Er brach ab, da sein erzürnter Blick durch ihre unleugbare Schönheit gefesselt wurde. Sein Gesichtsausdruck besänftigte sich. «Nein, ich täte es doch nicht», sagte er. «Könnte dir nicht ein Haar krümmen! Also, Bella, willst du nicht doch –»

«Nein!» schrie Miss Milborne beinahe. «Und ich möchte, daß du mich nicht Bella nennst.»

«Also gut, dann *Isabella*», sagte Seine Lordschaft, zu Konzessionen bereit. «Aber willst du nicht –»

«*Nein!*» wiederholte Miss Milborne. «Geh! Ich hasse dich!»

«Nein, das tust du nicht», sagte Seine Lordschaft. «Wenigstens hast du es bisher nicht getan, und ich will verdammt sein, wenn ich verstehe, warum du deine Meinung so plötzlich geändert haben solltest.»

«Doch, ich hasse dich! Du bist ein Spieler und ein Wüstling und ein –»

«Wenn du noch ein Wort sagst, dann bekommst du eine Ohrfeige!» rief der Viscount wütend. «Wüstling, verflucht noch einmal! Du solltest dich schämen, Bella!»

Miss Milborne, die erkannte, daß sie sich zu einem wenig mädchenhaften Benehmen hatte hinreißen lassen, brach in Tränen aus. Doch ehe der in hohem Maße aus der Fassung gebrachte Viscount etwas Zweckmäßiges unternehmen konnte, öffnete sich die Tür und Mrs. Milborne betrat das Zimmer.

Mrs. Milborne durchschaute die Situation mit einem Blick und verlor keine Zeit, den fassungslosen jungen Mann aus dem Haus zu drängen. Seine Beteuerungen fanden taube Ohren. Sie sagte: «Ja, ja, Anthony, aber Sie müssen jetzt gehen, Sie müssen wirklich gehen. Isabella ist nicht wohl genug, um Besuche zu empfangen. Ich kann mir gar nicht denken, wer Sie überhaupt ins Haus eingelassen hat. Es war sehr freundlich von Ihnen, daß Sie uns aufgesucht haben, und bitte empfehlen Sie mich Ihrer lieben Mama, aber derzeit empfangen wir keine Besuche.»

Sie steckte ihm Hut und Handschuhe in die Hand und schob ihn unerbittlich aus der Haustür. Als sie in den Salon zurückkehrte, hatte Isabella die Tränen getrocknet und ihre Haltung wiedergefunden. Ihre Mutter sah sie mit emporgezogenen Augenbrauen an. «Hat er um dich angehalten, mein Liebling?»

«Ja», erwiderte Isabella und schnüffelte in ihr Taschentuch.

«Nun, es liegt kein Grund vor, deshalb zu weinen», sagte Mrs. Milborne energisch. «Du solltest daran denken, meine Liebe, daß das Vergießen von Tränen die höchst unangenehme Wirkung hat, weibliche Augen zu röten. Ich nehme an, daß du ihm einen Korb gegeben hast?»

Ihre Tochter nickte und schnüffelte noch krampfhafter. «Ja, Mama, natürlich. Und ich sagte, daß ich jemanden mit so wenig gefestigten G-Grundsätzen nie heiraten würde, oder –»

«Völlig überflüssig», sagte Mrs. Milborne. «Ich staune, Isabella, daß du so wenig Feingefühl bewiesen hast, dich auf jene Seiten im Leben eines Gentleman zu beziehen, von denen ein wohlerzogenes Mädchen nichts wissen sollte.»

«Ganz recht, Mama, ich weiß nur nicht, wie jemand es verhindern könnte, etwas über die Exzesse von Sherry zu erfahren, wenn die ganze Stadt darüber spricht.»

«Unsinn! Jedenfalls besteht nicht der geringste Grund für dich, derartige Dinge zu erwähnen. Ich verarge dir nicht, daß du Sherry einen Korb gegeben hast, obwohl ich zugeben muß, daß er in gewisser Beziehung eine ideale Partie gewesen wäre, denn er ist außerordentlich reich, und wir waren stets besondere Freunde von – Aber wenn Severn dir einen Antrag macht, dann kann man die beiden natürlich nicht miteinander vergleichen!»

Miss Milborne errötete. «Mama! Wie kannst du nur so sprechen! Ich bin nicht so berechnend. Es ist eben nur, daß ich Sherry nicht liebe, und weil ich außerdem überzeugt bin, daß auch er mich nicht liebt, trotz all seiner Beteuerungen.»

«Ach was, ich glaube, eine Enttäuschung wird ihm nicht schaden», erwiderte Mrs. Milborne behaglich. «Zehn zu eins wette ich, daß er dadurch erst den richtigen Begriff seiner Stellung bekommt. Aber, meine Liebe, solltest du etwa an George Wrotham denken, dann hoffe ich, daß du es dir noch sorgfältig überlegst, ehe du dich an jemanden wegwirfst, der bloß Baron ist und dessen Güter nach allem, was ich erfahren habe, schwer verschuldet sind. Außerdem fehlt es Wrotham an einer gewissen Beständigkeit, und das mißfällt mir sehr.»

Angesichts des auffallenden Mangels an Beständigkeit, der den Viscount Sheringham charakterisierte, erschien diese Bemerkung Miss Milborne äußerst ungerecht, was sie ihrer Mutter auch sagte, wobei sie hinzufügte, daß der arme Wrotham nicht die Hälfte von Sherrys Torheiten begangen habe. Mrs. Milborne leugnete dies nicht. Sie erklärte, es bestehe für Isabella kein Grund, eine überstürzte Wahl zu treffen, und riet ihr, einen Gang durch den Park zu machen, um sich zu beruhigen und ihre heißen Wangen zu kühlen.

Inzwischen ritt der Viscount in größter Wut nach Sheringham Place zurück. Seine Eigenliebe hatte eine unerträgliche Demütigung erfahren; und da er während der letzten zwölf Monate der Meinung gewesen war, in die «unvergleichliche Isabella» unaussprechlich verliebt zu sein, und er auch nicht zu den jungen Leuten gehörte, die sich der Seelenforschung hingeben, währte es nicht lange, bis er im schönsten Zuge war, sich einzureden, daß sein Leben hoffnungslos zerstört sei. Er durchschritt das Tor seines Ahnenschlosses in allem eher als einer ausgeglichenen Stimmung und war daher nicht im geringsten durch die Mitteilung des Butlers besänftigt, daß Mylady sich im Blauen Salon befinde und ihn zu sprechen wünsche. Er hatte gute Lust, dem alten Romsey zu sagen, er solle sich zur Hölle scheren, da er aber vermutete, daß er seine Mutter vor seiner Rückkehr nach London doch noch einmal besuchen müsse, nahm er von dieser befreienden Äußerung Abstand und begnügte sich damit, dem Butler einen düsteren Blick zuzuwerfen, bevor er in Richtung Blauer Salon davonschritt.

Hier fand er nicht nur seine Mutter vor, eine stets mit ihrer Gesundheit beschäftigte Dame von höchst erstaunlicher Widerstandskraft, sondern auch seinen Onkel Horace Paulett.

Seit Mr. Paulett, nach dem vor einigen Jahren erfolgten Tod Lord Sheringhams, seinen Wohnsitz in Sheringham Place aufgeschlagen hatte, vermochte den Viscount in dieser Beziehung nichts mehr zu überraschen. Er hatte in der Tat erwartet, seinen Onkel hier vorzufinden, was ihn aber nicht hinderte, in aufreizendem Ton zu sagen: «Du lieber Himmel, Sie sind hier, Onkel?»

Mr. Paulett, ein dicklicher Gentleman mit einem unüberwindlichen beständigen Lächeln und sehr weichen weißen Händen, gestattete sich nie, über die offenkundige Abneigung seines Neffen und seine häufigen Ungezogenheiten ärgerlich zu werden. Er lächelte nur breiter denn je und erwiderte: «Ja, mein Junge, ja! Wie du siehst, bin ich hier und auf meinem Platz neben deiner lieben Mama.»

Lady Sheringham, die sich mit einem Riechsalzfläschchen versorgt hatte, um ihre Nerven während der Unterredung mit ihrem einzigen Kind zu stärken, entfernte den Stöpsel, um ein wenig zu inhalieren. «Ich weiß wahrhaftig nicht, was aus mir würde, wenn ich meinen guten Bruder nicht hätte, der mir in meiner Verlassenheit beisteht», sagte sie in dem schwachen klagenden Ton, der ihre eiserne Konstitution und ihre Entschlossenheit, ihren Willen durchzusetzen, so bewunderungswürdig verbarg.

Ihr Sohn, der ebenso starrköpfig war wie seine Mutter, aber weit aufrichtiger, erwiderte mit erschütternder Offenherzigkeit: «Soviel ich weiß, Madam, wäre es Ihnen ausgezeichnet gegangen. Überdies wäre ich vielleicht dann und wann zu Hause geblieben. Ich will nicht behaupten, daß ich es unbedingt getan hätte, weil ich dieses Haus hier ganz und gar nicht mag, aber es wäre doch *möglich* gewesen.»

Weit entfernt, sich über dieses schöne Zugeständnis befriedigt zu zeigen, suchte Lady Sheringham in ihrem Ridikül nach einem Taschentuch und führte diesen Hauch aus Spitzen und Musselin an ihre Augenwinkel. «Oh, Horace», sagte sie. «Ich wußte, wie alles werden würde. Er ähnelt seinem Vater so sehr!»

Der Viscount verfiel keineswegs dem Irrtum, diese Bemerkung für eine Schmeichelei zu halten. Er sagte: «Nun, zum Kuckuck, Madam, das ist doch kein Fehler! Wenn ich darüber nachdenke, möchte ich wissen, wen ich sonst ähnlich sein sollte?»

«Wem, mein Junge, wem!» verbesserte sein Onkel milde. «Wir dürfen unsere Grammatik nicht vergessen!»

«Habe ich nie gekonnt», erwiderte der Viscount. «Und sagen Sie nicht ständig ‹mein Junge› zu mir! Ich mag viele Fehler haben, aber das ist wenigstens einer, den mir niemand vorwerfen kann!»

«Anthony, nimmst du denn gar keine Rücksicht auf meine armen Nerven?» fragte seine Mutter mit bebender Stimme und setzte ihr Riechsalz wieder in Aktion.

«Dann sag diesem flachgesichtigen alten Zappelfritzen, er soll sich davonscheren!» sagte der Viscount gereizt. «Versteht nie, daß er überflüssig ist, und weiß Gott, ich habe ihm zahllose Male einen unmißverständlichen Wink gegeben.»

«Ach, mein J–, aber ich soll dich doch nicht so nennen, nicht wahr? Ich werde also Sherry sagen, denn so rufen dich, wie ich glaube, deine Freunde und Zechkumpane, nicht wahr?»

«Ich verstehe nicht, was das damit zu tun hat», erwiderte sein Neffe. «Wenn Sie es sich nicht in den Kopf gesetzt hätten, hierherzukommen und ständig hier zu leben, brauchten Sie mich überhaupt bei keinem Namen zu nennen, was ich nur herzlich begrüßen würde.»

Mr. Paulett drohte ihm mit dem Finger, dann sagte er: «Sherry, Sherry, ich fürchte, deine Werbung ist nicht glücklich ausgegangen. Aber mach dir nichts draus, mein lieber Junge. Bleib standhaft, und du wirst sehen, daß du sie noch herumkriegst.»

Die himmelblauen Augen des Viscount blitzten in einem plötzlichen Wutanfall auf und eine Blutwelle rötete seine Wangen. «Hölle und Teufel!» rief er wütend. «Also darum kümmern Sie sich, was? Ich wäre Ihnen zu Dank verpflichtet, wenn Sie sich etwas weniger mit meinen Angelegenheiten beschäftigen würden!»

Lady Sheringham gab ihre bisherige Taktik auf, die anscheinend doch keinen Erfolg versprach, und es gelang ihr, sich einer der Hände des Viscount zu bemächtigen. Sie hielt sie zwischen ihren beiden fest, drückte sie beredt und sagte mit leiser Stimme: «Liebster Anthony, bedenke, daß ich deine Mutter bin, und halte mich nicht länger in dieser Ungewißheit. Hast du mit unserer lieben Isabella gesprochen?»

«Ja», knurrte der Viscount.

«Komm, setz dich hier neben mich, mein Liebling. Hast du – hast du um ihre Hand angehalten?»

«Ja. Aber sie will mich nicht.»

«Oh, wie schade! Es war mein sehnlichster Herzenswunsch», seufzte Lady Sheringham. «Ach, wenn ich dich nur mit Isabella verheiratet sehen könnte, dann würde ich in Frieden gehen.»

Ihr Sohn sah sie erstaunt an. «Wohin gehen?» fragte er. «Wenn Sie an den Witwensitz denken, dann verstehe ich nicht, was Sie daran hindert, an jedem beliebigen Tag hinzuziehen. Außerdem könnten Sie meinen Onkel mitnehmen, und diesbezüglich würden Sie bestimmt kein Wort des Widerspruchs von mir hören», fügte er großmütig hinzu.

«Manchmal glaube ich, daß du mich absichtlich mißverstehst», klagte Lady Sheringham. «Denn mein schwacher Gesundheitszustand kann dir keineswegs entgangen sein.»

«Was, Sie wollen damit doch nicht sagen, daß Sie sterben werden», sagte der Viscount ungläubig. «Nein, nein, das werden Sie nicht. Ich erinnere mich sehr genau, daß Sie das schon immer zu meinem Vater sagten, aber es wurde nie etwas daraus. Zehn zu eins ist's nur mein Onkel, der Sie so ermüdet, weil er ständig hier herumsitzt. Ich gebe Ihnen mein Wort, mich würde das in einer Woche töten, und mit meinen Nerven war bisher bestimmt nie etwas los.»

«Anthony, wenn du schon für mich keine Rücksicht aufbringst, solltest du wenigstens das Zartgefühl deines Onkels schonen.»

«Ach was, wenn ihm etwas nicht paßt, kann er ja gehen», erwiderte Seine Lordschaft unverbesserlich.

«Nein, o nein, ich bin viel zu weltklug, um mich durch einen jungen

Mann beleidigt zu fühlen, der eben in der Liebe eine Enttäuschung erfahren hat», versicherte ihm Mr. Paulett. «Oh, ich kenne das Gefühl der Demütigung nur zu gut, unter dem du zu leiden hast. Es ist in der Tat äußerst schmerzlich, und ich möchte sagen, für uns alle eine schwere Enttäuschung.»

«Und diese Verbindung wäre in jeder Beziehung so wünschenswert gewesen», klagte Lady Sheringham. «Ihre Ländereien hätten die deinen so wundervoll arrondiert, Anthony, und die liebe Isabella ist unter allen Mädchen genauso, wie ich sie selbst für meinen einzigen Sohn ausgewählt hätte. Obwohl sich ihr Vermögen mit dem deinen natürlich nicht vergleichen läßt, wäre es, da sie die einzige Erbin ihres Vaters ist, durchaus nicht zu verachten gewesen.»

«Zum Kuckuck, Madam, ich pfeife auf ihr Geld! Ich will nichts als mein eigenes Vermögen!» sagte Seine Lordschaft.

«Wenn sie deine Hand akzeptiert hätte, dann hättest du es ja bekommen, und ich wäre froh gewesen, es in deinen Händen zu sehen, obwohl du, weiß der Himmel, das ganze Kapital verschwendet hättest, bevor man sich vorsehen könnte. Ach, Anthony, wenn ich dich nur dazu bewegen könnte, deinen Lebenswandel aufzugeben, der mein armes Herz mit Entsetzen vor deiner Zukunft erfüllt.»

Seine Lordschaft befreite sich eiligst. «Um Gottes willen, Madam, regen Sie sich meinetwegen nicht auf!» bat er.

«Ich wußte, daß sie dich ablehnen würde», sagte Lady Sheringham. «Und ich frage dich, mein Sohn, welches wohlerzogene Mädchen würde einwilligen, jemanden zu heiraten, der den Weg des Lasters beschreitet? Muß sie denn nicht vor zügellosen Neigungen zurückschrecken, die –»

«Nun hören Sie mal, Madam», protestierte der erschrockene Viscount. «So schlimm ist es nicht, meiner Seel', so ist es wieder nicht!»

Sein Onkel seufzte. «Du wirst doch zugeben müssen, mein lieber Junge, daß es kaum eine extravagante Torheit gibt, die du, seit du großjährig bist, nicht begangen hättest.»

«Nein, gewiß nicht», erwiderte der Viscount. «Verwünscht, ein junger Mensch kann nicht in der Stadt leben, ohne wenigstens hie und da einen tollen Streich zu begehen.»

«Anthony, kannst du deiner Mutter aufrichtig sagen, daß es kein *Geschöpf* gibt (denn ich kann es nicht über mich bringen, sie ein Mädchen zu nennen!), mit dem du dich nicht schämen müßtest, an den meisten öffentlichen Plätzen gesehen zu werden? Und daß dieses Geschöpf an deinem Arm hängt und in einer Art und Weise zärtlich mit dir ist, die mich mit Abscheu erfüllt?»

«Nein, das kann ich nicht», erwiderte der Viscount. «Aber ich würde viel drum geben, zu erfahren, wer dir etwas von dem kleinen Vögelchen erzählt hat.»

Während er sprach, richtete er seine Augen jähzornig auf seinen Onkel, aber die Aufmerksamkeit dieses Gentleman konzentrierte sich auf die gegenüberliegende Wand, und seine Gedanken schienen weit entfernt von irdischen Betrachtungen zu sein.

«Du wirst mir noch das Herz brechen», erklärte Lady Sheringham und führte ihr Taschentuch neuerdings an die Augen.

«Nein, Madam, das wird bestimmt nicht der Fall sein», sagte ihr Sohn offenherzig. «Denn ich habe nie etwas darüber gehört, daß Ihr Herz wegen irgendeiner der Passionen meines Vaters gebrochen ist. Oder wenn es geschehen wäre, dann kann es nicht nochmals geschehen. Das ist doch klar. Außerdem werde ich das alles aufgeben, wenn ich erst einmal verheiratet bin.»

«Aber du wirst doch nicht heiraten», erklärte Lady Sheringham. «Und das ist noch nicht alles. Nie im Leben wurde ich so gedemütigt wie an dem Tag des vergangenen Monats, an dem ich mich gezwungen sah, mich bei General Ware für dein unerhörtes Betragen auf der Straße nach Kensington zu entschuldigen. Ich wäre am liebsten im Erdboden versunken. Natürlich warst du angeheitert.»

«Das war ich nicht!» schrie Seine Lordschaft auf, an seiner empfindlichsten Stelle getroffen. «Du lieber Gott, Madam, Sie glauben doch nicht, daß es mir gelungen wäre, die Speichen der Räder von fünf Equipagen zu streifen, wenn ich einen Affen gehabt hätte!»

Seine Mutter ließ das Taschentuch aus ihrer plötzlich erschlafften Hand fallen. «Die Speichen der Räder von fünf Equipagen streifen?» stotterte sie, während sie ihn ansah, als fürchte sie für seinen gesunden Menschenverstand.

«Fünf Stück hintereinander und ohne Unfall!» bestätigte der Viscount. «War bloß ein unglücklicher Zufall, daß ich den Phaeton des alten Ware umschmiß. Muß den richtigen Moment verpaßt haben. Hat mich obendrein eine Wette gekostet. Habe gewettet, ich könnte die Speichen der ersten sieben Wagen, die ich jenseits des Schlagbaums im Hydepark antreffe, streifen, ohne einen von ihnen umzustürzen. Verstehe nicht, wieso ich es verpfuschte. Muß die Art gewesen sein, wie Ware kutschierte. Konnte nie in Reih und Glied bleiben: er ist nichts als ein alter Peitschenknaller! Hat keine Präzision des Auges!»

«Mein unglückliches Kind!» rief seine Mutter mit zitternder Stimme. «Ist denn jedes Schamgefühl in dir erstorben? Horace, sprich du mit ihm!»

«Wenn er das tut», sagte der Viscount, und sein Kinn streckte sich gefährlich vor, «dann werfe ich ihn aus diesem Fenster, Onkel hin, Onkel her!»

«Oh!» stöhnte seine schwergeprüfte Mutter, sank auf den Diwan zurück und führte ihre Hand an die Stirn. «Was, was, frage ich dich, mein Bruder, habe ich verbrochen, um das zu verdienen?»

«Still, meine liebe Valeria. Bitte beruhige dich», sagte Mr. Paulett und ergriff ihre andere Hand.

«Kein Wunder, daß die arme Isabella seine Hand ausschlug. Ich kann es ihr nicht verdenken.»

«Leider kann man nur sagen, daß es auch für die Ländereien so am besten ist», sagte Mr. Paulett, der ihre zarte schützende Hand als alter Stratege auch weiterhin festhielt. «Ich sage es nur ungern, aber ich halte Sherry nicht für reif genug, um die Kontrolle über sein Vermögen zu übernehmen. Es ist nur zu seinem eigenen Vorteil, wenn es für ihn verwaltet wird.»

«So, es ist also zu meinem eigenen Vorteil?» warf der arme Sherry zornig ein. «Weil Sie soviel davon verstehen! Wieso es meinem Vater aber je einfiel, Sie zum Treuhänder zu bestellen, wird mir ein ewiges Rätsel bleiben. Ich habe nichts gegen Onkel Prosper einzuwenden – wenigstens glaube ich, daß ich mit ihm schon fertig würde, wenn Sie nicht wären, der mir ständig in die Suppe spuckt. Und stellen Sie sich nicht als ob Sie mich bedauern würden und es Ihnen leid täte, daß Bella mich nicht mag, ich weiß ja doch, daß das nicht wahr ist! Ist erst einmal die verwünschte Verwaltung aufgehoben, dann fliegen Sie hinaus, das wissen Sie ganz genau. Wenn es meiner Mutter Spaß macht, daß Sie bei ihr schmarotzen, dann soll sie tun, was sie will, aber bei mir werden Sie nicht länger herumschmarotzen, bei Jupiter, nein, das werden Sie nicht!»

«Ach, mein lieber Junge», sagte Mr. Paulett und lächelte noch immer, daß es einen verrückt machen konnte, «es dauert aber noch zwei Jahre bis zur Aufhebung der Verwaltung, und wir wollen hoffen, daß du bis dahin eingesehen hast, wie falsch dein Lebenswandel ist.»

«Außer, wenn ich heirate!» erinnerte ihn der Viscount, und seine Augen schienen Funken zu sprühen.

«Sicher. Aber schließlich, mein lieber Junge, heiratest du ja nicht», erklärte sein Onkel.

«So, glauben Sie?» erwiderte Seine Lordschaft und schritt auf die Tür zu.

«Anthony!» rief Lady Sheringham. «Um Himmels willen, was willst du tun?» Sie befreite sich von der Hand ihres Bruders und richtete sich auf. «Wohin gehst du? Antworte mir, ich befehle es dir!»

«Ich fahre nach London zurück», antwortete der Viscount. «Und ich heirate das erste Mädchen, dem ich begegne!»

2

Wie nicht anders zu erwarten war, warf der Partherpfeil des Viscount seine Mutter augenblicklich danieder. Alle Anzeichen sprachen dafür, daß sie einem hysterischen Anfall erliegen würde, und lediglich der Umstand belebte sie wieder, daß der Viscount nicht mehr anwesend war, um durch den Anblick des schweren Anfalls seiner Mutter bestraft zu werden. Ein wenig Hirschhorngeist mit Wasser vermischt, von Mr. Paulett sorglich eingeflößt, einige Tropfen Lavendel auf ihr Taschentuch geträufelt, und einige sanfte Schläge mit der flachen Hand ermöglichten es der schwergeprüften Dame, ihre Augen wieder zu öffnen und ihren Turban zurechtzurücken. Sie vertraute Mr. Paulett sofort ihre Überzeugung an, daß Anthony, nur ihr zu Trotz, mit einem fürchterlich vulgären Geschöpf aus dem Opernballett am Arm erscheinen werde, und gab gleichzeitig ihrer brennenden Sehnsucht nach dem Frieden der Familiengruft beredten Ausdruck.

Mr. Paulett hatte nicht das Gefühl, daß große Gefahr bestünde, sein Neffe könnte in nächster Zeit jemanden heiraten. Er erklärte sich bereit, Anthony aufzusuchen und ihm vorzuhalten, daß sein unkindliches Betragen die taumelnden Schritte seiner armen Mutter an den Rand des Grabes führten. Als er Mylady aber soweit hergestellt sah, wie es ihr Gesundheitszustand erlaubte, und darauf hingewiesen hatte, daß sich ein junger Mann, der in ein blendend schönes Mädchen verliebt war, kaum in die Ehe mit einem andern Mädchen stürzen würde, befand sich der Viscount bereits auf der Straße nach London.

Er fuhr in seinem Kabriolett, vor das ein feuriges Fuchspaar gespannt war; der Reitknecht mit dem scharfgeschnittenen Gesicht war hinter ihm aufgesessen und sein Portemanteau an seinem Platz festgeschnallt. Der Viscount zeigte das Gehaben eines Menschen, der den Staub eines tief verabscheuten Ortes von den Schuhen schüttelt, er fuhr in schärfstem Trab und äußerst rücksichtslos gegen die anderen Wagen, denen er auf der Straße begegnete.

Eine stattliche Reihe von Reitknechten und Stallburschen war schon im Dienste des Viscount gestanden, aber es bedurfte eiserner Nerven, um mit ihm zu fahren, wenn ihn eine seiner tollen Launen anwandelte; und da sich dies mit beunruhigender Häufigkeit abspielte und nur zehn wenige Reitknechte die dafür benötigte Geringschätzung des eigenen Lebens und ihrer geraden Glieder besaßen, war keiner lange in seinen Diensten geblieben. Durch einen glücklichen Zufall war er an das Individuum geraten, das sich nun hinter ihm an seinen luftigen Sitz anklammerte. Die Bekanntschaft hatte damit begonnen, daß er dem Viscount in dem Augenblick, als er aus dem Geschäft eines Juweliers in Ludgate Hill trat, seine Geldbörse zu stehlen versuchte. Jason, dessen Leben in einem Findelhaus begann und der über die Straßen Londons in einen Rennstall geriet, von dort aber durch eine Reihe schimpflicher Umstände zurück auf die Londoner Straßen, war wohl ein unbegabter Dieb, dafür aber unerhört geschickt in der Behandlung von Pferden. Im selben Moment, als der Viscount den Burschen beim Kragen erwischte und im Begriff war, ihn ins nächste Wachtzimmer zu schleppen, nahm es einer der Vollblüter zwischen den Wagendeichseln Seiner Lordschaft äußerst übel, daß ein anderer Wagen die Straße heraufkam, er bäumte sich plötzlich in die Höhe und warf den Groom zu Boden, der, statt die Köpfe der Pferde zu halten, den Viscount anstarrte. Es entstand sofort ein ungeheures Getümmel, während dessen sich Jason aus dem gelockerten Griff des Viscount befreite und, statt davonzulaufen, zum Kopf des scheuenden Tieres eilte. In wenigen Augenblicken war die Ordnung wiederhergestellt, der Fuchs hatte offenbar in dem zerlumpten, schmutzstarrenden Geschöpf, das ihn davor bewahrt hatte, durchzugehen, seinen Herrn und Meister erkannt, und drängte sich jetzt mit plumper Zärtlichkeit an ihn. Da der Fuchs aus guten Gründen das unbeliebteste Tier in den Stallungen des Viscount war, ja, da er sogar in dem Rufe stand, jeden aufs grausamste anzufallen, machte der Umstand, daß er seinen Kopf vertrauensvoll an den übelriechenden Busen des Burschen sinken ließ, auf seinen Besitzer den größten Eindruck. Der Viscount vergaß sofort den widrigen Zwischenfall, der seine Aufmerksamkeit auf diesen Hexenmeister gelenkt hatte, und ernannte ihn auf der Stelle zu seinem neuen Reitknecht. Jason – er hatte keinen andern Namen und niemand, am wenigsten er selbst, wußte, wie er zu diesem gekommen war – hatte in den von niemandem gezählten Jahren seines Lebens noch nie ein so unbekümmert gutartiges Wesen kennengelernt, wie es der Viscount war. Er tauchte allmählich aus seinem Trancezustand auf, in den ihn dieser unerwartete Glücksfall Hals über Kopf befördert hatte, um sich im Dienste eines Edelmanns zu finden, den seine Verwandten für unverbesserlich flatterhaft hielten, in dem er selbst aber in einem Augenblick blendender Erleuchtung einen Gott erblickte, der zur Erde herabgestiegen war.

Der Viscount, der nie die geringsten Anstalten zu seiner eigenen Bekehrung getroffen hatte, trug viel dazu bei, den neuen Reitknecht zu reformieren, nicht etwa weil ihn besonderer Eifer beseelte, sondern weil er dem Druck der Vorstellungen seiner Freunde erlag, die erklärten, daß ein weiterer vertrauter Verkehr mit einem Mann, von dessen Reitknecht man erwarten mußte, um Geldbörse, Uhrkette und Siegel erleichtert zu werden, schwere Nachteile habe. Der Viscount versprach diese Angelegenheit zu ordnen, was er auch tat, indem er den Reitknecht kräftig verprügelte und ihn strengstens verwarnte, nie wieder einen seiner Freunde zu bestehlen. Jason, dem die Prügel weniger ausmachten als der finstere Blick seines Gottes, versprach, fürderhin den Pfad der Tugend und Redlichkeit zu beschreiten. Er gab sich auch so große Mühe, sein Versprechen zu halten, daß in kurzer Zeit ein warnendes Wort genügte oder schlimmstenfalls der Befehl, wieder herauszugeben, was er einem zufällig begegneten Bekannten entwendet hatte, um die äußerste Harmonie zwischen dem Viscount und seinen Freunden wiederherzustellen.

Im übrigen erwies er sich, wenn es ihm auch an äußerem Schliff fehlte, als der ergebenste Diener, den der Viscount je gehabt hatte. Nicht einmal ein Sklave hätte die Launen seines Eigentümers kritikloser betrachten oder unermüdlicher in hingebendem Fleiß sein können. Er war fünfmal aus dem Kabriolett Seiner Lordschaft gestürzt; ein halbzugerittenes Pferd brach ihm ein Bein; er begleitete den Viscount auf einigen seiner gewagtesten Exkursionen, und alle waren überzeugt, daß er bereit war, jede Tollkühnheit zu seines Herrn Schutz auf sich zu nehmen, einschließlich eines Mordes.

Während er hinter dem Viscount an den Gurten des Kabrioletts hing, bemerkte er gelassen, er habe gleich gewußt, daß sie nicht mehr als zwei Tage in diesem Haus bleiben würden. Da er auf diese Bemerkung keine Antwort erhielt, versank er in Schweigen, das er nach etwa einer Meile nur unterbrach, um dem Viscount zu raten, die Pferde an der Kurve zu zügeln, falls er nicht wünschte, daß sie beide auf ihre Gesichtserker fielen. Sein Ton ließ aber erkennen, daß er, falls der Viscount dies wünschen sollte, freudigst bereit sei, auch dieses Schicksal zu erdulden.

Der Viscount, der inzwischen Zeit gehabt hatte, seinen ersten Grimm abzureagieren, zügelte dann doch seine Pferde und nahm die Kurve nicht rascher als in leichtem Trab. Die Hauptstraße nach London war noch einige Meilen entfernt und der Feldweg, der Sheringham Place mit ihr verband, lief einige Zeit an den Äckern des Viscount entlang, um sich plötzlich davonzuschlängeln und zu einem kleinen Dörfchen, einigen verstreuten Hütten, und dem bescheidenen Gut zu führen, das Mr. Humphry Bagshot gehörte. Das Haus Mr. Bagshots lag noch ziemlich weit entfernt von dem Feldweg, es wurde durch Bäume und Büsche verborgen und war von einer niedrigen Steinmauer umgeben. Der Viscount, der seine Aufmerksamkeit ziemlich gleichmäßig zwischen seine Pferde und seine letzte Enttäuschung teilte, starrte düster vor sich auf die Straße und hätte keinen Blick auf das Mäuerchen geworfen, wenn ihm sein Reitknecht nicht plötzlich geraten hätte, das «Licht seiner Augen» nach links zu wenden.

«Da winkt Ihnen ein Mädchen, Guv'nor», benachrichtigte er seinen Herrn.

Der Viscount wandte den Kopf und bemerkte, daß er an einer Dame vorbeijagte, die auf der Mauerkrone saß und ihn ein wenig sehnsüchtig ansah. Als er die junge Dame erkannte, zügelte er seine Pferde, trieb sie zurück und rief: «Hallo, Fratz!»

Miss Hero Wantage schien die Art der Begrüßung durchaus nicht übelzunehmen. Eine leichte Röte färbte ihre Wangen, sie lächelte scheu und erwiderte: «Hallo, Sherry!»

Der Viscount betrachtete sie aufmerksam. Sie war eine noch sehr junge Dame und sah in diesem Augenblick nicht sonderlich vorteilhaft aus. Das weite Gewand, das sie trug, hatte nicht nur eine äußerst unkleidsame Farbe, sie hatte es offensichtlich auch aus zweiter Hand übernommen, denn es sah so aus, als wäre es ursprünglich für ein weit größeres Mädchen gearbeitet und nachher ungeschickt für ihre winzige Gestalt abgeändert worden. Ein grauer Mantel war um ihren Hals geknüpft, dessen Kapuze ihr über die Schultern hing; in der Hand hielt sie ein zerknülltes feuchtes Taschentuch. Auf ihren Wangen waren Tränenspuren zu entdecken, und ihre großen grauen Augen waren gerötet und ein wenig trübe. Die dunklen Locken, die sich aus einem zerschlissenen Band gelöst hatten, waren unordentlich herabgeglitten.

«Hallo, was ist denn los?» fragte der Viscount plötzlich, als er die Tränenspuren bemerkte.

Miss Wantage schluchzte krampfhaft auf, dann sagte sie kurz und bündig: «Alles!»

Der Viscount war ein gutmütiger junger Mann, und wenn er an Miss Wantage dachte, was sich nicht sehr häufig ereignete, dann geschah es mit einer Art nachsichtiger Zuneigung. In den Flegeljahren hatte er sich ihre ständige Dienstbereitschaft zunutze gemacht, er hatte sie im Kricket unterrichtet, dafür mußte sie aber mit der schweren Jagdtasche hinter ihm hertrotten, wenn er an den Hecken ein wenig schießen ging. Er hatte sie tyrannisiert, sie angeschrien, sie geohrfeigt und sie gezwungen, sich mit den verschiedensten Sportarten und allerlei Kurzweil zu beschäftigen, die sie mit Angst erfüllten. Aber er hatte ihr gestattet, hinter ihm herzulaufen, und niemandem andern erlaubt, sie zu hänseln oder schlecht zu behandeln. Sie befand sich in keiner sehr glücklichen Lage. Sie war Waise und wurde im Alter von acht Jahren aus Gnade und Barmherzigkeit im Hause einer Cousine aufgenommen, um mit deren drei Töchtern Cassandra, Eudora und Sophronia erzogen zu werden. Sie wurden gemeinsam unterrichtet, und sie durfte ihre ausgewachsenen Kleider tragen, wofür sie aber zahllose Botengänge machen mußte – da derlei Dienste, wie ihr Cousine Jane mitteilte, eine sehr geringe Gegenleistung für die ihr erwiesene Großmut seien. Der Viscount, der Cassandra, Eudora und Sophronia nur um einen geringen Bruchteil weniger verabscheute als ihre Mutter, hatte im Alter von fünfzehn Jahren erklärt, daß sie seiner wohlüberlegten Überzeugung nach Biester seien, die ihre arme kleine Cousine wie einen Hund behandelten. Als er jetzt Miss Wantage ansah, bereitete es ihm daher keinerlei Schwierigkeiten, ihre zu allgemein gehaltenen Angaben richtig zu interpretieren. «Haben dich diese Katzen wieder tyrannisiert?» fragte er.

Miss Wantage schneuzte sich. «Ach, Sherry, ich muß Erzieherin werden», erklärte sie traurig.

«*Was* mußt du werden?» fragte der Viscount.

«Erzieherin. Meine Cousine Jane will es haben.»

«Habe noch nie im Leben so einen Blödsinn gehört», sagte der Viscount leicht gereizt. «Dazu bist du doch auch nicht alt genug.»

«Cousine Jane meint, daß ich alt genug wäre. Ich werde in vierzehn Tagen siebzehn, weißt du?»

«Soso, man sieht es dir aber nicht an», sagte Sherry und tat die Sache damit ab. «Du warst schon immer ein dummes kleines Ding, Hero. Du solltest nicht alles glauben, was die Leute sagen. Zehn zu eins wette ich, daß sie es nicht so meint.»

«O ja», sagte Miss Wantage traurig. «Weißt du, ich habe ja schon immer gewußt, daß ich es eines Tages werden müsse, das war auch der Grund, weshalb ich das abscheuliche Klavierspiel erlernen mußte und mit Wasserfarben malen, damit ich, wenn ich einmal erwachsen bin, Erzieherin werden kann. Aber ich will es nicht werden, Sherry, wenigstens *jetzt* noch nicht! Nicht bevor ich mich wenigstens *kurze* Zeit unterhalten habe!»

Der Viscount warf die Decke ab, die seine wohlgeformten Beine verhüllt hatte.

«Jason, spring ab und bewege die Pferde!» befahl er, sprang vom Kabriolett herunter und schritt auf die niedrige Steinmauer zu. «Ist's hier feucht von dem Moos?» fragte er mißtrauisch. «Ich will verdammt sein, wenn ich mir deinethalben oder für jemand andern meine Reithosen ruinieren ließe!»

«Nein, nein, wirklich nicht», versicherte ihm Miss Wantage. «Du kannst dich auch auf meinen Mantel setzen, Sherry.»

«Ich kann ohnedies nicht lange bleiben», kündigte der Viscount an. Er schwang sich neben sie auf die Mauer und legte seinen Arm brüderlich um ihre Schultern. «Und jetzt weine nicht mehr, Fratz, denn wenn du weinst, siehst du verteufelt häßlich aus», sagte er. «Außerdem kann ich es nicht vertragen. Aber warum hat sich's diese alte Katze plötzlich in den Kopf gesetzt, dich wegzuschicken? Wahrscheinlich hast du wieder etwas getan, was du nicht tun durftest?»

«Nein, das ist es nicht, obwohl ich eine ihrer schönsten Teetassen zerbrochen habe», sagte Hero und lehnte sich dankbar an seine Schulter. «Ich glaube, es ist zum Teil, weil Edwin mich küßte.»

«Jetzt schwindelst du mich aber an», sagte Seine Lordschaft ungläubig. «Dein lächerlicher kleiner Cousin Edwin hat nicht einmal genug Mumm, um ein Stubenmädchen zu küssen!»

«Ach, darüber weiß ich nichts, Sherry, aber er hat mich geküßt, und das war unbeschreiblich abscheulich, du kannst dir das gar nicht vorstellen. Und meine Cousine Jane hat es irgendwie herausbekommen und gesagt, daß ich daran schuld sei und daß ich ein berechnendes Frauenzimmer wäre und daß sie eine Schlange an ihrem Busen genährt habe. Aber ich bin keine Schlange, Sherry!»

«Mach dir nichts draus», sagte Sherry. «Aber über Edwin kann ich mich nicht beruhigen. Das übertrifft alles! Er muß betrunken gewesen sein, anders kann ich es mir nicht erklären.»

«Nein, das war er wirklich nicht», sagte Hero ernsthaft.

«Dann beweist es nur, wie man sich in einem Menschen täuschen kann. Trotzdem, Hero, du solltest es einem so jämmerlichen rotznäsigen Burschen wie diesem Edwin nicht gestatten, daß er dich küßt. Das gehört sich nicht.»

«Aber, Sherry, wie hätte ich mich wehren sollen, wenn er mich gepackt und so zusammengequetscht hat, daß ich kaum atmen konnte?»

Der Viscount lachte schallend auf. «Herrgott, wenn man bedenkt, daß Edwin sich in so einen Mordskerl verwandelt hat! Mir scheint, ich werde dir einen Trick beibringen müssen, damit du dich solcher Angriffe erwehren kannst. Verstehe nicht, daß ich es nicht schon längst getan habe.»

«Danke, Sherry», sagte Hero, aufrichtig dankbar. «Nur glaube ich nicht, daß ich diesen Trick noch brauchen werde, da man mich doch als Erzieherin in diese abscheuliche Schule nach Bath schickt.»

«Ich bin überzeugt, daß das alles nur Unsinn ist», erklärte Sherry.

«Du siehst nicht so aus wie irgendeine Erzieherin, die ich je kennengelernt habe, und ich lege die längsten Odds, daß dich keine Schule engagieren würde. *Weißt* du denn irgend etwas, Hero?»

«Ich glaube es nicht», erwiderte Hero, «aber Miss Mundesley sagte, daß ich es ganz gut machen werde, und da die Schule ihrer Schwester gehört, so glaube ich, daß sie alles untereinander abgemacht haben. Weißt du, das ist nämlich unsere Erzieherin. Wenigstens war sie es.»

«Ich weiß», nickte Sherry, «und eine sauertöpfische alte Jungfer außerdem. Ich werde dir etwas sagen, Fratz: wenn du in diese schauderhafte Schule gehst, machen sie aus dir nur einen verdammten Sklaven, ich warne dich! Wenn ich es recht überlege, was, zum Teufel, können sie nur vorhaben, ein junges Ding wie dich in die Welt hinauszustoßen?»

«Miss Mundesley sagte, daß man mich sehr streng halten würde», erklärte Hero. «Genaugenommen, stoßen sie mich also nicht in die Welt hinaus.»

«Darauf kommt es nicht an. Verdammt, je länger ich darüber nachdenke, desto übler scheint mir die Sache. Du bist doch schließlich kein Bettelkind.»

Miss Wantage hob ihren unschuldigen Blick zu seinem Gesicht. «Doch, Sherry, das bin ich. Ich habe doch gar kein Geld.»

«Das hat nichts zu bedeuten», sagte der Viscount ungeduldig. «Ich meine, daß ein Mädchen deiner Herkunft nicht Erzieherin wird! Habe deinen Vater nicht persönlich gekannt, habe aber alles über ihn erfahren. Sehr gute Familie – verdammt besser als die der Bagshots! Und außerdem hast du eine Menge höllisch feiner Verwandtschaft. In Norfolk oder so irgendwo. Habe gehört, wie meine Mutter darüber sprach. Sie kommen mir wie eine sehr langweilige Gesellschaft von Dummköpfen vor, aber das spielt keine Rolle. Am besten wäre es, wenn du ihnen schriebest.»

«Das hat keinen Zweck», seufzte Hero. «Ich glaube, mein Vater hat sich mit ihnen zerstritten, weil sie nichts für mich tun wollten, als er im Sterben lag. Also glaube ich, hätten sie gar nichts dagegen einzuwenden, wenn ich Erzieherin würde.»

«So, aber ich habe etwas dagegen einzuwenden», sagte der Viscount. «Ich werde das keineswegs dulden. Du mußt an etwas anderes denken.»

Miss Wantage kam seine Rede weder despotisch noch unvernünftig vor. Sie stimmte mit ihm überein, wenn auch etwas bedenklich. «Du meinst also, daß ich den Hilfsgeistlichen heiraten soll, Sherry?» fragte sie und zog ihr kurzes Näschen kraus.

Der Viscount starrte sie äußerst erstaunt an. «Warum, zum Teufel, sollte ich etwas Derartiges meinen? Natürlich meine ich es nicht. Du bist von allen albernen Mädchen wahrhaftig das albernste, Hero!»

Miss Wantage nahm diese Zurechtweisung demütig und bescheiden genug entgegen, sagte aber: «Ich halte es ja auch für eine alberne Idee, aber meine Cousine Jane sagt, entweder den Hilfsgeistlichen oder die abscheuliche Schule.»

«Du willst damit doch nicht etwa behaupten, daß der Hilfsgeistliche dich heiraten will?» fragte Sherry.

Miss Wantage nickte. «Er hat um mich *angehalten*», erklärte sie nicht ohne Stolz.

«Mir kommt vor», sagte Seine Lordschaft streng, «als wärest du, seitdem ich dich zum letztenmal sah, verteufelt leichtsinnig geworden. Was du nicht sagst! Den Hilfsgeistlichen heiraten! Hat er dich etwa auch hinter der Tür geküßt?»

«O nein, Sherry», versicherte ihm Miss Wantage. «Meine Cousine Jane sagt auch, daß er sich mit der größten Schicklichkeit benommen hat.»

«Das will ich auch hoffen», sagte Seine Lordschaft und verdarb den Ernst dieser Bemerkung etwas, indem er einen Augenblick später nachdenklich hinzufügte: «Der kommt mir auch wie ein fader Hund vor.»

«Ja, das ist er auch», stimmte Hero zu. «Ich glaube schon, daß er vielleicht sehr gütig ist, aber – o Sherry, wenn du mir deswegen nicht böse wärest, würde ich doch lieber Erzieherin werden, weil ich ihn wirklich nicht heiraten möchte.»

«Was ich nicht verstehen kann», sagte Seine Lordschaft, «warum will er dich eigentlich heiraten? Er muß im Oberstübchen nicht ganz richtig sein. Weißt du, Hero, du eignest dich einfach nicht zur Frau eines Geistlichen, und du hast ihm bestimmt nicht erzählt, daß du damals den Kirchenstuhl von Bassenthwaites mit Leim bestrichen hast, so daß alle Anwesenden außer sich vor Verlegenheit waren?»

«Nein, das habe ich ihm nicht erzählt», gestand Hero. «Aber, Sherry, in Wirklichkeit warst doch du es, der den Leim aufgestrichen hat.»

«Das ist wieder echt weiblich», rief Sherry aus. «Nächstens wirst du noch behaupten, daß du überhaupt nichts damit zu tun hattest.»

Miss Wantage schob ihre kleine Hand vertrauensvoll unter seinen Arm. «Aber nicht wahr, Anthony, ich habe dir dabei doch *geholfen*?»

«Ja, und hast mir den Leim über meine neuen Hosen gegossen, weil du glaubtest, jemanden kommen zu hören, du dummes Ding!» sagte der Viscount, der sich dieses Zwischenfalls mit verdüstertem Blick erinnerte.

Miss Wantage lachte leise. «Oh, und wie du mich dafür geohrfeigt hast. Meine Wange war stundenlang feuerrot und ich mußte eine Mordsgeschichte erfinden, um den Grund dafür zu erklären.»

«Nein, wirklich?» sagte der Viscount, etwas schuldbewußt, und strich ihr freundlich über die Wange. «Was für ein höllisch junger Grobian muß ich gewesen sein! Aber weißt du, Fratz, du hättest selbst die Geduld eines Heiligen oft auf die Probe gestellt.»

«Ja, das sagt auch meine Cousine Jane, und ich glaube, Sherry, daß ich die Geduld des Hilfsgeistlichen noch weit mehr auf die Probe stellen würde, weil ich mich immer wieder in irgendeiner Klemme befinde, obwohl ich das wirklich nicht will. Wenigstens nicht jedesmal.»

«Komm nicht immer wieder auf den Hilfsgeistlichen zurück», befahl der Viscount. «Die ganze Idee, ihn heiraten zu wollen, ist der größte Blödsinn, den ich je gehört habe. Nur gut, daß ich zufällig hier vorbeikam, denn der Himmel weiß, welchen Unsinn du angestellt hättest, wenn ich dich nicht rechtzeitig davon abgebracht hätte.»

«Ach, ich bin so froh, dich wiederzusehen, Sherry», erwiderte sie. «Ich dachte mir schon, daß du vielleicht vorbeikommen würdest.»

«Du lieber Gott, wieso denn?»

«Um Isabella einen Heiratsantrag zu machen», erwiderte sie unschuldig.

«Ha!» stieß Seine Lordschaft mit rauhem bitterem Lachen hervor.

Miss Wantage blickte verwundert zu ihm auf. «Das klang nicht sehr vergnügt. Sherry, hat sie dich nicht empfangen?»

«Vergnügt!» rief Seine Lordschaft aus. «Viel Grund hab ich, um vergnügt zu sein!»

«Ich wußte, daß sie von den andern Herren niemanden empfangen würde, obwohl alle nur aus diesem Grund den weiten Weg aus London kamen, aber dich, dachte ich, würde sie bestimmt empfangen.»

«Das hat sie auch getan», sagte der Viscount kurz. «Aber bei dem Erfolg, den ich dabei hatte, hätte ich ebensogut bleiben können, wo – halt einmal, wer hat dir denn erzählt, daß ich Bella heiraten will?»

«Du», antwortete Miss Wantage schlicht. «Im vorigen Jahr, als du hier warst. Erinnerst du dich nicht?»

«Nein, ich könnte nicht behaupten, daß ich mich erinnere, aber das ist auch belanglos. Sie will mich nicht!»

«Sherry!» rief Miss Wantage, aufs tiefste erschüttert. «Du willst damit doch nicht sagen, daß du ihr einen Antrag gemacht hast und daß sie dir einen Korb gegeben hat?»

«Ja, genau das will ich sagen. Aber das ist noch nicht alles», sagte der Viscount, dem die Demütigung wieder mit aller Eindringlichkeit zu Bewußtsein kam. «Sie sagte mir, daß mein Charakter unbeständig sei und daß ich einen Mangel an Prinzipien an den Tag lege. Und das sagt mir ein Mädchen, das ich mein ganzes Leben lang gekannt habe.»

«Es ist nicht wahr, Sherry!» rief Hero aus und drückte ihm herzlich die Hand.

«Ich wäre überdies ein Spieler und ein Wüstling, und die Gesellschaft, in der ich mich bewege, wäre ihr unerträglich. Ich wäre –»

«Sherry», unterbrach ihn Hero ängstlich, «glaubst du, daß sie etwas über deine Ballettänzerin gehört haben könnte?»

«Auf mein Wort!» rief der Viscount völlig perplex. «Zum Teufel, was weißt denn du von meiner Ballettänzerin? Aber sage ja nicht, daß ich es dir erzählt habe, weil das nicht wahr ist.»

«Nein, nein, Edwin hat es mir erzählt. Das heißt, er erzählte es eigentlich Cassy, weil sie sich gestritten hatten, und in Wirklichkeit war sie es, die mir's erzählt hat.»

«Über solche Dinge hast du nicht zu sprechen», sagte Seine Lordschaft streng. Dann dachte er mit gefurchter Stirn über das Gehörte nach.

«Außerdem hat das doch gar keinen Sinn. Edwin soll es Cassy erzählt haben, weil sie sich gestritten haben? Das ist doch sinnlos.»

«Aber, Sherry, es war doch deshalb, weil er ihr sagte, bevor sie den Versuch macht, dich zu angeln, könne sie ebensogut erfahren –» Miss Wantage brach tief errötend ab. «Oh, ich wollte, ich würde nicht immerzu Dinge sagen, die ich nicht sagen soll», sagte sie sehr gedemütigt. «Wirklich, ich hatte nicht die Absicht, eine so falsche Katze zu sein.»

«So!» sagte Seine Lordschaft. «Das liegt also in der Luft, was? Ich habe es übrigens schon gewußt», setzte er hinzu und gab sein großartiges Getue wieder auf. «Und du kannst deiner Cousine Cassy mit einem schönen Gruß sagen, daß sie sich die Mühe sparen kann, denn so weit ist es mit mir noch nicht gekommen. Aber damit brauchst du nicht gleich herauszuplatzen, wenn du sie zum erstenmal wiedersiehst. Und daß du kein Wort mehr über meine Ballettänzerin sprichst! Ich habe gute Lust, ins Haus hinaufzugehen und ein Wörtchen mit Edwin zu reden. Im ganzen Land über meine Angelegenheiten herumzutratschen! Jetzt weiß ich wenigstens, woher es mein verdammter Onkel hat, der seine Nase immer in alles hineinsteckt. Nichts als ein Haufen Lügen!»

«Ja, hast du denn keine Ballettänzerin?» fragte Miss Wantage. «Wenn du nämlich keine hast, werde ich selbst es Isabella sagen, und vielleicht wirst du dann wieder froh und glücklich sein.»

«Du hast über diese Angelegenheit kein Wort zu sprechen», sagte der gepeinigte Viscount.

«Ja, aber, Sherry –»

«*Nein*, habe ich gesagt! Erstens spricht eine wohlerzogene junge Dame nicht über derartige Dinge; und zweitens – ach, das verstehst du nicht!» Da begegnete er aber dem fragenden Blick eines Augenpaars, das dem seinen so aufrichtig entgegensah, daß er sein Gehirn nach einer plausiblen Erklärung zermarterte. «Zum Kuckuck, Hero, es ist nichts dran. Jeder junge Mann bevorzugt dieses oder jenes Mädchen, aber das hat nicht das geringste zu bedeuten, das kannst du mir glauben.»

Miss Wantage war völlig bereit, es ihm zu glauben, aber sie hatte doch das Gefühl, daß die Frage nicht ganz erschöpft sei. «Gut, Sherry, aber vielleicht hast du es Isabella nicht richtig erklärt. Glaubst du nicht –»

«Nein, das glaube ich nicht», sagte Seine Lordschaft hastig. «Der Grund ist eben, daß Bella sich nicht einen Pfifferling aus mir macht.»

Miss Wantage, der es schwerfiel, so etwas zu glauben, gab ihrer Meinung Ausdruck, daß Isabella wahrscheinlich Kopfschmerzen gehabt habe.

«Nein, so war das nicht. Sie war zwar – da du mich darauf aufmerksam machst – ein wenig blaß, aber so unvergleichlich wie immer!» setzte er loyalerweise hinzu.

«Sie ist wirklich sehr schön», sagte Miss Wantage. «Sie brachte es sogar fertig, mit Masern hübsch auszusehen.»

«*Masern?*» wiederholte der Viscount wie betäubt. «Aber sie hat doch nie im Leben auch nur das kleinste Fleckchen gehabt.»

«Aber sie hat doch nicht die gewöhnlichen Pickel, wie sie Sophy hat, sondern die, die man eben bei Masern hat.»

«Isabella hat doch keine Masern gehabt!»

«Doch», erwiderte Hero. «Darum hat sie ihre Mama doch aufs Land gebracht. Sie hat sich schrecklich krank gefühlt und, wie Mrs. Milborne meiner Cousine Jane erzählte, überall Flecken bekommen.»

«Nein», sagte der Viscount angewidert.

«Bei Masern ist das so, weißt du», erklärte Hero.

«Natürlich weiß ich das. Aber Isabella kann doch nicht Masern gehabt haben! Sie haben doch gesagt, daß sie durch all die Londoner Amüsements erschöpft wäre.»

Hero sah überrascht auf. «Das verstehe ich nicht. Warum haben sie das nur gesagt, wo sie doch genau gewußt haben, daß es Masern waren. Zwei Kammerzofen und ein Page haben sich auch angesteckt.»

«Du lieber Gott», sagte der Viscount und ein Grinsen verscheuchte seinen bestürzten Blick. «Also darum wollten sie niemanden empfangen. Armes Mädel! Bei Jupiter, ich gäbe viel darum, das Gesicht Severns zu sehen, wenn er es erführe. Verteufelt romantischer Bursche, dieser Severn. Das wäre ihm gräßlich.»

«Ist das der Herzog?» erkundigte sich Hero interessiert.

Aber ihren Gefährten überfiel neuerdings grauer Trübsinn. Er nickte.

«Wird – wird sie ihn heiraten, Sherry?»

«Ich glaube nicht, daß er den Mut aufbringen wird», erwiderte der Viscount aufrichtig. «Nicht, daß es mir etwas ausmacht. *Meine* Hoffnungen sind gründlich vernichtet.»

«Oh, Sherry, tut's sehr weh?» fragte Hero, der das Herz fast brach.

«Natürlich tut's mir weh», sagte Seine Lordschaft kurz. «Mein ganzes Leben ist vernichtet. Könnte ebensogut ohne weiteres zum Teufel gehen. Und das wird höchstwahrscheinlich auch eintreten, denn wenn ich mein Vermögen nicht in die Hand bekomme, dann werde ich in kurzer Zeit auf Pump leben müssen, und was das bedeutet, das wissen wir alle.»

Hero nickte verständnisvoll. Darüber mußte der Viscount lachen und er zwickte sie in ihr kleines Näschen. «Du hast ja doch keine Ahnung, was das ist. Hast bestimmt noch nie im Leben von einem Wucherer gehört, was, du Fratz? Oder von einem armen Teufel, der seine Schulden nicht bezahlen kann?»

«Doch! Das sind die armen Leute, die in hart gefederten Postkutschen fahren müssen.»

«Na, vielleicht kommt es auch mit mir noch so weit», sagte Sherry mit einer Grimasse. «Die Sache ist die, daß mein Vermögen in der blödesten Weise verwaltet wird, die sich je irgendwer ausgedacht hat. Möchtest du glauben, daß ich bis zu meinem fünfundzwanzigsten Lebensjahr nur ein lumpiges Taschengeld erhalte – außer ich heirate früher. Zwei meiner verdammten Onkel verwalten meinen ganzen Besitz

– zumindest sollten sie es tun; aber Prosper ist zu faul, um dem andern alten Halunken auf die Finger zu schauen. Er kann den Burschen ebensowenig ausstehen wie ich – kein Verwandter meines Vaters kann jemanden aus der Familie meiner Mutter ausstehen, und weiß Gott, ich kann es ihnen nicht übelnehmen, denn noch nie hat man mehr Schmarotzer auf einem Haufen gesehen, das kann ich beschwören – aber glaubst du, er unternimmt etwas, um den Kerl loszuwerden? Nein, er nicht! Dort sitzt er, in *meinem* Haus, lebt auf meine Kosten und bereichert sich – zehn zu eins – an meinem Geld, gar nicht davon zu reden, daß er meiner Mutter die unsinnigsten Ideen in den Kopf setzt und mir obendrein noch vorheuchelt, er sei enttäuscht, daß Bella mich nicht will! Enttäuscht! Er war so froh darüber, daß er das Lachen auf seinem fettigen Gesicht nicht unterdrücken konnte. Ich will verdammt sein, wenn ich es weiß, warum ich ihm in diesen sechs Jahren nicht wenigstens einmal eine in seine widerliche Fresse geknallt habe!» Er unterbrach sich, als ihm der erstaunte Gesichtsausdruck Heros zu Bewußtsein brachte, in wessen Gesellschaft er sich befand. «Du, hör einmal, laß dir ja nicht einfallen, auch eine derartige Sprache zu führen», ermahnte er sie. «Wenn sie mich nicht so wütend gemacht hätten, dann hätte auch ich nicht so gesprochen. Oder vielleicht doch, aber nie vor einem jungen Mädchen.»

«Nein, ich werde es nicht tun», sagte Miss Wantage gehorsam.

«Das sagst du jetzt», erwiderte der Viscount, «aber ich kenne dich, Hero. Ich konnte meiner Zunge nie freien Lauf lassen, wenn du in Hörweite warst. Denn du bist so sicher wie das Amen im Gebet damit gerade dann herausgeplatzt, wenn mindestens ein halbes Dutzend alter Klatschbasen im Zimmer waren. ‹... aber Anthony sagt es doch auch, Cousine Jane ...› Da kannst du dich nicht wundern, daß ich dir hier und da eine Ohrfeige geben mußte.»

«Ich werde diesmal ganz bestimmt nichts sagen», versicherte Hero. «Ich könnte es auch gar nicht, weil ich nicht weiß, was es bedeutet.»

«Du wirst es auch nicht erfahren, es hätte also keinen Zweck, mich damit zu quälen, es dir doch zu sagen. Es bedeutet nichts weiter, als daß ich es nicht länger ertrage. Und wenn man gesagt bekommt – merke wohl, von der eigenen Mutter –, daß kein vernünftiges Mädchen meinen Antrag annehmen würde, dann ist es schlimm genug. Und alles nur, weil ich das höllische Pech hatte, den Phaeton des alten General Ware umzuschmeißen. Jeder hätte gedacht, daß ich den Burschen umgebracht habe, aber nein! Er fiel bloß in eine Hecke, das war alles, und es ist ihm nichts geschehen. Außerdem zog ich selbst ihn wieder heraus. In Anbetracht dessen, daß ich durch seinen verteufelt schlechten Fahrstil meine Wette verlor, hätte es an meiner Stelle bestimmt viele Leute gegeben, die ihn einfach dort liegengelassen hätten. Glaubst du, er war etwa dankbar dafür? O nein! Wankte davon, setzte sich hin und schrieb einfach an meine Mutter, um sich bei ihr zu beschweren!»

«Mach dir nichts draus, Sherry», sagte Miss Wantage und drückte teilnehmend seinen Arm. «Sie sind alle zusammen abscheulich und unfreundlich. Und so waren sie immer. Ich dachte nur, daß Isabella –»

«Ich will kein böses Wort über sie hören!» sagte der Viscount edelmütig. «Sie ist für mich die Unvergleichliche und wird es immer bleiben! Aber wenn sie glaubt, daß ich jetzt um sie trauern werde, dann täuscht sie sich sehr. Es würde mich nicht wundern, wenn sie gerade das gerne von mir sehen würde, dieses herzloseste Frauenzimmer, dem ich je begegnet bin – Doch das gehört nicht hierher.»

«Und was wirst du jetzt wirklich tun, Sherry?» fragte Miss Wantage besorgt.

«Genau das, was ich meiner Mutter und meinem widerwärtigen Onkel sagte. Das erste Mädchen heiraten, dem ich begegne.»

Miss Wantage lachte. «Dummkopf! Das bin doch ich.»

«Ach, du lieber Gott, du brauchst nicht immer alles so buchstäblich zu nehmen!» sagte Seine Lordschaft. «Ich weiß selbst, daß du es bist, wie sich herausstellt, aber –» Er unterbrach sich plötzlich und sah starr auf das herzförmige Gesichtchen von Miss Wantage.

«Warum eigentlich nicht?» sagte er langsam. «Verdammt, genau das werde ich tun!»

3

Miss Wantage, einen Augenblick wie betäubt, vermochte ihn nur völlig verblüfft anzusehen. «*Mich* h-heiraten, Sherry?» stotterte sie.

«Ja, warum nicht?» erwiderte Seine Lordschaft. «Das heißt natürlich, außer du hättest etwas dagegen einzuwenden, aber in Anbetracht dessen, daß du bereit warst, den Hilfsgeistlichen zu heiraten, könnte ich es beim besten Willen nicht einsehen.»

«Nein, nein, ich war keineswegs bereit, den Hilfsgeistlichen zu heiraten», protestierte Hero. «Ich habe dir doch gesagt, daß ich lieber Erzieherin werden will.»

«Nun, lassen wir das», sagte Seine Lordschaft. «Es ist zwecklos, mir einreden zu wollen, daß du lieber Erzieherin werden willst, als mich zu heiraten, weil das lächerlich wäre. Das täte niemand. Zum Kuckuck, Hero, ich möchte nicht wie ein eingebildeter Laffe sprechen, und ich weiß auch, daß es mir an Charakterstärke fehlt, daß ich liederliche Neigungen habe und daß ich meine ganze Zeit in Spielhöllen verbringe und nebstbei zu jener Sorte häßlicher Vögel gehöre, die keine vernünftige Frau vertragen kann, aber andrerseits kannst du nicht behaupten, daß du mit mir nicht weit angenehmer dran wärest als in der verdammten Schule, über die du andauernd langweilige Geschichten erzählst.»

Miss Wantage war weit entfernt, etwas dieser Art zu behaupten, aber die Vorstellung, jemanden zu heiraten, der ihr jahrelang in demselben Licht erschienen war wie etwa seinem Reitknecht, war so phantastisch, daß sie ihm weder eine seriöse Absicht zutrauen konnte, noch zu glauben vermochte, daß ein so blendender Umschwung ihrer freudlosen Zukunftsaussichten tatsächlich stattfinden könnte. «O Sherry, bitte nicht!» bat sie mit einem Schluchzen in der Stimme. «Ich weiß, daß alles nur Unsinn ist, aber bitte, erzähl mir keine solchen Dinge.»

«Das ist durchaus kein Unsinn», sagte der Viscount. «Wahrhaftig, je mehr ich darüber nachdenke, desto hervorragender erscheint mir dieser Plan.»

«Aber, Sherry, du liebst doch Isabella!»

«Natürlich liebe ich Isabella», erwiderte Sherry. «Trotzdem möchte ich nicht behaupten, daß ich ihr einen Antrag gemacht hätte, wenn ich mich nicht in einer so verflixt bedrängten Lage befände, denn um dir die Wahrheit zu sagen, Hero, ich würde lieber nicht heiraten. Doch es hat keinen Sinn, darüber nachzudenken. Heiraten muß ich, und wenn ich die Unvergleichliche nicht haben kann, dann würde ich dich ebenso gerne nehmen wie eine andere. Viel lieber», fügte er voll des Edelmuts hinzu. «Ich hab dich verteufelt gern, Hero. Und ich bin fest überzeugt, daß wir miteinander ausgezeichnet auskommen werden, denn du nimmst nichts übel, hast keine schlechten Launen und du erwartest auch nicht, daß ich meine Lebensweise ändere und meine Zeit damit verbringe, dir den Hof zu machen.»

«O nein, gewiß nicht.»

«Ich weiß natürlich, daß es keine Liebesheirat ist», fuhr Seine Lordschaft fort. «Was mich betrifft, so habe ich mit der Liebe abgeschlossen, seit Isabella all meine Hoffnungen zerstört hat. Gewiß wäre ihr nichts lieber, als glauben zu können, daß sie mein ganzes Dasein verbittert hat, genau so, wie sie es mit dem armen George zu tun scheint, aber hol's der Henker, wenn ich ihre Eitelkeit dadurch noch unterstütze, daß ich sie es wissen lasse.»

Ein teilnahmsvoller Seufzer seiner Gefährtin veranlaßte ihn, seine Aufmerksamkeit wieder ihr zuzuwenden. Er musterte sie ein wenig bedenklich, und ein höchst unwillkommener Gedanke bemächtigte sich seiner. «Ich wollte, du wärst nicht so verteufelt jung», klagte er. «Wir würden schön aussehen, wenn du es dir einfallen ließest, dich, nachdem wir gebunden sind, in irgendeinen jungen Burschen zu verlieben. Wenn ich es recht bedenke, so bist du zum Heiraten überhaupt viel zu jung. Zum Kuckuck, du bist ja noch das reinste Baby!»

«Augusta Yarford hat mit knapp siebzehn Jahren geheiratet», brachte Miss Wantage hoffnungsbang hervor.

«Das ist etwas ganz anderes. Sie hat zwei Saisons mitgemacht, und wenn es je ein Mädchen gab, das ganz genau Bescheid wußte, so ist es Gussie Yarford. Du bist aber noch nicht in die Gesellschaft eingeführt und hast nie jemanden kennengelernt außer deinem feinen Cousin Edwin und dieser halben Portion von einem Pfarrer.»

«Und dich, Sherry», sagte sie und lächelte ihn schüchtern an.

«Ja, aber ich zähle doch nicht, wenigstens nicht mehr, als wenn ich dein Bruder wäre.» Plötzlich überkamen ihn Gewissensskrupel. «Ich glaube, daß ich es doch nicht tun sollte», sagte er in einem unklaren Gefühl von Ritterlichkeit. «Ich mache mir nichts draus, wenn die Leute mich einen Wüstling nennen, aber hol's der Henker, wenn ich mir nachsagen lasse, daß ich mir die Unwissenheit eines jungen Dings zunutze gemacht habe, das kaum den Kinderschuhen entwachsen ist.»

Miss Wantage faltete die Hände im Schoß und sagte etwas atemlos: «Sherry, wenn du glaubst, daß ich zu dir passen würde, dann bitte – bitte heirate mich, denn ich weiß bestimmt, daß ich es lieber täte als alles andere auf der Welt.»

«Ja, aber du hast nicht mehr Ahnung davon, was das zu bedeuten hat, als – als dieser Sperling da», sagte der Viscount ungerührt. Er dachte einen Moment darüber nach, dann fügte er hinzu: «In Wirklichkeit sogar noch weit weniger.»

«Aber ich wäre so gern immer mit dir beisammen, Sherry, weil du mit mir nie böse bist, und außerdem würde es mir soviel Spaß machen, ich würde endlich nach London kommen und alle die Dinge sehen, von denen ich bisher nur gehört habe, und in Gesellschaften gehen und auf Bälle, und ich würde nicht ausgezankt oder in die scheußliche Schule geschickt werden und – Sherry, es war nicht n-nett von d-dir, mir das in den Kopf zu setzen, wenn du es n-nicht wirklich meinst.»

Der Viscount klopfte ihr ziemlich gedankenlos auf die Schulter, und ein etwas reuiges Lächeln umspielte seine Lippen. So leichtsinnig er auch war, verfehlte diese ungekünstelte Rede nicht ihre Wirkung, und zwar in ihrer vollen Bedeutung. «O Gott!» sagte er.

Miss Wantage schluckte eine Träne hinunter und sagte tapfer: «Du hast ja bloß Spaß gemacht. Das hätte ich natürlich wissen müssen. Ich wollte dich aber wirklich nicht ärgern.»

«Nein, ich habe keinen Spaß gemacht», sagte Seine Lordschaft. «Zum Kuckuck, warum sollte ich dich eigentlich nicht heiraten? Ich weiß, daß du noch keine Zeit hattest, dich mit deinen Gefühlen auf eine Person festzulegen, aber, zehn zu eins, du wirst es auch nie tun, und auf alle Fälle wirst du sehen, daß ich nicht zu jenen Ehemännern gehöre, die wegen jeder Kleinigkeit einen Wirbel machen. Ich werde mich nie in deine Vergnügungen einmischen, meine Liebe, sofern du dabei diskret bleibst. Du brauchst auch nicht zu fürchten, daß ich dir meine Aufmerksamkeiten aufzwingen werde. Ich habe dir ja gesagt, daß ich mit der Liebe fertig bin. Wir werden eine reine Vernunftehe führen. Verdammt, ich kann nicht so romantisch sein, wie du es gewiß gern hättest, aber dafür kannst du nicht leugnen, daß du es bei mir bedeutend amüsanter haben wirst, als wenn du Erzieherin geworden wärest.»

Miss Wantage nickte inbrünstig; und ihre Augen leuchteten wie Sterne. «Ach, Sherry, ich finde es sehr romantisch», sagte sie.

«Das kommt daher, weil du nichts davon verstehst», erwiderte Sherry zynisch. «Aber mach dir nichts draus. Auf alle Fälle wird es dir Spaß machen, in London ein wenig Aufsehen zu erregen.»

Miss Wantage stimmte dieser Aussicht mit großer Begeisterung zu.

Im nächsten Augenblick fiel ihr etwas ein, das den strahlenden Glanz ihrer Augen trübte. «Ach, wie gern würde ich es tun! Sie werden es uns aber nie erlauben, Sherry.»

«Wer sollte uns daran hindern?» fragte er. «Das ist ein Punkt, den mein Vater in seine verdammten Bestimmungen nicht aufgenommen hat. Ich kann heiraten, wen ich will, und niemand hat ein Wort dreinzureden.»

«Sie werden es aber dennoch tun», sagte Hero ahnungsvoll. «Ach, Sherry, du weißt ja ebensogut, daß sie es tun werden. Deine Mama wünscht eine brillante Partie für dich, und sie wird alles tun, was in ihrer Macht steht, um zu verhindern, daß du dich an mich wegwirfst. Du weißt doch, daß ich kein Vermögen besitze.»

«Das weiß ich, aber das hat nicht das geringste zu bedeuten. Wenn die Vermögensverwaltung einmal aufgehoben ist, dann habe ich mehr als genug für uns beide.»

«Lady Sheringham wird anders darüber denken. Und meine Cousine Jane würde mich, wenn sie es wüßte, schon morgen nach Bath schicken.»

«Zum Kuckuck, Hero, das sehe ich nicht ein, verdammt noch einmal! Sie kann höchstens sagen: das ist eine verteufelt gute Partie, das steht einmal fest!»

«Das ist es ja eben, Sherry. Sie würde sagen, daß sie für mich viel zu gut ist. Sie wäre vor Wut außer sich. Weißt du, sie hat nämlich gehofft, daß du vielleicht doch einmal an Cassy oder an Eudora Gefallen finden könntest.»

«Nun, das wird nie der Fall sein. Habe keine von ihnen ausstehen können, weder sie noch Sophy, und es ist kaum anzunehmen, daß ich meine diesbezügliche Ansicht in diesem Leben noch ändern werde. Aber an dem, was du sagst, ist schon etwas dran, und etwas, das ich mehr als alles andere verabscheue, ist ein Pack Weiber, die mit mir streiten und alle fünf Minuten hysterische Anfälle bekommen, was ganz bestimmt der Fall wäre. Und wenn deine Cousine dich nach Bath schickt, wäre ich verpflichtet hinzufahren, um dich zu retten, und ich kann den Ort doch nicht ausstehen. Es bleibt also nur eins: wir müssen uns aus dem Staub machen, ohne jemandem ein Wort zu sagen. Ist das Eheband einmal geknüpft, und das können wir sehr rasch mit einer Spezialgenehmigung erreichen, dann können sie nichts dagegen sagen – oder wenn sie es dennoch tun, keinesfalls uns gegenüber.»

«Wirklich nicht?» fragte Hero bedenklich.

«Nein, denn erstens hätte es keinen Sinn, und zweitens könnten wir ihnen die Türe weisen», sagte der Viscount.

«Und glaubst du nicht, daß meine Cousine Jane sich darauf berufen wird, daß ich minderjährig bin, um der Sache damit ein Ende zu bereiten? Nicht wahr, Sherry, das kann man?»

Der Viscount überlegte das gründlich. «Nein», sagte er schließlich. «Das wird sie nicht tun. Kann mir auch nicht vorstellen, wie ihr das gelingen sollte. Ich meine – Hero, denk doch nur nach! Ich bin doch kein verdammter Abenteurer, der mit einer reichen Erbin durchbrennt! Ich bin eine höllisch gute Partie. Sie wird gezwungen sein, es mit Anstand zu schlucken. Möchte sogar behaupten, daß sie deine Gesellschaft noch suchen wird, um für ihre langweiligen Töchter Männer zu finden.»

«Ach, wirklich? Wenn du meinst, daß ich das könnte, würde ich mich sehr bemühen», sagte Hero ernsthaft.

«Es würde niemandem gelingen, für diese gräßlichen Frauenzimmer Männer zu finden», erwiderte Seine Lordschaft mit brutaler Offenheit. «Außerdem kann ich sie nicht leiden und werde sie in meinem Haus nicht dulden. Aber komm jetzt! Wir haben genug Zeit vertrödelt. Wenn wir hier noch länger herumsitzen, wird bestimmt jemand kommen, um dich zu suchen. He, Jason!»

«Ich soll jetzt mitkommen?» fragte Miss Wantage mit offenem Mund. «Aber, Sherry, ich habe doch nichts bei mir. Soll ich nicht zuerst einen Portemanteau packen oder wenigstens eine Hutschachtel?»

«Hero, wirst du denn nie Vernunft annehmen? Erwartest du allen Ernstes, daß ich beim Portal vorfahre, um dich abzuholen? Wenn du jetzt nach Hause gehst, um einen Portemanteau zu packen, dann werden sie dich bestimmt entdecken.»

«O ja, aber – glaubst du nicht, daß ich mich bei Einbruch der Dunkelheit aus dem Hause schleichen sollte, um dich hier zu treffen?»

«Nein, das glaube ich nicht», erwiderte Seine Lordschaft. «Ich habe auch nicht die Absicht, für den Rest des Tages an dieser verdammt langweiligen Stelle anzuwachsen. Außerdem ist heute Neumond, und wenn du glaubst, daß ich in der Finsternis in die Stadt fahre, dann hast du dich schwer geschnitten, mein Mädchen. Ich kann auch nicht einsehen, was du mit dem Portemanteau willst. Wenn der Rest deiner Garderobe so aussieht wie das Prachtstück, das du jetzt trägst, dann kannst du nur froh sein, je früher du das Zeug los wirst. Wenn wir nach London kommen, werde ich dir alles kaufen, was du brauchst.»

«O Sherry, wirklich?» rief Miss Wantage mit glühenden Wangen. «Oh, danke, danke, komm, fahren wir rasch!»

Der Viscount sprang auf die Straße und hielt ihr seine Hände entgegen. «Also los, spring herunter!»

Miss Wantage gehorchte ihm augenblicklich. Jason, der die Pferde vorgeführt hatte, betrachtete sie mit starrem Blick, den er gleich darauf fragend auf seinen Gebieter richtete.

«Ich nehme diese Dame mit nach London, Jason», kündigte der Viscount an.

«Ha!» stieß der getreue Diener hervor. «Ha! Tatsächlich, Guv'nor?»

«Ja, und außerdem wünsche ich nicht, daß du ein Wort darüber verlierst. Also kein Geschwätz, in welcher Kneipe es auch sein mag, verstehst du! Und das sag ich dir, daß es auch in den Stallungen kein Geschwätz gibt!»

«Ich kann's Maul halten», erwiderte Jason würdevoll, «aber wissen möcht ich, um was Sie wieder gewettet haben.»

Der Viscount stieß Miss Wantage nicht eben zart auf den Sitz des Kabrioletts, sammelte die Zügel in seiner Hand und war im Begriff, sich neben sie zu setzen. «Ich werde heiraten.»

«Was Sie nich sagen!» rief Jason, und der Mund blieb ihm offen stehen. «Das is aber nich die Richtige, Guv'nor. Du lieber Himmel, was müssen Sie wieder hinter die Binde gegossen haben! Und dabei hab ich meiner Seel nie nich den geringsten Verdacht, daß Sie Ihnen angedudelt haben. Man kennt's Ihnen gar nicht an, Guv'nor, tatsächlich! Aber mich so zu foppen, wo ich Ihnen doch genau kenne und geglaubt hab, Sie sind strohnüchtern. Und was sin Sie wirklich die ganze Zeit? Leck wie 'n Sieb! Was werden Sie aber sagen, wenn man Ihnen wieder ausgenüchtert hat, Mylord? 'ne feine Geschichte wird das werden, und wer muß das Bad ausgießen, wenn ich Ihnen mit die falsche Edelpflanze wegfahren lasse? Ich!»

«Zum Teufel mit deiner Unverschämtheit, natürlich bin ich nüchtern!» rief der Viscount zornig. «Steck deine Nase gefälligst nicht in meine Angelegenheiten! Was, zum Teufel, gibt's denn zu lachen, Hero?»

«Ich finde ihn so urkomisch!» gurgelte Miss Wantage. «Was ist eine Edelpflanze?»

«Weiß Gott, was das ist. Der Bursche kann den Mund nicht aufmachen, ohne in die Gaunersprache zu verfallen. Paßt durchaus nicht für deine Ohren. Jason, zurück von den Köpfen! Los!»

Das Kabriolett fuhr an. Jason sprang behende hinten auf und rief über das herabgelassene Verdeck hinweg: «Ich kann meine Nase doch nicht aus Ihre Angelegenheiten lassen, Guv'nor. Brennen Sie vielleicht durch?»

«Natürlich nicht – du gütiger Gott, doch, ja!» sagte Seine Lordschaft höchst betroffen.

«Weil, *wenn* Sie das tun möchten», fuhr Jason fort, «und *wenn* Sie wollen, daß niemand nichts davon weiß, dann darf das junge Edelpflänzchen nich neben Sie sitzen, wie sie es jetzt tun tut.»

«Bei Gott, da hat er recht!» rief der Viscount und zügelte plötzlich die Pferde. «Die Hälfte der Grafschaft würde herumerzählen, daß sie gesehen haben, wie du mit mir weggefahren bist. Hero, es gibt nichts anderes: du wirst dich auf den Boden setzen und unter der Decke verstecken müssen.»

Da sich Hero erfahrungsgemäß keinerlei Erwartungen hingab, daß man ihre Menschenwürde oder ihre Bequemlichkeit in Betracht ziehen könnte, erhob sie gegen diesen Vorschlag keine Einwendungen, sondern rollte sich möglichst eng zusammen, dem Viscount zu Füßen, und ließ sich überdies noch eine Decke überwerfen. Da man Sherrys Fahrstil nur als halsbrecherisch zu bezeichnen vermochte, wurde sie erheblich umhergestoßen, sie beklagte sich aber nicht, sondern umklammerte bloß die Stulpenstiefel des Viscount und preßte ihre Wange gegen sein Knie. Auf diese Weise legten sie die nächsten Meilen zurück. Der Viscount hielt jenseits der zweiten Zollschranke an und erklärte, daß sie jetzt, seiner Ansicht nach, vor einer zufälligen Begegnung mit Leuten, die sie erkennen könnten, ziemlich sicher wären.

«Sherry, es macht mir aber nichts aus, zu bleiben, wo ich bin, wenn du glaubst, daß es für mich besser wäre», versicherte ihm Hero.

«Ja, aber ich bekomme dabei einen Krampf im linken Bein», sagte der Viscount höchst egoistisch. «Steh auf, Fratz, und bring um Himmels willen deine Frisur in Ordnung. Du siehst wie ein Wildfang aus!»

Miss Wantage tat ihr Bestes, um seine Anordnung zu befolgen, doch leider ohne sichtbaren Erfolg. Glücklicherweise zwangen die Anforderungen der damaligen Haarmode Seine Lordschaft, stets einen Kamm bei sich zu tragen. Er holte ihn also hervor, zog ihn durch die zerzausten seidigen Locken, knüpfte die Bänder der Kapuze unter Heros Kinn und erklärte nach einem kritischen Blick, es ginge jetzt an. Miss Wantage lächelte ihm vertrauensvoll zu, wobei der Viscount eine Entdeckung machte. «Du siehst genauso aus wie ein kleines Kätzchen.»

Sie lachte. «Nein, wirklich, Sherry?»

«Ja, tatsächlich. Ich glaube, es ist wegen deiner lächerlich kleinen Nase», sagte der Viscount und versetzte ihr einen leichten Nasenstüber. «Entweder ist es das oder deine Gewohnheit, einen mit weit aufgerissenen Augen anzustarren. Ich glaube, ich werde dich von jetzt an Kätzchen rufen. Es paßt auch besser zu dir als Hero, und überhaupt habe ich schon immer gefunden, daß das ein alberner Name für ein Mädchen ist.»

«O ja, das war auch immer mein größter Kummer», rief sie aus. «Du kannst dir das gar nicht vorstellen, Sherry. Es ist mir viel lieber, wenn du mich Kätzchen rufst.»

«Also gut, das ist abgemacht», sagte Sherry und ließ seine Pferde wieder antraben. «Jetzt müssen wir aber einen Entschluß fassen, was, zum Teufel, ich mit dir tun soll, wenn wir nach London gekommen sind.»

«Du hast doch gesagt, daß du mir neue Kleider kaufen willst», erinnerte ihn Hero nicht ohne leichte Besorgnis.

«Das werde ich natürlich tun, was mir aber einigen Kummer bereitet, ist die Frage, wo du heute nacht schlafen sollst», gestand Sherry. «Weißt du, wir werden nämlich heute nicht mehr genug Zeit haben, um zu heiraten.»

«Nein, wenn wir unsere Einkäufe machen, bestimmt nicht», erklärte Hero bereitwilligst. «Aber ich könnte doch zu dir nach Hause kommen, nicht?»

«Nein, das kannst du ganz bestimmt nicht! Das ginge wahrhaftig nicht», widersprach Sherry entschieden. «Abgesehen davon habe ich kein Zuhause in dem Sinn. Nur ein Absteigequartier an der St. James Street, aber diese Lage würde dir nicht passen. Außerdem hätte ich dort keinen Platz für dich. Ich könnte dich zwar nach Sheringham House bringen, doch ich glaube nicht, daß du es sehr bequem hättest, denn dort sind jetzt nur der alte Varley und seine Frau, und außerdem ist alles mit Kattunüberzügen zugedeckt.»

«Ach nein, bitte bring mich nicht dorthin», bat Hero, durch diese Beschreibung völlig eingeschüchtert.

Jason, der dieses Gespräch mit dem größten Interesse verfolgt hatte, unterbrach sie an dieser Stelle, um seiner Ansicht Ausdruck zu verleihen, daß nichts dem glatten Verlauf der Entführung schädlicher sein könnte als der alte Varley, den er als Quatschkopf und Blödian beschrieb, bei dem man damit rechnen müsse, daß er alles ausquatschen würde.

Dem Viscount, der es wie alle jungen Leute liebte, seine Reden mit Jargonausdrücken zu würzen, bereitete es keine Schwierigkeiten, Jasons Redewendungen zu verstehen und die düstere Warnung herauszuhören. Im ganzen stimmte er mit ihm überein, doch erklärte er mit einiger Strenge, daß der tiefere Grund seiner Kritik an dem alten Diener der Familie wohl darin lag, daß Varley ihn dabei erwischt hatte, wie er den Versuch unternahm, ihm Uhr und Uhrkette zu stehlen.

«Und dabei fällt mir etwas ein, das ich vergessen habe», rief er aus und wandte den Kopf über die Schulter zurück. «Zum Kuckuck, ich war in der größten Aufregung, als ich das Haus verließ, so daß ich es ganz vergessen habe. Ich weiß nicht, was du gestohlen hast, während wir dort waren, aber du kannst unmöglich zwei Tage in einem Haus gewesen sein, ohne etwas geklaut zu haben. Gib's her!»

«Richten Sie lieber Ihre Augen auf die Straße, Guv'nor, schauen Sie auf die Straße!» beschwor ihn Jason. «In Ihrem Haus hab ich nie nich gemaust! Ich kann's senkrecht beschwören, und ich werd's auch nie nich tun!»

«Jason!» sagte Seine Lordschaft in drohendem Ton.

Der Reitknecht rümpfte die Nase. «Also gut, ich geb's zu, ich hab dem alten Narren mit dem Teiggesicht zwei Guineen geklaut», gab er mürrisch zu. «Er hat mir nie nich mal 'nen Penny Trinkgeld gegeben.»

«Willst du damit sagen, daß du meinem Onkel zwei Guineen gemaust hast?» fragte Sherry.

«Na, wie sollt ich denn auch wissen, daß Sie was dagegen haben, wenn man ihm was klaut?» fragte Jason. «Sie haben mir doch nie nich's davon gesagt, Guv'nor, hab nich glauben können, er is 'n Freund von Sie!»

«Ach was, wenn das alles ist, dann ist's kein Unglück», sagte Sherry fröhlich. «Wahrscheinlich war es ja doch mein Geld. Wenn man das nur genau wüßte!»

«Stiehlt er immer?» flüsterte Hero und hatte runde Augen.

«O ja, immer. Er kann nichts dafür, weißt du.»

«Aber ist das nicht sehr unangenehm?»

«Nein, mich stört es nicht», erwiderte Sherry schlicht. «Mir stiehlt er ja nie etwas. Es war natürlich höllisch unangenehm, als er meine Freunde immer wieder bestahl – er klaute die Uhr von meinem Cousin Ferdy fünfmal, bevor er damit aufhörte –, doch jetzt tut er's nicht mehr; aber auf alle Fälle wissen die meisten Leute, daß sie es mir nur zu sagen brauchen, wenn ihnen etwas abgeht, nachdem sie bei mir gewesen sind. Wenn ich es verlange, gibt er seine Beute stets wieder zurück. Oh, da fällt mir etwas ein! He, Jason! Laß dir ja nicht einfallen, dieser Dame hier jemals etwas zu stehlen – hörst du! Ich schmeiße dich ohne Zeugnis hinaus, wenn sie auch nur ein Taschentuch vermißt!»

«O nein, Guv'nor, das können Sie nich tun!» stieß der Reitknecht entsetzt hervor.

«Nun gut», gab Sherry zu, «ich glaube es ja auch nicht. Aber ich würde dir alle Knochen im Leibe brechen, also vergiß es nicht!»

Diese wahrhaft gütige Abschwächung seiner Drohung schien den Reitknecht sichtlich zu erleichtern. Er seufzte tief auf und erbot sich in ritterlicher Weise, er möge von Enten aufgefressen werden, wenn er sich je soweit vergäße, seiner künftigen Gebieterin auch nur eine Nadel zu stehlen.

Der Viscount, der diese Versicherung befriedigt zur Kenntnis nahm, erklärte hierauf Miss Wantage, daß sie ganz beruhigt sein könne. «Ich glaube tatsächlich nicht, daß ihm je der Gedanke käme, dich zu bestehlen», vertraute er ihr an. «Dennoch ist es besser, ganz sicher zu gehen. Komischer kleiner Kerl! Läßt sich für mich in Stücke reißen! Hol's der Teufel, wenn ich weiß, warum!»

«Wie alt ist er?» fragte Hero.

«Hab keine Ahnung, mein Liebes. Ich glaube, er auch nicht. Nehme an, daß er nicht mehr als achtzehn oder neunzehn ist.»

«Er ist so winzig klein.»

«Oh, das macht nichts. Er ist einmal zum Jockey ausgebildet worden, bis man ihn wegen Diebstahls aus dem Stall geworfen hat. Weißt du was, Kätzchen? Ich habe inzwischen nachgedacht, ich glaube, es wäre am besten, dich ins Grillon zu bringen.»

«So? Wo ist es, Sherry?»

«Albemarle Street. Es ist ein Hotel. Entsetzlich fad und solid, aber das kann man nicht ändern.»

«Werden wir dort zusammen wohnen?» fragte Hero ein wenig nervös.

«Du lieber Gott, nein! Das hieße den Teufel heraufbeschwören. Wir werden ohnedies genug Scherereien haben, damit wir eine Geschichte erfinden, die es rechtfertigt, daß ein junges Ding in deinem Alter ohne Gardedame oder Kammerfrau in der Geographie herumfährt. Ja, und Koffer hast du ja auch keine! Wir hätten eine Manteltasche und einige Hutschachteln mitbringen müssen. Das Grillon wird dich ohne Gepäck niemals aufnehmen. Warum habe ich nur nicht früher daran gedacht?»

«O Sherry, das sieht dir wieder ganz ähnlich», bemerkte Miss Wantage standhaft. «Du achtest nie auf das, was ich sage, und dann gibst du mir die Schuld, wenn etwas schiefgeht. Immer! Du weißt sehr gut, daß ich dir sagte, du sollst mich einen Portemanteau packen lassen. Was sollen wir jetzt tun?»

«Nun, das kann man nicht ändern. Übrigens habe ich kein Wort von Schuld gesagt, nicht ein einziges!»

«Nein, aber du wolltest es gerade tun», erwiderte Hero mit einem mutwilligen Blick. «Ich kenne dich doch, Sherry!»

Er grinste. «Kleine Katze! Und jetzt will ich dir sagen, was wir tun werden. Wir fahren direkt zu meiner Wohnung, schicken meinen Kammerdiener, den Bootle, in die Stadt, um einige Koffer für dich zu kaufen, nehmen eine Droschke und fahren in die Bond Street, kaufen dort, was du für die Nacht brauchst, bringen alles in meine Wohnung, packen ein und fahren damit ins Grillon. Dort werde ich sagen, daß du meine Schwester bist – nein, das geht nicht: zehn zu eins wissen sie, daß ich keine Schwester habe. Aber ich werde sagen, daß du meine Cousine bist, die wieder in ihre Schule nach Bath fährt. Bist aus Kent gekommen – das ist sogar wahr – verbringst eine Nacht in London – ich versprach, dich abzuholen – Kammerfrau brach sich beim Aussteigen aus dem Wagen den Fuß – wurde ins Spital gebracht – du hast keine weiblichen Verwandten in der Stadt – was sollte ich also tun? Dagegen ist natürlich nichts einzuwenden. Bringe dich in ein vornehmes Hotel, könnte nichts Besseres tun!»

Da Miss Wantage an diesem Plan nichts auszusetzen fand, verlief der Rest der Fahrt sehr angenehm mit der Ausgestaltung der so geschickt erfundenen Geschichte des Viscount, der sie noch einige Details hinzufügten, und unter herzlichem Gelächter über die bevorstehende Fassungslosigkeit ihrer respektiven Verwandten.

Als sie die Metropole erreichten, erhob sich ein kleiner Streit, weil Miss Wantage den dringenden Wunsch hegte, sich ein wenig umzusehen, und der Viscount darauf bestand, daß sie ihre Kapuze herunterziehen müsse, um ihr Gesicht zu verbergen. Doch das war bald wieder vorüber, und nichts hätte sonniger sein können als die Laune von Miss Wantage, die jetzt vor der Wohnung des Viscount von dem Kabriolett heruntersprang.

Bootle, der schwergeprüfte Kammerdiener Seiner Lordschaft, hatte sich gezwungenermaßen zu einer phlegmatischen Persönlichkeit entwickelt, aber die so plötzlich erfolgte Ankunft seines Gebieters, an dessen Arm eine schäbig gekleidete junge Dame hing, erschütterte selbst seine eiserne Ruhe ziemlich merkbar. Als er begriffen hatte, daß er seine zukünftige Herrin vor sich sah, hatte er seine Gesichtszüge wieder soweit in Gewalt, daß er ihnen den Ausdruck eines Menschen verlieh, der gegen jeden Unglücksfall abgehärtet ist und jedwede Kränkung erwartet. Als er erfuhr, daß er sich augenblicklich auf den Weg zu machen habe, um das geeignete Gepäck für eine vornehme junge Dame herbeizuschaffen, verrieten sich seine Gefühle lediglich durch den matten Ton seiner Stimme, mit der er sagte: «Sehr wohl, Mylord!»

Als der Viscount aber mit Miss Wantage wieder weggefahren war, vergaß er sich so weit, dem interessierten Hauswirt anzuvertrauen: Wenn es das Schicksal nicht bestimmt hätte, daß er am Tag der Rückkehr des Viscount in das Schloß seiner Ahnen eine geschwollene Backe bekommen sollte und der Viscount nicht so gütig gewesen wäre, ihm zum Ziehen des Missetäters von einem Zahn einen freien Tag zu bewilligen, dann wäre eine Reihe von Umständen nie eingetreten, die, wie er vorausgesehen hatte, nur mit einem Unglück enden konnten. Der Hauswirt, ein äußerst pedantischer Mann, erklärte, daß er niemanden kenne, weder Mr. Bootle noch sonst jemanden, der imstande wäre, die plötzlichen tollen Einfälle Seiner Lordschaft zu verhindern. Er bezeichnete Seine Lordschaft als schneidigen Burschen und flotten Kerl, eine wahrhaft pöbelhafte Ausdrucksweise, die Bootle so tief beleidigte, daß er verschwand, um die Aufträge des Viscount auszuführen, ohne seinen Freund auch noch eines einzigen Wortes zu würdigen.

Inzwischen führte der Viscount Miss Wantage in den Modesalon einer bestimmten Damenschneiderin in der Bond Street, in welchem er nicht unbekannt war. Nach wenigen Augenblicken eines kurzen, dafür aber erstaunlich offenherzigen Zwiegesprächs überließ er Miss Wantage der überraschten Inhaberin, damit sie sie so ausstatten solle, wie es ihrem Rang entsprach. Nichts ereignete sich, um die Harmonie der Vorgänge zu stören; dann ergab sich ein kleiner Zwischenfall, denn Miss Wantage hatte den brennenden Wunsch, ein äußerst flottes Kleid aus seegrüner Gaze, mit Silberbändchen geputzt, zu erstehen, während der Viscount ihr glatt verbot, eine Toilette zu tragen, die für eine junge Dame, die sich angeblich auf der Reise in eine exklusive Schule in Bath befand, überaus ungeeignet war. Dieser unbedeutende Streit wurde durch die Inhaberin des Salons geschlichtet, die in der künftigen Lady Sheringham eine wertvolle Kundin erblickte und sich alle Mühe gab, den ganzen ihr zur Verfügung stehenden Takt zu entwickeln. Sie machte den Vorschlag, Seine Lordschaft möge ein ungemein einfaches, dafür aber außerordentlich kostspieliges Kleid kaufen, welches Miss Wantage in den nächsten Tagen tragen solle, gleichzeitig aber auch das seegrüne Gazekleid, das sich die junge Dame so sehr wünsche, für eine spätere Gelegenheit. Der Viscount willigte ein, sah sich aber sofort genötigt, Miss Wantage zur Ordnung zu rufen, da sie ihm in aller Öffentlichkeit stürmisch um den Hals fiel.

Schließlich waren auch diese Einkäufe und einige andere intimerer Art erledigt. Ein Stück weiter die Straße hinauf wurde dann bei einer Modistin noch ein Hütchen erstanden, das zu dem Musselinkleid paßte; außerdem besorgten sie ein Paar lavendelfarbige Glacéhandschuhe; Bürsten, Kämme und Seife vervollständigten die Liste der dringendst benötigten Gegenstände, und bei einbrechender Dunkelheit erhielt Miss Wantage das feierliche Versprechen, daß sie diese faszinierende Straße am kommenden Vormittag wieder besuchen dürfe, um weitere Einkäufe zu machen. Dann kehrte das verlobte Paar in die Wohnung des Viscount zurück, Miss Wantage im Zustande unaussprechlichen Glücks und ihr Kavalier hin- und hergerissen zwischen seiner Belustigung über ihre Freude an der ersten neuen Toilette ihres Lebens und dem immer dringender werdenden Bedürfnis, endlich das Dinner einzunehmen. Bootle hatte sich inzwischen des in ihn gesetzten Vertrauens als würdig erwiesen, es blieb demnach nichts weiter übrig, als die verschiedenen Einkäufe in zwei Lederkoffer zu packen und eine andere Droschke herbeizurufen, um sie ins Hotel Grillon zu bringen.

Als sie in dem bescheidenen Vehikel saßen, schob Miss Wantage ihre schmale behandschuhte Hand in die Sherrys und sagte mit bebender Stimme: «Danke, Sherry! Oh, ich wollte, ich könnte das ausdrücken, was –! Weißt du, es hat mir nämlich vorher noch nie jemand etwas geschenkt!»

«Armes kleines Ding!» sagte Seine Lordschaft und tätschelte freundlich ihre Hand. «Komm, weine nicht! Weißt du, du kannst jetzt alles haben, was du willst. Das heißt mit Ausnahme von dem abscheulichen Hut mit der roten Feder! Und hör mich an, Kätzchen, daß du ihn morgen nicht doch kaufst! Wenn du es tust, schicke ich ihn augenblicklich wieder zurück!»

«Nein, Sherry, ich verspreche dir, es nicht zu tun!»

4

Am folgenden Morgen – es war nicht viel später als zehn Uhr – saßen zwei junge Herren beim gemeinsamen Frühstück im Wohnzimmer eines Hauses der Stratton Street. Die Wohnung, deren Besitzer Mr. Gilbert Ringwood war, wies alle Merkmale einer Junggesellenbehausung auf, und ihre altmodischen Möbel schienen eher der Behaglichkeit als der Eleganz zu dienen. Auf einem Mahagonibüfett standen eine Flaschenbatterie, Pokale, Kannen und Punschbowlen; in einer Ecke des Zimmers lehnte ein Florettpaar, an den Wänden hingen, nebst einer Serie sportlicher Holzschnitte und Stahlstiche, einige Reitpeitschen; drei Schnupftabakdosen, eine Zigarrenkiste und eine Marmoruhr zierten den Kamin; in dem imposanten Spiegel, der darüber hing, staken in dem etwas lockeren Rahmen verschiedene Einladungen und zwei Vorankündigungen: die eine bezog sich auf die bevorstehende Vorführung eines Hahnenkampfes, die andere auf einen Boxkampf, der unter der Patronanz von Mr. John Jackson in den Five-Courts, Westminster, stattfinden sollte. Für die sportlichen Neigungen des Wohnungsinhabers legten weiteres Zeugnis ab: ein Stoß der *Weekly Dispatches* und ein Rennkalender, die auf dem Schreibtisch beim Fenster lagen.

In der Mitte des Zimmers stand ein ovaler weißgedeckter Tisch, auf dem sich jene Speisen befanden, von denen anzunehmen war, daß sie den Appetit von Mr. Ringwood und seinem Zechkumpan, dem Honourable Ferdinand Fakenham, reizen würden. Dieser war allerdings sehr gering. Keiner der beiden Herren war imstande gewesen, an gepökelten Heringen oder an Eierspeise Geschmack zu finden; sie hatten lediglich mit winzigen Scheibchen eines Lendenstücks herumgespielt und höchstens eine Gabelspitze des allerfeinsten Yorkschinkens hinuntergebracht. Sie verschmähten die Schokolade, die für sie in einer silbernen Kanne bereitgestellt war, und wuschen die Bissen, die sie für ihr Frühstück gewählt hatten, dafür mit Ale hinunter, das sie sich aus einem großen braunen Krug in handliche Pokale einschenkten.

Mr. Ringwood, der, wie es sich gehörte, an der Spitze der Tafel saß, war äußerst elegant gekleidet; er trug einen Rock aus besonders feinem Tuch mit großen Perlmutterknöpfen; dazu ein Paar exquisite Unaussprechliche, hessische Stulpenstiefel von überwältigendem Schnitt und Glanz. Durch den Umstand, daß er in seinem Rock geschlafen hatte, war Mr. Fakenham derzeit mit einem Dressinggown von Mr. Ringwood bekleidet. Es war ein prächtiges Gewand aus Seidenbrokat, dessen leuchtende Pupurfarbe auffallend schlecht mit der geisterhaften Blässe von Mr. Fakenhams liebenswürdigem, wenn auch etwas leerem und ausdruckslosem Gesicht harmonierte.

Es war durchaus nicht beabsichtigt gewesen, daß der Honourable Ferdinand die Nacht auf dem Sofa in der Wohnung seines Freundes verbringen sollte. Der Abend, den sie in der Castle Tavern in Holborn verbrachten, hatte in ihm eine derartige Zuneigung für Mr. Ringwood entfacht, daß sie ihn dazu veranlaßte, diesen Gentleman bis in die Stratton Street zu begleiten, anstatt seine ziemlich unsicheren Schritte in die Richtung seines väterlichen Wohnsitzes am Cavendish Square zu lenken. Entweder in einer natürlichen Abneigung, seinen Weg fortzusetzen, oder in der nebulosen Vorstellung, seinen richtigen Bestimmungsort bereits erreicht zu haben, hatte er Arm in Arm mit seinem Freund das Haus betreten, war zielstrebig auf das Sofa zugeschwankt, hatte sich darauf ausgestreckt und Mr. Ringwood – denn er war ein Muster an Höflichkeit – eine recht gute Nacht gewünscht. Mr. Ringwood, stets ein sorglicher Gastfreund, hatte eine Wagendecke über seine biegsame Gestalt geworfen und seinen Kammerdiener hereingeschickt, um ihm die Stiefel auszuziehen. Nachträglich fiel ihm noch ein, seinem Gast eine Nachtmütze zu bringen, die er ihm fürsorglich aufs Haupt setzte.

Da sich keiner der beiden Herren in gesprächiger Stimmung befand und da sie beide in mildem Grade an den Nachwirkungen eines fröhlichen Abends litten, wurden am Frühstückstisch nur wenige Worte gewechselt. Mr. Ringwood beugte sich, düster brütend, über die Rennberichte der Morgenzeitungen, und Mr. Fakenhams trüber Blick war auf nichts im speziellen gerichtet. Das Geräusch eines Wagens, der in schlankem Trab die Straße heraufkam, erweckte in keinem der beiden das geringste Interesse; als er aber vor dem Hause stehenblieb und fast unmittelbar darauf ein scharfes Klopfen ertönte, zuckte Mr. Fakenham merklich zusammen, und Mr. Ringwood schloß die Augen mit der leidenden Miene eines Menschen, der dazu verurteilt ist, empfindliches Mißbehagen über sich ergehen zu lassen. Einen Augenblick danach öffnete er sie aber wieder, denn vom Korridor her ertönte ein ungeduldiger

Fußtritt, die Tür flog auf und Lord Sheringham trat ein. Er bot den gänzlich unstatthaften Anblick eines Mannes, der nicht nur nüchtern zu Bett gegangen, sondern auch frühzeitig aufgestanden war.

«Gil, ich muß mit dir sprechen», kündigte er an, während er Hut und Handschuhe auf einen Stuhl warf. «Hallo, Ferdy!»

«Es ist Sherry», teilte Mr. Fakenham seinem Gastgeber ziemlich überflüssigerweise mit.

«Ja, es ist Sherry», stimmte Mr. Ringwood mit ihm überein und sah den Viscount dabei starr an. «Dachte, du wärest auf dem Land.»

«Das dachte auch ich», gestand Ferdy. Er blickte seinen Cousin an, und da er offenbar fühlte, daß etwas mehr von ihm erwartet wurde, fragte er mit freundlichem Interesse: «Du bist zurück, Sherry?»

«Ach, du gütiger Gott, das siehst du doch, oder nicht?» erwiderte Seine Lordschaft. «Was zum Kuckuck treibst du aber hier zu dieser Stunde und in diesem teuflischen Dressinggown?»

«Habe den Abend im Daffy Club verbracht», erklärte Ferdy schlicht.

«So, hast wohl wieder einmal Schiffbruch erlitten, was? Ich will verdammt sein, wenn ich je so einen Burschen wie dich gesehen habe!» sagte Sherry und suchte am Büfett nach einem sauberen Pokal, in den er eine freigebige Libation einschenkte. Dann zog er sich einen Stuhl heran, warf verschiedene Kleinigkeiten, die darauf lagen, auf den Boden, und setzte sich nieder. «Gil, du bist doch ein kluger Junge: ich brauche deine Hilfe.»

Mr. Ringwood war über dieses unerwartete Lob dermaßen gerührt, daß er errötete und die *Morning Chronicle* sinken ließ. «Werde alles tun, was in meiner Macht steht, Sherry. Du weißt, daß du es nur zu sagen brauchst», erklärte er. Dann kam ihm aber ein beunruhigender Gedanke, und er fügte argwöhnisch hinzu: «Das heißt, sofern es sich nicht darum handelt, George eine Botschaft zu überbringen.»

«George eine Botschaft zu überbringen?» wiederholte Sherry. «Warum zum Kuckuck sollte ich George eine Botschaft überbringen lassen?»

«Wenn es nicht der Fall ist, dann ist's ja egal. Denn das täte ich nicht, Sherry, und es hätte auch keinen Zweck, mich darum zu bitten.»

Mr. Fakenham schüttelte bedeutungsvoll den Kopf. «Hat wieder einmal etwas übelgenommen», sagte er. «Kam gestern bei mir hereingekracht, fragte, wo du bist. Hätte ich meinen Verstand beisammengehabt, dann hätte ich ihm gesagt, du bist nach Leicestershire gefahren. Tut mir verflucht leid, Sherry! Bin aber am Vormittag nie in guter Form!»

«Ach, zum Henker mit George!» sagte Sherry. «Er soll nur nicht glauben, daß er mir ein Loch durch die Brust schießen wird – das wird ihm nicht gelingen!»

«Scheint aber sehr drauf aus zu sein», sagte Mr. Fakenham bedenklich.

«Sagt ihm, er soll etwas Niederschlagendes einnehmen! Aber deswegen bin ich nicht hergekommen. Gil, wo und wie verschafft man sich eine Speziallizenz?»

Die Frage bewirkte, daß die beiden Freunde Seiner Lordschaft in betäubtes Schweigen verfielen. Mr. Fakenhams etwas vorstehende Augen beglotzten seinen Cousin in wahrhaft erschreckender Weise. Mr. Ringwoods Kinn sank merklich herab.

«Also, was ist denn los?» fragte Sherry. «Erzählt mir ja nicht, daß ihr noch nie etwas von einer Speziallizenz gehört habt. Natürlich habt ihr davon gehört!»

Mr. Ringwood schluckte heftig ein- bis zweimal. «Du meinst doch nicht eine Heiratslizenz, Sherry?»

«Ja, doch. Was sollte ich sonst meinen? Eben das Zeug, das man haben muß, wenn man rasch heiraten will.»

«Sherry, sie wird dich doch nicht erhört haben?» sagte Mr. Ringwood, dem der Mund offen stehenblieb und der Kopf zu wirbeln begann.

«Sie?» fragte der Viscount stirnrunzelnd. «Oh, du meinst die Unvergleichliche! Ach Gott, nein. Wollte nichts von mir wissen. Nein, sie ist es nicht!»

«Du gütiger Gott!» sagte Mr. Ringwood und entspannte sich merklich. «Sherry, lieber alter Junge, ich wäre froh, wenn du einem nicht plötzlich so einen Schrecken einjagen würdest. War derartig entsetzt – Wer braucht denn diese Speziallizenz?»

«Ich. Sage ich dir das denn nicht andauernd? Scheint mir fast, daß du dich gestern abend ebenso vollaufen hast lassen wie Ferdy.»

Mr. Ringwood starrte erst ihn an und dann, als suche er stumm eine Unterstützung, Mr. Fakenham.

«Aber du sagtest doch selbst, daß sie nichts von dir wissen will», sagte Mr. Fakenham. «Habe es ganz genau gehört. Wenn sie dich nicht will, dann hat eine Speziallizenz gar keinen Sinn. Hat auf keinen Fall einen Sinn. Ein Aufgebot, das willst du.»

«Nein», erwiderte Sherry. «Ein Aufgebot hat für mich keinen Zweck. Ich brauche eine Speziallizenz.»

«Ein Aufgebot ist viel billiger», führte Mr. Fakenham an. «Was hat es für einen Sinn, deinen Zaster für eine Speziallizenz hinauszuwerfen? Dummes Zeug! Viel besser, du hältst dich ans Aufgebot.»

«Du bist ein Esel, Ferdy», sagte Seine Lordschaft, der sich kein Blatt vor den Mund nahm. «Ich heirate noch heute, und ohne Speziallizenz geht das nicht.»

«Sherry, du hast dich gestern vollaufen lassen!» rief Mr. Ringwood mit einem Anstrich von Strenge. «Wie kannst du heute heiraten, wenn du selbst sagst, daß sie nichts von dir wissen will!»

«Himmel, könnt ihr denn nie an ein anderes Mädchen denken als an Isabella Milborne?» fragte Sherry. «Natürlich heirate ich jemand andern.»

Mr. Ringwood blinzelte heftig. «Jemand andern?» fragte er ungläubig.

Mr. Fakenham, der darüber nachgedacht hatte, sagte: «Oh! Jemand andern. Kein Grund, warum er das nicht tun kann, Gil.»

«Ich habe nicht gesagt, daß er es nicht *kann*», erwiderte Mr. Ringwood. «Ich meine, daß mir das Ganze unsinnig vorkommt. Er fuhr nach Kent, um Isabella einen Heiratsantrag zu machen, nicht wahr? Gut. Und jetzt platzt er hier herein und erklärt, er heirate jemand andern. Ich finde es einfach lächerlich! Habe kein andres Wort dafür: einfach lächerlich!»

«Du hast recht», sagte Ferdy, von dieser Auffassung des Falles mächtig ergriffen. «Er hält uns wieder zum besten. Das solltest du nicht tun, Sherry. Wenigstens nicht zu so früher Morgenstunde.»

«Hol euch der Teufel! Ich spreche im Ernst», sagte Sherry und stellte seinen Pokal mit einem solchen Krach nieder, daß Ferdy aufsprang wie ein erschrecktes Reh. «Ich heirate ein Mädchen, das ich mein ganzes Leben lang kenne. Verdammt, ich muß doch heiraten! Wenn ich es nicht tue, bin ich pleite!»

«Wer ist es?» fragte Mr. Ringwood. «Sherry, lieber alter Junge, du wirst doch nicht um das Stowe-Mädchen angehalten haben? Doch nicht um die mit dem Kaninchengesicht?»

«Nein, natürlich nicht. Ihr kennt sie nicht. Sie war noch nie im Leben in London. Bin gestern mit ihr durchgebrannt.»

«Aber, Sherry!» verwies Mr. Ringwood, aufs äußerste erschüttert. «Nein, aber, aber, mein Junge! So etwas tut man doch nicht!»

«Nun, ich habe es eben doch getan», erwiderte der Viscount etwas mürrisch.

Mr. Fakenham wollte sich nützlich erweisen und machte einen Vorschlag. «Du mußt nach Gretna Green, Sherry. Mit einem vierspännigen Postwagen.»

«Du guter Gott, nein. Es ist auch so schon schlimm genug.»

«Du könntest ja in der Fleet heiraten», schlug Mr. Fakenham vor.

Der Viscount erhob sich zornig. «Ich sagte euch doch, daß es sich keineswegs um eine Angelegenheit dieser Art handelt. Ich werde in der Kirche heiraten, wie es sich gehört. Aber dazu brauche ich eine Spezial-lizenz.»

Mr. Fakenham entschuldigte sich und Mr. Ringwood hüstelte leicht. «Sherry, alter Junge – möchte mich nicht in deine Angelegenheiten mischen –, möchte dich auch um alles in der Welt nicht beleidigen! Aber – du hast doch nicht etwa die Absicht, die Tochter eines Portiers oder etwas Derartiges zu heiraten?»

«Nein, nein! Sie ist eine Wantage – eine Art Cousine, die Familie kümmert sich aber nicht um sie. Ihr Vater hat sein ganzes Geld durchgebracht, und das wirbelte dann irgendwie ziemlich viel Staub auf. War vor meiner Zeit. Hauptsache ist, sie ist aus ebenso guter Familie wie ich. Mrs. Bagshot hat sie erzogen, das ist ebenfalls eine Cousine von ihr. Ihr müßt die Bagshots doch auch kennen!»

Mr. Fakenham erwachte zu plötzlicher Lebhaftigkeit. «Sherry, wenn sie eine Bagshot ist, würde ich sie nicht heiraten. Nein, das wäre zu schrecklich. Weißt du, daß diese Frau noch eine dritte Tochter in die Gesellschaft eingeführt hat? Womöglich hat sie noch eine ganze Menge – dabei ist eine ärger als die andere. Cassandra war arg genug, habt ihr aber die neue gesehen? Ein Mädchen mit einem kalkweißen Gesicht und heißt Sophy.»

«Gott ja, ich kenne die Bagshots mein ganzes Leben. Aber Hero sieht ihnen gar nicht ähnlich, darauf kann ich euch mein Wort geben!»

«Wer?» fragte Ferdy, dessen Aufmerksamkeit erregt wurde.

«Hero. Das Mädchen, das ich heiraten werde.»

Ferdy wurde etwas konfus. «Weshalb nennst du sie aber Hero?»

«Weil sie so heißt», erwiderte Sherry ungeduldig. «Ich weiß, daß es ein dummer Name ist, aber verflucht noch einmal, er ist nicht halb so dumm wie Eudora. Übrigens nenne ich sie Kätzchen, was macht's also aus?»

«Sherry, wo ist dieses Mädchen?» fragte Mr. Ringwood.

«Im Grillon. Wußte nicht, wohin ich sie sonst hätte bringen können. Machte den Leuten dort weis, sie wäre auf der Reise in die Schule und ihre Kammerfrau hätte sich beim Aussteigen aus der Kutsche den Fuß gebrochen. War das beste, was mir in der Eile einfiel.»

«Hat sie sich ihn gebrochen?» fragte Ferdy interessiert. «Ich hatte eine Tante – du erinnerst dich ihrer doch, Sherry? Die alte Tante Charlotte, die, welche –»

«Im Himmels willen, Ferdy, geh und steck deinen Kopf unter die Brause!» rief der Viscount, aufs äußerste erbittert. «Sie hatte doch gar keine Kammerfrau.»

«Aber du sagtest doch –»

«Er hat das bloß erfunden», erklärte ihm Mr. Ringwood freundlich. «Hätte aber eine Kammerfrau haben sollen.»

«Ja, bei Gott, und das ist noch ein zweiter Punkt, den ich in Ordnung bringen muß», rief Sherry aus. «Auf mein Wort, das nimmt ja gar kein Ende! Wo, zum Kuckuck, verschafft man sich Kammerfrauen, Gil?»

«Sie wird schon eine finden», sagte Mr. Ringwood. «Es ist nicht die Aufgabe des Bräutigams, Kammerfrauen zu engagieren. Butler und Lakaien – aber nie eine Kammerfrau.»

Seine Lordschaft schüttelte den Kopf. «Wird nicht gehen. Sie weiß bestimmt nicht, wie sie das fertigbringen soll. Ich sagte euch doch, daß sie ein ganz junges Ding ist. Weiß noch gar nicht Bescheid.»

Mr. Ringwood sah ihn besorgt an. «Lieber alter Junge, du bist doch hoffentlich nicht mit einem Schulmädel durchgebrannt?»

Ein etwas klägliches Grinsen breitete sich über das Gesicht des Viscount. «Na ja, sie ist noch nicht ganz siebzehn», gab er zu.

«Sherry, das wird einen entsetzlichen Wirbel geben!»

«Nein. Durchaus nicht. Diese alte Katze von einem Bagshot-Weib kümmert sich keinen Pfifferling um das arme kleine Ding. Wäre ich nicht gewesen, so hätte sie sie nach Bath verfrachtet, um in irgendeiner blödsinnigen Schule Erzieherin zu werden. Kleine Hero! Hat mit mir Vogelnester ausgenommen. Hölle und Teufel, das konnte ich nicht zulassen, nein, wahrhaftig nicht! Übrigens, wenn ich schon heiraten muß, dann heirate ich Hero ebensogern wie irgendeine andere.»

Diese Ketzerei wurde seinem Cousin zuviel. Er stieß in empörtem Ton hervor: «Isabella!»

«O ja, na ja, natürlich!» sagte Sherry hastig. «Da ich sie aber nicht heiraten kann – warum soll es dann nicht ebensogut Hero sein? Aber das gehört nicht hierher. Gil, wo verschaffe ich mir also eine Speziallizenz?»

Mr. Ringwood schüttelte den Kopf. «Zum Teufel, Sherry, wenn ich das nur wüßte!»

Zum Glück öffnete sich in diesem Moment die Tür, Mr. Ringwoods Kammerdiener trat ein und hängte den Rock des Honourable Ferdinand ehrerbietig über eine Sessellehne.

«Chilham wird es wissen», sagte Mr. Ringwood triumphierend. «Außergewöhnlicher Bursche, dieser Chilham! Weiß alles! Chilham, wissen Sie, wo Seine Lordschaft eine Speziallizenz bekommen könnte?»

Der Kammerdiener ließ bei dieser Frage nicht das geringste Zeichen einer Überraschung erkennen, sondern verbeugte sich und erwiderte im vornehmsten Tonfall: «Ich vermute, Sir, das korrekte Verfahren wäre, wenn Seine Lordschaft ein Gesuch an Seine Gnaden, den Erzbischof von Canterbury, richten würde.»

«Aber ich kenne diesen Burschen gar nicht!» protestierte Seine Lordschaft und sah höchst beunruhigt aus.

Der Kammerdiener machte wieder eine steife Verbeugung. «Wenn ich mir eine Bemerkung erlauben darf, Mylord, so möchte ich sagen, daß die persönliche Bekanntschaft mit Seiner Gnaden nicht die wichtigste Voraussetzung zur Erlangung einer Speziallizenz ist.»

«Ich werde dir etwas sagen, Sherry», erklärte sein Cousin mit ziemlicher Entschlossenheit, «an deiner Stelle würde ich ihm nicht in die Nähe gehen.»

«Sollte dies Seiner Lordschaft aber nicht genehm sein, Sir, dann möchte ich mir zu bemerken erlauben, daß meines Erachtens nach für diesen Zweck jeder andere Bischof ebenso geeignet wäre», sagte Chilham. «Haben Sie noch weitere Befehle, Sir?»

Mr. Ringwood winkte ihn eben hinweg, als an der Eingangstür heftiges Klopfen ertönte. «Nein, nichts. Sollte das jemand sein, der mich zu sprechen wünscht, so bin ich nicht zu Hause!»

«Sehr wohl, Sir. Ich werde bemüht sein, den Gentleman abzufangen», sagte Chilham und zog sich zurück.

Seine Bemühungen, den Gentleman abzufangen, schienen nicht von Erfolg gekrönt. Denn der Lärm eines heftigen Wortwechsels drang in den Salon, und einen Augenblick später stürmte ein auffallend schöner junger Mann in das Zimmer; er war mit Reithosen, Stulpenstiefeln und einem langschößigen blauen Rock bekleidet und hatte ein Halstuch à la Belcher achtlos um den Hals geknotet. Seine üppigen schwarzen Locken befanden sich in einem Zustand derartiger Unordnung, daß es einer vorwitzigen Locke gelungen war, über seine Stirn zu fallen. Seine scharfen dunklen Augen schweiften durch das Zimmer und blieben auf dem Viscount haften. «Ich wußte es!» sagte er mit bebender Stimme. «Ich sah deinen Phaeton!»

«Wirklich?» sagte Sherry gleichgültig. «Hat dir Jason wieder einmal deine Geldbörse stibitzt, dann brauchst du dich nicht aufzuregen. Ich werde ihm befehlen, sie dir sofort wieder zurückzugeben.»

«Versuche ja nicht mit mir zu spaßen, Sherry!» rief der Neuankömmling warnend. «Versuche es ja nicht, sage ich dir! Ich weiß, wo du gestern gewesen bist! Bei Gott! Du hast dir einen höllischen Vorsprung vor mir verschafft!»

«Nein, das hat er nicht», sagte Mr. Ringwood. «Komm, setz dich zu uns, George, und um Himmels willen, nur keine Aufregung wegen nichts und wieder nichts. So ein Kerl ist mir wahrhaftig noch nie untergekommen.»

«Es gibt nichts, um sich aufzuregen», sagte Mr. Fakenham, der ebenfalls sein Scherflein beitragen wollte. «Sherry wird heiraten.»

«Was?» stieß Lord Wrotham hervor, der geisterhaft bleich wurde und seine wild rollenden Augen auf den Viscount richtete.

«Nein, nein, doch nicht Isabella!» versicherte ihm Mr. Ringwood, voller Rührung durch den Anblick solcher Verzweiflung. «Wahrhaftig, Ferdy, wie kannst du nur? Sherry heiratet eine andere Dame.»

Lord Wrotham wankte auf einen Stuhl zu, in den er niedersank. Eifrig bemüht, alles wieder gutzumachen, schenkte ihm Mr. Fakenham etwas Ale ein und schob ihm den Pokal zu. George tat einen tiefen Zug und seufzte. «Mein Gott – ich dachte – Sherry, ich habe dir unrecht getan!»

«Ach, das macht nichts», sagte der Viscount großmütig. «Habe an zuviel anderes zu denken. Übrigens tust du das ja ständig.»

«Sherry», sagte Wrotham und sah ihn mit einem begierigen Blick scharf an, «ich habe dich beleidigt! Wenn du Genugtuung wünschst, werde ich sie dir geben.»

«Wenn du glaubst, daß es mir eine Genugtuung bereiten würde, mich mit dir zu duellieren, damit du mir ein Loch durch die Brust schießen kannst, dann täuschst du dich mächtig, George!» sagte Sherry aufrichtig. «Aber ich will dir etwas sagen: wenn du nicht aufhören wirst, mit deinen besten Freunden Händel zu suchen, wirst du bald keine mehr haben.»

«Ich glaub, ich werde noch verrückt!» stöhnte Wrotham und ließ seinen Kopf in die Hände sinken. «Ich dachte, du wärest nach Kent gefahren, um mir bei der Unvergleichbaren zuvorzukommen.» Er hob seinen Kopf wieder und richtete einen seiner glühenden Blicke auf Mr. Fakenham. «Du warst es, der mir das erzählt hat!» rief er anklagend. «Also, auf Ehre, Ferdy –»

«Ist alles ein Irrtum», sagte Ferdy schwach. «Bin am Vormittag nie in guter Form.»

«Aber das habe ich doch tatsächlich getan», erklärte Sherry mit einer Aufrichtigkeit, die der Meinung seiner Freunde nach an Tollkühnheit grenzte. «Sie wollte bloß nichts von mir wissen.»

«Sie hat dir einen Korb gegeben?» rief Wrotham, dessen verstörtes Gesicht plötzlich strahlte.

«Das sage ich doch die ganze Zeit. George, ich bin überzeugt, daß sie ein selteneres Wild im Auge hat als einen von uns beiden. Paß nur auf, wenn sie es fertig bekommt, daß er den erforderlichen Mut aufbringt, dann wird sie Severn heiraten.»

«Sherry!» donnerte der verstörte Liebhaber, sprang auf und ballte die Fäuste. «Ein Wort der Herabsetzung gegen die lieblichste, die göttlichste, die vollkommenste Frau, und ich ziehe dich dafür zur Verantwortung!»

«Ach was, du wirst mich nicht zur Verantwortung ziehen», erwiderte der Viscount.

«Soll ich dich einen Feigling nennen?» fragte Wrotham.

«Nein, nein, tu's nicht, George», bat Ferdy höchst beunruhigt. «Du kannst den armen Sherry doch nicht einen Feigling nennen, weil er sich mit dir nicht duellieren will. Sei vernünftig, alter Knabe!»

«O Gott, laß ihn reden, was er will», sagte der Viscount reichlich angewidert. «Zum Teufel, George, wenn ich heute nicht heiratete, dann würde ich dir mit Wonne etwas Blut abzapfen! Es ist hoch an der Zeit, daß jemand etwas von deinem hitzigen Blut fließen läßt.»

«Außerdem», sagte Mr. Ringwood streng, «sagte Sherry kein einziges Wort, das du übelnehmen könntest. Nimm an, sie hätte wirklich die Absicht, Severn zu heiraten. Was dann? Da ist doch nichts dabei, nicht wahr? Ich glaube, sie hat den Wunsch, Herzogin zu werden. Das möchte so ziemlich jedes Mädchen.»

«Ich kann nicht glauben, daß sie so wenig romantisch denken könnte», sagte Wrotham, schritt zum Fenster und starrte auf die Straße.

Seine Freunde, seit langem an Kummer gewöhnt, stellten erleichtert fest, daß sich sein Zorn für den Augenblick gelegt hatte, und sie kamen wieder auf das Problem zurück, dem sich Sherry gegenübersah. Ihre Diskussion erregte sofort die Aufmerksamkeit Lord Wrothams, er trat vom Fenster zurück und bat den Viscount ganz freundlich, ihm zu erklären, wie es dazu gekommen war, daß er ein völlig unbekanntes Mädchen heirate. Sherry gab ihm sehr zuvorkommend ein Resumé seiner Entführungsgeschichte. Lord Wrotham, endlich überzeugt, daß er alle Ansprüche auf die Hand der Unvergleichlichen Isabella aufgegeben hatte, schüttelte ihm herzlich die Hand und brachte ihm seine Glückwünsche dar.

«Ja, das ist alles gut und schön», sagte Mr. Ringwood, «aber damit haben wir noch immer keinen Bischof gefunden, der uns diese Speziallizenz gibt.»

«Sherry, ich fürchte, es wird doch eine Fleet-Ehe sein müssen», sagte Mr. Fakenham traurig.

«Nein», sagte Mr. Ringwood. «Das geht nicht. Wäre nicht rechtskräftig.»

In diesem Moment brachte Lord Wrotham seine Freunde zum Verstummen, denn er eröffnete ihnen, daß er mit einem Bischof bekannt sei. Er suchte diesen schweren Fehler zu erklären, indem er entschuldigend hinzufügte, daß seine Mutter während der letzten zehn Jahre mit diesem Burschen dauernd beisammengesteckt habe. Da er noch immer unter der Einwirkung seiner gewandelten Gefühle stand, die durch die Erkenntnis hervorgerufen worden waren, daß er den Viscount nicht mehr zu seinen Rivalen zählen mußte, erbot er sich, Sherry bei dem Kirchenfürsten einzuführen.

Der Viscount nahm dieses Angebot freudigst an und versicherte sich auch der Dienste von Mr. Ringwood. Als dieser erfuhr, daß seine Aufgabe darin bestand, die Braut seines Freundes zu den berühmtesten Modistinnen und Schneiderinnen Londons zu begleiten, um sie daran zu hindern, Toiletten zu kaufen, die für ihren Rang nicht paßten, starrte er den Viscount verzweifelt an. Alle seine Proteste verhallten gänzlich wirkungslos. Der Viscount versicherte ihm, daß er sich mit Miss Wantage ausgezeichnet verstehen werde, und nachdem er ein Rendezvous mit Lord Wrotham vereinbart hatte, entführte er ihn in seinem Phaeton erbarmungslos ins Hotel Grillon.

5

Miss Wantage hatte trotz ihrer leicht verständlichen Angst, schutzlos an einem so furchteinflößenden Ort wie dem Hotel Grillon allein zu bleiben, eine ruhige Nacht verbracht, da sie durch die aufregenden Ereignisse des vergangenen Tages genügend müde war, um in einen so tiefen Schlaf zu versinken, daß selbst die ungewohnten Straßengeräusche Londons sie nicht zu wecken vermochten. Der Viscount war liebenswürdigerweise lange genug geblieben, um das Dinner in ihrer Gesellschaft einzunehmen, bevor er das Hotel verließ und sich in seine eigene Wohnung begab; und da er versprochen hatte, sie am nächsten Morgen beizeiten zu besuchen, war es ihr geglückt, sich von ihm in leidlicher Haltung zu trennen. Aber das ungenierte Starren vornehmer Damen, die im Hotel wohnten, im Verein mit der offenkundigen Neugierde des Zimmermädchens, das sie bediente, verursachten ihr ein so starkes Unbehagen, daß es des ganzen Trostes bedurfte, den ihr das Bewußtsein gab, eine neue Toilette nach der letzten Mode zu tragen, um ihren Mut bis zur Ankunft des Viscount aufrechtzuerhalten, der um elf Uhr erschien, den widerstrebenden Mr. Ringwood im Schlepptau.

Da Miss Wantage mit dem liebenswürdigsten Wesen gesegnet war, empfing sie Mr. Ringwood mit vollendeter Höflichkeit. Nachdem ihr mitgeteilt worden war, daß Gil sich ihrer annehmen würde, während

Seine Lordschaft anderwärts zu tun hatte, schenkte sie ihm ein zutrauliches Lächeln und sagte: «O ja. Ich danke Ihnen. Wie liebenswürdig von Ihnen. Wollen Sie mir bitte helfen, einen Hut für die Hochzeit zu kaufen? Sherry hat mich gezwungen, den hier zu kaufen, weil er allen weismachte, daß ich in eine Schule nach Bath fahre, aber zu meiner Hochzeit will ich ihn *nicht* tragen!»

«Nein, nein, das sollst du auch nicht», erwiderte Sherry. «Aber, paß auf, Kätzchen, du darfst dir nichts aussuchen, was Gil nicht gefällt.»

«O nein, ich werde es bestimmt nicht tun!»

Von Entsetzen gepackt, stieß Mr. Ringwood unartikulierte Laute aus. Aber niemand kümmerte sich darum. Sherry beauftragte ihn, Miss Wantage gegenüber standhaft zu bleiben und – dies sagte er mit unterdrückter Stimme – ihr um Himmels willen nicht zu gestatten, noch einen jener Hüte zu kaufen, die für eine *chère-amie* paßten, aber nicht für eine Dame von Stand.

Mr. Ringwood, alles eher als ein *homme à femmes*, erklärte begreiflicherweise, daß er wirklich – nein wirklich! – nichts von diesen Dingen verstehe, aber der Viscount tat seine Einwendungen ohne Umstände ab und kehrte zu der schwierigen Frage der Kammerfrau zurück. Miss Wantage war sichtlich überrascht, wenn auch hocherfreut, als sie erfuhr, daß sie eine Kammerfrau bekommen sollte, da sie aber keine Ahnung hatte, wie man eine engagiert, war sie außerstande, Seiner Lordschaft behilflich zu sein. Mr. Ringwood hatte die brillante Idee, auch diese Angelegenheit seinem Kammerdiener Chilham vorzulegen. Das fand augenblicklich Sherrys Beifall, der erklärte, in die Stratton Street zurückfahren zu wollen, nachdem er die Rechnung von Miss Wantage beglichen habe.

«Dabei fällt mir ein», sagte er plötzlich, «wo zum Kuckuck werden wir denn wohnen?»

«Wohnen?» wiederholte Mr. Ringwood.

«Verwünscht, Gil, wir müssen doch irgendwo absteigen, bis ich mich entschlossen habe, wo wir ständig wohnen werden.»

«Aber, Sherry – willst du damit sagen, daß ihr in der Stadt bleiben wollt?» fragte Mr. Ringwood, dessen Vorstellungen von Hochzeitsreisen in seinem Gehirn durcheinanderwirbelten.

«Natürlich werden wir in der Stadt bleiben. Wo zum Teufel sollten wir uns sonst aufhalten? Aber in diesem Hotel möchte ich nicht bleiben, das kann ich dir sagen. Unter allen gespreizten Hotels ist das – außerdem könnten wir gar nicht hierbleiben. Sie glauben ja, daß das Kätzchen auf der Reise in ihre Schule ist.»

«Aber, mein lieber alter Junge – du hast doch ein Palais – ein sehr schönes Palais! Beste Lage Londons – ausgezeichnete Adresse – warum gehst du nicht dorthin?»

«Vermutlich wird es schließlich noch dazu kommen», stimmte Sherry zu, jedoch mit einem deutlich merkbaren Mangel an Begeisterung. «Ich kann es aber nicht übernehmen, bevor ich es meiner Mutter mitgeteilt habe. Inzwischen werden wir in einem Hotel absteigen müssen. Fragt sich nur, in welchem Hotel?»

«Da hätten wir das Limmer», schlug Mr. Ringwood etwas zögernd vor.

«Das Limmer!» rief der Viscount. «Mit all den süßen Lieblingen, mit denen sich dieses junge Ding hier anfreunden würde? Ebensogut könntest du sie in die Castle Tavern mitnehmen.»

Sehr verlegen bat Mr. Ringwood um Entschuldigung und gab sich nochmals einer angestrengten geistigen Tätigkeit hin. Dann schlug er das Ellis vor; nachdem der Viscount auch dieses Hotel mit einem Widerwillen zurückgewiesen hatte, der dadurch entstanden war, daß er einmal mit seiner Mutter dort diniert hatte, und die Anregung, im Graham abzusteigen, von dem man behauptete, daß es komfortabel sei, aus dem etwas unklaren Grund abgelehnt hatte, eine Tante zu besitzen, die dort zu wohnen pflegte, weigerte er sich entschieden, das Portal des Symon zu durchschreiten; schließlich einigte man sich dahin, daß das junge Paar seinen zeitweiligen Wohnsitz im Fenton, in der St. James Street, aufschlagen sollte.

«Nun, da das geordnet ist, wird es am besten sein, wenn ich mich mit George auf den Weg mache, um diesen verdammten Bischof zu besuchen», sagte Seine Lordschaft. Er fügte nicht ohne einen Anflug von Mißbilligung hinzu: «Komischer Anfang! George ist mit einem Bischof bekannt! Das hätte ich nie von ihm gedacht.»

«Nein, auch ich hätte das nie gedacht», stimmte Mr. Ringwood zu. «Manchmal hat man sie natürlich in der Familie – ist eine Sache, die jedem passieren kann.»

«Ja, aber dann kennt man sie nicht», erklärte Sherry. «Außerdem hat er nichts davon gesagt, daß dieser hier ein Verwandter von ihm ist. Sehr seltsamer Bursche, dieser George!»

«Weißt du, Sherry, was ich über George denke?» sagte Mr. Ringwood wie jemand, der dieser Frage viel Nachdenken gewidmet hat. «Es ist schade, daß er mit den Pistolen so höllisch geschickt ist. Macht es einem manchmal verteufelt unbequem, sein Freund zu sein, weil man nie wissen kann, wann er etwas übelnimmt; denn dann genügt ihm rein gar nichts außer einer Forderung zum Duell. Das heißt, ich meine, das ist nicht ganz richtig ausgedrückt, weil sich's von selbst versteht, daß niemand sich von George herausfordern läßt, außer man kann sich durchaus nicht helfen. Aber das Schlimmste ist, daß er dabei nicht einmal glücklich ist. Schade!»

«Ach, ich weiß nicht», sagte Sherry. «Es war nie so arg mit ihm, bevor die Unvergleichliche hierherkam. Ich selbst kümmere mich nicht sehr um ihn. Was glaubst du, wie lange wird es dauern, seinem Bischof diese Speziallizenz herauszulocken? Ich meine, wo sollen wir uns nachher treffen?»

Mr. Ringwood hatte keine Ahnung von der mutmaßlichen Dauer, die diese delikate Angelegenheit in Anspruch nehmen würde. Daher wurde nach längerer Debatte beschlossen, daß er Miss Wantage, sobald sie ihre Einkäufe beendet hatte, in die Wohnung des Viscount begleiten solle, wo Sherry wieder mit ihnen zusammentreffen wollte. Danach brach die Gesellschaft auf, Sherry, um Lord Wrotham abzuholen, der nach Hause zurückgeeilt war, um sein Halstuch à la Belcher mit einem andern zu vertauschen, das für die hochwürdige Gesellschaft, in die er sich zu begeben beabsichtigte, besser geeignet war; und Mr. Ringwood machte sich mit Miss Wantage auf den Weg in die Bond Street.

Wenn er je mit der Idee geliebäugelt hatte, seine Schutzbefohlene innerhalb von ein bis zwei Stunden wieder der Obhut ihres Verlobten zu übergeben, so wurde ihr ein jähes Ende bereitet. Denn als sie kurz nach zwölf Uhr in die Wohnung des Viscount zurückkehrten, machten sie die Entdeckung, daß Seine Lordschaft beabsichtigte, Hero erst vor der Kirchentür zu treffen. Er hatte für Mr. Ringwood ein hastig gekritzeltes Billett hinterlassen, in dem er ihm mitteilte, daß alles in schönster Ordnung sein werde; und weiter, daß er sich auf seinen Freund verlasse, seine Braut keine Sekunde später als halb drei Uhr zur St.-George-Kirche auf dem Hanover Square zu bringen.

Mr. Ringwood, der sich jetzt schon auf äußerst freundschaftlichem Fuß mit der anspruchslosesten jungen Dame befand, die er bisher kennengelernt, machte sie mit dem Inhalt des Billetts bekannt und sagte: «Ich möchte gerne wissen, was Sie jetzt am liebsten tun würden.»

«Ich könnte ja hier warten», schlug Miss Wantage in einem Ton vor, der deutlich erkennen ließ, daß sie eine derartige Verwendung ihrer Zeit ziemlich langweilig finden würde.

«Nein, das geht nicht», erklärte Mr. Ringwood stirnrunzelnd. «Ich glaube, es wäre am besten, wenn Sie mit mir einen kleinen Lunch nehmen würden. Nachher –» Er unterbrach sich und blickte sie prüfend an. Miss Wantage erwiderte seinen Blick in freudigster Erwartung. «Ich weiß schon, was Ihnen Spaß machen würde», sagte er. «Sie werden sich sicher die Raubtiere im Königlichen Tierpark ansehen wollen!»

Nichts hätte den jugendlichen Geschmack von Miss Wantage mehr reizen können; und so machte sie sich, sobald sie ihren Basthut gegen ein mit Spitzen und Tüll garniertes weißes Angoulème-Hütchen vertauscht hatte, mit Mr. Ringwood wieder auf den Weg. Sie trippelte neben ihm mit der ganzen Sicherheit einer Frau, die weiß, daß sie nach der neuesten Mode gekleidet ist. Das Angoulème-Hütchen umrahmte ihr Gesicht ungemein kleidsam, überdies hatte sie sich sehr bemüht, ihr naturgewelltes Haar in der Mode entsprechende Locken zu formen; und wenn das geblümte Musselinkleid auch weniger flott war als ein gewisses grünseidenes, das, wie ihr Mr. Ringwood ein wenig erregt versichert hatte, Sherry ganz und gar nicht gefallen würde, war weder an ihren kleinen blauen Ziegenlederschuhen noch an den kostspieligen Handschuhen oder dem Pompadour etwas auszusetzen und auch nicht an dem hypermodernen Sonnenschirm, der eine ständige Gefahr für die Passanten bedeutete.

Er traut sich doch . . .

... und läßt sich trauen. Nicht selten ist der Traualtar die letzte Station vor dem Ruin, dem finanziellen. Mancher gründet den Hausstand nur zum Ausgleich des Haushalts: Man ist lieber Ehemann, ehe man Manko macht.

Indes: Um den Haushalt auszugleichen, braucht man nur hauszuhalten. Oder: Man erspart sich manches, wenn man rechtzeitig spart.

Sie langten ein wenig verspätet bei der Kirche an, weil Mr. Ringwood im Laufe des Nachmittags unglücklicherweise eine Bemerkung über den Pantheon Bazaar gemacht hatte, worauf Miss Wantage unverzüglich verlangte, auf diesen Jahrmarkt geführt zu werden. Sie hatte sich dort unbeschreiblich gut unterhalten und Mr. Ringwood von Geschäft zu Geschäft geschleppt, wobei sie ihn aufs äußerste beunruhigte, weil sie plötzlich den Wunsch aussprach, in den Besitz eines Kanarienvogels samt Käfig zu gelangen, der ihre Aufmerksamkeit erregt hatte. Wohl war Mr. Ringwood Wachs in ihren Händen, dennoch konnte er sich recht gut vorstellen, welche Gefühle seinen Freund bewegen würden, wenn er an der Kirchentür einer Braut begegnete, die einen Vogel samt Käfig mit sich trug. Er erklärte ihr verzweifelt, daß Sherry das nicht gerne sehen würde, hatte aber geringe Hoffnung, Gehör zu finden. Zu seiner größten Überraschung stellte er jedoch fest, daß diese schlichten Worte wie ein Zauber auf seine Schutzbefohlene wirkten. Obwohl die Droschke, die sie von dem Basar auf den Hanover Square brachte, mit Paketen und Hutschachteln vollgestopft war, enthielt sie wenigstens kein lebendes Getier, ein Umstand, zu dem Mr. Ringwood glaubte, sich gratulieren zu dürfen.

An der Kirchentür wartete nicht nur Sherry, sondern auch der Honourable Ferdy Fakenham, den er mitgebracht hatte, damit er ihm bei dieser folgenschweren Zeremonie als Beistand diene. Beide Gentlemen trugen äußerst schicke blaue Röcke, helle Hosen, blitzende hessische Stulpenstiefel, unbequem hohe Hemdkragen und auserlesen gefaltete Krawatten; der Honourable Ferdy trug außerdem (denn er galt als Vorbild auf dem Gebiete der Mode) einen hohen Ebenholzstock, lavendelfarbene Handschuhe und ein ungemein elegantes Knopflochbukett aus Gartennelken. Es war auch Ferdy gewesen, der das Brautbukett besorgt hatte, und die Verbeugung, mit der er es Hero überreichte, hatte ihn in der vornehmen Welt berühmt gemacht.

«Hallo, Kätzchen, das ist aber ein verteufelt verführerisches Hütchen!» sagte der Viscount zur Begrüßung. «Warum, zum Kuckuck, kommt ihr denn so spät? Gil, du lohnst die Droschke am besten gleich ab, denn ich kann nicht sagen, wie lange wir hier zu tun haben.»

«Nein, Sherry, behalte die Droschke», sagte Mr. Ringwood entschlossen.

«Warum denn? Wenn wir später wieder eine brauchen, können wir doch eine andre nehmen, nicht?»

«Die Sache ist nämlich die, Sherry, es liegen ein, zwei Paketchen drin», erwiderte Mr. Ringwood ein wenig schuldbewußt.

Der Viscount starrte ihn an, dann warf er einen Blick in das Wageninnere. «Ein, zwei Paketchen!» rief er aus. «Du lieber Gott, was, zum Kuckuck, veranlaßte dich, zu einer Hochzeit einen Haufen Hutschachteln mitzubringen?»

«O Sherry, das sind lauter Sachen, die ich im Pantheon Bazaar gekauft habe», sagte Miss Wantage. «Wir hatten nämlich keine Zeit mehr, sie in deine Wohnung zu schaffen, und es tut mir sehr leid, wenn du deshalb böse bist; aber den Kanarienvogel, den ich so gerne haben wollte, habe ich ja gar nicht gekauft.»

«Mein Gott!» rief der Viscount aus, der sich vergegenwärtigte, welcher Situation er mit knapper Not entronnen war.

«Ich sagte ihr, daß du nicht gerne einen Kanarienvogel hättest», erklärte Mr. Ringwood mit einem entschuldigenden Hüsteln.

«Und das mit gutem Grund», erwiderte Seine Lordschaft. «Nun gut, das ist eben nicht zu ändern, es wird also am besten sein, wenn die Droschke auf uns wartet. Herrgott, Ferdy, jetzt habe ich ganz vergessen, dich vorzustellen. Kätzchen, das ist Ferdy Fakenham. Er ist eine Art Cousin von mir, du kannst ihn also ruhig, so wie wir alle, Ferdy nennen. Du wirst ihn bestimmt oft zu sehen bekommen. George Wrotham wollte ebenfalls herkommen, er brachte aber den Mut nicht auf. Er schickt dir seine Empfehlungen und wünscht uns beiden Glück oder sonst einen Unsinn.»

«Er kann den Anblick einer Hochzeit nicht ertragen», sagte Ferdy kopfschüttelnd. «Geht ihm zu nahe. Schon der Anblick einer Heiratslizenz hat ihn mächtig durchgebeutelt, den alten Knaben. Er ist wieder in seine trübe Laune verfallen.»

Mr. Ringwood seufzte, aber der Viscount war durchaus nicht geneigt, sich weiter mit Lord Wrothams Kummer zu befassen, und schlug vor, nicht länger hier herumzustehen, damit alle Narren Londons sie angaffen könnten, sondern in die Kirche zu gehen, um die Sache ins reine zu bringen. Sie betraten daher gemeinsam die Kirche, und die Sache war in der Tat rasch ins reine gebracht, ja sogar ohne die geringste Störung, wenn man davon absieht, daß der Bräutigam während der Zeremonie die Entdeckung machte, daß er vergessen hatte, einen Ring zu kaufen. Er warf seinem Cousin Ferdy unter gewaltigem Augenrollen einen fragenden Blick zu, der ihn aber lediglich mit offenem Mund und mit den Augen eines aufgescheuchten Rehs ansah. Durch den Schrecken geistesgegenwärtig geworden, zog Sherry seinen Siegelring vom Finger und händigte diesen dem wartenden Geistlichen ein. Er war für Heros Finger viel zu groß, aber der glühende Blick, den sie auf ihn heftete, bewies, daß sie diesen Mangel an Voraussicht nicht im mindesten übelnahm. Es war Mr. Ringwoods Aufgabe, die Braut dem Bräutigam zu übergeben, was er mit einem etwas verlegenen Erröten tat. Danach schrieben sich alle ins Kirchenbuch ein. Der Honourable Ferdy küßte die Wange der Braut mit unvergleichlicher Grazie; Mr. Ringwood küßte ihr die Hand; und der Bräutigam vertraute seinen Beiständen erleichtert an, daß er glaube, sie hätten sich ganz gut aus der Affäre gezogen.

Aus der Kirche getreten, hob der Viscount seine Braut in die Droschke, wandte sich dann aber seinen Freunden zu, um sie zu fragen, wie man den Abend am besten verbringen könnte. Mr. Ringwood sah ihn sprachlos an, und selbst Ferdy, der nicht sehr dazu neigte, sich überflüssige Gedanken zu machen, rollte die Augen bei dem Vorschlag Sherrys, sie sollten sich alle zu einem frühen Dinner im Fenton treffen, ein Theater besuchen und den ereignisreichen Tag mit einem intimen kleinen Souper im Piazza beenden.

«Aber, Sherry, lieber Junge, Lady Sheringham – Hochzeitsnacht – wird doch keine Gesellschaft wollen!» stotterte Ferdy.

«Unsinn! Sag mir bitte, was, zum Teufel, wir sonst tun sollten! Können doch nicht den ganzen Abend damit verbringen, einander anzusehen», sagte der Viscount. «Nicht wahr, Kätzchen, du würdest gerne mit uns ins Theater gehen?»

«Oh, bitte, gehen wir», rief Hero sofort. «Das hätte ich am liebsten.»

«Das wußte ich. Und ich glaube auch, daß du es gerne hättest, wenn Gil und Ferdy mit uns kämen?»

«Ja», stimmte Hero mit einem herzlichen Lächeln für die beiden Herren zu.

«Also, das ist abgemacht», sagte der Viscount und stieg in die Droschke. «Kutscher, zum Hotel Fenton. Verspäte dich nicht, Gil!»

Der Wagen entfernte sich, und der Honourable Ferdy und Mr. Ringwood blickten einander starr an.

«Gil, weißt du, was ich glaube?» fragte Ferdy unheilkündend.

«Nein», erwiderte Mr. Ringwood. «Höll' und Teufel, wenn ich nur wüßte, was ich *selbst* denke.»

«Genau dasselbe wollte ich sagen», erklärte Ferdy. «Verdammt, wenn ich wüßte, *was* ich denke!»

Erfreut, sich in so harmonischer Übereinstimmung zu befinden, schritten sie freundschaftlichst, Arm in Arm, die Straße hinunter auf die Conduit Street zu.

«Weißt du, sie ist wirklich ein lieber kleiner Kerl», bemerkte jetzt Mr. Ringwood. «Scheint verteufelt viel von Sherry zu halten.»

Die leichte Unsicherheit seiner Stimme drang selbst bis zu Ferdys Verstand vor. Er blieb plötzlich stehen und erklärte: «Ich werde dir etwas sagen, Gil.»

«Nun, was denn?» fragte Mr. Ringwood.

Ferdy überlegte sich die Sache. «Ich weiß nicht», gestand er, «da wir schon so nahe sind, schauen wir zu Limmer hinein und genehmigen wir uns einen kleinen Gin!»

Inzwischen ratterte das bräutliche Paar über das Kopfsteinpflaster auf die St. James Street zu. Der Bräutigam legte seinen Arm um die Taille der Braut und sagte: «Bin verteufelt traurig, daß ich den Ring vergessen habe, Kätzchen. Werde dir morgen einen kaufen.»

«Ich mag diesen hier sehr gern», sagte Hero und betrachtete ihre Hand. «Ich bin sehr froh, ihn zu haben, denn er ist doch von dir.»

Sherry lachte. «Du würdest ihn nicht lange behalten. Wahrscheinlich wirst du ihn sogar schon verloren haben, ehe der Abend zu Ende geht.»

«O nein! Ich werde meine Finger gekreuzt halten, dann kann er nicht herunterfallen. Sag, Sherry, als dein Cousin ‹Lady Sheringham› sagte – hat er damit *mich* gemeint?»

«Natürlich. Obwohl es, um die Wahrheit zu sagen, auch mir sehr komisch vorkam», gab Seine Lordschaft zu.

Hero sah ihn mit großen Augen an. «Sherry, ich weiß, daß ich jetzt Lady Sheringham bin, aber es kommt mir vor, als wäre das ganz unmöglich. Ich habe das furchtbare Gefühl, daß ich plötzlich aufwachen werde und feststellen muß, daß alles nur ein Traum war.»

«Ich weiß genau, was du meinst», nickte Seine Lordschaft, «wenn ich aber an alle Dinge denke, die ich heute zu erledigen hatte, erscheint es mir eher wie ein Albtraum.» Als er aber ihrem enttäuschten Blick begegnete, sagte er hastig: «Nein, nein, nicht weil wir geheiratet haben. Das habe ich nicht gemeint. Ich glaube sogar, daß ich es ganz hübsch finden werde, wenn ich mich erst einmal daran gewöhnt habe. Aber dieser Bischof von George! Weißt du, Kätzchen, daß ich einen Eid ablegen mußte, oder wie sie das nennen, daß du die Zustimmung deines Vormunds hast?»

«Aber, Sherry, die habe ich doch nicht!»

«Nein, das weiß ich, aber du hättest doch auch nicht wollen, daß mich eine solche Kleinigkeit gehindert hätte? Außerdem ist gar nichts dabei: deine feine Cousine Jane wird schon keinen Staub aufwirbeln, paß nur auf! Ich glaube sogar, sie wird dankbar sein, dich auf so gute Art losgeworden zu sein.»

Hero stimmte dem zu, wenn auch ein wenig bedenklich. Worauf der Viscount in erfrischendem Ton erklärte, daß sie beide jetzt weiter nichts brauchten als einen guten Tropfen, um in Stimmung zu kommen.

Kurz darauf trafen sie im Hotel Fenton ein. Dort stellten sie fest, daß Bootle bereits installiert war und nicht nur die Koffer seines Herrn ausgepackt, sondern auch das Zimmermädchen hochmütig angewiesen hatte, für Mylady denselben Dienst zu verrichten. Um seine eigene Würde ebenso wie die von Hero zu wahren, belehrte er sie in der beiläufigsten Form, daß die Kammerfrau Ihrer Gnaden der Frau Gräfin an Gelbsucht erkrankt sei, ein Umstand, der ihre Herrin vorübergehend ihrer Dienste beraube. Sein großartiges Gehaben, die leicht verächtlichen Blicke, die er durch das schönste Appartement des Hotels schweifen ließ, und sein gewählter Geschmack, der ihn dazu veranlaßte, im Salon – der die Schlafzimmer von Mylord und Mylady trennte – die Gegenstände, die den Kaminsims zierten, neu zu arrangieren, schüchterten das Zimmermädchen und den Lohndiener völlig ein und erweckten in ihnen die seltsamsten Vorstellungen von Lord und Lady Sheringham, die erst durch das persönliche Erscheinen dieses seltsamen Paares zerstört werden konnten.

Die erste Tat Seiner Lordschaft nach ihrer Ankunft im Hotel bestand darin, daß er dem Kellner läutete, bei dem er eine Flasche Burgunder und einen Früchtelikör bestellte, seine zweite, aus der Tasche ein kleines Päckchen zu ziehen, das er seiner Braut überreichte, wobei er sagte: «Fast hätte ich's vergessen. Hier, Fratz, da hast du ein Hochzeitsgeschenk. Ist bloß wertloses Zeug, aber wenn mir der Zaster erst einmal gehört, kauf ich dir etwas viel Schöneres.»

«Oh!» brachte Hero nur hervor und blickte mit ungläubigem Entzükken auf ihr erstes Paar Diamantohrgehänge. «Anthony! Anthony!»

«Du lieber Gott, Kätzchen, das ist doch nur eine Kleinigkeit», wendete er ein, als sie sich impulsiv an seine Brust warf. «Mein liebes Mädel, paß doch auf mein Halstuch auf! Du hast ja keine Ahnung, wie lange ich brauchte, um es genau so zu arrangieren!»

«Ach, das tut mir leid, aber ich konnte mir nicht helfen. Sherry, willst du mir gleich die Ohren stechen, damit ich sie heute abend tragen kann?»

Dies zu tun, fühlte sich der Viscount denn doch nicht berufen. Aber das lange Gesicht, das Hero machte, war so drollig, daß er vorschlug, die Ohrringe vorläufig mit einem Seidenbändchen zu befestigen. Hero war sofort wieder blendender Laune, und als der Kellner die befohlenen Erfrischungen brachte, hatte sie ein Resultat erzielt, das, wie ihr Gatte versicherte, jeder, selbst der strengsten Prüfung standhalten würde. Hierauf tranken sie einander zu, was den Viscount zu der Erklärung anregte, der Teufel möge ihn holen, wenn er nicht überzeugt wäre, ein gutes Tagewerk verrichtet zu haben.

Als sie später in dem seegrünen Gazekleid vor ihm erschien, starrte er sie in größter Überraschung an und sagte, er hätte bei Jupiter nie geglaubt, daß sie so gut aussehen könnte. Durch dieses Lob ermutigt, zeigte ihm Hero einen Mantel aus grünem Taft, der mit Schwanendaunen besetzt war, den sie ebenfalls an diesem Vormittag gekauft hatte; nachdem er auch diesem Modell sein uneingeschränktes Lob gespendet hatte, vertraute sie ihm ein wenig nervös an, sie fürchte, er könne ihn, wenn er die Rechnung sehen werde, doch ein wenig zu teuer finden. Der Viscount wies eine so prosaische Anschauungsweise weit von sich, worauf sie in bestem Einvernehmen die Treppe hinunterschritten, um ihre Dinnergäste zu begrüßen.

Dem Mienenspiel Mr. Ringwoods und des Honourable Ferdy war deutlich zu entnehmen, daß sie sich dachten, die Braut ihres Freundes mache ihm Ehre. Jeder der beiden Herren hatte ein Hochzeitsgeschenk mitgebracht. Es war das Ergebnis einer ernsten Beratung, die bei zwei Gläsern Gin im Hotel Limmer stattfand. Der Honourable Ferdy hatte für die Braut ein bezauberndes Armband ausgesucht, und Mr. Ringwood hatte eine Uhr aus Muschelgold gewählt, von der er annahm, daß sie gebraucht werden würde. Hero nahm beide Geschenke mit ungekünsteltem Entzücken entgegen, legte das Armband sofort um ihren Arm und versprach, der Uhr einen Ehrenplatz auf dem Kamin ihres Salons einzuräumen. Dies rief dem Viscount das ihn im Moment am stärksten bewegende Problem wieder ins Gedächtnis zurück; nachdem alle an einem Tisch des Speisesaals Platz genommen hatten, warf er die Frage seines zukünftigen Wohnsitzes wieder auf.

Mr. Ringwood hielt daran fest, daß das Familienpalais am Grosvenor Square eine gute Adresse sei, ein Umstand, dem er den größten Wert beizumessen schien; Ferdy, der mit diesem Ausspruch übereinstimmte, erklärte jedoch, seiner Meinung nach müsse Sherry erst alle vorhandenen Möbel hinauswerfen, bevor er sich an die Aufgabe mache, das Haus so auszugestalten, daß man darin leben könne.

«Ja, bei Gott, das müßte ich wirklich tun», rief Sherry aus. «Das meiste von diesem Zeugs ist seit den Tagen der Queen Anne dort, und ich glaube sogar noch länger. Ach was! Hero wird es freuen, neue Möbel auszuwählen, also hat das in Wirklichkeit wenig zu bedeuten.»

Der Honourable Ferdy, der mit einigen Unterbrechungen den ganzen Tag darüber nachgedacht hatte, wie die Frau seines Cousins zu einem so seltsamen Namen kam, brachte dadurch eine neue Note in die Konversation, daß er plötzlich sagte: «Kann es gar nicht verstehen! Du weißt ganz bestimmt, daß du richtig verstanden hast, Sherry?»

«Was?»

«Hero», sagte Ferdy stirnrunzelnd. «Von welcher Seite man es auch betrachtet, es gibt keinen Sinn. Erstens ist Hero, also der Heros, der Held, nie weiblich, und zweitens ist das kein Name. Wenigstens», fügte er vorsichtig hinzu, «ist es keiner, den ich je gehört habe. Zehn zu eins, Sherry, du hast wieder einmal etwas durcheinandergebracht!»

«O nein, ich heiße wirklich Hero», versicherte Mylady. «Der Name kommt bei Shakespeare vor.»

«Oh, bei Shakespeare, tatsächlich?» sagte Ferdy. «Daher habe ich vorher nie etwas davon gehört.»

«Ihr Name kommt aber auch bei Shakespeare vor», sagte Hero und bediente sich reichlich mit grünen Erbsen.

«Wirklich?» rief Ferdy, völlig erschüttert.

«Ja, ich glaube im ‹Sturm›.»

«Also das geht über meine Begriffe», sagte Ferdy und blickte seine Freunde der Reihe nach an. «Sie behauptet, mein Name käme bei Shakespeare vor. Muß es sofort meinem Vater erzählen. Glaube nicht, daß er es weiß.»

«Ja, und wenn ich darüber nachdenke, so kommt auch Sherrys Name bei Shakespeare vor», sagte Hero und lächelte ihrem Gatten herzlich zu.

«Nein, keineswegs», erwiderte der Viscount und wehrte sich dagegen, in dieses gefährliche Thema verwickelt zu werden. «Heiße nach meinem Großvater.»

«Aber vielleicht wurde er nach der Figur von Shakespeare benannt, das würde alles erklären.»

«Das wäre möglich», sagte Ferdy aufrichtig, «ich glaube es aber nicht. Wissen Sie, ich kannte den alten Herrn nicht persönlich, aber nach dem, was ich über ihn gehört habe, glaube ich nicht, daß er je etwas mit Shakespeare zu tun hatte.»

«Hatte einen sehr schlechten Ruf, mein Großvater», bemerkte der Viscount leidenschaftslos. «Bei ihm muß eine Schraube locker gewesen sein. Kein Verelst hatte je etwas mit Shakespeare zu tun.»

«Natürlich mußt du das am besten wissen, Sherry, aber denke doch nur an ‹Antonius und Cleopatra›», widersprach Hero.

«Antonius und wer?» fragte Ferdy begierig.

«Cleopatra. Sie müssen doch Cleopatra kennen! Sie war eine ägyptische Königin. Wenigstens glaube ich, daß es Ägypten war.»

«Bin nie in Ägypten gewesen», sagte Ferdy. «Das ist die Erklärung dafür. Aber ich kenne einen jungen Mann, der einmal in Ägypten war. Er erzählte, es wäre ein trostloses, verkommenes Land. Würde mir gar nicht gefallen.»

Hero lachte. «Dummkopf! Cleopatra ist viele hundert Jahre alt.»

«Viele hundert Jahre alt?» fragte Ferdy erstaunt.

«Du lieber Gott, du mußt doch wissen, was sie meint», warf der Viscount ein.

Mr. Ringwood nickte. «Sie ist eine Mumie», sagte er. «In Ägypten gibt es so was.» Da er aber das Gefühl hatte, daß sein weiser Beitrag noch einiger Erläuterungen bedürfe, fügte er hinzu: «Habe irgendwo etwas darüber gelesen.»

«Ja, aber die, die ich meine, kommt bei Shakespeare vor», sagte Hero. «Ich glaube schon, daß es dieselbe ist, denn er schrieb immer Stücke über Leute, die wirklich gelebt haben.»

Ein fürchterlicher Verdacht stieg in Ferdy auf. Er sah sie starr an, dann sagte er: «Sie sind doch nicht etwa ein Blaustrumpf, was?»

«Natürlich ist sie kein Blaustrumpf!» fuhr der Viscount auf, um seine Braut zu verteidigen. «Die Sache ist die, daß sie eben direkt aus dem Schulzimmer kommt. Sie kann doch nichts dafür, daß man ihr den Kopf mit all dem Zeugs vollgestopft hat.»

«Das sieht doch jeder, daß sie kein Blaustrumpf ist», sagte Mr. Ringwood ernst. «Überdies hast du derartige Bemerkungen nicht zu machen, Ferdy. Sehr schlechter Ton!»

Mr. Fakenham bat in einiger Verwirrung um Entschuldigung und erklärte, darüber verteufelt froh zu sein. Unmittelbar darauf erhob aber ein neues Schreckgespenst sein Haupt, und er fragte im Ton düsterster Vorahnung, ob sich die Unterhaltung des Abends ständig um Shakespeare drehen werde. Nachdem man ihn diesbezüglich beruhigt hatte, vermochte er sich wieder zu lockern und sein Dinner in leidlicher Haltung einzunehmen.

Das Stück, in welches der Viscount seine Gäste führte, gehörte zu jener Sorte, die selbst den Verstand des Honourable Ferdy nicht überanstrengte. Es war eine heitere, wenn auch nicht immer sehr feine Komödie, die alle drei Herren recht erträglich fanden, Hero aber in einen derartigen Zustand der Ekstase versetzte, daß sie ihren bezauberten Blick nicht eine Sekunde von der Bühne abzuwenden vermochte. Verschiedene witzige Bemerkungen, die ihre Begleiter ungemein zu amüsieren schienen, verstand sie allerdings nicht; bei einer Gelegenheit versetzte sie Mr. Ringwood in die peinlichste Verlegenheit, weil sie von ihm eine Aufklärung verlangte. Glücklicherweise hörte der Viscount ihre Frage ebenfalls und kam seinem Freund in seinem Dilemma zu Hilfe, indem er kurz sagte, daß sie es auch dann nicht verstehen würde, wenn man es ihr erklärte.

Während der Pause zeigte sich alsbald, daß die Loge des Viscount in allen Teilen des Hauses ziemliches Aufsehen erregte. Seine Lordschaft, der im Publikum verschiedene Bekannte entdeckte, winkte ihnen zu oder verbeugte sich; einige Minuten darauf hörte man ein Klopfen an der Logentür, und ein höchst eleganter Herr trat ein, betrachtete Hero neugierig unter schweren Augenlidern und sagte in müdem Tonfall: «Bist du also wieder zurück, mein lieber Sherry. Und ohne mir ein Wort zu sagen. Ich beginne zu glauben, daß ich dich irgendwie beleidigt habe.»

«Hallo, Monty!» erwiderte Sherry und erhob sich. «Du bist wirklich ein netter Kerl und immer zu einem Spaß bereit. Nie beleidigt! Bin höllisch froh, dich heute abend hier zu sehen – möchte dich meiner Frau vorstellen. Hero, das ist Sir Montagu Revesby – ganz spezieller Freund von mir!»

Der elegante Fremde, der um einige Jahre älter zu sein schien als Sherry, schüchterte Hero ein wenig ein. Seine etwas hochmütige Art und das ironische Lächeln waren ihr unangenehm, da sie aber bereit war, jeden Freund Sherrys sympathisch zu finden, streckte sie ihm sofort ihre Hand entgegen.

Sir Montagu ergriff sie, doch seine Augenbrauen hatten sich in lebhafter Überraschung gehoben, und er warf Sherry einen halb lachenden, halb erstaunten Blick zu. «Ist das wirklich wahr?» sagte er. «Du machst dir ganz bestimmt keinen Spaß mit mir, lieber alter Junge?»

Sherry lachte. «Nein, nein, wir haben heute geheiratet. Frag Gil, ob es nicht wahr ist.»

«Das kommt aber höchst unerwartet», sagte Sir Montagu. «Gestatte, Sherry, daß ich dir meine Glückwünsche ausspreche.» Seine kalten Augen musterten Hero von Kopf bis Fuß; sein Lächeln wurde breiter. «Ah – meine herzlichsten Glückwünsche, Sherry! Ihr wurdet also heute getraut? Du lieber Gott, wie interessant! Warum hast du mir aber keine Einladung zur Hochzeit geschickt?»

Mr. Ringwood entschloß sich unerwarteterweise, zu diesem Dialog auch etwas beizutragen. Er sagte ziemlich kurz: «Private Zeremonie – St. George – Hanover Square. Lady Sheringham wünschte es so. Legt keinen Wert auf Betrieb.»

«Ist in tiefer Trauer», bekräftigte Ferdy in dem Gefühl, daß eine kleine Ausschmückung nottat.

«Nein, nicht in Trauer», sagte Mr. Ringwood verärgert. «Könnte doch nicht hier sein, wenn sie es wäre. Familiengründe.»

«Blödsinn!» sagte Sherry, der diese gutgemeinte Intervention verschmähte. «Um dir die Wahrheit zu gestehen, Monty, wir haben geheiratet, nachdem ich sie entführt hatte.»

«Erspart Unannehmlichkeiten», murmelte Ferdy leise, aber hartnäkkig.

«Ich verstehe vollkommen», sagte Sir Montagu mit einer Verbeugung, «und ich darf mich wohl so glücklich schätzen, einer der ersten zu sein, der die Bekanntschaft von Lady Sheringham macht. Denn ich glaube nicht –?»

«Nein, sie war nie zuvor in London», erwiderte Sherry. «Sie ist eine Cousine der Bagshots; kenne sie schon mein ganzes Leben.»

«Tatsächlich?» Sir Montagus Augenbrauen schienen anzudeuten, daß er das überraschend fand. «Nun, das ist zweifellos höchst erfreulich. Aber ich glaube, daß der zweite Akt gleich beginnen wird... leider kann ich nicht länger bleiben.»

«Komm mit uns ins Piazza soupieren, Monty!» schlug Sherry vor.

Sir Montagu dankte ihm, er müsse sich aber entschuldigen, da er mit einigen Freunden verabredet sei. Er beugte sich nochmals über Heros Hand, gab seiner Hoffnung Ausdruck, sich in nicht zu ferner Zeit das Vergnügen seines offiziellen Besuchs machen zu dürfen, und empfahl sich. Kaum hatte er die Loge verlassen, als Ferdy das Bedürfnis empfand, sich unmißverständlich zu äußern. «Hättest ihn nicht einladen sollen», erklärte er, «das ist ein schlechter Mensch.»

Hero sah ihn mit großen Augen an. Sherry sagte: «Ach, Blödsinn! Mit Monty ist nichts Unrechtes los! Du weißt ja nicht, was du sprichst, Ferdy.»

«Hat keinen vornehmen Charakter», sagte Mr. Ringwood leidenschaftslos. «Habe mir das schon immer gedacht.»

«Unsinn!»

«Er glaubt überall zu Hause und beliebt zu sein», sagte Mr. Fakenham. «Aber das ist er bestimmt nicht. Außerdem kann ich ihn nicht ausstehen. Gil mag ihn auch nicht.»

«Er kann ein höllisch guter Gesellschafter sein», erwiderte der Viscount.

«Er bewegt sich aber nicht in ebenso höllisch guter Gesellschaft», sagte Mr. Ringwood unerschütterlich.

«Du lieber Gott, man trifft ihn doch überall», rief Sherry.

«Das ist es eben», sagte Ferdy, «wir wollen ihn nicht überall treffen. Weißt du, was Duke sagt?»

«Dein Bruder Marmaduke ist ein noch größerer Esel als du», erwiderte der Viscount.

«Nein, verwünscht, Sherry, das ist ein bißchen zu stark», verwies ihn Mr. Ringwood. «Gegen Duke kann man nichts sagen, ist ein sehr schlauer Kopf!»

«Er behauptet», verfolgte Ferdy unbarmherzig sein Thema, «daß Monty eine Art Bauernfänger ist. Ich will nicht behaupten, daß er recht hat, aber das ist es, was er gesagt hat.»

Da dieser Ausspruch nur so zu verstehen war, daß der Honourable Marmaduke Fakenham annahm, Sir Montagu beschäftige sich damit, ahnungslose Opfer in Spielhöllen zu locken, konnte es nicht überraschen, daß der Viscount über und über errötete und eine derartige Verleumdung mit mehr Ungestüm als Höflichkeit zurückwies. Mr. Ringwood, der bemerkte, wie Heros etwas verstörte Blicke von einem Gesicht der Streitenden zum andern wanderten, trat heftig auf Ferdys Fuß und hielt sich mit beachtlicher Selbstdisziplin zurück, Sherry daran zu erinnern, daß seine eigene Einführung in das unglückselige Hasardspiel im diskreten Etablissement von Warkworth und Woller durch die Protektion von Sir Montagu zustande gekommen war. Zum Glück hob sich der Vorhang zum zweiten Akt. Obwohl Ferdy ebenso wie Sherry bereit waren, ihre ätzende Diskussion fortzusetzen, wurden sie durch die Proteste der Insassen der Nachbarlogen gezwungen, sie bis zum Ende der Vorstellung zu vertagen. Zu dieser Zeit hatten sie das Ganze natürlich schon wieder vergessen; da keine weitere Meinungsverschiedenheit die Harmonie des Abends trübte, begab sich die ganze Gesellschaft vergnügt ins Piazza, um dort zu soupieren. Hero wurde in eine Sänfte gesetzt, und die drei Herren begleiteten sie zu Fuß.

Dieser Umstand erinnerte Mr. Ringwood an etwas, das er Sherry schon den ganzen Tag hatte sagen wollen; sobald das Souper gewählt und der Wein in den Gläsern funkelte, sah er Sherry mit ernstem Blick an, dann sagte er: «Habe lange nachgedacht, Sherry. Mußt einen Wagen für Lady Sherry besorgen. Kann nicht weiter in Droschken herumfahren. Gehört sich nicht.»

«Nein, das gehört sich sicher nicht», stimmte Sherry zu. «Ich bin froh, daß du mich daran erinnerst. Wir müssen überhaupt überlegen, was sie alles braucht.»

«Sie muß einen Wagen haben», sagte Mr. Ringwood. «Ein Landaulet.»

Mr. Fakenham, der damit beschäftigt war, eine Schüssel Krebsragout in Curry durch sein Monokel zu besichtigen, blickte jetzt auf und erklärte autoritativ: «Eine Barutsche! Ist derzeit der letzte Schrei. Könnte nicht mit ansehen, daß Sherrys Frau wie eine alte Dame in einem Landaulet in der Stadt umherfährt.»

«O nein!» rief Hero. «Ich möchte alles ganz nach der letzten Mode haben. Dazu habe ich mich fest entschlossen. Sherry sagt, daß ich ziemlich viel Aufsehen erregen könnte, und das würde mir ungeheuren Spaß machen.»

«Die wird richtig!» grinste Sherry. «Natürlich bekommt sie kein Landaulet. Zum Henker, so was benützt ja meine Mutter. Sie bekommt eine Barutsche mit einem Paar gut zusammenpassender Füchse. Alles muß so schick sein, daß die Leute darüber reden!»

«Wirst am besten morgen in den Tattersall schauen», nickte Ferdy. «Hast in deinem Stall nichts, was für eine Lady geeignet wäre.»

Mr. Ringwood trug eine Notiz auf einer Visitenkarte ein, die er seiner Tasche entnommen hatte. «Tattersall», sagte er, «Kutscher, Lakai, Page und Kammerfrau.»

«Die besorgt Chilham», sagte der Viscount. «Er kennt eine Kammerfrau, die sehr geeignet sein soll.»

«Reitpferd», sagte Ferdy.

«Sie kann doch nicht reiten.»

«Doch, ich kann reiten!» unterbrach Hero. «Wenigstens bin ich oft auf dem alten Pony geritten – und du wirst dich doch auch noch erinnern, Sherry, daß du mich auf dein Jagdpferd gesetzt hast, damals, als ich erst zwölf Jahre alt war.»

«Nun, du wirst doch nicht dasitzen und kühn behaupten wollen, daß du es geritten hast?» fragte Sherry. «Habe noch nie im Leben ein Pferd gesehen, das jemanden rascher abgeworfen hätte.»

«Du hättest sie gar nicht auf eines deiner ungebärdigen Pferde setzen dürfen, Sherry», sagte Mr. Ringwood mißbilligend. Und er machte sich wieder eine Notiz auf seine Karte. «Am besten wäre es, wenn sie eine ruhige, kleine Stute bekäme. Stute. Damensattel.»

«Ja, und ein Reitkleid», rief Hero. «Gil, und dann möchte ich noch so einen Wagen, wie wir ihn heute vormittag gesehen haben. Aber den muß ich selbst fahren!»

«Phaeton», sagte Mr. Ringwood und notierte es.

«Und Sherry wird mir Unterricht im Kutschieren geben», sagte Hero strahlend.

Sherrys Freunde riefen wie ein Mann: «Nein!»

«Warum nicht?»

«Weil er nicht kutschieren kann», erwiderte Mr. Ringwood, ohne sich ein Blatt vor den Mund zu nehmen.

«Sherry kann kutschieren! Er fährt besser als alle andern!»

Ferdy schüttelte den Kopf. «Sie denken sicher an jemand andern. Nicht an Sherry. Sie würden ihn im F. H. Club nicht aufnehmen! Würden ihn nicht einmal anschauen! Hat keine Präzision! Gil ist der richtige Mann dafür. Fährt auf einen Zoll genau: er ist wirklich ein Nonpareil.»

Mr. Ringwood errötete über dieses ihm gespendete Lob, und man hörte ihn murmeln, daß er glücklich wäre, Lady Sherry alles zu lehren, was in seiner Macht stand. Hero dankte ihm, aber es war klar, daß ihr Vertrauen in Sherrys Geschicklichkeit unerschüttert geblieben war.

Sherry, der zu der Kritik seiner Freunde bloß gegrinst hatte, sagte mit ungewohnter Bescheidenheit, daß es am besten wäre, wenn sie sich Gils Händen anvertrauen würde. Sein Fahrstil sei, wie er zugeben müsse, für eine Lady nicht ganz geeignet, obwohl er wetten würde, fast alle Fahrer, die ihm auf der Straße begegneten, in den Schatten zu stellen. Er verpflichtete sich weiters, ihr ein wirklich sanftmütiges Pferd zu besorgen, außer – hier warf er Mr. Ringwood einen herausfordernden Blick zu – es wäre jemand hier, der ihn auch als Kenner von Pferdefleisch nicht gelten ließe.

Mr. Ringwood beeilte sich, ihm zu versichern, daß er volles Vertrauen in seine Fähigkeit setze, das richtige Vollblut zu wählen; da nun alle Vorkehrungen für Heros künftiges Wohlergehen getroffen schienen, steckte er die Visitenkarte wieder ein und begann sich ebenfalls seinem Souper zu widmen.

6

Am folgenden Morgen bestand die erste Tat des Viscount darin, seinem Onkel, dem Honourable Prosper Verelst, einen Besuch zu machen. Dieser Gentleman bewohnte eine Zimmerflucht in Albany, und da es eine seiner Eigenheiten war, seine Wohnung nie vor Mittag zu verlassen, wußte sein Neffe, daß er mit Bestimmtheit damit rechnen könne, ihn zu Hause anzutreffen. Er erfuhr tatsächlich, daß er eben im Begriff sei, ein spätes Frühstück einzunehmen, und daß sein Kammerdiener den strikten Befehl erhalten habe, niemanden vorzulassen. Der Viscount überwand dieses Hindernis, indem er den Diener aus dem Weg schob und ohne weitere Umstände bei seinem Onkel eintrat.

Der Honourable Prosper war ein viel zu beleibter Herr, um nicht bequem zu sein, und so verriet er, außer durch einen Seufzer, den er beim Anblick seines Neffen ausstieß, durch kein Zeichen den Ärger, den er empfand, zu einer so unpassenden Stunde gestört zu werden. Er wies lediglich auf einen Stuhl und gab sich weiter den Genüssen seines Frühstücks hin.

«Es wäre gut, Sir, wenn Sie diesem Esel von einem Bedienten mitteilen würden, er solle nicht erst versuchen, mich nicht vorzulassen», beschwerte sich der Viscount und legte Hut und Stock auf einen Stuhl.

«Ich wollte aber, daß er dich nicht vorläßt», erwiderte Prosper gemütlich. «Ich habe dich gern, Sherry, aber ich will verdammt sein, wenn ich mich durch deine überfallartigen Besuche zu dieser Tageszeit nervös machen lasse!»

«Na, der wird mich nicht zurückhalten können», sagte Sherry. «Es handelt sich auch nicht darum, daß ich das Bedürfnis hätte, Sie so oft zu sehen. Kam bloß her, um Ihnen zu sagen, daß ich gestern geheiratet habe.»

Wenn Sherry erwartet hatte, daß sein Onkel nun große Überraschung verraten würde, so sah er sich bitter enttäuscht. Prosper wandte ihm seine matten blauen Augen zu und sagte bloß: «Ach, wirklich? Na, wahrscheinlich hast du wieder einen Unsinn angestellt!»

«Durchaus nicht. Ich habe Hero Wantage geheiratet», sagte Sherry unmutig.

«Habe nie etwas von ihr gehört», erwiderte Prosper und schenkte sich noch etwas Kaffee ein. «Dennoch bin ich froh darüber, denn jetzt kannst du dich selbst um deine Angelegenheiten kümmern. Sie haben mir ständig die größten Sorgen bereitet.»

«Ihnen die größten Sorgen bereitet!» stieß Sherry hervor. «Also, da hört sich doch alles auf! Weil Sie sich so viel Mühe damit gegeben haben! Sie überließen doch alles diesem alten Gauner, meinem Onkel Horace, und wenn der sein Schäfchen nicht ins trockene gebracht hat, dann fresse ich einen Besen!»

Prosper goß eine reichliche Portion Sahne in seinen Kaffee. «Ja, ich glaube, darin hast du recht, Sherry», sagte er. «Das habe ich mir nämlich auch immer gedacht, und ich kann dir sagen, daß es mir große Sorgen bereitet hat.»

«Warum, zum Teufel, haben Sie dann nichts unternommen, um es zu verhindern?» fragte Sherry, begreiflicherweise gereizt.

«Weil ich zu faul bin», erwiderte sein Onkel mit erfrischender Aufrichtigkeit. «Wenn du mein Gewicht hättest, dann wüßtest du etwas Besseres, als mir derartig verflucht dumme Fragen zu stellen. Übrigens konnte ich diesen Kerl, den Paulett, nie ausstehen, und wenn ich nicht einem Schlaganfall erliegen will, dann gibt es nur eines: ihm auszuweichen! Mit deiner gütigen Erlaubnis, lieber Neffe, aber ich kann keinen Verwandten deiner Mutter ausstehen, während Valeria selbst – aber das gehört nicht hierher! Aber sag mal, mein Junge, warum mußt du mich denn um diese Stunde belästigen? Nur weil du dich fürs Leben gebunden hast?»

«Weil Sie die Vermögensverwaltung liquidieren müssen», erwiderte Sherry, zog ein Dokument aus der Tasche und legte es auf den Tisch. «Hier ist meine Heiratsbestätigung oder wie man das Zeug nennt. Meiner Mutter werde ich es selbst mitteilen, aber mit den Anwälten müssen schon Sie verhandeln.»

Prosper seufzte, erhob aber keinen Widerspruch. «Na ja, ich bin eigentlich gar nicht böse, den alten Ditchling wiederzusehen», sagte er. «Was wirst du jetzt anfangen, Sherry? Willst du, daß sich deine Mutter auf ihren Witwensitz zurückzieht? Das würde ihr aber gar nicht in den Kram passen.»

«Nein», sagte Sherry, der sich diesen Punkt schon ein wenig überlegt hatte. «Das Landleben sagt mir gar nicht zu, und ich hätte es ganz gern, wenn sie in Sheringham Place bliebe, um ein Auge auf das Ganze zu haben. Hören Sie, Sir, ich würde viel darum geben, wenn ich Onkel Horace hinauswerfen könnte, aber ich glaube, man kann das nicht tun, wenigstens nicht, ohne daß meine Mutter einen hysterischen Anfall bekommt, und das will ich nicht. Aber ich werde meine Hand schon ordentlich auf dem Geldbeutel halten; ich habe nichts dagegen einzuwenden, ihm Kost und Quartier zu geben, aber ich will verdammt sein, wenn ich auch weiterhin für seine ‹kleinen Vergnügungen› aufkomme!»

«Ach, das geht mich nichts an», sagte Prosper, «an deiner Stelle würde ich aber trachten, ihn loszuwerden.»

«Das würden Sie bestimmt nicht. Dazu sind Sie zu faul. Außerdem will ich meine Mutter nicht einem ihrer Aufregungszustände aussetzen, denn darauf können Sie sich verlassen, das wäre bestimmt die Folge, wenn ich Onkel Horace hinauswürfe! Zehn zu eins würde sie in die Stadt ziehen, um hier zu leben, und das würde mir ganz und gar nicht passen.»

«Nein, bei Gott», stimmte Prosper zu, stark beeindruckt von diesem vernünftigen Standpunkt.

«Was das Palais betrifft, habe ich darüber noch keine Entscheidung getroffen», fuhr Sherry fort. «Ich muß aber gestehen, daß es nicht sehr nach meinem Geschmack ist; dennoch werde ich Hero heute noch hinführen, damit sie sich's ansehen kann, und wenn sie dort wohnen will, dann werden wir eben dort wohnen.»

«Sie wird wollen», erklärte Prosper zynisch. «Verlaß dich darauf, denn jede Frau würde sich auf die Chance stürzen, in einem riesigen zugigen Palais und in der besten Gegend Londons wohnen zu können.»

Darin irrte er sich aber. Als der Viscount seine junge Frau in das Palais am Grosvenor Square eintreten ließ, verschwand etwas von ihrer gewohnten Munterkeit. Sollte man es der erstaunten Mißbilligung des Lakaien zuschreiben, der sie von Zimmer zu Zimmer führte, oder der deprimierenden Wirkung der Schutzhüllen, die Möbel und Stühle bedeckten? Sie hätte es selbst nicht zu sagen vermocht; ihre Stimmung hatte aber sichtlich einen Dämpfer erhalten. Sie klammerte sich eng an Sherrys Arm und warf aus großen Augen verängstigte Blicke auf all die düsteren Ölgemälde in schwervergoldeten Rahmen, die mächtigen Spiegel, die massiven Girandolen, die drapierten Vorhänge und die steifen Möbel. Sie fühlte sich plötzlich klein und schutzlos und war außerstande, sich als Herrin über diese unmoderne Pracht vorzustellen.

Sherry deprimierte das Palais natürlich in keiner Weise, aber er wußte aus Erfahrung, daß man zu seiner Instandhaltung eine Armee von Lakaien benötigte, und es erfaßte ihn das ganze Entsetzen eines jungen Menschen, der sich plötzlich mit soviel Verantwortung belastet sieht. Außerdem fand er die Möbel abscheulich und altmodisch, und ein unklares Gefühl sagte ihm, daß er, wenn er seinem Instinkt gehorchen und alles aus dem Palais entfernen würde, einen höchst unerfreulichen, aber dennoch vergeblichen Proteststurm heraufbeschwören würde. Als er gemeinsam mit Hero die zahllosen Salons und Schlafräume besichtigt hatte und sie unerbittlich in Richtung der Dienstbotenquartiere geführt wurden, hatte er seinen Entschluß bereits gefaßt.

«Weißt du was, Kätzchen», sagte er, «ich glaube nicht, daß du gerne hier wohnen würdest.»

«Nein», erwiderte Hero voll Dankbarkeit. «Aber – aber wenn du es willst, würde ich schon hier wohnen.»

«Nein, das will ich nicht», sagte er. «Konnte den Kasten nie leiden, und Ferdy hat ganz recht, was die Möbel betrifft. Wenn du mich fragst, dann sage ich dir, daß wir ein bedeutend kleineres Haus brauchen. Später, wenn du älter bist – und wenn du mehr Bescheid weißt –, können wir uns noch immer entschließen, hier zu wohnen, aber darüber brauchen wir uns jetzt nicht den Kopf zu zerbrechen. Hol's der Teufel, das Haus ist wie eine Gruft! Komm, gehen wir!»

Hero trat mit ihm bereitwilligst wieder auf den Platz hinaus, fragte aber, als er sie in den Phaeton hob, ob sie auch weiter im Hotel Fenton wohnen würden. Sherry, dem die Nüchternheit dieses Hotels bereits auf die Nerven fiel, erklärte, daß nichts ihn dazu bringen könnte, seinen ständigen Wohnsitz dort aufzuschlagen, und wenn es ihm nicht bald gelinge, von dort herauszukommen, könne er für die Konsequenzen nicht einstehen.

«Ich muß gestehen, daß ich sehr froh bin, daß du nicht dortbleiben willst», sagte Hero, während sie ihre Röcke elegant anordnete und ihren kleinen Sonnenschirm aufspannte. «Sie starren einen dort so gräßlich an! Es bringt mich direkt in Verlegenheit. Was sollen wir aber tun, um ein passendes Haus zu finden?»

«Du lieber Gott, ich weiß es nicht», erwiderte Sherry. «Wir werden einfach Stoke sagen, daß er das Ganze für uns machen soll. Weißt du, das ist nämlich der Finanzberater meiner Familie. Und da fällt mir ein, ich muß ihn ja benachrichtigen, daß er es jetzt mit mir zu tun hat und nicht mit meinen beiden Onkeln. Willst du mit mir in die City fahren? Könnte den alten Knaben ebensogut gleich aufsuchen und die Sache in Ordnung bringen.»

Da Hero selbstverständlich einverstanden war, mit ihm in die City zu fahren, genauso wie in jede andere Gegend, die er besuchen wollte, so dauerte es nicht lange, bis Mr. Philip Stoke durch die Ankündigung seines Sekretärs überrascht wurde, daß sich Lord und Lady Sheringham im Wartezimmer des Büros befanden und ihn zu sprechen wünschten. Mr. Stoke war ziemlich verblüfft, denn obwohl er wußte, daß der Viscount ein leichtsinniger junger Mann war, der ihn in seinem jugendlichen Ungestüm vielleicht aufsuchen würde, statt ihn in seine Wohnung zu bitten, so vermochte er sich nichts auszudenken, das außergewöhnlich genug wäre, die Gräfinwitwe zu veranlassen, ihn auf die Bitte Seiner Lordschaft hierherzubegleiten. Er eilte sogleich hinaus, um Seine Lordschaft zu bitten, ins Privatbüro einzutreten, und war noch weit verblüffter, sich einer höchst jugendlichen Dame gegenüberzusehen, von der sein vornehmer Klient heiter erklärte, daß sie seine Frau sei. Während er einen unwillkürlichen Ausruf der Überraschung gerade noch zu unterdrücken vermochte, verbeugte er sich tief und bat Seine Lordschaft, in sein Privatbüro einzutreten. Hier rückte er einen Stuhl für Hero zurecht, während er dem Viscount gleichzeitig versicherte, daß er sich glücklich geschätzt hätte, ihn in seiner Wohnung aufzusuchen, wenn er nur geahnt hätte, daß seine Dienste benötigt würden.

«Nein, es war keine Zeit zu verlieren», erwiderte Sherry.

«Außerdem», fügte Hero hinzu, «bin ich noch nie in der City gewesen, und stellen Sie sich vor: ich habe eben St. Paul gesehen!»

Bevor dem verwunderten Mr. Stoke auf diese naive Mitteilung eine Antwort einfiel, gab der Viscount den Zweck seines Besuches bekannt. «Die Sache ist die», sagte er, «ich möchte, daß Sie uns ein Haus besorgen, in dem wir leben können. Wir sind vorläufig im Fenton abgestiegen, aber ich kann es nicht ausstehen.»

Mr. Stoke sah zu Hero hinüber. Denn obwohl er mit den plötzlichen Einfällen Seiner Lordschaft wohlvertraut war, erschien ihm dieser doch außergewöhnlich seltsam. Er konnte sich nicht erinnern, in der *Gazette* eine Anzeige von der Hochzeit des Viscount gelesen zu haben, und wußte ganz bestimmt, daß vor nicht ganz zehn Tagen, als er Gelegenheit hatte, dem Honourable Prosper Verelst seine Aufwartung zu machen, nicht das geringste von einer bevorstehenden Hochzeit erwähnt worden war.

Sherry, der ihm seine Verwirrung vom Gesicht las, erklärte: «Wir haben gestern geheiratet. Tatsache ist, daß wir geheiratet haben, nachdem ich sie entführt hatte, aber natürlich alles ganz in Ehren. Und das bedeutet, daß die ganze verdammte Verwaltung nun ein Ende findet. Sie haben es von jetzt an nicht mehr mit meinen beiden Onkeln zu tun.»

Mr. Stoke sah ihm in die Augen. «Darf ich mir zu sagen erlauben, Mylord, daß ich darüber außerordentlich glücklich bin?»

«Das ist sehr schön von Ihnen», sagte Sherry mit einem Grinsen.

Mr. Stoke betrachtete seine Fingerspitzen. «Ich glaube, ich habe Mr. Verelst wiederholt berichtet, daß mir die Summen, die sich Mr. Paulett für die Erhaltung von Sheringham Place und für Sheringham House überweisen ließ, im Verhältnis zu dem, was man noch als tragbar bezeichnen kann, viel zu hoch erschienen. Ich vermute, daß Eure Lordschaft darüber unterrichtet sind.»

«Gott ja, Sie haben es mir schon vor einem Jahr mitgeteilt. Aber wissen Sie was, Stoke, ich werde den ganzen Kram – die Verwaltung der Besitzungen, jetzt in Ihre Hände legen.»

Mr. Stoke gestattete sich ein etwas steifes Lächeln. «Ich glaube, Eurer Lordschaft versichern zu können, daß mich Mr. Paulett nicht hereinlegen wird», sagte er.

«Nein, darauf würde ich sogar wetten. Aber lassen wir das jetzt. Das wichtigste ist, ein Haus zu finden.»

«Aber haben Eure Lordschaft denn vergessen, daß sich am Grosvenor Square ein Palais befindet, das Ihnen gehört?»

«Nein, aber das ist es eben: es gefällt uns nicht. Waren eben dort, um es anzusehen, und von allen verteufelt düsteren Löchern, in denen ich je gewesen bin – was sage ich: es ist noch ärger als Brooks! Wir brauchen ein modernes kleines Haus, in dem wir uns wohl fühlen.»

«Soll ich das so verstehen, daß Eure Lordschaft den Wunsch haben, Sheringham House zu veräußern?» fragte Mr. Stoke aufs äußerste schockiert.

«Kein Grund vorhanden, das zu tun», erwiderte Sherry großzügig. «Glaube, daß wir es uns eines Tages in den Kopf setzen könnten, dorthin zu ziehen – und inzwischen muß ich ja an meine Mutter denken. Sie muß doch schließlich ein Haus haben, in dem sie wohnen kann, wenn sie in die Stadt kommt.»

Mr. Stoke, der der Ansicht war, daß der alten Gräfin schöner Witwenbesitz mehr als ausreichend wäre, ihr zu gestatten, sich ein eigenes Haus zu kaufen, blickte so mißbilligend drein, als er wagte, und erklärte: «Eure Lordschaft können die Kosten der Erhaltung eines vierten Wohnsitzes kaum in Betracht gezogen haben.»

«Zum Kuckuck, ich habe doch nur zwei Wohnsitze! Ach, Sie denken wohl an das kleine Jagdhaus, das Sie mir in Leicestershire besorgt haben, nicht wahr? Das zähle ich nicht mit.»

«Oh!» kam es ziemlich schwächlich aus Mr. Stokes Mund.

«Ich bin doch ein reicher Mann, oder nicht?» fragte Sherry und streckte seine langen Beine aus.

«Eure Lordschaft sind ein sehr reicher Mann, aber –»

«Natürlich bin ich das! Und dabei fällt mir etwas ein. Wir müssen ein paar Schulden zahlen. Blödsinnige Sache das, aber ich möchte den Leuten diesmal zuvorkommen, wenigstens als Anfang.»

«Das habe auch ich mir gedacht, Mylord», sagte Mr. Stoke. «Eure Lordschaft waren so gütig, mich mit der Aufgabe zu betrauen, das Ausmaß der Verpflichtungen Eurer Lordschaft festzustellen, aber ich fürchte, daß die Summe –»

«Ich sitze arg in der Tinte, was? Nun, dann werden Sie mich einfach mit dem Geld aus dem Fonds loskaufen, und Schluß damit! Kein Grund, ein langes Gesicht zu ziehen: es ist schließlich mein Geld, verflucht noch einmal! Aber zuerst muß ich ein Haus haben, in dem ich wohnen kann.»

Mr. Stoke kannte Seine Lordschaft zu gut, um mit ihm zu debattieren, wenn an dem eigensinnigen Zug um seinen Mund klar ersichtlich war, daß er etwas bereits beschlossen hatte. Er konnte bestenfalls hoffen, Sherry überreden zu können, ein Haus zu mieten, anstatt es zu kaufen, und dieses Ziel im Auge behaltend, begann er die Größe des geplanten Hauses zu besprechen, die gewünschte Lage und den schnellsten Weg, eines aufzutreiben. Hero verlor sehr rasch das Interesse an diesem Gespräch, sie stand auf und blickte durchs Fenster auf die Straße mit ihrem geschäftigen Leben. Als sich der Viscount endlich erhob, um wegzugehen, war sie eifrig damit beschäftigt, Gesichter auf die bestaubten Fensterscheiben zu malen.

«Ich habe wahrhaftig noch nie ein so lästiges kleines Ding gesehen!» rief Sherry. «Schau dir nur jetzt deine Handschuhe an. Außerdem glaube ich nicht, daß Mr. Stoke entzückt sein wird, wenn seine Fenster so beschmiert sind.»

Mr. Stoke, der amüsiert zusah, wie betreten Mylady ihre beschmutzten Fingerspitzen einer Prüfung unterzog, erklärte, daß die Zeichnungen auf dem Fenster das Zimmer wesentlich freundlicher erscheinen ließen, wofür er ein dankbares Lächeln erntete. Der Viscount zog seine junge Frau mit sich, um vorläufig einmal eine Runde durch die besten Möbelhäuser zu machen, und sein Finanzberater, der sie bis an den Phaeton begleitet hatte, kehrte in sein Büro zurück, betrachtete eine Zeitlang die Gesichter auf seinem Fenster und überlegte dabei, wie diese so merkwürdige Ehe seines Klienten enden würde.

Das junge Paar verbrachte den Rest des Tages mit der angenehmen Beschäftigung, Möbel auszusuchen. Sie durchwanderten verschiedene Möbelhäuser, in welchen ihnen beflissene Verkäufer zu Diensten standen; nachdem sie sich vergnügt über die rivalisierenden Vorzüge von

Hepplewhite und Sheraton gezankt hatten und einer den Geschmack des andern bezüglich der Vorhänge laut mißbilligt hatte, legten sie den Grundstock zu ihrem künftigen Heim, indem sie nebst einer Garnitur vergoldeter Stühle, die mit strohfarbenem Satin gepolstert waren, einen Sektkühler, einen Sekretär, einen Kristallüster und einen Rasierstehspiegel erstanden, der zufällig genau das war, was Sherry seit Monaten gefehlt hatte.

Es war natürlich unmöglich, nach einem so erschöpfenden Tag noch einen Brief an die Gräfinwitwe zu schreiben, und so begleitete Sherry seine junge Frau in die Vauxhall Gardens, um dort den Abend zu verbringen. Sie tanzten, sie soupierten in einer der Logen papierdünne Schinkenscheibchen, sie tranken Arrakpunsch und sahen sich ein Feuerwerk an. Hero genoß jeden einzelnen Moment, und da sie keine Einwendungen erhob, wenn Sherry die hübschesten der anwesenden Damen durch sein Monokel betrachtete, sondern glücklich war, mit ihm entweder tanzen oder umherschlendern zu können – je nachdem, was er gerade vorzog –, machte er ihr die große Freude, zu erklären, er habe immer gewußt, daß sie ausgezeichnet miteinander auskommen würden.

Am folgenden Tag erschien Mr. Stoke mit einer Liste von Häusern, die derzeit im vornehmsten Stadtviertel verfügbar waren. Er hatte auch eine Vermählungsanzeige skizziert, die in der *Morning Post* erscheinen sollte. Der Viscount gab gnädigst die Erlaubnis, sie sofort einzusenden. Hierauf bestieg die ganze Gesellschaft eine Droschke, um das erste Haus auf der Liste von Mr. Stoke zu besichtigen. Da es viel zu groß war, wurde es sofort abgelehnt; das zweite in der Curzon Street hatte im Salon einen so häßlichen Kamin, daß Hero gegen das Haus eine unüberwindliche Abneigung empfand; beim dritten entdeckte man, daß es sich nur zwei Schritte von dem Wohnsitz einer Familie befand, über die sich der Viscount nur mit konzentriertestem Widerwillen äußerte; und ein viertes hatte eine so erbärmliche Stiege, daß es überflüssig gewesen wäre, weiter als bis in die schmale Halle vorzudringen. Jetzt begannen aber diese häuslichen Angelegenheiten den Viscount dermaßen zu langweilen, daß er erklärte, Hero und Mr. Stoke verlassen zu wollen, die diese Angelegenheit gemeinsam erledigen sollten. Er ließ sich jedoch herbei, sie noch zu einem weiteren Haus zu begleiten, das sich in der Half Moon Street befand. Durch den größten Glückszufall erwies es sich als genau das, was er sich die ganze Zeit über vorgestellt hatte. Hero war ebenso begeistert wie er, obwohl Mr. Stoke, der den Rang seines Klienten in Betracht zog, einwendete, daß der Salon nicht elegant genug sei und die Schlafzimmer unzulänglich wären. Seine Einwendungen wurden jedoch überstimmt. Hero plante bereits die Einrichtung des Salons; dann einigte sie sich mit Sherry, daß er das Speisezimmer an der Rückfront als Bibliothek erhalten solle und das Vorderzimmer des zweiten Stockwerks als Schlafzimmer. Sich selbst teilte sie das Zimmer hinter dem Salon als Schlafzimmer zu. Als Mr. Stoke sie darauf aufmerksam machte, daß sie ein Ankleidezimmer benötigen werde, erwiderte sie schlicht, daß sie bisher keines besessen habe und auch nicht wüßte, was sie damit anfangen solle. Natürlich fanden weder sie noch Sherry es nötig, bis in die Mansardenzimmer oder die Küchenräumlichkeiten des Souterrains vorzudringen: sie nahmen an, daß sie wie alle andern Mansarden und Küchenräume aussehen würden, und außerdem konnte man es ruhig Bootle überlassen, diese Dinge zu ordnen. Von weit größerer Wichtigkeit war die Ausgestaltung der Empfangsräume und der Halle. Sherry überlegte auch, wieviel Personal sie benötigen würden, um die Haushaltführung in der klaglosesten Weise zu gewährleisten. Er vermochte aber keinen positiven Vorschlag zu machen und erklärte lediglich, daß er keinen Butler wünsche wie den alten Romsey, der nur Wasser in den Wein gießen würde, und daß er nicht die blasseste Ahnung habe, wieviel Zofen man für ein Haus dieser Größe gewöhnlich engagiere. Schließlich erklärte er, man solle auch das Stoke überlassen. Mr. Stoke, der vorausgesehen hatte, daß es so kommen würde, begann über diesen Punkt einen Vortrag zu halten, in dessen Verlauf sich Sherry, der ohnedies nicht zugehört hatte, in der löblichen Absicht entfernte, noch einen Blick in den Speisesaal zu werfen, um zu entscheiden, wohin er seinen Sektkühler placieren solle. Hero blieb mit Mr. Stoke allein zurück und entsetzte ihn ebenso, wie sie ihn bezauberte, indem sie ihm anvertraute, daß sie keine Ahnung habe, wieviel Personal sie engagieren solle, daß sie aber hoffe, er würde nicht zuviel für notwendig erachten. «Denn ich muß gestehen, daß ich nicht wüßte, was ich mit ihnen anfangen soll. Wenigstens in der ersten Zeit – aber ich hoffe, daß ich mich bald daran gewöhnen werde.»

Schließlich wurde entschieden, daß eine Köchin, ein Butler, zwei Kammerzofen, ein Page oder ein Lakai neben dem Kammerdiener Seiner Lordschaft, der Kammerfrau von Mylady, einem Kutscher, zwei Grooms und dem Reitknecht genügen werden, um dem jungen Paar einen bescheidenen Grad von Bequemlichkeit zu sichern. Mr. Stoke erbot sich, das Dienstpersonal, das sich für die verschiedenen Posten vorstellen kam, selbst zu begutachten und diejenigen zu engagieren, die ihm am wünschenswertesten erschienen. Hierauf verabschiedete er sich von seinen Klienten und entfernte sich in äußerst gedankenvoller Stimmung.

Es blieb demnach nichts zu tun übrig, als die erforderliche Anzahl an Teppichen, Kommoden, Betten, Tischen und Stühlen für das Haus auszuwählen. Der Viscount, der von Möbelhäusern genug hatte, kam auf die glückliche Idee, die Dienste seines Cousins Ferdy in Anspruch zu nehmen, dessen Schutz er Hero anvertraute, während er selbst sich mit Mr. Ringwood in den Tattersall begab.

Ferdy, höchst erfreut über das Vertrauen, das man in seinen Geschmack und sein Urteil setzte, versicherte, mit Freuden beides in Heros Dienste stellen zu wollen, denn er war nicht nur stets bereit, hübschen Damen gegenüber aufmerksam zu sein, sondern seine Kenntnis aller

Dinge, die den guten Ton betrafen, war ebenso umfassend wie subtil. Er wußte ganz genau, welche der eleganten Nippsachen eine Dame von Welt in ihrem Salon haben mußte, er zögerte auch nicht, zu entscheiden, welche Tapete die strohfarbenen Stühle besonders zur Geltung bringen würde, und er war imstande, Hero mit unfehlbarem Geschmack bei der Wahl der Teppiche und Vorhänge zu beraten. Da es keinem von beiden einfiel, die Börse des Viscount bei ihrer Auswahl in Betracht zu ziehen, konnte Ferdy seiner genialen Begabung volle Zügel schießen lassen, und die Inhaber der verschiedenen Warenhäuser, die sie besuchten, bezeugten einem Paar mit so offener Hand eine schmeichelhafte, um nicht zu sagen unterwürfige Aufmerksamkeit.

Der Viscount hatte inzwischen mit Mr. Ringwoods Hilfe eine wunderschöne Stute als Reitpferd für Hero gekauft, zwei hochtrabende Füchse, um ihre Barutsche zu ziehen, einen leichtmäuligen Grauschimmel, der zwischen die Deichseln ihres Phaetons gespannt werden sollte, und blieb nur noch, um seinem eigenen Stall einen edlen Fuchs hinzuzufügen, den der Auktionator als «personifizierte Vollendung» beschrieb, bevor er Mr. Ringwood zu einem Wagenbauer in der St. James Street schleppte. Hier bereitete es keinerlei Schwierigkeiten, eine smarte Barutsche mit einer gelben Karosserie und einen leichten Phaeton auszuwählen. Sie waren eben im Begriff, wegzugehen, um sich auf die Suche nach einem silberbeschlagenen Zaumzeug zu machen, als der Viscount eine elegante Reisekutsche bemerkte und sich sofort entschloß, auch diese zu kaufen. Fraglos konnte Hero nicht mit der Post reisen – seine Mutter tat das nie, wie er wußte –, aber auch er selbst hätte nichts lieber getan, als einen Viererzug zu kutschieren, und der Besitz einer solchen Kutsche würde ihm zweifellos kein geringes Vergnügen bereiten. Da der Ankauf dieses Wagens es erforderte, in den Tattersall zurückzukehren, um über den Erwerb eines Teams zu verhandeln, das ihn ziehen sollte, war es sonnenklar, daß der Viscount das Geld ebenso verschwenderisch ausgab wie seine junge Frau.

Als Hero erfuhr, daß sie nun Besitzerin von nicht weniger als drei Wagen und acht Pferden war, errötete sie über und über; nachdem sie einige Augenblicke gekämpft hatte, um sich einigermaßen angemessen ausdrücken zu können, stotterte sie: «Oh, Sherry, das ist genauso wie K-König Cophetua und das Bettelmädchen!»

«Wer zum Teufel war denn das?» fragte Sherry.

«Ach, ich kann mich nicht genau erinnern, aber er heiratete ein Bettelmädchen, und dann schenkte er ihr alles, was sie sich wünschte.»

«Klingt wie ein richtiger Blödsinn», sagte ihr skeptischer Gatte. «Übrigens, was hat dieser Bursche denn mit uns zu tun?»

«Ich mußte deinetwegen an ihn denken», sagte Hero und lächelte ein wenig verschwommen.

«Unsinn!» sagte Sherry angewidert. «Habe noch nie im Leben etwas so Törichtes gehört. Kätzchen, wenn du dich nicht zusammennimmst, werden die Leute von dir behaupten, daß du ein Bücherwurm bist!»

Hero versprach, sich vor diesem Stigma zu hüten, und nachdem Sherry sich mit dem recht leidlichen Burgunder des Hotelkellers etwas gestärkt hatte, ließ er sich nieder, um seiner Mutter einen reichlich verspäteten Brief zu schreiben.

Nachdem Hero gemeinsam mit Ferdy einen zweiten Tag fleißig eingekauft hatte, schien für das Haus in der Half Moon Street tatsächlich nichts weiter zu besorgen zu sein als so langweilige Erfordernisse wie eine Kücheneinrichtung und Leinenzeug. Da auch Hero es müde wurde, weiterhin Möbel auszusuchen, begrüßte sie Sherrys Vorschlag freudig, den Rest der Besorgungen Mr. Stoke anzuvertrauen. «Und jetzt werde ich dir etwas sagen, Kätzchen», fügte er hinzu, «ich habe eine verteufelt gute Idee. Wir fahren nach Leicestershire, bis das Haus so weit fertig ist, daß wir einziehen können. Ich besitze dort ein gemütliches kleines Jagdhaus, genau das Richtige für uns!»

«Leicestershire, lieber alter Junge?» rief Mr. Ringwood aus, der zufällig anwesend war. «Was zum Teufel willst du um diese Jahreszeit dort machen?»

«Höchste Zeit, einen Blick auf die Jungtiere zu werfen», sagte Sherry. Er begegnete dem verwunderten Blick seines Freundes und sagte: «Zum Kuckuck, warum sollten wir nicht nach Leicestershire fahren? Das Haus wird, soweit ich es beurteilen kann, noch wochenlang nicht fertig sein, und der Teufel soll mich holen, wenn ich bis dahin hier herumsitze und warte! Überdies habe ich das bestimmte Gefühl, daß meine Mutter nach London eilen wird. Scheint mir der richtige Moment zu sein, aufs Land zu fahren.»

Hero wurde bei dem Gedanken, der erbosten Mutter des Viscount gegenübertreten zu sollen, leichenblaß und stotterte: «Anthony, glaubst du tatsächlich, daß sie in die Stadt kommt?»

«Das unterliegt keinem Zweifel», erwiderte Sherry kurz und bündig.

Hero krampfte die Hände zusammen. «Und glaubst du – meine Cousine Jane kommt auch?»

«Ich wäre durchaus nicht überrascht. Ein Unglück kommt selten allein. Ich glaube, sie wird auch meinen Onkel Horace mitbringen.»

«Wird es – wäre es sehr feige von uns, wenn wir davonlaufen würden?» fragte Hero verängstigt.

«Ach, das ist mir ganz egal», erwiderte Sherry. «Es wäre für uns höllisch unangenehm, wenn wir blieben. Das einzig Richtige ist, ihnen Zeit zu lassen, sich an die Idee zu gewöhnen, daß wir verheiratet sind. Wenn wir dann nach London zurückkommen, werden sie wenigstens nicht mehr hysterisch sein.»

Mr. Ringwood, der allem Anschein noch in Gedanken versunken dagesessen war, sagte plötzlich: «Brighton.»

«Zu spät in der Saison. Wir könnten nirgends ein angemessenes Quartier finden», erwiderte Sherry. «Außerdem war ich im Mai dort, es hat mir aber gar nicht gutgetan.»

«Lady Sherry würde es aber besser gefallen als Leicestershire.»

«Nein, durchaus nicht. Ich werde ihr Reitstunden geben.»

«Oh, wirklich, Sherry? Dann fahren wir doch nach Leicestershire!» rief Hero.

«Lady Sherry», erklärte Mr. Ringwood hartnäckig, «wäre von den Bällen im Castle Inn entzückt. Würde bestimmt auch gerne dem Prinzgemahl vorgestellt werden. Glaube, daß er noch dort ist.»

«Ja, und ich würde eine herrliche Zeit dort verleben, wenn ich mich den ganzen Tag um sie kümmern müßte», erwiderte Sherry zornig. «Du weißt sehr gut, daß sie ebensowenig wie ein halbflügges Hühnchen imstande wäre, die Bande in Schranken zu halten, die sie dort kennenlernen würde.»

«Sehr wahr», sagte Mr. Ringwood und nickte weise. «Scheint doch besser zu sein, nach Leicestershire zu fahren. Will dir etwas sagen: verbreite einfach, daß ihr euch auf der Hochzeitsreise befindet.»

«Das ist eine verteufelt gute Idee, Gil», sagte der Viscount anerkennend. «Am besten wäre es, wenn du mit uns kämest.»

Dieser Vorschlag verblüffte Mr. Ringwood, da er aber von Hero aufs wärmste unterstützt wurde und er keinerlei Aussicht hatte, am Abrechnungstag des Tattersalls seinen dringendsten Verpflichtungen auch nur in allernächster Zeit nachzukommen, nahm er die Einladung dankbar an. Außerdem war er überzeugt, daß die Gräfinwitwe, die er nur zu gut kannte, es sich wahrscheinlich in den Kopf setzen werde, ihn zu sich zu befehlen, um dafür Rechenschaft zu geben, daß er ihrem Sohn bei seiner heimlichen Eheschließung Beistand geleistet hatte.

Diese Überlegung behielt er aber wohlweislich für sich und verließ sich darauf, daß sein Freund Mr. Fakenham, wenn ihn der unvermeidliche Ruf erreichte, diese beiden Ereignisse nicht in Zusammenhang bringen und ihn des Verrats bezichtigen werde.

Lange Erfahrung hinsichtlich Mr. Fakenhams Gedankenarbeit berechtigte ihn dazu, anzunehmen, daß diese Kombination seine Geisteskräfte bei weitem übersteigen würde.

7

Der Viscount hatte sich in der Annahme nicht geirrt, daß der Brief, der seine Mutter von seiner Vermählung mit Hero Wantage unterrichtete, zur Folge haben würde, sie stehenden Fußes nach London zu bringen. Die Neuigkeit von Heros rätselhaftem Verschwinden war natürlich schon einige Tage vor Sherrys Nachricht zu ihr gedrungen. Sie hatte sogar einen Morgenbesuch von Mrs. Bagshot über sich ergehen lassen müssen, die alle Wohltaten aufzählte, die sie ihrer undankbaren jungen Verwandten seit Jahren erwiesen hatte. Dann vertraute sie der gelangweilten Gräfin noch an, daß sie schon immer erwartet habe, das nichtswürdige Mädchen werde ihr eines Tages zur Schande gereichen. Es fiel aber keiner der beiden Damen ein, Heros Flucht mit dem jüngsten Besuch des Viscount auf seinen Besitzungen in Zusammenhang zu bringen. So war es keineswegs unnatürlich, daß es Miss Milborne auch nicht einfiel. Miss Milborne erklärte rundwegs, daß sie es der armen kleinen Hero gewiß nicht verübeln könne und daß sie nur hoffe, sie habe bei einem andern Mitglied ihrer Familie Schutz gefunden, wo man sie mit mehr Rücksicht behandeln würde, als ihr im Hause der Bagshots erwiesen worden war.

Als der Brief des Viscount eintraf, hatte er eine erstaunliche Wirkung. Zunächst außerstande, ihren Augen zu trauen, saß seine Mutter bewegungslos und starrte ihn an, als wäre sie in Trance. Als sie die furchtbare Nachricht aber in ihrer ganzen Bedeutung erfaßt hatte, stieß sie einen derartigen Schrei aus, daß sich ihr Bruder, der eben damit beschäftigt war, eine Feder zurechtzuschneiden, mit dem Federmesser in den Finger schnitt. «Lies das!» stieß die völlig vernichtete Dame hervor und reichte ihm den Brief mit zitternder Hand. «Lies das!»

Würde man nun sagen, Mr. Paulett sei über die Neuigkeit von der Vermählung seines Neffen außer sich geraten, so hieße das seine Reaktion in höchstem Grade untertreiben. Er hätte nie geglaubt, daß sich Sherry von jemand anderem als Miss Milborne die Ehefesseln würde anlegen lassen, und war fast geneigt, den Brief für einen Scherz zu halten, der darauf abzielte, ihn in Angst und Schrecken zu versetzen. Als er dieses höchst tadelnswerte Schriftstück aber ein zweites Mal durchlas, wurde auch dieser Hoffnung ein jähes Ende bereitet. Obwohl sich Mr. Paulett nicht die Zeit nahm, über den Grund nachzudenken, fühlte er doch, daß in der Art, wie Sherry über St. George, Hanover Square, schrieb, zuviel Glaubwürdiges lag und weit mehr als nur Glaubwürdiges in der Nachricht zu finden war, daß sich der Familienanwalt in wenigen Tagen mit ihm in Verbindung setzen werde. Mr. Paulett sah das böse Ende vor sich und stöhnte gepeinigt. Plötzlich drang ein Hoffnungsstrahl durch seine Verzweiflung. Er sagte: «Hero Wantage? Sie ist doch noch minderjährig – da könnte man es noch verhindern! Sie besaß die Zustimmung ihres Vormunds nicht!»

Die Gräfinwitwe erhob sich wankend von ihrer Couch. «Gib Befehl, meinen Wagen sofort vorfahren zu lassen!» sagte sie. «Der Himmel weiß, daß ich von Jane Bagshot nicht einmal den Schimmer anständiger Gefühle erwarte, denn wahrscheinlich hat sie selbst die ganze erbärmliche Geschichte ausgeheckt, dieses berechnende Frauenzimmer. Aber ich werde nicht ruhen, bis ich meinen Sohn von dieser schändlichen Liebschaft befreit habe; ich werde augenblicklich zu ihr fahren, um ihr einen Besuch zu machen.»

Dieselbe Post, die den Brief des Viscount an seine Mutter gebracht hatte, brachte auch einen – wenngleich wesentlich kürzeren – für Mrs. Bagshot. Der Viscount hatte ihn mit ungeheurem Vergnügen geschrieben, ja er hatte ihn, bevor er ihn versiegelte, sogar Hero vorgelesen.

Verehrte gnädige Frau, es ist meine Pflicht, Sie davon in Kenntnis zu setzen, daß Ihre Cousine, Miss Wantage, mir die Ehre erwiesen hat, mir ihre Hand zum Ehebunde zu reichen. Sollten Sie den Wunsch haben, Hero Ihre Glückwünsche auszusprechen, so wird sie ein Brief an die Viscountess Sheringham, Hotel Fenton, jederzeit erreichen.

Mit respektvollen Empfehlungen etc. Sheringham

Mrs. Bagshot, die dieses kurze Schreiben mit hervorquellenden Augen las, mußte genau den Zorn und Ärger erdulden, den ihr der Viscount gewünscht hatte, als er es äußerst vergnügt verfaßte. Sie erklärte augenblicklich, daß die Ehe ungültig sei und sofort annulliert werden müsse; dann sagte sie, sie habe schon immer gewußt, daß Hero ein freches Ding und ein unverschämtes Frauenzimmer sei und daß so etwas niemals hätte passieren können, wenn Cassy regelmäßigeren Gebrauch von dem dänischen Gesichtswasser gemacht hätte, das sie ihr gekauft hatte, um die Flecken in ihrem Gesicht zu beseitigen. Hierauf erlitt Cassy einen hysterischen Anfall, der ihren Vater veranlaßte, das Zimmer zu betreten und gereizt zu fragen, was zum Teufel denn los sei. Nachdem Mrs. Bagshot Cassy der Obhut ihrer Schwestern überlassen hatte, legte sie den Brief des Viscount in die Hände ihres Gatten und befahl ihm, sofort etwas dagegen zu unternehmen. Mr. Bagshot, der seine Brille gelassen hinter den Ohren befestigte, las den Brief mit aufreizender Bedächtigkeit und verlangte dann von seiner Frau zu wissen, was sie von ihm erwarte und was er ihrer Meinung nach diesbezüglich unternehmen könnte. Mrs. Bagshot zögerte nicht, es ihm mitzuteilen. Er hörte in geduldigem Schweigen zu und sagte, als sie eine Pause machte, um Atem zu schöpfen, nur das eine Wort: «Blödsinn!»

Sie starrte ihn äußerst verblüfft an. Da Mr. Bagshot bemerkte, daß sie momentan der Sprache beraubt war, sagte er: «Erkläre mir bitte, warum du den Wunsch hast, eine so vorteilhafte Verbindung annullieren zu lassen? Ich wünsche, meine Liebe, daß du dir die Mühe nimmst, ein wenig zu überlegen, bevor du dich dieser seltsamen Laune hingibst. Ich verstehe natürlich nicht, warum der junge Sheringham mit Hero durchbrennen mußte, da doch nicht der geringste Grund zu der Befürchtung vorlag, daß du ihm deine Einwilligung zu einer Heirat versagen würdest.»

«Ich?» stieß Mrs. Bagshot hervor. «Ich meine Zustimmung geben, daß dieses Fräulein Habenichts den Lord Sheringham heiratet? Lieber sterben!»

Ihr Gatte blickte sie kalt an. «Tatsächlich! Dann wußte Sheringham zweifellos, was er tat, als er sie auf diese unschickliche Art entführte.»

«Ich werde diese Ehe annullieren lassen!»

«Das wirst du nicht tun», erwiderte er. «Wenn du nicht den Wunsch hast, als noch größere Närrin dazustehen als die, für die ich dich bereits halte, dann wirst du diese höchst schmeichelhafte Verbindung zumindest mit dem Anschein von liebenswürdigem Entgegenkommen akzeptieren.»

Und trocken fügte er hinzu: «Ich nehme an, daß du nicht wünschest, der Welt Grund zu der Behauptung zu geben, du wärest eifersüchtig, weil Seine Lordschaft nicht Cassy das Taschentuch zugeworfen hat. Ich für meinen Teil freue mich bei dem Gedanken, daß Hero, die ich immer für ein nettes kleines Ding hielt, das Glück hatte, eine so blendende Ehe zu schließen.»

Diese Worte eines leidenschaftslosen gesunden Menschenverstandes verfehlten ihre Wirkung nicht, und Mrs. Bagshot hatte bis zu dem Moment, da das Landaulet der Gräfinwitwe vor ihrer Türe hielt, Zeit gehabt, sich die Sache zu überlegen. Nichts vermochte die ungeheure Entrüstung, die sich ihrer bemächtigt hatte, zu verringern, aber sie war intelligent genug, um sich zu sagen, daß sie sich durch den Versuch, die Ehe annullieren zu lassen, nur maßlos lächerlich machen würde.

Daher fand die Gräfinwitwe, daß Mrs. Bagshot nicht so reagierte, wie sie es gerne gesehen hätte. Obwohl sich Mrs. Bagshot gewiß äußerst empört zeigte und mit den Ausdrücken ihrer Teilnahme für die liebe Lady Sheringham verschwenderisch umging, machte sie unmißverständlich klar, daß sie nicht die Absicht habe, sich in diese Ehe einzumischen. Als Lady Sheringham erklärte, sie habe fest damit gerechnet, die süße Isabella als Schwiegertochter zu bekommen, dachte sich Mrs. Bagshot, daß es ihr – wie sehr es sie auch aufbringen mochte, ihre arme verachtete Verwandte plötzlich ein gutes Stück höher auf der sozialen Leiter zu finden – nicht die geringste Befriedigung gewährt hätte, wenn der Viscount statt Hero Miss Milborne geheiratet hätte.

Was die Unvergleichliche Isabella selbst betrifft, so war die Neuigkeit für sie ohne Zweifel eine nicht sehr angenehme Erschütterung. Sherry war der erste ihrer Bewerber, der anderwärts Trost gefunden hatte, und es wäre mehr als menschlich gewesen, hätte sich ihrer keine fühlbare Gereiztheit bemächtigt. Da sie aber einen ziemlich kräftig entwickelten Stolz besaß und ein gutmütiges Mädchen war, erklärte sie Lady Sheringham, sie hätte schon immer gewußt, daß Sherry von Hero außerordentlich eingenommen sei und daß sie den beiden ganz bestimmt nur alles erdenkliche Glück wünsche.

Diese würdige Art, die Neuigkeit aufzunehmen, fand die volle Billigung der scharfsichtigen Mrs. Milborne.

«Sehr hübsch von dir, meine Liebe, tatsächlich sehr hübsch», sagte sie, sobald die Gräfinwitwe sie verlassen hatte. «Dennoch ist diese ganze Angelegenheit empörend! Einen erbärmlichen Niemand wie diese Hero Wantage und noch dazu ohne einen Knopf Geld zu heiraten, wo doch alle Welt wußte, daß er dir das ganze Jahr lang zu Füßen lag.»

«Du vergißt, Mama, daß er mir einen Heiratsantrag gemacht und daß ich ihm einen Korb gegeben habe.»

«Sicher, das stimmt, aber ich muß gestehen, meine Liebe, daß ich froh wäre, wenn du in deiner abschlägigen Antwort nicht gar so heftig gewesen wärest. Es kann deinem Ansehen nicht förderlich sein, wenn ein Freier davonläuft, um schnurstracks eine andere zu heiraten. Ich nehme ja an, daß er es aus Verzweiflung tat, und ich kann nur hoffen, daß er es nicht eines Tages bereut. Alles in allem betrachtet, glaube ich, daß er nach London zurückkehren wird und daß es kein übler Gedanke wäre, meine Liebe, wenn du Hero deine Glückwünsche übermitteln würdest.»

«Ich hatte ohnedies die Absicht, es zu tun, Mama.»

«Die Viscountess Sheringham!» sagte Mrs. Milborne in unzufriedenem Ton. «Ich hätte nie gedacht, daß ich es erleben werde, dieses junge Ding vor dir verheiratet sehen zu müssen, bei all deinen blendenden Erfolgen, mein Liebling.»

Inzwischen hatte die Gräfinwitwe den plötzlichen Entschluß gefaßt, nach London zu reisen; sie wäre allerdings außerstande gewesen, mit einiger Klarheit anzugeben, welche Absicht sie damit verfolgte. Sie erklärte in einer etwas vagen, dafür aber um so nachdrücklicheren Weise, daß Anthony auf die Worte seiner Mutter mindestens werde hören müssen, auf welche Grundlage sie diese Überzeugung jedoch stützte, hätte niemand zu sagen vermocht. Sie befahl ihrem Bruder, sie auf dieser traurigen Fahrt nicht nur zu begleiten, sondern auch zu unterstützen, und machte sich in einer riesigen Reisekutsche auf den Weg. Zu ihrer Bedienung nahm sie ihre Kammerfrau, einen Kutscher, einen Lakai und mehrere Vorreiter mit. Angeführt wurde diese Kavalkade von einem ähnlichen (wenn auch weniger prächtigen) Fahrzeug, in dem sich ihre Koffer und so viele Bediente befanden, als sie für notwendig erachtete, ihre Bequemlichkeit für einige Tage in dem Palais am Grosvenor Square zu gewährleisten. Die Erinnerung an das Palais lenkte ihre Gedanken auf ein weiteres Unrecht, und sie erklärte ihrem Bruder, daß sie nicht daran zweifle, ihr pflichtvergessener Sohn werde sie auf die Straße werfen, um seine armselige junge Frau in jenem Haus unterzubringen, über dessen Schwelle sein seliger Vater sie vor vierundzwanzig Jahren getragen hatte. Mr. Paulett, der den Geist, der aus diesen Worten sprach, wenigstens zu würdigen verstand, unterließ es, sie daran zu erinnern, daß der verstorbene Viscount sie in Wirklichkeit in das Schloß Sheringham Place geführt hatte.

Als die schwergeprüfte Gräfin London erreichte und ein gebieterisches Schreiben ins Hotel Fenton geschickt hatte, wurde ihr die höfliche Botschaft übermittelt, daß Mylord Sheringham und Gemahlin abgereist seien. Der Hotelsekretär fügte zuvorkommend hinzu, daß sich Seine Lordschaft derzeit in Melton Mowbray aufhalte. Damit hatte der Viscount allerdings einen schweren Fehler begangen. Wäre er nämlich in London geblieben und hätte er pflichtschuldigst Reue an den Tag gelegt, hätte sich seine junge Frau dem Schutze ihrer Schwiegermutter anvertraut und um Verzeihung und gleichzeitig um Belehrung gebeten, dann wären der Gräfinwitwe möglicherweise alle Vorteile dieser Verbindung klargeworden, und es hätte nur ganz geringer Überredung bedurft, um sie dafür zu gewinnen, die Frau ihres Sohns in die vornehme Welt einzuführen. Nichts hätte sie aber mehr zu erbittern vermocht als Sherrys feige Flucht, die sie unverzüglich Heros verderblichem Einfluß zuschrieb. Daß ihr eigenes Verhalten während der abgelaufenen zehn Jahre einiges damit zu tun haben könnte, zog sie natürlich nicht in Betracht. Zuerst ließ sie Prosper Verelst kommen. Nachdem sie aber von ihm erfuhr, daß er nicht das geringste mit der Entführung zu tun hatte, daß aber Gilbert Ringwood und der junge Ferdy Fakenham alles darüber wußten, schickte sie um Mr. Ringwood. Sie trennte sich äußerst kühl von ihrem Schwager, da dieser Gentleman die Tollkühnheit besessen hatte zu erklären, Sherrys Braut sei ein bezauberndes kleines Geschöpf und – mit einem bedeutungsvollen Augenrollen in Richtung auf Mr. Paulett – er sei verteufelt froh, daß der Junge die Kontrolle über sein Vermögen nun selbst übernommen habe.

Nachdem sie erfahren hatte, daß Mr. Ringwood ebenfalls verreist war, verlor die Gräfinwitwe keine Zeit, Mr. Ferdy Fakenham aufzufordern, sie zu besuchen. Da sie aber den Fehler beging, den Grund anzugeben, warum sie ihn zu sehen wünschte, brachte sie sich selbst um den Erfolg, denn Mr. Fakenham wies sein Personal in seltener Geistesgegenwart an, ihr zu sagen, daß er verreist sei. Nachdem er eiligst alle Einladungen abgesagt hatte, machte er sich wie ein aufgeschreckter Hase hurtig auf den Weg, sich dem bräutlichen Paar (und seinem Freund Ringwood) in Leicestershire anzuschließen.

Als sich die Gräfinwitwe selbst der minderwertigen Beute Ferdy Fakenham beraubt sah, verlor sie auch noch den geringen Verstand, den sie besaß, und erzählte überall, welches schreiende Unrecht ihr widerfahren war. Es wurde ihren Bekannten nichts vorenthalten, und auch der tiefbeleidigte Mr. Paulett blieb nicht untätig und trug zu alledem noch sein Scherflein bei. Die Stadt begann von der Geschichte der erstaunlichen Eheschließung Sherrys wie ein Bienenhaus zu summen, und die kühl-korrekteste Patronesse des Almack-Clubs, Mrs. Drummond Burrell, bemerkte beiläufig zu Lady Jersey, einer andern Club-Patronesse, daß der jungen Lady Sheringham die Mitgliedschaft in diesem exklusiven Club natürlich nicht gewährt werden könne.

«Du lieber Himmel, warum denn nicht?» fragte Lady Jersey leichthin.

«Ich bin am Grosvenor Square gewesen und habe Valeria Sheringham besucht.»

«Ach, diese langweilige Person?»

Mrs. Burrell lächelte leicht. «Sehr wahr, in diesem Fall glaube ich aber, daß man sie wirklich schmählich behandelt hat. Dieser unbändige junge Sheringham hat eine wahrlich anstoßerregende Mesalliance geschlossen. Um die Dinge aber noch unerträglicher zu machen, scheint er mit dieser jungen Person tatsächlich durchgebrannt zu sein.»

Lady Jersey, die mit ihrer Freundin ihre Morgenschokolade trank, wählte aus der vor ihr stehenden Platte ein Stück Kuchen und biß hinein. «Ja, ich glaube schon, daß er mit ihr durchgebrannt ist», gab sie zu, während sich ein mutwilliges Lächeln über ihr Gesicht ausbreitete. «Aber Prosper Verelst versicherte mir, daß sich Sherry dem Mädchen gegenüber sonst mit dem größten Anstand verhielt. Male dir das nur selbst aus! Ein Sherry, der sich über Schicklichkeit Gedanken macht!»

«Ich billige Mr. Verelst darüber kein Urteil zu. Valeria hat mir die ganze Sache erzählt. Das Mädchen ist der reinste Niemand – in Wirklichkeit eine Erzieherin oder so was Ähnliches!»

«Sie ist nichts dergleichen! Sie ist eine Wantage, und ich weiß bestimmt, daß keine Familie vornehmer sein könnte. Sie ist gewiß keine brillante Partie, aber nur eine solche Gans wie Valeria Sheringham würde daraus ein solches Wasser machen!»

Ihr Gast sah sie mit einem ruhigen kalten Blick an. «Bitte, meine Liebe, hast du diese junge Person etwa kennengelernt?»

«Nein, aber ich habe Maria Sefton getroffen, die sie kennt und mir sagte, daß sie untadelig sei – sehr jung natürlich: kaum aus der Schule, aber unzweifelhaft eine Lady! Du mußt wissen, daß sie unter der Vormundschaft von Mrs. Bagshot stand – dieselbe, die ihre wahrhaftig schon anstößig häßlichen Töchter immer wieder in die Arme aller heiratsfähigen Junggesellen zu schieben versucht.»

«Das kann ich keineswegs als Empfehlung betrachten. Wo, bitte, soll Lady Sefton sie denn kennengelernt haben?»

«Ach, unten in Melton Mowbray. Weißt du, die Seftons waren nämlich bei den Assheton Smith in Quorndorn House zu Besuch. Maria erzählte mir, daß sie hinübergefahren waren und dort Sherry und seine junge Frau getroffen haben. Sie erzählte mir, daß es wirklich reizend anzusehen sei, wieviel Mühe sich Sherry mit dem Kind gibt – allem Anschein nach erteilt er ihr Reitstunden.»

«Das finde ich nur selbstverständlich, wenn er sie schon geheiratet hat.»

«Gewiß, aber ich muß gestehen, daß ich vor Neugierde brenne, zu erfahren, *warum* er sie geheiratet hat, da wir doch alle wissen, daß er vor nicht ganz vierzehn Tagen noch einer der Bewerber um Miss Milbornes Hand gewesen ist.»

«Sehr wahr. Lady Sheringham erzählte mir, daß er tatsächlich um ihre Hand angehalten und einen Korb bekommen hat. Bestimmt hat er diesen Niemand nur aus verletztem Stolz geheiratet. Dafür kann es keine andere Erklärung geben.»

«Hat sie dir das gesagt? Auf mein Wort, dann ist sie die größte Gans, die ich kenne, eine derartige Geschichte an die große Glocke zu hängen. Ich erkläre, daß ich großes Mitleid mit der armen kleinen Frau habe und daß ich für sie bürgen werde, damit sie ganz bestimmt Aufnahme im Almack-Club findet, falls es Maria Sefton nicht schon getan hat!»

«Wenn du auf das Mädchen hereinfällst, ist natürlich weiter nichts darüber zu sagen», erklärte Mrs. Burrell achselzuckend.

Lady Jerseys Lachen klang wie ein ganzer Triller. «Weil ich im Club für sie bürgen will? Wie lächerlich!»

«Ich wollte, du ließest dich nicht so hereinlegen.»

«Sollte das der Fall sein, dann befinde ich mich in Maria Seftons Gesellschaft, und ich weiß bestimmt, daß ich mir keine bessere wünschen könnte.»

«Die Gutgläubigkeit von Lord und Lady Sefton ist zu stadtbekannt, um noch erwähnt zu werden. Ich glaube, sie verleitet beide recht häufig dazu, ihre Gunst wahllos zu verschenken. Valeria Sheringham versicherte mir, daß das Mädchen ganz verwildert ist, durchaus nicht weiß, was guter Ton ist, über keinerlei Fertigkeiten verfügt, daß man ihr Aussehen höchstens als passabel bezeichnen kann und daß überhaupt kein Vermögen vorhanden ist.»

«Sollte sich herausstellen, daß Valeria Sheringham zum erstenmal im Leben die Wahrheit gesprochen hat, dann ist immer noch Zeit genug, ihr das Recht zu verweigern, den Almack-Club zu besuchen.»

«Aber Valeria hat uns geraten, ihretwegen unsere Clubregeln keinesfalls zu mildern.»

Lady Jerseys Augen blitzten auf. «So, das hat sie gesagt! Dieses bösartige Geschöpf! Nein, das ist wahrhaftig die Höhe, meine Liebe, und es bestärkt mich nur noch in meinem Entschluß, dem Mädchen eine Chance zu geben, um sich bewähren zu können.»

Mrs. Burrell schwieg einen Moment. Dann sagte sie: «Du hast recht. Wir werden sehen, wie sie sich benimmt. Dennoch ist es klar, daß Sheringham sich schämt, sie in London zu zeigen.»

«Unsinn!» erwiderte Lady Jersey. «Prosper Verelst sagte mir, daß sie sich auf die Hochzeitsreise begeben haben.»

«Nach Leicestershire?» fragte Mrs. Burrell und hob die Augenbrauen.

«So scheint es. In Wirklichkeit ist Sherry weggefahren, weil er bei Valerias Hysterie keinen gesteigerten Wert darauf legt, mit ihr zu streiten. Es wäre natürlich besser gewesen, wenn er hiergeblieben wäre, aber jetzt ist das schon einerlei. Ich gebe zu, daß er ein charmanter junger Mann ist – allerdings auch der egozentrischste und unbekümmertste, den man sich vorstellen kann. Sein armes kleines Frauchen tut mir leid.»

8

Hero wäre erstaunt, ja selbst entrüstet gewesen, wenn sie gewußt hätte, daß sie Gegenstand von Lady Jerseys Mitleid war. Denn noch nie im Leben war sie so glücklich gewesen. Sherry hatte ganz recht gehabt, als er annahm, daß sein Jagdhaus in Melton Mowbray genau das richtige für sie wäre. Sie war davon begeistert, und es war selbstverständlich, daß das unbekümmert-fröhliche Leben, das Sherry führte, wenn er sich dort aufhielt, einer jungen Dame zusagen mußte, deren ganzes junges Leben bisher durch Prüfungen und Vorschriften verbittert worden war.

Das nicht sehr große Jagdhaus wurde von einem Ehepaar geführt, das Hero zunächst mit mißtrauischer Feindseligkeit betrachtete, da es unter ihrem sorglosen Herrn so ziemlich alles nach eigenem Gutdünken hatte tun können. Als Hero aber keine Anstalten traf, sich in die Haushaltsführung einzumischen, und sich auch nicht einmal träumen ließ, jemals Kritik zu üben, die ganz bestimmt übel aufgenommen worden wäre, währte es nicht lange, bis Goring und seine Frau sie so ziemlich in derselben Art gelten ließen wie etwa Mr. Ringwood oder einen der andern Freunde des Viscount.

Man hätte annehmen können, daß wenige Tage eines Spätsommers, in Melton Mowbray verbracht, genügen würden, um Seine Lordschaft eiligst nach London zurückzutreiben. Doch dank der Unterhaltung, die er darin fand, seiner Frau einen tadellosen Sitz auf ihrer Stute beizubringen, sie nach Six Hills zu führen, um ihr das beste Jagdgehege zu zeigen, sie in die Geheimnisse der verschiedenen Hasardspiele einzuführen, mit Mr. Ringwood Pikett zu spielen, seine jungen Pferde zu reiten oder einen Hahnenkampf zu besuchen, der in dieser Gegend abgehalten wurde, gelang es ihm, die Zeit ziemlich angenehm zu verbringen. Bevor diese anspruchslosen Beschäftigungen ihren Reiz für ihn zu verlieren vermochten, brachte die Ankunft Lord Wrothams, der sich zum Besuch seiner verschuldeten Güter in dieser Gegend aufhielt, neue Abwechslung. Und da sich sein Besitz nur wenige Meilen von Melton befand, verbrachte er natürlich einen großen Teil seiner Zeit in Gesellschaft seiner Freunde. Außerdem war er begeistert darüber, in Hero eine teilnahmsvolle Zuhörerin zu entdecken. Es dauerte nicht lange, bis er ihr seine hoffnungslose Leidenschaft für die Unvergleichliche Isabella anvertraut hatte. Obwohl eine unbedachte Erwähnung Heros über die Art der Krankheit, die die Beauté gezwungen hatte, sich von der vornehmen Welt zurückzuziehen, diese vielversprechende neue Freundschaft für einige Augenblicke ernstlich zu gefährden drohte, wurde diese Kluft durch die Versicherung Heros rasch überbrückt, daß die Masern Isabella keineswegs entstellt hätten. George ritt mit Hero zu den Steinbrüchen von Wartnaby, und dabei gelang es ihm, seinen Kummer zeitweilig zu vergessen, indem er ihr, als tollkühner Reiter hinter der Meute berühmt, einige klassische Jagdritte beschrieb. Nachdem sie Georges heroische Taten vernommen hatte, versuchte Hero, vom Nachahmungstrieb erfaßt, ihr Pferd zu einem Sprung zu bewegen, was George als regelrechte Stümperei bezeichnete, und kam dabei zu Sturz. Glücklicherweise kam sie dabei mit blauen Flecken davon, die Stute allerdings hatte sich eine Sehne gezerrt. Sherry, bei diesem Unternehmen nur hilfloser Zuschauer, hatte sich kaum überzeugt, daß seine junge Frau unverletzt geblieben war, als er ihr auch schon eine schallende Ohrfeige versetzte und schwor, sie nie mehr hierher mitzunehmen. Obwohl seine beiden Freunde diese Gewalttätigkeit mißbilligten, stimmten sie seiner Kritik vollinhaltlich bei, denn sie hatten sich zu diesem Zeitpunkt bereits angewöhnt, Hero genauso zu behandeln, als wäre sie eine ihrer jüngeren Schwestern.

Als sich Mr. Fakenham der Gesellschaft anschloß, betrachtete man seine Anwesenheit als Gewinn, da man zum Whist dringend einen vierten benötigt hatte. Sie verbrachten einige sehr fröhliche Abende im Jagdhaus, unter dem Vorsitz einer Gastgeberin, die, wenngleich sie wenig von den Gebräuchen der vornehmen Welt wußte, es dennoch bewunderungswürdig rasch erlernte, in Gesellschaft junger Leute außerordentlich populär zu werden. In kürzester Zeit wurde von jeglicher Förmlichkeit Abstand genommen, und sehr bald war sie für alle nur noch das Kätzchen; dazu gewöhnten sie sich dermaßen an ihre Gegenwart, daß sie bei ihren Gelagen oft ganz vergaßen, daß sich Hero im Zimmer befand. Doch erinnerten sie sich ihrer gewöhnlich, bevor die Gesellschaft für die Anwesenheit von Damen zu fröhlich wurde; dann schickte sie der Viscount einfach zu Bett und teilte ihr ganz ehrlich mit, daß sie alle ein wenig beschwipst seien. Bei einer Gelegenheit, als er diese Vorsichtsmaßnahme unterließ, entsetzte sie Mr. Ringwood dadurch, daß sie erst Mr. Fakenham mit einem verständnisinnigen Blick ansah und dann ganz harmlos fragte: «Soll ich jetzt gehen? Ich glaube, Ferdy ist schon ganz schön bedudelt, nicht wahr?»

Der Viscount schrie vor Lachen, aber Mr. Ringwood bat nicht nur Hero, sich unter keinen Umständen einer so vulgären Sprache zu bedienen, sondern machte später auch Sherry Vorstellungen darüber, und erklärte, daß sie in Zukunft mit dem, was sie vor ihr sagten, wirklich vorsichtiger sein müßten.

Ein Brief Isabellas, der aus London kam und ihrer lieben Hero die herzlichsten Glückwünsche übermittelte, hatte die sonderbare Wirkung, die ganze Gesellschaft auseinanderzusprengen. Kaum hatte George nämlich erfahren, daß die Beauté in den Bereich der *jeunesse dorée* zurückgekehrt war, als er auch schon den größten Teil der geschäftlichen Angelegenheiten, die ihn in diese Gegend geführt hatten, unerledigt ließ und sich spornstreichs in die Stadt zurückbegab, mit der in hitzigster Form geäußerten Absicht, Seiner Gnaden von Severn gewaltig in die Quere zu kommen. Ferdy und Mr. Ringwood reisten einige Tage danach ab, und in dem Jagdhaus machte sich plötzlich eine merkliche Leere fühlbar. Eines Vormittags erhielt das junge Paar den Besuch von Lord und Lady Sefton, in dessen Verlauf Mylady in freundschaftlichster Weise versprach, Hero das Entree in den Almack-Club zu ermöglichen, sobald sie ihren Wohnsitz in London aufnehmen werde. Sherry versicherte seiner Frau, daß diese Bekanntschaft für sie der größte Glücksfall sei, da kein Zweifel darüber bestehen konnte, daß eine Empfehlung von Lady Sefton für eine junge Dame, die in der vornehmen Welt debütieren wolle, von größtem Wert war, obwohl er, wie er hinzufügte, derartige Gesellschaften grenzenlos langweilig fand.

«Weißt du was», sagte Sherry beiläufig, «ich wette zehn zu eins, daß sie alle dazu bringen wird, ihre Karten in der Half Moon Street abzuwerfen – alle werden sie kommen, Lady Jersey, Lady Cowper, Countess Lieven, Princess Esterhazy und ihre ganze Clique –, und dann bist du gemacht!»

Als Mr. Stoke ihm mitteilte, daß das neue Haus zu seinem Empfang bereit war, hatte Sherry vom Landleben bereits genug, und nicht einmal die unangenehme Nachricht, die ihm sein Onkel Prosper in einem kurzen Gekritzel übermittelte, daß sich nämlich seine Mutter noch immer am Grosvenor Square aufhielt, vermochte es, ihn noch länger von London fernzuhalten. Er war auch verpflichtet, dem Honourable Ferdy seine Taschenuhr zurückzustellen, da dieser junge Gentleman aus London geschrieben hatte, daß sein schöner Zeitmesser aus seinen Effekten verschwunden sei und daß er sehr glücklich wäre, wenn sein Vetter sie dem verdammten Jason wieder abnehmen könne. Warum gerade Ferdys Uhr eine derartige Faszination auf Jason ausübte, verstand niemand. Der Viscount war über diesen Rückfall äußerst entrüstet und wurde nicht im mindesten durch Jasons tränenreiche Erklärung besänftigt, daß es mehr sei, als Fleisch und Blut ertragen könne, die Uhr tagelang in Reichweite zu haben. Die Angelegenheit wäre für Jason in der Tat schief ausgegangen, hätte nicht Hero zu seinen Gunsten vermittelt. Sie hatte den glücklichen Gedanken, zu versprechen, ihm zu Weihnachten eine Uhr zu schenken, falls er sich in der Zwischenzeit zurückhalten würde, Ferdys Uhr zu stehlen.

«Oder etwas anderes!» sagte Sherry streng.

Jason schnüffelte, wischte sich die Nase mit dem Rockärmel ab und versprach, sich tadellos aufzuführen. Er erklärte außerdem, die Lady des Guv'nor sei eine prima Schnulpe, hinter welchem Beispiel eleganter Ausdrucksweise sich, wie Sherry ihr versicherte, kein geringfügiges Kompliment verbarg.

Als die Sheringhams eines Abends bei Einbruch der Dämmerung in der Half Moon Street eintrafen, fanden sie, daß Mr. Stoke seine Sache in der Tat ausgezeichnet gemacht hatte. Nichts hätte reizvoller und geschmackvoller sein können als das Arrangement der Möbel in dem kleinen Haus. Hero war entzückt, sie lief von einem Zimmer in das andere und rief Sherry zu, wie wunderbar der Schreibtisch sich ausnehme, wie schön die Tapete des Salons wäre, wie glücklich sie sei, daß sie den blauen und nicht den grünen Brokat gewählt hatte, und ob Sherry nicht auch glaube, daß Ferdy für die Bibliothek genau die richtigen Möbel ausgesucht habe. Sowohl Ferdy als auch Mr. Ringwood waren schon früher am Tage in der Half Moon Street gewesen, Ferdy, um dem Butler ein Blumenbukett zu übergeben, und Mr. Ringwood, um einen Kanarienvogel in einem vergoldeten Käfig zu bringen. Hero war von diesem Beweis seiner Aufmerksamkeit so gerührt, daß sie sich, noch ehe sie ihren Hut ablegte, an ihren Schreibtisch setzte und auf einem höchst eleganten goldgeränderten Briefpapier, welches der tüchtige Mr. Stoke ebenfalls besorgt hatte, rasch den ersten Brief schrieb, den sie unverzüglich durch den Pagen in die Stratton Street tragen ließ.

Eine weniger angenehme Überraschung erwartete indessen den Herrn des Hauses. Auf dem höchst imponierenden Schreibtisch des Raumes, den seine Frau beharrlich seine Bibliothek nannte, war eine verblüffende Menge Rechnungen aufgestapelt. Der Viscount erschrak ein wenig, nicht so sehr seines eigenen Aufwandes wegen als über Heros Ausgaben. Denn er vermochte um keinen Preis einzusehen, wie es ihr gelingen konnte, derartige Summen lediglich für Mobiliar auszugeben; er nahm sich aber großzügig vor, ihr diesbezüglich keine Vorwürfe zu machen.

Die verschiedensten Rechnungen, die von Modistinnen und Schneidersalons präsentiert worden waren, entlockten ihm gedankenschwere Pfiffe, doch die Erfahrungen, die er in seiner Junggesellenzeit mit derartigen Modeateliers gemacht hatte, enthoben ihn des Erstaunens über die Kosten einer scheinbar völlig anspruchslosen Toilette oder über ein Nichts aus Schleiern und Federn, das zu einem Gebilde geformt worden war, das nur eine sehr entfernte Ähnlichkeit mit einem Hut besaß. Er stopfte alle Rechnungen in eine Schublade und beschloß, sie seinem Finanzberater zur sofortigen Erledigung zu übergeben. Jeder, der eine intimere Kenntnis der Lebensgewohnheiten des Viscount hatte, würde sofort erkannt haben, daß sich der veredelnde Einfluß der Ehe bereits fühlbar machte, denn noch vor einem Monat hätte er alle Rechnungen dem Feuer überantwortet.

Das junge Paar dinierte an diesem ersten Abend im neuen Heim, tête-à-tête zur fashionabel späten Stunde von acht Uhr. Sie saßen einander in dem eleganten Speisezimmer gegenüber und wurden von einem Butler bedient, dessen dürre Gestalt und bleiche Gesichtsfarbe auf eine durchaus geeignete enthaltsame Lebensführung zu deuten schienen. Das Dinner, das aus gebratenem Geflügel bestand, dem ein Hummer in Mayonnaise und ein Leckerbissen von Hahnenkamm in Weinsauce vorangingen und dem eine Birnencreme in altem Stil und eine Süßspeise folgten, war ausgezeichnet zubereitet und erntete das volle Lob des Viscount. Hero, die bereits den feierlichen Besuch des höheren Wesens empfangen hatte, das in der Küche regierte, erklärte in sehr hausfraulicher Weise, daß sie sehr froh sei, sich entschlossen zu haben, die alte Feuerstelle aus der Küche entfernen und an ihrer Stelle einen geschlossenen Ofen installieren zu lassen.

Der Viscount verdarb die Wirkung dieser Äußerung etwas, indem er sie über den Tisch hinweg angrinste und fragte, was, zum Teufel, sie von Küchenherden verstehe. Hero zwinkerte fröhlich zurück und erwiderte: «Ach, nicht sehr viel, aber Mrs. Groombridge sagt, daß sie eine ausgezeichnete Erfindung seien und daß man dadurch sehr viel Kohle ersparen kann.»

«Na, das ist jedenfalls etwas», sagte Sherry und hob sein Monokel ans Auge, um die Flasche zu besichtigen, die ihm der Butler präsentierte. «Nein, diesen nicht. Bringen Sie eine Flasche schäumenden Champagner. Den wirst du bestimmt gern trinken, Kätzchen.»

Da der Viscount den Wein aber sehr trocken liebte, mußte Hero sich dazu zwingen, ihren Zügen den richtigen Ausdruck des Genusses zu geben, den wirklich zu empfinden sie weit entfernt war. Darüber mußte der Viscount herzlich lachen, dann erklärte er aber, daß er ihr nicht gestatten könne, ihr Inneres andauernd mit so schrecklichem Zeug wie

Obstlikör zu verpatzen, und bat sie, ihr Glas wie ein gehorsames Kind auszutrinken.

«Auf Ihr Wohl, Mylady!» sagte er und erhob sein Glas. «Verwünscht, wir müssen doch auch auf unser erstes Heim trinken, natürlich müssen wir das!»

Seiner Anweisung gemäß verließ Hero ihn nach Beendigung des Mahles in äußerst korrekter Form und zog sich in den Salon des oberen Stockwerkes zurück, während Sherry seinen Portwein in einsamer Pracht genoß. Da dies aber äußerst langweilig war, folgte er ihr sehr bald nach, ließ sich in einen der strohfarbenen Stühle sinken, streckte seine langen Beine gegen das Gitter des Kamins, in dem ein kleines Feuer entzündet worden war, und sagte gähnend, man könne doch auch eine Menge Positives für die Ehe anführen.

«Das heißt, man könnte es tun», fügte er hinzu, «wenn du nicht eine Garnitur so unbequemer Stühle gekauft hättest! Warum, zum Kuckuck, hat Ferdy, der doch dabei war, das erlaubt?»

«Aber, Sherry, erinnerst du dich denn nicht? Wir haben sie doch am ersten Tag gemeinsam gekauft, damals als du mit mir kamst, um Möbel auszusuchen.»

«Du lieber Gott, da muß ich betrunken gewesen sein.»

«Vielleicht sitzt du nur in dem falschen Fauteuil», sagte Hero. «Bitte versuche einmal diesen hier, er ist wirklich sehr bequem.»

Der Viscount erhob keinerlei Einwendungen dagegen, mit ihr Platz zu tauschen, und als er den zweiten Stuhl leidlich bequem fand, war sie hochzufrieden.

Bevor Sherry Gelegenheit hatte, einen Abend, den er am eigenen Herd verbrachte, langweilig zu finden, vernahm man ein Klopfen am Portal des Hauses, und wenige Minuten darauf brachte man Sherry die Karte von Sir Montagu Revesby. Er befahl Groombridge, den späten Besucher herauf zu bitten, und begab sich selbst auf den Vorplatz hinaus, um ihn willkommen zu heißen.

Sir Montagu trat ein und brachte die artigsten Entschuldigungen vor, so bald nach ihrer Ankunft in London bei der Viscountess einzudringen. Er sei nur mangelhaft unterrichtet gewesen, sonst hätte er am Vormittag seine Karten abgeworfen; er hoffe aber, daß sie ihm diesen Etikettefehler vergeben werde; er sei nur gekommen, um ausfindig zu machen, ob Sherry Lust habe, ihn in ein Haus in unmittelbarer Nachbarschaft zu begleiten, in dem einige Freunde zusammenkommen sollten.

«Brockenhurst bat mich, falls du nach London zurückgekehrt sein solltest, zu versuchen, dich zum Mitkommen zu bewegen, aber ich fürchte –» und er machte eine Verbeugung mit dem ihm eigenen ironischen Lächeln in Heros Richtung – «daß ich vergebens gekommen bin.»

«O Gott, nein, durchaus nicht!» rief Sherry. «Kätzchen, du hast doch nichts dagegen, wenn ich dich allein lasse, nicht wahr?»

Seiner Erklärung eingedenk, daß sie einander, einmal in London angekommen, bei ihren Unterhaltungen nicht im Wege sein würden, schluckte Hero ihre Enttäuschung tapfer hinunter und versicherte ihm, daß sie eben im Begriff gewesen sei, zu Bett zu gehen.

«Das ist recht», sagte Seine Lordschaft. «Ich wußte ja, daß du nach der langen Reise müde sein wirst.» Er zog ihre Hand an die Lippen, drückte einen Kuß auf ihr Handgelenk und verließ sie, gefolgt von Sir Montagu.

Hero hob ihr Handgelenk an die Wange und ließ es lange Zeit dort ruhen. Sie hatte das kaum überwindliche Bedürfnis zu weinen und schloß daraus, daß sie in der Tat müde sein müsse, denn sie wußte sehr wohl, daß sie nicht den geringsten Grund zum Weinen hatte, sondern, im Gegenteil, alles, was es auf der Welt gab, um sie glücklich zu machen. Mit diesem ermunternden Gedanken zog sie sich in ihr Schlafgemach zurück und plauderte fröhlich mit ihrer Kammerfrau, die sie auskleidete und zu Bett brachte.

Sherry, der erst in früher Morgenstunde nach Hause zurückkehrte, erschien nicht am Frühstückstisch. Als er schließlich aus seinem Schlafzimmer auftauchte, war es schon elf Uhr vorbei; dessenungeachtet war er in seinem Dressinggown erschienen und sah noch äußerst übernächtigt aus. Er erklärte schlicht, daß es bei Brockenhurst eine ausgiebige Sauferei gegeben und daß er sich dazu auch auf ein Hasardspielchen eingelassen habe. Alles in allem glaubte Hero nicht, daß es klug wäre, ihn an ihr Vorhaben zu erinnern, seiner Mutter gegen Mittag einen Besuch abzustatten. Sherry zog sich wieder in sein Zimmer zurück und fragte gereizt, warum zum Teufel Bootle sein Rasierwasser nicht heraufgebracht habe. Hero hatte eben beschlossen, in ihrer Barutsche durch den Hydepark zu fahren, um etwas Luft zu schöpfen, als der erste ihrer Besucher ans Portal klopfte.

Es war Mrs. Bagshot, die ihre beiden älteren Töchter im Schlepptau führte. Sie segelte in den Salon, fast ehe Groombridge Zeit fand, sie anzumelden, blieb inmitten des Raums stehen und sagte, nachdem sie ihre Blicke taxierend hatte umherschweifen lassen, nur das eine Wort: «Nun?!»

Hero erhob sich in einiger Verwirrung, ging ihr entgegen und stotterte, während sie leicht errötete: «C-Cousine J-Jane! C-Cassy! Eudora Wie geht es euch?»

«Ich staune, daß du mir noch in die Augen sehen kannst!» sagte Mrs Bagshot. Ihre Augen glitten über Heros hochgeschlossenes Kleid aus besticktem französischem Musselin, das, in viele Fältchen gelegt, außerdem noch durch zwei Reihen Volants reich geschmückt war. «Auf mein Wort!» rief sie aus. «Ich glaube nicht, daß du je im Leben ein derartiges Kleid getragen hast.»

Das erwies sich als eine recht unglückliche Bemerkung, da sie Hero Gelegenheit gab zu erwidern: «Das mußt du, liebe Cousine, ja am besten wissen!»

«Was hast du denn mit deinen Haaren gemacht?» fragte Cassandra. «Du siehst so fremd aus. Ich habe dich kaum wiedererkannt.»

«Das ist die neueste Mode», erwiderte Hero. «Meine Kammerfrau hat mich so frisiert.»

Mrs. Bagshot stieß ein kurzes Lachen aus. «Kleider machen Leute! Ich sehe, daß du dich nach der allerletzten Mode kleidest. Vermutlich werden wir es auch noch erleben, daß du dir eine eigene Equipage hältst und eine Loge in der Oper, nach dem Vorbild vornehmer Damen. Wenn ich bedenke – wie dem auch sei, ich bin nicht gekommen, um mit dir zu streiten, und der Himmel weiß, wie dankbar ich bin, dich so standesgemäß versorgt zu sehen, wenn du es auch hinnehmen mußtest, einen Antrag zu akzeptieren, der dir ja doch nur in einem Anfall von Verbitterung gemacht worden ist. Es würde mich nicht wundern, wenn ich erfahren sollte, daß du jetzt zu vornehm geworden bist, um deine bescheidenen Cousinen noch zu kennen, dieselben Cousinen, die dir ein Heim geboten haben, als du völlig mittellos auf der Welt zurückbliebst.»

«Nein», sagte Hero ganz ernst. «Wirklich, so undankbar bin ich nicht. Und ich wäre glücklich, wenn es mir gelingen würde, für meine Cousinen Ehegatten zu finden. Sherry sagt nur –» Sie brach abrupt ab und errötete mit einem drolligen Gesichtsausdruck äußerster Bestürzung bis unter die Haarwurzeln.

«Und was ist es bitte, das dein Gatte sagt?» fragte Mrs. Bagshot in drohendem Ton.

«Ich habe es vergessen!» sagte Hero verzweifelt.

«Ich verabscheue Ausflüchte», bemerkte Eudora. «Ich kann dir versichern, daß du keine Angst haben mußt, uns zu wiederholen, was er gesagt hat, denn es ist uns ganz egal, was ein so ausschweifender junger Mensch sagt.»

Durch diese Kritik an ihrem Ideal aufs tiefste gekränkt, erwiderte Hero, ohne zu zögern: «Nun, er sagte, daß er euch nicht im Haus haben will, weil er euch nicht leiden kann!»

Mrs. Bagshot lief purpurrot an und rang vergebens nach Worten. Bevor sie auch nur einige der Situation angemessene Worte zu finden vermochte, sagte Hero reumütig: «Oh, bitte um Entschuldigung. Aber Eudora hätte das über Sherry nicht sagen sollen. Bitte nimm Platz, Cousine Jane, und – und gestatte, daß ich Groombridge läute, damit er Obst und Wein bringt.»

Doch Mrs. Bagshot wies die ihr angebotenen Erfrischungen zurück, ließ sich dann aber doch dazu herbei, auf dem Sofa Platz zu nehmen; während sie dies tat, erklärte sie, daß sie bedaure, feststellen zu müssen, daß Heros Standeserhöhung nicht dazu beigetragen habe, ihre Manieren zu verbessern. Ihre Töchter wanderten indessen im Zimmer umher, betrachteten die Möbel, kritisierten die Farbe der Vorhänge und wunderten sich, wie es Hero ertragen konnte, einen Kanarienvogel um sich zu haben, der sie mit seinem widerwärtigen Lärm doch betäuben müsse. Hero erwiderte auf ihre Kritik und ihre Ausrufe mit aller Geduld, deren sie fähig war, und versuchte den äußerst gründlichen Fragen von Mrs. Bagshot mit Würde und Höflichkeit zu begegnen. Es gelang ihr recht

Wünschen fügen. Ich war nahe daran, ihn zur Rechenschaft zu ziehen, das kann ich Ihnen versichern! Ich hätte es auch getan, hätte ihm Miss Milborne nicht einen so derben Verweis erteilt, daß – Kätzchen, sie reichte mir die Rose und sagte mit dem lieblichsten Lächeln und dem sprechendsten Ausdruck ihrer herrlichen Augen, daß sie mir diese Rose schenken würde, wenn ich sie wollte! Ach, Kätzchen, sie fragte, ob ich sie haben wolle! Heute nacht lag sie neben mir auf dem Kopfkissen, und ich werde sie bis an mein Lebensende an meinem Herzen tragen!» Er blickte Hero flehend an und sagte mit einiger Anstrengung: «Sie hätte das doch kaum getan, wenn sie mich nicht vorgezogen hätte, nicht wahr?»

«Nein, bestimmt nicht!» rief Hero. «Es ist sicher so, wie Sie sagen. Das ist die rührendste Geschichte, die ich je gehört habe. Ach, Sherry, da bist du ja. Bitte komm herein und sieh dir an, was Isabella unserem lieben George geschenkt hat.»

«Hallo, George!» sagte der Viscount und schlenderte durchs Zimmer. «Mein Gott, Kätzchen, in welche Verlegenheit hast du mich vorhin gebracht!»

Sie lachte unwillkürlich. «Ich weiß. Ach, Sherry, hättest du nur dein Gesicht sehen können! Aber laß das jetzt. Sieh nur!»

Der Viscount betrachtete die Rose ziemlich geringschätzig. «Was hat es für einen Sinn, so was aufzuheben?» fragte er. «Sie ist doch verwelkt. Ich kann durchaus nichts Wunderbares an ihr finden.»

«Aber, Sherry, du verstehst das nicht richtig. Isabella hat sie George gestern abend geschenkt!»

«Tatsächlich, was du nicht sagst!» rief der unverbesserliche Sherry. «Du lieber Gott, was dieses Mädchen für eine Kokette ist!»

Lord Wrotham sprang auf und heiße Wut flammte in seiner Brust auf. Hero, zu diesem Zeitpunkt mit seinen Anfällen schon wohlvertraut, schrie: «George! Wenn Sie Sherry fordern, lade ich Isabella nicht ein, mit uns zu kommen!»

Seine Lordschaft hielt inne und ballte die Fäuste. «Sherry!» rief er drohend. «Nimm diese Worte zurück!»

«Ich will verdammt sein, wenn ich es tue!» erwiderte Sherry. «Übrigens kannst du mich in meinem eigenen Haus gar nicht fordern. Verteufelt schlechter Ton! Außerdem ist die Unvergleichliche eine Kokette. Ist doch nichts dabei. Ich wette, sie hat es nur getan, um Severn eifersüchtig zu machen. Sage mir ja nicht, daß er nicht dabei gewesen ist. Mich kannst du nicht aufs Eis führen, mein Junge.»

«Wenn ich denken müßte, daß –!» sagte George und warf seine Locke mit einer Kopfbewegung aus der Stirn.

«So grausam kann sie nicht sein», sagte Hero ungehalten. «Achten Sie nicht auf das, was Sherry sagt.»

«Wenn ich das glauben müßte», sagte George, «wenn ich glauben müßte, daß sie mit mir so herzlos gespielt hat, dann würde ich – dann würde ich die Rose unter meinen Füßen zerstampfen!»

«Kein Grund, auf unserem neuen Teppich eine so verdammte Schweinerei zu machen», sagte Sherry. «Wirf sie lieber aus dem Fenster.»

«Sherry, wie kannst du nur so gefühllos sein!» sagte Hero vorwurfsvoll.

«In drei Teufels Namen, was soll er denn mit ihr machen?» fragte Sherry. «Ein junger Mann kann doch nicht ständig eine Unmenge verwelkter Rosenblätter in seinen Taschen herumtragen. Schau nur, wie das Zeug schon jetzt aussieht.»

Dieser neue Gesichtspunkt schien George heftig zu erschrecken. «Ich fürchte, daß sie ganz zerfallen wird», sagte er untröstlich.

«Aber nein, das muß sie durchaus nicht», versicherte ihm Hero. «Sie brauchen sie nur zwischen den Seiten eines Buches zu pressen, und sie behält ihre Form. Sherry, was sagst du dazu, George hat uns eingeladen, einen Ballonaufstieg mitanzusehen. Wir wollen auch Isabella mitnehmen, wenn sie Lust hat, mit uns zu kommen. Du begleitest uns doch auch, nicht wahr?»

«Was, nur um einen verdammten Ballon aufsteigen zu sehen?» rief Sherry. «Nein, keinesfalls.»

«Aber, Sherry, wenn du uns nicht begleiten willst, weiß ich nicht, wie wir es überhaupt werden ermöglichen können.»

«Nun, ich will verdammt sein, wenn ich mich so zum Narren mache! Wenn George Lust hat, wie ein Trottel dazustehen, dann soll er es nur tun, mich wird er aber nicht dazu bringen!»

Hero, die eben im Begriff gewesen war, ihn dennoch dazu zu überreden, fiel plötzlich ein, daß Sherry ebenfalls ein Bewerber um die Hand der Unvergleichlichen gewesen war. Sie dachte, er versuche vielleicht, seine verständliche Abneigung, den ganzen Nachmittag in Gesellschaft der Unerreichbaren zu verbringen, zu maskieren, und so vermied sie es taktvoll, weiter in ihn zu dringen. Sie schlug vor, Mr. Fakenham als vierten in ihre Gesellschaft einzuladen. George war damit einverstanden, als er aber eine ruhige Minute hatte, um das zu überlegen, erinnerte er sich, daß Ferdy ebenfalls zum Hofstaat von Miss Milborne gehörte, und erklärte, er glaube bestimmt zu wissen, daß ein Ballonaufstieg nicht sehr nach Ferdys Geschmack sei und daß er statt dessen seinen Freund Algernon Gumley mitbringen werde, um an diesem Vergnügen teilzunehmen. Der Viscount stieß daraufhin ein äußerst unziemliches Gelächter aus, weigerte sich aber beharrlich, den Grund dafür anzugeben. George erklärte Hero ein wenig steif, daß sie Mr. Gumley recht angenehm und liebenswürdig finden werde, worauf er sich verabschiedete und die Rose behutsam mit sich nahm.

Hero setzte sich an ihren Schreibtisch, um Isabella eine geeignete Einladung zu schicken. Sherry sagte: «Was für ein sonderbarer Bursche dieser George doch ist! Verwelkte Rosen und ein Ballonaufstieg! Du würdest es nicht glauben, aber bevor er Isabella kennenlernte, war er zu allem zu haben, er war ein richtiger Mann, wie man ihn ein ganzes Jahr nicht findet. Ich möchte schwören, daß sie es auf Severn abgesehen hat –

falls sie ihn bekommen kann. Weißt du, daß sie im Club bereits Wetten darüber abschließen?»

«Oh, Sherry!» rief Hero, drehte sich zu ihm um und blickte ihn an. «Sie kann doch nicht so herzlos sein, ihm eine Rose zu schenken, wenn ihre Gefühle nicht ernsthaft beteiligt sind!»

«Was du schon davon verstehst», erwiderte er. «Nun, ich kann dir nur sagen, daß sie das herzloseste Mädchen ist, dem ich je im Leben begegnet bin. Sieh nur einmal, wie sie mich behandelt hat!»

«Ja», sagte Hero und ließ den Kopf ein wenig hängen. «Ja, natürlich, sie war sehr lieblos gegen dich. Sherry, es tut mir so leid, daß ich dich damit quälte, am Nachmittag mit uns zu kommen. Ich hatte ganz vergessen, daß es dir Schmerz bereiten muß.»

«Mir Schmerz bereiten?» wiederholte Sherry. «Oh – ach ja, ganz richtig. War mir im Augenblick ganz entfallen. Hast du die Absicht, ewig Briefe zu schreiben, oder wollen wir auf den Grosvenor Square fahren?»

Da Hero ihm versicherte, daß sie in einer Viertelstunde bereit sein werde, mit ihm auszufahren, gab Sherry dem Stall seine Anweisungen, während sie ihren Brief beendete und ihn durch den Pagen befördern ließ.

Der Besuch bei der Gräfinwitwe war durchaus nicht erfolgreich. Sie trafen sie an, wie sie, bei herabgelassenen Vorhängen ins Sofa zurückgelehnt, auf ihrem Schoß Herveys *Meditations Among the Tombs* beziehungsvoll aufgeschlagen hatte. Sie begrüßte ihre Schwiegertochter mit einem deutlich merkbaren Schauder und umarmte ihren Sohn mit der Zärtlichkeit eines Menschen, der einem Opfer des Schicksals sein stummes Mitgefühl ausdrücken will. Der Vorschlag Sherrys, daß sie Hero bei Hof vorstellen möge, mobilisierte augenblicklich alle ihrer beunruhigendsten Symptome. Sie habe nicht einmal die Hoffnung, erklärte sie, daß ihr Gesundheitszustand ihr gestatten werde, das Haus in der Half Moon Street zu besuchen. Die unumwunden vorgebrachte Bitte Sherrys, ihm die Familiensmaragde auszuhändigen, förderte eine Reihe äußerst rührseliger Erinnerungen zutage, die sie offensichtlich zwangen, Zuflucht zu ihrem Riechfläschchen zu nehmen und die Winkel ihrer völlig trockenen Augen zu betupfen.

«Aber, Sie tragen sie doch nie, Madam!» wendete Sherry ein. «Verwünscht, Sie haben doch immer erklärt, Grün sei nicht Ihre Farbe, und Sie quälten meinen Vater, Ihnen statt dessen die Diamantengarnitur zu geben. Außerdem wissen Sie sehr gut, daß sie mir gehören – seit dem Tod meines Vaters schon immer gehört haben!»

«Ach, du lieber Himmel, daß du so wenig Zartgefühl besitzt!» sagte seine Mutter mit tremolierender Stimme. «Die Juwelen, die dein lieber Vater mir an unserem Hochzeitstag um den Hals legte –»

«Nein, das stimmt nicht», unterbrach sie Sherry. «Damals lebte mein Großvater nämlich noch; außerdem hatte mein Vater eine höllische Arbeit, meine Großmutter zu veranlassen, sie nach dem Tode des alten

Herrn herauszugeben. Ja, damals hatten Sie auch einen Ihrer Anfälle, Madam, bei dem Sie erklärten, sie hätte kein Anrecht mehr auf die Juwelen. Ich erinnere mich daran, als wäre es gestern gewesen.»

Als Hero bemerkte, daß die Gräfinwitwe allem Anschein nach beabsichtigte, in Ohnmacht zu fallen, erklärte sie eiligst, daß sie die Smaragde wirklich nicht haben wolle, bevor ihre Schwiegermutter tot sei. Aber dies erwies sich als eine höchst unglückliche Bemerkung, da es der Gräfinwitwe die Möglichkeit gab, zu sagen, sie zweifle keinen Moment daran, daß ihr Sohn und seine Frau diesen Tag begierig erwarteten. Sie fügte hinzu, daß dieser Tag ohnedies nicht mehr fern sei, was Sherry derart ärgerte, daß er hinsichtlich der Smaragde starrköpfig wurde und erklärte, er werde dem alten Ditchling den Auftrag erteilen, sie abzuholen, falls sie nicht innerhalb einer Woche in seinem Haus abgeliefert würden.

«Vielleicht», sagte die Gräfinwitwe, deren Gesichtsfarbe sich beängstigend vertiefte, «wünschest du auch, daß ich deiner Frau die Perlengarnitur und die Diamantknöpfe aushändige?»

«Ja, beim Zeus, das wünsche ich!» sagte Sherry. «Ich bin froh, daß Sie mich daran erinnert haben, denn sie sind genau das Richtige für Hero!»

«Oh, Sherry, bitte nicht, bitte!» flüsterte Hero.

«Unsinn! In meiner Familie werden die Perlen stets der Braut übergeben, das ist nichts Neues», sagte Sherry lebhaft. «Komm jetzt. Wenn du mit George zu dieser Expedition gehen willst, dann ist es an der Zeit, daß wir uns verabschieden.»

Die Gräfinwitwe war von dem Gedanken, daß sie in die Falle gestürzt war, die sie selbst gelegt hatte, so überwältigt, daß sie ihre Stimme kaum so weit zu beherrschen vermochte, um ihren Gästen Lebewohl zu sagen. Hero knickste, als ob sie noch immer ein kleines Schulmädchen wäre, und der Viscount drückte sittsam einen Kuß auf die bebende Hand, die ihm gereicht wurde; und beide zogen sich mit einem Gefühl der Erleichterung zurück, weil sie sich, wie Sherry es ausdrückte, verhältnismäßig gut aus der Affäre gezogen hatten.

Ein liebenswürdiges Schreiben von Isabella, in welchem sie Heros freundliche Einladung annahm, lag auf dem spindelbeinigen Tischchen in dem kurzen Gang, der dem Haus in der Half Moon Street als Entree diente, und um drei Uhr traf George mit seinem Freund, Mr. Gumley, ein. Ein Blick auf diesen Gentleman genügte, um Hero über den Grund von Sherrys unbändigem Gelächter aufzuklären: er war von George offenbar wegen seiner Unbeholfenheit gewählt worden und wegen seiner deutlich fühlbaren Angst vor dem weiblichen Geschlecht. Obwohl George mit gesenkter Stimme versicherte, daß er, wenn er seine Schüchternheit einmal überwunden habe, durchaus unterhaltsam sei, stotterte dieser unansehnliche junge Mensch so arg, daß es bei den seltenen Bemerkungen, die er machte, für seine Zuhörer noch weitaus peinlicher war als für ihn selbst. Dennoch schien er eine tiefe, wenn auch stille

Freude bei dem sich ihm bietenden Schauspiel zu empfinden, dem beizuwohnen man ihn hierhergebeten hatte, und es gelang ihm, als sie sich schließlich trennten, Hero zu sagen, daß er sich außerordentlich gut unterhalten habe.

Für Hero bedeutete dieser Nachmittag kein ungemischtes Vergnügen, obwohl sie sich natürlich für den ersten Ballon, den sie zu sehen bekam, sehr interessierte. Daran war das Betragen Miss Milbornes schuld. Nichts hätte liebenswürdiger sein können als das Benehmen Miss Milbornes ihrer Gastgeberin gegenüber, und nichts launenhafter als ihr Betragen gegen ihren, von ihr völlig aus der Fassung gebrachten Anbeter. Hero war außerstande, sie von Koketterie freizusprechen, und war wirklich ehrlich empört, mitansehen zu müssen, wie sie den unglücklichen Lord Wrotham zuerst heiß, dann wieder kalt behandelte. Ob es daran lag, daß sie bereits bedauerte, ihn mit dem Geschenk der Rose, die aus ihrem Ausschnitt gefallen war, zu sehr ermutigt zu haben, oder ob sie es übelnahm, daß in ihre Gesellschaft ein so wenig einnehmender Gentleman wie Mr. Gumley eingeführt worden war, vermochte niemand zu sagen. Obwohl sie sich von Zeit zu Zeit George gegenüber milder gestimmt zeigte und ihm sogar, als er ihr aus der Barutsche half, gestattete, ihre Hand einen Moment länger als notwendig in der seinen zu halten, war sie die meiste Zeit äußerst launenhaft und ließ deutlich erkennen, daß er ihr nichts recht machen konnte. Hero, die für George herzliche Zuneigung empfand, konnte sich nicht zurückhalten, sie einmal in sehr eindrucksvoller Art anzusehen, aber die Beauté schien den Vorwurf in den Augen ihrer alten Freundin nicht zu bemerken. Sie erging sich in der lebhaften Schilderung eines Maskenballs, den sie in der vergangenen Woche besucht hatte. Obwohl Hero außerordentlich jung und unerfahren mit den Tricks verwöhnter Schönheiten sein mochte, fand sie doch bald heraus, daß der Grund, weshalb Miss Milborne dieses Gesprächsthema angeschnitten hatte, einzig und allein in dem Umstand zu suchen war, daß sie Seine Gnaden von Severn zu dieser Party begleitet hatte.

Es war kein Wunder, dachte Hero, daß der arme George am Schluß der Expedition so erschöpft und düster aussah. Es drängte sie, seine Hand mit ihren beiden zu umschließen, als er sich vor ihrer Tür verabschiedete, und schüchtern zu sagen: «Machen Sie sich nichts daraus, George. Ich glaube, sie hatte Kopfschmerzen.»

Er errötete, murmelte etwas Unverständliches und schritt die Straße hinab. Hero blieb zurück und dachte, daß ihr angebeteter Sherry vielleicht gar nicht so sehr zu bedauern sei, wie sie angenommen hatte.

9

Im Laufe der folgenden Wochen warf eine große Anzahl Persönlichkeiten Karten in der Half Moon Street ab, da der umsichtige Mr. Stoke die Genehmigung des Viscount erhalten hatte, eine Notiz in die Gesellschaftsrubrik der *Morning Post* einzuschalten, die die vornehme Welt davon in Kenntnis setzte, wo Lord und Lady Sheringham ihren ständigen Wohnsitz aufgeschlagen hatten. Die älteren Besucher kamen, weil sie es für ihre Pflicht hielten, Sherrys Frau ihren Respekt zu bezeugen. Da aber kaum zu erwarten war, daß verheiratete Frauen mit hoffnungsvollen Familien, die vom Universitäts- bis zum Kinderzimmeralter reichten, sich viel um eine junge, kaum siebzehnjährige Frau kümmern würden, und da sich keine einflußreiche Dame fand, deren Aufgabe es gewesen wäre, Hero in die richtigen Gesellschaftskreise einzuführen, war es nur natürlich, daß sie mit viel jüngeren Damen Freundschaften schloß, die sich zum größten Teil aus einer recht flotten Clique rekrutierten. Einer ihrer ersten Besuche war Mrs. Hoby, eine schicke lebhafte junge Frau, die sich Hero als entfernte Cousine vorstellte und sie mit ihren Beteuerungen und Aufmerksamkeiten fast überwältigte. Sie war mit einem Iren verheiratet, der einstmals einen bedeutenden Besitz erben würde, aber derzeit in recht prekären Umständen von achthundert Pfund im Jahr und von seiner Anwartschaft auf sein Erbe leben mußte. Sie gestand, von Heros Existenz bis zu dem Augenblick ihrer Vermählungsanzeige in den Zeitungen nichts gewußt zu haben, als sie aber entdeckt hatte, eine Cousine zu besitzen, die tatsächlich die Tochter des lieben Cousins Geoffrey war, hätte sie keine Zeit versäumt, um sie aufzusuchen. Ein rascher Blick hatte sie unterrichtet, daß ihre neugefundene Verwandte außerordentlich jung und unerfahren war, und sie beschloß, sie unter ihre Fittiche zu nehmen. Daß die Protektion einer leichtlebigen jungen Frau, die sich selbst nur am Rande der Gesellschaft bewegte, Heros gesellschaftlicher Stellung nicht förderlich sein konnte, vermochte diese nicht zu beurteilen. Sie zögerte daher nicht, die Einladung anzunehmen, sich einer Abendgesellschaft im Pantheon anzuschließen, nachdem Mrs. Hoby bei der Idee, sie könne nicht mitgehen, wenn Sherry sie nicht begleite, bloß nachsichtig gelächelt hatte.

«Oh, meine liebe Lady Sheringham, ich versichere Ihnen, diese Sitte hat sich völlig eingebürgert. Ich mache mir kein Gewissen daraus, Ihnen zu sagen – denn ich bemerke, wie wenig Sie noch von dem nichtigen Leben wissen, das wir alle hier in London führen –, daß es keinesfalls angehen würde, immer nur mit dem eigenen Mann im Schlepptau gesehen zu werden. Nein, absolut nicht! Es hieße, sich wie eine prüde alte Jungfer zu benehmen, und das sind Sie, wie ich mit einem einzigen Blick feststellen konnte, durchaus nicht!»

Da Sherry ihr fast dasselbe gesagt hatte, war Hero bereit, dieses Machtwort anzuerkennen, und war glücklich, als sie erfuhr, daß Sherry bereit sei, sie auf den Ball des Almack-Clubs zu begleiten.

«Ich glaube, daß es am besten ist, wenn ich dich selbst hinbegleite», sagte Sherry mit der Miene eines Mannes, der seinen Verpflichtungen in liebenswürdigster Weise nachkommt. «Weißt du, es ist ja nicht mein Geschmack, da die Patronessen aber so verteufelt steif sind, glaube ich, daß es für dich viel angenehmer sein wird, wenn ich mit dir gehe, wenigstens beim erstenmal. Zehn zu eins wette ich, daß es dir ohnedies nicht gefallen wird: es ist verteufelt stumpfsinnig, darauf mach ich dich aufmerksam.»

Er erhob auch keinen Einwand gegen ihre neue Freundschaft; er hatte zwar nie zuvor etwas von einer Mrs. Hoby gehört, da sie aber eine Cousine Heros war, zweifelte er nicht, daß sie ein standesgemäßer Verkehr sei. Tatsächlich war er sehr froh, zu erfahren, daß Hero damit begann, selbst Freundschaften zu schließen – denn er hatte befürchtet, daß seine eigenen Verpflichtungen ihn daran hindern würden, so viel und so oft mit ihr beisammen zu sein, wie sie vielleicht von ihm erwartete. Diese Verpflichtungen schienen Seine Lordschaft ziemlich häufig in gewisse äußerst diskrete Etablissements der Pall Mall und des Pickering Place zu führen, gewöhnlich in Gesellschaft von Sir Montagu Revesby, dessen Lebensaufgabe vorzugsweise darin zu bestehen schien, wie einige ältere Gentlemen behaupteten, vermögende junge Leute in jene Spielhöllen einzuführen, von denen man erwarten konnte, daß sie dort in der denkbar kürzesten Zeit von ihrem Reichtum befreit würden. Seine Haltung, die entschiedene Art seines Auftretens hatten ihm ein Entree in alle, mit Ausnahme der exklusiven Kreise verschafft; und es bestand kein Zweifel, daß er auf seine jungen Freunde eine beträchtliche Faszination ausübte. Monty war in seiner weltläufigen Weisheit, der einschmeichelnden Art seinen Lieblingen gegenüber ein wahres Genie, und, wie man sagte, ein Nonpareil, ein Wissender. Mochte sich auch die ältere Generation der Dandys, die in olympischer Isolation im Erkerfenster des White saß, weigern, einen Gruß von der Straße her zur Kenntnis zu nehmen, mochten sie ihre Augenbrauen über Sir Montagu auch hochmütig in die Höhe ziehen, so vermochte ihre etwas träge Mißbilligung bei einem jungen Menschen kaum ins Gewicht zu fallen, der beabsichtigte, wenn möglich an jedem nur denkbaren Vergnügen teilzunehmen, und der Männer wie Worcester, Alvanley und «King» Allan schon zum alten Eisen zählte. Aber auch die Damen waren dem Charme Sir Montagus gegenüber nicht unzugänglich, und es gab nur wenige, die sich nicht insgeheim ein wenig geschmeichelt fühlten, wenn er ihnen scheinbar seine besondere Aufmerksamkeit widmete. Denn er zählte keinesfalls zu jenen, die einer Dame nachliefen. Immer höflich, lag in seiner einschmeichelnden Stimme stets ein leicht ironischer Unterton, selbst dann, wenn er ein artiges Kompliment machte, und das mußte natürlich ebenso herausfordernd auf das schöne Geschlecht wirken wie der Umstand, daß sich keine der Damen rühmen konnte, ihn bis jetzt der Liste ihrer Eroberungen hinzugefügt zu haben. Zweifellos hatte er sich auch als Bewunderer der berühmten Schönheit Miss Milbornes gezeigt, aber

Isabella wußte nicht genau, ob sein Benehmen ihr gegenüber völlig frei von Ironie war. Dieser Umstand erweckte natürlich das Interesse von jemandem, der gewohnt war, rückhaltlose Bewunderung zu finden, und wann immer er sie besuchte oder wenn sie ihn in einem andern Haus traf, in das auch sie geladen war, wurde sie sich seiner Gegenwart weit stärker bewußt, als ihr lieb war. Aber mindestens bei einer Dame verfehlte sein Charme völlig seine Wirkung. Hero konnte ihn nicht leiden. Sie wußte, daß es ihre Pflicht war, Sherrys Freunde liebenswert zu finden, und sie bemühte sich redlich, ihren Widerwillen zu überwinden. Es kam aber zu häufig vor, daß Revesby ihr Sherry entführte, wie damals an ihrem ersten Abend in der Half Moon Street. Auch die Kritik Ferdys war ihr im Gedächtnis haftengeblieben und wurde durch den taktvollen Wink ihrer gütigen Beschützerin, Lady Sefton, noch verstärkt, die meinte, daß es gut wäre, Sherry der Gesellschaft dieser *âme damnée* zu entwöhnen. Hero gestand sich aber ein, daß sie es nicht über sich bringen könne, Lady Sefton zu erklären, daß sie und Sherry übereingekommen waren, einander in ihre Lebensführung nicht dreinzureden, denn ihr Instinkt warnte sie, daß Lady Sefton eine so weitgehende Toleranz nicht gutheißen würde. Sir Montagu kam ein oder zweimal zum Dinner in die Half Moon Street; bei dieser Gelegenheit war sie eine freundliche, aufmerksame Gastgeberin und verbarg die in ihrem Herzen erwachte, ihr jedoch kaum bewußte Eifersucht, wenn sie mitansehen mußte, welchen Einfluß dieser selbstsicher lächelnde Mann auf den unbeständigen Viscount ausübte. Wenn Sir Montagu aber eine seiner amüsanten kleinen Kartenpartien in Sherrys Bibliothek arrangierte, zog sich Hero nach dem Dinner in äußerst korrekter Weise zurück und erschien nicht wieder. Waren die Gäste aber Mr. Ringwood, Ferdy, sein Bruder Marmaduke und Lord Wrotham, dann entfiel diese konventionelle Form, und die Dame des Hauses rollte sich – ebenso wie in Melton – in einem riesigen Fauteuil zusammen und sah dem Spiel von dort aus interessiert zu.

Bald begann sie auch selbst eine Reihe von Einladungen zu Kartenpartien zu akzeptieren. Von dem beschaulichen Quadrille- oder Kommerzspiel war kein großer Schritt zu den berauschenderen Erregungen des Loo, des Faro und des Whist. Mrs. Hoby war eine leidenschaftliche Kartenspielerin, und Hero war völlig einverstanden, einen Abend in ihrem smarten kleinen Haus am Park Lane zu verbringen, wobei sie alles, was sie von Sherry gelernt hatte, ziemlich unbeholfen in die Praxis umzusetzen versuchte. Sie verlor daher weit mehr, als sie gewann, aber das Nadelgeld, das ihr Sherry auf den Rat Mr. Stokes ausgesetzt hatte, schien ihr so üppig zu sein, daß es wenig Sinn hatte, sich über einige geringfügige Verluste beim Kartenspiel Gedanken zu machen.

Mr. Ringwood hatte sie, seinem Wort getreu, unterrichtet, wie man einen Phaeton korrekt zu kutschieren hat, und als sie erst die Entdekkung gemacht hatte, daß sie für die Zügelführung Talent besaß, dauerte es nicht lange, bis man sie in der fashionablen Korsostunde in flottem Stil durch den Hydepark kutschieren sah. Das war ein völlig untadelhaftes Vergnügen und wurde von dem Viscount beifällig aufgenommen, da es seine Hero in den Blickpunkt der vornehmen Welt rückte und sie gleichzeitig äußerst vorteilhaft zur Geltung brachte. Manchesmal nahm sie Isabella mit, aber die Beauté fand es enervierend, so hoch oben hinter einem hochtrabenden Pferd zu sitzen, und hatte überdies kein großes Vertrauen dazu, daß ihre Freundin das Tier auch wirklich in der Gewalt hatte. Sie stellte dabei fest, daß die junge Viscountess fest entschlossen war, in der Gesellschaft Aufsehen zu erregen, und sie beneidete sie unwillkürlich um ihre Stellung und ihre Freizügigkeit, denn sie selbst war der Fesseln müde, die eine junge unverheiratete Dame beengten. Manchmal war sie geradezu eifersüchtig auf Heros unbestreitbare Popularität unter Sherrys Freunden, doch vermochte sie sich im allgemeinen mit der Überlegung zu trösten, daß Hero mit einer Kameradschaftlichkeit behandelt wurde, die jene Art der Ergebenheit ausschloß, die sie selbst in jeglicher männlichen Brust erweckte. Seine Gnaden von Severn, der stark zur Überheblichkeit neigte, war der Ansicht, Hero habe einen Hang zur Leichtfertigkeit; er gestand ihr auch nie mehr zu als eine einfache Verbeugung im Vorbeigehen, und Miss Milborne gab sich die größte Mühe, über diesen Umstand nicht hocherfreut zu sein.

Der Besuch des Almack-Clubs erwies sich, soweit er Hero betraf, als ungetrübtes Vergnügen. Sie fand, daß alle sehr freundlich waren, und bemerkte weder die kalte Förmlichkeit in Mrs. Drummond Burells Verhalten noch die kritischen Blicke, mit denen die Fürstin Esterhazy sie anstarrte. Die Hand auf Sherrys Arm gestützt, mußte sie einfach glücklich sein, und wenn er auch einen Abend etwas langweilig fand, den er mit Tanzen und nicht mit Kartenspiel verbrachte, war er doch über den Empfang, den man seiner jungen Frau bereitete, so erfreut, daß er es sogar unterließ, sich über die Qualität der Erfrischungen abfällig zu äußern. Er verbrachte den ganzen Abend in großmütiger Weise bei dieser Veranstaltung, nahm sogar an den verschiedensten Tänzen teil, stellte Hero den einflußreichsten der anwesenden Persönlichkeiten vor und benahm sich überhaupt tadellos. Auf der Heimfahrt erklärte er jedoch, daß er sie zu einer weit amüsanteren Veranstaltung führen wolle, um festzustellen, wie ihr diese Art gefalle. Hero konnte sich zwar nicht vorstellen, daß sie etwas anderes so schön finden könnte wie diesen Tanzabend, da sie aber bereit war, mit ihm überall hinzugehen, fuhr sie drei oder vier Tage nachher, begierig, ein neues Vergnügen kennenzulernen, zu einem Maskenball im Covent Garden.

Es war, wie Sherry versprochen hatte, in der Tat ein äußerst amüsanter Abend, allerdings grundverschieden von der vornehmen Atmosphäre des Almack-Clubs. Sie waren in Masken erschienen und sahen sich in dem Opernhaus einer riesigen Menschenmenge jeden Ranges und jeder Klasse gegenüber, die einen ohrenbetäubenden Lärm vollführte und sich offenbar blendend unterhielt. Sherry hatte für diesen Abend eine der Parterrelogen genommen; nachdem er ein- oder zweimal mit seiner Frau getanzt hatte, führte er sie in die Loge, in der man ihnen das Souper servierte, das sie mit eisgekühltem Champagnerpunsch hinunterspülten. Während sie speisten, betrachtete der Viscount, der seine Tischdame ziemlich vernachlässigte, ungeniert jedes weibliche Wesen, das sein flüchtiges Gefallen erregte, senkte sein monokelbewaffnetes Auge auf jede wohlgeformte Fessel und machte sich mit seiner Frau über die verschiedensten Paare lustig, die an ihnen vorüberzogen. Hero erhob gegen all dies keinerlei Einwendungen, ja, sie machte Sherry sogar selbst hier auf eine schöne Fessel, dort auf eine besonders gute Gestalt aufmerksam, sie versuchte die Identität verschiedener Personen zu erraten und nahm mit dem größten Interesse die Belehrungen ihres unverbesserlichen Gatten entgegen, an welchen Zeichen sie künftighin imstande wäre, jene Weiblichkeiten zu erkennen, die er so treffend mit «Nobelkokotten» bezeichnete.

Eine dieser Nobelkokotten, die ihre Loge schon eine Zeitlang nicht aus dem Auge gelassen hatte, nahm jetzt die Gelegenheit wahr, ihm einen derart herausfordernden Blick über die Schulter zuzuwerfen und mit einem derartig verführerischen Schwung der Hüften an ihm vorbeizuschlendern, daß kein Gentleman mit der Veranlagung des Viscount dieser Herausforderung hätte widerstehen können. «Ich glaube, ich kenne dieses kleine Lockvögelchen!» rief er aus. «Ich muß herausbekommen, ob es nicht die Flyaway Nancy ist; ich möchte fast wetten, daß sie es ist, dieses freche kleine Stück!»

Damit verließ er unvermittelt Heros Seite, um die verführerische Sirene über das Tanzparkett des großen Hauses zu verfolgen. Hero hielt das Ganze für einen ausgezeichneten Spaß, sie beobachtete seine kecken Annäherungen an das plötzlich spröde gewordene Mädchen, und ihre Augen blitzten fröhlich durch die Schlitze ihrer Maske.

Plötzlich bemerkte sie, daß sie sich nicht mehr allein in ihrer Loge befand; ein maskierter Fremder war eingedrungen, indem er einfach über die niedrige Brüstung stieg, die sie vom Parkett trennte. Hero drehte sich überrascht um, als eine männliche Stimme ihr ins Ohr flüsterte: «So allein, schöne Maske?»

«Ja. Wer sind denn Sie?» fragte Hero unschuldig.

«Ebenfalls eine einsame Seele», erwiderte der Eindringling, setzte sich unaufgefordert auf Sherrys verlassenen Stuhl und legte seinen Arm über die Lehne des ihren. «Haben Sie Mitleid mit mir, schöne Unbekannte!»

Hero nahm zunächst an, daß der Maskierte jemand sein müsse, den sie kannte, aber seine Stimme war ihr völlig fremd, und sie fand durchaus keinen Gefallen an seinem familiären Benehmen. Sie sagte sehr vernünftig: «Sie können gar nicht wissen, ob ich hübsch bin oder nicht, Sir, aber ich weiß ganz bestimmt, daß Sie mir nie vorgestellt wurden. Bitte entfernen Sie sich wieder.»

Darüber lachte er nur. «Ach, was sind Sie für eine prüde kleine Wildkatze! Soll ich mich etwa in aller Form vorstellen? Und wenn ich es täte, würden Sie mir dann sagen, bei welchem Namen ich Sie rufen kann?»

«Nein, das werde ich ganz bestimmt nicht», sagte Hero kurz. «Ich wünsche aber auch den Ihren nicht zu erfahren. Gehen Sie!»

«Was für ein schlimmes Wildkätzchen, es zeigt seine Krallen!» schalt ihr Quälgeist. «Ich möchte wahrhaftig wissen, weshalb ich Ihnen nicht gefalle? Denn ich weiß ganz bestimmt, daß Sie mir gefallen würden – wenn ich Sie zu sehen bekäme.»

«Sie werden mich nicht zu sehen bekommen, und wenn Sie meine Loge nicht augenblicklich verlassen, dann werde ich es tun», sagte Hero, die sich sehr gerade in ihrem Stuhl aufrichtete und unter der Maske errötete.

Er legte einen Arm um ihre Schulter. «Aber nein, denn ich bin überzeugt, daß Sie mir den Anblick Ihrer Reize nicht verwehren werden», sagte er und tastete gleichzeitig mit seiner freien Hand nach den Bändern ihrer Maske.

Hero stieß voller Empörung einen kleinen Schrei aus und suchte ihn abzuschütteln. Der Viscount, der eben fast genau dasselbe versuchte wie der fremde Eindringling, sah zufällig gerade in diesem Augenblick in die Richtung seiner Loge. Ein Fluch kam über seine Lippen; das erstaunte Dämchen, das mit halbem Herzen versucht hatte, ihn zurückzuweisen, sah sich plötzlich von ihrem Kavalier verlassen und bemerkte reichlich erzürnt, wie er eilfertig und ungestüm in seine Loge eindrang. Er sprang leichtfüßig über die Brüstung, zerrte den unternehmungslustigen Vorstadtbeau von seinem Stuhl und streckte ihn mit einem einzigen wohlgezielten Schlag zu Boden, den er selbst als kleine Abreibung bezeichnet hätte.

«Oh, danke Sherry!» brachte Hero hervor. «Ich kann mir nicht vorstellen, wer das ist, jedenfalls ist er aber ein widerwärtiger Mensch und scheint zu glauben, daß ich eine Nobelkokotte bin. Ich bin so glücklich, daß du zurückgekommen bist!»

Der kleine Tumult hatte natürlich unter den in der Nähe müßig Umherstehenden ziemliches Aufsehen hervorgerufen. «Verflucht!» rief Sherry aus, als er es bemerkte. «Es tut mir schrecklich leid, Kätzchen, es war wirklich nur meine Schuld. Machen Sie, daß Sie aus meiner Loge kommen, Sie, wenn Sie nicht wollen, daß ich Sie an Ihren – Ihren Ohren hinauswerfe.»

Als der Vorstadtbeau wieder auf den Beinen stand und Zeit gefunden hatte, Größe und Stil seines Angreifers zu begutachten, murmelte er etwas, das einer Entschuldigung glich, und schlich sich, unter Hinterlassung eines Vorderzahnes, aus der Logentür. Sherry setzte sich wieder neben Hero und rieb seinen Knöchel. «Habe mir die Hand an seiner Fresse angeschlagen», meinte er fröhlich. «Beachte diese Esel gar nicht, die uns jetzt anglotzen, Kätzchen. Ich hätte dich nicht alleinlassen dürfen. Vergesse immer wieder, daß ich ein verheirateter Mann bin. Er hat dir doch nichts getan, nicht wahr?»

«O nein», erwiderte Hero. «Ich glaube, er war ein bißchen beschwipst. Er wollte bloß mein Gesicht sehen, allerdings kann ich nicht begreifen, warum. Sind das Süßigkeiten? Bitte, davon möchte ich etwas haben. Und vielleicht auch noch ein bißchen von dem herrlich kalten Champagnerpunsch. War das übrigens die Flyaway Nancy?»

«Kätzchen», sagte der Viscount herzlich, «du bist die beste Frau, die ich bekommen konnte, meiner Seel', das bist du! Auf dein Wohl, Fratz!»

«Ach, Sherry, und ich weiß, daß du der beste Gatte bist», erklärte Hero und errötete vor Freude.

«Das bin ich leider nicht», sagte Seine Lordschaft mit ungewohnter Bescheidenheit. «Aber neun unter zehn Frauen wären nach den Ereignissen ohnmächtig in der Loge gelegen und hätten mich auf der Heimfahrt mit Vorwürfen überhäuft. Ich will dir etwas gestehen: ich bin sehr froh, daß ich dich geheiratet habe. Es war zwar nicht das, was ich beabsichtigt hatte, aber es bewährt sich ausgezeichnet. Ich dachte es mir.»

«Ach, Sherry», seufzte Hero tief gerührt.

Er füllte ihr Glas neuerdings. «Ich hätte die Unvergleichliche gewiß nie zu einem Maskenball im Covent Garden führen können», bemerkte er. «Wenn ich es genau überlege, hätte ich dich aber auch nicht hierherbringen dürfen.»

«Was? Bloß weil dieser dumme Mensch versucht hat, mir die Maske abzunehmen? Unsinn, Sherry! Ich unterhalte mich doch großartig!»

«Du bist wirklich ein lieber Kerl», vertraute er ihr an. «Hölle und Teufel, wenn ich dir nicht eine Loge für die Oper miete!»

Dieses großzügige Angebot rief in Hero einen wahren Freudentaumel hervor, aber das Unglück wollte es, daß dies auch der Anlaß wurde, die Gunst ihres Gatten in rasender Geschwindigkeit wieder zu verlieren. Denn kaum besaßen sie die Loge, die sie sich durch die liebenswürdige Vermittlung Lady Seftons verschafften, als Hero auch schon keine Zeit verlor, anläßlich einer italienischen Stagione zum erstenmal in der Oper zu erscheinen. Sie hatte sich für diesen Anlaß eine neue Toilette bestellt, und da die Gräfinwitwe die Familienjuwelen, wenn auch widerwillig, herausgegeben hatte, hatte sie die Perlengarnitur angelegt, zu der auch ein sehr schönes Diadem gehörte. Nachdem sie Sherry dazu überredet hatte, sie in die Oper zu begleiten, lud sie auch noch Mr. Ringwood und Mrs. Hoby ein, sich ihnen für diesen Abend anzuschließen.

Nichts hätte unter einem günstigeren Stern stehen können als der Beginn dieses Abends. Der Viscount war entzückt, daß seine Frau so blendend aussah, und Hero war immer glücklich, wenn er sich an ihrer Seite befand. Gesteigert wurde dieses Glücksgefühl noch durch die Freude, jetzt auch imstande zu sein, Bekannten in andern Teilen des Hauses zuwinken und zunicken zu können, da sie dank der verschiedenen Parties, Ballfeste und Morgenvisiten jetzt auf dem besten Wege war, die meisten Leute zu kennen, die die vornehme Welt ausmachten. Das war gewiß ein Fortschritt, und sie verglich ihr heutiges Auftreten unwillkürlich mit dem ersten Abend nach ihrer Hochzeit, als sie nicht ein einziges Gesicht unter den vielen Menschen kannte. Es freute sie, daß Mr. Ringwood neben ihr saß, denn sie hatte das Gefühl, in ihm ihren besten

Freund zu besitzen. Und nach Sherrys häufigen Lachsalven und einem gewissen strahlenden Blick seiner engelhaft blauen Augen zu schließen, verstand es ihre Cousine ausgezeichnet, ihn zu unterhalten.

Der unselige Zwischenfall ereignete sich während des Balletts. Völlig fasziniert von dem ersten Ballett, das sie sah, saß Hero ein wenig vorgeneigt in der Loge, während ihre Augen jede Einzelheit verfolgten, die sich hinter dem Rampenlicht abspielte. So vermochte sie die deutliche Aufmerksamkeit nicht zu übersehen, die eine niedliche kleine Tänzerin mit einem spitzbübischen Augenzwinkern und einem reizvollen Grübchen neben dem einladenden Mund ihrer Loge schenkte. Da vergaß sie ihre Umgebung und Sherrys ernsthafte Vorstellungen, ihre voreilige Zunge zu hüten; sie wandte sich impulsiv an ihn und sagte, über Mr. Ringwood hinweg, in der unschuldigsten Weise: «Sherry, ist *das* deine Ballettänzerin?»

Kaum waren diese Worte ihren Lippen entschlüpft, hätte sie sich am liebsten die Zunge abgebissen, denn Sherry wurde nicht nur purpurrot, sondern warf ihr auch einen so wütenden Blick zu, daß sie bis in ihre kleinen Seidenschühlein erbebte. Das unterdrückte Lachen von Mrs. Hoby, die ihren Fächer entfaltete, um ihr Gesicht zu verbergen, machte die ganze Sache nur noch schlimmer.

Es fiel Mr. Ringwood zu, die Situation zu retten. Er sah die Verwirrung seines Freundes, Heros bestürzten Gesichtsausdruck und zeigte sich der Lage hervorragend gewachsen. «Nein», sagte er mit schöner Schlichtheit, «Sherry bewundert ihre Tanzkunst nicht so sehr wie die der Dunklen, dort drüben rechts.»

Der Viscount war nicht wenig erstaunt über diese gewandte Ausrede und sichtlich von Bewunderung für seinen Freund erfüllt, den er nicht für so schlagfertig gehalten hatte; Hero schob, noch immer völlig verwirrt, ihre Hand dankerfüllt in die Mr. Ringwoods und drückte sie beredt, während sie mit unterdrückter Stimme flüsterte: «Ja, Gil, das habe ich sagen wollen!»

Als sie sich während des Zwischenakts in den Erfrischungssalon begaben, entführte der Viscount Mrs. Hoby, ohne seiner Frau auch nur einen Blick zu gönnen. Mr. Ringwood besorgte ihr ein Glas Limonade und hätte sich bemüht, höflich Konversation zu machen, wenn sie ihm nicht ins Wort gefallen wäre, um mit der verheerenden Offenherzigkeit, die sie charakterisierte, zu sagen: «Gil, ich weiß nicht, wie ich das sagen konnte. Er ist sehr böse auf mich, nicht wahr?»

«Keine Ursache, darüber viel nachzugrübeln», versicherte Mr. Ringwood gütig. «Ich glaube, er wird es bis zum Schluß des Abends wieder vergessen haben. Sherry gehört nicht zu jenen, die lange böse sind.»

«Ich hatte vergessen, daß wir nicht allein sind», sagte Hero völlig zerknirscht. «Meine nichtswürdige Zunge! Wenn nur meine Cousine nicht dabei gewesen wäre!»

«Ja, Kätzchen, das muß ich auch sagen», verwies sie Mr. Ringwood, «Sie sollten nichts wissen über Sherrys – na ja, was ich meine, ist –»

«Ich weiß», sagte Hero, «Nobelkokotte.»

Mr. Ringwood erstickte fast an seiner Limonade. «Nein, das ist es nicht. Nein, wahrhaftig, Kätzchen, derartige Dinge dürfen Sie nicht aussprechen!»

«Lockvögelchen», korrigierte sich Hero gehorsam.

Mr. Ringwood betrachtete sie mit steigendem Entsetzen. «Wissen Sie was, Kätzchen? Wenn Sie derartige Ausdrücke weiter verwenden, wird man Ihnen in der Gesellschaft bald allgemein den Rücken kehren, und dann würden Sie völlig zusammenbrechen, das können Sie mir glauben. Und Sherry sollte sich schämen, vor Ihnen solche Ausdrücke zu gebrauchen!»

«Sherry kann nichts dafür», sagte Hero aufgebracht und bemühte sich, ihren zu freimütig redenden Gatten zu verteidigen. «Er erklärt mir immer wieder, was ich sagen darf. Unglücklicherweise verwechsle ich ständig das, was ich sagen darf, mit dem, was ich nicht sagen darf. Ich glaube, ich dürfte von dieser Tänzerin auch nicht sagen, daß sie ein Gustostückerl ist?»

«Auf keinen Fall!» sagte Mr. Ringwood nachdrücklichst.

«Ich muß gestehen, daß mir das alles sehr schwierig vorkommt. Wie darf ich sie also nennen, Gil?»

«Überhaupt nicht. Eine Lady weiß nichts von derlei Dingen.»

«O doch. Denn meine Cousine Cassy hat mir zuerst von Sherrys Ballettänzerin erzählt, daraus können Sie ersehen, wie sehr Sie sich irren.»

«Auf alle Fälle geben Sie vor, nichts davon zu wissen», sagte Mr. Ringwood verzweifelt.

«Ach, wirklich? Aber Sherry selbst erzählte mir, daß alle jungen Leute eine Ballettänzerin oder so etwas Ähnliches haben und daß nichts dabei ist. Gil, haben Sie auch –»

«Nein», unterbrach sie Mr. Ringwood eilig, wenn auch nicht höflich.

«Oh!» sagte Hero und dachte darüber nach. Sie erhob ihre Augen zu seinem Gesicht und stieß einen winzigen Seufzer aus. «Ich bin nicht prüde, Gil.»

«Nein», stimmte Mr. Ringwood gefühlvoll zu.

«Und ich werde auch nie rechthaberisch sein, denn meine Cousine sagte, es gäbe nichts, was die Männer mehr verabscheuen. Aber ich kann mir nicht helfen, daß ich wünsche – nur *ganz* klein wenig wünsche –, daß Sherry keine Ballettänzerin hätte.»

Mr. Ringwood stieß einige unartikulierte Töne aus und führte seine verwirrend aufrichtige Schutzbefohlene in die Loge zurück. Dort gesellten sich nach wenigen Augenblicken der Viscount und Mrs. Hoby zu ihnen, und da sich der Vorhang fast unmittelbar danach hob, ergab sich keine Möglichkeit für weitere vertrauliche Mitteilungen.

Die Gesellschaft verließ das Opernhaus gemeinsam in der Barutsche der Sheringhams. Mrs. Hoby hielt eine lebhafte Konversation im Gange, bis sie vor ihrer Haustür abgesetzt wurde. Mr. Ringwood fuhr mit den Sheringhams in die Half Moon Street, lehnte jedoch die Einladung, mit ihnen ins Haus zu kommen, feige ab; er verabschiedete sich auf der Türschwelle, um den Rest des Weges bis zu seiner Wohnung zu Fuß zurückzulegen. Es ging ihm sehr zu Herzen, auf das flehende Zupfen Heros an seinem Ärmel nicht reagiert zu haben, aber er war der Meinung, daß er einen höchst unbequemen Dritten bei dem Streit abgeben würde, der sich so offensichtlich zusammenbraute.

Nachdem der Butler dem heimkehrenden Paar die Tür geöffnet hatte, sagte Hero nach einem verstohlenen Blick auf das unheilkündende Antlitz des Viscount: «Ich bin sehr müde. Ich glaube, ich werde direkt in mein Zimmer hinaufgehen.»

«Schick deine Kammerfrau zu Bett!» erwiderte Seine Lordschaft. «Ich wünsche mit dir unter vier Augen zu sprechen.»

Die beunruhigende Aussicht auf eine Aussprache unter vier Augen mit einem Gatten, der einer stürmischen Gewitterwolke glich, machte Hero krank vor Angst. Sie hätte ihre Kammerfrau gern bei sich behalten, da es aber mehr als wahrscheinlich war, daß Sherry die Frau aus dem Zimmer weisen würde, falls er sie bei seinem Eintreten noch vorfinden würde, wagte sie es nicht.

Fünf Minuten nachdem sich die Tür hinter der Kammerfrau geschlossen hatte, trat er ohne jede Förmlichkeit bei Hero ein, die eben damit beschäftigt war, die Perlengarnitur in ihre Schmuckschatulle einzuschließen; sie sah ohne die Juwelen viel jünger aus, in der Tat glich sie so sehr dem lästigen kleinen Mädchen, das der Viscount schon während seiner Schulzeit tyrannisiert hatte, daß er augenblicklich die würdevolle Rede vergaß, auf die er sich den ganzen Weg von der Oper hierher vorbereitet hatte, durch das Zimmer schritt, sie bei den Schultern packte und unbarmherzig schüttelte: «Du abscheuliches kleines Ding, wie konntest du es wagen?» fragte er zornig. «Habe ich dir nicht gesagt, habe ich dich nicht ermahnt, deine verdammt indiskrete Zunge in acht zu nehmen? ‹O Sherry, ist das deine Ballettänzerin?› Nein, es war *nicht* meine Ballettänzerin, und *das* bekommst du dafür mit meinen besten Empfehlungen!»

Tränen stiegen Hero in die Augen. Wieder freigelassen, preßte sie die Hand auf ihre brennende Wange und sagte mit bebender Stimme: «Oh, Sherry, nicht! Ich wollte es doch nicht sagen. Ich hatte bloß vergessen, daß wir nicht allein waren.»

«Wenn du nur den Anflug einer vornehmen Gesinnung hättest», sagte Seine Lordschaft wütend, «wäre es dir nie in den Sinn gekommen, das zu sagen.»

«Ja, aber, Sherry, sie sah dich doch so an und lächelte dabei, daß ich mich nur fragen konnte – Aber ich sehe vollkommen ein, daß ich kein Wort darüber hätte verlieren dürfen – es tut mir schrecklich leid, und ich werde es nie wieder tun.»

«Das möchte ich dir auch geraten haben!» erwiderte ihr unversöhnlicher Gemahl. «Und wenn ich irgend etwas von Frauen verstehe, dann wird es deine Cousine in einer Woche in der ganzen Stadt herumerzählt haben – oder vielmehr sie würde es herumerzählen, wenn sie sich in den ersten Kreisen bewegen würde, was durchaus nicht der Fall ist. Und das bringt mich auf den zweiten Punkt. Ich weiß nicht, wie es möglich ist, daß du eine Cousine mit so schlechtem Ton hast; wenn du die Absicht hast, dich ständig in ihrer Gesellschaft zu zeigen, kann ich dir nur verraten, daß das nicht gut ausgehen kann.»

Tief gekränkt über seine Ungerechtigkeit, erwiderte Hero: «Du hast doch gesagt, es sei ein Glück für mich, eine Verwandte in der Stadt zu haben. Du hast weiter gesagt, man könnte nicht das geringste dagegen einwenden, daß ich sie besuche.»

«Wenn ich das überhaupt gesagt habe – so hatte ich damals noch keinen Abend in ihrer Gesellschaft verbracht», sagte Sherry grimmig.

«Mir schien aber, daß du dich mit ihr recht gut unterhalten hast», schleuderte ihm Hero entgegen. «Ich habe sehr wohl bemerkt, daß du über die Dinge, die sie dir sagte, herzlich lachtest.»

«Ach was, ich wünsche eben nicht, daß du weiter mit ihr herumflanierst», sagte Sherry in äußerst gebieterischer Form. «Merk dir das!»

«Das werde ich nicht!» erwiderte Hero unverzüglich und geriet in Zorn. «Ich werde mich anfreunden, mit wem es mir beliebt, und ich werde hingehen, wohin es mir beliebt, und ich werde tun, was mir beliebt, und ich werde –»

«Bei Gott, *was* wirst du?» unterbrach sie Seine Lordschaft und näherte sich ihr in nicht mißverständlicher Absicht.

Hero bezog eine strategische Position hinter einem kleinen Tischchen. «Doch, das werde ich, und es hat keinen Sinn, mir zu sagen ‹Bei Gott, was wirst du?›, denn du selbst hast gesagt, daß keiner von uns sich in die Angelegenheiten des andern mischen solle – und das weißt du ganz genau!»

Der Viscount blieb stehen und starrte sie argwöhnisch an. «Das habe ich gesagt? Ich könnte schwören, nie im Leben etwas so verdammt Dummes gesagt zu haben.»

«Ja, du hast es gesagt. Und du sagtest auch, daß ich in dir nie die Sorte eines Ehemannes entdecken würde, der wegen jeder Kleinigkeit einen Wirbel macht. Du sagtest, sofern es diskret geschieht –»

«Also diskret bist du bestimmt nicht!» sagte Seine Lordschaft, der sich förmlich auf das Wort stürzte. «Es gibt in der Tat niemanden, der weniger diskret wäre. Und dich tun zu lassen, was dir beliebt? O ja, da würdest du aber etwas Nettes anrichten, mein Mädchen. Du hast ja nicht mehr Verstand als der verdammte Kanarienvogel, den dir Gil verrückterweise geschenkt hat, und nicht mehr Ahnung davon, wie man sich in guter Gesellschaft benimmt, als Jason.»

«Ich stehle nicht!» rief seine Frau leidenschaftlich.

«Das habe ich auch nie behauptet.»

«Doch, ja, weil du gesagt hast, ich wäre wie Jason, und von allen widerwärtigen Dingen, die man mir sagen kann –»

«Ich habe nicht gesagt, du wärest wie Jason. Ich habe bloß gesagt, daß du nicht mehr Ahnung hast –»

«Das ist genau dasselbe, und es sieht dir wieder einmal ähnlich, Sherry, zu erklären, daß alles meine Schuld wäre, wenn doch du es warst, der mir von den Nobelkokotten und den Ballettänzerinnen erzählt hat.»

«Wie, zum Teufel, sollte ich denn wissen, daß du wie eine richtige Range damit herausplatzen wirst?» fragte Seine Lordschaft.

«Ach was, du hättest wissen müssen, daß ich es wahrscheinlich doch einmal tun würde», sagte Hero aufrichtig. «Du kennst mich doch lange genug, und ich habe dich, weiß Gott wie oft, schon so b-böse gemacht, weil ich immer Dinge s-sagte, die ich nicht sagen sollte. Und Gil hat erklärt, es gehöre sich nicht, vor mir derartige Reden zu führen, also ist es ebenso deine Schuld wie meine.»

«Oh!» sagte Seine Lordschaft voll Abscheu. «Also so ist das? Nicht genug daran, daß du mich in aller Öffentlichkeit blamierst, so mußt du diese Sache auch noch mit Gil breittreten? Auf mein Wort, Hero, da hört sich wirklich alles auf! Ich hätte mir aber denken können, wie alles kommen würde. Vermutlich hast du ihn auch gefragt, ob er eine Ballettänzerin hat?»

«Ja, und er sagte –»

«*Was?*» donnerte der Viscount.

«Er sagte, er hätte keine», schloß Hero schlicht.

Der Viscount schien Schwierigkeiten zu haben, Luft zu bekommen. «Hero!» stieß er schließlich hervor. «Hast du denn keinen Sinn für Anstand und Schicklichkeit?»

«Doch, den habe ich», erwiderte Hero mit schwellendem Busen. «Ich besitze davon weit mehr als du, Sherry, denn ich habe keine Ballettänzerin, und ich bin nie beschwipst oder – ach, ich wollte, du würdest gehen! Du bist unfreundlich, nachträgerisch und ungerecht, und ich hasse dich!»

«Ich bin Ihnen für Ihre Aufrichtigkeit äußerst verbunden, Madam!» sagte der Viscount und nahm plötzlich Zuflucht zu einer Ehrfurcht gebietenden Würde. «Ich hatte nicht die Absicht, Ihnen meine Anwesenheit weiterhin aufzudrängen, und wünsche Ihnen eine geruhsame Nacht!»

Nach dieser großartigen Abschiedsrede stolzierte er aus dem Zimmer, schloß die Tür mit unnötigem Kraftaufwand und überließ seine übererregte Frau einem herzhaften Tränenstrom.

Sie trafen sich am nächsten Morgen am Frühstückstisch und waren beide wegen des Streites der vergangenen Nacht sehr verlegen. Der Viscount wünschte Hero einen übertrieben förmlichen guten Morgen, worauf er sich hinter seiner Zeitung verschanzte. Hero schenkte den Kaffee ein und verzehrte langsam ein Brötchen. Nach einer kleinen Pause räusperte sie sich, denn unerklärlicherweise war ihre Kehle wie zugeschnürt, und sagte: «Sherry?»

Der Viscount senkte seine Zeitung. «Nun?»

«Willst du ein Stückchen Schinken?» fragte Hero völlig verstört über seine abschreckende Miene.

«Nein, danke!»

«Oder – oder noch ein wenig Kaffee?»

«Nein», sagte der Viscount und zog sich neuerdings hinter seine Zeitung zurück.

Hero stärkte sich mit einigen Schlückchen Kaffee. Dann versuchte sie es noch einmal. «Sherry?»

«Nun, was willst du jetzt?»

«N-nichts», sagte Hero mit einem deutlich vernehmbaren Schluchzen.

«Um Himmels willen», sagte Seine Lordschaft, «fang nicht auch noch zu weinen an!»

«Vielleicht wäre es am besten, wenn ich aus dem Zimmer g-ginge, denn ich k-kann mir nicht h-helfen, ich muß weinen, wenn du so schrecklich unfreundlich zu mir bist», erbot sich Hero.

«Ich bin nicht unfreundlich zu dir.»

«Oh, Sherry, es sieht dir ganz ähnlich, so zu sprechen, obwohl du ganz genau weißt, daß du mich geradezu empörend behandelt hast», sagte Hero, deren Lippen ein zaghaftes Lächeln umspielte. «Das hast du schon immer so gemacht. Aber du hast noch nie in so abscheulicher Weise Madam zu mir gesagt, und es wäre mir lieber, du hättest mir zwei Ohrfeigen gegeben, als so zu mir zu sprechen, wahr und wahrhaftig!»

«Geschähe dir ganz recht, sie zu bekommen!» sagte Seine Lordschaft und streckte ihr seine Hand über den Tisch entgegen. «Nein, wirklich, Kätzchen, es tut mir verteufelt leid, daß ich dich so gekränkt habe. Doch bei all den Dingen, die du mir gesagt hast –! Aber nicht wahr, du wirst es nie wieder tun?»

«Nein, wirklich nicht», versicherte ihm Hero und legte ihre Hand in die seine.

Ein Lächeln breitete sich langsam über das Gesicht des Viscount. «Herrgott, ich hätte viel darum gegeben, Gils Visage zu sehen, als du ihn fragtest, ob er eine Ballettänzerin hat», sagte er.

«Glaubst du, daß es ihm nicht recht war?» fragte Hero bekümmert. «Weißt du, er ist mein spezieller Freund, und da dachte ich, zu ihm kann ich alles sagen, was ich will. Und ich wollte es doch so gern wissen, weil du gesagt hast, daß jeder eine hat, und –»

«Ach du lieber Gott, was für Dinge ich nur sage!» stöhnte Sherry. «Ich wäre sehr froh, wenn du sie wieder vergessen würdest, Fratz! Und was *meine* Ballettänzerin betrifft, so ist das jetzt, da ich ein gesetzter verheirateter Mann bin, endgültig vorbei; wir wollen also nicht weiter darüber sprechen.»

«Ich werde kein Wort mehr darüber sagen», versprach Hero und heiterte sich merklich auf. «Kannst du sie denn nicht haben, wenn du verheiratet bist?»

Der Viscount lachte und warf ihr eine Rechnung über den Tisch zu.

«Nicht, wenn man eine Frau hat, die so viel für ein paar lumpige Hüte ausgibt», erwiderte er.

«O Gott!» sagte Hero von Gewissensbissen geplagt. «Hätte ich's nicht tun sollen? Aber weißt du, Sherry, einer unter ihnen ist der Hut, den ich trug, als wir nach Richmond fuhren, und der dir so besonders gut gefiel.»

«Nein, nein, es hat nichts zu sagen», erklärte Sherry und zupfte sie an einer Locke. «Verschwenderische kleine Katze. Setz ihn heute wieder auf. Wenn du Lust hast, mit mir zu kommen, dann fahre ich dich durch den Hydepark; ich möchte die Gangart des Fuchspaars ausprobieren, das ich vorige Woche im Tattersall gekauft habe.»

«Ja, natürlich will ich!» rief Hero, und das letzte Wölkchen verschwand von ihrem Ehehimmel.

10

Man konnte natürlich nicht erwarten, daß dies der einzige Streit bleiben würde, der den Frieden des Hauses in der Half Moon Street beeinträchtigte. Eine junge Dame, im Innern Kents erzogen, die mit den Spitzfindigkeiten der gesellschaftlichen Etikette nicht vertraut war, mußte notgedrungen Fehler machen und in all die kleinen Schwierigkeiten geraten, die unsichtbar auf dem Pfade jedes lebhaften Wesens lauern, das sich vorgenommen hat, in der großen Welt Furore zu machen. Als der Viscount Hero heiratete, hatte er wohl gewußt, daß sie mit den Gebrauchen der vornehmen Welt nicht vertraut war, aber einerseits in dem übel angebrachten Vertrauen, das er in die Bereitwilligkeit seiner Mutter setzte, Hero unter ihre Fittiche zu nehmen, andererseits in dem etwas leichtfertigen Glauben, daß Hero sehr rasch Bescheid wissen würde, hatte er nicht geahnt, dazu ausersehen zu sein, bei ihrem Début eine große Rolle zu spielen. Denn was die Unterhaltung der fashionablen Damen seiner Bekanntschaft anbelangte, so verließen sie sich in dieser Beziehung in den seltensten Fällen auf ihre Ehemänner; auch mußte man sie nie aus Schwierigkeiten befreien, in die sie durch ihre Unwissenheit geraten waren. Der Viscount hatte sich tatsächlich mit der leichtfertigen Absicht in die Ehe gestürzt, seine Frau zu einigen Bällen und Gesellschaften zu begleiten, gelegentlich mit ihr durch den Hydepark zu fahren und sich während des Frühstücks mit ihr liebenswürdig zu unterhalten. Diese herkömmlichen Zugeständnisse würden mit der Aufrechterhaltung seiner gewohnten Vergnügungen kaum in Konflikt geraten. Der Viscount hatte weder einen bösartigen Charakter, noch war er ein unbillig denkender junger Mann, und er gedachte, was Hero betraf, keinerlei Einwendungen gegen die Gründung eines eigenen Hofstaates mit seinen dazugehörigen Cicisbeos zu erheben, ja selbst seine amourösen Intrigen (wenn sie diskret behandelt wurden) in Kauf zu nehmen. Er nahm an, daß sie ihre eigenen Kartenpartien arrangieren werde und ihr Nadelgeld vielleicht im Silber-Loo verlieren würde, daß sie in der Lotterie von Richardson ihre Lieblingszahlen setzen, ihre teuersten Toiletten im Hydepark zeigen und sich im allgemeinen wie alle andern reichen Damen von Stand verhalten würde. Es wäre ihm nie eingefallen, daß er, von einer Schießkonkurrenz in Epping zurückgekehrt, mit der Nachricht überrascht werden würde, Mylady werde zum Dinner nicht zu Hause sein, da sie mit einigen Freunden in einem Dampfboot nach Margate gefahren war; aber auch nicht, daß er den Royal Saloon in Piccadilly auf der Suche nach jenen Amüsements betreten würde, die der türkische Pavillon des Etablissements zu bieten hatte, um kurz darauf beim Anblick seiner eigenen Frau aus der Fassung zu geraten, die in Gesellschaft einer äußerst leichtfertigen jungen Witwe und zwei der verwegensten jungen Leute seiner Bekanntschaft in einer der Logen soupierte. Die Tatsache, daß es sich um genau dieselbe Art von Gesellschaft handelte, die er selbst zu frequentieren gewohnt war, besänftigte seine wilde Empörung durchaus nicht. Die Witwe, die er sehr genau kannte, begrüßte ihn schalkhaft und in sprühender Laune, erhielt aber für ihre Bemühungen nur einen eisigen Blick und die allerfrostigste Verbeugung; die beiden jungen Leute, die die unverkennbaren Merkmale eines wütenden Ehemannes nicht übersahen, waren plötzlich peinlichst bemüht, sich Lady Sheringham gegenüber taktvollst zu verhalten. Nur die Sünderin selbst blieb völlig natürlich, als sich Seine Lordschaft der Gesellschaft anschloß. Obwohl er das tat, wäre es allen, die in ihm nur einen Teufelskerl sahen, der sofort zum Mittelpunkt einer jeden Gesellschaft dieser Art wurde, schwergefallen, ihn in diesem übertrieben förmlichen jungen Gentleman wiederzuerkennen, der sich an einem der ungehobelten Tische niederließ und auch weiterhin durch seine Anwesenheit lähmend wirkte. Er entzog Hero im ersten nur möglichen Augenblick dieser Gesellschaft und hielt ihr auf der Heimfahrt einen Vortrag über die Ungehörigkeit, sich an einem derartigen Ort und in derartiger Gesellschaft zu zeigen. Hero war sofort entsetzlich zerknirscht, erklärte aber, Mrs. Chester, die fesche Witwe, habe sich auf ihre Freundschaft mit ihm berufen, so daß sie annehmen mußte, sie wäre ein einwandfreier Verkehr. Der Viscount geriet darüber in einige Verwirrung und beendete die Diskussion eiligst, indem er erklärte, dies gehöre nicht zur Sache, und daß sie den Royal Saloon unter keinen Umständen wieder betreten dürfe. Sie versprach, es nicht mehr zu tun, und die ganze Affäre geriet in Vergessenheit. Aber eine Woche darauf kam der Viscount, der durch puren Zufall von der kühnen Absicht seiner Frau erfahren hatte, eine Spelunke – den Peerless Pool – zu besuchen, gerade noch zurecht, um sie daran zu hindern. Sobald er ihr versichert hatte, daß keine Dame von Stand dieses Lokal betreten würde, war sie ganz fügsam und klagte so wenig darüber, daß er ihr dieses geplante Vergnügen verdorben hatte, daß Seine Lordschaft gerührt seine eigenen Pläne freiwillig aufgab, um seine anspruchslose junge Frau in Astleys Amphitheater zu führen, wo man ein hochdramatisches Stück spielte: «Es lebe die Freiheit oder Die Flucht der Sarazenen». Es wurde ein unerhörter Erfolg, und selbst Sherry, der sich über so anspruchslose Unterhaltungen erhaben fühlte, unterhielt sich ausgezeichnet, ja er verdankte dem naiven Staunen Heros sogar eine weit größere Unterhaltung als den wunderbaren Vorgängen auf der Bühne.

Auf ihre Bitte hin stellte er Hero eine Liste jener fashionablen Lokale zusammen, in denen gesehen zu werden sich mit ihrem Rang nicht vereinen ließ. Sie studierte die Liste sorgfältig, leider erwies sie sich aber als unvollständig. Als der Viscount eines Nachmittags sein Haus zu einer ungewohnt frühen Stunde betrat, fand er auf dem Hallentisch ein zusammengefaltetes Billett seiner Frau.

«Liebster Sherry», lautete die Nachricht, «stelle Dir nur vor! Gussie Yarford, ich meine Lady Appleby, besuchte mich und hatte eine glänzende Idee für einen ganz wunderbaren Spaß. Wir gehen in unseren einfachsten Kleidern auf den Bartholomäus-Jahrmarkt. Sie sagte, daß dagegen nicht das geringste einzuwenden sei, da Wilfred Yarford und Sir Matthew Brockenhurst uns begleiten. Ich weiß also, daß Du nichts dagegen haben wirst, falls ich zum Dinner nicht rechtzeitig zu Hause wäre.»

Der Viscount ließ ein unterdrücktes Stöhnen hören und vergaß sich sogar so weit, daß er sich durch seine blonden Locken fuhr. Sein Freund, Mr. Ringwood, der ihn nach Hause begleitet hatte, betrachtete ihn mit besorgter Teilnahme.

«Sie ist auf den Bartholomäus-Jahrmarkt gegangen», sagte Sherry in verzweifeltem Ton.

Mr. Ringwood dachte über das Gehörte nach, dann schüttelte er den Kopf. «Darf sie nicht tun, Sherry. Gehört sich gar nicht. Solltest es nicht gestatten.»

«Wie zum Teufel hätte ich ahnen sollen, daß sie je auf eine solche Idee kommt. Sie ist wahrhaftig bis zum Überdruß verwildert! Aber laß mich nur diese Gussie Yarford in die Finger bekommen, mehr braucht es nicht! Gussie Yarford! Die tollste Range in ganz London! Seit sie begonnen hat, die ganze Welt an der Nase herumzuführen, nützen ihr ihre ganzen Beziehungen nichts, um ihr ein Entree in den Almack-Club zu ermöglichen. Was habe ich nur verbrochen, um das zu verdienen. Aber es ist nicht Heros Schuld! Sie weiß darüber nicht mehr und hat ebensoviel Ahnung, wie sie sich verhalten soll, wie – zum Kuckuck – wie eben ein Kätzchen!»

Mr. Ringwood versuchte all dies sorgfältig zu entwirren und fragte, ob er das so verstehen solle, daß Hero mit der berüchtigten Lady Appleby auf den Bartholomäus-Jahrmarkt gegangen sei?

«Ja, das sagte ich dir doch», erklärte Sherry ungeduldig. «Weißt du, ich glaube, sie nimmt an, es wäre alles in schönster Ordnung, weil die Yarfords in Kent begütert sind. Sie ist mit Gussie seit ihrer Kindheit bekannt – leider Gottes!»

Mr. Ringwood sah sehr ernst drein. «Sherry, Lady Appleby ist sehr schlechter Ton. Appleby ebenfalls. Hoffe, er ist nicht mit ihnen auf den Jahrmarkt gegangen. Man kann sich durchaus nicht darauf verlassen, daß er die Grenzen zu wahren weiß.»

«O nein», sagte Sherry bitter, «Appleby ist nicht mit. Dabei weiß das Kätzchen, daß ich gegen diesen Ausflug nichts einwenden kann, weil sie Wilfred Yarford und Brockenhurst natürlich auch mitgenommen haben.»

Mr. Ringwood zog ein langes Gesicht, denn er kannte Lady Applebys unternehmungslustigen Bruder Wilfred ziemlich genau und Sir Matthew Brockenhurst noch besser. Nach einem Moment völliger Betäubung sagte er mit großem Ernst: «Sherry, lieber alter Knabe, habe nicht die Absicht, dich aufzuregen, aber dieser Bursche Yarford – nein wirklich, Sherry, das ist ein verdammt häßlicher Kunde!»

«Gott, als ob ich das nicht selbst wüßte!» erwiderte Sherry. «Und was Brockenhurst betrifft – verwünscht, ich glaube, ich hätte ihn nie zum Dinner in unser Haus einladen dürfen. Zehn zu eins wette ich, daß ihn das Kätzchen aus diesem Grund für einwandfrei hält. Da gibt's nur eins: ich muß sie suchen gehen. Es tut mir verdammt leid, Gil, aber du wirst dir für unsere kleine Vergnügungstour jemand andern suchen müssen. Versuch es mit Ferdy. Du siehst ja selbst, wie es ist. Kann's nicht ändern.»

«Aber Sherry!» protestierte Mr. Ringwood. «Du kannst das nicht überlegt haben. Wirst sie nicht finden. Unmöglich in dieser ungeheuren Menschenmenge!»

«Zum Teufel, ich muß wenigstens den Versuch machen, nicht?» erwiderte Sherry. Dann fügte er mit einem gewissen Scharfsinn noch hinzu: «Wenn ich irgend etwas von der Mentalität des Kätzchens verstehe, dann sitzt sie im großen Zelt von Richardson und sieht sich ein schauderhaft schlechtes Stück an, oder sie bewundert ein dressiertes Schweinchen oder etwas Ähnliches.»

Nach einiger Überlegung sah sich Mr. Ringwood genötigt, zuzugeben, daß das in der Tat am wahrscheinlichsten sei. Als er die gefurchte Stirn seines Freundes gewahrte, hüstelte er leicht und wagte es zu sagen: «Weißt du, lieber alter Junge – ist nicht meine Sache –, aber sie will nie auch nur das geringste Unrechte tun. Habe erst gestern abend zu George gesagt: sie ist eine liebe kleine Seele. Sie weiß nur ganz und gar nicht Bescheid.»

«Du lieber Himmel, das weiß sie wahrhaftig nicht!» stimmte der Viscount gefühlvoll zu.

«Werde dir etwas sagen, Sherry: wenn ich eine Frau hätte – und ich bin verteufelt froh, keine zu haben –, dann hätte ich bedeutend lieber eine, wie es dein Kätzchen ist, als alle Unvergleichlichen zusammen.»

«Tatsächlich?» sagte Sherry und starrte ihn an.

«Ja», sagte Mr. Ringwood entschieden.

«Nun, ich weiß nicht, ob ich das auch wollte», sagte Sherry heiter und unbekümmert und wußte nicht, daß diese schlichten Worte seinen Freund der Herrschaft beraubten, einen zusammenhängenden Satz hervorzubringen.

Sie verließen gemeinsam das Haus und trennten sich am Piccadilly. Mr. Ringwood lenkte seine Schritte seiner Wohnung zu und brütete den ganzen Weg über das Problem nach, was für eine Art Ehe es wohl sein mochte, der er seinen Beistand geliehen hatte; und der Viscount begab sich in einer Droschke nach Smithfield.

Der außerordentlich weitläufige Jahrmarkt war von Menschen und Buden dermaßen überfüllt, daß die Aufgabe, eine kleine Dame unter dem sich überschäumend gebärdenden Pöbel zu entdecken, einen weitaus starrköpfigeren Mann als Sherry hätte entmutigen können. Er entlohnte seine Droschke und überlegte gerade, ob er sich direkt in das große Zelt begeben oder erst einen Rundgang durch die verschiedenen andern Zelte machen solle, die allerlei Attraktionen anpriesen wie: «Das lebende Skelett», «Die Feuerschluckerin», oder «Mr. Simon Paap, den berühmten holländischen Zwerg», als er durch den erstaunlichsten Glücksfall seine Frau erblickte, die ihm entgegenkam und sich mühsam einen Weg durch die Menge bahnte; sie wurde aber weder von Mr. Yarford noch von Sir Matthew Brockenhurst begleitet, sondern von einem völlig unbekannten Kleinbürger, der in seinem Sonntagsanzug durchaus den Eindruck eines achtbaren Handwerkers machte. Der Viscount stand vor Erstaunen wie festgewurzelt, und während er noch auf diese völlig unerwartete und gänzlich unerklärliche Erscheinung der Frau seines Herzens starrte, die am Arm dieses unverkennbaren Kleinbürgers dahertrippelte, erblickte ihn Hero und stieß einen Freudenschrei aus. Sie eilte auf ihn zu, wobei sie ihren Kavalier hinter sich herzog, und warf sich ihm fast an die Brust, während sie ausrief: «Ach, Sherry, ich bin so schrecklich glücklich, dich zu sehen. Bitte zank mich nicht aus. Ich habe wirklich nicht gewußt, wie es hier ist. Sowie ich aber bemerkte, um welche Art Lustbarkeit es sich handelt, sagte ich zu Gussie, daß ich bestimmt weiß, dir wäre es nicht recht, daß ich hier bin; aber sie erklärte, ich sei eine kleine Gans und befände mich in Begleitung dieses widerlichen Wilfred in völliger Sicherheit; und dann ging sie mit Sir Matthew weg, und ich versuchte – tatsächlich, Sherry – ich versuchte, Wilfred dazu zu bewegen, mich nach Hause zu bringen. Aber er war wirklich abscheulich... da bin ich ihm davongelaufen, aber er verfolgte mich, und Mr. Tooting – o Sherry, das ist Mr. Tooting und er war so schrecklich gefällig – ja, also Mr. Tooting schlug ihn zu Boden, und plötzlich war um uns eine so schreckliche Menschenmenge, du kannst dir das gar nicht vorstellen! –, aber schließlich haben sich alle doch wieder verlaufen, und Mr. Tooting sagte, er werde mich in einer Droschke nach Hause begleiten, und dann sah ich plötzlich dich, und so braucht er sich jetzt gar nicht mehr soviel Mühe zu machen.»

Nachdem Sherry seine Rockaufschläge aus ihrem Griff befreit hatte, schob er die Hand seiner Frau fest unter seinen Arm, um sich hierauf dem errötenden Mr. Tooting zuzuwenden, dem er seinen Dank aussprach. Dieser junge Mann, der mit einem einzigen Blick in dem Gatten seiner Schutzbefohlenen einen richtiggehenden Aristokraten erkannt hatte, war völlig überwältigt und stotterte einige unzusammenhängende Sätze des Inhalts, daß er glücklich wäre, nützlich gewesen zu sein. Sherry, der seinen Mitmenschen immer sehr ungezwungen entgegenkam, ergriff seine widerstrebende Hand, schüttelte sie und erklärte, er sei ihm sehr verpflichtet und wäre glücklich, sich revanchieren zu können, wenn er je in die Lage käme, ihm in irgendeiner Weise dienlich zu sein. Dann erkundigte er sich nach Mr. Yarford, und nachdem er genau festgestellt hatte, auf welche Art er zu Boden gegangen war, billigte er in herzhafter Weise diesen Schlag, der seiner Meinung nach ein Kinnhaken gewesen sein müsse. Er erklärte ferner, daß man ihn selbst für einen recht geschickten Boxer hielt und daß er bei Jackson in der New Bond Street Unterricht nehme. Das führte natürlich zu dieser und jener Erinnerung an Boxer und zu einigen Betrachtungen über die berühmtesten Preisboxer jener Tage, und schließlich waren beide Gentlemen höchst angetan voneinander. Sie trennten sich mit dem gegenseitigen Ausdruck der Hochachtung, der Viscount beglückte Mr. Tooting mit seiner Visitenkarte, worauf sich Mr. Tooting entfernte, dem der Kopf bei dem Gedanken wirbelte, daß er eine wirkliche, lebende Gräfin vor Belästigungen geschützt und mit ihrem blutjungen Gatten in der freundschaftlichsten Weise geplaudert hatte.

Kaum war er in der Menge verschwunden, als der Viscount seine Aufmerksamkeit seiner so unbequemen Frau zuwandte. «Erst ist es dies, dann jenes», sagte er ernst. «Ich will verdammt sein, Hero, wenn mir je ein junges Ding begegnet wäre, das so oft zu Ärgernis Anlaß gibt wie du.»

«Zank mich nicht aus, Sherry. Es tut mir wirklich schrecklich leid, wieder in eine Verlegenheit geraten zu sein», sagte Hero in ihrer entwaffnenden Art. Sie hob ihre Augen anbetend zu seinem Gesicht und sagte mit einem kleinen Seufzer: «Ich sehe ein, daß das hier nicht eben in dem Stil ist, den du gutheißen kannst; ich bin auch nicht in einer einzigen Bude gewesen, obwohl ich ein sehr komisches Kasperletheater besucht habe.»

«Das will ich auch hoffen», sagte Seine Lordschaft streng. Dann verdarb er aber die ganze Wirkung, indem er die Rolle des erbitterten Ehemannes aufgab und spitzbübisch sagte: «Da wird schon einmal hier sind, könnten wir uns die Sehenswürdigkeiten ebensogut auch ansehen. Zum Kuckuck, wenn ich Lust habe, meine Frau auf den Bartholomäus-Jahrmarkt zu führen, wer, zum Teufel, sollte mich daran hindern? Außerdem werden wir keine Menschenseele treffen, die uns kennt.»

«Sherry!» rief Hero atemlos und klammerte sich verzückt an seinen

Arm. «Meinst du das wirklich? Darf ich mir die ‹Feuerfeste Frau› ansehen, die sich die Hände in kochendem Öl wäscht? Und, oh, Sherry, es gibt hier ein Theater, in dem sie ein Stück spielen, das den wunderbaren Titel hat: ‹Die Todeshalle› oder ‹Wer ist der Mörder?› Sherry, könnten wir –»

Sherry stieß ein unbändiges Gelächter aus. «Du bist doch der albernste unter allen albernen Fratzen! Die Todeshalle! Also komm, aber das sage ich dir, ich will nicht, daß du dich jedesmal, wenn du dich vor diesem Mummenschanz zu fürchten beginnst, so an mich klammerst wie im Astley.»

Hero versprach, sich mit äußerster Schicklichkeit zu betragen, worauf sie miteinander loszogen, um zwei Shilling eine Loge für die bevorstehende Vorstellung im Großen Zelt kauften und die Zeit, bis der Vorhang sich vor diesem vielversprechenden Melodram heben sollte, damit verbrachten, durch den Jahrmarkt zu schlendern, alle Mißgeburten zu besichtigen und einander verschiedenen völlig sinnlosen Jahrmarktskram zu kaufen. «Die Todeshalle» stellte sich als wahrhaft haarsträubendes Drama heraus, so daß Hero Sherrys Hand vom Anfang bis zum Ende fest umklammert hielt, und seine Frage, ob sie sich unterhalte, mit einem beredten Schauder beantwortete, den er richtig als Zeichen einer Zufriedenheit nicht geringen Grades auslegte. Auf dem Heimweg ermahnte er sie, unter keinen Umständen darüber zu sprechen, wo sie gewesen waren, und verbot ihr strengstens den weiteren Verkehr mit Lady Appleby. Dringendes Befragen über die Art der Annäherung Mr. Yarfords veranlaßten ihn, seine erste Eingebung, diesem ungezogenen jungen Gentleman seine Sekundanten zu schicken, nicht ohne Bedauern wieder fallenzulassen. Der Viscount, der zum erstenmal im Leben eine Entscheidung für zwei Menschen zu treffen hatte, war sich darüber klar, daß er, wenn er Mr. Yarford zur Rechenschaft zog, Hero in einen Skandal verwickeln würde, den er zu vermeiden wünschte. Sosehr es ihm gegen den Strich ging, hatte er doch Verstand genug, sich zu sagen, daß er am besten daran täte, die Eskapade seiner Frau offiziell nicht zur Kenntnis zu nehmen. Da Mr. Yarford durch den Boxhieb eines stämmigen Kleinbürgers lächerlich gemacht worden war, konnte man es als sicher annehmen, daß er selbst über die Ereignisse des Tages strengstes Stillschweigen bewahren würde.

«Kein Mitglied der Familie Yarford ist der richtige Verkehr für dich, Kätzchen», sagte er plötzlich. «Auch Brockenhurst nicht. Ja, ich weiß, daß ich selbst mit ihm ziemlich gut bekannt bin, aber das hat nichts zu bedeuten. Ein junger Mann kann mit einer Reihe von Lebemännern verkehren, die er seiner Frau keinesfalls vorstellen würde.» Plötzlich erinnerte er sich, daß es genau das war, was er getan hatte, und fügte hinzu: «Hätte ihn nie hierher einladen dürfen, um mit uns zu dinieren. Das Pech ist, daß ich immer wieder vergesse, ein verheirateter Mann zu sein.»

«Um dir die Wahrheit zu gestehen, Sherry, er hat mir nicht sehr gut gefallen», gestand Hero. «Und ich war recht empört über Gussies eigensinniges Benehmen. Weißt du, als wir noch Kinder waren, hat sie sich nie so komisch benommen. Obwohl ich natürlich weiß, daß viele Damen Liebhaber haben, glaube ich nicht, daß es guter Ton ist, ihnen zu gestatten, sie so familiär zu behandeln, wie es Sir Matthew tut.»

«Wer hat dir gesagt, daß viele Damen Liebhaber haben?» fragte der Viscount. «Jetzt sag aber ja nicht, daß ich es gewesen bin. Ich habe dir nie etwas Derartiges gesagt! Das kann ich beschwören!»

«O nein, aber da ich jetzt etwas in der Welt herumgekommen bin, weiß ich hunderterlei Dinge, von denen ich früher nicht die geringste Ahnung hatte», erklärte Hero nicht ohne Stolz. Sie sah ihn fragend an. «Und das war es doch wohl, was du gemeint hast, Sherry, als du sagtest, daß du gegen das, was ich tue, nichts einzuwenden hast, vorausgesetzt, daß es taktvoll geschieht?»

Der Viscount sah ihr voll in die Augen. Es war tatsächlich genau das, was er gemeint hatte. Er überlegte, ob sich in seiner Familie ein Fall von Geistesgestörtheit befunden hatte, und erwiderte kurz: «Nein, das war es nicht!»

«Oh!» rief Hero aus. Dann meinte sie: «Ich glaube, du hältst mich zu jung für derartige Dinge?»

«Gewiß. Viel zu jung!» erwiderte Seine Lordschaft nachdrücklichst.

«Oh!» sagte Hero nochmals und weiter nichts.

Einige Tage danach begleitete Sherry sie zu einem Gala-Abend in die Vauxhall Gardens, zu dem er eine kleine, gut zusammenpassende Gesellschaft eingeladen hatte. Auch Miss Milborne befand sich unter den Gästen, deren Mutter, nicht ohne eine gewisse Besorgnis zu äußern, schließlich doch zugestimmt hatte, sie von Hero chaperonnieren zu lassen. Nichts hätte harmonischer sein können als diese Gesellschaft oder korrekter als die Aufmerksamkeit des Viscount seinen Gästen gegenüber; das einzige, was den Frieden und die Harmonie des Abends beeinträchtigte, war der heftige Streit, der sich zwischen Miss Milborne und Lord Wrotham entspann, als sich der Herzog von Severn – kaum daß er die Unvergleichliche erblickt hatte – von seiner Gesellschaft losmachte und sich für den größten Teil des Abends der des Viscount anschloß. Das war natürlich äußerst bedauerlich, aber da Miss Milborne viel zu wohlerzogen war, um ihre Verärgerung zu zeigen, und jedermann an die Anfälle schlechter Laune bei Lord Wrotham gewöhnt war, vermochte der Zwischenfall das Vergnügen der übrigen Gäste nicht wesentlich zu beeinträchtigen.

11

Der Streit, der in Vauxhall Gardens zwischen Miss Milborne und Lord Wrotham ausgebrochen war, währte länger, als man erwartet hatte. Wrotham, dessen Zorn inzwischen verraucht war, wollte Isabella am nächsten Tag einen Besuch machen, um sich bei ihr zu entschuldigen. Doch Miss Milborne war dermaßen erzürnt, weil er ein öffentliches Lokal für den Streit gewählt hatte, daß sie sich weigerte, ihn zu empfangen. Als aber der Herzog von Severn im selben Augenblick die Stufen zu dem Wohnsitz der Milbornes emporstieg, da George sie herabkam, war es nicht verwunderlich, daß dem impulsiven jungen Mann an Ort und Stelle die Geduld riß. Von seinen schwergeprüften Freunden eifrigst unterstützt, beschloß er, seine Ansprüche auf die Hand des herzlosesten Flirts von ganz London aufzugeben, ja er vergaß sein gebrochenes Herz sogar lange genug, um Sherry zu einer großartigen Wettfahrt herauszufordern, in der lobenswerten Absicht, einer Heldentat nachzueifern, die Sir John Lade einstmals vollbrachte, als er sein Kabriolett zweiundzwanzigmal hintereinander durch einen Torweg kutschierte, der nur so breit war, um das Gefährt gerade noch durchzulassen. Keinem der jungen Leute gelang es jedoch, diesen Rekord zu brechen. Sherry kam beim fünften Durchgang zu Schaden und George beim siebenten. Sherry blieb ganz unverletzt, aber George verrenkte sich die Schulter, ging einige Tage mit dem Arm in der Schlinge herum, sah romantischer denn je aus und veranlaßte dadurch schlechtinformierte Personen, das Gerücht auszustreuen, daß er sich duelliert und dabei eine Wunde empfangen habe. Diese Geschichte erreichte in kürzester Zeit auch Isabellas Ohr, die selbstverständlich annahm, daß sie der Grund des Zweikampfes gewesen sei. Sie lehnte das Duell an sich strikte ab, konnte aber doch nicht verhindern, eine leichte Rührung zu empfinden, die mit einer gewissen Besorgnis gepaart war. Als sich George bei ihr nicht mehr zeigte, erfand sie eine Ausrede, um an einem Vormittag Besuch in der Half Moon Street machen zu können und von Hero alles herauszubekommen, was sie erfahren konnte.

Hero, die eben von einem Ritt durch den Hydepark zurückkehrte, trug ein keckes kleines Hütchen, dessen Feder sich höchst aufreizend über den Rand kräuselte und das Miss Milborne vor Neid erblassen ließ; sie empfing Isabella in ihrer üblichen sonnigen Laune und dankte ihr für den eben in einem schillernden Einband erschienenen Roman der Minerva-Druckerei, der Miss Milborne als Vorwand für ihren Besuch diente, und bat ihren Gast, Platz zu nehmen. Miss Milborne machte ihr Komplimente über ihr schickes Hütchen und gestand, daß sie fast in Versuchung käme, ebenfalls in den Hydepark zu kommen, wenn sie nur besser reiten könnte und mit Pferden nicht so nervös wäre.

«Weißt du, ich reite auch nicht besonders gut», sagte Hero aufrichtig. «Sherry sagt, ich habe eine zu harte Hand. Das ist aber nicht wahr, weil ich meinen Phaeton sehr anerkennenswert kutschiere. Gil gab mir Unterricht, du mußt nämlich wissen, daß er auf diesem Gebiet ein Nonpareil ist! Das Pech wollte es nur, daß meine Stute gestern mit mir durchgegangen ist, und das hat leider großes Aufsehen erregt.» Sie gluckste fröhlich. «Sherry war fuchsteufelswild, aber wegen seiner blödsinnigen Wettfahrt konnte er mich natürlich nicht auszanken. Außerdem wurde ich gar nicht abgeworfen, und so hatte er keinen Grund, böse zu werden. George hat tatsächlich gesagt, daß ich meinen Sitz tadellos gehalten habe.»

Das gab Miss Milborne ihre Chance. Sie schlug ihre schönen Augen zu Boden und sagte sehr ernst: «Ich hoffe, Lord Wrotham hat keinen dauernden Schaden erlitten.»

«Ach nein, nicht im geringsten!»

«Ich war sehr bekümmert, als ich erfuhr – natürlich verabscheue ich diese Unsitte wie jedermann. Wer – wer war der andere Mann?»

«Natürlich Sherry», erwiderte Hero. «Bist du tatsächlich empört, Isabella? Ich hätte dich nicht für so steif gehalten.»

«Sherry?» sagte Miss Milborne atemlos und blickte rasch auf. «Unmöglich! Oh, nicht um alles in der Welt hätte ich gewollt, daß etwas Derartiges geschieht!»

«Ich finde, daß du ebenso bösartig bist wie Lady Sheringham!» rief Hero. «Sie hat mich tatsächlich nur zu dem Zweck besucht, um mir zu sagen, daß ich derartigen Streichen ein Ende setzen würde, wenn ich nicht eine so erbärmlich schlechte Frau wäre.»

«Hero, was ist denn geschehen?» fragte Miss Milborne, auf deren Stirn sich eine Falte zu bilden begann. «Ich schließe aus deiner Rede, daß die Verletzung von George *nicht* von einem Duell herrührt.»

«Von einem Duell? Du lieber Himmel, nein», rief Hero lachend, «es handelt sich um die albernste Wettfahrt. George hatte Sherry herausgefordert, sein Kabriolett durch ein schmales Tor zu kutschieren, und wettete mit ihm, ihn dabei zu besiegen – was er genaugenommen auch tat, denn es gelang ihm, siebenmal hindurchzufahren, und Sherry nur fünfmal.»

Eine Blutwelle stieg bis an die Wurzeln der bewunderungswürdig geschnittenen und coiffierten kupferfarbenen Locken von Miss Milborne. Sie sagte mit äußerst beherrschter Stimme: «Ich hatte nichts davon gehört. Wie – wie lächerlich! Wirklich, das übersteigt alles. Ich kann mich über Lady Sheringhams Unwillen durchaus nicht wundern.»

Sie begegnete einem sprühenden Blick ihrer Gastgeberin und lachte kurz auf. «Ach, friß mich nur nicht gleich, meine Liebe! Ich weiß schon, daß mich das nichts angeht. Bist du morgen abend im Almack?»

Da Sherry, als sie dieses Thema vorsichtig zur Sprache brachte, (mit einem Stöhnen) gesagt hatte, er sei bereit, seine Pflicht zu erfüllen, konnte Hero versichern, daß sie bestimmt dort sein werde, und sie verbrachten den Rest des Besuches mit einer eingehenden Unterhaltung über die respektiven Toiletten der Damen.

Als Hero am folgenden Abend im vollen Glanz einer neuen Toilette aus italienischem Crêpe, die verschwenderisch mit Spitzen und Florettseide geputzt war, auf ihren Gatten zueilte, stellte sich unglücklicherweise heraus, daß Sherry diesen Ball völlig vergessen und mit einer Gesellschaft seiner Intimen ein Rendezvous im Cribb's Parlour vereinbart hatte. Er sah recht unzufrieden drein, um nicht zu sagen mürrisch, denn er nahm an, daß sie von ihm nun erwarte, eine Absage in Gils Wohnung zu schicken, und zerbrach sich den Kopf, was sie im Almack-Club bloß so amüsant finden konnte.

«Würdest du lieber nicht gehen, Sherry?» fragte Hero und unternahm den tapferen Versuch, durch ihre Stimme keine sehnsüchtige Note klingen zu lassen.

«Oh! Wahrscheinlich bist du versessen darauf, und da kann man nichts machen!» erwiderte er. «Ich bin nur gezwungen, mich umzuziehen, und ich muß gestehen, daß mir das entsetzlich langweilig ist. Doch das hat weiter nichts zu bedeuten.»

Dem vermochte sie nicht zuzustimmen. Denn sie würde es empörend finden, müßte er ihretwegen ein Vergnügen aufgeben, und das Bewußtsein dieses Opfers würde ihr eigenes Vergnügen weitgehendst beeinträchtigen. Sie erklärte sofort: «Aber, Sherry, mir liegt ganz und gar nichts daran, hinzugehen. In Wirklichkeit habe ich sogar ein wenig Kopfschmerzen, und wenn du mit Freunden verabredet bist, wäre ich sehr froh, zu Hause bleiben zu können.»

Seine Gesichtszüge heiterten sich augenblicklich auf. «Tatsächlich?» fragte er begierig. «Wenn du wirklich den Wunsch hättest hinzugehen, bin ich natürlich jederzeit dazu bereit, ich glaube aber, du würdest es recht langweilig finden.»

«O ja!»

«Und wenn du dich zu Hause langweilst, könntest du doch deiner Cousine ein Billett schicken und sie einladen, den Abend mit dir zu verbringen», schlug Sherry vor, der ganz vergaß, daß er ihr wegen ihres vertrauten Umgangs mit Mrs. Hoby eine scharfe Rüge erteilt hatte. «Außerdem gehe ich nicht fort, bevor wir nicht gemeinsam diniert haben. Ich habe George rasch ein Billett geschickt, um anzufragen, ob er sich uns anschließen will: er kommt mich hier abholen.»

Als aber Lord Wrotham gegen Ende des Dinners erschien, bemerkten sie sofort, daß er Kniehosen angelegt hatte, ein Umstand, der Sherry zu dem Ausruf veranlaßte: «Du lieber Gott, alter Knabe, wir gehen doch auf keinen Ball! Was, zum Teufel, hast du vor? Kniehosen für Cribb's Parlour!»

«Cribb's Parlour?» wiederholte George, während er Hero die Hand schüttelte. «Aber ich dachte doch, daß wir auf den Ball im Almack gehen.»

«Oh!» rief Hero etwas verlegen. «Ich habe ganz vergessen, daß Sie sagten, Sie würden mit uns kommen. Es tut mir wirklich sehr leid, George, und ich weiß nicht, wie ich so dumm sein konnte!»

«Ach, das macht nichts», sagte Sherry und schenkte seinem Freund ein Glas Wein ein. «Hero macht sich nichts daraus, auf den Ball zu gehen, und ich habe eine gemütliche kleine Kartenpartie arrangiert, die sich in Cribb's Parlour treffen soll.»

Lord Wrotham blickte Hero forschend an. Die Tatsache, daß sie eine Balltoilette trug, entging ihm nicht, und er sagte: «Ist das wirklich wahr? Sind Sie auch sicher, daß Sie wirklich nicht gehen wollen?»

«Wirklich, ich bleibe ebenso gern zu Hause», versicherte sie ihm, «wissen Sie, ich habe etwas Kopfschmerzen, und Sherry glaubt, ich würde es dort höchstwahrscheinlich sehr langweilig finden.»

«Ah!» sagte Wrotham und runzelte die Stirn. Er blickte von einem zum andern und sagte schließlich, er glaube, es wäre am besten, wenn er nochmals nach Hause ginge, um eine Kleidung anzulegen, die für Cribb's Parlour geeigneter wäre. Das wollte Sherry aber keinesfalls zulassen, da sie sich, wie er sagte, schleunigst auf den Weg machen müßten, weil sie ohnedies schon sehr verspätet waren. Er gab Hero achtlos einen kleinen Klaps auf die Schulter, empfahl ihr, frühzeitig zu Bett zu gehen, und zog seinen Freund mit sich, um zu Mr. Ringwoods Wohnhaus zu fahren. Hier bestieg Mr. Ringwood ihre Droschke, und alle fuhren zu der Taverne, die einem Exchampion des Boxringes gehörte. Lord Wrotham wurde noch immer von Zweifeln gequält, und als Mr. Ringwood seiner Überraschung Ausdruck verlieh, daß Sherry gerade einen der Ballabende für dieses Rendezvous gewählt hatte, sagte er plötzlich: «Mir schien es nicht so, als ob sie Kopfschmerzen gehabt hätte!»

«Du lieber Gott, woher willst du das wissen?» erwiderte Sherry. «Ich erzählte dir doch, daß sie nicht auf den Ball gehen wollte. Sie sagte es ja selbst. Ich erbot mich, falls sie darauf versessen wäre, mit ihr hinzugehen, aber sie erklärte sofort, daß sie froh sei, nicht gehen zu müssen.» Dann fügte er noch naiv hinzu: «Ich muß gestehen, daß ich höllisch froh war, das zu hören, denn solche Lustbarkeiten sind durchaus nicht nach meinem Geschmack.»

In diesem Moment hielt die Droschke in der Jermyn Street, um Sir Montagu Revesby aufzunehmen, das Thema wurde fallengelassen, und man verkürzte sich den Rest der Fahrt damit, daß man die Vorzüge der beiden vielversprechenden Konkurrenten im Schwergewicht erörterte, die sich gerade im Training für eine in Kürze stattfindende Begegnung befanden. Lord Wrotham trug wenig zu dem Gespräch bei, sondern saß in dumpfes Brüten versunken, das selbst sein erstes Glas Gin überdauerte. Er war eben im Begriff, sich für ein zweites Glas zu entscheiden, als er zu einem plötzlichen Entschluß gelangte und seine Freunde damit erschreckte, daß er im Ton äußerster Überzeugung erklärte: «Sie *wollte* gehen!»

Mr. Ringwood blickte ihn mit einiger Mißbilligung an. «Wohin gehen?» fragte er.

«Natürlich auf den Ball im Almack!» rief Wrotham ungeduldig.

«Wer?»

«Das Kätzchen – Lady Sherry!»

«Unsinn!» sagte Sherry. «Was du für ein komischer Kauz bist, George! Wenn du dir einmal etwas in den Kopf gesetzt hast, dann kriegst du es auch nicht wieder heraus. Füll sein Glas voll, Monty.»

«Nein», sagte George. «Ich werde euch was sagen, sie war nämlich schon in Balltoilette. Und ich möchte wetten, Sherry, daß du daran schuld bist. Ich werde in die Half Moon Street zurückfahren und mich zu ihrer Begleitung anbieten.»

«Aber ich wiederhole dir, daß sie gar nicht gehen wollte», sagte Sherry, dieses Gesprächsthemas schon recht überdrüssig.

«Nun, ich glaube aber, daß sie gehen wollte. Zum Teufel, wenn ich mir's recht überlege, wollte ich doch gar nicht hierherkommen. Ich fahre zurück.»

Der Viscount zuckte die Achseln, warf Mr. Ringwood einen bedeutungsvollen Blick zu, und Lord Wrotham nahm ungestüm Abschied. Er war zwar keineswegs in geselliger Stimmung gewesen, aber daß er nun wirklich weggegangen war, wirkte unerklärlicherweise lähmend auf die kleine Gesellschaft. Der Viscount machte eine ziemlich finstere Miene und goß sein zweites Glas Gin in recht herausfordernder Weise hinunter. Nachdem sich aber einige Bekannte eingestellt hatten, um Grüße mit ihm zu tauschen und Wetten abzuschließen, schüttelte er seine düsteren Gedanken ab und nahm bereitwillig an den verschiedenen Transaktionen teil. Als sich diese Freunde aber wieder entfernt hatten, setzte er sich neuerdings an seinen Tisch, blickte mürrisch vor sich hin und trank unter beharrlichem Schweigen ein drittes Glas. Der Versuch Mr. Ringwoods, ihn seiner trüben Stimmung zu entreißen, versagte völlig, und ein Scherzwort Revesbys rief nur ein mechanisches Lächeln hervor. Das dritte Glas verhalf ihm anscheinend zu einem Entschluß. Er stellte es geleert auf den blanken Tisch zurück und stieß plötzlich hervor: «Mit welchem Recht begleitet George Wrotham meine Frau auf den Ball?»

Mr. Ringwood dachte darüber sorgfältig nach. «Kann nichts Ungehöriges dabei finden», erklärte er schließlich. «Ist ganz in Ordnung.»

«Und ich werde es nicht dulden!» rief Seine Lordschaft kriegerisch.

«Mein lieber Sherry, gestatte, daß ich dir noch ein Glas Gin bestelle», sagte Revesby lächelnd.

Seine Lordschaft ließ dieses Anerbieten gänzlich unbeachtet. «Er kommt hierher, spricht kein Wort, kümmert sich kaum um uns, und was tut er dann? Und noch dazu, ohne wenigstens zu sagen: ‹Du gestattest doch?›»

«Das kann ich nicht finden», widersprach Mr. Ringwood kopfschüttelnd. «Er teilte dir doch mit, was er zu tun beabsichtigte, nicht? Wenn du es nicht gewollt hättest, dann hättest du es ihm sagen müssen. Jetzt ist es zu spät. Komm, bestell dir noch ein Glas Gin.»

«Ich will keinen Gin! Und ich dulde es nicht, daß George mir meine Frau vor der Nase wegführt.»

«Sherry, Sherry!» mahnte Sir Montagu und legte ihm beschwichtigend die Hand auf den Arm.

Sie wurde wieder abgeschüttelt. «Sag nicht dauernd Sherry zu mir!» rief Seine Lordschaft gereizt. «Warum, zum Teufel, hat sie kein Sterbenswort davon gesagt, wenn sie den verdammten Ball besuchen wollte? Erklärt mir das!»

«Ich bin überzeugt, daß sie nicht gehen wollte und Wrotham wieder wegschicken wird», sagte Revesby beruhigend.

Mr. Ringwood, durch ein klug berechnetes Quantum Gin hellsichtig geworden, sagte einsichtsvoll: «Sherry, sie wollte nicht zugeben, daß sie gehen möchte, da du keine Lust hattest. Habe das bei ihr schon oft beobachtet. Sie tut immer nur das, was du willst. Ist ein grober Fehler, wenn du mich fragst.» Er stärkte sich mit einem weiteren Schluck Gin, dann brachte er hervor: «Egoistisch!»

«Wer ist egoistisch?» fragte Seine Lordschaft.

«Du», erklärte Mr. Ringwood schlicht.

«Das bin ich nicht!» widersprach Sherry, sehr betroffen. «Wie, zum Teufel, konnte ich wissen, daß sie gehen wollte, wenn sie genau das Gegenteil sagte?»

«Mein lieber Sherry, der arme Ringwood ist ein bißchen beschwipst. Warum regst du dich denn auf?» sagte Revesby.

«Nein, das bin ich keineswegs!» widersprach Mr. Ringwood und sah den eleganten Sir Montagu voll Abscheu an. «Sherry ist ein Narr. War es immer. George wußte, daß sie gehen wollte. George ist kein Narr. Wenigstens kein so großer Narr wie Sherry», ergänzte er.

«Du bist ja so betrunken, daß nichts mehr in dich hineingeht!» rief Sherry wütend. «Und George hat kein Recht, einfach so wegzugehen. Außerdem wird es ihm nicht gelingen, meine Frau auf den Ball zu begleiten, weil ich selbst sie hinführen werde.»

Als er aufsprang, um wegzugehen, packte ihn Revesby am Rockärmel. «Nein, nein, mein lieber Junge, dazu ist es jetzt schon zu spät. Überlege doch einmal. George ist vor mehr als zwanzig Minuten weggefahren.»

«Dann fahre ich eben direkt in den Almack-Club und werde ihm dort tüchtig meine Meinung sagen!» erklärte Sherry in drohendem Ton, wobei seine Augen angriffslustig funkelten.

Mr. Ringwood spitzte die Ohren. «Sherry, du wirst George nicht fordern! Sei doch vernünftig!»

«Wer sprach davon, ihn zu fordern? Wenn meine Frau auf einen Ball geht, dann gehe ich eben auch.»

«Sherry, du machst wahrhaftig viel Lärm um nichts», sagte Revesby ruhig. «Ich kann dir versichern, daß durchaus nichts Ungehöriges dabei ist, wenn Wrotham Lady Sheringham auf den Ball begleitet.»

«Beschuldigst du etwa meine Frau, etwas Ungehöriges zu tun?» sagte Sherry, dessen Streitsucht schnell beunruhigende Formen annahm.

«Ganz bestimmt nicht, mein lieber Junge», erwiderte Revesby. «Eine derartige Idee ist mir nie in den Sinn gekommen. Ich wäre froh, wenn du dich wieder niedersetzen und deine Grillen vergessen würdest.»

«Nun, das werde ich nicht», gab Sherry zurück. «Ich gehe auf den Ball.»

Mr. Ringwood tastete nach seinem Monokel und betrachtete seinen Freund prüfend von oben bis unten. Dann ließ er es wieder fallen und lehnte sich in seinem Stuhl zurück. «Aber nicht in langen Beinkleidern», sagte er. «Kann man nicht machen, Sherry.»

Der Viscount sah einen Moment lang äußerst betreten drein, wenn er aber einmal einen Entschluß gefaßt hatte, war er nicht leicht wieder davon abzubringen. Er erklärte mit ungeheuerer Würde, daß er dann eben nach Hause fahren werde, um sich umzukleiden, worauf er aus der Taverne hinausstolzierte, bevor Revesby oder Ringwood eine Antwort zu finden vermochten.

Als er in der Half Moon Street eintraf, erfuhr er von seinem Butler, daß Mylady mit Lord Wrotham ausgegangen sei. Sherry erklärte mit großer Würde, daß er davon unterrichtet wäre, und verlangte nach seinem Kammerdiener. Dieser Gentleman war aber nicht sogleich aufzufinden, und als ihn ein Page atemlos aus der Kneipe, die er in seiner Freizeit vorzugsweise frequentierte, herausgeholt hatte, befand sich der Viscount in einer noch weit schlechteren Laune als zuvor und hatte mit seinen ungeschickten Versuchen, den «Wasserfall-Stil» zustande zu bringen, nicht weniger als fünf Halstücher völlig verdorben. Eine halbe Stunde später befand er sich schließlich in korrekter Ballkleidung, und es war bereits fünf Minuten nach elf, als er beim Almack-Club vorfuhr. Nichts hätte sich unglücklicher treffen können. Denn die Clubregeln, von den despotischen Damen des Vorstandes festgelegt, wären selbst für den Herzog von Wellington nicht gelockert worden. Obgleich die Höflichkeit des Clubpräsidenten Willis kaum zu überbieten war, verhalfen weder Schmeicheleien noch Heftigkeit dem Viscount dazu, Einlaß in den Club zu finden. Da er nicht das geringste Verlangen hatte, den Rest des Abends in Cribb's Parlour zu verbringen, sah er sich genötigt, nach Hause zurückzukehren und sich die Zeit damit zu vertreiben, die Seiten eines Buches zu durchblättern, mit sich selbst zu würfeln – wobei die rechte Hand gegen die linke spielte – und über das Unrecht zu brüten, das ihm angetan worden war. Was immer er auch im Kreise seiner Freunde tun mochte, so gehörte er doch nicht zu jenen, die Gefallen daran finden, allein zu trinken. Als daher Lord Wrotham seine schöne Schutzbefohlene kurz vor zwei Uhr nach Hause zurückbrachte, wurde ihnen die Tür von einem strohnüchternen, aber furchteinflößenden jungen Mann geöffnet, der sich vor seinem Freund steif verbeugte, ihm in eisigem Ton für seine freundlichen Dienste dankte und seiner Hoffnung – äußerst unfreundlich – Ausdruck gab, daß er und Mylady sich leidlich gut unterhalten hätten.

George, etwas erstaunt über diesen Empfang, versicherte, er habe einen bezaubernden Abend verbracht. Hero, an die diese übertrieben höfliche Form des Viscount völlig verschwendet war, sagte lebhaft: «Sherry, war es nicht sehr freundschaftlich von George, mich dann doch noch auf den Ball zu begleiten? Es war wirklich reizend, und ich wollte, du wärest mit uns gekommen, denn es war heute abend einfach alles dort. Dein Onkel Prosper war mit den Cowpers gekommen, und denk dir nur, Sherry, er machte mir Komplimente über meine Toilette und sagte, ich hätte einen ausgesprochen persönlichen Stil. Ach ja, auch meine Cousine Jane war mit Cassy und Eudora erschienen, und sie war zu mir ungemein liebenswürdig, weil ich den Walzer – die liebe Lady Sefton sagte mir, ich dürfe ihn jetzt tanzen, weil ich im Club aufgenommen worden bin, glaube also ja nicht, daß ich wieder in irgendeiner Verlegenheit bin –, also weil ich den Walzer mit Duke Fakenham tanzte und sie den besonderen Wunsch äußerte, ihn kennenzulernen. Ach, Sherry, denk dir nur, ich bin imstande, meiner Cousine Jane einen Gefallen zu erweisen. Ich wollte, ich hätte damit mehr Erfolg gehabt, aber ich fürchte, es war nicht der Fall, denn Duke verbeugte sich nur, machte wenige Minuten alltägliche Konversation und forderte Cassy überhaupt nicht auf, mit ihm zu tanzen.» Hero wendete sich um und streckte Lord Wrotham ihre Hand entgegen. «Danke, George. Es war ein bezaubernder Abend und wirklich schön von Ihnen, mich auf den Ball zu begleiten.»

Er ergriff ihre Hand, drückte sie herzlich und versicherte ihr mit warmen Worten, der Dank wäre auf seiner Seite, er hätte sich wunderbar unterhalten und könne sich keinen schöneren Abend wünschen. Da ihn der Viscount nicht ermutigte, länger zu verweilen, wünschte er eine gute Nacht und empfahl sich.

«Ich hatte nicht erwartet, dich schon so früh zu Hause anzutreffen, Sherry», sagte Hero unschuldig. «War deine Gesellschaft denn so langweilig?»

«Wenn ich gewußt hätte – aber ich kann mir nicht denken, wie ich es hätte wissen sollen –, daß du den Wunsch hattest, auf den Ball zu gehen, dann hätte ich dich selbstverständlich selbst hinbegleitet», sagte Seine Lordschaft steif. «Ich verstehe nicht, warum du mir erzählst, du hättest Kopfschmerzen, um gleich darauf, nachdem du mich glücklich weggeschickt hast, mit Wrotham hinzugehen!»

«Dich weggeschickt?» rief Hero ziemlich bestürzt aus. «Oh, Sherry, nein. Ich dachte, du hättest keine Lust. Und sage jetzt ja nicht, daß du gehen wolltest. Ich wäre doch viel lieber mit dir hingegangen als mit George.»

«Ich fühle mich äußerst geschmeichelt», sagte Seine Lordschaft. «Ich dachte, du hast dich mit George so prächtig unterhalten.»

«Ja, das habe ich, aber ich bin doch viel lieber mit dir beisammen als mit jemand anderem. Sherry, warum bist du uns denn nicht nachgekommen? Das wäre doch am allerschönsten gewesen!»

«Das wollte ich in der Tat auch tun», sagte Sherry, der etwas auftaute. «Es war aber schon elf Uhr vorbei, als ich bei dem verwünschten Club vorfuhr, und nichts hätte Willis dazu bringen können, mich noch hineinzulassen.»

«Ach, Sherry!» rief Hero und errötete vor Kummer. «Wenn ich das gewußt hätte, dann wäre mir mein ganzes Vergnügen verdorben gewesen. Ach, wie ärgerlich! Es tut mir so entsetzlich leid! Aber daran bin ich wieder schuld, weil ich so dumm war und glaubte, daß du nicht gehen wolltest!»

«Ich muß gestehen», begann Seine Lordschaft in verletztem Ton, «daß ich in Anbetracht dessen, daß ich bereit war, dich zu begleiten, nicht verstehen kann, warum –» Er unterbrach sich und begegnete ihrem angstvollen, völlig kritiklosen Blick. «Nein, Kätzchen, du warst ja gar nicht schuld daran, das weißt du ganz genau», sagte er. «Ich wollte wirklich nicht gehen, aber in einem solchen Fall solltest du dein Vergnügen nicht um meinetwillen aufgeben. Zum Teufel. Gil hatte recht!»

«Gil? Was hat Gil damit zu tun?»

«Ach, nichts. Er behauptete nur, daß ich ein Narr und verdammt egoistisch bin – und ich glaube fast, daß er recht hat, aber ich will dir etwas sagen, Kätzchen –!»

«Wie kann Gil es wagen, eine derartige Behauptung aufzustellen?» unterbrach ihn Hero leidenschaftlich. «Das ist die abscheulichste Lüge, das bist du ganz und gar nicht! Ich muß annehmen, daß er ziemlich betrunken war, als er das sagte.»

«Nein, nein, nur leicht beschwipst», versicherte ihr der Viscount. «Aber wie dem auch sei, es ist belanglos. Ich wollte nur, daß ich dich begleitet hätte, Kätzchen, es tut mir wirklich furchtbar leid. Da!»

Sie ergriff seine ihr entgegengestreckte Hand und führte sie an ihre Wange. «Ach, Sherry, wie dumm bist du! Ich glaube, du bist leicht beschwipst, weil du dich wegen einer solchen Lächerlichkeit bei mir entschuldigst.»

«Bin vollkommen nüchtern!» versicherte ihr der Viscount. «Ich will durchaus nicht behaupten, daß ich nicht ein wenig beschwipst war, als ich Cribb's Parlour verließ, aber das ist schon lange her. Zum Kuckuck, ich habe volle drei Stunden auf deine Rückkehr gewartet und habe nichts anderes getan als ein verdammtes Buch gelesen.»

Hero fand die Vorstellung, daß Sherry einen Abend zu Hause und mit einem Buch verbrachte, so komisch, daß sie in ein schallendes Gelächter ausbrach, das so ansteckend war, daß auch Seine Lordschaft mit einstimmen mußte. Sie begaben sich in ausgezeichneter Harmonie gemeinsam nach oben, und als sie sich vor Heros Tür trennten, erwies ihr Sherry die Ehre, ihr mitzuteilen, daß sie ein gutes kleines Kätzchen sei und daß er sie schon immer gern gemocht habe.

12

Hero hätte den Ballabend des Almack-Clubs uneingeschränkt genossen, wäre er nicht für ihren Begleiter ein höchst zweifelhaftes Vergnügen gewesen, weil er ihm durch eine einzige Person restlos vergällt worden war. Als nämlich Miss Milborne entdeckte, daß ihr glühendster Bewunderer die Ballräume mit Hero am Arm betrat, war sie aufs äußerste empört und betroffen. Nie zuvor hatte George einer andern Dame als ihr seine Dienste geweiht. Wenn er im Almack-Club erschien, dann nur, um sich ihrem Hofstaat anzuschließen, und wenn sie nicht mit ihm tanzte, hatte er die ihre Eitelkeit aufs höchste befriedigende Angewohnheit, sich gegen die Wand zu lehnen und sie nicht aus den Augen zu lassen, anstatt eine andere junge Dame zum Tanz aufzufordern. Jetzt war er also nach einem Streit, in dem er sich völlig verstockt gezeigt hatte, hierhergekommen, sah ungemein fröhlich aus, ja, er lachte sogar über etwas, das Hero zu ihm sagte, wobei er ihr seinen schönen Kopf etwas zuneigte, um ihre Worte besser zu verstehen. Auch Hero sah blendend aus. Miss Milborne hatte in der Tat nicht gewußt, daß ihre kleine Freundin so vorteilhaft aussehen könne. Es war selbstverständlich, daß sie nie Anspruch auf eine so blendende Schönheit wie die der Unvergleichlichen erheben konnte, aber Miss Milborne war nicht dumm, und so mußte sie zugeben, daß in dem Lächeln und in dem mutwilligen Ausdruck der jungen Frau ein ganz besonderer Charme lag. Während sie George beobachtete, kam sie widerstrebend zu der Überzeugung, daß er für den Charme seiner Partnerin durchaus empfänglich war. Er hatte seiner angebeteten Isabella, als er sie erblickte, nicht mehr als eine herkömmliche Verbeugung gemacht, und es war eindeutig klar, daß er die Absicht hatte, Hero den ganzen Abend zu widmen. Miss Milborne wußte ein gutes Dutzend Gründe dafür anzuführen, weshalb er Hero auf den Ball begleitet hatte, jedoch keiner vermochte sie zu befriedigen; und auch die besondere Auszeichnung, die ihr herzoglicher Bewunderer ihr zuteil werden ließ, konnte ihre Laune nicht wiederherstellen. Sie betrug sich sogar Severn gegenüber ein wenig launenhaft, ein Umstand, der ihr später bissige Vorwürfe ihrer Mutter eintrug, die es nicht zulassen konnte, daß ihre Tochter mit einem so blendenden Bewerber leichtfertig umsprang.

In Wirklichkeit befand sich Miss Milborne in der peinlichen Lage einer jungen Dame, der der Ehrgeiz ihrer Mutter den Kopf ebenso verdreht hatte wie die Bewunderung, die ihr zuteil wurde, seitdem sie zum erstenmal in der vornehmen Welt erschienen war. Man hatte sie mit der Aussicht auf eine brillante Heirat erzogen, und bis zu dem Augenblick, da Lord Wrotham stürmisch ihren Weg kreuzte, wäre ihr nie etwas anderes in den Sinn gekommen, als die Ratschläge ihrer Mutter zu befolgen. Aber Lord Wrotham war eine höchst beunruhigende Persönlichkeit, und es währte nicht lange, bis sich Fügsamkeit und wohlgeordneter Ehrgeiz der Beauté in unmittelbarem Widerstreit mit den kaum erst verstandenen Einflüsterungen ihres Herzens befanden. Denn niemand konnte ernsthaft glauben, daß Wrotham für irgendein Mädchen eine brillante Partie wäre. Seine Herkunft war ganz gewiß untadelig, aber es war auch allgemein bekannt, daß seine Güter in hohem Maße verschuldet waren; und anstatt sich wie sein herzoglicher Rivale als würdevoller junger Gentleman von bemerkenswert beständigem Charakter zu erweisen, war er bis zum Übermaß verwildert. Miss Milborne mußte sich eingestehen, daß er ebensoviel liederliche Neigungen hatte wie Sherry, dem sie aus diesem Grunde Vorwürfe gemacht hatte; er war ein Spieler; er verkehrte mit Männern niedrigen Standes, mit Preisboxern und Jokkeys, und sein ungebärdiges Temperament veranlaßte seine besorgten Freunde zu der Prophezeiung, daß er eines Tages seinen Gegner töten werde und sich gezwungen sehen würde, aus dem Lande zu fliehen. Miss Milborne wußte, daß der bloße Gedanke, sich mit ihm zu verbinden, lächerlich war, und sie unternahm zahlreiche höchst lobenswerte Versuche, ihn aus ihren Gedanken zu bannen. Schließlich war er ja nicht der einzige ihrer Bewunderer, der sie zu fesseln vermochte. Sie war für den ungezwungenen Charme Sherrys durchaus nicht unempfänglich gewesen; aber sie fand auch Sir Barnabas Crawley ganz nach ihrem Geschmack, von dem flatterhaften Sir Montagu Revesby ganz zu schweigen. In ihren aufrichtigeren Momenten mußte sie sich eingestehen, daß sie an dem Herzog von Severn auch schon gar nichts reizte; war aber George wieder einmal außergewöhnlich lästig gewesen, dann gelang es ihr, sich selbst zu beweisen, daß es sehr schön wäre, mit einem Kavalier verheiratet zu sein, der ihr bestimmt nie einen unruhigen Augenblick bereiten und der sie mit nie versagender, wenn auch ein wenig ermüdender Höflichkeit und Rücksichtnahme behandeln würde. Überdies war er außerordentlich reich, da sie aber selbst ein ansehnliches Erbe erwartete, konnte sie sich so materialistische Gedanken aus dem Kopf schlagen. Nichts lag in der Tat den bewunderungswürdig dressierten Absichten Miss Milbornes ferner, als ihrer Familie mit einer Heirat – wie man so schön zu sagen pflegt – Schande zu bereiten. Doch als sie jetzt sah, wie Wrotham den Ballsaal des Almack-Clubs mit Hero am Arm betrat, empfand sie einen heftigen Schmerz, der der Eifersucht so sehr glich, daß sie über die Niedrigkeit ihrer eigenen Gesinnung empört war und das Gefühl hatte, als hätte man ihr die ganze Freude an diesem Abend zerstört. Sie war aber auch außerstande, über Hero wohlwollend zu denken, die ihr George auf so schamlose Weise gestohlen hatte und – als wäre das allein nicht schon Unrecht genug! – es fertigbrachte, ihn den ganzen Abend allem Anschein nach in sonnigster Laune zu erhalten.

Sie mußte zu dem Schluß gelangen, daß dies der zweite Bewerber war, den ihr Hero gestohlen hatte. Es war recht schön und gut zu sagen, Sherry habe die arme Hero in einem Anfall verletzter Eitelkeit geheiratet: möglicherweise hatte er es sogar getan, aber jeder, der nun glaubte, Sherry gräme sich wegen seiner ersten Liebe zu Tode, der müßte denn doch weniger gesunden Menschenverstand besitzen als Miss Milborne oder einen höheren Grad von Eigendünkel. Sie konnte den schrecklichen Verdacht nicht unterdrücken, daß die Leidenschaft, die für sie zu empfinden ihre Bewunderer vorgaben, nicht mehr war als ein schnell vergehendes Gefühlchen, von dem man sich rasch wieder erholte; und das machte Miss Milborne wirklich unglücklich. Sie nahm selbstverständlich an, daß George im selben Augenblick, in dem ein anderer Tänzer ihn von Hero befreit hätte, quer durch den Saal an ihre Seite eilen würde. Den nächsten Walzer tanzte Hero mit Marmaduke Fakenham. Aber George schlenderte durch den Saal und begrüßte eine Gruppe befreundeter junger Leute. Miss Milborne, zu sehr gedemütigt, um sich zu erinnern, daß sie sich geweigert hatte, ihn zu empfangen, als er ihr einen Vormittagsbesuch machte, konnte nur annehmen, daß sich seine Leidenschaft für sie erschöpft habe, und sie begann unmittelbar darauf mit dem schneidigen Sir Barnabas heftig zu flirten. Im weiteren Verlauf des Abends wollte es der Zufall, daß sie im Erfrischungssalon, bei einem Glas Limonade, neben Hero zu sitzen kam. Sie benahm sich Hero gegenüber außerordentlich herzlich, ja sie machte ihr sogar in äußerster Noblesse ihres Charakters das Kompliment, daß ihre neue Toilette die schönste im Saale sei und daß sie die neue Coiffure einfach hinreißend finde.

«Ich habe festgestellt», sagte Mrs. Milborne auf der Heimfahrt, «daß unsere kleine Freundin keine Zeit verloren hat, sich einen Cicisbeo anzuschaffen. Nun, ich wünsche ihr viel Vergnügen zu dem jungen Wrotham! Er schien von ihr außerordentlich *épris*. Es ist immer dasselbe: ich habe ein für allemal gesagt, daß er unheilbar flatterhaft ist. Übrigens, meine Liebe, habe ich es gar nicht gerne gesehen, daß du mit Sir Barnabas Crawley zweimal getanzt hast. Er hat ohne Zweifel ein äußerst elegantes Auftreten, aber er ist kein vermögender Mann. Ein kleiner Flirt kann nicht schaden – natürlich nur so, wie es sich für eine Lady geziemt –, obwohl ich glaube, daß es Severn gar nicht recht war, als Crawley dich so beharrlich zum Gegenstand seiner Galanterie machte. Meine Liebe, ich erwähne diese Sache bloß und nicht mehr, denn ich bin überzeugt, daß ich mir über deinen gesunden Menschenverstand keine Sorgen zu machen brauche.»

«Durchaus nicht, Mama», erwiderte Miss Milborne in völlig farblosem Ton.

Am folgenden Tag saß sie in der Barutsche ihrer Mutter und wartete vor einem Geschäft der Bond Street auf Mrs. Milborne, die eine Flasche destillierten Ananassaft kaufte (um Faltenbildung zu verhindern), als Sherry die Straße entlanggeschlendert kam; er sah mit seinem breitrandigen Biberhut, den er unternehmend auf den blonden Kopf gesetzt hatte, und dem nachlässig über die Schulter gehängten braunen Überzieher (denn der Herbstmorgen war frostig) sehr flott aus und gewährte dem Interessierten einen flüchtigen Blick auf den enganliegenden überaus feinen Tuchrock, eine höchst sportliche Weste und ein Paar elegante Wildlederhandschuhe. Er blieb neben der Barutsche stehen und plauderte mit Miss Milborne in seiner gewohnten guten Laune und ohne jedwede Befangenheit, die man bei einem jungen Gentleman sehr wohl hätte vermuten können, der sich einer Dame vis-à-vis befand, die seine Werbung vor so kurzer Zeit ausgeschlagen hatte. Er kam aus Jacksons Saloon, wo er wie jeder andere junge Mann der Sportwelt versucht hatte, eine witzige Bemerkung über die Boxkunst des Exchampions anzubringen, und befand sich jetzt auf dem Weg zu White, bei dem er sich mit Mr. Ringwood verabredet hatte. Er machte Miss Milborne einige übertriebene Komplimente, als er diese Linie aber weiter verfolgte und sagte, wenn er es recht überlege, habe er sie in letzter Zeit nicht gesehen, befand sie sich nicht in Gefahr, seine Galanterien ernsthaft zu nehmen.

«Du warst gestern abend nicht auf dem Ball, sonst hättest du mich sehen müssen», bemerkte sie.

Seine Stirne verdüsterte sich, denn obwohl er seiner Frau wegen der Ereignisse des letzten Abends nichts nachtrug, war er stets auf unerklärliche Art gereizt, wenn er an Georges Anteil dabei dachte.

«Nein», sagte er kurz.

Miss Milborne, die seinen mißvergnügten Tonfall augenblicklich bemerkte, wäre keine Frau gewesen, hätte sie es unterlassen, weiter zu sondieren. Sie senkte den Blick auf ihre lavendelfarbenen Ziegenlederhandschuhe und sagte, während sie sie über dem Handgelenk glattstrich: «Ich habe mich sehr gefreut, wenigstens Lady Sheringham zu sehen, und noch dazu in so strahlender Laune.»

Der Viscount heftete seine blauen Augen starr auf ihr Gesicht. «Oh!» sagte er. «In strahlender Laune? Ha!»

«Sie wurde sehr bewundert», sagte Miss Milborne ruhig. «Ich habe tatsächlich gewünscht, du wärest auch hingekommen, denn sie sah bezaubernd aus.»

«Ich werde besonders gut aufpassen, um das nächste Mal dabei zu sein, wenn sie in diesen verfl – verwünschten Club geht», versprach Seine Lordschaft.

«Ich bin überzeugt, daß sich Lord Wrotham ihrer außerordentlich gut angenommen hat.»

«Nun, ich wäre ihm äußerst verbunden, wenn er sich um die Frau jemandes andern kümmern würde!» sagte Seine Lordschaft gereizt.

Jetzt wurde aber Miss Milborne unruhig. Sie gab ihr förmliches Getue auf und fragte unumwunden: «Sherry, du bist doch nicht etwa eifersüchtig auf George?»

«Wer sagte etwas davon, daß ich auf George eifersüchtig wäre?» entgegnete der Viscount. «Vermutlich brauche ich aber keinen gesteigerten Wert darauf zu legen, daß er mit meiner Frau auf und davon geht, ohne wenigstens zu sagen: ‹Du gestattest doch› oder – übrigens gehört das nicht hierher. Was er aber in drei Teufels Namen von meinem Kätzchen will, wenn er sich deinetwegen in den letzten sechs Monaten zum Narren gemacht hat, das geht einfach über meinen Verstand!»

Miss Milborne überhörte diese wenig schmeichelhafte Beschreibung von Lord Wrothams hingebender Liebe und sagte: «Ich bin überzeugt, daß du nicht den geringsten Grund zur Besorgnis hast. Ich gebe dir mein Ehrenwort, daß in seinem Betragen während des gestrigen Abends nichts war, was deine Eifersucht rechtfertigen könnte.»

«Das möchte ich ihm, bei Gott, auch geraten haben!» sagte Seine Lordschaft mit blitzenden Augen.

Es ergab sich keine Möglichkeit für eine weitere Aussprache, denn die Equipage einer Dame von Stand hatte neben der Barutsche von Miss Milborne gehalten, und die Gräfinwitwe Lady Sheringham lehnte sich auch schon aus dem Wagenfenster, um ihre liebe Isabella mit einem Gruß zu beglücken. Sie nahm ihren Sohn mit einem Seufzer und einem traurigen Lächeln zur Kenntnis, schien aber einen gewissen Trost darin zu finden, daß er sich hier mit Miss Milborne unterhielt. Ihr ganzes Benehmen, wenn auch nicht faktisch ihre Worte, hatten einen starken Beigeschmack von Es-hätte-sein-Können, so daß Miss Milborne fühlte, wie ihr das Blut zu Kopf stieg, und der Viscount, sich seiner Verabredung erinnernd, eiligst davonstürzte.

«Ach, mein Liebling», murmelte Lady Sheringham. «Wenn sich die Dinge nur anders gestaltet hätten! Ich lebe in beständiger Sorge, daß er seine übereilte Heirat bald bitter bereuen wird. Als ich ihn neben Ihrem Wagen stehen sah, konnte ich den Gedanken nicht unterdrücken, daß –»

«Ich bin überzeugt, Madam, daß Sie sich wegen seines Glücks keine Sorgen zu machen brauchen!» sagte Miss Milborne rasch, da sie sich der Ohren auf dem Kutschbock des Wagens erinnerte.

«Ach, wenn ich nur glauben könnte, daß Sie recht haben», seufzte Mylady mit der für sie charakteristischen erhabenen Geringschätzung des Dienstpersonals. «Ich gestehe, daß ich äußerst bestürzt war, als ich von Mrs. Burell erfahren mußte, daß meine Schwiegertochter, wie ich sie wohl nennen muß, es gestern abend vorgezogen hat, in Begleitung dieses gräßlichen jungen Wrotham auf dem Ball im Almack zu erscheinen. Aber ich habe von allem Anfang an gewußt, wie es kommen würde. Vermutlich ist er auch sonst ständig in ihrer Gesellschaft!»

Miss Milborne wurde einer Antwort durch die überlauten beißenden Bemerkungen eines Droschkenkutschers enthoben, der durch die gräfliche Equipage an der Weiterfahrt gehindert wurde. Lady Sheringham sah sich gezwungen, ihrem Kutscher Befehl zur Weiterfahrt zu geben, und überließ es ihrer jungen Freundin, ihre übelwollenden Bemerkungen in Ruhe zu überdenken.

Inzwischen hielt sich Lord Wrotham mit fast übermenschlicher Willenskraft von der Beauté fern, allerdings nicht, wie seine Freunde hofften, mit dem festen Entschluß, mit ihr nichts mehr zu tun haben zu wollen, sondern in der Hoffnung, daß sein verändertes Betragen sie veranlassen könnte, seine Bewerbung mit freundlicheren Augen zu betrachten. Eine seiner verheirateten Schwestern, die sich nichts so sehr wünschte, wie ihn an eine reiche Erbin verheiratet zu sehen, hatte ihm so manchen weltklugen Rat gegeben, und wie gering seine Meinung auch im allgemeinen von den Ratschlägen seiner Schwestern sein mochte, glaubte er doch, daß Augusta höchstwahrscheinlich wußte, was sie sagte, wenn sich ihre Diskussion um die Launenhaftigkeit des weiblichen Geschlechts drehte. Bis jetzt schienen die Ereignisse Augustas Ausspruch zu bestätigen: Wrotham verfehlte nicht zu bemerken, welche Wirkung es auf Miss Milborne hatte, daß er sich als Heros Kavalier auf dem Ball befand. Es war ihm sehr zu Herzen gegangen, daß er das freundlichste Lächeln, das er von der Beauté seit Wochen erhalten hatte, nur mit einer Verbeugung erwidern durfte – aber er hatte es getan; und wenn es ihn auch heftig schmerzte, ihren darauffolgenden Flirt mit Sir Barnabas Crawley mitanzusehen, war er wenigstens klug genug, zu vermuten, daß alles nur darauf berechnet war, ihn eifersüchtig zu machen. Er beschloß, einige Tage kein Lebenszeichen zu geben, und verbrachte eine beglückende Stunde damit, daß er über einen romantischen Schritt nachdachte, der ein Herz gänzlich zum Schmelzen bringen könnte, das ihm gegenüber bereits zu tauen begann. Miss Milborne hatte ihm einmal gesagt, daß Veilchen ihre Lieblingsblumen seien. Wohl war die Tatsache etwas entmutigend, daß sie für diese so persönliche Mitteilung einen Augenblick gewählt hatte, in dem er ihr ein riesiges Rosenbukett zu Füßen legte, aber er hatte sie wie einen kostbaren Schatz für eine andere Gelegenheit in sein Gedächtnis eingegraben und erkannte, wie nutzbringend er diese Kenntnis jetzt verwenden könne. Es war vielleicht nicht die leichteste Aufgabe der Welt, in dieser Jahreszeit Veilchen zu beschaffen, aber einem verliebten und entschlossenen jungen Mann ist alles möglich. Miss Milborne mußte einfach für den Ball der Lady Fakenham ein Veilchenbukett in einer eleganten Vase erhalten. Sie würde bestimmt wissen, wer sie ihr geschickt hatte, doch wollte er auf alle Fälle, um ganz sicher zu gehen, den Blumen eine Visitenkarte beifügen, auf der einige wenige Worte standen. Er fühlte sich aber außerstande, zwischen den zwei Versionen zu wählen: «Stecken Sie die Blumen um meinetwillen an», oder «Wenn Sie sie heute abend anstecken, weiß ich, was ich denken darf»; er beendete sein Dilemma schließlich damit, daß er mit diesem Problem zu Hero ging.

Natürlich fand Hero die ganze Idee sehr hübsch und konnte sich nicht vorstellen, daß eine Frau der Versuchung widerstehen könnte, Blumen zu tragen, die zu beschaffen so viel Zeit und Mühe gekostet hatte. Da sie aber über einen sehr praktischen Verstand verfügte, fühlte sie sich verpflichtet, George darauf hinzuweisen, daß Isabella schwerlich ein Veilchenbukett samt einer Filigranvase an ihre Toilette anstecken könne. George sah die Stichhaltigkeit dieses Arguments ein, als er aber auf eine andere Karte die Worte geschrieben hatte: «Tragen Sie diese Blumen um meinetwillen», gefiel ihm diese Änderung nicht.

«Ich weiß, was ich an Ihrer Stelle schreiben würde, George», sagte Hero, «ich würde einfach schreiben ‹Mit meiner ganzen Liebe!›»

«Mit meiner ganzen Verehrung!» verbesserte George ehrerbietig.

«Ja, wenn Sie das vorziehen, ich für meinen Teil glaube aber, daß es weit gefühlvoller wäre, Liebe zu schreiben.»

«Wie wäre es, wenn ich schreiben würde: ‹Tragen Sie diese Blumen, und Sie tragen mein Herz›?» sagte George, von einer plötzlichen Eingebung erfaßt.

Hero sah ihn mit offenem Mund an, dann sagte sie erschüttert: «Lieber George, ich weiß wirklich nicht, warum, aber – aber ich glaube, wenn ich Isabella wäre, müßte ich darüber lachen.»

«Tatsächlich?» rief er betroffen aus.

Sie nickte.

«Nun, ich kann wirklich nicht verstehen, wie das möglich ist. Aber ich glaube, Sie könnten recht haben. Mein Herz möchte ich aber auf jeden Fall erwähnen. Müßten Sie auch lachen, wenn ich schreiben würde: ‹Halten Sie die Blumen heute abend in Händen, mein Herz ist in ihnen› – oder – ‹mit ihnen› – oder vielleicht: ‹begleitet sie?›»

«Ja», erwiderte Hero aufrichtig.

«Ich möchte mich keiner solchen Gefahr aussetzen», sagte er und sah sehr verstimmt drein. «Ich glaube, ich werde schreiben: ‹Stecken Sie die Blumen für mich an.› Zum Kuckuck, sie wird schon wissen, was ich meine.»

Nachdem er dieses Problem zu seiner sehr mäßigen Zufriedenheit gelöst hatte, verabschiedete er sich bald darauf von Hero und begab sich in leidlich guter Stimmung hinweg. In der Eingangstür begegnete ihm Sherry, er war aber zu sehr damit beschäftigt, seine Suche nach den Veilchen fortzusetzen, um mehr als einen kurzen Gruß mit ihm zu wechseln. Sherry blickte seiner entschwindenden Gestalt mit düsterem Argwohn nach, worauf er sich schnurstracks in den Salon begab, um seine Frau zu fragen, ob George in der Half Moon Street wohne.

Sie sagte harmlos: «Ich dachte, er wohnt in der Ryder Street. Ist er von dort ausgezogen, Sherry? Er hat mir gar nichts davon erzählt und war noch vor kaum fünf Minuten bei mir.»

«Das ist mir bekannt!» sagte Seine Lordschaft schroff. «Und ich möchte gerne wissen, was er hier zu suchen hatte. Wahrscheinlich wirst du sofort behaupten, daß er mich besuchen wollte!»

«O nein, ich glaube nicht, daß er dich besuchen wollte, Sherry. Er kam, um mich in einer Sache um Rat zu fragen. Nicht wahr, du wirst nicht darüber sprechen? Er will nämlich Isabella für den Ball bei den Fakenhams ein Veilchenbukett schicken. Er sagt, daß es ihre Lieblingsblumen sind.»

«Oh!» sagte Seine Lordschaft. «Ich kann mir nur nicht vorstellen, wieso er dazu deinen Rat braucht.»

«Doch, er braucht meinen Rat, aber ich sollte dir vielleicht gar nicht sagen, um was es sich handelt, weil ich glaube, George hätte es nicht gerne, daß man darüber spricht», vertraute ihm Hero an.

«Es hat stark den Anschein», sagte Sherry in strengem Ton, «als ob

Bella Milborne nicht die einzige Frau wäre, auf die er ein Auge geworfen hat.»

«Aber nein, Sherry!» sagte Hero ganz ernsthaft. «Wirklich, du bist völlig im Irrtum. Du kannst doch nicht meinen, daß du George im Verdacht hast, ein Auge auf mich geworfen zu haben? Oh, Sherry, wie unsinnig! Ich versichere dir, er spricht über nichts anderes als über Isabella.»

«Nun, ich weiß nicht», sagte Sherry und betrachtete sie kritisch. «Tatsache ist, daß du, seitdem ich dich geheiratet habe, allem Anschein nach so verteufelt hübsch geworden bist, daß man nicht voraussagen kann, was noch geschehen wird.»

Sie errötete. «Wirklich, Sherry? Tatsächlich? Ich glaube, das machen bloß die neue Frisur und meine großartigen Toiletten.»

«Ja, höchstwahrscheinlich», stimmte er zu. «Ich muß gestehen, daß ich dich nie für überdurchschnittlich hübsch hielt, wenn du aber so weitermachst, dann weiß Gott allein, wie das noch enden wird.»

«Aber, Sherry, du hast doch hoffentlich nichts dagegen, wenn ich hübsch werde, nicht wahr?»

«Oh, ich habe nichts dagegen», erwiderte Seine Lordschaft. «Die Sache ist nur, daß ich nicht darauf gefaßt war, das ist alles, und wenn du gestattest, daß sich Burschen wie George ständig im Haus herumtreiben, dann weiß ich, daß das verdammt viel Anstoß erregen wird. Und wenn ich es genau überlege, so ist George durchaus nicht der einzige! Da ist auch noch Gil. Schwierigster Fall, dem ich je im Leben begegnet bin – und was tut er? Fährt mit dir einfach auf den Salt Hill, genau so, als wäre er gewohnt, mit Damen herumzukutschieren, was durchaus nicht der Fall ist. Ja, und wer war eigentlich der verrückte Kerl, den ich vorige Woche bei dir getroffen habe?»

«Du meinst Mr. Kilby, Sherry?»

«Es hat zwar nichts zu bedeuten, aber ich glaube kaum, daß er nochmals hierherkommen wird, um dir verliebte Augen zu machen.»

Hero lachte nur. «Ich muß sagen, Sherry, daß du meiner Ansicht nach äußerst unfreundlich und unhöflich gegen ihn warst. Ich weiß nicht, was er sich von dir denken wird.»

«Oh, das weißt du nicht?» erwiderte Sherry grimmig. «Nun, so will ich es dir sagen! Er wußte verdammt gut, was er sich denken soll!» Und dann kehrte er unerwartet auf den ursprünglichen Zankapfel zurück. «Aber das gehört nicht zur Sache. Ich möchte gerne wissen, wer je gehört hat, daß ein junger Mann den Rat eines so jungen Dings braucht, wie du es bist. Das ist eine zu starke Zumutung. Zum Kuckuck, Kätzchen, eine viel zu starke Zumutung!»

«Aber, Sherry, er wollte tatsächlich meinen Rat. Es hat damit folgende Bewandtnis: er macht sich große Hoffnungen, daß Isabella sich ihm doch noch zuneigen wird, und da wollte er meine Meinung hören – nun, eben wegen eines kleinen Billetts, das er ihr gemeinsam mit den Blumen für Lady Fakenhams Ball schicken will. Aber du darfst diese Sache keinesfalls erwähnen, denn ich glaube wirklich, er wollte nicht, daß ich darüber spreche.»

Da Sherry ganz genau wußte, daß er nicht den geringsten Grund hatte, Lord Wrotham argwöhnisch zu betrachten, gab er sich mit dieser Erklärung zufrieden und ließ das Thema fallen. Wenige Tage darauf versorgte ihn sein Finanzberater anläßlich einer Unterredung mit einem anderen, weit seriöseren Problem. Mr. Stoke hielt es für seine Pflicht, Seiner Lordschaft gewisse höchst unangenehme Tatsachen zur Kenntnis zu bringen. Da diese Unterredung einem ungewöhnlich schwarzen Montag im Tattersall folgte, begleitete der Viscount seine Frau in ziemlich mißvergnügter Stimmung auf den Ball der Lady Fakenham. Sein Freund Revesby, dem er sich anvertraut hatte, tat sein Bestes, um seine Laune zu heben, und verlieh seiner Überzeugung Ausdruck, daß sich das Glück in kürzester Zeit wenden müsse, ja, er führte ihn sogar in eine neue Spielhölle ein, die sich auf dem Pickering Place befand und auf so diskrete Weise geleitet wurde, daß der Viscount nicht überrascht gewesen wäre, wenn das Individuum, mit dem er sich durch ein eisernes Gitter in der Tür unterhielt, von ihm ein Losungswort verlangt hätte, ehe es ihm Einlaß gewährte. Er hatte bis in die frühen Morgenstunden Makao gespielt, doch mit recht mittelmäßigem Erfolg; obwohl Sir Montagu der Meinung war, daß Anfangsverluste ein günstiges Zeichen seien, war es eine unleugbare Tatsache, daß sich Seine Lordschaft, als er im Palais Fakenham am Cavendish Square eintraf, keineswegs in seiner gewohnten sonnigen Stimmung befand.

«Abgebrannt, lieber alter Junge?» fragte Mr. Fakenham, der den Tattersall am Abrechnungstag gleichfalls besucht hatte.

Sherry machte eine Grimasse.

«Du wirst dich schon wieder rangieren», sagte Ferdy ermutigend. «Dachte selbst, daß ich pleite wäre, bis Brock mir letzten Mittwoch den Tip gab, auf *Sweeter When Clothed* zu wetten.»

«Ich habe mein Geld auf *First Time of Asking* angelegt», sagte Seine Lordschaft düster.

Ferdy schüttelte den Kopf. «War ein Fehler, hättest auf Brock hören sollen. Ist ein schlauer Fuchs, dieser Brock. Komm, trink etwas!»

Dieser Vorschlag erschien Sherry so vorzüglich, daß er sich seinem Cousin anschloß, um auszuprobieren, ob der Champagnerpunsch imstande wäre, seine Laune zu heben. Sie hätten es sehr begrüßt, wenn sich auch Lord Wrotham ihnen angeschlossen hätte, aber Seine Lordschaft, dessen dunkle, ausdrucksvolle Augen teils vor Erwartung, teils vor Erregung glühten, weigerte sich, den Ballsaal zu verlassen.

Leider war der Abend aber nicht dazu bestimmt, Wrothams Erwartungen zu erfüllen. Miss Milborne, die das Veilchenbukett aus der Hand des Negerpagen ihrer Mutter empfing, wurde von widerstreitenden Gefühlen zerrissen. Sie konnte sich einer gewissen Rührung nicht erwehren, daß Wrotham sich so viel Mühe gegeben hatte, für sie jene Blumen aufzutreiben, von denen er annehmen mußte, sie wären ihre Lieblingsblumen. Sie empfand Gewissensbisse, als sie sich erinnerte, ihm diesen völlig unwahren Bescheid gegeben zu haben, und ihre mitfühlenderen Empfindungen trieben sie dazu, auf dem Ball sein Bukett zu tragen, statt der gelben Rosen, die im Laufe des Tages mit Empfehlungen Seiner Gnaden von Severn an ihrer Tür abgegeben worden waren. Aber verschiedene Umstände sprachen gegen diese Regung: vor allem war Wrotham die Eingebung, ihr die Blumen mit der zweiten statt der ersten Version zu schicken, erst in zwölfter Stunde gekommen. «Stecken Sie diese Blumen an, und ich werde wissen, was ich denken soll», lautete die Widmung auf der Visitenkarte Seiner Lordschaft. Dieses Tempo erschien Miss Milborne denn doch ein wenig überstürzt, da sie der Ansicht war, daß es für Seine Lordschaft besser wäre, solange in seinem gegenwärtigen unorientierten Zustand zu verbleiben, bis sie sich über ihre eigenen Gefühle im klaren war. Sie war immer geneigt, sich mit ihren zahlreichen Bewerbern einen kleinen harmlosen Flirt zu gestatten, aber sie war ein gutherziges Mädchen und hatte nicht das Gefühl, das Ballbukett tragen zu dürfen, das ihr mit einer so anzüglichen Widmung geschickt worden war, außer wenn sie bereit wäre, Wrothams Werbung anzunehmen. Als sie die Angelegenheit genau überlegt hatte, gesellte sich ihrem Mitleid für jemanden, der so entflammt war, ein leichter Unwille hinzu. Es wäre, dachte sie, wirklich die Höhe, daß George sie nahezu vierzehn Tage vernachlässigt hatte, um ihr dann ein Veilchenbukett zu schicken, an das er ein Ultimatum knüpfte. Aber es gab noch eine andere Überlegung – und nicht die unwesentlichste –, die dazu führte, daß Georges Veilchenbukett verschmäht wurde. Miss Milborne, deren auffallende Schönheit selbst gewagte Farbenzusammenstellungen vertrug, sollte auf dem Ball eine neue Toilette aus mattem rötlichbraunem Satin und Tüll tragen, und niemand konnte behaupten, daß die Veilchen dazu gepaßt hätten. Miss Milborne legte die Veilchen also beiseite und befestigte ein kleines Bukett von Severns Rosen an ihrer Corsage, wobei sie sich entschloß, den Schlag für George dadurch zu mildern, daß sie ihn mit mehr als alltäglicher Liebenswürdigkeit behandelte.

Leider blieb es aber nur bei der guten Absicht. Kaum erblickte nämlich George, der ihre Ankunft ungeduldig erwartet hatte, die gelben Rosen, als er erblaßte und jäh aus dem Ballsaal stürzte. In seinem völlig zerrütteten Zustand wäre er zweifellos auch aus dem Haus gestürzt, wäre ihm im Vorsaal nicht seine Gastgeberin, Lady Fakenham, begegnet, die ihn von Jugend auf kannte und ihn in strengem Ton fragte, wohin er denn wolle. Ohne ihm Zeit zu einer Antwort zu lassen, führte sie ihn unbarmherzig in den Ballsaal zurück und stellte ihn einer jungen Dame vor, die ihre Hand dankbar in seine widerstrebende legte, um zu einer sich eben formierenden Quadrille Aufstellung zu nehmen. Als er seine Pflicht erfüllt hatte, war ihm in der Zwischenzeit auch eingefallen, wie unschicklich es gewesen wäre, den Ball fluchtartig zu verlassen. Er zog sich zur Eingangstür zurück, lehnte sich mit gekreuzten Armen an die Wand, und seine erbitterten Blicke verfolgten bei dem hierauf folgenden Reigentanz Miss Milbornes Runden durch den Saal. Da sie aber Severn als Partner hatte, war er außerstande, dieses Schauspiel lange zu ertragen, und suchte alsbald Zuflucht in einem kleinen, an den Ballsaal grenzenden Salon. Er war für jene Personen bestimmt, die einen friedlichen Robber Whist der strapaziöseren Aufgabe des Tanzens vorzogen, aber Georges Miene war so abschreckend, daß ein schüchtern aussehender Mann, der in den Raum blickte, sich hastig wieder zurückzog und seinen Partnern mitteilte, er meine, es wäre besser für ihr projektiertes Spiel, ein anderes Zimmer zu wählen.

Hero, die natürlich auch Miss Milbornes Rosen und das verstörte Aussehen Georges bemerkt hatte, nahm die erste Gelegenheit wahr, die sich ihr bot, um ihm an seinen Zufluchtsort zu folgen. Ihr empfindsames Herz schmerzte, als sie sich die Qualen vergegenwärtigte, die er empfinden mußte. Es war eine Qual, die ihr selbst nicht ganz unbekannt war, und ihre eigene Empfindsamkeit ließ es ihr noch zwingender erscheinen, George soviel Trost zu bringen, wie ihr nur möglich war. Als sie ihn fand, saß er mit einem Glas Brandy in der Hand in düsterster Stimmung auf einem kleinen Sofa. Er sah sich mit herausforderndem Gesichtsausdruck nach dem Eindringling um, als er aber erkannte, wer eingetreten war, heiterte sich seine Miene auf, er erhob sich, stellte sein Glas nieder, ja es gelang ihm sogar, eine Art Lächeln heraufzubeschwören.

Hero legte seine Hand zwischen ihre beiden kleinen Hände und sagte: «Lieber George, machen Sie sich nichts draus! Sie konnte zu dieser Toilette wirklich keine Veilchen tragen.»

«Sie hat Severns Rosen angesteckt», erwiderte er.

«Aber nein! Das können Sie doch nicht wissen!»

«Mrs. Milborne erzählte es Lady Cowper, als ich mich gerade in Hörweite befand.»

Hero sah bestürzt drein, nahm sich aber sofort wieder zusammen. «Das kann nur aus dem Grund gewesen sein, weil sie zu dieser Toilette besser paßten. Setzen Sie sich, Georges. Ich bin überzeugt, daß Sie zuviel über die ganze Sache nachgrübeln.»

Er ließ sich neben Hero auf das Sofa niederziehen, stöhnte aber leise auf.

«Ich schrieb ihr, daß ich wissen würde, was ich denken soll – wenn sie meine Veilchen trägt. Ich habe meine Antwort erhalten und kann mir ebensogut ohne weiteres eine Kugel durch den Kopf schießen.»

«Aber George, sagen Sie doch so etwas nicht! Wissen Sie, ich glaube, Sie hätten diese Zeilen nicht schicken dürfen. Vielleicht hat ihr das nicht gefallen. Haben Sie mit ihr gesprochen?»

Er schüttelte den Kopf. «Ich konnte mich auf mich selbst nicht verlassen. Außerdem, wenn ich in die Nähe dieses verwünschten Burschen Severn käme, würde ich wahrscheinlich leicht einen Grund finden, mit ihm Streit anzufangen.»

«Nein, Georges, tun Sie das nicht. Wäre es Ihnen recht, wenn ich versuchte, herauszubekommen, wie Isabella über die Sache denkt?»

«Danke! Ich habe sie beobachtet, sie ist in brillanter Stimmung!» sagte er voll Bitterkeit. «Daß ein so schönes Geschöpf so herzlos sein kann!»

«Ich bin fest überzeugt, daß sie das nicht ist. Sie ist vielleicht ein wenig zurückhaltend und vertraut sich nicht jedem an, aber ich weiß bestimmt, daß Severn ihre Zuneigung durchaus nicht besitzt.»

Er schwieg einen Moment, faltete sein Taschentuch, das er in der Hand hielt, dann entfaltete er es wieder; anscheinend war seine Aufmerksamkeit von dieser törichten Tätigkeit völlig in Anspruch genommen. Seine Lippen bebten; dann sagte er in hartem Ton: «Sie will ihn wegen seines Reichtums und wegen seines Rangs heiraten, das ist klar.»

«O nein! Sie sind ungerecht, George. Sie hat mehr Herz, als Sie glauben.»

«Einmal habe ich geglaubt –» Er brach ab und ließ seinen Kopf aufstöhnend in die Hände sinken. «Es hat nichts zu sagen. Bitte verzeihen Sie mir. Ich sollte Sie nicht mit meinen Angelegenheiten langweilen. Aber Sie können ja nichts von der Qual ahnen, wenn jemand die Liebe eines Menschen verschmäht, ja, wie ich glaube, sogar kaum beachtet!»

«Lieber George, sagen Sie das nicht!» rief Hero beschwörend und hob ihre Hand, um seine ungebärdigen Locken glattzustreichen. «Ich verstehe Sie – oh, ich verstehe Sie! Aber glauben Sie ja nicht, es gäbe keine Hoffnung, daß Sie Isabellas Herz für sich gewinnen könnten. Wenn jemand wirklich aufrichtig liebt, dann kann es gar nicht anders sein!» Ihre Stimme versagte, und sie mußte eine Träne von ihrer Wange wischen.

Er legte seinen Arm brüderlich um ihre Taille und drückte sie leicht an sich. «Ja, ja, Kätzchen, wenn ein Herz da ist, das man gewinnen kann, dann haben Sie bestimmt recht. Aber in *meinem* Fall –! Ach, wir wollen nicht mehr davon sprechen. Ich bin das größte Scheusal, das es gibt: ich habe Sie zum Weinen gebracht, und doch möchte ich das um keinen Preis der Welt tun!»

Sie lächelte etwas unsicher. «Nur Ihretwegen, lieber George, habe ich geweint, denn ich bin wirklich das glücklichste Geschöpf, das man sich vorstellen kann – im – im allgemeinen.»

Er hob ihr Gesicht, das sie gesenkt hatte. «Wirklich? Ich hoffe, daß es wahr ist, denn Sie verdienen es.»

Sie lächelte unter Tränen, und da es unter diesen Umständen eine ganz natürliche Reflexbewegung war, neigte er sich zu ihr hinunter und küßte sie.

In diesem Kuß lag durchaus nichts Leidenschaftliches, und Hero hatte keinerlei Bedenken, ihn im selben Geist zu empfangen, in dem er gegeben wurde. Unglücklicherweise hatte Sherry gerade diesen Augenblick gewählt, um das Zimmer mit Ferdy und Mr. Ringwood zu betreten. Nachdem er genug Champagnerpunsch getrunken hatte, um seine übliche gute Laune wiederherzustellen, erinnerte er sich seiner Pflichten und sah sich nach seiner Frau um, da er gesonnen war, ihr die Ehre eines

Tanzes zuteil werden zu lassen. Er hatte Mr. Ringwood die Kenntnis zu verdanken, wo er seine Frau finden könne, aber es ist fraglich, ob Mr. Ringwood oder Ferdy bereit gewesen wären, ihn zu begleiten, hätten sie gewußt, in welcher Situation er seine Frau finden würde. Es war haargenau der richtige Zeitpunkt, um Zeuge zu werden, wie Lord Wrotham, eine Hand unter Heros Kinn, einen Kuß auf ihre schönen Lippen drückte. Einen Moment stand Sherry wie angewurzelt, im nächsten stieß er einen kräftigen Fluch aus und machte hastig einen Schritt vorwärts. Mr. Ringwood, der sich von seiner eigenen Überraschung erholt hatte, hielt sich dicht an seiner Seite, während George lebhaft errötend aufsprang.

«Sherry!» rief Mr. Ringwood warnend. «Um Himmels willen, lieber Junge, bedenke, wo du bist! Hier kannst du George nicht einfach erwürgen!»

George, der mit gekreuzten Armen und sardonisch gekräuselten Lippen äußerst romantisch und ritterlich aussah, wartete mit blitzenden Augen auf die Entwicklung der Ereignisse. Hero, doch ein wenig überrascht über das merkwürdige Betragen ihres sonst so sorglosen Gatten, sagte, ohne im geringsten schuldbewußt oder verlegen zu sein: «Aber, Sherry, was ist denn los? Hast du mich gesucht?»

«Ja, bei Gott, das tat ich!» erwiderte Sherry und befreite sich aus dem Griff von Mr. Ringwood. «Verdammt, Gil, laß mich los!»

Ferdy, der die Szene mit offenem Mund angestarrt hatte, zeigte sich der Situation plötzlich hervorragend gewachsen. Er bot Hero mit einer graziösen Verbeugung den Arm. «Gestatten Sie, daß ich Sie in den Ballsaal zurückführe», sagte er.

«Ja, aber – Sherry, du kannst doch nichts dabei finden, daß George mich geküßt hat», sagte Hero und sah ein wenig bestürzt von einem zum andern. «Es war wirklich nicht das mindeste dabei, nicht wahr, George?»

«Liebes Kätzchen», erwiderte George unverzüglich und verbeugte sich sogar mit noch größerer Grazie als Ferdy, «mir war es ein großes Vergnügen.»

Entsetzt über ein so provozierendes Verhalten, wechselte Ferdy einen erschrockenen Blick mit Mr. Ringwood und führte Hero aus dem kleinen Salon.

«Natürlich war nichts dabei», sagte Mr. Ringwood. «Trotzdem, mein lieber George, steht dir nicht das Recht zu, Sherrys Frau zu küssen. Und was dich betrifft, Sherry, wenn du nicht so viel Champagnerpunsch getrunken hättest, dann hättest du mehr Vernunft und würdest nicht so einen Wirbel machen wegen – zum Teufel, du weißt, was ich sagen will. Sie ist unschuldig wie ein neugeborenes Lämmchen!»

«Sie!» stieß der Viscount hervor, knirschte in höchst beunruhigender Weise mit den Zähnen und blickte Wrotham mit wild rollenden Augen an. «Danke, Gil, ich brauche dich nicht, um mir zu erklären, daß meine Frau unschuldig ist! Aber was diesen – diesen Wüstling betrifft, diesen Wolf im Schafspelz, diese – diese Kreatur –»

«Nein, zum Teufel, Sherry, du kannst George nicht Kreatur nennen!»

protestierte Mr. Ringwood. «Ist alles ein Irrtum. George würde nie – ich wollte bei Gott, George, du würdest endlich aufhören, dazustehen und wie ein Held auszusehen, statt dich bei Sherry zu entschuldigen.»

«Niemals!» rief Wrotham und stäubte ein imaginäres Staubkörnchen mit einem Schwenken seines Taschentuchs hinweg. «Niemals im Leben habe ich einen Mann um Entschuldigung gebeten!»

«Ist doch nichts dabei, George», sagte Ferdy, der eben in das Zimmer zurückgekehrt war. «Man kann nie wissen, was einem bevorsteht. Schau nur mich an. Habe immer geschworen, ich würde nie auf ein Pferd mit drei weißen Bandagen wetten, diesmal tat ich es, und sieh nur, was dabei herauskam. Hat im Handgalopp gewonnen! Das ist wieder einmal ein Beweis!»

Der Viscount ignorierte diese hilfreiche Intervention, und der ängstlichen Bitten Mr. Ringwoods ungeachtet, schlug er alle seine Grundsätze in den Wind, die es ihm ermöglicht hatten, trotz mehrerer Jahre vertrauten Umgangs mit Lord Wrotham unverletzt zu bleiben. «Nennen Sie mir Ihre Sekundanten, Mylord!» sagte er scharf.

«Sherry!» rief Mr. Fakenham in fast jammerndem Ton. «Überleg es dir doch, lieber Junge! Bist nicht du selbst. Kannst nicht bei Sinnen sein! Schieb es auf den Champagner, George, achte nicht auf ihn!»

Doch Lord Wrotham erwiderte unverzüglich: «Mit dem größten Vergnügen! Gil, willst du mir sekundieren?»

«Sie können Gil nicht nominieren!» rief der Viscount hitzig. «Ich selbst wünsche ihn als Sekundanten!»

«O nein! Das werden Sie nicht!» erwiderte George und gab seine Heldenpose auf. «Sie können ja Ferdy haben!»

«Ich werde beide nominieren, Ferdy *und* Gil», erklärte der Viscount hochmütig.

«Nun, das werden Sie nicht, da ich Gil bereits gebeten habe.»

«Hölle und Teufel, Sie müssen doch außer Gil noch andere Freunde haben!» sagte Sherry.

«Gewiß, aber wenn schon Sie nicht genügend Verstand haben, diese Angelegenheit zwischen uns vieren zu bewahren, dann habe ich ihn!» erklärte George.

«Das hat was für sich, Sherry, lieber alter Knabe», sagte Ferdy einsichtig. «Geht nicht an, die Leute wissen zu lassen, daß George deine Frau geküßt hat. Wenn du dich schon duellieren mußt – aber wohlgemerkt, ich bin nicht dafür, denn du weißt, wie er ist, und zehn zu eins wette ich, daß die ganze Sache nur ein Unsinn war! –, dann werde ich dir sekundieren, und Gil und ich werden die ganze Angelegenheit miteinander in Ordnung bringen. Aber merk dir, George, wenn du Pistolen wählst, dann bist du nicht der Mensch, für den ich dich immer gehalten habe.»

«Nun, ich werde es dennoch tun», sagte George unverzüglich.

«Laß ihn wählen, was ihm Spaß macht: es ist mir egal!» erklärte Sherry großartig. «Mylord, ich werde Mr. Fakenham bitten, Ihren Sekundanten aufzusuchen, und nehmen Sie gleichzeitig zur Kenntnis, daß ich es für einen verdammt niederträchtigen Trick halte, daß Sie Gil namhaft gemacht haben, bevor ich die Chance hatte, es selbst zu tun!»

13

Der Ehrenkodex schreibt den Sekundanten bei ihrer Begegnung als erste Pflicht vor, alles zu tun, was in ihrer Macht steht, um zwischen den Gegnern eine Versöhnung herbeizuführen; in dieser Hinsicht hatten sich noch nie Sekundanten mehr Mühe gegeben als Mr. Ringwood und der Honourable Ferdy Fakenham. In der Tat beschränkte keiner der beiden Herren seine Überredungskünste lediglich auf seinen eigenen Duellanten: einzeln und gemeinsam ermahnten und bestürmten sie die beiden Kampflustigen. Ihre Bemühungen hatten aber keinen Erfolg, denn der Viscount erklärte rundweg, daß er von dem Duell nicht zurücktreten werde, wie harmlos Georges Absichten auch gewesen sein mochten; und George vertrat den Standpunkt, da er nicht der Herausforderer sei, wäre es nutzlos, ihm irgendwelche Vorstellungen zu machen.

«Zum Teufel, George», sagte Mr. Fakenham, aufs höchste erbittert, «du kannst doch nicht erwarten, daß sich etwa Sherry entschuldigt!»

«Das erwarte ich auch nicht», sagte George.

«Man kann nicht darum herumkommen», sagte Mr. Ringwood, «daß du im Unrecht bist. Müßtest es zugeben! Hast kein Recht, Sherrys Frau zu küssen.»

«Sherry ist ein Neidhammel!» rief George mit blitzenden Augen. «Warum küßt er sie denn nicht selbst? Erklär mir das!»

«Hat mit dem Fall nichts zu tun», erwiderte Mr. Ringwood, «außerdem geht dich das nichts an, George. Ich will nicht sagen, daß du unrecht hast, aber es ändert nichts an der Tatsache, daß *du* sie auf keinen Fall zu küssen hast.»

«Also gut, dann soll mir Sherry eben ein Loch durch die Brust schießen – wenn er das zusammenbringt!»

«Ich muß mich sehr über dich wundern, George», sagte Mr. Ringwood eindringlich. «Du weißt ganz genau, daß dir der arme Sherry im Schießen nicht gewachsen ist!»

«Ja, und noch etwas, George», unterbrach ihn Ferdy, «es ist verdammt schäbig von dir, ja, das ist es, auf eine Distanz von vierundzwanzig Metern zu bestehen.»

«George», sagte Mr. Ringwood mit allem Ernst, der ihm zu Gebote stand, «ich erkläre dir, daß das nicht geht. Sherry will es nur nicht zugeben, aber er weiß ebensogut wie ich, daß nichts dabei war. Die ganze Affäre könnte leicht geordnet werden. Du brauchst Sherry nur die Umstände zu erklären – bin überzeugt, er würde dir auf halbem Weg entgegenkommen.»

«Erwartest du von *mir*, daß ich mich von einem Duell drücke?» fragte George.

«Er sitzt schon wieder auf dem hohen Roß», sagte Ferdy verzweifelt. «Ich habe noch nie so einen Menschen gesehen, nein, wahrhaftig nicht.»

«Ich sehe keinen Grund, warum du es nicht könntest, George», sagte Mr. Ringwood. «Wenn jemand etwas davon erfahren sollte, was nicht der Fall sein wird, dann würde kein Mensch annehmen, du hättest Angst gehabt, Sherry gegenüberzutreten. Die Vorstellung ist einfach lächerlich!»

«Stimmt: einfach lächerlich!» unterstützte ihn Ferdy. «Außerdem würde niemand wagen, das auszusprechen, wenn er es sich auch denken sollte», fügte er naiv hinzu. «Wenn du mich fragst, so ist es jammerschade, daß niemand es wagt, dir etwas zu sagen, was du nicht hören willst. Täte dir nur gut, tatsächlich, alter Knabe. Doch es hat keinen Sinn, sich jetzt darüber Gedanken zu machen.»

«Ich werde mich morgen früh mit Sherry in Westbourn Green treffen, außer ihr könnt ihn dazu bewegen, seine Herausforderung zurückzunehmen», sagte George unerbittlich. «Und wenn ihr glaubt, daß ihr ihn dazu bringen könnt, dann kennt ihr Sherry schlecht.»

Nach dieser unversöhnlichen Rede trennte er sich von seinen Freunden und ließ sie in größter Bestürzung zurück. Das Unangenehme sei, meinte Ferdy, daß man bei George nie wisse, woran man war. Mr. Ringwood pflichtete dem bei und sagte, daß man bei George, wenn er auf dem hohen Roß saß, nie erraten konnte, welche Verrücktheit er sich in den Kopf setzen würde. Beide Herren saßen einige Minuten in düsterem Schweigen und vergegenwärtigten sich alle gräßlichen Möglichkeiten des bevorstehenden Duells. Mr. Ringwood mußte sich eingestehen, daß Ferdy den Kern der Sache getroffen hatte, als dieser seinen Kopf hob und erklärte, es sei zum Teufel-Holen, daß George sein Ziel nicht verfehlen könne. Er holte tief Atem, dann sagte er: «Muß unbedingt verhindert werden. Zum Teufel, ich kann nicht zugeben, daß George den armen Sherry umbringt! Werde dir etwas sagen, Ferdy: es gibt keinen andern Ausweg, als es Lady Sherry mitzuteilen.»

Mr. Fakenham, der in allen Belangen der Etikette stets Bescheid wußte, sah empört auf, aber es gelang Gil, seine Skrupel zu überwinden. «Ich weiß, daß es nicht üblich ist», sagte Mr. Ringwood, «aber das Kätzchen steht auf sehr gutem Fuß mit Miss Milborne, und wenn es eine Menschenseele gibt, die George stoppen kann, wenn er die Kandare zwischen die Zähne nimmt, dann ist sie es.»

Dies bewog Mr. Fakenham, die Hand seines Freundes zu ergreifen und sie inbrünstig zu schütteln. «Gil, lieber alter Junge, du hast recht», sagte er. «Habe immer gewußt, daß du einen findigen Kopf auf den Schultern trägst. Weißt du, es ist ja verdammt irregulär, denn man darf derartige Affären vor Damen nicht erwähnen.»

«Ach, laß das», sagte Mr. Ringwood ungeduldig. «Komm, gehen wir jetzt in die Half Moon Street, während Sherry bestimmt nicht zu Hause ist.»

Die beiden Gentlemen machten sich demzufolge gemeinsam auf den Weg und hatten das Glück, Hero allein zu Hause vorzufinden. Sie wurden in den Salon geführt, und hier unterrichtete Mr. Ringwood seine Gastgeberin ohne Umschweife über die Natur seiner Aufgabe. Da Hero bereits eine ziemlich präzise Vorstellung von dem hatte, was sich abspielte, fiel sie weder in Ohnmacht, wie Mr. Fakenham voll Entsetzen befürchtet hatte, noch bekam sie einen hysterischen Anfall. Die Strafpredigt, die ihr Sherry wegen ihres Betragens noch am gleichen Abend auf der Heimfahrt gehalten hatte, war so nachdrücklich gewesen, daß sie darunter gezittert und kaum Kraft genug gefunden hatte, ihm zu erklären, sie habe bloß den Versuch unternommen, den armen George zu trösten, der über Isabellas Grausamkeit in so schrecklicher Verzweiflung gewesen war. Zu dieser Zeit war Sherrys Zorn bereits verraucht, und es fiel ihm nicht schwer, ihrer Darstellung der Affäre Glauben zu schenken; aber die ernste Predigt, die er ihr über die Unschicklichkeit hielt, einem unverheirateten jungen Mann diese spezielle Art des Trostes zu gewähren, hätte der strengsten Duena Ehre gemacht und entlockte seiner jungen Frau Tränen der Zerknirschung. Hierauf ließ sich der Viscount dazu herbei, ihre Tränen zu trocknen, ihr zu sagen, daß es nicht ihre Schuld gewesen sei – wenigstens nicht allein ihre Schuld – und daß er besser daran getan hätte, ihr einen so abgebrühten Schurken wie George Wrotham nicht vorzustellen. Dies konnte sie aber keinesfalls gelten lassen, und sie erklärte, während sie zwischen den einzelnen Sätzen herzzerbrechend schluchzte, daß in Wirklichkeit sie schuld sei, daß George sie auf die brüderlichste Weise und ohne zu überlegen geküßt habe. Der Viscount erwiderte mit einiger Strenge, da sie keine Brüder besitze, könne sie über brüderliche Küsse nichts wissen; da er selbst aber ein junger Mann mit den reichsten und vielfältigsten Erfahrungen war, vermochte er für die Situation völliges Verständnis aufzubringen und sogar zu wünschen – obwohl er dies für sich behielt –, daß ihm sein Temperament nicht durchgegangen wäre. Als Hero aber schüchtern ihrer Hoffnung Ausdruck gab, daß er sich mit George nicht entzweit habe, erhielt sie lediglich die nicht sehr überzeugend klingende Versicherung zur Antwort, daß kein Grund vorliege, sich seinetwegen den Kopf zu zerbrechen.

Daher wurde sie von Mr. Ringwoods Enthüllungen keineswegs überrascht. Sie nickte mit dem Kopf und wurde ein wenig blässer; ihren Blick angstvoll auf sein Gesicht geheftet, sagte sie: «Aber George wird Sherry doch nicht verletzen! Dazu wäre er nicht imstande!»

«O ja, das ist sehr leicht möglich», sagte Ferdy, «er ist ein Teufelskerl mit Pistolen, dieser George. Fehlt niemals!»

Ihre Augen weiteten sich. «Das würde er *nie* tun, er würde nie auf Sherry schießen!»

«Würde es nicht für ausgeschlossen halten», sagte Ferdy kopfschüttelnd. «Versuchte ihn ein dutzendmal zu fordern. Aber Sherry erklärte jedesmal, er wäre nicht so verrückt, sich mit George zu duellieren, damit er ihm eine Kugel durch die Brust schießen kann. Ein Jammer, daß er sich anders entschlossen hat.»

«Aber das darf er einfach nicht!» rief Hero aufgebracht. «Er *darf* es nicht! Ach, ihr tut ihm bloß unrecht. Ich weiß, daß er es nicht tun würde.»

«Ist ein komischer Kauz, dieser George», sagte Mr. Ringwood trübe. «Ich will nicht behaupten, daß er kein feiner Kerl ist: er ist der mutigste Mann, den ich kenne. Die Sache ist leider die, daß er ein höllisches Temperament hat, und wenn er einen seiner Anfälle bekommt, dann kann man nie sagen, wessen er fähig ist. Erinnerst du dich, Ferdy, wie du ihn von der Kehle dieses dummen Burschen wegreißen mußtest? Kann mich an seinen Namen nicht erinnern, aber du wirst's schon wissen. Der komische Knabe, der mit seiner Schwester verheiratet ist. Ich meine, Kätzchen, daraus können Sie entnehmen, wie er geartet ist! Und das war sein eigener Schwager.»

«Weißt du, ich habe ihm das nie verargt», sagte Ferdy. «Habe den Burschen selbst nie ausstehen können. Wie, zum Henker, hat er aber geheißen?»

«Ach, lassen wir das», rief Hero. «Was hat das schon zu bedeuten? Wie können wir verhindern, daß sich Sherry mit George duelliert?»

«Das ist es ja eben: man kann es nicht», sagte Mr. Ringwood. «Man kann nicht erwarten, daß Sherry sich drücken wird. Wenn ich verrückt genug wäre, George zu fordern, dann würde *ich* mich auch nicht drükken.»

«George sollte sich bei Sherry entschuldigen. Die Schwierigkeit besteht nur darin, daß er es nicht tun will», sagte Ferdy. «Wenn ich die Sache überlege, dann muß ich feststellen, daß er schon lange auf die Gelegenheit gewartet hat, sich zu duellieren. Kann nie jemanden finden, der sich von ihm auf die übliche Art herausfordern läßt. Wenn es sich nicht gerade um Sherry handelte, dann würde ich sagen, daß es eine Schmach und Schande ist, dem armen Kerl das einzige kleine Vergnügen zu rauben, das er seit Monaten gehabt hat.»

«Aber es handelt sich doch um Sherry!» rief Hero.

«Ja», bestätigte Ferdy traurig, «wie schade!»

«Lassen wir das», warf Mr. Ringwood ein. «Es muß einfach verhindert werden. Kätzchen, bitte beachten Sie Ferdy gar nicht. Hören Sie auf mich. Und wohlgemerkt! Nicht ein Wort darüber zu Sherry, denn er würde toben wie ein Tollhäusler, wenn er wüßte, daß ich Ihnen auch nur eine Silbe gesagt habe, und höchstwahrscheinlich würde er dann auch noch mich und Ferdy fordern.»

«Nein, ich verspreche, daß ich Sherry kein Wort sagen werde.»

«*Ich* kann George nicht umstimmen, und Ferdy vermag George ebenfalls nicht umzustimmen. Haben schon alles versucht. Er wird nur auf eine einzige Person hören.»

«Isabella!» rief Hero.

«Stimmt. Sie müssen sie aufsuchen. Freundin von Ihnen. Wird sich nicht weigern, Ihnen zu helfen. Überreden Sie sie, daß sie George zu sich bittet. Aber sagen Sie ihr, daß sie niemandem gegenüber etwas erwähnen darf. Veranlassen Sie sie, daß sie George aus seiner bösen Stimmung herausreißt und ihn zu Sherry schickt. Ich kenne Sherry: George braucht bloß die Hand auszustrecken – und die ganze Angelegenheit wäre im Nu in Ordnung.»

«Ich werde sofort zu Isabella fahren», sagte Hero, die angesichts der Gefahr, in der sich Sherry befand, jede andere Überlegung aus ihrem Denken ausschaltete.

Sie machte sich sofort auf den Weg und erreichte den Wohnsitz der Milbornes im selben Augenblick, als Isabella in Begleitung ihrer Kammerfrau die Stufen emporstieg. Isabella begrüßte sie herzlich und hätte ihr gerne etwas von den interessanten Einkäufen gezeigt, die sie gemacht hatte, wäre es nicht auch für ein bedeutend weniger intelligentes Mädchen, als sie es war, offensichtlich gewesen, daß der Grund für Heros Besuch ein weit dringlicherer war als der, Halskrausen und Falbeln zu besichtigen. Sie führte ihre Freundin sogleich in ihr Ankleidezimmer hinauf und bat sie, ihr mitzuteilen, in welcher Weise sie ihr behilflich sein könne.

Bis zu diesem Moment war es Hero nicht in den Sinn gekommen, daß auch nur die geringste Schwierigkeit bestehen könnte, Miss Milborne in die ganze Geschichte einzuweihen, aber unter dem festen Blick dieser schönen Augen bemerkte sie voll Unbehagen, daß sie im Verlaufe ihrer Erzählung zu stottern begann, ja sogar ein wenig errötete und über eine Sache strauchelte, die ihr vorher so einfach und natürlich erschienen war.

Miss Milborne hörte sich die ganze Affäre bis zum Ende an, wobei sie sich langsam in immer größeren Zorn steigerte. Es war genau so, wie sie vermutet hatte: Hero hatte ihr tatsächlich noch einen ihrer Bewerber gestohlen, und Wrotham war wirklich so flatterhaft, wie ihre Mama so häufig behauptet hatte! Hätte es noch einer Bestätigung für den Ernst dieser Episode bedurft, so fand sie sie darin, daß Sherry einen Gegner wie George zum Duell gefordert hatte. Miss Milborne wußte sehr wohl, daß kein Mensch bei gesundem Verstand George fordern würde, außer bei äußerster Provokation, und da Sherry auf dem Ball keinerlei Anzeichen von Betrunkenheit gezeigt hatte, übersah sie die anfeuernde Wirkung des vom Honourable Ferdy Fakenham zusammengemixten Champagnerpunsches. Ihre Brust hob und senkte sich vor Erregung, und sie mußte sich das demütigende Verlangen nach einem erlösenden Tränenstrom eingestehen. Was die Erklärung Heros betraf, daß George sie deshalb geküßt hätte, weil *sie* die Veilchen verschmähte, so hatte sie noch nie im Leben eine so faule Ausrede gehört. Sie sagte mit bebender Stimme: «Ich wundere mich ganz und gar nicht, daß Sherry ihn zum Duell gefordert hat. Aber du, Hero! – wie konntest du das nur tun? Ich hätte dich nie und nimmer für so leichtsinnig gehalten, so bar aller Grundsätze!»

«Ich bin weder leichtsinnig noch bar aller Grundsätze!» rief Hero entrüstet. «Mir tat der arme George eben furchtbar leid, und wenn er mich küssen wollte – aber weißt du, nur zum Trost –, dann wäre es von mir ganz abscheulich gewesen, ihn zurückzustoßen.»

«Meine liebe Lady Sheringham, ich wäre Ihnen dankbar, wenn Sie sich nicht die Mühe geben wollten, mir so alberne Geschichten zu erzählen», sagte Miss Milborne in der Absicht, würdevoll zu sprechen, es klang aber, selbst für ihre eigenen Ohren, bloß erbittert.

«Isabella Milborne, ich glaube, Sie sind das grausamste Geschöpf, das existiert!» rief Hero mit blitzenden Augen. «Ich wollte es nicht glauben, als George sagte, daß Sie kein Herz hätten, jetzt glaube ich aber tatsächlich, daß Sie keines besitzen. Wie konnten Sie George am gestrigen Abend ansehen, ohne Mitleid mit ihm zu empfinden?»

Miss Milborne wandte ihr Gesicht ab und erwiderte steif: «Wenn ich für Lord Wrotham auch Mitleid empfunden haben mag – und darüber steht Ihnen, wenn es Ihnen beliebt, kein Urteil zu! –, war es offensichtlich vergeudet, da es ihm so leichtfiel, sich zu trösten!»

«Blödsinn!» erwiderte Hero. «Er wollte ganz einfach dich küssen, da er das aber nicht konnte und ich gerade da war, so küßte er statt dessen mich; aber was das Sich-Trösten anbelangt – wie kannst du nur so dumm sein? Weißt du denn nicht, wie die Männer sind? Sie küssen so rasch und so leichtfertig – es bedeutet ihnen aber gar nichts!»

«Nein, ich bin glücklich, von mir sagen zu können, daß ich das nicht weiß», erwiderte Miss Milborne.

«Du lieber Gott! Und ich dachte immer, daß du weit mehr weißt als ich, da du doch um so viel länger in Gesellschaft gehst», rief Hero treuherzig.

Miss Milborne errötete und antwortete mit spitzer Stimme: «Wollen Sie damit andeuten, Madam, daß Sie der Ansicht sind, ich befände mich in Gefahr, eine alte Jungfer zu werden?»

«Nein, durchaus nicht – aber vielleicht wirst du dennoch eine, liebe Isabella, wenn du nicht lernst, ein wenig gütiger zu sein.»

«In der Tat! Vielleicht werden Sie mir noch predigen, ich solle meine Küsse mit der gleichen Freigebigkeit verschenken, die Sie bewiesen haben?» sagte Miss Milborne, deren Gesichtsfarbe sich beängstigend vertieft hatte.

Als Hero bemerkte, daß sie die Beauté in rasende Wut versetzt hatte, beeilte sie sich, zerknirscht zu sagen: «Nein, wirklich nicht. Ich bitte dich um Verzeihung: ich hätte das nicht sagen dürfen. Es ist nur, weil ich für George ganz besonders freundschaftliche Gefühle habe und es nicht ertragen kann, wenn man ihn unglücklich macht.»

«Ich maße mir nicht an, Madam, Ihnen einen Rat zu geben, ich hoffe aber, daß Ihre ‹besonders freundschaftlichen Gefühle› für Lord Wrotham Sie in Zukunft nicht in eine noch weit größere Verlegenheit bringen werden als in diese üble Affäre. Verzeihen Sie, wenn ich zu kühn spreche. Sie haben mir die außerordentliche Ehre erwiesen, sich mir anzuvertrauen – zu welchem Zweck, verstehe ich allerdings nicht –»

«Ach, Isabella, bitte sprich doch nicht in dieser gezierten Weise mit mir!» beschwor sie Hero. «Kannst du denn nicht erraten, warum ich gekommen bin, um deine Hilfe zu erbitten?»

«Ich habe nicht die blasseste Ahnung.»

«Ach, du liebe Zeit, und ich habe dich immer für so klug gehalten. Bella, die Sache ist die – ach, du mußt doch wissen, wie George ist! Sie behaupten, daß er sein Ziel nie verfehlt, und – oh, Bella, er darf Sherry nicht töten, er *darf* ihn nicht töten!»

Miss Milborne zuckte die Achseln. «Ich glaube, es besteht geringe Gefahr, daß einer den andern tötet.»

«Das dachte auch ich, aber Gil und Ferdy waren den ganzen Vormittag bei George, und sie sagen, daß nichts ihn umzustimmen vermag. Er duelliert sich viel zu gern – ist das nicht seltsam? Sie meinen, daß man, wenn er in einer seiner bösen Stimmungen ist, mit ihm nichts anfangen kann. Isabella, ich muß dieses schreckliche Duell verhindern!»

«Ich weiß wahrhaftig nicht, wie du das fertigbringen willst.»

«Darum bin ich ja zu dir gekommen, Isabella; obwohl er weder auf Gil noch auf Ferdy hört – auf dich wird George bestimmt hören! Ach, Isabella, willst du die große Güte haben, ihn hierher einzuladen und ihm das Versprechen abzunehmen, sich mit Sherry nicht zu duellieren? Bitte, Isabella, willst du das für mich tun?»

Miss Milborne erhob sich etwas plötzlich. «*Ich* George einladen?» wiederholte sie in verblüfftem Ton. «Hast du den Verstand verloren?»

«Nein, natürlich nicht. Du mußt doch wissen, daß es nichts gibt, das er dir zuliebe nicht täte! Du brauchst ihn doch nur zu bitten –»

«Lieber will ich als alte Jungfer sterben!»

Durch die unterdrückte Leidenschaft in der Stimme der Beauté erschreckt, warf ihr Hero einen überraschten Blick zu. Miss Milborne preßte die Hände an ihre glühenden Wangen. «Auf mein Wort, ich hätte das nie für möglich gehalten! Ich soll also George einladen und ihn anflehen, sich nicht auf dieses Duell einzulassen! Nachdem er dir schamlos den Hof gemacht hat! Nichts – *nichts* könnte mich veranlassen, das zu tun! Ich bin erstaunt, daß du es von mir verlangst. Sage mir, bitte, warum du George nicht selbst darum bittest, da du mit ihm doch auf so vertrautem Fuß stehst? Ich bin überzeugt, daß deine Worte ebensoviel Gewicht haben wie die meinen. Ich glaube, sogar mehr!»

Die Hände in ihrem Hermelinmuff fest aneinandergeklammert, sprang Hero auf, und ihre Wangen waren ebenso zorngerötet wie die Isabellas. «Du hast ganz recht! Ich *werde* zu George gehen! Er macht mir aber keineswegs schamlos den Hof; nein, denn er liebt nicht mich. Aber er mag mich gut leiden, wenigstens ein klein wenig, und er sagte, daß er mir nie Kummer bereiten wolle. Ich weiß nicht, Isabella, wie ich so töricht sein konnte, zu glauben, daß du mir helfen würdest, denn hinter deiner Schönheit steckt nichts als Eitelkeit und Bosheit!»

Mit diesen Worten verließ sie fast fluchtartig das Zimmer und lief die Treppen hinab; sie öffnete selbst das Tor, das sie mit einem Krach hinter sich schloß. Dann setzte sie sich in ihre Barutsche und gab dem überraschten Lakai den Befehl, dem Kutscher zu sagen, er solle zur Wohnung von Lord Wrotham fahren.

Seine Lordschaft befand sich zu Hause und hatte kaum Zeit, sein Halstuch zu ordnen und mit der Hand durch seine zerwühlten Locken zu fahren, ehe seine Besucherin stürmisch ins Zimmer trat.

«George!» rief Hero, warf ihren Muff auf einen Stuhl und näherte sich ihm mit ausgestreckten Händen.

«Meine liebe Lady Sheringham!» sagte George und verbeugte sich förmlich, wobei er ein Auge auf die unbewegliche Miene seines Kammerdieners gerichtet hielt.

Dieses Individuum zog sich nur widerwillig aus dem Zimmer zurück, gerade als Hero heftig ausrief: «Oh, tun Sie das nicht, George! Ich habe solche Angst!»

George ergriff ihre Hände und drückte sie herzlich. «Nein, nein, aber, Kätzchen, bedenken Sie doch, was sich mein Kammerdiener vorstellen wird. Sie hätten niemals hierherkommen dürfen!»

«Nein, ich weiß, daß ich es nicht darf. Aber was sollte ich sonst tun? Ich wußte doch ganz genau, daß Sie nicht in die Half Moon Street gekommen wären.»

«Kaum!»

«Sehen Sie also ein, daß ich gezwungen war, hierherzukommen?»

Er blickte rasch aus dem Fenster, bemerkte das Wappen auf dem Wagenschlag der Equipage und rief aus: «Und noch dazu in Ihrer eigenen Equipage! Kätzchen, Sie sind einfach unverbesserlich! Du gütiger Gott, wenn Sherry davon Wind bekommt, dann ist der Teufel los, und wie!»

«Was macht das noch aus? Es kann nicht schlimmer werden, als es ohnedies schon ist. George, Sie dürfen sich nicht mit Sherry duellieren!»

«Doch, ich werde es ganz bestimmt tun!»

Sie packte ihn bei seinen Rockaufschlägen und schüttelte ihn ein wenig. «Nein, und ich sage Ihnen, daß Sie es nicht tun dürfen! George, Sie wissen ganz genau, daß es unrecht von uns war, obwohl wir keine böse Absicht hatten. Bitte, George, entschuldigen Sie sich bei Sherry, und dann wollen wir alle wieder gut miteinander sein.»

Er schüttelte eigensinnig den Kopf. «Ich habe mich noch nie vor einem Duell gedrückt, und, bei Gott, ich werde es auch diesmal nicht tun!»

«Ja, George, aber diesmal –»

«Übrigens will ich verdammt sein, wenn ich mich dafür entschuldigen würde, Sie geküßt zu haben! Denn es hat mir ein ganz außerordentliches Vergnügen bereitet!» erklärte er frech. «Wenn Sherry einen Funken Verstand hätte, dann wüßte er auch, daß ich mir nichts dabei dachte.»

«George, Sie sagten einmal, daß Sie mir um keinen Preis der Welt Kummer bereiten wollen», sagte Hero verzweifelt.

«Nein, bei Gott, nicht um alles in der Welt!»

«Aber sehen Sie denn nicht ein, Sie dummes Geschöpf, wenn Sie Sherry töten, wäre ich so unglücklich, daß ich sterben müßte?» rief Hero.

«Oh! Aber ich habe doch nicht die Absicht, Sherry zu töten», sagte Seine Lordschaft schlicht. «Wer hat Ihnen denn das in den Kopf gesetzt?»

Sie ließ seinen Rock los und starrte ihn an. «Aber sie sagten mir – ich meine Gil und Ferdy –»

«Sie wollen damit doch nicht behaupten, daß diese beiden Dummköpfe Ihnen die ganze Affäre erzählt haben?» stieß George hervor.

«Was sollten sie denn sonst tun, wenn sie dachten, daß Sie Sherry töten wollen?»

«Ach, welcher Unsinn! Wer sagte etwas davon, irgend jemanden zu töten? Du lieber Gott, Sherry ist doch mein Freund!»

«Ja, aber – aber wenn Sie nicht die Absicht haben, sich zu entschuldigen, fürchte ich, wird Sherry darauf bestehen, sich mit Ihnen zu duellieren», sagte Hero.

«O Gott, ja! Sherry, der ist schon richtig!» sagte George mit äußerster Herzlichkeit.

Hero sah ihn verständnislos an. «George, wenn Sie die Absicht haben, Sherry zu verwunden, dann wäre es mir viel, viel lieber, wenn Sie auch das nicht täten!»

«Nein, nein, ich werde ihm kein Haar krümmen!» versicherte er ihr. «Ich werde ihn gar nicht treffen.»

«Bitte, was soll denn das heißen?»

«Ach – ich werde einfach in die Luft schießen.»

«Oh, George, ich bin Ihnen wirklich unendlich dankbar, aber wäre es nicht besser, wenn Sie sich mit Sherry überhaupt nicht duellierten?»

«Zum Henker, nein. Wir müssen uns duellieren. Er hat mich doch herausgefordert.»

«Ja, das weiß ich, aber – George, wenn Sie die Absicht haben, in die Luft zu schießen, dann fürchte ich, daß Sherry höchstwahrscheinlich Sie töten wird.»

«Sherry? Auf eine Entfernung von vierundzwanzig Metern?» sagte George. «Er könnte auf diese Entfernung nicht einmal einen Heuschober treffen. Deshalb habe ich auch Pistolen gewählt. Nicht etwa, weil mir etwas daran läge, wenn er mir eine Kugel durch die Brust schösse», fügte er hinzu, und seine Stirn umwölkte sich plötzlich.

«Aber mir liegt etwas daran», sagte Hero heftig. «Er müßte aus dem Lande fliehen, und was würde dann aus mir?»

Georges düstere Stimmung verflog augenblicklich, und er grinste. «Ach, Kätzchen, Sie abscheuliches kleines Ding! Foppen Sie sich nicht selbst. Er wird mich schon nicht treffen.»

«Glauben Sie nicht, es wäre besser, ich würde ihm einen Wink geben, daß Sie die Absicht haben, in die Luft zu schießen?» fragte sie voll Besorgnis.

George packte sie bei den Schultern und schüttelte sie. «Unterstehen Sie sich nicht, Sherry ein Wort davon zu sagen!» rief er. «Wenn er wüßte, was Sie getan haben, wäre er imstande, uns beide umzubringen. Außerdem gehört es sich nicht, Sie in diese Affäre hineinzuziehen. Sie müssen jetzt sofort nach Hause fahren. Und hören Sie, zu keiner Menschenseele ein einziges Wort –!»

«Aber ich muß doch Gil sagen –»

«Nein, das müssen Sie nicht. Ich werde mich mit Gil schon einigen. Verdient selbst, daß man ihn fordert, weil er Sie derart in Angst versetzt hat.»

«O nein, bitte, George, tun Sie das nicht!» sagte sie rasch.

«Hätte keinen Zweck, wenn ich es auch täte: man kann Gil nicht zu einem Duell herausfordern. Aber hören Sie, Kätzchen, ich glaube, Sie hätten wissen müssen, daß ich Sherry nichts tun würde.»

«Um Ihnen die Wahrheit zu gestehen», vertraute sie ihm an, «glaubte ich auch nicht daran, bis Ferdy und Gil zu mir kamen. Aber wie ekelhaft von Ihnen, den beiden weiszumachen, daß Sie Sherry töten wollten! Sie sind wirklich ganz abscheulich, George, das ist Ihnen doch klar?»

Er gab es zu, verteidigte sich aber damit, daß er sich nicht anders zu helfen wußte. Darüber mußte Hero lachen. Gleich darauf begleitete George sie zu ihrer Barutsche, und sie schieden als die besten Freunde. Hero fuhr in die Half Moon Street zurück, und George sandte ein Billett in Mr. Ringwoods Wohnung, in dem er seinem Wunsche Ausdruck gab, Gil möge endlich aufhören, sich zum Narren zu machen. Mr. Ringwood zeigte diese rätselhafte Botschaft sofort Mr. Fakenham, und beide Gentlemen kamen zu der Überzeugung, daß George, wie immer das Ergebnis von Miss Milbornes Interventionen gewesen sein mochte, nicht die Absicht hatte, Sherry am folgenden Morgen zu töten.

Inzwischen hatte Sherry einen ungewöhnlich bedrückenden Vormittag bei seinem Rechtsanwalt verbracht. Er hatte sein Testament gemacht, eine Aufgabe, die ihn in eine dermaßen melancholische Stimmung versetzte, daß er Sir Montagu Revesby ein Billett schickte, in dem er sein Fernbleiben von einer am Abend stattfindenden Kartenpartie entschuldigte. Er hätte den Abend am liebsten am eigenen Kamin verbracht, wenn ihm nicht eingefallen wäre, daß ein so niedergedrücktes Wesen dazu Anlaß geben könnte, einen Widerwillen zu argwöhnen (um kein stärkeres Wort zu gebrauchen), sich Lord Wrotham am kommenden Morgen zum Duell zu stellen. Anstatt sich also im Salon seiner Frau seinen düsteren Betrachtungen hinzugeben, führte er sie in ein Theater, und da es ein recht heiteres Stück war, gelang es ihm, sich leidlich zu amüsieren. Hero unterhielt sich großartig, ein Umstand, der Seine Lordschaft vermuten ließ, daß sie von seinem Rendezvous in Westbourn Green nichts wußte. Er hätte sich's selbstverständlich nie träumen lassen, eine Ehrenaffäre vor ihr zu erwähnen, aber er konnte es nicht verhindern, sich auszumalen, welch furchtbarer Schrecken es für sie wäre, wenn sein lebloser Körper, kurz nachdem sie sich am Frühstückstisch niedergelassen hatte, ins Haus gebracht würde. Er versuchte also, ihr einen Wink zu geben.

«Weißt du, Kätzchen», sagte er vor ihrer Schlafzimmertür, «wenn mir jemals etwas zustoßen sollte – wohlgemerkt, ich meine damit nicht, daß mir etwas zustoßen wird, aber man kann ja nie wissen! – also, ich will bloß sagen, daß ich alle diesbezüglichen Vorkehrungen getroffen habe und – und keine Bedingungen daran knüpfte, so daß du, solltest du dich dafür entscheiden, in der Lage wärest, wieder zu heiraten.»

«Das würde ich nie, nie tun!» rief Hero und drückte seine Hand ganz fest.

«Kein Grund, warum du es nicht tun solltest! Aber höre, Fratz, nimm dir keinesfalls George! Er würde gar nicht zu dir passen.»

«Bitte nicht, Sherry», bat sie. «Es wird dir nichts zustoßen!»

«Nein, das glaube ich selbst nicht, aber ich dachte, ich sollte die Sache einmal erwähnen», sagte er unvorsichtig. «Würde es aber dennoch der Fall sein, dann möchte ich nicht, daß du dich darüber kränkst, weißt du.»

«Nein, nein, bestimmt nicht», versprach sie. «Aber sprich nicht so, Sherry, denn es ist mir ganz schrecklich, obwohl ich weiß, daß dir nichts zustoßen wird.»

«Dummes kleines Kätzchen!» sagte er und zwickte sie in das Näschen. «Hat dir das Stück gefallen?»

«Oh, sehr!»

«Das freut mich jedenfalls», sagte er, stieg mit diesem altruistischen Gedanken die Treppe hinauf und ging zu Bett.

Am folgenden Morgen, zu einer frostigen und leicht nebeligen Stunde, holte ihn sein Cousin Ferdy vom Hause ab. Der Viscount erwartete ihn bereits und schien sich, außer daß er ein wenig ernster dreinblickte als gewöhnlich, in guter Stimmung zu befinden. Er schwang sich neben Ferdy auf dessen Tilbury, den Tuchrock mit den zahllosen Schulterkragen bis an den Hals hinauf zugeknöpft, und fragte lebhaft: «Hast du die Pistolen?»

«Gil hat sie», erwiderte Ferdy. Dann fügte er noch hinzu: «Dachte, wir bestellen am besten auch einen Arzt, nur im Falle ... Aber ich bin überzeugt, daß er nicht gebraucht werden wird.»

«Das kann man nie wissen», sagte der Viscount. «Der Nebel hebt sich pünktlich. Wir hätten keinen schöneren Tag dafür finden können.»

Sie langten an dem vereinbarten Rendezvousplatz an, wo sich George und Mr. Ringwood bereits vorfanden. Die beiden Gegner wechselten formelle Verbeugungen. Die Sekundanten hielten, während sie die tödlichen Waffen untersuchten, eine kurze geflüsterte Zwiesprache .

«Hat George dir etwas gesagt?» fragte Ferdy.

«Nein, er spielt sich auf, um sich interessant zu machen», erwiderte Mr. Ringwood mit brutaler Offenheit.

«Zum Henker, er kann doch nicht die Absicht haben, Sherry ein Loch durch den Kopf zu schießen!»

«Genau das, was auch ich denke. Aber es ist merkwürdig, daß ich von Lady Sherry keine Nachricht bekommen habe.»

Während dieser Dialog weiter fortgeführt wurde, hatte Sherry seinen graubraunen Fahrmantel abgelegt und den einfachen dunklen Rock, den er darunter trug, bis unters Kinn zugeknöpft, so daß er sein weißes Hemd völlig verbarg. Er hatte sorgsam einen Rock mit kleinen dunklen Knöpfen gewählt, um seinem Gegner kein unnötiges Ziel zu bieten; und er bemerkte mit einiger Verstimmung, daß Lord Wrotham, wie in offen zur Schau getragener Verachtung seiner Schießkünste, die blau-gelb gestreifte Weste des Four Horse Club trug und überdies einen Rock mit blitzenden Silberknöpfen angelegt hatte.

Die Distanz wurde abgeschritten; die Gegner nahmen ihre Plätze ein, die Duellpistolen, deren Läufe und Abzugshähne noch gesichert waren, gegen den Boden gerichtet; die Sekundanten zogen sich acht Schritte zurück, und der Arzt kehrte den Ereignissen überhaupt den Rücken. Mr. Ringwood zog ein Taschentuch hervor und hielt es in die Höhe. Als es sich senkte, schnellte George seine rechte Hand in die Höhe und schoß in die Luft. Eine Sekunde später grub sich die Kugel des Viscount gut drei Fuß linker Hand von seinem Gegner in einen Baumstamm. Im nächsten Moment senkte er seine Pistole und sagte wütend: «Verdammt, George, wirst du aufhören, den Großmütigen zu spielen?»

«Du guter Gott, Sherry», sagte George, der den verwundeten Baum mit Abscheu betrachtete. «Zum Teufel, alter Knabe, du kannst es doch besser!»

«Was? Besser?! Ich wollte ihn doch treffen!» erwiderte Sherry aufs höchste entrüstet.

«Wer ist jetzt großmütig?» fragte George und schlenderte über die Wiese, um Mr. Ringwood seine Pistole zu überreichen. «Du mußt geübt haben. Da hast du, Gil.»

Mr. Ringwood, viel zu erleichtert, um sprechen zu können, nahm die Waffe, streckte die Hand nach Sherrys Pistole aus und legte beide in den Pistolenkasten zurück. Die ehemaligen Gegner maßen sich mit den Blicken.

«Zum Teufel, George», sagte Sherry, «ich hätte die größte Lust, dich durchzuprügeln, vielleicht würde dich das ein wenig abkühlen. Das hätte ich von allem Anfang an tun sollen.»

«Nein, mein Gott, nur nicht bevor wir gefrühstückt haben», erwiderte George. Sein etwas widerwilliges Grinsen verbreiterte sich; er streckte seine Hand aus. «Es tut mir aufrichtig leid, Sherry. Weißt du, ich hatte nicht die Absicht, es zu tun, und es war wirklich nicht das geringste Böse dabei.»

«Ach, geh zum Teufel!» erwiderte Sherry und ergriff seine Hand. «Hat man schon je so einen Burschen gesehen! Hallo, Ferdy, hast du daran gedacht, ein Frühstück zu bestellen?»

14

Die letzten Reste der Feindseligkeit schwanden während des ausgiebigen Frühstücks, das vom Wirt eines benachbarten Gasthofs serviert wurde; die Wirkung des Ale, mit dem die vier jungen Leute die reichlichen Mengen Rindfleisch, Schinken und Taubenpastete hinunterspülten, war so erheiternd, daß Sherry nicht zögerte, seine Freunde an dem Spaß teilnehmen zu lassen, daß er tags zuvor tatsächlich so weit gegangen war, sein Testament zu machen. George brach in schallendes Gelächter aus, als er es hörte, und sagte, wenn er gewußt hätte, daß Sherry einen Baum treffen könne, auf den er gezielt hatte, dann hätte er höchstwahrscheinlich auch sein Testament aufgesetzt. Das stachelte natürlich Sherrys Ehrgeiz an, und er forderte George unverzüglich zu einer Schießkonkurrenz heraus, die bei Manton abgehalten werden sollte. Doch Mr. Ringwood und Mr. Fakenham, die stets zu einer Wette bereit waren, wandten ein, daß kein normaler Mensch gegen George wetten würde, wenn er nicht entsprechend gehandikapt würde. Der Rest der Mahlzeit verflog in angeregtester Erörterung der unmöglichsten Formen eines Handikaps, wie sie nur vier jungen Leuten in den Sinn kommen können, die von jener Art Fröhlichkeit erfaßt worden sind, in die einen die plötzliche Erlösung aus vierundzwanzigstündiger Angst versetzt. Als sie den Gasthof endlich verließen, fuhr Mr. Ringwood in Ferdys Tilbury, während Sherry in Georges Phaeton Platz nahm, der ihn zu Hause absetzen wollte.

«Das Kätzchen wird Gewißheit haben wollen, daß du unverletzt geblieben bist», sagte er grinsend.

«Ach, sie weiß doch nichts davon», erwiderte Sherry.

George schwieg einen Moment, als er die Sache aber überlegt hatte, beschloß er, mit Sherry ganz offen zu sprechen. Er sagte freimütig: «Doch, sie weiß es. Ich wollte es dir zuerst nicht sagen, aber ich habe darüber nachgedacht: dein Kutscher weiß davon; solltest du davon hören, würdest du mir, zehn zu eins, mindestens wieder die Leber herausschneiden wollen. An dem Ganzen war Gil schuld. Und Ferdy auch. Diese lächerlichen Narren dachten, daß ich dich töten wollte. Sie müssen mich schon für einen sehr komischen Kauz halten. Und was taten sie? Sie sind schnurstracks zu dem Kätzchen gelaufen und haben ihr die ganze Geschichte erzählt. Gott weiß, was sie sich dabei dachten und was das Kätzchen dabei hätte tun sollen, denn selbst Ferdy konnte nicht annehmen, daß du kneifen würdest, und keiner von beiden kann daran gedacht haben, daß sie zu mir kommen könnte – was sie dann tatsächlich getan hat.»

«Was!» rief Sherry, und der Mund blieb ihm offen stehen.

George nickte. «Gestern vormittag. Weißt du, Sherry, daß du ein Auge auf das Kätzchen haben mußt? Es geht mich nichts an, aber sie ist ein solches Baby, daß man nicht wissen kann, was sie nächstens anstellen wird. Kam, um mich zu bitten, ich solle mich mit dir nicht duellieren.»

«Ob das dem Kätzchen nicht wieder ähnlich sieht!» rief Sherry aus. «Weißt du, George, man kann mit ihr einfach nicht Schritt halten. Wie hätte ich ahnen sollen, daß ich ihr einen Wink geben müßte, sie soll, wenn sie die Absicht hat, einen Mann zu besuchen, unbedingt eine Droschke nehmen.»

George sah etwas unangenehm berührt aus und sagte: «Alter Junge, die Hauptsache bleibt aber, daß sie einen Mann überhaupt nicht zu besuchen hat!»

«Nein, bei Gott, das darf sie nicht!» stimmte Sherry zu. «Ist eine verteufelte Sache, das Verheiratetsein. George, du machst dir keine Vorstellung. Dachte nie, daß ich ständig damit beschäftigt sein würde. Einmal ist's der Royal Saloon, dann wieder der Peerless Pool – ja, ich war tatsächlich gerade noch imstande, sie zurückzuhalten, einfach hinzugehen! – Der Bartholomäus-Jahrmarkt und jetzt das, von ihren andern plötzlichen Einfällen ganz zu schweigen – zum Teufel! ich habe keine ruhige Minute mehr!»

«Sie meint es bestimmt nicht böse, Sherry», sagte George etwas unbeholfen.

«O Gott, nein. Die Sache ist die, daß sie noch von nichts eine Ahnung hat, und ihre Cousine sagte ihr nicht, wie sie sich zu verhalten hat.»

George nahm eine scharfe Kurve, bevor er sagte: «Ich glaube, sie würde nie etwas tun, von dem sie annimmt, daß du es nicht gerne sehen würdest. Hat dich verteufelt gern, Sherry.»

«Ja, gewiß. Weißt du, ich kenne sie seit ihrem achten Lebensjahr», erwiderte Sherry mit einer Unbekümmertheit, die seinen Freund zum Verstummen brachte.

Während sich diese Ereignisse abspielten, erhielt Hero am frühen Morgen den Besuch von Miss Milborne, die in das Speisezimmer geführt wurde, ehe die Frühstücksplatten vom Tisch entfernt worden waren. Sie sah ziemlich blaß aus, und es fehlte ihr auch ein wenig an der gewohnten guten Haltung. Ohne sich wegen der ungelegenen Stunde ihres Besuches zu entschuldigen, stieß sie heftig hervor: «Du hattest recht! Ich konnte keinen Schlaf finden, weil ich immer daran denken mußte. Wirklich, ich hatte nicht die Absicht, ungefällig zu sein. Ich werde tun, was in meiner Macht steht, um Wrotham davon abzubringen, dieses Duell auszutragen.»

In Heros Wesen lag nicht ein Fünkchen Bosheit, und so kam sie ihr sogleich mit ihrem sonnigsten Lächeln und einem warmen Händedruck entgegen. «Oh, ich wußte, daß ich mich in dir nicht getäuscht habe, Isabella. Ich bin dir zu großem Dank verpflichtet, nur ist es bereits zu spät, denn sie sind schon vor einigen Stunden nach Westbourn Green gefahren. Ich kann mir gar nicht denken, wo sie so lange bleiben.»

Miss Milborne starrte sie entsetzt an. «Sie sind hingefahren? Und du kannst ruhig dasitzen und frühstücken, als ob – und da nennst du *mich* herzlos?»

Hero lachte. «Ach, es gibt doch nichts, um sich Sorgen zu machen.

George versprach mir, Sherry kein Haar zu krümmen. Er sagte, daß er in die Luft schießen werde; wie du siehst, kann ich also ganz ruhig sein.»

«Und wie», fragte Miss Milborne mit erstickter Stimme, «wenn es Sherry ist, der George tötet?»

«Nun, ich habe auch daran gedacht», gab Hero zu. «Aber George versicherte mir, Sherry könne ihn unmöglich auf eine Entfernung von vierundzwanzig Metern treffen, und ich bin überzeugt, daß er genau weiß, was er sagt. Darf ich dir etwas Kaffee anbieten, Isabella?»

«Danke, nein. Ich entnehme deinen Worten, daß du tatsächlich in Wrothams Wohnung warst.»

«Ja, was hätte ich sonst tun sollen, da du mir nicht helfen wolltest? Und es tut mir wirklich leid, daß ich dich bemüht habe, Isabella, denn es bestand nicht der geringste Grund dafür: George erklärte sofort, daß ich für Sherry nicht zu fürchten brauche. Ja, und Gil sagte mir, daß ich dich ganz besonders bitten soll, diese Angelegenheit keiner Seele gegenüber zu erwähnen, ich hatte es aber vergessen.»

«Mach dir über diesen Punkt keine Sorgen», sagte Miss Milborne mit tonloser Stimme. «Es würde mir nie einfallen, über eine solche Affäre herumzutratschen. Leider kann ich nicht länger bleiben. Ich bin glücklich zu wissen, daß meine Intervention überflüssig war.»

Hero bemerkte, daß sie auf irgendeine Art etwas falsch gemacht hatte, und sagte nervös: «Nein, aber – aber ich hoffe, daß du nicht glaubst – George sagte, daß er nie die Absicht hatte, Sherry zu töten, du siehst also, daß meine Intervention wahrscheinlich ebenfalls überflüssig war.»

«Höchstwahrscheinlich», sagte Miss Milborne. «Es handelt sich in der Tat um einen Fall von: Ende gut, alles gut.»

«Ja, nur – bitte, Isabella, glaube ja nicht, daß George sich auch nur das geringste aus mir macht, nichts könnte törichter sein!»

Miss Milborne lachte klirrend auf. «Meine Liebe, wenn ich überzeugt bin, daß es nicht der Fall ist, dann nur um deinetwillen, das kann ich dir versichern! Es ist mir übrigens ganz gleichgültig, aus wem er sich etwas macht. Jetzt muß ich aber wirklich gehen, weil ich mit Mama ausfahren werde. Vermutlich werden wir uns im Almack-Club sehen. Gehst du auf die Party bei den Cowpers? Aber danach brauche ich wohl gar nicht zu fragen, daß ich annehme, da alle Welt dort sein wird.»

Hero war durch diesen Stimmungsumschwung, durch diese plötzliche heitere Laune so überwältigt, daß sie gerade noch soviel Entschlußkraft aufbrachte, ihre Freundin bis an die Haustür zu begleiten und sich etwas stotternd von ihr zu verabschieden.

Sie mußte befürchten, dem armen George einen sehr schlechten Dienst erwiesen zu haben, und saß in Gedanken versunken, wie sie die Angelegenheit am besten für den unglücklichen Liebhaber ordnen könnte, bis der Klang von Sherrys Schritten in der Halle alle außer den heitersten Gedanken verscheuchte.

Sherry trat in fröhlichster Laune ein, und als sie aufsprang, nahm er sie bei den Schultern, schüttelte sie kräftig und sagte: «Kätzchen, du nichtswürdiges kleines Ding, wie konntest du es wagen, George zu bitten, mir kein Loch durch die Brust zu schießen?»

«Aber, Sherry, ich wollte doch nicht, daß er dir ein Loch durch die Brust schießt!» erwiderte sie sehr vernünftig. «Was hätte ich denn sonst tun sollen? Ich fürchte nur, daß ich Isabella sehr böse gemacht habe, und jetzt weiß ich nicht, was ich tun soll.»

«Was, zum Teufel, hat Isabella damit zu tun?» fragte er.

«Nun, siehst du, ich bat sie, ob sie nicht mit George sprechen würde – aber sie – sie schien es nicht besser zu verstehen als du, aus welchem Grund mich George geküßt hat, und da wollte sie es nicht tun – und jetzt ist sie –»

«Du hast Isabella gebeten, für mich bei George zu intervenieren?» sagte Sherry, der Mund blieb ihm offen stehen, und das nachsichtige Lächeln war plötzlich von seinem Gesicht wie weggewischt.

Sie sah ihn bestürzt an. «Du lieber Himmel, vielleicht hätte ich das nicht erwähnen sollen! Bitte, Sherry, denk nicht mehr daran.»

«Nicht mehr daran denken! Weißt du, daß du alles dazu getan hast, mich zum Gespött der ganzen Stadt zu machen?»

«O nein, Sherry, wirklich nicht. Isabella hat durchaus nicht darüber gelacht, das kann ich dir versichern!»

Er sah sie durchdringend an. «Haben Gil und Ferdy dich dazu veranlaßt?»

«Nein, nein», erwiderte sie hastig. «Es war einzig und allein meine Idee.»

«Dafür verdienst du eine Ohrfeige!»

«Nein, bitte tu's nicht!» sagte sie ernsthaft. «Isabella wird über die Affäre nicht sprechen, sie versprach es mir. Aber, Sherry, ich fürchte, sie nimmt an, daß er mit mir geflirtet hätte. Willst du so gut sein und ihr sagen, daß davon keine Rede ist?»

«Nein, bei Gott, das will ich nicht!» erklärte er. «Auf mein Wort, was wirst du nächstens von mir wollen?»

«Wenn sie aber wüßte, daß du nichts dagegen hast, wenn George mich küßt –»

«Aber ich habe etwas dagegen!» rief Sherry entrüstet.

«Wirklich, Sherry?» fragte sie sehnsüchtig.

«Ja, natürlich. Ein netter Mann wäre ich, wenn ich nichts dagegen hätte!»

«Ich werde es nie wieder tun», versprach sie.

«Bei Jupiter! Das möchte ich dir auch geraten haben. Und weil ich gerade daran denke, Fratz, du darfst auch nie mehr einen Mann in seiner Wohnung besuchen.»

«*Das* weiß ich, Sherry, aber das Ganze war so schwierig, weil George nicht mehr in unser Haus kam und ich nicht wußte, was ich sonst tun sollte.»

«Das ist alles ganz gut und schön», erwiderte Sherry streng, «aber du hättest keinesfalls mit deiner eigenen Equipage zu ihm fahren dürfen. Hast du nicht genug Verstand, um dir bei einer derartigen Gelegenheit eine Droschke zu nehmen?»

«Daran habe ich nicht gedacht», sagte sie harmlos. «Wie dumm von mir. Das nächste Mal werde ich schon vernünftiger sein. Ich bin so froh, Sherry, daß ich dich habe, um mir all diese Dinge zu sagen, denn Cousine Jane machte mich nie auf so etwas aufmerksam.»

Es fiel Seiner Lordschaft auf, daß die weltliche Weisheit, die er seiner jungen Frau vermittelt hatte, keineswegs das war, was er ihr hatte sagen wollen, aber nach all den Aufregungen des Morgens fühlte er sich außerstande, auf die ethischen und moralischen Aspekte einer Angelegenheit weiter einzugehen, die, wie er genau wußte, nichts als ein harmloser Besuch in Georges Wohnung gewesen war. Er sagte ihr, daß sie das unter keiner Bedingung wieder tun dürfe, worauf er das Thema fallenließ.

Sherry hatte sich doch sehr erleichtert gefühlt, als George in die Luft schoß, und nicht einmal der Besuch seines Finanzberaters vermochte seine von einem etwas überschwenglichen Optimismus getragene Stimmung zu beeinträchtigen. Seine Lordschaft war fest davon überzeugt, daß ihm das Glück in kürzester Zeit wieder hold sein werde, da es lächerlich war, anzunehmen, eine Pechsträhne könne ewig währen. Mr. Stoke, außerstande, die sanguinische Überzeugung seines Klienten zu teilen, sah sich genötigt, eine niederschmetternd große Zahl von Fällen zu zitieren, die dies widerlegten. Der Viscount jedoch, der mit ziemlicher Ungeduld den abscheulichen Bericht angehört hatte, in dem es sich um einen reichen Gentleman handelte, der sich, als er selbst den Rock auf seinem Leibe verspielt hatte, an einem Laternenpfahl erhängte, während sein letzter Gläubiger darauf wartete, seinen Rock einzukassieren, sobald er dahingegangen war, führte in Verteidigung seiner Theorie triumphierend an, daß er erst vor drei Tagen bei einem Wettrennen zwischen einem Truthahn und einer Gans auf den Sieger gewettet hatte. Er war in der Tat ziemlich überrascht, als er die Summe seiner Verpflichtungen zu Gesicht bekam, und sah ein, daß der dauernde Verkauf seines Aktienbesitzes eine höllisch schlechte Sache sei.

«Der nächste Schritt», sagte Mr. Stoke ruhig, «und ich bin überzeugt, ich brauche das Eurer Lordschaft nicht erst zu erklären, wäre der Verkauf Ihres Grundbesitzes.»

Der Viscount hatte bei mehr als einer Gelegenheit seine Abneigung gegen Sheringham Place geäußert, auch hatte bisher kein Anzeichen darauf hingedeutet, daß er mehr als ein oberflächliches Interesse an der Verwaltung seines bedeutenden Grundbesitzes habe. Bei den Worten Mr. Stokes blitzten seine Augen aber plötzlich auf, und er rief unwillkürlich: «Meinen Grundbesitz verkaufen? Sie müssen verrückt sein, nur daran zu denken! Das werde ich nie tun!»

Mr. Stoke blickte ihn gedankenvoll und mit dem größten Interesse an, was in seltsamem Kontrast mit dem bescheidenen Ton stand, in dem er jetzt sagte: «Schließlich legen Eure Lordschaft doch keinen Wert auf Sheringham Place.»

Der Viscount starrte ihn an. «Zum Teufel, was hat das damit zu tun?» fragte er. «Es ist meine Heimat, nicht wahr! Du guter Gott, auf Sheringham Place saß seit undenklich langen Zeiten immer ein Verelst, und nicht einmal mein Großvater verkaufte einen Fußbreit Land, und wenn es je einen verrückten Menschen gab, so war er es. Aber nur, weil ich die Gegend nicht mag –» Er unterbrach sich plötzlich und erinnerte sich an seine Knabenjahre, bevor sein Onkel Paulett sich in dem Schlosse breitmachte, erinnerte sich an die kameradschaftlichen Ritte mit seinem Vater durch Felder und Wälder, an Tage, an denen er sich verstohlen mit seiner alten Vogelflinte weggeschlichen hatte, und an hundert andere heitere Begebenheiten. Er errötete. «Außerdem lege ich Wert auf Sheringham Place!» sagte er kurz.

Mr. Stoke senkte die Augen, in denen plötzlich große Befriedigung zu lesen war. «Eure Lordschaft finden das Leben auf dem Lande ein wenig langweilig», sagte er.

«Ja, nun – ach was, ich will ja nicht behaupten, daß ich die Absicht habe, mich dauernd dort niederzulassen. Meinen Grund verkaufe ich jedenfalls nicht, also lassen Sie mich nichts mehr davon hören.»

«Es ist meine Pflicht, Eure Lordschaft darauf aufmerksam zu machen, daß Sie, falls Eure Lordschaft den gegenwärtigen Stand Ihrer Ausgaben aufrechterhalten, in diesem Punkt keine Wahl haben werden», sagte Mr. Stoke.

«Unsinn! Ich leugne nicht, daß ich in diesem Jahr ein wenig abgebrannt bin, aber ich werde mich schon wieder rangieren», sagte Sherry in einem Ton, der jede weitere Diskussion ausschloß.

Aber der alarmierende Gedanke, den sein Finanzberater ihm in den Kopf gesetzt hatte, ließ sich nicht ganz verdrängen und kostete Seine Lordschaft tatsächlich eine schlaflose Stunde. Eine waghalsige Wette auf einen Outsider, die er auf den Rat des allgegenwärtigen Jason eingegangen war, trug viel dazu bei, seine Laune wieder zu bessern, und als er seinen Gewinn im Tattersall einheimste, sagte er zu seinem Buchmacher Jerry Cloves, er solle von nun an auf sich selbst aufpassen, denn das Glück habe sich gewendet. Jerry grinste und wünschte seinem vornehmen Kunden viel Glück; aber das Glück schien noch immer ein wenig launenhaft zu sein, denn Seine Lordschaft verlor am gleichen Abend große Summen bei Watier, worüber er so außer sich geriet, daß er drohte, dem Makao gänzlich abzuschwören.

Er hatte sich kaum von den düsteren Betrachtungen erholt, die dieser unselige Abend ausgelöst hatte, als er den Besuch des Honourable Prosper Verelst erhielt, der ihn gerade noch auf der Türschwelle antraf, als er eben im Begriff war, sich auf den Weg zu White zu machen, und ihn unbarmherzig ins Haus zurückführte.

«Du kannst wahrhaftig nicht annehmen, mein Junge, daß ich mich der

Mühe unterzogen hätte, dich zu besuchen, nur damit du mir entschlüpfst», sagte Prosper.

«Was, zum Teufel, veranlaßte Sie zu diesem Besuch?» fragte sein pflichtvergessener Neffe, während er ihn in die Bibliothek hinter dem Speisezimmer führte.

«Habe dich eben gern, Sherry! Habe dich immer gern gehabt», erwiderte Prosper, indem er sich in einen tiefen Fauteuil sinken ließ. «Falls du noch etwas von dem Madeira übrig hast, den ich dir geschenkt habe, würde ich gerne ein Glas trinken.»

Seine Lordschaft riß heftig an dem Klingelzug. «Das ist alles ganz schön, aber müssen Sie mich gerade besuchen, wenn ich im Begriff bin, mich mit einigen Freunden zu treffen?» wandte er ein.

«Ja, gewiß, weil du nie zu Hause bist», sagte Prosper. «Wie war denn das gestern abend bei Watier, Sherry? Wie tief sitzt du in der Tinte?»

Sherry drehte sich rasch um und starrte ihn an. «Und wenn es der Fall wäre, Onkel Prosper, was, zum Teufel, hat das mit Ihnen zu tun?» fragte er in drohendem Ton.

«Rede dich nur nicht in Zorn. Zum Kuckuck, schließlich war ich bis vor einem Monat dein Vormund!»

«Und obendrein ein verteufelt schlechter», erwiderte Sherry.

«Ach, lassen wir das. Habe da schöne Geschichten über dich gehört, mein Junge. Bist zu tief verschuldet! Viel zu tief!»

«Nun, das paßt aber gut zu Ihnen, Sir!»

«Hat mit dieser Sache nichts zu tun. Erstens bin ich Junggeselle, und zweitens ein geborener Spieler. Tatsache ist, Sherry, daß du es nicht bist.»

«Was?» fragte Seine Lordschaft mit offenem Mund und wütendem Blick, weil er an seiner empfindlichsten Stelle getroffen wurde.

Prosper schüttelte den Kopf. «Habe noch nie einen unbegabteren gesehen», sagte er. «Du bist nicht mit dem Herzen dabei. Komische Sache, wenn man an die Art denkt, wie dein Vater – doch es ist meine Pflicht, dir zu sagen, daß dein eigener Vater nie Glück im Spiel hatte. Nehme an, daß du ihm nachgerätst. Du bist ein Narr, mein Junge, denn es ist meine feste Überzeugung, daß du nur deshalb in diese blödsinnigen Spielhöllen gehst, weil –» Er unterbrach sich, als Jason das Zimmer betrat, und rief entsetzt aus: «Sag mir nur nicht, daß sich dieser Bursche hier im Hause aufhält! Verdammt, Sherry, du hättest mir einen Wink geben müssen! Ich habe meinen Überzieher in der Halle gelassen und in einer meiner Taschen ist meine Schnupftabakdose und –»

«Gib sie her!» befahl Sherry kurz und streckte die Hand aus.

Jason schnüffelte und erinnerte seinen Herrn, daß er versprochen habe, seine Hände bis zu Weihnachten fremdem Gute fernzuhalten, da ihm die Missus doch eine ebenso gute Alarmuhr versprochen hatte wie die des Mr. Fakenham.

«Ja, das stimmt», gab Sherry zu. «Es besteht also kein Grund, sich bis nach Weihnachten wegen Jason aufzuregen, Sir. Was, zum Teufel, hast du aber wirklich hier zu suchen, Jason? Wo ist Groombridge?»

«In seiner Höhle», erwiderte der Reitknecht unverzüglich. «Und schnarcht, daß der Verputz von die Wände fällt.»

«Betrunken?» stieß Seine Lordschaft hervor. «Zum Teufel, ich dachte, er rührt keinen Alkohol an! Wo ist Bootle?»

«Ausgegangen. Was denken Sie Ihnen eigentlich, Guv'nor, wenn Sie 'n Bedienten sagen, daß Sie Ihnen schleichen? Die wer'n jetzt dämlich kieken, die blöden Hunde, wenn ich ihnen sagen tue, Sie waren keine Minute nie nich weg. Weshalb haben Sie an die Klingel gezogen?»

«Das nenne ich mir einen netten Stand der Dinge!» rief Seine Lordschaft zornig. «Bring den Madeira aus dem Speisezimmer und zwei Gläser. Und höre, Jason, erzähl mir ja nicht, daß du nicht weißt, in welcher Karaffe er ist, denn ich wette um mein Leben, daß du ihn sehr genau kennst!»

«Sie gewinnen, Guv'nor, ich kenn ihn», sagte der Reitknecht würdevoll. «Ich kenn sie, die feinen Schnäpse, aber jetzt passen Sie mal gut auf. Ich bin nie kein Schnapstrinker gewesen, also sagen Sie ja nich, Sie haben mir jemals betrunken gesehen, weil es 'ne Lüge wäre.»

Mit dieser Erklärung verließ er das Zimmer und kehrte einige Minuten später zurück: in einer Hand trug er die Karaffe, in der andern zwei Weingläser, die er ohne weitere Umstände einfach auf den Tisch stellte. Hierauf zog er sich zurück, drehte sich aber unter der Tür nochmals um und setzte den Honourable Prosper davon in Kenntnis, daß die Taschen seines Mantels außer der Schnupftabaksdose noch verschiedene andere Dinge enthielten und daß er, wenn er nicht gänzlich ausgesackelt werden wolle, gut daran täte, seinen Zaster sorgfältiger unterzubringen.

«Sherry, an deiner Stelle würde ich diesen Spitzbuben hinauswerfen», sagte Prosper.

«Ach, der macht mir keine Sorgen», erwiderte Sherry und reichte ihm ein Glas Wein.

«Nein! Denn er stiehlt ja nicht dein Eigentum», widersprach Prosper. «Wenn ich an all die Dinge denke, mit denen sich dieser Schurke schon davongemacht hat – doch ich kam nicht hierher, um mich darüber mit dir zu unterhalten. Wenn du nicht sehr vorsichtig bist, mein Junge, dann wirst du bald große Sorgen haben. Was, zum Teufel, veranlaßte dich, das Haus Park Place 12 aufzusuchen? Du Narr! Nur um ein Vermögen in französischem Hasard zu verspielen, was?»

«Unsinn!» sagte Sherry errötend.

«So, das ist also ein Unsinn? Man erzählte mir, man habe dich überall mit diesem Burschen Revesby gesehen. Er führte dich wohl auch am Park Place ein?»

«Und wenn es so wäre?»

«Dachte es mir», sagte Prosper kopfnickend. Er nahm einen Schluck Wein und fügte sachlich hinzu: «Habe den schweren Verdacht, daß sie die Würfel dort einseitig mit Blei beschweren.»

Sherry starrte ihn an. «Das ist ein Blödsinn! Davon verstehen Sie nichts!»

Prosper lachte nachsichtig. «Wenn es einen Mann in London gibt, dem man zutrauen kann, zu wissen, wann er es mit Falschspielern zu tun hat, dann bin ich es», sagte er. «Du glaubst wohl, daß du schon alle Tricks kennst, was, Sherry? Nun, du kennst sie nicht!» Er trank sein Glas aus und zog seinen massigen Körper hoch. «Habe alles gesagt, was ich sagen wollte», knurrte er. «Weißt du, warum Revesby im Watier nicht Mitglied wurde? Man hat ihn hinausballotiert!»

Dieses Gespräch ärgerte Sherry maßlos; und als Hero kaum zehn Minuten, nachdem er seinen Onkel aus dem Haus begleitet hatte, bei ihm eintrat, erzählte er ihr natürlich alles und ließ sich weitläufig über die Torheit von Leuten aus, die es für möglich hielten, daß die Pechsträhne eines Menschen unbegrenzt anhalten könne, worauf er noch verschiedene andere überraschende Ansichten über die richtigen Maßnahmen zum besten gab, die zu treffen wären, wenn die Würfel gegen einen fielen. Hero trank dies alles in sich ein; es kamen ihr nie Zweifel daran, ob wirklich jedes Wort, das er sprach, unfehlbar war oder seine wohlüberlegte Meinung ausdrückte; über die flüchtige Anspielung auf Mr. Stokes Besuch zu Beginn der Woche war sie jedoch offensichtlich ein wenig bestürzt. Kaum hatte sie aus Sherrys vernichtendem Bericht den Zweck von Mr. Stokes Besuch erfahren, als sie sogleich den Entschluß faßte, zwei Balltoiletten, einen Theatermantel und ein bezauberndes Promenadenkleid mit gerafften Ärmeln und einem Stuartkragen, das bestimmt war, gemeinsam mit einem spanischen, mit Epauletten geschmückten Mantel aus feinstem orangefarbenem Merinostoff getragen zu werden, dessen Saum überdies noch von einer weißen Samtbordüre abgeschlossen wurde, dem Modesalon, der diese Wunderwerke geschaffen hatte, wieder zurückzugeben. Als sie ihm dieses Opfer anbot, war Sherry über die Idee entsetzt und verbot ihr, etwas Derartiges zu tun oder sich den Kopf über diese Dinge zu zerbrechen. Darauf machte er einige kritische Bemerkungen über die Haushaltsrechnungen, wunderte sich, daß sie nicht mehr davon verstand, und erklärte, er zweifle nicht daran, daß Groombridge seinen besten Champagner trinke. Hero nahm daraufhin allen Mut zusammen, um sich gegen die Beherrscherin der Küchenregion aufzulehnen. Dabei war ihre Angst aber so deutlich wahrzunehmen, daß Mrs. Groombridge sie mit offener Verachtung anblickte und ihr in höchst unverschämter Weise antwortete. Das erwies sich jedoch als schwerer Fehler, denn ihre Herrin verfügte über ziemliches Temperament. Die Unterredung verlief demgemäß völlig unerwartet und endete mit dem unvermittelten Abzug der Groombridges aus der Half Moon Street. Da der Herr des Hauses an diesem Abend ein Junggesellendinner gab, war es nicht verwunderlich, daß Bootle, Jason und der fette kleine Page ihre Herrin mit ebensoviel Respekt wie Bestürzung betrachteten. Wie wenig die Cousine Jane auch Hero über die Sitten und Gebräuche der vornehmen Welt unterrichtet haben mochte, so hatte sie sich fraglos mit dem häuslichen Teil ihrer Erziehung eingehend befaßt. Lady Sheringham schickte ihren Pagen mit einem Billett zu Lady Kilby, in dem sie sich entschuldigte, der am selben Abend stattfindenden Soirée nicht beiwohnen zu können; die erste Kammerfrau war niedergeschmettert, als sie erfuhr, daß sie Mylady in der Küche zu helfen habe; Bootle beugte sich dienstbereit der Anordnung, als Butler zu fungieren; und Hero drang in das Bollwerk der Küchenregion ein, womit sie das Küchenmädchen dermaßen erschreckte, daß diese eine Schüssel auf den Steinboden fallen ließ und für den Rest des Abends nur noch von äußerst geringem Nutzen war. Doch auch dieses Ereignis nahm man nicht wichtig, da Jason, nachdem er ihr empfohlen hatte, endlich mit dem Heulen aufzuhören, Hero an ihrer Stelle seine Dienste anbot, wobei er bloß die Bedingung stellte, seine Livree müsse von einem Bauchschützer zugedeckt werden. Sobald die Anwesenden begriffen hatten, daß dieser elegante Ausdruck eine euphemistische Bezeichnung für eine Schürze war, wurde das gewünschte Kleidungsstück herbeigeschafft, worauf sich der Reitknecht am Küchenherd als außerordentlich erfahren erwies.

Als das Dinner fast vorbei war, bemerkte der Viscount erst, daß er von seinem Kammerdiener bedient wurde. Da die Gesellschaft aus Lord Wrotham, dem Honourable Ferdy Fakenham und Mr. Ringwood bestand, zögerte er nicht, nach dem Grund zu fragen, und weshalb man von der Vorschrift abgewichen sei. Er ließ die etwas gewagte Vermutung fallen, daß Groombridge wahrscheinlich stockbetrunken auf dem Boden der Vorratskammer liege. Bootle, der ein so informelles Betragen tief mißbilligte, gab eine nichtssagende Antwort; aber Jason, der darauf gewartet hatte, Bootle den nächsten Gang zu reichen, steckte seinen Kopf in das Zimmer und verkündete, daß die beiden Groombridges im Laufschritt abgebraust wären und daß die Missus das Dinner gekocht habe, und zwar in einem prima Stil.

Nach Erhalt dieser erstaunlichen Nachricht begab sich die ganze Gesellschaft in die Küche; Sherry war vorausblickend genug, eine Karaffe mit Wein mitzunehmen und Ferdy blieb ein wenig zurück, um seine Uhr samt Uhrkette in einer Vase auf dem Kaminsims zu verstecken. Hero, wunderbar unbekümmert wegen etwaiger verwirrter Locken, geröteter Wangen oder einem Schmutzfleck auf der Nase, hieß sie herzlich willkommen. Sie tranken auf ihr Wohl, aßen alle Aprikosentörtchen auf, die sie vorbereitet hatte, probierten den Inhalt aller Einmachtöpfe auf der großen Anrichte und wunderten sich, daß sie nie zuvor auf den glücklichen Gedanken gekommen waren, die Küche zu überfallen. Danach entführten sie Hero in ihren Kreis und überließen es der Dienerschaft, das Geschirr abzuwaschen. Bootle und die erste Kammerfrau wechselten vielsagende Blicke, das Küchenmädchen zog sich mit einem schwachen hysterischen Anfall in die Spülküche zurück, und Jason, der sich bequem an den Tisch setzte, verlangte von dem Pagen, ihm panem und caseus herüberzuschmeißen. Der intelligente Bursche, der sich schon monatelang mit den verschiedensten Vokabeln aus Jasons unerschöpflichem Wortschatz bereichert hatte, führte diesen Befehl sofort aus, indem er dem Reitknecht große Stücke Brot und Käse abschnitt.

Am folgenden Tag erbot sich Bootle, dessen Sinn für die ihm gebührende Stellung keine Wiederholung der Ereignisse des vergangenen Abends duldete, ein anständiges Ehepaar zu bringen und an Stelle von Groombridges zu installieren. Wie durch Zauberei war sein eigener Cousin fast unmittelbar zur Stelle, dessen Frau ebenfalls sogleich von der Küche Besitz ergriff. Es ergab sich keine merkliche Veränderung in der Höhe der Haushaltsrechnungen, da aber Mrs. Bradgate die Nieren genau so grillte, wie sie Sherry liebte, und zu allem, was Hero sagte, immer lächelnd zustimmte und die Plünderungen Bradgates im Keller zu diskret waren, um Aufmerksamkeit zu erregen, konnte sich das junge Paar nur dazu gratulieren, daß es einen guten Tausch gemacht hatte.

Sherrys persönliche Affären schienen sich ebenfalls zu bessern, da seine Freunde Revesby und Brockenhurst ihm geraten hatten, seine Gewohnheiten etwas zu ändern. So begann er, anstatt seine Pechsträhne bei Watier weiterzuverfolgen, wo man Hasard und Makao mit Einsätzen zwischen zehn Shilling und zweihundert Pfund spielte, ein gemütliches kleines Etablissement in der Pall Mall zu frequentieren, dem eine charmante Dame mit ausgezeichneter Haltung präsidierte und wo Rouge et Noir und Roulett gespielt wurden. Sherry verbrachte verschiedene erfolgreiche Abende in diesem Haus und begann sich der Hoffnung hinzugeben, daß er sich bald wieder im Sattel befinden werde. Als sein Onkel von diesem neuen Spielclub erfuhr, blickte er gen Himmel und erklärte, er wolle mit diesem Jungen nichts mehr zu tun haben. Aber auch andere, außer Prosper Verelst und Mr. Stoke, betrachteten Sherrys Spielexzesse mit Mißbilligung. Ferdy Fakenham, der mit seinem Bruder und Mr. Ringwood im Hotel Limmer dinierte, sagte in der Tat, daß dagegen etwas unternommen werden müsse, und er setzte hoffnungsvoll hinzu, er glaube, daß es sehr günstig wäre, wenn Gil mit Sherry sprechen würde. Mr. Ringwood lehnte dieses Amt mit großer Entschiedenheit ab, wobei er betonte, daß nicht *er* Sherrys Cousin sei.

«Vielleicht könnte ihm George einen Wink geben», sagte Ferdy einigermaßen unsicher. «Ich selbst würde nicht viel auf das geben, was George sagt, aber vielleicht tut es Sherry.»

«Wo ist George?» fragte der Honourable Marmaduke. «Dachte, er würde heute abend mit uns dinieren.»

Ferdy seufzte. «Nein, er ist auf den Ball der Cowpers gegangen. Armer Kerl! Möchte es ihm nicht gerne sagen, aber im Club werden die Odds immer kürzer: es gab eine Zeit, in der du immer zehn zu eines dagegen wetten konntest, daß Severn den Mut aufbringen wird, sich zu erklären, aber jetzt bietet einem niemand mehr als bestenfalls pari, und ich wäre durchaus nicht überrascht, wenn die Wetten gegen ihn stünden.»

«Ach was!» sagte Marmaduke tiefgründig. «Wie stehen denn die Odds, daß die Milborne ihn nicht nimmt?»

Ferdy starrte ihn an. «Würdest keinen Abnehmer finden, Duke.»

«So, würde ich nicht, Herr Besserwisser?» erwiderte sein weiser Bruder. «Dann laß dir von mir sagen, daß dieser Bursche Revesby von den Eingeweihten ziemlich stark bevorzugt wird. Sie behaupten, daß er das Rennen in den letzten Wochen gemacht hat.»

«Das kann nicht dein Ernst sein!» sagte Ferdy wie vom Donner gerührt.

«Ich selbst habe für die Unvergleichliche nicht sehr viel übrig», sagte Mr. Ringwood, «ich habe aber nie etwas Nachteiliges über das Mädchen gehört, und ich glaube auch nicht daran. Sie würde ihn gar nicht nehmen.»

«Er ist genau die Sorte komischer Käuze, die bei den Damen Anklang finden», sagte Marmaduke.

Mr. Ringwood dachte darüber nach und mußte dann zugeben, daß viel für die Ansicht seines Freundes sprach. «Es ist mir schließlich völlig gleichgültig, wen sie heiratet», sagte er und füllte neuerdings sein Glas. «Ich will nur sagen, es ist tief bedauerlich, daß Sherry eine Vorliebe für diesen Burschen hat. Habe guten Grund, anzunehmen, daß Revesby tief in Schulden steckt. Er ist schlimm genug, wenn er seine wilden Streiche begeht, aber er ist verteufelt gefährlich, wenn er im trockenen sitzt. Wüßte gern, ob er der Unvergleichlichen aus diesem Grund sein Taschentuch zuwirft?»

«Du kennst den Spielklub der Mrs. Capel in der Pall Mall?» fragte Ferdy.

«Habe von ihm gehört», erwiderte Mr. Ringwood. «Besteht lediglich aus Falschspielern und Geprellten.»

«Sherry geht häufig hin.»

«Tatsächlich?» fragte Mr. Ringwood empört.

Ferdy nickte düster. «Spielt dort Rouge et Noir.»

«Schlimm, sehr schlimm!» sagte Mr. Ringwood. «Warum, zum Teufel, tut er das nur? Habe nichts dagegen, wenn ein junger Mensch ein bißchen spielt: tue es selbst; aber bei Sherry wird's zur verfluchten Gewohnheit. Wieso ist denn das über ihn gekommen?»

«Revesby», erwiderte Marmaduke kurz. Er drückte seinen Daumen auf den Tisch. «Hat Sherry hier. Braucht bloß zu winken und Sherry läuft. Genauso wie bei Tallerton. Habe es kommen sehen.»

«Tallerton!» rief Mr. Ringwood und starrte ihn an.

Der ältere Mr. Fakenham nickte bedeutungsvoll mit dem Kopf. «Gil, du weißt doch, was Tallerton zugestoßen ist?»

«Er verunglückte auf der Jagd», erwiderte Mr. Ringwood langsam.

«Schoß sich eine Kugel durch den Kopf», sagte Marmaduke.

«Ganz richtig», unterstützte ihn Ferdy. «War völlig zusammengebrochen. Das Ganze wurde natürlich vertuscht, aber die Tatsache bleibt bestehen. Ist sonnenklar. Duke weiß es von Nat Tallerton. Wir können unmöglich dulden, daß Sherry dasselbe zustößt. Zum Teufel, er ist doch unser Cousin! Außerdem – es geht um Sherry! Versteht ihr?»

«Sherry würde das nie tun!» sagte Mr. Ringwood bestimmt.

«Nein, weil ihn Revesby bisher noch nicht fest genug in den Krallen hat», sagte Marmaduke.

Mr. Ringwood richtete sich auf. «Was sollen wir tun?» fragte er.

«Können gar nichts tun», erwiderte Marmaduke. «Wenn ihr Sherry nicht kennt – ich kenne ihn! Wird nie Vernunft annehmen, und das einzige Mal, als ich versuchte, ihn zu beeinflussen, ging er schnurstracks hin und machte genau das Gegenteil von dem, was wir wollten.»

«Das sieht Sherry ähnlich», meinte Ferdy. «Eigensinnig: war schon als Kind so. War nicht zu bändigen.»

«Lady Sheringham könnte es vielleicht gelingen, ihn zu bändigen», meinte Marmaduke.

Mr. Ringwood schüttelte den Kopf.

«Sie ist doch seine Frau», beharrte Marmaduke. «Möchte doch meinen, daß er auf sie hören wird.»

«O nein, das tut er nicht», sagte Mr. Ringwood und betrachtete stirnrunzelnd sein Glas.

«Das sehe ich nicht ein. Reizendes kleines Ding! Und noch in den Flitterwochen. Versteht sich doch von selbst.»

«Nein, durchaus nicht», sagte Mr. Ringwood kurz. «Müssen uns etwas anderes ausdenken.»

«Stimmt», unterstützte ihn Ferdy. «Man muß ihm die Augen öffnen. Könnten ihm die Sache von Tallerton erzählen.»

«Er wird sie dir nicht glauben. Werde dir etwas sagen, Ferdy: wir müssen darüber nachdenken.»

Sie dachten – in ihren müßigen Augenblicken – noch immer über dieses Problem nach, als das Schicksal bereits, völlig unerwartet, in diese Angelegenheit eingriff.

15

Seit dem Abend, an dem Lord Wrotham Hero an seiner Stelle auf den Ball im Almack-Club begleitet hatte, achtete Sherry peinlich darauf, keinem uneigennützigen Gentleman Gelegenheit zu geben, seine ritterlichen Tugenden zu entfalten. Wenn Hero eingeladen wurde, eine Gesellschaft unter den Fittichen einer älteren Dame zu besuchen, so begrüßte er diesen Umstand als Befreiung und ging frohgemut seinen eigenen Vergnügungen nach. Bot sich aber keine Dame als Garde an, dann brachte er in wirklich netter Weise ein Opfer auf dem Altar der Pflicht und ging dabei sogar so weit, jeden Versuch Heros, ihn davon zu überzeugen, daß sie froh wäre, zu Hause bleiben zu können, im Keime zu ersticken. Obwohl Seine Lordschaft sorglos sein mochte, war er sich seines Egoismus durchaus nicht bewußt; er war während der vierundzwanzig

Jahre seines Daseins bloß nicht daran gewöhnt worden, an andere als seine eigenen Wünsche zu denken. Er hätte es empörend gefunden, wenn seine Frau verurteilt gewesen wäre, auf ein Vergnügen zu verzichten, das ihr unverkennbare Freude bereitete, nur weil er es vorgezogen hätte, sich in ganz anderer Weise zu amüsieren. Es stimmte vollkommen, daß er, als er sich in so leichtfertiger Weise auf die Ehe einließ, nicht an die Verpflichtungen gedacht hatte, die damit verbunden waren; und es stimmte auch, daß er Hero aufmerksam gemacht hatte, er beabsichtige nicht, seine Gewohnheiten zu ändern, um sich ihren Bedürfnissen anzupassen. Er hatte diese Ideen dem Benehmen verschiedener sportiver junger Damen seiner Bekanntschaft zu verdanken, die bestimmt kein überwältigendes Bedürfnis empfanden, ihre Ehemänner an ihrer Seite zu wissen, sondern es fertigbrachten, sich – natürlich absolut diskret – ohne diese gefälligen Gentlemen zu amüsieren. Aber Sherry erfaßte in seiner ehelichen Laufbahn sehr bald, daß sich Hero wesentlich von diesen weltgewandten Damen unterschied. Da sie weder das Training erhalten hatte, das sie für ein fashionables Leben tauglich gemacht hätte, noch Verwandte besaß, an die sie sich hätte wenden können, hing sie in so hohem Maße von ihrem Gatten ab, daß er höchst beunruhigt gewesen wäre, wenn er von Anfang an gewußt hätte, wie es kommen würde. Schon einen Monat nachdem sie ihren Wohnsitz in der Half Moon Street aufgeschlagen hatten, war es Seiner Lordschaft klargeworden, daß seine Frau nicht tauglicher dafür war, sich den Weg durchs Leben zu bahnen, als ein kleines Kätzchen, wie er sie auch zu rufen pflegte. Seine Lordschaft, die bisher weder irgendeine Verantwortung gehabt noch die mindeste Befähigung bewiesen hatte, seinen eigenen Lebensstil in erträglichen Grenzen zu halten, sah sich plotzlich als alleiniger Herr und Meister eines kleinen Geschöpfes, das schrankenloses Vertrauen in sein Urteil setzte und sich darauf verließ, daß er nicht nur ihre Schritte leiten, sondern sie auch aus den Folgen ihrer Unerfahrenheit wieder befreien würde. Ein gefühlloserer Mann als Sherry hätte die Achseln gezuckt und die Schwierigkeiten seiner Frau geflissentlich übersehen. Aber der Viscount war keineswegs gefühllos, und ebenso wie sein Instinkt, zu beschützen, ihn dazu veranlaßt hatte, seinen Lieblingshund, der sich zu tief in ein Kaninchenloch eingegraben hatte und sich nicht wieder zu befreien vermochte, die ganze Nacht in den Wäldern von Sheringham Place zu suchen, so fühlte er sich genötigt, Hero soviel Fürsorge zuteil werden zu lassen, als ihm irgend möglich war. Sie hatte stets zu ihm aufgeschaut und ihn immer geliebt; obwohl er das für selbstverständlich hielt, übersah er es jedoch durchaus nicht und tat sein möglichstes, ihr freundlich entgegenzukommen. Es amüsierte ihn, ja, er war sogar ein wenig gerührt, als er entdeckte, daß sie keine größere Glückseligkeit kannte, als sich in seiner Gesellschaft zu befinden; sie wird dem bald genug entwachsen sein, dachte er und vergaß dabei völlig, daß ihn sein Besitzerinstinkt dazu veranlaßt hatte, sie von selbständigen Unternehmungen in unmißverständlicher Weise abzuschrecken, als sie ihrer Bereitwilligkeit Ausdruck gab, in Lord Wrothams Begleitung eine Unterhaltung zu besuchen.

So kam es, daß der Viscount seine Frau und alle seine Freunde dadurch erfreute, daß er mit verblüffender Regelmäßigkeit bei den Clubbällen erschien, was tonangebende Optimisten, zu denen auch Lady Sefton zählte, sogar zu der Prophezeiung bewog, daß ihn seine Ehe zum Manne reifen ließ.

Ein anderer Gentleman, der den Almack-Club öfter als früher aufzusuchen begann, war Sir Montagu Revesby, ein Liebling der Damen. Mochte er auch von seinen männlichen Kollegen im Watier hinausballotiert worden sein, so waren die Patronessen des Almack-Clubs, trotz aller Exklusivität, gegen Haltung, Manieren und Konversationstalent, die Sir Montagu auszeichneten, durchaus nicht gefeit. Wäre er allerdings plebejischer Herkunft gewesen, so hätten ihm selbstverständlich weder seine blendenden Manieren noch seine auserlesene Haltung vor diesen erhabenen Augen etwas genützt, zu seinem Glück war seine Abstammung jedoch untadelig. Kritische Bemerkungen, wie sie Mr. Fakenham machte und andere dieser Art, wurden im allgemeinen der Eifersucht zugeschrieben und wenig beachtet; nur weibliche Clubmitglieder, die schon älter und besonnener waren, beobachteten mit Mißbilligung, wie Sir Montagu in ständig zunehmendem Maße Miss Milborne den Hof machte.

Denn es konnte keinem Zweifel unterliegen, daß Sir Montagus plötzliche Vorliebe für den Ballsaal ihren Ursprung in seiner Bewunderung für die Unvergleichliche hatte. Bis zu seinem Auftauchen in ihren Reihen hatten die Eingeweihten Lord Wrotham für den gefährlichsten Rivalen Seiner Gnaden von Severn betrachtet. Aber Wrotham war es nie gelungen, mit Miss Milborne vor der Nase Seiner Gnaden auf und davon zu gehen, und genau das war es, was Sir Montagu auf möglichst bequeme Art plante. Vielleicht fand die Beauté die Sicherheit, mit der Severn Anspruch auf einen deutschen Walzer erhob, ganz und gar nicht nach ihrem Geschmack; vielleicht empfand sie Sir Montagus leichtes Geplänkel nach dem leidenschaftlichen Ernst ihrer jüngeren Anbeter als Erleichterung. Sicher jedoch ist, daß sie ihm die Hand zu diesem Walzer reichte und Seine Gnaden fassungslos zurückließ. Sein ausgeprägtes Selbstbewußtsein erlaubte ihm allerdings nicht, Georges Beispiel zu folgen und Miss Milbornes Tanz rund um den Saal mit gekreuzten Armen und düsterem Blick zu verfolgen. Er engagierte eine andere Dame zu diesem Tanz. Doch die Manöver, die er auf dem Parkett vollführte, um Miss Milborne ständig im Auge zu behalten, waren für verschiedene Personen, die diese kleine Komödie beobachtet hatten, ungemein amüsant, insbesondere für Lord Sheringham, der in eine Lachsalve ausbrach, und seine Frau, mit der er eben tanzte, bat, Monty dabei zu beobachten, wie er Severn bei der Unvergleichlichen auszustechen versuchte. Seine Gnaden war zu anmaßend, um bei der Mehrzahl seiner Zeitgenossen beliebt zu sein; auch Sherry hatte plötzlich den Einfall, ihn ebenfalls ausstechen zu wollen. Er schloß mit seinem Cousin Ferdy eine Wette ab, daß er Erfolg haben werde, setzte auf ihr Gelingen eine schöne Summe und verpflichtete sich, den Versuch nicht früher zu unternehmen, als bis der Herzog Miss Milborne neuerlich zum Tanz engagieren wollte. Er überließ Hero der Obhut Mr. Ringwoods, der mit ihnen auf den Ball gekommen war, und eilte gerade in dem Augenblick auf Miss Milborne zu, als der Herzog ihr eine formelle Verbeugung machte und zu sagen begann: «Darf ich hoffen, Madam –?»

«'n Abend, Severn!» unterbrach ihn Seine Lordschaft fröhlich. «Ich glaube, Bella, daß das mein Tanz ist!»

Der Herzog blickte ihn eisig an. «Ich war soeben im Begriff, Miss Milborne zu bitten, mir die Ehre dieses Tanzes zu erweisen», sagte er. «Madam –»

Ein lausbübisches Lächeln tanzte in Sherrys Augen, das Miss Milborne mit einem Aufblitzen ihrer Augen beantwortete. «Oh, ich stand vor dir auf der Tanzordnung!» behauptete er schamlos. «Um alter Zeiten willen, komm, Bella, mein süßer Schatz!»

«Sherry, wie kannst du nur?» sagte sie und ein unterdrücktes Lachen zitterte in ihrer Stimme. Sie reichte ihm die Hand und ließ sich von ihm auf das Tanzparkett führen. «Du bist wirklich schamlos!» sagte sie, während sie um den Saal zu tanzen begannen. «Ich hätte nie gedacht, daß es schon so lange her ist, seit ich zum letztenmal mit dir tanzte.»

«Bei Gott», erwiderte Seine Lordschaft unverzüglich, «viel zu lang. Ach, Bella, du hättest mir nie einen Korb geben dürfen. Was wären wir für ein Paar geworden!»

Sie lachte ihn aus. «Aber, Sherry, ich habe dich nie so gern gehabt wie jetzt, weil du es aufgegeben hast, mich heiraten zu wollen.»

«Ich? Du lieber Gott, als ob ich nicht ein gebrochenes Herz im Busen trüge!»

«Du verbirgst diesen Umstand aber wunderbar. Nichtswürdiger! Du hast überhaupt nicht um mich getrauert, nicht einen einzigen Tag!»

Sein Arm schloß sich fester um ihre Taille und er sah ihr lächelnd in die Augen. «Weißt du, Bella, was ich tate, wenn uns nicht so viele Leute zuschauen würden? Ich würde dich küssen. Zum Teufel, ob du jemals schöner warst als heute!»

«Schäm dich, Sherry! Denk daran, daß du jetzt ein seriöser verheirateter Mann bist.»

«Himmel, ja, das ist wahr.» Er blickte sich im Saale um. «Was ist denn aus dem Kätzchen geworden? Ich habe sie in Gils Obhut gelassen und würde sofort fünfundzwanzig Pfund dafür opfern, den alten Knaben Walzer tanzen zu sehen. Nein, bei Jupiter, er hat sich wahrhaftig gedrückt. Sie tanzt mit George.»

«Ja», bestätigte Miss Milborne und verlor urplötzlich ihre sprühende Laune. «Wie gut sie zueinander passen! Ich bin sehr froh, daß George jetzt in besserer Stimmung ist.»

«Das Kätzchen versteht es immer, den armen Kerl aufzuheitern», sagte Seine Lordschaft unbekümmert.

Der «arme Kerl» sagte in diesem Augenblick: «Zum Teufel, ich möchte gerne wissen, was Sherry sich eigentlich denkt, daß er Isabella derart zum Lachen bringt. Ja, und einen Moment vorher trieb er es sogar so weit, daß sie errötete! Ich habe es ganz deutlich gesehen.»

«Schauen Sie nicht hin», sagte Hero. «Hören Sie, George, ich würde an Ihrer Stelle Isabella nicht merken lassen, daß ich mir etwas draus mache, mit wem sie tanzt.»

«Aber ich mache mir etwas draus», erwiderte er überflüssigerweise. «Außerdem kann ich nicht verstehen, was in Sherry gefahren ist, daß er mit ihr flirtet, wo er doch mit Ihnen verheiratet ist. Denn das tut er, Kätzchen, darum kommen wir nicht herum.»

«Ach, wenn es mir nichts ausmacht, dann braucht es auch Sie nicht zu bekümmern.»

Seine dunklen feurigen Augen blickten forschend in die ihren. «Es macht Ihnen wirklich nichts aus?» fragte er geradeheraus.

Sie seufzte ganz leise. «Nur ganz wenig, George. Wenn wir aber in ein anderes Zimmer gingen, brauchten wir sie nicht zu sehen, und Sie könnten mir ein Glas Mandelmilch bringen. Glauben Sie nicht, daß das eine große Erleichterung für uns wäre?»

Er führte sie vom Parkett. «Nein. Es gibt für keinen von uns beiden einen Trost», sagte er mit unterdrückter Leidenschaft.

Dennoch fanden sie einen gewissen Trost, als sie in den Erfrischungssalon kamen, denn dort entdeckten sie Mr. Ringwood und Ferdy; dieser verriet ihnen augenblicklich die Art der Wette, die er soeben verloren hatte. Hero amüsierte sich sehr darüber, und auch Georges Stirn erhellte sich für einen Augenblick. Aber alsbald umwölkte sie sich wieder. Denn er erinnerte sich, daß er denselben Versuch wie Sherry am frühen Abend unternommen hatte und nicht im gleichen Maße erfolgreich gewesen war. Als Sherry Miss Milborne auf der Suche nach einer eisgekühlten Limonade bald darauf in den Salon führte, eilte er sofort auf sie zu und beschwor die Beauté – Sherry völlig ignorierend –, den nächsten Walzer mit ihm zu tanzen. Sie entschuldigte sich jedoch und wollte sich der Gruppe um Hero anschließen, allein er verstellte ihr den Weg.

«Sie dürfen mich nicht so zum besten halten», rief er mit bebender Stimme. «Warum wollen Sie nicht einen einzigen Walzer mit mir tanzen? Was habe ich Ihnen denn getan? Antworten Sie mir, Isabella!»

«Du lieber Gott! Nicht das geringste», erwiderte sie. «Es ist nur deshalb, weil ich die Tänze bereits vergeben habe –»

«An Severn! Das genügt mir nicht, denn Sie werden schwerlich alle Walzer mit ihm tanzen! Sie behandeln mich, als ob –»

«Um Himmels willen, Mylord, machen Sie mir hier keine Szene! Ich bitte Sie, bedenken Sie, wo Sie sind! Wir erregen bereits Aufsehen.»

«Das ist mir gleichgültig. Wollen Sie mit mir tanzen?»

«Also gut, den nächsten Reigentanz, das heißt, nur, wenn Sie sich mir gegenüber mit mehr Schicklichkeit betragen.»

George mußte sich zufriedengeben, aber nichts hätte unter einem unseligeren Stern stehen können als der Tanz, den sie ihm so widerwillig gewährt hatte. Er versuchte jedesmal, wenn die Tanzfiguren sie wieder zusammenbrachten, ein Gespräch fortzusetzen, das sich bald zu einem lebhaften Streit entwickelte; und da Miss Milborne einen Horror davor hatte, lächerlich gemacht zu werden, und die belustigten Blicke, die man ihnen zuwarf, sehr wohl bemerkte, war sie nahe daran, heftig zu werden, und ließ sich zu einigen scharfen Bemerkungen hinreißen, die sie gar nicht beabsichtigt hatte, die aber von George sehr übel aufgenommen wurden.

«Zum Kuckuck», rief Sherry treuherzig aus, «ob ich es mir je hätte träumen lassen, daß ich mich bei einem dieser Clubbälle einmal so gut unterhalten würde. Dennoch, Kätzchen, glaube ich, wir sollten gehen, bevor George das Tanzparkett verläßt, sonst würdest du ihn wahrscheinlich wieder küssen wollen; seinem Aussehen nach ist er bestimmt wieder trostbedürftig. Kommst du, Gil?»

Mr. Ringwood drückte seine Bereitwilligkeit aus, den Ball zu verlassen, und da auch Ferdy in diesem Augenblick dahergeschlendert kam, lud der Viscount beide ein, mit ihm zu einem belebenderen Schluck, als das Zeug war, das man im Almack erhalten konnte, in die Half Moon Street zurückzukehren. Die Sheringhamsche Equipage wurde herbeigerufen, und die ganze Gesellschaft entfernte sich aus dem Ballsaal; im Vestibül trafen sie Sir Montagu Revesby, in dessen Gesellschaft sie das Gebäude verließen. Sherry forderte ihn natürlich ebenfalls auf, in die Half Moon Street zu kommen, aber bevor Sir Montagu Zeit fand, etwas auf diese Einladung zu erwidern, trat eine Unterbrechung völlig unerwarteter Art ein. Eine Gestalt, die sich bisher regungslos an die Hausmauer gedrückt hatte, stürzte plötzlich vor, und man konnte im Lichte der Straßenlaterne erkennen, daß es eine junge Frau war, die ein in einen Schal gehülltes Bündel im Arme hielt. Wenn sie nicht so abgehärmt ausgesehen hätte, dann wäre sie sogar auffallend hübsch gewesen, aber jetzt war ihr Gesicht von Todesblässe bedeckt und ihre Augen hatten einen so verwirrten Ausdruck, daß man sie kaum für geistig normal halten konnte. Sie beachtete Hero, die an Sherrys Arm die Stufen des Hauses herabschritt, überhaupt nicht, sondern warf sich Sir Montagu in den Weg, während sie mit leiser, eindringlicher Stimme sagte: «Man sagte mir in deiner Wohnung, daß du mich nicht empfangen willst und hierhergefahren bist; aber ich muß, ich muß unbedingt mit dir sprechen! Um Gottes willen, stoße mich nicht von dir! Immer wieder war ich in deiner Wohnung, aber ich erhielt immer dieselbe Antwort. Ich bin verzweifelt, Montagu, völlig verzweifelt!»

Einen Augenblick herrschte bestürztes Schweigen. Alles stand stockstill, Ferdy blickte die Fremde mit hervorquellenden Augen an, und Revesby stand in starrer Haltung, nur seine Hand umklammerte seinen Stock fester. Plötzlich sah er sehr blaß aus, doch konnte es auch der flakkernde Schein des Laternenlichts sein, der ihn so bleich erscheinen ließ. Seine Stimme brach das Schweigen. «Meine liebe junge Frau», sagte er langsam, «Sie befinden sich in einem Irrtum. Ich glaube kaum, daß ich je das Vergnügen Ihrer Bekanntschaft hatte.»

Die junge Frau stöhnte auf. «Oh, du Unbarmherziger!» rief sie. «Bekanntschaft! Oh, mein Gott! Du kannst mich nicht so verstoßen, das wirst du nicht wagen! Ich werde dir folgen, wohin du auch gehst! Kennst du denn kein Mitleid, kein Erbarmen? Willst du dein eigenes Kind verleugnen? Sieh her! Nachdem du mich zugrunde gerichtet hast, kannst du dies unschuldige Kind anblicken und ungerührt bleiben?» Während sie sprach, öffnete sie den Schal und enthüllte den schlafenden Säugling.

«Du gütiger Gott!» sagte Mr. Ringwood.

«Ich habe diese Frau nie zuvor gesehen», sagte Revesby noch immer lächelnd. «Sie sind ganz bestimmt verrückt, und ich muß annehmen, daß Sie aus einem Irrenhaus entsprungen sind.»

«Verrückt? Nein! Wenn ich es jedoch nicht bin, so habe ich das nicht dir zu verdanken!» schrie sie wild und verzweifelt. «Du versprachst mir, daß alles gut werden würde, du versprachst mir – du schworst mir –»

«Um Himmels willen, Sherry, bring deine Frau von hier weg», sagte Mr. Ringwood eindringlich. «Im Nu wird sich der ganze Pöbel um uns drängen!»

Sherry, der in höchster Bestürzung wie gebannt dagestanden war, nahm sich zusammen. «Ja, bei Gott», sagte er. «Komm, Kätzchen! Steig rasch in den Wagen. Wir können nicht die ganze Nacht hier herumstehen.»

Aber Hero hatte ihre Hand aus seinem Arm gezogen. «Oh, das arme Geschöpf!» rief sie, von Mitleid erfüllt, aus, lief den Rest der Stufen hinunter und auf das verstörte Mädchen zu.

«Jetzt sind wir aufgeschmissen!» murmelte Sherry. «Du lieber Gott, Gil, was sollen wir nur tun? Verdammte Sache!»

«Sherry, lieber alter Junge, ich werde jetzt am besten nach Hause gehen», erklärte Ferdy in feiger Weise. «Ihr werdet mich wohl nicht mehr brauchen.»

«Nein, Ferdy», sagte Mr. Ringwood entschieden, «du kannst Sherry jetzt nicht im Stich lassen! Verteufelt unangenehme Situation!»

«Weißt du was, Gil?» sagte ihm Ferdy ins Ohr. «Habe immer gesagt, daß der Bursche ein gemeiner Kerl ist. Hier haben wir den Beweis!»

«Nun, auch ich mag ihn nicht, hab ihn nie ausstehen können: aber, zum Kuckuck, es tut mir doch immer verteufelt leid, wenn ein Mann in eine derartige Verlegenheit gerät», erwiderte Mr. Ringwood aufrichtig.

«Ja, bei Gott», stimmte Ferdy bei, von diesem Standpunkt gewaltig beeindruckt.

Inzwischen hatte Hero ihren Arm um die Schultern der Fremden gelegt. «Oh, bitte – kommen Sie, lassen Sie mich das liebe kleine Baby zudekken. Bitte, weinen Sie nicht. Sagen Sie mir bloß, worum es sich handelt, und ich werde Ihnen bestimmt helfen.»

«Kätzchen! Nein wirklich, Kätzchen! Verwünscht, du kannst doch nicht – ist nicht deine Sache», hielt ihr Sherry vor.

Diesmal beachtete sie ihn jedoch nicht. Das Mädchen rang nach jedem Satz um Atem. «Fragen Sie ihn, ob er es wagt, sein eigenes Kind zu verleugnen! Fragen Sie ihn, ob er mir nicht die Ehe versprochen hat! Fragen Sie ihn, ob ich nicht ein anständiges Mädchen war, als er mich zum erstenmal erblickte. O Gott, was soll aus mir werden?»

«Nein, Kätzchen, um Himmels willen –» sagte Sherry rasch, als sich Hero an Revesby wenden wollte. «Du kannst Monty nicht fragen. Warum, zum Teufel, unternimmst du nichts, Monty, statt bloß dazustehen?»

«Lady Sheringham, ich muß Sie inständig bitten, sich nicht betrügen zu lassen», sagte Revesby in etwas gepreßtem Ton. «Die unglückliche Frau scheint von Sinnen zu sein. Ich schlage vor, daß man sie ins nächste Wachzimmer bringt.»

Ein Stöhnen des Mädchens veranlaßte Hero, sie noch fester zu umschlingen und entrüstet zu sagen: «Wie können Sie es wagen? Haben Sie denn kein Erbarmen mit dieser armen Seele? Ist dieses liebe kleine Baby tatsächlich von Ihnen?»

«Es ist das seine! Das seine!» schrie das Mädchen. «Schauen Sie es nur an, sieht es ihm nicht ähnlich?»

Ferdy, der das schlafende Kind betrachtete, sagte zweifelnd: «Komische Sache, wie Frauen in einem Baby immer Ähnlichkeiten entdecken können. Nun, ich möchte sagen, daß sie überhaupt nichts und niemandem ähnlich sehen. Erinnere mich, ebenso gedacht zu haben, als der Älteste meiner Schwester Fairford geboren wurde. Sie und meine Mutter behaupteten, daß er dem armen Fairford aus dem Gesicht geschnitten sei. Ich sage ja nicht, daß er ein wenig reizvoller Mann ist, dieser Fairford, aber –»

«Ach, sei still, Ferdy», unterbrach ihn Sherry, völlig außer Fassung geraten. «Da haben wir es! Das dachte ich mir. Jetzt beginnen wir bereits Aufsehen zu erregen. Zehn zu eins wette ich, daß jetzt auch noch jemand aus dem Almack weggehen wird, und dann werden wir als nette Narren dastehen – um Himmels willen, Monty, schaff das Mädchen weg!»

«Mein lieber Sherry, ich habe bereits erklärt, daß ich dieses Mädchen nie im Leben vorher gesehen habe. Ich muß in dieser Angelegenheit jede Verantwortung ablehnen. Und wenn du vernünftig bist, rufst du die Wache und läßt das Frauenzimmer wegschaffen.»

Die ganze Zeit über war der Lakai der Sheringhams bei der Equipage gestanden und hatte den Wagenschlag offengehalten, anscheinend blind und taub gegen alles, was um ihn herum vorging. Zwei Sänftenträger, die von der gegenüberliegenden Straßenseite neugierig herbeigekommen waren, ließen jetzt ihre Absicht erkennen, zur Verteidigung des verlassenen Mädchens einzutreten, das Tor des Clubhauses öffnete sich, und Stimmengewirr wurde vernehmbar. Da drehte sich Revesby plötzlich auf dem Absatz herum und eilte mit langen Schritten die Straße hinab. Ein verzweifelter Schrei des Mädchens ließ Mr. Ringwood erschauern und veranlaßte Sherry zu einer Verzweiflungstat.

«Los, steigen Sie um Gottes willen in den Wagen», rief er und schob beide Frauen hinein.

«Ja, bitte kommen Sie mit mir», sagte Hero zu ihrem Schützling. «Das Baby wird sich auf dieser schrecklich zugigen Straße sonst noch erkälten, und ich verspreche Ihnen, daß wir uns Ihrer annehmen werden, nicht wahr, Sherry?»

«Ja, das heißt – nun, lassen wir das jetzt», erwiderte ihr äußerst beunruhigter Gatte. «Fahr nach Hause, John!»

Der Kutscher nahm diesen Befehl würdevoll zur Kenntnis; die Tür wurde hinter den beiden Frauen geschlossen. Der Lakai sprang hinten auf, und die Equipage setzte sich im selben Augenblick in Bewegung, als eine Damengruppe mit den sie begleitenden Kavalieren die Stufen des Almack herabzusteigen begann.

Ferdy starrte noch immer auf die Stelle, wo er Revesby zuletzt gesehen hatte. Mr. Ringwood schob eine Hand unter seinen Arm und zog ihn mit sich fort, um sich mit ihm und dem Viscount zu Fuß in die Half Moon Street zu begeben.

«Habe nie etwas erlebt, was das übertrifft!» sagte Ferdy. «Der Kerl ging einfach davon. Sagte kein Wort zu irgend jemandem! Bei Gott, er hat sich gedrückt! Schlimm, sehr schlimm!»

«Du wolltest dich doch auch drücken», erinnerte ihn Mr. Ringwood. «Zum Teufel! Ist eine scheußliche Sache! Könnte nicht behaupten, daß ich es ihm verarge.»

«Er hatte kein Recht, Sherry mit dem Baby einfach stehenzulassen», sagte Ferdy ernst. «Zum Kuckuck, ist doch nicht Sherrys Baby.»

«Das Mädchen ist bestimmt verrückt», sagte Sherry.

«Nein, das ist sie nicht», widersprach Mr. Ringwood. «Ich glaube, daß es Revesbys Kind ist, es wäre nicht sein erstes.»

«Zum Teufel, Gil, und wenn schon! Höchst bedauerlich, daß sie Revesby gerade vor dem Almack gestellt hat; andererseits hat doch nie jemand angenommen, daß er wie ein Heiliger lebt.»

«Ferdy hat recht», sagte Mr. Ringwood. «Der Bursche ist ein ganz gemeiner Kerl! Hat kein Recht, das Kind verhungern zu lassen. Er könnte leicht genug dafür sorgen, noch dazu wenn es sein Kind ist.»

«Das Mädchen schien ihrer Sache sehr sicher zu sein», brachte Ferdy vor, «sagte auch, es sähe ihm ähnlich. Werde dir etwas sagen, Gil: sieh dir das Kind nochmals an –»

«Hat doch keinen Sinn. Der Kerl verleugnet es doch, und man kann ihn nicht zwingen, für das Kind zu sorgen.»

«Verwünscht», rief Sherry aus, «wenn jede Nutte –»

«Sah mir nicht wie eine Nutte aus, Sherry.»

«Ich kann das von Monty nicht glauben –»

«Nein, war auch kaum anzunehmen, daß du es glauben würdest», sagte Mr. Ringwood unbarmherzig. «Wenn du mich fragst, so ist dieser Kerl ein verdammter Wüstling.»

«Gott, wer kümmert sich darum? Man könnte fast glauben –»

«Niemand kümmert sich darum. Die Sache ist nur die –»

«Ein Wüstling zu sein, ist sein gutes Recht», stimmte Ferdy zu. «Ist nichts dabei. Er hat aber kein Recht, das Kind im Rinnstein verhungern zu lassen. Schlechter Ton.»

«Das wollte auch ich sagen», erklärte Mr. Ringwood kopfnickend. «Verteufelt schlechter Ton.»

«Verdammt unangenehm!» sagte Sherry stirnrunzelnd. «Ich hätte das niemals von Monty geglaubt. Verwünscht, da muß ein Irrtum vorliegen. Wenn dieses Frauenzimmer eine seiner Freundinnen gewesen wäre, würde Monty nicht in dieser Form ausreißen.»

«Sah verdammt krank aus», sagte Mr. Ringwood leidenschaftslos.

«Entsetzlich krank», unterstützte ihn Ferdy. Nach einem Moment der Überlegung fügte er hinzu: «Mir wäre fast auch übel geworden. Verdammt, mitten in der King Street! Dabei gingen alle gerade aus dem Almack weg. Aber ich werde dir etwas sagen, Gil: ich hätte Sherry nicht mit dem Kind stehenlassen. Nein, Sherry nicht!» Plötzlich von einem Gedanken erfaßt, blickte er seinen Cousin an. «Und was wirst du mit dem Kind anfangen, Sherry?»

«Zum Teufel, ich werde mit dem Kind natürlich gar nichts anfangen», erwiderte Sherry ungehalten. «Ist doch nicht meine Sache.»

Mr. Ringwood hüstelte diskret. «Lieber alter Junge – aber Lady Sherry! Was wird *sie* damit tun wollen?»

«Das ist es», nickte Ferdy, «schien sehr davon angetan.»

«Sie wird das tun, was ich bestimme», sagte Sherry kurz.

«Und was wirst du bestimmen?» fragte Mr. Ringwood.

«Es wird mir schon etwas einfallen», erklärte Sherry mit kalter Würde.

Mr. Ringwood begann es langsam für möglich zu halten, daß hinter Mr. Fakenhams Wunsch, mit der ganzen Sache nichts zu tun haben zu wollen, mehr lag, als er zunächst bemerkt hatte. Er sagte leicht vorfühlend: «Ich glaube, lieber Junge, daß du es lieber hättest, wenn wir dich allein ließen: man wünscht in einer derartigen Situation keine Gäste.»

«O nein, das werdet ihr nicht tun», erwiderte Seine Lordschaft.

«Ganz, wie du willst, Sherry», sagte Mr. Ringwood. «Dachte nur, du würdest es vorziehen, mit Lady Sherry allein zu sein.»

«Nun, genau das will ich nicht!» sagte Sherry völlig gefühllos.

Inzwischen waren sie bei dem Hause angelangt. Sie wurden von Bradgate empfangen, der sie davon unterrichtete, daß Mylady eine junge Frauensperson mit in ihr Schlafzimmer genommen habe. Sein Verhalten ließ deutlich erkennen, daß er hierfür keinerlei Verantwortung übernehme und seine Hände in Unschuld wasche, was immer für Konsequenzen daraus entstehen mochten. Der Viscount befahl ihm, den Brandy aus dem Salon zu holen, und geleitete seine beiden Freunde über eine Stiege, die direkt zu seinem Appartement führte. Im Kamin brannte ein Feuer, die Kerzen jedoch waren noch nicht entzündet worden.

Der Viscount hielt eine Wachskerze ins Feuer, dann machte er die Runde durch das Zimmer und entzündete alle Dochte, wobei ein finsterer Blick sein Gesicht entstellte. Der Kanarienvogel, der in einer Fensternische hing, erwachte offenbar in einiger geistiger Verwirrung, denn er stimmte seine Morgenhymne an. Der Viscount warf, nach einer erbitterten Kritik über Vögel im allgemeinen und irregeleitete Tierfreunde im besonderen, ein Tuch über den Käfig, und der Gesang brach jäh ab. Kurz darauf erschien der Butler mit einem Tablett und meldete mit dem Ausdruck äußersten Abscheus, er habe vernommen, daß die junge Frauensperson die Nacht im Fremdenzimmer verbringen werde. Hierauf zog er sich zurück, und der Viscount rief aus: «Also, das ist eine nette Geschichte! Das sieht dem Kätzchen wieder einmal ähnlich. Was soll ich jetzt tun? Ich will verdammt sein, wenn ich Montys *chère-amie* in meinem Fremdenzimmer haben will!»

«Und das Kind ebenfalls», sagte Ferdy kopfschüttelnd. «Wird schreien. Sie tun das immer. Sehr dumme Sache, Sherry. Weiß aber nicht, was du tun kannst.»

«Trinken wir um Himmels willen einen Schluck Brandy», sagte Seine Lordschaft, schritt auf den Tisch zu und ergriff die Karaffe.

Es dauerte einige Zeit, bevor Hero herunterkam; aber nach etwa einer halben Stunde erschien sie dann doch, noch immer in ihrer Balltoilette aus Seidengaze, jedoch ohne Juwelen, dafür aber mit etwas verwirrten Löckchen. Sie betrat das Zimmer mit raschen Schritten und einer tiefbekümmerten Miene. Sie eilte mit ausgestreckten Händen auf Sherry zu und sagte ungestüm: «O Sherry, es ist so empörend! Sie hat mir alles erzählt, und ich hätte nie gedacht, daß jemand so schlecht sein könnte. Es ist alles nur zu wahr. Das liebe kleine Baby ist tatsächlich Sir Montagus leibliches Kind, er will der armen Ruth aber keinen Penny für seinen Unterhalt geben, ja er will nicht einmal mit ihr sprechen! Ach, Sherry, wie darf so etwas geschehen?»

«Ja, ich weiß, Kätzchen. Es ist eine verteufelt böse Sache, aber – aber du hast nur die Darstellung des Mädchens gehört, und ich glaube – wenn wir nur wüßten –»

«Könnte auch eine Verwechslung sein», erklärte Ferdy, eifrig bemüht, behilflich zu sein.

Hero sah ihn mit großen Augen an. «O nein, Ferdy, da kann wahrhaftig keine Verwechslung vorliegen. Sie müssen nämlich wissen, daß sie mir alles erzählt hat. Sie ist kein schlechtes Mädchen – davon bin ich überzeugt. Sie ist ein ganz einfaches Ding und wußte nicht, was sie tat.»

«Das behaupten sie alle», bemerkte Mr. Ringwood düster.

«Gil, wie können Sie nur? Ich hätte nie geglaubt, daß Sie so ungerecht sein könnten», rief Hero. «Sie ist eben ein Mädchen vom Lande, und ich kann Ihnen verraten, daß ihr Vater ein sehr braver Mann ist – ich meine ein sehr sittenstrenger, denn kaum hatte er die furchtbare

Wahrheit entdeckt, als er sie auch schon aus dem Hause wies und nichts mehr mit ihr zu schaffen haben wollte; das kommt mir immer schrecklich grausam vor, obwohl meine Cousine Jane sagte, daß das zu erwarten sei, wegen des Sündenlohns – und das kommt ja in der Bibel vor. Sie ist wirklich ein ganz unschuldiges Mädchen, denn wie könnte es auch anders sein, wenn sie an Sir Montagus Heiratsversprechen glaubte? Selbst ich bin nicht so töricht!»

Ferdy, der aufmerksam zugehört hatte, sagte an dieser Stelle: «Nun, das ist eine Sache, die ich nie tun würde, Gil. Ein Mädchen zu verführen – obwohl ich selbst an eine Verwechslung glaube –, führt nur zu Unannehmlichkeiten, und der Himmel weiß, daß es genug gefällige Mädchen in der Stadt gibt – aber etwas ganz anderes ist es, ihr einzureden, daß man sie heiraten werde. Zum Kuckuck, das ist äußerst verdächtig!»

Ohne diese Unterbrechung zu beachten, fuhr Hero eiligst fort: «Sherry, sie ist in der schrecklichsten Verzweiflung! Ich weiß nicht, wie sie das alles überleben konnte, und wenn sich nicht eine gutherzige Frau ihrer angenommen hätte, dann wäre sie Hungers gestorben. Scheinbar ist diese Frau aber eine Gemüsehändlerin beim Opernhaus, und vielleicht sollte Ruth nicht bei ihr bleiben, denn, Sherry, ich erinnere mich, daß du mir erzählt hast, diese Frauen –»

«Ja, nun – laß das jetzt», sagte Sherry hastig.

«O nein! Ich erinnere mich schon, daß du mir sagtest, ich dürfe das nie erwähnen. Aber die Sache ist die, daß Ruth bei ihr wohnt, und sie kam doch nur nach London, um Sir Montagu zu suchen, wobei sie sich niemals träumen ließ, daß er sich weigern würde, sie zu empfangen. Aber er ist der herzloseste – Sherry, es tut mir aufrichtig leid, so über einen deiner Freunde sprechen zu müssen, aber das geht denn doch zu weit. Ein armes unwissendes Mädchen zu verführen – denn das hat er getan!»

«Ja, aber warte einen Moment, Kätzchen», protestierte Sherry. «Wo? Ich meine, wenn sie ein einfaches Mädchen vom Lande ist, wie du sagst, dann kann ich nicht verstehen –»

«Es war im vergangenen Winter, als er in Hertfordshire war. Ich wußte nichts davon, aber, Sherry, ich glaube, daß du es wissen wirst: Ruth sagte, er hätte einen Onkel, der in der Nähe von Hitchin lebt. Anscheinend war Sir Montagu zu Weihnachten bei ihm zu Besuch gewesen, und so lernte er Ruth kennen.»

Mr. Ringwood nickte. «Sherry, das ist die reine Wahrheit. Der alte Fortescue Revesby. Gewisse Hoffnungen . . .» fügte er dunkel hinzu.

«Das weiß ich alles auch», sagte Sherry ungeduldig. «Aber was in aller Welt sollte ihn veranlaßt haben, dieses unglückliche Mädchen zu verführen –»

«Ach, ich weiß nicht, Sherry –» warf Ferdy aufrichtig ein. «Zum Zeitvertreib – ich glaube, daß es dort verteufelt langweilig ist.»

«Ja, das glaube ich selbst», stimmte Hero zu. «Aber welche Schlechtigkeit von ihm, Ferdy! Wie herzlos! Wie konnte er das nur tun! Er hat sie nur zum Zeitvertreib zugrunde gerichtet, denn ich glaube nicht, daß er sich je das geringste aus ihr gemacht hat.»

«Weißt du was?» sagte Ferdy plötzlich und wandte sich an Mr. Ringwood. «Konnte mich nicht erinnern, warum mir das alles so bekannt vorkam. Weiß es jetzt wieder! Sah im Lyzeumtheater genauso ein Stück. Vater stieß das Mädchen in den Schnee hinaus. Warf Ruths Vater sie auch in den Schnee, Kätzchen?»

«Nein, nein – wenigstens weiß ich es nicht. Aber dies ist eine wahre Begebenheit, Ferdy.»

«Kümmere dich nicht um Ferdy», befahl der Viscount. «Die Sache ist die, Kätzchen, die ganze Angelegenheit geht uns nichts an und wir können nicht –»

Unter dem empörten Augenaufschlag Heros begann er zu stottern und warf Mr. Ringwood einen wilden Blick zu, ihm doch zu Hilfe zu kommen.

Mr. Ringwood tat sein möglichstes. «Es ist Sherry nicht recht, das Kind von Revesby in seinem Fremdenzimmer zu haben, Kätzchen. Kann es ihm nicht verargen: könnte ihn durch Weinen um seinen Schlaf bringen.»

«O nein, es handelt sich doch nur um die heutige Nacht. Sherry, du kannst doch nicht so herzlos sein und die arme Seele in dieser Nachtstunde wieder fortschicken. Nein, das könntest du nicht!»

«Nein, ich habe auch nicht gesagt, daß ich es tun will, aber die Sache ist die, Kätzchen – zum Kuckuck, was stellt sich Monty eigentlich vor, mir seinen Bastard einfach aufzuhalsen», rief Sherry im Tone äußerster Entrüstung.

«Wenn ich es jetzt überlege», bemerkte Mr. Fakenham plötzlich, «so war es gar nicht im Lyzeumtheater. Es war im Non-Pareil. Der Titel des Stückes wird mir in einer Minute einfallen.»

«Ich dachte, derartige Dinge kommen nur im Theater vor», sagte Hero traurig. «Ich wußte nicht, daß die Männer so schlecht sein können!»

«Nun ja, aber, Kätzchen, du verstehst das nicht so genau», sagte Sherry verzweifelt. «Das klingt alles sehr schlimm, aber zehn zu eins wette ich, daß die Geschichte noch eine zweite Seite hat. Diese kleinen Affären, mußt du wissen – ach, man kann nicht darüber sprechen – aber – zum Kuckuck, das sind Dinge, die jedem passieren können.»

«O nein!» rief Hero. Ihre Stimme brach, und ihre Augen schwammen in Tränen. «Dir nicht, Sherry, *dir* nicht!»

«Nein, nein – mein Gott, ich hoffe nicht!» sagte Seine Lordschaft, der plötzlich eine haarsträubende Vision der Szene hatte, die sich in der King Street abgespielt hatte. Da bemerkte er, daß sowohl sein Cousin wie auch Mr. Ringwood, von Heros Aufschrei und verängstigtem Aussehen tief erschüttert, ihn vorwurfsvoll ansahen, und er fragte mit zorniger Stimme: «Was, zum Teufel, seht ihr beide mich so an? Ich habe nie im Leben jemanden verführt, das könnt ihr mir glauben! Überdies gehöre ich nicht zu jener Sorte Männer, die ihre Bastarde im Rinnstein verhungern lassen. Ich meine, ich würde sie nicht verhungern lassen, wenn ich welche hätte; aber ich habe keine – wenigstens habe ich nie etwas davon gehört. Ach, geht zum Teufel!»

Seine fassungslosen Freunde entschuldigten sich sogleich, wobei Ferdy erklärte, daß ihn der Augenblick mit fortgerissen habe. Der Viscount war ernstlich verstimmt, doch Mr. Ringwood war geistesgegenwärtig genug, sein Glas frisch zu füllen, und Hero, die eine seiner Hände zwischen die ihren nahm, sagte: «O nein, Sherry, ich weiß, daß du das nie tun würdest. Und, nicht wahr, du erlaubst mir, daß ich dem armen Mädchen helfe?»

«Ich glaube selbst, daß wir etwas für sie tun müssen», sagte Seine Lordschaft. «Obwohl ich verdammt sein will, wenn ich eine Ahnung habe, was geschehen soll. Ich werde mit Monty sprechen müssen, aber ich kann euch verraten, ich tue es nicht gern, denn es ist sonnenklar, daß er nicht die Absicht hat, das Kind anzuerkennen.»

«Nein, nein, sprich nicht mit ihm», sagte Hero. «Er hat genug Unheil angerichtet und soll der armen Ruth nicht mehr in die Nähe kommen. Ich habe mir einen Plan zurechtgelegt, der die ganze Situation großartig löst. Sie soll nach Melton fahren, und, nicht wahr, Sherry, du wirst ihr gestatten, in dem leerstehenden kleinen Häuschen am Westtor zu wohnen? Sie kann Mrs. Goring im Jagdhaus helfen, du erinnerst dich doch, daß mir Mrs. Goring, als wir dort waren, immer vorjammerte, sie könne kein anständiges Mädchen bekommen, das ihr hilft – ach nein, vielleicht weißt du gar nichts davon – aber es war so.»

«Zum Kuckuck, Kätzchen, sie ist aber doch kein anständiges Mädchen», verwies Sherry. «Und wenn ich Mrs. Goring richtig kenne –»

«Nein, bitte überlege es dir nur», bat Hero. «Du kannst ihr doch einen Ehering kaufen, und wir werden behaupten, daß ihr Gatte tot ist; niemand braucht die Wahrheit zu erfahren, und sie kann dort in Frieden leben. Er ist bei Waterloo gefallen. Darüber kann sich niemand wundern.»

«Bei Waterloo gefallen?» warf Mr. Ringwood ein.

«Sehr gute Idee», sagte Ferdy beifällig. Aber plötzlich erschütterten ihn bedenkliche Zweifel. «Wenn ich es genau überlege, bin ich doch nicht so sicher.»

Es war klar, daß sowohl er als auch Mr. Ringwood in Gedanken mit einer mathematischen Berechnung beschäftigt waren. Mr. Ringwood kam als erster zu einem Resultat. «Nein», erklärte er, «das war im Juni vergangenen Jahrs, nicht wahr? Also vor achtzehn Monaten.»

«Bei mir kommt es auch so heraus», sagte Ferdy, erfreut, sich mit seinem Freund in Übereinstimmung zu befinden. «Müssen uns etwas anderes ausdenken. Bin sehr glücklich, helfen zu dürfen. Glaube, daß ich einen blendenden Einfall haben werde.»

«Ach, wir sagen einfach, daß er an einer Krankheit gestorben ist», entschied Hero. «Dabei kann es keinerlei Schwierigkeiten geben. Und Ruth war in einem Gasthof Zimmermädchen und wird daher wissen, wie sie ihre Arbeit verrichten soll. Und Sherry, wenn du nichts dagegen hast, glaube ich, könnten wir ihr dasselbe Gehalt geben wie Maria. Ich weiß, daß es ein wenig verschwenderisch ist, aber wir müssen doch auch an das Kind denken.»

Sherry war so überaus erleichtert, Heros Worten zu entnehmen, daß sie nicht den Wunsch hatte, ihren unglücklichen Protégé dauernd im Fremdenzimmer einzuquartieren, daß er diesen Plan sofort billigte, ja er ging sogar so weit, ihr auf ihre Bitte eine Banknote zu geben, die ausreichte, um die Kosten geeigneter Babykleider für das verlassene Kind zu decken. Hero dankte ihm in warmen Worten und begab sich zu Ruth, um sie über ihr Los zu beruhigen, und überließ es Sherry, sich dazu zu gratulieren, daß er bei dieser Angelegenheit besser weggekommen war, als er es noch vor kurzem für möglich gehalten hatte, Mr. Ringwood, sichtlich in tiefes Nachdenken zu versinken, und Ferdy, sich eine stilvolle Todesart für den hypothetischen Gatten Ruths auszudenken.

16

Da der Viscount nicht zu den nachdenklich veranlagten jungen Leuten zählte, fiel es ihm auch nicht ein, daß sich das nächste Zusammentreffen mit seinem Freund Revesby zwangsläufig in einer gewissen befangenen Atmosphäre abspielen müsse. Er war von dem abscheulichen Licht, das die Affäre auf Revesbys Charakter warf, ziemlich erschüttert gewesen, und nach einem etwas mühsamen Gespräch mit Ruth Wimborne (das ihm von seiner Frau am folgenden Morgen aufgezwungen worden war) hatte er keinerlei Zweifel mehr, daß ihre Erzählung in allen wesentlichen Punkten auf Wahrheit beruhe. Aber er war geneigt, anzunehmen, daß die Geschichte auch noch eine zweite Seite haben könnte, und hätte ihm Sir Montagu eine andere Darstellung gegeben, so hätte er ihm geglaubt. Aber er sah Sir Montagu während einiger Tage nicht, und als sie einander wieder begegneten, erwähnte Sir Montagu die ganze Affäre mit keiner Silbe. Er zeigte sich von seiner charmantesten Seite und tat so, als hätte der Skandal nie stattgefunden. Sherry war darüber verstimmt. Er war ein freigebiger junger Mann und hatte keine Einwendungen erhoben, als man sich an ihn wandte, für die Geliebte und das Kind eines anderen Mannes zu sorgen, aber als er nun bemerkte, daß Revesby die ganze Geschichte scheinbar völlig vergessen hatte, begann die Idee, die Ferdy ihm zuerst in den Kopf gesetzt hatte, daß es nämlich von einem Manne durchaus nicht in Ordnung sei, ihm sein Kind aufzuhalsen, immer stärker von ihm Besitz zu ergreifen.

Es dämmerte ihm auch auf – allerdings nicht sogleich, sondern bald darauf –, daß sich, wie immer Revesbys Haltung auch gewesen sein mochte, ziemlich heikle Situationen bei einer fortgesetzten Intimität mit einem Mann ergeben mußten, dem man unter diesen Umständen nicht gestatten konnte, seiner eigenen Frau nahezukommen. Als Hero ihn schüchtern bat, Sir Montagu nicht in die Half Moon Street einzuladen, wenn er bei einer Party ihre Anwesenheit wünsche, hatte er erwidert, daß sie in diesem Punkt keine Befürchtungen hegen müsse.

«Und wenn er mich im Almack auffordern sollte, mit ihm zu tanzen, Sherry? Wirst du dann nicht beleidigt sein, wenn ich mich mit einer Ausrede entschuldige? Denn wirklich –»

«Mach dir darüber keine Sorgen: er wird es nicht wagen! Du brauchst nicht mehr zu tun, als seinen Gruß zu erwidern, wenn du ihm irgendwo begegnest. Es ist besser, wenn du das tust, denn es gäbe zu viel Gerede, wenn du ihn schneiden würdest. Und noch eines Kätzchen! Zu keiner Menschenseele auch nur ein Wort über die ganze Geschichte!»

«Nein, ich werde es bestimmt nie erwähnen», versprach sie. «Das heißt, Sherry – er macht Isabella auffallend den Hof. Glaubst du nicht, ich sollte ihr einen Wink geben, daß er für sie kein geeigneter Umgang ist?»

«Unter gar keinen Umständen», sagte er nachdrücklich. «Isabella hat ihre Mutter, die sie ständig im Auge behält, und du kannst dich darauf verlassen, daß Mrs. Milborne über Monty ganz genau orientiert ist. Wollte Gott, daß auch du eine Mutter hättest!»

«Oh! Aber, Sherry, du behältst mich doch im Auge, also macht es doch weiter nichts aus», versicherte sie ihm.

«Doch, es macht etwas aus», sagte er. «Ich bin doch keine Frau, wie, zum Teufel, soll ich denn erraten, was du als nächstes anstellen wirst? Es ist ewig schade, daß meine Mutter dir keinerlei Sympathien entgegenbringt.»

Die verwitwete Lady Sheringham war so weit davon entfernt, Sympathien für ihre Schwiegertochter zu empfinden, daß sie sich in den abgelaufenen zwei Monaten mit der Beschäftigung getröstet hatte, alle Unbesonnenheiten und Schnitzer, die Hero beging und die aller Welt bekannt waren, zu sammeln und lange darüber nachzugrübeln. Auf irgendeine geheimnisvolle Art war es ihr gelungen, die Vorliebe ihres Sohnes für gefährlich hohes Hasardspiel in den übelsten Spielhöllen auszukundschaften, und sie hatte sich tatsächlich der Mühe unterzogen, Hero lediglich zu dem Zweck zu besuchen, um in ihr den Eindruck zu erwecken, daß dem armen Anthony, bevor er sein Leben mit dieser Heirat verpfuschte, derartige Exzesse völlig unbekannt waren. Hero war vollständig niedergebrochen, Mylady allerdings ging aus dieser Sitzung äußerst erfrischt hervor und verabschiedete sich alsbald, um ihrem teilnehmenden Bruder zu erzählen, daß sie im schlimmsten Falle Hero wenigstens unmißverständlich gesagt habe, was sie von ihrem Betragen halte. Hierauf zog sie sich wieder nach Sheringham Place zurück, weil sie hatte feststellen müssen, daß ihre guten Freundinnen nicht mehr gesonnen waren, sich eine Wiederholung ihrer erbitterten Auslassungen anzuhören. Und die Möbel auf dem Grosvenor Place verbargen sich neuerdings hinter den leinenen Schutzhüllen.

Inzwischen hatte Hero einen äußerst genußreichen Vormittag damit verbracht, Kleider für Ruths Baby zu kaufen. Allerdings hatte sie auch ihren Gatten aufs höchste erbittert, als sie ihre Absicht ankündigte, die junge Frau durchaus nach Melton begleiten zu wollen, um sie in ihrem neuen Heim zu installieren und mit den Gorings bekannt zu machen. Als Seine Lordschaft beizeiten nach Hause kam, um seine Frau zu einem Dinner zu begleiten, wurde er mit der angenehmen Nachricht empfangen, daß sich Mylady mit Mrs. Wimborne aufs Land begeben habe und nicht vor nächstem Abend zurückerwartet werde. Dem eilig gekritzelten Billett, das Hero für ihn hinterlassen hatte, war deutlich zu entnehmen, daß sie die Dinnerparty total vergessen hatte. So sah sich der Viscount gezwungen, unverzüglich eine alte Verwandte aus der weiblichen Linie von Heros Familie zu erfinden und dieses sagenhafte Wesen mit der zartesten Gesundheit auszustatten, ja, sie sogar aufs Totenbett hinzustrekken, um die überstürzte Abreise seiner Frau aus London hinlänglich zu begründen.

Erst nach mehr als einer Woche traf er Sir Montagu unter Umständen, die eine private Unterhaltung ermöglichten. Sir Montagu benützte diese Gelegenheit jedoch nicht, seinen jungen Freund ins Vertrauen zu ziehen. Statt dessen zog er es vor, eine amüsante Geschichte zu erzählen und einen erfolgreichen Tag bei einem Rennen zu beschreiben. Sherry, diesmal unempfänglich für seinen Charme, hörte ihm mit steigender Ungeduld zu; plötzlich unterbrach er seine Rede rücksichtslos und sagte: «Ja, schon gut, was aber jene Affäre von damals in der Nacht betrifft, Monty –»

Sir Montagus Brauen hoben sich. «Welche Affäre, mein lieber Junge?»

«Natürlich die vor dem Almack! Weißt du –»

«Du lieber Himmel, Sherry, die habe ich ganz vergessen», sagte Sir Montagu höchlichst belustigt. «Wenn die arme junge Frau nicht verrückt war – wovon ich persönlich überzeugt bin –, dann, mein lieber Junge, handelt es sich um einen der ältesten Tricks der Welt. Leider hat sie aber diesmal ihr Opfer schlecht gewählt: ich bin denn doch ein wenig zu erfahren, um von so einer Betrügerin überrumpelt zu werden, das kannst du mir glauben.»

«Solltest du nicht doch etwas zu dick auftragen, Monty?» sagte Sherry mit ungewohnter Trockenheit.

Das Lächeln auf Sir Montagus Lippen schien festzufrieren. Nach einer kleinen Pause sagte er leichthin: «Mein armer Junge, du bist wohl noch sehr unerfahren, was? Komm, lassen wir diese unerfreulichen Dinge. Hättest du Lust, dich heute abend an einem kleinen Spielchen in meiner Wohnung zu beteiligen? Brock kommt und ein oder zwei andere Freunde, die du auch kennst.»

«Sehr gütig von dir, aber ich habe bereits eine Verabredung», erwiderte Sherry, drehte sich auf dem Absatz um und überließ es Sir Montagu, gewisse unliebsame Betrachtungen über die Unklugheit anzustellen, junge Gentlemen mit so unerwünschten Charaktereigenschaften falsch zu behandeln.

Es bedeutete für Sir Montagus Pläne einen schweren Rückschlag, daß es ihm nicht gegeben war, die fundamentale Ehrenhaftigkeit von Sherrys Charakter richtig einzuschätzen, die ihn dazu veranlaßte, sich mit Abscheu von einer so bodenlosen Unanständigkeit abzuwenden, die in Wahrheit auf einen Betrug hinauslief. Sir Montagu, der sich infolge seiner pekuniären Schwierigkeiten noch abgeneigter zeigte, selbst eine so geringfügige Verpflichtung wie ein uneheliches Kind anzuerkennen, hatte sich unter dem Eindruck eines höchst enervierenden Augenblicks entschlossen, die Bekanntschaft mit einem Frauenzimmer zu leugnen, deren Existenz er tatsächlich fast vergessen hatte, und es wäre für jemanden seiner Sinnesart völlig unmöglich gewesen, seine Worte, selbst nur vor Sherry, zurückzunehmen. Er tröstete sich mit der Überlegung, daß Sherrys schlechte Laune nie lange anhielt; als er aber einige Tage danach Sherry in der St. James Street traf und in seinem Benehmen eine deutlich wahrnehmbare Reserviertheit entdecken mußte, war er außerordentlich verärgert und trug wenig Bedenken, diese Kälte der Lady Sheringham zuzuschreiben, die ihn vor wenigen Tagen im Theater nur eines kühlen Kopfnickens gewürdigt hatte. Man konnte natürlich nicht erwarten, daß Sherrys Entfremdung Sir Montagu gegenüber auf ihn den unmittelbaren Einfluß haben könnte, seiner Spielleidenschaft zu entsagen. Sie hielt ihn aber von gewissen Etablissements der Pall Mall und des Pickering Place fern, wo er Revesby bestimmt getroffen hätte, und veranlaßte ihn, zu Watier zurückzukehren. Das war jedenfalls ein Vorteil, wie Mr. Ringwood eines Tages Ferdy Fakenham anvertraute, denn, obwohl höher gespielt wurde als sonst irgendwo in London, wurde das Allerheiligste wenigstens nicht von Falschspielern und Bauernfängern frequentiert.

Wie es in der Natur der Sache lag, dauerte es nicht lange, bis der derzeitige Aufenthaltsort Ruth Wimbornes auch Sir Montagu zu Ohren kam, denn Ferdy erzählte die Geschichte seinem Bruder, und Mr. Ringwood vertraute sie anläßlich eines intimen kleinen Dinners in seiner Wohnung bei der zweiten Flasche Portwein Lord Wortham an. Es war ein zu köstlicher Spaß, um ihn jenen Herren zu verschweigen, von denen man bestimmt wußte, daß sie ihn richtig zu würdigen verstanden, und ein Flüstern und Raunen erhob sich – allerdings ausschließlich in männlichen Kreisen. Sir Matthew Brockenhurst zog Sir Montagu in der hinterhältigsten Weise damit auf, und während Sir Montagu über die Idee, daß er in diese Affäre verwickelt sein könnte, scheinbar herzlich lachte, verbarg er hinter seiner Heiterkeit kochende Wut. In der richtigen Annahme, daß Sherry, seinen eigenen Eingebungen überlassen, nie daran gedacht hätte, sich Ruth Wimbornes anzunehmen, kreidete er Sherrys Frau auch diese Angelegenheit auf dem Kerbholz an und gelobte, sich die Genugtuung zu verschaffen, es ihr vollinhaltlich heimzuzahlen. Er verfügte über eine recht bemerkenswerte Frechheit, aber die Situation, die durch das Gerücht heraufbeschworen worden war, seine verlassene Geliebte habe mit ihrem Kind auf einem von Sherrys Gütern ein Asyl gefunden, war keineswegs dergestalt, daß er imstande gewesen wäre, sie auch nur mit dem Schein von Anstand hinzunehmen. Er sah sich gezwungen, der Tatsache ins Auge zu blicken, daß einer der vielversprechendsten Gimpel, der je seinen Weg gekreuzt hatte, außer Reichweite geflogen war und keinerlei Neigung zeigte, zu ihm zurückzuflattern.

Als sich Sherry eines Tages in Newmarket aufhielt, machte Hero eine neue Bekanntschaft. Sie hatte sich einer Gesellschaft angeschlossen, die von ihrer Cousine Mrs. Hoby arrangiert worden war, um einen Maskenball zu besuchen, der in den Festsälen des Pantheon stattfand. Im Laufe des Abends betrat eine nach der neusten Mode gekleidete Dame mit ruhigen Manieren und großartigem Auftreten Mrs. Hobys Loge und bat, erfahren zu dürfen, ob ihre Vermutung richtig sei, daß sie den Vorzug habe, mit Lady Sheringham zu sprechen.

Hero bestätigte dies, und die Dame nahm neben ihr Platz. Sie stellte sich als Mrs. Gillingham vor und fügte hinzu, daß Lord Sheringham seiner jungen Frau gegenüber ihren Namen vielleicht schon erwähnt habe. Auf Heros Antwort, daß dies nicht der Fall sei, lachte sie und erklärte, daß es Sherry ganz ähnlich sähe, sie ganz vergessen zu haben.

«Ich war in den letzten Monaten etwas leidend, sonst hätte ich mir die Ehre gegeben, Ihnen, Lady Sheringham, einen Besuch zu machen. Ich habe Sherry in den letzten fünf Jahren oft gesehen und hatte das lebhafteste Verlangen, auch seine Frau kennenzulernen. Ich bin überzeugt, daß wir Freundinnen werden; ich schmeichle mir, schon auf den ersten Blick zu wissen, ob ich mich mit jemandem enger befreunden möchte.»

Hero dankte ihr errötend und bat um die Erlaubnis, ihre Cousine vorstellen zu dürfen. Mrs. Gillingham, die bedeutend älter war als die Teilnehmer an Mrs. Hobys Party, erwies sich als ungemein liebenswürdig; sie blieb nur kurze Zeit, plauderte ungezwungen und verabschiedete sich erst, nachdem sie Heros Versprechen erhalten hatte, auf die Formalität eines offiziellen Besuches zu verzichten und sich an einer kleinen Kartenpartie zu beteiligen, die am folgenden Abend bei ihr stattfinden sollte.

«Theresa, glaubst du, daß ich gehen soll?» fragte Hero unschlüssig, nachdem Mrs. Gillingham sich entfernt hatte.

«Unbedenklich, liebe Cousine! Sie hat ein äußerst distinguiertes Benehmen, und ihre Toilette war von erstklassiger Eleganz. Auch ihre Adresse, in der Curzon Street, ist untadelig. Außerdem ist sie mit deinem Gatten befreundet, und das allein muß dir, wie ich nicht zweifle, einen Verkehr mit ihr akzeptabel erscheinen lassen.»

«Ja-a», sagte Hero gedehnt. «Aber Sherry sagte mir einmal, daß er viele Leute kenne, die er mir nicht vorzustellen wünscht.»

Mrs. Hoby lachte laut auf. «Ach, meine Liebe, jetzt bin ich aber neugierig, was du als nächstes sagen wirst. Verlaß dich drauf, Mrs. Gillingham gehört bestimmt nicht in *diese* Kategorie. Überdies ist sie mindestens fünfunddreißig Jahre alt, höchstwahrscheinlich sogar weit mehr.»

So wurde also Hero am folgenden Abend vor dem Portal eines Hauses der Curzon Street abgesetzt und betrat ein wenig schüchtern den Salon, der von Gästen bereits überfüllt war. Die Dame des Hauses kam ihr sogleich entgegen und hieß sie in der liebenswürdigsten Weise willkommen, stellte ihr ein oder zwei ganz fremde Menschen vor und drängte ihr ein Glas Champagner auf. Hero stellte ein wenig überrascht fest, daß sie niemanden im Salon kannte, und begann sich, nachdem sie sich eine Weile umgesehen hatte, unsicher zu fühlen und zu fürchten, daß Sherry ihre Anwesenheit in dieser Umgebung vielleicht doch nicht gutgeheißen hätte. Als dann noch Sir Matthew Brockenhurst und der Honourable Wilfred Yarford eintrafen, hätte sie sich gerne entfernt, und wenn ihr eine Entschuldigung eingefallen wäre, ohne ihre Gastgeberin zu beleidigen oder besondere Aufmerksamkeit auf sich zu ziehen, die sie unter allen Umständen vermeiden wollte, dann hätte sie es bestimmt getan. Sie kannte sich nicht aus, und als sich die ganze Gesellschaft in ein weit größeres Appartement im ersten Stockwerk begab, in dem man Kartentische aufgestellt hatte, ließ sie sich widerspruchslos mit den übrigen Gästen die Treppe hinaufgeleiten.

Sie liebte das Kartenspiel, und da sie von Sherry in die Geheimnisse des Faro, des Rouge et Noir, des Makao und einer weiteren Reihe von Glücksspielen eingeweiht worden war, glaubte sie natürlich, daß sie imstande wäre, sich in jeder Gesellschaft auch allein zu behaupten. Dies erwies sich jedoch als Irrtum. Die Einsätze waren auch weit höher als die, mit denen sie bisher gespielt hatte, und sie befand sich alsbald in nicht geringer Verlegenheit, als sie feststellen mußte, für ihre Einsätze kein Geld mehr bei sich zu haben. Mrs. Gillingham war die Güte selbst, lächelte über ihre Unerfahrenheit und erklärte ihr, daß jedermann so lange auf Kredit spiele, bis sich das Glück wieder gewendet hatte, und zeigte ihr gleichzeitig, wie man einen Scheck ausschreibt. Hero erinnerte sich, daß Sherry davon gesprochen hatte, einen Schuldschein unterschrieben zu haben, daher nahm sie an, daß dies der allgemein geübte Brauch sei, und nahm beruhigt wieder Platz, um die verlorene Summe zurückzugewinnen. Sie war dermaßen in das Spiel vertieft, daß sie außer dem Fallen der Karten kaum etwas bemerkte; in der Erregung des Spiels, der Hitze des Zimmers und durch den Champagner, der ununterbrochen in ihr Glas nachgefüllt wurde, geriet sie immer tiefer in Schulden und erhob sich in früher Morgenstunde mit weit größeren Verlusten, als sie sich noch klar vorzustellen vermochte. Ihre Schuldscheine schienen sich unglaublicherweise auf eine vierstellige Zahl zu belaufen, und sie hatte nicht die geringste Ahnung, wie sie eine derartige Summe von ihrem erst im nächsten Vierteljahr fälligen Nadelgeld begleichen sollte. Aber auch in diesem Fall erwies sich Mrs. Gillingham äußerst verständnisvoll und versicherte ihr, daß der Bankhalter, Jack Cranbourne, sich nie träumen ließe, sie um eine Bezahlung zu drängen. Sie sei nicht nur überzeugt, Hero werde bei einem zweiten Versuch am folgenden Abend alle Schuldscheine zurückgewinnen, sondern sie sähe förmlich vor sich, wie ein Goldstrom in den Schoß ihrer jungen Freundin fließe. Hero, durch ihre Verluste stark ernüchtert, hatte nicht den Wunsch, einen weiteren Abend in diesem Hause zu verbringen, aber da Sherry dasselbe gesagt hatte, nahm sie an, daß das, was Mrs. Gillingham ihr erzählte, auf Wahrheit beruhe. Man mußte nur den Mut haben, der eigenen Verluste nicht zu achten und weiterzuspielen, bis sich das Glück wieder wandte und alles in Ordnung kam.

Aber Heros Spielverluste waren am zweiten Abend womöglich noch verheerender als am ersten, und eine innere Stimme sagte ihr, daß ein dritter Abend auch nicht erfolgreicher verlaufen würde. Völlig verängstigt und bei dem Gedanken an die ungeheure Summe, die sie verloren hatte, von Entsetzen erfaßt, wußte sie nicht, an wen sie sich in ihrer verzweifelten Lage wenden sollte. Sie verbrachte den Rest der Nacht damit, daß sie sich von einer Seite auf die andre wälzte und den Kopf darüber zerbrach, wie sie einen Ausweg aus ihren Schwierigkeiten finden sollte. Sherry mit dem ganzen Betrag ihrer Verpflichtungen zu belasten, schien ihr undenkbar, denn der arme Sherry hatte seine eigenen Schulden, und es war erst eine Woche her, seit er gesagt hatte, daß sie tatsächlich versuchen müßten, sparsamer zu leben. Hero weinte herzzerreißend in ihre Kissen, weil sie es war, die Sherrys Schwierigkeiten noch vergrößert hatte, und sie dachte, daß ihre Schwiegermutter nicht mehr als die Wahrheit gesprochen habe, als sie sie beschuldigte, sein Leben zerstört zu haben.

Er kam am selben Tag aus Newmarket zurück und traf seine Frau mit müden Augen an, die, wie sie ihm befangen erklärte, von einer Migräne herrührten. Er vertraute ihr an, daß auch er eine Migräne gehabt habe, und zögerte nicht, sie dem böswilligen Verhalten von vier oder fünf Pferden zuzuschreiben, auf die er gewettet hatte. Hero wurde blaß und stotterte: «Hast du sehr großes Pech gehabt, Sherry?»

«Höllisches Pech!» erwiderte er. «Das eine kann ich dir sagen, wenn das so weitergeht, werde ich mich plötzlich in den Händen eines dieser verfluchten Hundertprozenter befinden!» Er löste das Siegel von einem der Briefe, die ihn erwartet hatten, und rief aus: «Rechnungen, nichts als Rechnungen! Sie nehmen kein Ende. Ein verdammter Empfang für einen Mann!»

«Was – was ist ein Hundertprozenter, Sherry?» fragte ihn seine Frau mit schwacher Stimme.

«Ein Geldverleiher», erwiderte er, überantwortete dem Feuer eine weitere Rechnung und öffnete ein versprechenderes Billett.

«Gibt es denn Leute, die Geld herleihen?» fragte sie begierig.

«Ja, Wucherer – und obendrein zu einem verteufelt hohen Prozentsatz! Ich kenne sie nur allzugut. Bevor die Vormundschaft aufgehoben wurde, war ich immer und ewig bei Howard und Gibbs.»

«Sherry, sagtest du Howard und Gibbs?»

«Ja, sie sind noch die anständigsten unter diesen Blutsaugern, und das will etwas heißen.» Er sah von seinen Briefen auf. «Warum, zum Teufel, willst du etwas über Geldverleiher wissen, Kätzchen?»

«Ich – nur, weil ich nicht genau verstand, was ein Hundertprozenter ist», sagte sie rasch.

«Aber laß dir ja nicht einfallen, das Wort je auszusprechen», warnte er sie. «Es ist kein sehr eleganter Ausdruck.»

Die höchst erfolgreiche Firma der menschenfreundlichen Herren Howard und Gibbs erhielt am folgenden Vormittag den Besuch einer dichtverschleierten Dame, die in einer Droschke vorgefahren war und offensichtlich nichts von den Grundsätzen wußte, die ihre seltsamen Finanzierungsmethoden beherrschten. Der ehrenwerte Gentleman, der mit dieser Dame verhandelte, schien zunächst merkwürdig abgeneigt, ihr das Geld vorzustrecken. Es verwirrte sie, daß er in verbindlichstem Ton von Bürgschaften und Empfehlungsschreiben sprach; als sie ihm aber ihre Identität enthüllte, erfuhr sein Benehmen einen erfreulichen Umschwung, und er erklärte ihr nicht nur die Bedingungen, unter denen die Firma bereit wäre, ein Darlehen zu gewähren, sondern er drückte auch seine Bereitwilligkeit aus, ihr in jeder nur möglichen Weise dienlich zu sein. Er zeigte weitgehendes Verständnis für den Umstand, daß sie eine derartige Summe verlieren konnte, obwohl sie nur an zwei Abenden gespielt hatte, und zeigte sich auch ganz im allgemeinen so teilnehmend, daß seine Klientin das Gebäude mit einer hohen Meinung von dem ganzen Geschlecht der Geldverleiher verließ.

Aber während seine Frau ihre Schuldscheine beglückt mit dem Geld einlöste, das ihr die Herren Howard und Gibbs großmütig vorgestreckt hatten, erhielt Sherry von einer Dame, mit der er seit seiner Verheiratung nichts mehr zu tun gehabt hatte, einen Brief auf duftendem goldgerändertem Papier. Er betrachtete das Schreiben mit finsterem Blick, denn er befand sich nicht in der Stimmung, sich in eine jener Intrigen verwickeln zu lassen, die das geheimnisvoll gehaltene Schreiben zu verheißen schien. Die Schreiberin erklärte, sie bitte ihn nur ungern, sie aufzusuchen, aber sie hätte ihm etwas ungemein Wichtiges mitzuteilen. Falls er es nicht erführe, würde er es bestimmt sehr bereuen. Sherry las das Schreiben zweimal durch, dann kam er zu der Überzeugung, daß Nancy nicht zu den Frauen gehörte, die einem Mann einen üblen Streich spielen, und begab sich in die Straße, in der sich ihre Wohnung befand.

Er traf sie zu Hause an und wurde von ihr in der liebenswürdigsten Weise und mit dem vergnügtesten Lächeln empfangen.

«Sherry, ich hoffte, daß du kommen würdest», sagte sie. «Ich glaube, ich dürfte dich nicht darum bitten: aber um alter Zeiten willen – gib mir einen Kuß!»

Er willfahrte dieser Bitte bereitwillig genug, denn wenn sie auch ein wenig verblüht aussah, war sie doch noch immer ein recht reizvolles Frauenzimmer, und er hatte für sie, abgesehen von der amourösen Seite ihrer Beziehung, immer eine besondere Vorliebe gehabt. «Ja, Nancy, das ist alles gut und schön, aber ich bin jetzt ein verheirateter Mann! Habe ein neues Leben begonnen», sagte er und umschlang ihre rundlichen Schultern.

«Gott segne dich, Sherry, als ob ich das nicht wüßte! Und du darfst auch nicht glauben, daß ich dir geschrieben habe, um dir Unannehmlichkeiten zu bereiten, denn das würde ich nie tun, und das müßtest du auch wissen. Ich habe dich zu mir gebeten, weil wir eine wunderbare Zeit miteinander verbrachten und ich dich immer geliebt habe. Ja, aber mir gefällt auch dein kleines Frauchen, Sherry – und das ist der Grund für die ganze Geschichte!»

«Was, zum Teufel, hat meine Frau damit zu tun?» fragte er.

«Setz dich, mein Lieber, und laß diesen abscheulich finsteren Blick schleunigst wieder aus deinem Gesicht verschwinden. Nicht wahr, du warst in Newmarket?»

«Ja, aber –»

«Nun also, Sherry, wenn ich dir jetzt etwas erzähle, das du nicht gerne hören wirst, dann bedenke, daß ich nicht eine Silbe sagen würde, wenn ich dich nicht gern hätte und wenn ich nicht zufällig gehört hätte – egal von wem –, daß deine kleine Frau nur ein Baby ist, das noch nicht Bescheid weiß, wie die Hälfte dieser feinen Damen, die ihre Nasen immer so hoch in der Luft tragen.»

Die blauen Augen des Viscount starrten ihr gespannt ins Gesicht. «Weiter!» sagte er kurz.

Sie lächelte ihm zu. «Nun, mein Schatz, ich sah deine Frau an einem Ort, an dem sie sich keinesfalls hätte zeigen dürfen, aber ich kann dir nicht sagen, wieso sie dorthin kam. Denn wie sehr ich mich auch bemühte, konnte ich nicht herausbekommen, wer sie mit Charlotte Gillingham bekannt gemacht haben könnte.»

«*Was?*» rief Seine Lordschaft ungläubig aus.

«Ja, mein Lieber, dort habe ich sie gesehen, und sie blickte recht unglücklich drein, das arme kleine Geschöpfchen, denn sie kannte keine Seele, und wenn ich irgend etwas von diesen Dingen verstehe, dann wünschte sie sich, nie hingekommen zu sein. Um es kurz zu machen, Sherry, man spielte sehr hoch, und deine Frau saß bös in der Tinte. Vielleicht hätte ich dir auch darüber nichts gesagt, wenn ich nicht bemerkt hätte, daß sie am folgenden Abend wieder hingegangen ist. Ja, Sherry, das tat sie, und du weißt ebensogut wie ich, daß man sie, wenn sie in die Hände dieser Gesellschaft gerät, in mehr als einer Art zugrunde richten würde.»

«Mein Gott!» rief Sherry. «Oh, mein Gott, was wird sie nächstens anstellen?!»

Nancy gab ihm einen kleinen Klaps auf die Hand. «Jetzt reg dich nicht weiter auf, denn bisher ist nur geringer Schaden angerichtet worden. Und laß dich dem armen Kind gegenüber nicht zu einem deiner Zornausbrüche hinreißen; denn als ich sie sah, war sie vor Angst außer sich, und ich zweifle nicht, daß sie es sich zur Warnung dienen läßt, ohne daß du ihr noch weiteren Schrecken einzujagen brauchst.»

«Nein», sagte er, «nein, das tue ich ja nicht. Charlotte Gillingham! Wer in Teufels Namen –» Er brach ab und erhob sich unvermittelt. «Bei Gott, wenn ich denken müßte – Nancy, ich muß gehen. Du bist ein verteufelt guter Freund, mein Mädel, und ich bin dir unendlich dankbar.»

«Gut, aber dann gib mir noch einen Kuß!» sagte sie lachend.

Als der Viscount wieder zu Hause eintraf, erfuhr er, daß seine Frau in den Hydepark gefahren war. Es sprach sehr für sein erst kürzlich entdecktes Verantwortungsbewußtsein, daß er nach einem Blick auf die Uhr, die auf dem Kaminsims des Salons stand, ein Billett in die Stratton Street schickte, in dem er sich bei Mr. Ringwood kurz entschuldigte, ihn auf den geplanten Ausflug nach Richmond nicht begleiten zu können. Als Hero bald darauf nach Hause zurückkehrte, lief sie leichtfüßig die Treppen empor, und der Viscount konnte hören, wie sie in dem hinter dem Salon gelegenen Zimmer umherging. Es machte aber durchaus nicht den Eindruck, als wäre sie in verzweifelter Stimmung, was ihn ein wenig überraschte. Als sie schließlich den Salon betrat und ihn erblickte, war es mit einer Bewegung ungetrübter Freude.

«Sherry! Ich hatte keine Ahnung, daß du zu Hause bist. Warst du denn nicht mit Gil verabredet, nach Richmond zu fahren?»

«Nein, ich diniere zu Hause. Komm her zu mir, Kätzchen, ich möchte mit dir sprechen.»

Sie errötete leicht. «Wirklich, Sherry? Wie gemütlich das klingt.»

«Gerade das wird es höchstwahrscheinlich am wenigsten sein», murmelte Seine Lordschaft.

Sie trat an den Kamin. «Was sagtest du, Sherry?»

«Nichts. Komm, setz dich. Ach, der Teufel hole den Vogel!» Er ging mit großen Schritten zu dem Kanarienvogel hinüber, deckte den Käfig zu und drehte sich wieder nach Hero um. «Und jetzt heraus damit, Fratz! Wieviel hast du in meiner Abwesenheit im Haus der Charlotte Gillingham verloren?»

Die Farbe wich aus Heros Wangen und der Blick vertrauensvoller Erwartung aus ihren Augen. «Ach, Sherry, wer hat es dir denn erzählt?» sagte sie verängstigt.

«Das ist jetzt unwichtig. Wieviel, Kätzchen?»

Sie erbebte. «Bitte, frag mich nicht. Es war so schrecklich.»

«Dich nicht fragen!» rief er aus. «Wie, zum Teufel, soll ich deine Schulden bezahlen, wenn ich nicht weiß, wie hoch sie sind? Sei nicht so unvernünftig.»

«Oh, Sherry, Sherry, es tut mir so schrecklich leid. Ich wollte wirklich nie und nimmer eine so schlechte Frau sein. Und du brauchst die Schulden für mich gar nicht zu bezahlen, weil ich alles selbst bezahlen werde; ich kann es tun, Sherry, weil du mir ein so reichliches Nadelgeld gibst und ich mir keine neuen Toiletten oder sonst etwas kaufen werde. Ich verspreche es dir!»

«Das ist ein Unsinn, Fratz! Außerdem muß man Spielschulden sogleich bezahlen. Du kannst nicht damit rechnen, daß die Leute auf das warten, was man ihnen schuldet. Wäre schrecklich schlechter Ton, mein Kind!»

«Ja, ja, das weiß ich, und ich habe in der Tat auch alle meine Schuldscheine eingelöst, obwohl ich zunächst nicht wußte, wie in aller Welt ich es tun sollte; denn ich wäre lieber gestorben als –»

«Einen Moment!» rief Sherry, faßte nach ihren unruhigen Händen und hielt sie mit hartem Griff fest. «Wie ist es dir gelungen, das Geld zu bekommen, um die Schuldscheine einzulösen? Ich könnte schwören, daß von deinem vierteljährlichen Nadelgeld nur noch sehr wenig vorhanden ist. Kätzchen, du hast doch nicht etwa die Smaragde verkauft?»

«O nein, Sherry. So etwas Schlechtes hab' ich natürlich nicht getan. Sie gehören doch nicht mir, folglich darf ich sie nicht verkaufen. Wie kannst du glauben, daß ich auch nur im Traum an so etwas denken könnte?»

«Wie, zum Teufel, hast du dir das Geld verschafft?»

«Ich habe es mir ausgeborgt!» erwiderte sie triumphierend.

«*Ausgeborgt?* Du lieber Gott, dann wäre es mir schon lieber gewesen, du hättest die Smaragde verkauft! Wer – Kätzchen, sag mir ja nicht, daß du dich an den alten Gil gewendet hast, um dir das Geld zu leihen.»

«Nein, nein. Ich wußte, daß das unmöglich ist. Ich ging zu den Leuten, von denen du mir erzählt hast, sie waren äußerst zuvorkommend, und –»

«Zu was für Leuten?» unterbrach er sie und wurde ein wenig blaß.

«Ich erinnere mich nicht, wie sie heißen, aber du kennst sie, Sherry. Du nanntest sie Hundertprozenter, und sie wohnen –»

«Howard und Gibbs!» stieß er erschrocken hervor.

«Ja, so heißen sie», sagte sie kopfnickend. «Und als ich ihnen sagte, daß ich deine Frau bin, waren sie gleich – das heißt, es war eigentlich nur ein Mann –, war er gleich äußerst zuvorkommend und sagte, er sei bereit, mir das Geld vorzustrecken, und ich brauche nicht zu befürchten, daß er mich zu einer früheren Bezahlung drängen werde.»

«Dafür kann ich garantieren, daß er das gesagt hat», rief Sherry. Er ließ ihre Hände los. «Howard und Gibbs! Kätzchen, wie konntest du nur?»

«Bist du böse?» stotterte sie. «Habe ich etwas Unrechtes getan? Das wußte ich nicht, denn du sagtest, daß du Geschäfte mit ihnen hättest, und da dachte ich –»

Er stöhnte. «Zum Teufel! Ich sagte, ich sagte! Um Gottes willen, Mädel, habe ich je gesagt, daß du mit ihnen Geschäfte machen sollst?»

«Nein, Sherry», erwiderte sie leise. «Aber du sagtest auch nicht, daß ich es nicht tun darf, und was hätte ich sonst tun sollen, wenn ich so viel Geld schuldig war?»

Er sagte scharf: «In drei Teufels Namen, warum hast du es mir nicht erzählt? Zum Kuckuck, vielleicht habe ich dir schon ein- oder zweimal eine Ohrfeige gegeben, und ich glaube, ich hätte es auch diesmal getan, aber du kannst dich vor mir doch nicht gefürchtet haben?»

Sie erhob sich rasch, und Röte stieg ihr in die Wangen. «Vor dir gefürchtet, Sherry? O nein, niemals! Aber mir war so furchtbar zumute. Du kannst das nicht verstehen. Du hattest eine so schreckliche Pechsträhne, und diese abscheulichen Pferde führten sich in Newmarket so schlecht auf – und ich hätte alles eher getan, als dich darum zu bitten, meine Spielschulden zu bezahlen.»

Er starrte sie an. «Hero, du konntest doch nicht annehmen, ich würde es je zulassen, daß du in die Hände dieser Blutsauger fällst?»

«Aber, Sherry, ich bin überzeugt, daß sie nichts Derartiges sind. Ich werde das Kapital von meinem Nadelgeld bezahlen und –»

«Du kleine Närrin! Sie wissen ganz genau, daß du das nicht tun wirst. Sie hoffen, daß du dich noch tiefer in Schulden stürzt und dadurch noch sicherer in ihre Krallen gerätst, bis – oh, zum Teufel, was hat das alles für einen Zweck? Höre, Fratz – *niemals*, was immer auch geschehen mag, darfst du etwas mit Geldverleihern zu tun haben! Es ist der sicherste Weg, um ins Verderben zu geraten! Ja, ja, ich weiß, ich bin selbst in ihren Händen gewesen, aber das ist eine ganz andere Sache – wenigstens – nein, das stimmt nicht –! Ich kann dir nur eines sagen: ich werde mich wohl hüten, ihnen je wieder in die Hände zu geraten. Und jetzt mußt auch du mir's versprechen.»

«Ich verspreche es. Es tut mir schrecklich leid. Wenn ich gewußt hätte, daß du es nicht willst –»

«Ich glaube, du hast es gewußt, Kätzchen», sagte er scharfsichtig. «Denn es sieht dir gar nicht ähnlich, daß du mir nicht erzählst, welchen neuen Streich du gespielt hast.»

Sie ließ den Kopf hängen. «Nun ja, ich – ja also, ich fühlte mich nicht sehr wohl in meiner Haut», gestand sie. «Aber hauptsächlich, weil ich Angst hatte, du würdest mit mir böse sein, daß ich in dieses Haus gegangen bin und mit so hohen Einsätzen gespielt habe.»

«Das bin ich auch», sagte er. «Wie hoch waren die Einsätze?»

«F-fünfzig Pfund, Sherry», flüsterte sie.

Er pfiff vor sich hin. «Tatsächlich? Bei Gott! Wie hoch ist die Summe?» Er sah auf ihren gesenkten Kopf. «Heraus damit, Fratz! Ich werde dich schon nicht auffressen!»

«Ach, Sherry, ich verlor über fünftausend Pfund», platzte Hero heraus.

Es gelang Seiner Lordschaft, sich mit ungeheurer Willenskraft zu beherrschen. Nach einem Augenblick inneren Kampfes sagte er: «Er hatte sich wohl rächen wollen! Nein, weine nicht. Es hätte noch weit schlimmer kommen können. Aber, du kleiner Dummkopf, was ist in dich gefahren, gutes Geld dem schlechten nachzuwerfen? Denn ich weiß ganz genau, daß du einen zweiten Abend in diese verfluchte Spielhölle gegangen bist. Hattest du denn nicht mehr Verstand, als dich ein zweites

Mal rupfen zu lassen. Du gütiger Gott; liegt dir etwa das Spielen im Blut?»

«O nein, nein, ich weiß bestimmt, daß das nicht der Fall ist, denn ich war noch nie im Leben so unglücklich. Ich wollte wirklich, ich wäre nicht wieder hingegangen, aber glaub mir, Sherry, ich hatte nur das Beste im Sinn, und ich dachte wahr und wahrhaftig, du hättest es mir geraten, wenn ich dich hätte fragen können.»

«Du dachtest, ich – du dachtest, ich –» stieß Seine Lordschaft hervor. «Hero, bist du verrückt geworden?»

«Aber, Sherry, du hast mir damals selbst gesagt, als dich dein Onkel Prosper zum besten hielt, daß es in einem solchen Fall nur eine Möglichkeit gäbe – nämlich weiterspielen, weil eine Pechsträhne nicht ewig dauern könne, und –» Sie unterbrach sich, beunruhigt durch seine Miene. «Oh, was habe ich gesagt!» rief sie.

«Es handelt sich jetzt darum, was *ich* gesagt habe», erwiderte Sherry. «Nein, nein, Kätzchen, schau nicht so drein. Alles ist ja meine verflixte Schuld. Aber ich hätte es mir nie träumen lassen, daß du auch nur im geringsten darauf achten könntest – Himmel, ich hätte es dennoch wissen müssen! Kätzchen, hör nicht auf mich, wenn ich solchen Unsinn rede.»

Ihre Augen richteten sich fragend auf sein Gesicht. «Aber ist es denn nicht wahr, Sherry?» fragte sie. «Ich muß gestehen, daß es bei mir nicht zu stimmen schien, denn ich verlor weit mehr als am vorhergehenden Abend. Aber ich dachte mir, daß ich vielleicht nicht ausdauernd genug war. Das Ganze war mir so schrecklich, daß ich es voller Verzweiflung aufgab.»

«Nun, dem Himmel sei Dank!» sagte er. «Nein, es ist nicht wahr – wenigstens – zum Kuckuck, ich meine –»

«Ich verstehe», sagte sie hilfreich, ergriff seine Hand und drückte sie innig. «Du meinst, es ist genauso, wie wenn ich in den Royal Saloon ginge: du kannst es tun, aber ich nicht, weil ich eine Dame bin.»

«Ja, so ist es. Nein, nicht ganz so», sagte Sherry, dessen angeborene Wahrheitsliebe sich geltend machte. «Es ist für keinen von uns beiden richtig, Fratz, und wenn wir nicht sehr gut aufpassen, werden wir unsere Schulden nicht mehr bezahlen können. Himmel, ich kann dir gar nicht schildern, welche ungeheuren Vermögen an Spieltischen ihre Besitzer gewechselt haben. Das hat auch Brummel erledigt und den armen Tallerton und den Burschen, von dem Stoke sagt, er hätte sich an einem Laternenpfahl aufgehängt, oder sonst irgendeinen Unsinn erzählte.» Er lachte, als sich Hero instinktiv an seinen Arm klammerte. «Nein, keine Angst, ich beabsichtige durchaus nicht, seinem Beispiel zu folgen. Ich gehe morgen zu Stoke und werde die Sache mit Howard und Gibbs in Ordnung bringen, und dann brauchst du nicht mehr daran zu denken.»

«Ja, aber ich weiß, das bedeutet, daß du dieses Zeug verkaufen mußt, von dem Mr. Stoke nicht will, daß du es verkaufst, und –»

«Das ist meine Sache.»

«Nein, Sherry, das ist sie nicht: es ist die meine! Ich muß allerdings zugeben, daß es eine große Erleichterung für mich wäre, nicht fremden Leuten Geld schuldig zu sein, aber wenn du es für mich bezahlst, dann werde ich es dir von meinem Nadelgeld zurückerstatten.»

Er streichelte ihr die Wange. «Dumme, kleine Katze. Nein, du wirst schon sehen, daß wir die Sache in Ordnung bringen. Aber ich möchte etwas anderes wissen. Sag mir, Fratz, wer hat dir Mrs. Gillingham vorgestellt?»

«Niemand, Sherry. Sie stellte sich selbst vor. Sie sagte, sie wäre eine Freundin von dir.»

«Willst du damit sagen, daß diese unverschämte Person die Frechheit besessen hat, dir einen Besuch zu machen?» fragte er.

«Nein, Sie sagte mir, sie sei leidend gewesen und konnte es aus diesem Grunde nicht tun.»

«Ha!» stieß Seine Lordschaft hervor. «Bei Jupiter! Das ist ja reizend! Das hätte sie denn doch nicht gewagt.»

«Ach, Liebster, als ich sah, welche Art Gesellschaft sie pflegte, fürchtete ich, sie könnte nicht ganz der richtige Verkehr sein», sagte Hero reumütig. «Denn als ich ihr Haus betrat, war außer Sir Matthew Brokkenhurst und Wilfred Yarford niemand da, den ich kannte, und ich wußte, daß du nicht einverstanden bist, wenn ich mit den beiden auf freundschaftlichem Fuße stehe.»

«Sie sahen dich also dort? Verwünscht!» murmelte Seine Lordschaft.

«Sie – sie beachteten mich kaum, Sherry, und ich versichere dir, daß ich den Kopf nur ganz leicht zum Gruße neigte.»

«Darum handelt es sich nicht. Wenn Yarford dich sah, dann wird es ganz London erfahren. Nichts könnte unangenehmer sein. Alle alten Klatschbasen – ja, und nicht nur die alten – werden herumerzählen, daß du leichtsinnig bist. Ich glaube, daß Brock den Mund halten würde, zum Teufel, er behauptet doch, mein Freund zu sein. Aber bei Gott, wenn er mir nur die Hälfte der Freundschaft entgegenbrächte, deren er mich immer versichert, dann hätte er dich aus dieser Räuberhöhle herausgeführt und nach Hause gebracht. Gil oder George, ja sogar Ferdy hätten nicht einen Augenblick gezögert! Aber jetzt ist es zu spät, sich darüber Sorgen zu machen. Wo hast du die Gillingham kennengelernt?»

«In den Ballsälen des Pantheon, Sherry. Man gab dort einen Maskenball.»

«Mit wem warst du dort?»

«Mit meiner Cousine Therese Hoby und ihren Bekannten.»

«Das hätte ich mir denken können. Es war also ihr Werk?»

«Nein, bestimmt nicht. Therese kennt Mrs. Gillingham gar nicht, obwohl sie sagte, daß sie sie für untadelig hält, was auch ich fand, denn weißt du, Sherry, sie sieht so aus.»

«Ja, ich weiß», sagte er grimmig. «Erzähl mir alles!»

Sie erzählte ihm gehorsam alle Umstände ihrer Begegnung mit Mrs. Gillingham, und während er zuhörte, umwölkte sich seine Stirne immer mehr. Als er aber erfuhr, auf welche Art sich diese Dame in die Gesellschaft seiner Frau eingedrängt hatte, mit welcher Verschlagenheit sie es bewerkstelligt hatte, Heros Vertrauen zu gewinnen, und sie bereitwillig sie ihr gestattet hatte, auf Kredit zu spielen, sah er einer drohenden Gewitterwolke so ähnlich, daß Hero in ihrer Erzählung zu stottern begann und ihn nur noch beschwörend anzublicken vermochte. Sie erkannte, daß weit mehr als nur Zorn in seinem Antlitz zu lesen war und der gespannte Ausdruck seiner Augen nicht so sehr ihr galt als ganz andern Personen. Sie sagte auf gut Glück: «Sherry, es war sehr unrecht von mir, aber ich habe es nicht böse gemeint.»

Er beobachtete sie nicht, sondern sah auf die Uhr. «Ich gehe aus», sagte er kurz. «Aber ich werde zurück sein, um mit dir zu dinieren.»

«Sherry, wohin gehst du?» fragte sie ängstlich.

«Kümmere dich nicht darum. Ich habe etwas zu erledigen – und ich möchte nicht dinieren, bevor es nicht geschehen ist.»

«Geh nicht! Wenn du so böse mit mir bist –»

«Ich bin dir nicht böse.» Er legte seinen Arm um ihre Schultern und drückte sie leicht an sich. «So! Du bist der lästigste Fratz auf Gottes weiter Welt, aber du meinst es nicht böse. Ich hätte nie – doch jetzt ist es eben geschehen.» Er hob ihr Gesicht und küßte sie auf die Wange. «Und jetzt weine nicht, während ich fort bin, denn es besteht nicht der geringste Grund dafür. Außerdem kleidet es dich nicht, wenn du rote Augen hast, und das kann ich nicht leiden. Versprichst du's mir?»

Sie nickte und lächelte etwas tränenfeucht. Sherry verließ den Salon, lief die Treppe hinab, zog seinen Mantel an, nahm Hut und Stock, trat aus dem Haus und begab sich mit Riesenschritten in südlicher Richtung die Straße hinab.

Er hatte nicht weit zu gehen, um sein Ziel zu erreichen, und er war vom Glück begünstigt, denn sein Wild hatte das Haus noch nicht verlassen, obwohl eine Sänfte bereitstand, um ihn, wie der Lakai dem Viscount mitteilte, zu einer Abendgesellschaft zu tragen.

«Du brauchst mich nicht anzumelden», sagte Sherry und stieg die Treppe in den zweiten Stock empor. «Ich melde mich selbst an.»

Der Lakai, der darin nichts Ungewöhnliches sah, verbeugte sich und zog sich wieder in die unteren Regionen zurück. Sherry setzte seinen Weg fort und betrat ohne weitere Umstände den Salon. Sir Montagu, für einen Ball gekleidet, ordnete vor dem Spiegel gerade nochmals die Falten seiner Halsbinde; und in eben diesem Spiegel begegnete er auch Sherrys Augen. Einen Augenblick stand er völlig regungslos. Dann wandte er sich um, lächelte liebenswürdig und streckte ihm die Hand entgegen. «Ach, Sherry!» sagte er in einschmeichelndem Ton. «Du junger Schlingel, du hast mich schön erschreckt!»

«Wirklich?» sagte Sherry und ignorierte seine ausgestreckte Hand.

«Natürlich! Aber du bist mir stets willkommen, und das weißt du auch, wie ich hoffe. Hast du beim Rennen Glück gehabt?»

«Ich bin nicht gekommen, um mit dir über das Rennen zu sprechen.»

Sir Montagu hob die Brauen. Dann sagte er in tadelndem Ton: «Mein lieber Junge, das klingt ja so, als ob du maßlos böse wärest. Was ist denn geschehen, um dich in so üble Laune zu versetzen?»

«Das ist geschehen!» sagte Sherry mit sehr bösem Blick. «Ich habe entdecken müssen, daß jemand – jemand, Revesby! – versucht hat, meiner Frau in meiner Abwesenheit übel mitzuspielen!»

«Ja, Sherry, das ist bestimmt empörend, aber was hat das mit mir zu tun?»

«Spar dir die Mühe, deine Tricks bei mir zu versuchen!» schleuderte ihm Sherry entgegen. «Ich bin nicht der Narr, für den du mich zu halten scheinst! Ich weiß genau, mit welchen Dämchen du herumziehst – und eine von ihnen ist Charlotte Gillingham!»

«Sherry, was in aller Welt –»

«Wer hat die Gillingham angestiftet, meine Frau in ihr Haus zu locken? Sie hätte das nie aus eigenem Antrieb getan. Sehr geschickt, Revesby! Aber nicht geschickt genug! Meine Frau war dabei, wie du deinen Bastard verleugnet hast. Sie war es, die das Mädchen unter ihren Schutz nahm – und du wußtest das! Ja, und ganz London weiß es, aber sie war es nicht, die es herumerzählte. Es war jemand anderer, aber ich glaube, daß du dich nicht traust, an diesem anderen Rache zu nehmen! Bei Gott, ich hätte wissen müssen, mit was für einem gemeinen Kerl ich es zu tun habe. Jetzt weiß ich es aber, und dafür wirst du mir Rechenschaft geben!»

Sir Montagu sah etwas blaß aus, dennoch erwiderte er mit vollendeter Gelassenheit: «Mein lieber Junge, du bist von Sinnen. Ich habe sogar den Verdacht, daß du ein wenig betrunken bist. Ich weiß nicht, wovon du sprichst.»

«O ja, du weißt es!» sagte Sherry wild. «*Ich* bin kein Frauenzimmer vom Land, das man so leicht prellen kann! Ich wußte, sobald ich den Namen der Gillingham gehört hatte, wem ich für diesen Streich zu danken habe. Du Narr, dachtest du, ich würde es nicht merken? Für welch einen Dummkopf mußt du mich halten!»

«Ich halte dich für einen jungen Hitzkopf, mein lieber Sherry. Wenn du mir aber nicht glaubst, dann geh doch und frag Mrs. Gillingham, ob ich mit dem Besuch Lady Sheringhams in ihrem Hause irgend etwas zu tun hatte.»

«Wo hast du das Geld hergenommen, mit dem du sie bezahltest, damit sie deinen gemeinen Plan ausführt?» fragte Sherry beleidigend. «Oder tut sie es bei dir aus Liebe?»

«Geh nach Hause, Sherry. Du bist ganz bestimmt ein wenig betrunken. Das eine kann ich dir sagen: ich werde dir nicht gestatten, mit mir Streit anzufangen!»

«So? Das wirst du nicht? Bei Gott!» sagte Sherry und schlug ihm mit den Handschuhen, die er umklammerte, mitten ins Gesicht.

Sir Montagus blasse Wangen erglühten unter dem Schlag, er trat schwer atmend rasch zurück und starrte seinen Widersacher wild an.

«Nun? Was wählen Sie?» sagte Sherry. «Wollen Sie Degen oder Pistolen?»

«Ich wiederhole: ich werde dir nicht gestatten, mit mir Streit anzufangen. Du bist betrunken. Wenn du sagst, ich hätte Mrs. Gillingham dazu veranlaßt, Lady Sheringham zugrunde zu richten, dann machst du dich nur selbst lächerlich. Ich werde es bis zum äußersten leugnen, und sie wird dasselbe tun!»

Sherry sah ihn einen Moment mit schmal gewordenen Augen verächtlich an. Dann wandte er sich ab und legte eine Hand auf die Türklinke. «Mein Cousin Ferdy sagte mir, daß Sie ein gemeiner Kerl sind, Revesby», stieß er hervor. Seine Worte waren wie Peitschenhiebe, und Revesby zuckte unter ihnen zusammen. «Dabei kennt er nicht die Hälfte Ihrer Gemeinheit!» fuhr Sherry fort. «Sie sind aber auch ein Feigling – und das hätte ich nie vermutet!» Er wartete eine Minute, aber Sir Montagu sagte weder etwas, noch bewegte er sich. Da lachte Sherry verächtlich auf und schritt aus dem Zimmer.

17

Als den beiden besten Freunden nach und nach klar wurde, daß sich seine Verstimmung gegen Sir Montagu anstatt zu verringern, wie sie betrübt angenommen hatten, zu etwas entwickelte, das den Stempel unversöhnlicher Feindschaft trug, waren sie so überglücklich, daß es einige Zeit dauerte, bis sie sich die Mühe nahmen, nach dem Grund eines so vollständigen Bruchs dieser höchst unerwünschten Freundschaft zu forschen. Dabei fiel es Mr. Ringwood auf, daß der Viscount nicht mehr so unbeständigen Geistes war wie ehedem; und bei passender Gelegenheit, als er mit seinem Freund in dessen Bibliothek saß und einen Burgunder kostete, den Sherry eben erworben hatte, fragte er schlicht: «Etwas nicht in Ordnung, lieber alter Junge?»

Sherry sah überrascht auf. «Nein. Was sollte nicht in Ordnung sein?»

«Darüber habe ich eben nachgedacht. Habe nicht die Absicht, meine Nase in deine Angelegenheiten zu stecken. Dachte bloß, du wärest nicht in der gewohnten guten Laune. Sehr anständiger Wein, das.»

«Was meinst du mit meiner gewohnten guten Laune? War nie in einer besseren, Gil.»

«Nun, wenn ich darüber nachdenke, so kann ich eigentlich nicht sagen, was ich meine. Habe mir etwas in den Kopf gesetzt. Tue ich manchmal. Glaube, es war, weil du gestern abend so zeitig von Watier weggingst. Sieht dir gar nicht ähnlich. Du bist doch nicht in irgendeiner Verlegenheit, Sherry?»

«O Gott, nein. Tatsache ist, daß ich nicht in Verlegenheit kommen möchte. Ich habe mit meinem Finanzberater gesprochen, und der langen Rede kurzer Sinn ist, daß ich ziemlich tief in der Tinte sitze, und das kann ich nicht verantworten. Es hat noch nichts zu sagen, aber das eine kann ich dir versichern, ich habe nicht die Absicht, Tallertons Weg zu gehen.»

«Sherry, ich bin verteufelt froh darüber», sagte Mr. Ringwood. «Habe es nie gern gesehen, wenn du dich von Revesby in seine Spielhöllen schleppen ließest. Falschspieler und Betrüger, mein Junge, nichts anderes!»

«Du wirst mich nie wieder mit ihm in eine Spielhölle gehen sehen oder überhaupt irgendwohin», sagte Sherry in schneidendem Ton.

Mr. Ringwood begegnete seinen flammenden blauen Augen mit fragendem Blick. «Mit dem Burschen Streit gehabt, Sherry?»

Sherry lachte kurz auf. «Ich versuchte ihn zu fordern. Ich gab ihm alle Schimpfnamen, die mir auf die Zunge kamen. Bei Jupiter! Ich schlug ihm sogar ins Gesicht! Er ist feige! Ich sagte auch das – und er schluckte es mit allem übrigen!»

«Das traue ich ihm zu», sagte Mr. Ringwood. «Aber warum wolltest du ihn fordern, alter Junge? Doch nicht wegen des Babys?»

«Wegen des Babys? Ach, das. Himmel, nein.»

Mr. Ringwood hielt ein taktvolles, aber durchaus nicht hoffnungsloses Schweigen aufrecht. Sherry füllte die Gläser nach, trat ans Feuer und rückte mit seinem gestiefelten Fuß einen Holzklotz zurecht. Dann sah er zu seinem Freund hinüber. «Das kann nicht so weitergehen, Gil.»

«Kannst dich auf mich verlassen, lieber Junge.»

«Ja, das weiß ich. Ich würde mit dir nicht darüber sprechen, wenn es nicht so wäre. Betrifft meine Frau.»

Mr. Ringwood setzte sich mit entsetzter Miene auf. «Du willst mir doch nicht erzählen, daß dieser üble Kunde –»

«Nein, nein, so schlimm ist es denn doch nicht», sagte Sherry rasch. Er ließ sich auf der anderen Seite des Kamins nieder und erzählte seinem Freund mit einigen gutgewählten Worten genau das, was sich ereignet hatte, während er sich in Newmarket aufhielt.

Mr. Ringwood hörte aufmerksam zu und gab in Zwischenräumen unartikulierte Laute von sich, die seine Bestürzung ausdrückten. Er zögerte nicht, der Deutung beizupflichten, die der Viscount dieser Episode gab. Er sagte, es sei ebenso einleuchtend wie die Tatsache, daß man eine Nase mitten im Gesicht habe; und als er erfuhr, daß Sir Montagu alles leugnete, stieß er einen höhnischen Laut aus. Zu diesem Zeitpunkt mußten die Gläser neuerlich gefüllt werden, und als sich der Viscount dessen angenommen hatte, verbrachten beide Herren eine angenehme halbe Stunde damit, sich verschiedene Zwischenfälle in Sir Montagus Karriere ins Gedächtnis zurückzurufen, die ihm durchaus keine Ehre machten; und der freimütige Austausch ihrer Ansichten über seinen Charakter und seine Moral wurde im selben Verhältnis lästerlicher, als der Inhalt der Weinflasche sich zu senken begann. Ihre Lebensgeister verdankten dieser Tätigkeit bedeutenden Gewinn, und Mr. Ringwood ging sogar so weit, zu erklären, er hätte sich nie so prächtig gefühlt, seitdem Revesby zum erstenmal in seinem Gesichtskreis aufgetaucht war. «Es ist alles nur zum Besten, Sherry, denk an meine Worte! Solange er keine neuen Gemeinheiten bei deiner Frau versucht – und da er ein so feiger Hund ist, glaube ich nicht, daß er es wagen würde –, besonders jetzt, da er weiß, daß du ihn ertappt hast. Dennoch wirst du gut daran tun, alter Junge, ihn im Auge zu behalten.»

«Das werde ich», erwiderte Sherry. «Ja – aber auch das Kätzchen. Mein Gott, Gil, weißt du, daß das eine höllische Arbeit ist? Ich habe aus diesem Grund schon schlaflose Nächte, das kann ich dir versichern. Das soll nicht heißen, daß sie mit voller Absicht in diese verdammten Verlegenheiten gerät. Aber – ach was!»

Mr. Ringwood betrachtete aufmerksam sein Weinglas. «Sie würde nie etwas tun, von dem sie glaubt, daß du es nicht haben willst, Sherry», sagte er behutsam vorfühlend.

«Das weiß ich. Aber das Teuflische daran ist: sie glaubt, daß ich die anstößigsten Dinge gern habe», sagte Sherry. «Außerdem betrachtet sie jedes Wort, das ich sage, als Evangelium und glaubt, alles, was ich tue, müsse korrekt sein – nun, das genügt wahrhaftig, um weiße Haare zu bekommen. Sie hätte zum Beispiel nie daran gedacht, zu diesen Blutsaugern zu gehen, wenn ich nicht dumm genug gewesen wäre, ihr zu erzählen, daß ich mit ihnen zu tun gehabt habe. Und ich will verdammt sein, wenn sie sich in diesem verfluchten Haus aus keinem andern Grund immer tiefer in Schulden stürzte, als weil es die Gewohnheit der Narren ist, zu denen auch ich gehörte. Es ließ mir fast das Blut gerinnen, als ich es erfuhr.»

Mr. Ringwood pflichtete ihm bei, daß das gewiß genug war, um jedes Mannes Nerven zu zerrütten; nach einer kurzen Pause sagte er: «Sherry, weißt du, was ich glaube?»

«Ja. Daß sie es nicht böse meint», erwiderte Sherry. «Du hast das schon früher gesagt – in der Tat sagst du es immer wieder! –, und ich weiß es auch, ohne daß du es mir sagst.»

«Ich wollte das gar nicht sagen», erklärte Mr. Ringwood. «Wollte sagen, daß sie nie einen Fehler zweimal macht. Habe es beobachtet.»

«Nun, daran kann ich nichts finden», erwiderte Seine Lordschaft ungeduldig.

«Nein, denn du bemerkst vieles nicht, Sherry. Habe mir das schon oft gedacht», sagte Mr. Ringwood und verfiel in nachdenkliches Schweigen.

Der Viscount war nicht der Mann, der seine Zeit damit vergeudete, Betrachtungen über die Bedeutung rätselhafter Bemerkungen anzustellen, daher schenkte er den Worten seines Freundes keine Beachtung. Zu diesem Zeitpunkt war die Gillinghamsche Affäre, wie er sie nannte, bereits bereinigt; obwohl dieser Umstand diese oder jene unangenehme Sparmaßnahme zur Folge hatte, wie den Verkauf einiger Pferde, war er doch eher geneigt, anzunehmen, daß er dabei besser weggekommen war, als man zunächst hätte erwarten dürfen. In Wirklichkeit war er von der

Ziffer, die ihm sein Finanzberater zur Ansicht vorgelegt hatte, völlig überrascht worden. Er hätte nie gedacht, daß er so viel Geld verbraucht haben könnte. Es war ihm deutlich und anschaulich bewiesen worden, daß er übermäßige Verluste an den Spieltischen erlitten hatte, und da er dem Spiele nicht in dem Maße verfallen war, wie die Erfahrungen des verflossenen Jahres vermuten ließen, gelang es ihm, diesen Zeitvertreib mit ziemlichem Gleichmut drastisch einzuschränken. In jeder andern Jahreszeit hätte ihn die Langeweile zu den Spieltischen zurückgetrieben, aber der Viscount war ein verwegener Reiter auf Hetzjagden, und die Saison war in vollem Gang. Er verbrachte einen beträchtlichen Teil seiner Zeit in Leicestershire, und das einzige, von dem man hätte behaupten können, daß es sein Vergnügen einigermaßen überschattete, war sein wachsender Hang, darüber nachzudenken, was Hero in seiner Abwesenheit tun würde.

Aber Hero gab sich die größte Mühe, nicht neuerdings in eine Klemme zu geraten, und außer daß sie mit ihrem Phaeton durch die St. James Street fuhr, unterlief ihr kein ernsthafterer gesellschaftlicher Verstoß. Sie begleitete Sherry eine Woche lang nach Melton und unterhielt sich im Jagdhaus mit Ferdy und Mr. Ringwood. Als sie aber darauf bestand, ebenfalls hinter der Meute zu reiten und Sherrys Stil mit einem rührenden, wenn auch übel angebrachten Vertrauen in seine Allwissenheit getreulich nachzuahmen versuchte, weigerte er sich rundweg, dieses Experiment zu wiederholen. Darin wurde er von seinen beiden Freunden unterstützt, denen das Jagdvergnügen an diesem Tag durch das tollkühne Betragen der jungen Frau gründlich verdorben worden war. Da sie hinter Sherry ritt, hatte sie sich wenigstens nicht des Verbrechens schuldig gemacht, der Meute zuvorzukommen, aber selbst Mr. Ringwood mußte zugeben, daß niemand sich je darauf verlassen konnte, daß sie sich im Jagdgebiet korrekt und diskret benehmen werde.

Lord Wrotham verbrachte ebenfalls einen großen Teil seiner Zeit in Leicestershire, da der letzte Streit zwischen ihm und Miss Milborne zu einer Entfremdung geführt hatte, die von der nüchtern denkenden Mutter der Beauté geschickt gefördert wurde. Die Erwartungen dieser Dame waren äußerst hochfliegender Natur, denn Severns Aufmerksamkeiten wurden auffallend genug, um selbst seiner Mutter zu Ohren zu kommen. Die Herzogin traf völlig unerwartet in London ein; in ihrem erstaunlich zahlreichen Gefolge befanden sich ihr Schloßkaplan, ihre Haushälterin, ihr Haushofmeister und eine reichlich verschüchterte Dame unbestimmten Alters, die anscheinend die Funktionen einer Hofdame zu erfüllen hatte. Die Odds, die im Club dagegen gelegt wurden, daß Seine Gnaden den Mut aufbringen werde, sich Miss Milborne zu erklären, verlängerten sich unmittelbar darauf; als aber bekannt wurde, daß die Herzogin der Green Street einen feierlichen Besuch abgestattet hatte, hielten alle jene, bei denen große Summen auf dem Spiele standen, den Atem an. Niemand wußte natürlich, was sich während dieses Vormittagsbesuches ereignet hatte, aber diejenigen, die mit der Herzogin am besten bekannt waren, erzählten bei dem hierauf folgenden Clubabend, daß ihr Verhalten den Milbornes gegenüber äußerst gnädig gewesen sei. George, der nicht zu den Bekannten zählte, vermochte in ihrem römischen Antlitz nicht den kleinsten Zug der Leutseligkeit zu entdecken und fand, daß sich in ihrem Gehaben nichts anderes erkennen ließ als Stolz und Überheblichkeit. Demzufolge stiegen seine Lebensgeister; sie wurden aber alsbald wieder durch die unglaubliche Neuigkeit herabgedrückt, daß Ihre Gnaden Mrs. Milborne und Tochter eingeladen habe, die Weihnachtstage in Severn Towers zu verbringen.

Es war nur zu wahr. Die Herzogin, die bemerkte, daß ihr sonst so leicht lenkbarer Sohn eine Halsstarrigkeit zeigte, die sie stark an den verstorbenen Gentleman erinnerte, den sie in ihren Gesprächen nur als «dein armer Vater» bezeichnete, war bereit, aus der ganzen Affäre das Bestmögliche zu machen. Sie war von Isabella in der Tat angenehm überrascht gewesen. Die gründlichsten Nachforschungen hatten nicht die geringsten nachteiligen Umstände in der Ahnenfolge der Milbornes zutage zu fördern vermocht, und sie ließ sich herbei, Isabella als wohlerzogenes junges Mädchen zu bezeichnen, ein Lob, das ihren Sohn zu einem strahlenden Lächeln veranlaßte, wobei er dankbar ausrief: «Ich war überzeugt, Madam, daß Sie von ihr im höchsten Grade entzückt sein würden!»

Als George von dem projektierten Besuch in Severn Towers hörte, verlor er keine Minute, um in der Green Street Besuch zu machen. Er hatte das Glück, einen Augenblick zu wählen, in dem Mrs. Milborne außer Haus war, wodurch es ihm gelang, bei der Beauté vorgelassen zu werden. Ohne Einleitung forderte er Auskunft, ob das Gerücht wahr sei, und nachdem Miss Milborne zugegeben hatte, daß Ihre Gnaden tatsächlich eine Einladung habe ergehen lassen, betrug er sich so hemmungslos, daß Isabella, die zwischen dem natürlichen Wunsch geschwankt hatte, zu den Logiergästen des herzoglichen Schlosses zu gehören, und ihrer mädchenhaften Abneigung, Severn jene Ermutigung zu geben, die die Annahme der Einladung beinhalten mußte, nun auch heftig wurde; sie erklärte nicht nur, daß sie beabsichtige, genau das zu tun, was ihr beliebe, sondern fügte als Verschärfung noch hinzu, daß ihre Handlungen Lord Wrotham nichts angingen. Darauf vergaß sich Seine Lordschaft so weit, sie in die Arme zu reißen, in einer überwältigenden Umarmung an die Brust zu ziehen und ihr Gesicht mit leidenschaftlichen Küssen zu bedecken. Wie Miss Milborne auf diese stürmische Behandlung reagiert hätte, wenn der Butler ihrer Mutter nicht zufällig eben in diesem Augenblick die Tür geöffnet und die Damen Bagshot angemeldet hätte, vermag niemand zu erraten, am wenigsten konnte sie es selbst. Aber durch diesen Ausgang wurde sie so zornig, daß sie, wäre sie nicht eine sehr wohlerzogene junge Dame gewesen, George ins Gesicht geschlagen hätte. Sein heftiges Ungestüm hatte ihre Frisur in Unordnung gebracht, außerdem fühlte sie, daß ihr Gesicht heiß errötet war, und sie entnahm der Miene des Butlers, daß er Zeuge von Georges Leidenschaft geworden war; sie sah auch, daß sich Cassy und Eudora, obwohl sie kaum Zeit gehabt hatten, sie in Georges Armen zu überraschen, eine ziemlich genaue Vorstellung von dem machten, was sich ereignet hatte, so daß sie vor Zorn hätte aufschreien können.

Als Mrs. Milborne nach Hause zurückkehrte, stellte sie zu ihrer angenehmen Überraschung fest, daß ihre Tochter, die sie in widerspenstiger Stimmung verlassen hatte, plötzlich so gefügig war, wie es sich eine anspruchsvolle Mutter nur wünschen konnte. Miss Milborne war in der Tat bereit, ihrer Mutter den Gefallen zu tun, Weihnachten schließlich doch in Severn Towers zu verbringen.

Lord Wrotham, den seine Freunde gehindert hatten, sich eine Kugel durch den Kopf zu schießen, fand darin ein wenig Erleichterung, daß er mit jedem Gentleman in äußerster Heftigkeit Streit begann, der entgegenkommend oder verrückt genug war, seinen Ansichten entgegenzutreten. Er fand deren drei. Einer davon war Sherry, dem es gelang, über den rasenden Liebhaber im Verlauf einiger lebhafter Runden die Oberhand zu gewinnen. Der zweite war der Honourable Marmaduke Fakenham, der jede Beleidigung, die ihm mit Genuß und Aplomb entgegengeschleudert wurde, übertrumpfte, um sich nachher niederträchtigerweise zu weigern, dem armen George die Satisfaktion zu geben, nach der er sich so sehnte; und der dritte war ein ganz fremder Mann, der so unglücklich war, in einem Torweg an George anzustoßen, und so rasch bereit, an dessen hierauf folgendem Benehmen Anstoß zu nehmen, daß allen Anwesenden klarwurde, er habe keine Ahnung, mit wem er es zu tun hatte. Doch Ferdy und der wenig sprachgewandte Mr. Gumley, die zufällige Zeugen waren, zogen ihn hastig beiseite und enthüllten ihm Georges Identität, bevor er Zeit gehabt hatte, sich weiter zu engagieren.

Auf diese Art um seine Beute gebracht, zog sich George auf seine väterlichen Besitzungen zurück, deren allgemeiner Verfall mit seiner Stimmung so ungemein gut zusammenpaßte. Hier verbrachte er die Zeit zum Teil damit, sich seiner Mama und seinen Schwestern gegenüber höchst widerwärtig zu betragen, und zum Teil damit, auf Hetzjagden so tollkühn zu reiten, daß sich seine Freunde zu der Prophezeiung veranlaßt sahen, er werde sich noch einmal den Hals brechen.

Die Sheringhams verbrachten die Weihnachtstage in Buckinghamshire, dem Landsitz der Fakenhams, wo die beiden eines der Paare in einer großen fröhlichen Gesellschaft junger Leute bildeten, die von Lady Fakenham nicht allzu strenge bemuttert wurden, und deren liebenswürdige Veranlagung sie bei den jungen Leuten unerhört populär machte. Der Besuch, der länger als eine Woche währte, wurde durch die Verheerungen, die Jason unter der beweglichen Habe der übrigen Gäste anrichtete, nur leicht getrübt. Diese Plünderungen fanden unmittelbar nach dem Empfang des Zeitmessers statt, den Hero dem Reitknecht geschenkt hatte, und wurden von ihm unter Tränen damit erklärt, daß man sie dem Zwang zuschreiben müsse, unter dem er sich in den vergangenen Monaten der Abstinenz befunden hatte. Sein entrüsteter Gebieter weigerte sich entschieden, diese Erklärung anzuerkennen, und es schien, als ob eine höchst peinsame Sitzung im Stall unausbleiblich wäre. Doch Ferdy, dessen Uhr für Jason keine Versuchung mehr bildete, trat zu seinen Gunsten vermittelnd ein und erklärte (zur Erbitterung verschiedener Herren, deren Uhrketten, Siegel und Börsen Jason gestohlen hatte), der Umstand, daß er noch immer im Besitze seiner Uhr sei, zeige, daß der Reitknecht sich moralisch sehr gebessert habe. Eine dringende Fürbitte Heros entschied die Angelegenheit. Der Viscount willigte unter der Bedingung ein, den zitternden Diener zu begnadigen, daß er alles gestohlene Gut wieder zurückstelle. Dies geschah, und nachdem Seine Lordschaft die glückliche Idee hatte, Jason zu drohen, ihn nach London zurückzuschicken, falls er seinen Instinkt noch einmal die Oberhand gewinnen ließe, gab Jason eilfertig und ganz freiwillig dem Honourable Marmaduke eine Schnupftabaksdose zurück, von der sein Besitzer bis zu diesem Moment angenommen hatte, sie in der Stadt gelassen zu haben.

Nachdem diese Affäre zur allgemeinen Zufriedenheit geordnet worden war, ereignete sich nichts ähnlicher Natur, um die Harmonie des Aufenthaltes zu stören. Die festlichen Weihnachtstage wurden mit den unterschiedlichsten Sportarten und Spielen verbracht, unter denen sich ein Fasanenschießen, ein Ball und ein großes Phaetonwettrennen zwischen Hero und Ferdys Schwester, Lady Fairford, befanden, die als hervorragende Fahrkünstlerin galt und Hero fröhlich zu einer Probe ihrer Geschicklichkeit herausgefordert hatte. Die Herren stürzten sich mit großem Eifer auf diesen Wettkampf, sie erörterten die Bedingungen des Rennens, bestimmten eine geeignete Rennstrecke und schlossen eine Unmenge Wetten ab. Natürlich war Lady Fairford hoher Favorit, aber Mr. Ringwood, der der Ansicht war, daß seine Ehre auf dem Spiele stand, wettete hoch auf seine Schülerin und erteilte ihr einige sehr kluge Ratschläge. Lady Fakenham erklärte zwar, sie wären ausgelassene tolle Dinger, aber sie erhob gegen den Wettkampf keinerlei Einspruch. Er fand innerhalb der weit ausgedehnten Parkanlagen von Fakenham Manor statt, und Hero, die die Verhaltungsmaßregeln von Mr. Ringwood aufs Wort befolgte, gewann das Rennen mit einigen Längen. Der Viscount zeigte sich höchlichst erfreut und erklärte, sein Kätzchen sei wahrhaftig «nonpareil» und sie sei so geschickt, daß sie bis auf einen Zoll genau lenken könne; als man am Abend beim Dinner in überschwenglichen Worten Trinksprüche auf sie ausbrachte, sah man ihm so deutlich an, wie stolz er auf sie war, daß ihr das Herz im Busen vor Glück ganz groß wurde und sie nichts anderes vermochte, als errötend den Kopf zu schütteln und ihn flehentlich anzublicken. Daraufhin lachte er, erhob sich und beantwortete die Toaste an ihrer Stelle. Lady Fairford, die sich einer sehr männlichen Ausdrucksweise befleißigte, erklärte, daß sie ihre Gloriole in der Tat eingebüßt habe; Lord Fakenham sagte, seiner Meinung nach hätte Letty Lade in ihrer besten Zeit die Heldentat seiner jungen Freundin auch nicht zu übertreffen vermocht; und Mr. Ringwood meinte schlicht, seine Schülerin habe bewiesen, daß sie ganz in ihrem Element gewesen sei.

Aber dieses Wettrennen, an sich so harmlos und vergnüglich, sollte unheilvolle Folgen zeitigen. Es wurde natürlich über das Rennen gesprochen, und die Neuigkeit, daß es in London eine junge und gefährliche Fahrkünstlerin gab, erreichte auch Lady Royston, die Frau eines sehr sportiven Baronets, die selbst in nicht zu verachtender Weise die Kunst der Zügelführung beherrschte. Bis zu diesem Moment hatte sie Sherrys junge Frau kaum beachtet, da sie um einige Jahre älter war und auf jeden Fall wenig Zeit für Unterhaltungen mit ihren Geschlechtsgenossinnen verschwendete. Als sie aber Hero im Hause einer gemeinsamen Bekannten traf, erwies sie ihr die Ehre, sie vor allen anderen auszuzeichnen, sie zu bevorzugen, sie auch ein wenig zu hänseln und Betrachtungen darüber anzustellen, wie das Ergebnis wohl wäre, wenn Hero sich mit ihr in einem Wettrennen messen würde. Diese Idee fand den größten Beifall der Kavaliere, die sich um die beiden Damen geschart hatten. Lady Roystons Bewunderer schworen, daß niemand Mylady schlagen könne, aber einer der Herren, der zu Weihnachten im Schlosse der Fakenhams gewesen war, erklärte sich loyalerweise bereit, sein Geld auf Lady Sherry zu setzen. In kürzester Zeit wurde das, was bloß als lustiger Einfall begonnen hatte, bitterer Ernst. Lady Royston forderte Hero zu einer Wettfahrt über eine bestimmte Rennstrecke heraus. Hero nahm die Herausforderung an, es wurden Zielrichter und Zeitnehmer gewählt, Regeln aufgestellt, ein Datum festgesetzt und Wetten abgeschlossen.

Rendezvous-Ort sollte Epsom sein. Und das projektierte Wettrennen erwies sich bald als das am meisten besprochene gesellschaftliche Ereignis. Hero, die von einem Sieg träumte, der den warmen Blick des Stolzes wieder in Sherrys Augen zaubern würde, mit dem er sie zu den Verwegensten unter den oberen Zehntausend rechnete, war allen Anzeichen gegenüber blind, die ihr zur Warnung hätten dienen sollen, daß diese Heldentat bei weitem zu verwegen war, um von den tonangebenden strengen Mitgliedern der Gesellschaft gutgeheißen zu werden. Lady Sefton befand sich nicht in London; Sherry war mit Mr. Ringwood und Lord Wrotham in Leicestershire auf der Jagd; sogar Miss Milborne befand sich noch immer in Severn Towers. Die einzige erfahrene Persönlichkeit, die sie hätte an die Kandare nehmen können, war Mrs. Bagshot, aber da Sherry diese Dame und ihre Töchter des öftern als einen Haufen altmodischer Weiber gebrandmarkt hatte, konnte es nicht überraschen, daß Hero die ernste Predigt, die Cousine Jane ihr hielt, nicht beachtete. Mr. Ringwood, der einen Tag darauf mit einer schweren Erkältung nach London zurückkehrte, legte sich sofort ins Bett und erfuhr daher nichts von dem Wettrennen der Damen; aber Lord Wrotham, der ihn nach London begleitet hatte, hörte davon; obwohl er durchaus nicht zu jenen gehörte, die gesteigerten Wert auf Konvention legten, hatte er das unsichere Gefühl, daß es für Sherrys Frau vielleicht doch nicht das richtige sei, sich an einem öffentlichen Wettrennen zu beteiligen. Er beriet sich mit dem Honourable Ferdy über die Schicklichkeitsfrage, und Ferdy, der ohne die geringsten Bedenken auf Heros Sieg gewettet hatte, war unverzüglich von der offensichtlichen Unschicklichkeit der ganzen Affäre überzeugt und sagte, bei Jupiter, er wundere sich, daß er nicht schon früher daran gedacht habe, und was, zum Teufel, jetzt noch geschehen könne, da die Wetten abgeschlossen, ein Datum festgesetzt und alle Vorkehrungen getroffen seien. Lord Wrotham stimmte mit ihm überein, daß es sehr schwer sei, herauszufinden, was noch geschehen könne, aber nachdem er das Problem überschlafen hatte, kam ihm der Einfall, Mr. Ringwood zu Rate zu ziehen, in dessen gediegenes Urteil er großes Vertrauen setzte. Er fand Mr. Ringwood mit den Füßen in heißem Senfwasser: ihm zur Seite stand eine Bowle mit dampfendem Punsch. Er hegte durchaus keinen Zweifel darüber, was geschehen müsse. Er erklärte, Lady Sherry müsse unverzüglich gewarnt werden, daß ein Start unter diesen Umständen unschicklich sei.

«Ja, aber wer soll es ihr sagen?» fragte George argwöhnisch.

«Du», erwiderte Mr. Ringwood mit großer Festigkeit.

«Nein, verdammt, das werde ich nicht! Zum Kuckuck, Gil, ich kann Sherrys Frau unmöglich sagen, wie sie sich benehmen soll.»

«Du mußt es ihr sagen», erklärte Mr. Ringwood. «Würde es ihr selbst sagen, wenn ich nicht diese verdammte Erkältung hätte. Darfst es Sherry nicht zu Ohren kommen lassen. Wäre ihm sehr unangenehm.»

Lord Wrotham sah ihn finster an, beglückte ihn mit einem Kraftausdruck und seiner völlig unerbetenen Ansicht über des Freundes Erkältung, Moral und vollständigen Mangel an Grundsätzen. Mr. Ringwood stärkte sich mit einer reichlich bemessenen Menge Punsch und erklärte kurz: «Werde dir etwas sagen, George: Ferdy muß es tun!»

«Ja, bei Gott!» rief George aus. «Er ist Sherrys Cousin, er *muß* es tun!»

Aber Ferdy, den man unter Drohungen dazu gebracht hatte, Hero gleich am folgenden Tag zu besuchen, erwies sich keineswegs als erfolgreicher Sendbote. Er war so übertrieben taktvoll, daß es ihm völlig mißlang, Hero von ihrer falschen Einstellung zu überzeugen. Sie lachte ihn bloß aus, versicherte ihm, daß er ebenso spießig sei wie ihre Cousine Jane, worauf sie sich entfernte, um ihr Bibliotheksbuch bei Richardson umzutauschen, ehe er auch nur ein Viertel von dem sagen konnte, was er sich auf dem Weg in die Half Moon Street zurechtgelegt hatte. Als Mr. Ringwood erfuhr, was sich ereignet hatte, kritisierte er die Torheit des einen Freundes und die moralische Feigheit des andern aufs heftigste und gab seine Absicht bekannt, Lady Sherry am nächsten Vormittag selbst einen Besuch abzustatten.

Es war zu spät. Mrs. Bagshot, die Hero nach ihrem Besuch in heftigem Zorn verließ, hatte keine Zeit verloren, Sherry einen Brief mittels Eilboten nach Melton zu schicken, um ihn rundheraus über die letzte Eskapade seiner Frau zu unterrichten. Sie zeichnete ein abschreckendes Bild der unausbleiblichen Folgen, sie gab ihm eine anschauliche Darstellung der Schwierigkeiten, die sich ergeben würden, wenn der Name einer Lady in den Clubräumen in Verbindung mit Pferderennen und Wetten in aller Munde wäre, und teilte ihm schließlich mit, daß sie begreiflicherweise ihre Hände bei dieser üblen Angelegenheit in Unschuld waschen müsse.

Diese Nachricht erreichte Sherry am Vorabend eines der vielversprechendsten Rennen der Saison und verursachte bei ihm einen derartigen Wutausbruch, daß Mrs. Goring, die zufällig eben mit einem Stoß frisch gewaschener Wäsche durch die Halle ging, sechs Hemden und acht Taschentücher auf einen Boden fallen ließ, der von den Stiefeln Seiner Lordschaft beschmutzt war, worauf sie prompt einen hysterischen Anfall erlitt.

Sherry traf bei Einbruch der Dämmerung desselben Tages in London ein, an dem Ferdy seinen so erfolglosen Besuch in der Half Moon Street gemacht hatte, nachdem er den ganzen Weg sein Kabriolett selbst kutschiert hatte. Er war müde und durchfroren und hatte das wichtige Sportereignis dieses Tages versäumen müssen. Von dem erschrockenen Butler informiert, daß Mylady sich für eine Gesellschaft ankleide, eilte er, immer zwei Stufen auf einmal nehmend, die Stiegen empor, betrat ohne Umstände das Zimmer seiner Frau und fragte, unbekümmert um die Anwesenheit der Kammerfrau, in wütendem Ton: «Was, zum Teufel, habe ich wieder über dich hören müssen?!»

Die Kammerfrau zog sich erschrocken in den Hintergrund zurück; Hero, vor ihrem Spiegel sitzend, blickte ihn in völliger Verwirrung an und stotterte: «Sherry! Sherry! Ich erwarte – ich habe dich –»

«Nein, bei Gott, ich könnte wetten, daß du mich nicht erwartet hast!» sagte er. Er zog Mrs. Bagshots Brief aus der Tasche und drückte ihn in Heros Hand. «Lies das!» Er wurde jetzt der Kammerfrau gewahr und wandte sich unverzüglich gegen sie: «Was, zum Teufel, stehen Sie hier herum? Hinaus!»

Die Kammerfrau überraschte ihre junge Herrin jetzt damit, daß sie auf sehr würdevolle Weise ihren festen Entschluß bekanntgab, Mylady zu verteidigen und zu beschützen, selbst dann, wenn sie von wilden Pferden angegriffen würde. Hero war durch dieses völlig unerwartete Eintreten zu ihrem Schutz tief ergriffen, bat sie aber doch, das Zimmer zu verlassen. Maria warf dem Viscount einen Blick tiefsten Abscheus zu, der dem ganzen männlichen Geschlecht galt, und zog sich zurück, um Mrs. Bradgate und das Küchenmädchen mit der Erzählung jener Umstände ihres eigenen Lebenslaufs zu erfreuen, die dazu geführt hatten, daß sie das ganze männliche Geschlecht in allen wesentlichen Dingen für tieferstehend als das liebe Vieh hielt.

Inzwischen las Hero, völlig verstört, den Brief ihrer Cousine Jane. Sie ließ einen kleinen Ausruf hören, sah auf und stotterte: «Aber, Sherry, warum denn? *Warum?* Ich habe mich vergewissert, daß du nicht den geringsten Einwand erheben würdest.»

«Keinen Einwand?» donnerte er. «Keinen Einwand, daß du dich derart zur Schau stellen willst? Daß in allen Clubs Wetten auf dich abgeschlossen werden! Alle glotzäugigen Dummköpfe Londons lachen über dich und glauben, daß du es ebenso arg treibst wie Letty Lade!»

«Aber L-Lady Royston –»

«Sally Royston!» unterbrach er sie. «Sally Royston! Bei Gott, es bedurfte nur noch dessen! Sie ist das gemeinste Frauenzimmer – das schamloseste Weib –»

«Sherry, nein. O nein, nein, wie wäre das möglich? Ich hab sie in einem der exklusivsten Salons kennengelernt, wahr und wahrhaftig!»

«Du hast Lady Maria Berwick auch in den exklusivsten Häusern getroffen und eine Menge anderer. Willst du etwa dein Benehmen nach dem ihren richten? Guter Gott, wirst du denn nie etwas lernen?»

Sie erbebte. «Sherry, wenn ich etwas Unrechtes getan habe, tut es mir schrecklich leid, aber wie konnte ich das vermuten? Lady Fakenham fand nichts dabei –»

«*Was?* Sie weiß davon und tat nichts, um es zu verhindern?»

«Nein, o nein! Sie ist noch auf dem Land. Aber in Fakenham Manor, als ich Lady Fairford besiegte – Sherry, da hast du dich doch sehr gefreut. Du sagtest damals, du wärest stolz auf mich!»

Er starrte sie an. «Das? Das war ein Zeitvertreib unter Freunden, unter Ausschluß der Öffentlichkeit und unter den Augen meiner Tante. Was bedeutet denn das? Wie konntest du annehmen, es wäre mit einem öffentlichen Rennen in Epsom zu vergleichen, wo es allen Leuten freisteht, Wetten abzuschließen, und das sich jeder Tom, Dick oder Harry ansehen kann? Ich glaube wirklich, du mußt verrückt sein!»

Sie preßte die Hände gegen ihre Wangen. «Ich dachte nicht – ich wußte nicht – o Sherry, sei nicht böse mit mir!»

«Nicht böse mit dir? Wenn du aus einer Verlegenheit in die andre gerätst, dich blamierst und damit auch mich, und – du behauptest, daß du es nicht wußtest! Sagte es dir denn deine Cousine Jane nicht? Ist sie nicht eigens hierhergefahren, um dich zu ermahnen, unter keinen Umständen etwas Derartiges zu tun?»

«Ja», sagte Hero atemlos. «Aber ich habe nicht auf sie geachtet, weil sie so törichte Dinge vorbrachte, und du doch sagtest, sie sei nichts als ein dummes Frauenzimmer. Ich dachte, sie ist eben nur –»

Hier unterbrach er sie mit einem so beunruhigenden Gesichtsausdruck, daß sie sich in ihrem Fauteuil so klein wie möglich machte. «So, ich habe dir also gesagt, du sollst nicht auf sie achten? Ich hätte mir aber denken können, daß es dazu kommen würde! *Ich* ermutigte dich zu dem Wettrennen! Natürlich! Ich war es, der dir sagte, beim Faro gutes Geld dem schlechten nachzuwerfen, nicht wahr, mein Mädchen? Und von Wucherern Geld auszuborgen, und –»

«O Sherry, nicht, nicht! Oh, wenn ich nur auf meine Cousine Jane gehört hätte, oder auf Ferdy!»

«Ferdy?» rief er aus. «Er warnte dich also auch?»

Sie nickte verzweifelt. «Ja, aber ich achtete auch auf ihn nicht, weil er ebenso töricht ist wie meine Cousine Jane, und ich dachte – ich dachte, du würdest dich freuen, wenn ich Lady Royston besiege.»

Ein unheimlicher Schrei brach von den Lippen des Viscount. Er zerrte mit dem Gehaben eines Menschen, den man an den Rand des Wahnsinns getrieben hatte, an seinen wohlgepflegten Locken. Hero bedeckte ihr Antlitz mit den Händen und weinte herzzerbrechend.

Der Viscount, der sich wieder in der Gewalt hatte, machte mit düster gefurchter Stirne einen Gang durchs Zimmer. Dann warf er seiner Frau einen nachdenklichen Blick zu und sagte kurz: «Es hat gar keinen Zweck zu weinen. Das macht die Sache nicht besser. Die größte Wahrscheinlichkeit besteht, daß du dich bei den einzigen Menschen, die etwas zu bedeuten haben, bereits unmöglich gemacht hast.»

Hero fand in dieser Feststellung zwar nichts, was sie ermutigt hätte, mit dem Weinen aufzuhören, aber sie gab sich dennoch die größte Mühe, schneuzte ihr winziges Näschen und schluckte ihre Tränen entschlossen hinunter, während Seine Lordschaft fortfuhr, durch das Zimmer zu schreiten. Nachdem sie ihn einige Augenblicke schüchtern beobachtet hatte, erhob sie sich, versuchte sich ihm zu nähern und sagte in flehendem Ton: «O Sherry, bitte, verzeih mir! Ich werde nie wieder eine Wettfahrt machen – wirklich, wirklich, ich hätte mich nie dazu verpflichtet, wenn ich gewußt hätte, daß du es so schrecklich mißbilligst. Sherry, ich wollte nichts Unrechtes tun! Ach, wenn ich nur nicht gar so unwissend wäre!»

Er blieb stehen und sah sie an. «Nein, du wolltest nichts Unrechtes tun. Das weiß ich ganz genau. Hast du vielleicht die Absicht, mir zu sagen, daß es meine Schuld ist? Nun, das weiß ich ebenfalls, aber es gestaltet die Situation damit auch nicht leichter.»

Sie faßte nach einer seiner Hände und hielt sie mit warmem Druck fest. «Nein, nein, es ist bestimmt nicht deine Schuld», sagte sie. «Ich bin es, die so dumm und lästig ist, und es tut mir so leid!»

«Nein, es ist meine Schuld», erwiderte er. «Ich hätte dich nie auf diese Art heiraten dürfen. Wäre ich kein so verrückter Windbeutel gewesen, dann hätte ich wissen müssen – nun, es hat keinen Sinn, das jetzt weiter zu untersuchen, denn das Unheil ist nun einmal geschehen. Die Sache ist einfach die, daß du nicht reif genug warst, um in der Stadt zu leben, da du außer mir niemanden hattest, der dir sagte, wie du dich zu benehmen hast.»

Sie ließ seine Hand fallen, ihre Wangen erblaßten, und ihre Augen saugten sich an seinem Gesicht fest. «Sherry!» flüsterte sie.

Sherry nahm seinen Rundgang wieder auf. Er blickte nicht mehr so finster drein, sah aber plötzlich viel älter und ein wenig sorgenvoll aus. Dann blieb er abrupt stehen und sagte scharf: «Dafür gibt es nur eines. Da du keine Mutter hast, um dich zu beraten, muß es eben die meine sein, die dir alles das beibringt, was du wissen mußt. Ich hätte dich von allem Anfang an in ihre Hände geben müssen. Doch es ist noch nicht zu spät. Ich werde dich morgen nach Sheringham Place bringen. Sag deiner

Zofe, daß sie deine Koffer zeitgerecht packt. In der Gesellschaft werde ich verbreiten, daß du unpäßlich bist und aufs Land fahren mußtest, um wieder zu Kräften zu kommen.»

«Sherry, *nein*!» bat sie atemlos. «Du kannst nicht so grausam sein! Ich will nicht nach Sheringham Place! Deine Mutter haßt mich –»

«Dummes Zeug!» unterbrach er sie. «Ich erkläre dir, daß nichts anderes zu tun übrig bleibt. Ich behaupte durchaus nicht, daß meine Mutter nicht eine verteufelt törichte Frau ist, aber sie kennt die Gebräuche der vornehmen Welt und sie kann –»

Hero klammerte sich an seine Rockaufschläge. «Nein, nein, Sherry, nur das nicht, schick mich nicht zu ihr! In Ungnade nach Hause geschickt zu werden –»

«Niemand braucht zu erfahren, weshalb du dort bist. Warum, zum Teufel, sollte sich jemand darüber wundern, daß du deine Schwiegermutter besuchst?»

«Meine Cousine Jane wird es wissen, und auch alle meine hiesigen Freunde, und Lady Sheringham wird allen erzählen, wie schlecht ich gewesen bin!»

«Unsinn! Bitte, wer hat etwas davon gesagt, daß du schlecht gewesen bist?»

«Sie wird es sagen! Sie hat von allem Anfang an gesagt, ich hätte dein Leben zerstört, und jetzt wird sie wissen, daß es wahr ist. Sherry, bitte, töte mich lieber, als mich auf diese Art zu ihr zu schicken!»

Er entfernte ihre Hände von seinen Rockaufschlägen und sagte in strengem Ton: «Hör auf, so dummes Zeug zu reden! Noch nie im Leben habe ich einen solchen Schwulst gehört! Kannst du denn nicht einsehen, daß ich jetzt nur das tue, was ich von allem Anfang an hätte tun müssen?»

«Nein, nein, nein!»

«Aber ich!» sagte Seine Lordschaft mit einem eigensinnigen Zug um den Mund. «Nein, Hero, sag nichts mehr. Ich habe es beschlossen. Du wirst morgen nach Sheringham Place fahren, und ich werde dich persönlich hinbringen.»

«Nein, Sherry! Sherry, hör mich an! Hör mich doch nur an!» rief sie wie wahnsinnig.

«Und ich sage dir, daß es zwecklos ist, dich in diese Wut hineinzusteigern. Du lieber Gott, kannst du denn nicht verstehen, wie unmöglich es ist, unser Leben auf diese Art fortzusetzen? Ich kann dich nicht dazu bringen, dich korrekt zu benehmen. Aber meine Mutter kann es – und sie wird es auch tun!»

Während er sprach, schob er sie entschlossen aus dem Weg und eilte auf die Türe zu.

«Sherry!» rief sie verzweifelt.

«Nein!» sagte Seine Lordschaft mit entsetzlicher Endgültigkeit und schloß die Tür vor ihrer Nase.

18

Nachdem Mr. Ringwoods Erkältung einer vernünftigen Behandlung fast ganz gewichen war, fühlte er sich an diesem Abend um so viel besser, daß die Aussicht, einen Abend einsam am eigenen Kaminfeuer verbringen zu müssen, ihn mit äußerstem Widerwillen erfüllte. Da sein Kammerdiener gemeldet hatte, draußen wehe ein unangenehmer Wind mit Eisregen vermischt, hielt er es für eine Tollkühnheit, sich auf den Weg in einen seiner Clubs zu machen, und schickte statt dessen ein Billett auf den Cavendish Square, in dem er Mr. Fakenham um die Ehre seiner Gesellschaft zu einem Dinner und zu einem oder zwei Robbern Pikett bat. Ferdy, von der Lage seines Freundes gerührt, sagte gutmütig ein Rendezvous ab, das er mit einigen andern Freunden im Hotel Long hatte, und begab sich zur angegebenen Stunde in die Stratton Street, wo ihn sein Gastgeber mit einer nur noch leicht geröteten Nase empfing. Er war in den purpurfarbenen Brokat-Dressinggown gehüllt, den Ferdy selbst einmal getragen, und hatte dazu ein Tuch à la Belcher um den Hals geknüpft, das durchaus nicht dazu passen wollte. Dieser so übel harmonierende Aufzug mußte jemanden ins Herz treffen, der in modischen Dingen tonangebend war, und Ferdy ließ Mr. Ringwood mit aller Aufrichtigkeit wissen, daß er verteufelt aussehe.

«Ich fühle mich auch verteufelt», sagte Mr. Ringwood mürrisch. Dann fügte er mit einem schwachen Aufflackern seiner Lebensgeister hinzu: «Ich habe mich auf alle Fälle von meinem Diener rasieren lassen.»

«Ja», gab Ferdy zu, und schauderte bei dem Gedanken, wie Mr. Ringwood zu einer früheren Tageszeit ausgesehen haben mochte. «Gil, lieber alter Junge, dann hätte ich nicht mit dir dinieren können. Hätte nicht den kleinsten Bissen hinuntergebracht.» Er betrachtete das Halstuch à la Belcher mit argen Befürchtungen. «Zum Teufel, ich bin ohnedies nicht sicher, ob ich imstande sein werde, etwas zu mir zu nehmen!»

Kurz darauf war er dennoch imstande, einem ausgezeichneten Dinner volle Gerechtigkeit widerfahren zu lassen. Es bestand aus Krebsen in Butter, Hammelbraten mit Pastinak, einer Fasanenpastete mit verschiedenen Nebengerichten, einschließlich Büchsenstör, einem Kalbsgelee und einem Schweinskopf. Nachdem Mr. Ringwood diese Mahlzeit mit einem exzellenten Chambertin hinuntergespült hatte, fühlte er sich beinahe wiederhergestellt und war sogar geneigt anzunehmen, daß er sich, wenn er im Laufe des Abends nur genug Portwein trank und etwas Brandy, zum Abschluß des Ganzen, am nächsten Morgen wie ein neuer Mensch fühlen werde. Da der Honourable Ferdy an diesem Programm nichts auszusetzen fand, wurden die Gedecke entfernt, die Karaffen auf den Tisch gestellt, und die beiden Freunde ließen sich zu einem Pikettspiel nieder. Bald darauf wurden sie jedoch in dieser Beschäftigung durch Lord Wrotham unterbrochen, der, da Ferdy bei seiner vormittägigen Mission so jämmerlich versagt hatte, zu Mr. Ringwood hereinschaute, um ausfindig zu machen, was nun geschehen sollte, um Lady Sherry davor zu bewahren, sich in den Augen der vornehmen Welt unmöglich zu machen. Mr. Ringwood erklärte, daß er sich entschlossen habe, am nächsten Vormittag in der Half Moon Street Besuch zu machen; und die drei Herren beklagten eben die Abwesenheit eines vierten, um eine Partie Whist zu komplettieren, als man neuerlich ein Klopfen an der Haustüre vernahm. Die Hoffnung, daß dies die Ankunft einer mitfühlenden Seele auf der Suche nach Unterhaltung ankündigte, wurde eine Minute darauf durch Hero zerstört, die, einen Vogelkäfig in einer Hand und die Muschelgold-Uhr unter den andern Arm gepreßt, das Zimmer betrat. Sie hatte einen Mantel um den Hals geknüpft, dessen Kapuze ihr vom Haupte glitt; sie sah beunruhigend blaß aus, und an ihren Wangen hingen Tränen.

«Gil!» rief sie mit herzzerreißender Stimme. «Helfen Sie mir! Oh, bitte, werden Sie mir helfen?»

Die drei Herren waren, als Hero das Zimmer betrat, unwillkürlich aufgesprungen, sie standen nun wie angewurzelt da und starrten sie in bestürzter Verwunderung an. Mr. Ringwood, der sich voll Entsetzen seiner zwanglosen Kleidung bewußt wurde, ließ den feigen Wunsch erkennen, im Hintergrund zu verschwinden. Es war Ferdy, der seine guten Umgangsformen zuerst wieder fand, vortrat und ernst sagte: «Alles, was in unserer Macht steht, Kätzchen! Gil ist nicht ganz wohl – hatte eine schreckliche Erkältung. Er ist nämlich in einen Wassergraben gestürzt. Erlauben Sie, daß ich Ihnen die Uhr abnehme.»

Sie überließ sie ihm, reichte George den Vogelkäfig und sagte erregt: «Oh, danke, Ferdy. Ich wußte nicht, daß Sie hier sein werden. Und auch Sie, George. Ach, Gil, es tut mir so schrecklich leid, daß Sie nicht wohl sind, aber was soll ich tun? Wenn Sie mir nicht helfen können, dann weiß ich nicht, wohin ich mich wenden soll, und ich habe niemanden, der mir rät, oh, ich bin völlig verzweifelt!»

«Du lieber Gott!» rief George aus, der mit dem Vogelkäfig in der Hand dastand und Hero anstarrte. «Wie ist denn das möglich? Was –»

Mr. Ringwood raffte sich auf, versicherte Hero, daß seine Erkältung der Vergangenheit angehöre, und zog sie an das Kaminfeuer. «Bitte, Kätzchen, setzen Sie sich und seien Sie ganz beruhigt! Ich werde Ihnen selbstverständlich helfen.»

«Wir alle werden Ihnen helfen!» schaltete Ferdy ein. «Größtes Vergnügen der Welt! Keine Ursache, sich Sorgen zu machen – nicht die geringste Ursache der Welt!»

«Sie ist bis auf die Knochen durchkältet», sagte Mr. Ringwood, der ihre schmalen Hände in den seinen hielt. «Um Gottes willen, George, stell den Vogelkäfig nieder und schenk Hero einen Tropfen Brandy ein.»

Hero ließ sich in einen Fauteuil am Kaminfeuer nötigen, verschluckte sich an dem Brandy und sagte: «Oh, danke, das genügt, bitte. Nur meine Hände sind kalt, weil draußen so ein Wind weht.»

«Sie sind doch nicht etwa zu Fuß hergekommen?» rief Ferdy aus, als ob die Half Moon Street im entferntesten Stadtviertel läge.

«Doch, was sollte ich denn sonst tun? O Gil, versprechen Sie mir – Sie alle! –, daß Sie mich nicht an Sherry ausliefern werden.»

Drei Augenpaare hefteten sich auf ihr Gesicht. «Nicht – nicht ausliefern – Kätzchen, sind Sie verrückt geworden?» stotterte Mr. Ringwood.

«Nein», erwiderte sie und rang die Hände. «Ich bin wirklich nicht verrückt, Gil, obwohl ich es werden würde, oder vielleicht würde ich auch sterben, wenn er mich fände.»

Ferdy starrte sie mit offenem Mund an. Er schluckte einige Male, dann sagte er in besänftigendem Ton: «Sie denken bestimmt an jemand andern, Kätzchen. Doch nicht an Sherry. Ist ein äußerst gutmütiger Junge, mein Cousin Sherry. Dachte, Sie haben ihn gern.»

George, die Lehne eines Stuhls umklammernd, fragte mit einer Stimme, die Böses für den abwesenden Viscount ahnen ließ: «Was hat Ihnen Sherry getan?»

«Bis jetzt hat er noch nichts getan. Deshalb lief ich ihm ja davon ... um ihm zuvorzukommen. Ich könnte es nicht ertragen, ich könnte es nicht!»

«Bei Gott!» schwor George, und seine blitzenden Augen begannen in einem seltsamen Feuer zu glühen. «Erzählen Sie nur!»

An diesem Punkt erholte sich Mr. Ringwood von seiner Verblüffung. Er goß sich etwas Brandy ein, stürzte ihn hinunter und stellte das Glas mit der Miene eines Mannes nieder, der jetzt gerüstet ist, mit jeder Eventualität fertigzuwerden. «Halt den Mund, George!» befahl er streng. «Sherry ist also wieder zu Hause, Kätzchen?»

Sie nickte, und zwei dicke Tränen rollten über ihre Wangen.

«Ich nehme an, es handelt sich um Ihr verwünschtes Wettrennen?»

«Ja, wie konnte ich nur so schlecht und so dumm sein, um – ach, Ferdy, hätte ich heute vormittag nur auf Sie gehört!»

Er schüttelte traurig den Kopf. «Schade», stimmte er zu. «Dachte es mir schon damals.»

«Aber selbst damals wäre es schon zu spät gewesen, denn Sherry sagte, daß sie in den Clubs auf mich wetten und daß mein Ruf völlig vernichtet ist. Alle sprechen über mich und f-führen meinen Namen im Munde –»

«Es soll nur jemand in meiner Gegenwart Ihren Namen im Munde führen!» rief George zähneknirschend. «Sie sollen Ihren Namen bloß erwähnen, das ist alles, was ich verlange. *Ich* weiß, was ich zu tun habe, wenn es Sherry schon nicht weiß.»

«Wieso hat Sherry von der Sache Wind bekommen?» unterbrach ihn Mr. Ringwood.

«Meine Cousine Jane schrieb ihm einen abscheulichen Brief, worauf er sogleich nach Hause zurückkehrte, und er hatte einen so fürchterlichen Zorn auf mich –» Sie brach ab, und ihre Stimme wurde von Tränen völlig erstickt.

Mr. Ringwood wechselte mit seinen Freunden einen Blick. «Ja, nun, wissen Sie, Kätzchen, darüber bin ich nicht erstaunt. Man konnte nicht erwarten, daß Sherry wegen dieser Sache nicht ein wenig aus der Fassung geriete, denn sie ist durchaus nicht in Ordnung. Ich selbst wollte es Ihnen sagen, wenn Sherry nicht nach Hause gekommen wäre.»

«O Gil, er ist weit, weit mehr als bloß aus der Fassung geraten. Sie haben ja keine Ahnung!»

Ferdy räusperte sich. «Sherry ist ein wenig jähzornig. Hat aber gar nichts zu sagen. Gebe Ihnen mein Wort darauf. Glaube, er hat schon jetzt alles vergessen.»

Sie trocknete ihre Tränen. «Er ist jetzt nicht mehr zornig. Das könnte ich ertragen. Aber er sagte, er allein sei schuld, weil er mich geheiratet hat, und wir könnten auf diese Weise nicht weiterleben, und er habe beschlossen, daß ich nach Sheringham Place fahren muß, damit seine Mutter mir beibringt – mir beibringen kann – aber lieber will ich sterben!»

«Sheringham Place, um diese Jahreszeit?» sagte Ferdy entsetzt. «Kätzchen, das würde ich nicht tun! Mir wäre das gar nicht recht. Kann mir nicht vorstellen, wie Sherry sich eine derartige Idee in den Kopf setzen konnte. Lächerlich, das ist es, einfach lächerlich. Werde Ihnen etwas sagen: ich gehe zu Sherry und werde ein Wörtchen mit ihm reden. Augenblickliche Erregung, wissen Sie? Dachte wahrscheinlich nicht daran, wie es im Winter dort aussieht.»

«Es hat keinen Zweck. Ich beschwor ihn, mich nicht so zu blamieren und dorthin zu schicken, aber er beachtete das gar nicht. Er sagte, er habe es beschlossen und er werde mich morgen hinbringen. Und er ist willens, es auch zu tun. Aber das wird er nicht, nein, das wird er nicht! Lady Sheringham haßt mich, und sie würde jedem erzählen, was ich getan habe und daß ich Sherrys Leben ruiniert habe, und als ich heute abend sein Gesicht sah, da wußte ich, daß sie recht hat! O Gil, o Gil!»

«Hat Sherry das gesagt?» fragte George zornig.

«Nein, nein, aber Sie wissen ja noch nicht alles, alle die dummen Dinge, die ich angestellt habe. Und jetzt auch das noch! Ich kann verstehen, daß er dessen müde ist und den Wunsch hat, er wäre nie mit mir durchgebrannt. Ich meine, er versucht zu tun, was er kann, und er glaubt, daß ihm seine Mutter dabei helfen wird. Aber sie wird es nicht tun. So entschloß ich mich also wegzugehen, dann wußte ich aber nicht, wohin ich mich wenden sollte, und so kam ich zu Ihnen, Gil, weil ich dachte, Sie könnten mir raten.»

«Aber, Kätzchen, Sie können Sherry doch nicht so ohne weiteres verlassen», protestierte Ferdy. «Ich will sagen – Sie sind doch mit ihm verheiratet – in Glück und Unglück – ist gar nicht in Ordnung.»

«Ich weiß, aber vielleicht wird er sich von mir scheiden lassen und dann kann er wieder glücklich sein», erklärte Hero unter hilflosem Schluchzen.

«Du guter Gott, nein», rief Ferdy empört. «Hatten nie etwas Derartiges in der Familie, Kätzchen. Außerdem – nun, was ich meine, ist, er hat doch keinen Grund, sich scheiden zu lassen.»

George ließ die Sessellehne los und eilte zielstrebig zur Tür. «Was hat es für einen Sinn, darüber zu sprechen? Ich werde Sherry suchen, und *wenn* ich ihn finde –»

«Nein, George! Bitte, bitte nicht! George, ich beschwöre Sie, tun Sie's nicht!» schrie Hero auf und wurde totenblaß.

«Regen Sie sich nicht auf, Kätzchen. Ich gebe Ihnen mein Wort, daß ich nicht mehr tun werde, als ihm tüchtig zusetzen. Und danach werde ich ihn hierherbringen, und bei Gott, er soll vor Ihnen auf den Knien liegen! Dazu werde ich ihn zwingen!»

Ferdy überlegte die Vorteile dieses Plans reiflich. «Glaube nicht, daß du das fertigbringst, George», sagte er kritisch. «Ist recht geschickt mit seinen Fäusten, mein Cousin. Hat dich noch vor wenigen Tagen recht gut in Schranken gehalten. Höchstwahrscheinlich würde er es wieder tun. Habe nicht die Absicht, dir was in den Weg zu legen, lieber Junge, aber so ist es nun einmal. Außerdem habe ich ihn noch nie vor jemandem auf den Knien liegen gesehen. Aber hör zu, ich behaupte durchaus nicht, daß er es nicht tun würde, ich hab es nur noch nie erlebt. Ist erstaunlich eigensinnig, wie alle Verelsts.»

«Wenn Sherry gehört hat, was ich ihm zu sagen habe, und nicht augenblicklich mit mir kommt, um dem armen kleinen Kätzchen zu sagen, daß er kein Wort davon meint, dann ist er nicht der Mann, für den ich ihn halte», erklärte George.

«Sie verstehen das nicht, George», sagte Hero traurig. «Vielleicht würde er auf Sie hören, und vielleicht würde er milder gegen mich gestimmt, denn er war immer sehr gut zu mir, aber sehen Sie – das Ganze war ein schrecklicher Irrtum, und ich hätte ihn nie heiraten sollen.» Sie senkte den Kopf und blickte auf ihre zusammengekrampften Hände nieder. «Sherry – Sherry liebt mich nicht, wissen Sie. Er – er hat mich nie geliebt. Wenn ich nicht eine so dumme G-Gans gewesen wäre, dann hätte ich nicht – denn wissen Sie, er hat nie vorgegeben, mich zu lieben.»

Georges Gesicht verkrampfte sich. Er trat rasch ins Zimmer zurück, ergriff Heros Hände und hielt sie fest. «Ich weiß», sagte er mit bewegter Stimme.

Sie nickte. «Ja, ich – ich dachte mir, daß Sie es wissen, George. So verstehen Sie auch . . .»

Eine unbehagliche Stille trat ein. George unterbrach sie, indem er sich ziemlich schroff an Mr. Ringwood wandte. «Warum, zum Teufel, kannst du nicht irgend etwas sagen, Gil, statt wie eine verdammte Wachsfigur dazustehen?»

«Ich denke», sagte Mr. Ringwood kurz.

«Dann kann ich dir nur raten, rasch zu denken», sagte George, «denn es würde schon genügen, daß Sherry sie hier findet, damit der Teufel los ist!»

«Ist es wahrscheinlich, daß Sherry Sie vermißt?» erkundigte sich Mr. Ringwood bei Hero.

«O nein. Er ist ausgegangen, und wenn er zurückkommt, wird er glauben, ich sei schon zu Bett gegangen. Es weiß niemand, daß ich nicht zu Hause bin.»

«Kätzchen, sind Sie denn allein hergekommen?»

«Nein, Maria kam mit mir. Das ist meine Kammerfrau, und, ach, ich wußte bis heute nicht, wie gern sie mich hat, denn mir kam sogar vor, daß sie mich überhaupt nicht leiden kann. Aber – als Sherry weggegangen war, kam sie zu mir und zitierte in der rührendsten Weise etwas aus der Bibel über Ruth und Naomi; und sie sitzt jetzt mit meinem Gepäck in der Halle, denn ich konnte außer meiner Uhr und meinem Kanarienvogel nichts tragen, und die mußte ich einfach mitnehmen.»

Ferdy betrachtete diese beiden unentbehrlichen Gepäckstücke einer vornehmen Dame ziemlich mißtrauisch. «Glaube, Sie haben recht», sagte er dann, «sehr schöne Uhr.»

«Gil gab sie mir als Hochzeitsgeschenk», erklärte Hero, deren Tränen aufs neue zu fließen begannen. «Ich habe auch Ihr Armband mitgenommen, und wie hätte ich es ertragen können, Gils lieben kleinen Kanarienvogel zurückzulassen? Ich habe ihn nach Gil benannt. Und Sherry – Sherry hat ihn nicht so lieb wie ich, und er würde ihn vielleicht wegschenken.»

«Ist vollkommen richtig, ihn mitzubringen», sagte Ferdy standhaft, «ist eine Gesellschaft für Sie. Trotzdem, Kätzchen, verstehe ich nicht, wohin Sie gehen wollen? Bei Gil können Sie nicht bleiben, wissen Sie? Sherry würde das gar nicht gerne sehen.»

«Doch, sie kann hier bleiben», sagte Mr. Ringwood ganz unerwartet. «Wenn auch nicht für lange, so besteht doch kein Grund, warum sie nicht heute nacht hier bleiben sollte. Ja, sie muß es sogar tun.»

«Du lieber Gott, Gil, du mußt den Verstand verloren haben», explodierte George. «Kein Grund, warum sie es nicht sollte? Was du nicht sagst! Wenn das alles ist, wozu dein großartiges Nachdenken führt –»

«Durchaus kein Grund», sagte Mr. Ringwood. «Hat ihre Kammerfrau mitgebracht. Werde ein Rollbett in meinem Zimmer aufstellen lassen. Und ich verbringe die Nacht in deiner Wohnung.»

«Ich glaube, daß sie das tun könnte», gab George widerwillig zu, «es löst aber das Problem nicht. Zum Kuckuck, ist eine verdammt komplizierte Sache! Sie hat leider keine Verwandten, zu denen sie gehen könnte, sonst würde ich sagen, sie tat gut daran, Sherry zu verlassen. Aber sie kann nicht allein leben. Das wißt ihr. Wenn ihre Schwiegermutter keine so verflucht unangenehme Person wäre – Kätzchen, sind Sie davon überzeugt, daß es Ihnen unmöglich ist, nach Sheringham Place zu gehen? Ich will damit sagen – natürlich ist Sherry ein Scheusal, es Ihnen in dieser Form zu sagen, und ich kann nicht verstehen, was er sich in den Kopf gesetzt hat. Aber es ist nun einmal Sache Ihrer Schwiegermutter, ein Auge auf Sie zu haben, nur –»

«Nein, nein, George, bitte verlangen Sie von mir nicht, daß ich dorthin gehe!» bat Hero. «Ich habe mich entschlossen, Erzieherin zu werden, genauso, wie es meine Cousine Jane schon immer wollte. Aber ich weiß nicht, wie ich es bewerkstelligen soll, und deshalb kam ich zu Gil, denn da er mich unterrichtete, wie ich meinen Phaeton fahren soll, dachte ich, er würde auch das wissen.»

«Weißt du es denn, Gil?» erkundigte sich Ferdy und sah Mr. Ringwood mit beginnendem Respekt an.

«Nein», erwiderte Mr. Ringwood.

«Dachte auch nicht, daß du es weißt», sagte Ferdy. «Sag dir etwas: frag meine Mutter! Die weiß es bestimmt!»

«Sie wird keinesfalls Erzieherin werden», sagte Mr. Ringwood kurz. «Ich sagte euch doch, daß ich nachgedacht habe. Hört also, ich habe eine Idee.»

George, der die Sache überlegt hatte, sagte plötzlich: «Alles gut und schön, aber sie kann Sherry nicht in dieser Art und Weise verlassen. Zum Teufel, das ist unmöglich!»

«Nein, durchaus nicht», erwiderte Mr. Ringwood mit unerschütterlicher Ruhe. «War das beste, was sie tun konnte. Werde sie zu meiner Großmutter bringen, kann bei ihr wohnen.»

«Bei Jupiter!» rief Ferdy äußerst betroffen. «Verteufelt gute Idee von dir, Gil. Sofern sie nämlich nicht tot ist!»

«Natürlich ist sie nicht tot», sagte Mr. Ringwood mit einem Anflug von Ungeduld. «Wie könnte ich das Kätzchen bei ihr unterbringen, wenn sie tot wäre?»

«Das habe ich eben wissen wollen», gestand Ferdy. «Dachte, sie wäre tot. Dachte, du seist bei ihrer Beisetzung gewesen?»

«Wenn du nicht so hirnrissig wärest, dann wüßtest du, daß das meine andere Großmutter war», sagte Mr. Ringwood aufs äußerste erbittert. «Ich sprach von meiner mütterlichen Großmutter, von Lady Saltash.»

Ferdy starrte ihn an. «Habe vergessen, daß sie auch deine Großmutter ist. Weißt du, Gil, was ich denke?»

«Nein. Und ich will es auch gar nicht wissen.»

«Kein Grund, um die Laune zu verlieren, lieber alter Junge. Wollte bloß sagen, hätte selbst keine bessere Idee haben können. Sehr amüsante alte Dame, deine Großmutter. Möchte sogar behaupten, daß sie und das Kätzchen sich ausgezeichnet verstehen werden.»

«Oh, glauben Sie wirklich, daß sie so freundlich wäre, mich zu unterrichten, damit ich mich wie eine richtige Dame benehme?» fragte Hero begierig.

«Wäre nicht im geringsten überrascht», erwiderte Mr. Ringwood. «Habe nie eine alte Dame kennengelernt, die so gut Bescheid gewußt hätte wie meine Großmutter.»

Angst überfiel Hero, sie sagte: «Aber vielleicht will sie gar nicht, daß ich bei ihr wohne, Gil.»

«Doch, sie wird wollen. Wird es sogar sehr gerne tun. Glaube, Sie könnten ihr auch sehr nützlich sein. Besitzt einen Mops. Häßliches übelriechendes kleines Scheusal. Biß mir einmal ein Stück Fleisch aus dem Bein. Sie könnten ihn spazierenführen. Er braucht Bewegung. Wenigstens hat er sie damals gebraucht, als ich ihn zuletzt sah. Natürlich kann er jetzt schon tot sein. Ganz gut, wenn es so wäre.»

Ferdy, der aufmerksam zugehört hatte, warf an dieser Stelle ein: «Kann das nicht einsehen, Gil, alter Knabe. Nein, durchaus nicht. Es versteht sich von selbst, daß das Kätzchen den Hund nicht spazierenführen kann, wenn er tot ist. Hat also keinen Sinn, daß sie nach Bath fährt.»

«Bath? Lebt sie in Bath?» rief Hero, bevor der erzürnte Mr. Ringwood Ferdy zu vernichten vermochte. «Oh, das könnte sich gar nicht günstiger treffen, denn ich hätte nach Bath fahren müssen, um Erzieherin zu werden, und Sherry kann den Ort nicht ausstehen, also würde er mich dort nie suchen. Oh, Gil, wie gut und klug Sie sind!»

Mr. Ringwood errötete und stellte dies bescheiden in Abrede. Ferdy bestätigte, daß Gil immer ein Schlaumeier gewesen sei, und nur George war nicht zu überzeugen. Aber er behielt seine Kritik für sich, bis der unerschütterliche Diener Mr. Ringwoods kurz darauf Hero und ihre Kammerfrau die Treppe hinaufgeleitet hatte. Dann gab er seiner Meinung in deutlicher Form Ausdruck. Das Wesentliche seiner Darlegungen bestand darin, daß er erklärte: wie immer die Angelegenheit zwischen Sherry und seiner Frau auch stehen mochte, so waren sie rechtmäßig verheiratet, und es wäre die Höhe der Unschicklichkeit, wenn Gil oder jemand anderer Hero dabei helfen oder sie darin unterstützen würde, ihren Gatten zu verlassen.

«Das ist mir ganz gleichgültig», erwiderte Mr. Ringwood. Er hatte zu diesem Zeitpunkt seinen Dressinggown bereits mit einem blauen Rock und einer Weste vertauscht und war damit beschäftigt, jene Gegenstände in einen Portemanteau zu stopfen, von denen er annahm, daß er sie für eine Nacht außer Haus benötigen werde.

«Ich glaube zwar nicht, daß das der Fall ist», erwiderte Lord Wrotham, «aber das eine möchte ich dir sagen: du bist nicht der einzige unter uns, der denken kann! Ich meine damit nicht Ferdy, denn ich weiß, daß er es nicht kann – aber ich kann es, und ich habe nachgedacht – ich habe das Kätzchen verteufelt gern, aber zum Henker, Sherry ist doch mein Freund!»

«Ist auch mein Freund», sagte Mr. Ringwood und fand eben in seinen Pantoffeln ein prächtiges Plätzchen für seine Haarbürsten.

«So! Und wenn er dein Freund ist, dann hast du kein Recht, seine Frau vor ihm zu verstecken.»

«Doch, das habe ich. Habe eine lange Zeit gedacht.»

«Du dachtest, das Kätzchen auf lange Zeit zu verbergen?» fragte Lord Wrotham ungläubig.

«George, du bist ein Esel, ein ebenso großer Esel wie Ferdy. Habe über Sherry und das Kätzchen lange nachgedacht. Habe beide sehr gern.»

«Auch ich habe beide sehr gern», sagte Ferdy. «Überdies ist Sherry mein Cousin. Er hat aber kein Recht, sich gegen das Kätzchen wie ein verdammtes Biest zu benehmen. Cousin hin, Cousin her. Gegen das liebe kleine Ding. Zum Kuckuck, Gil, ist ja beinahe ein Engel!»

«Nein», sagte Mr. Ringwood, nachdem er darüber nachgedacht hatte. «Ist *kein* Engel, Ferdy. Liebes kleines Ding – ja! Engel – nein!»

«Ist ja egal, was sie ist», warf George ein. «Wichtig ist nur, daß sie Sherrys Frau ist.»

Mr. Ringwood sah ihn scharf an, enthielt sich jedoch einer Bemerkung. Nach einer kleinen Pause sagte George: «Ist nicht unsere Sache, wie wir darüber auch denken mögen. Tatsache ist, daß sie eine ältere Dame braucht, die sie erzieht.»

«Und die wird sie bekommen», erwiderte Mr. Ringwood.

«Ja, das ist alles gut und schön, aber obwohl ich nicht sagen möchte, daß Sherry es richtig angefangen hat, so hat er doch nicht so unrecht, wenn er es sich in den Kopf setzt, das Kätzchen zu seiner Mutter zu schicken.»

«Kennst du meine Tante Valeria, George?» fragte Ferdy befremdet.

«O Gott, ja, ich kenne sie, aber –»

«Nun, das hätte ich nicht gedacht.»

«Darum handelt es sich auch nicht», unterbrach Mr. Ringwood. «Hauptsache ist, was das Kätzchen eben gesagt hat: daß Sherry sie nicht liebt.»

«Das möchte ich nicht sagen, Gil», protestierte Ferdy. «Hat mir nie gesagt, daß er sie nicht liebt.»

Mr. Ringwood schloß seinen Portemanteau und verschnürte ihn mit einem Riemen. «Ich kenne Sherry», sagte er, «aber trotzdem weiß ich nicht, ob er das Kätzchen liebt oder nicht. Muß es herausbekommen. Wenn ihr mich fragt, so würde ich sagen, daß er es selbst nicht weiß. Liebt er sie nicht, dann hat es nicht den geringsten Sinn, das Kätzchen zu seiner Mutter zu schicken. Wenn ich es recht überlege, hat es, auch wenn er sie liebt, nicht viel Sinn, sie hinzuschicken, denn das ist nicht der richtige Weg, um es herauszufinden. Liebt er sie aber, dann wird es ihm schrecklich sein, nicht zu wissen, was aus ihr geworden ist, er könnte sie höllisch vermissen. Könnte ihn veranlassen, nachzudenken.»

George betrachtete ihn mit finsterer Miene. «Wärest du imstande, Sherry zu sagen, daß du nicht weißt, wo seine Frau sich aufhält?»

«Ich werde ihm gar nichts sagen», erklärte Mr. Ringwood. «Er wird nicht annehmen, daß ich etwas damit zu tun hatte. Habe alles genau überlegt. Du wirst Sherry sagen, ich wäre nach Herefordshire gefahren, weil mein Onkel scheinbar endlich doch im Sterben liegt.»

«Wenn George es nicht sagen will, dann werde ich es ihm sagen», erbot sich Ferdy.

«Nein, das wirst du nicht», antwortete Mr. Ringwood. «Denn du wirst mit mir nach Bath fahren.»

«Nein, zum Teufel, Gil», verwahrte sich Ferdy.

George, dessen finstere Miene sich aufgehellt hatte, sagte: «Bei Gott, Gil, ich glaube, du hast das Richtige getroffen. Zum Teufel, habe mir schon längere Zeit gedacht, daß Sherry eine Lektion braucht. Ich werde ihm sagen, daß du nach Herefordshire gefahren bist. Ja, beim Zeus, und ich werde sehr auf der Hut sein, daß er mich nicht fragt, ob *ich* weiß, was aus dem Kätzchen geworden ist.»

«Ja, aber ich will nicht nach Bath fahren», sagte Ferdy.

«Unsinn! Natürlich wirst du fahren», sagte George lebhaft. «Du kannst dem armen alten Gil nicht zumuten, den kommenden Anforderungen allein standzuhalten. Außerdem sieht es auch besser aus, wenn ihr beide das Kätzchen begleitet. Du weißt, wie Sherry ist. Er forderte mich schon, nur weil ich sie einmal geküßt habe! Würde er aber hören, daß Gil mit ihr im Lande umherfährt, dann würde er ihm höchstwahrscheinlich die Leber herausschneiden, um sie danach auch noch zu braten. Er kann aber keinen Einwand erheben, wenn ihr sie zu zweit begleitet.»

Als Ferdy die ganze Angelegenheit dergestalt vorgetragen wurde, traten all seine ritterlichen Instinkte zutage, er entschuldigte sich sogleich und erklärte, Gil bis zum Tode zur Seite zu stehen. Nach einiger Überlegung gab er allerdings zu, daß er seinem Cousin Sherry am folgenden Tag lieber nicht begegnen würde.

George wollte sich noch vergewissern, ob man sich auf Chilham, Mr. Ringwoods Diener, soweit verlassen könne, daß er den Mund hielte, und nachdem ihm versichert worden war, daß er der diskreteste Mensch der Welt sei, erklärte er, daß in der Sache bis zum nächsten Morgen scheinbar nichts getan werden könne.

Danach verließen alle drei Herren das Haus, Ferdy begab sich auf den Cavendish Square, und Mr. Ringwood, der seine Erkältung vergessen hatte, begleitete George in dessen Wohnung in der Ryder Street.

19

Als Hero am nächsten Morgen am Frühstückstisch nicht erschien, war der Viscount durchaus nicht überrascht und machte auch keine Bemerkung. Er selbst hatte eine schlechte Nacht verbracht. Sein Besuch bei White am vergangenen Abend hatte seine schlimmsten Befürchtungen bestätigt. Ein taktloser Gentleman hatte tatsächlich die Unverschämtheit besessen, ihm gegenüber Heros projektiertes Wettrennen zu erwähnen. Sherry sah sich gezwungen, statt diesem Menschen eine Ohrfeige zu versetzen, die Sache leicht zu nehmen und zu erklären, daß alles nur Unsinn sei und er sich wundern müsse, daß jemand einfältig genug wäre zu glauben, es könnte etwas anderes sein. Danach war er nach Hause zurückgekehrt, um Lady Royston einen förmlichen Brief zu schreiben, in dem er das Wettrennen absagte. Er hatte eine Stunde gebraucht, um ihn abzufassen, und dafür eine Unmenge Briefpapier verschwendet. Aber er hatte nicht einmal die Genugtuung gehabt, mit der endgültigen Fassung seine wahren Gefühle dieser Dame gegenüber auszudrücken. Unruhige Träume hatten seinen Schlaf gestört, und er erhob sich am Morgen durchaus nicht erfrischt, dafür aber entschlossener denn je, Hero so lange von London fernzuhalten, bis die vornehme Welt vergessen hatte, daß sie in Ungnade gefallen war. Seine Lordschaft wollte nicht Gefahr laufen, daß seiner Frau der Eintritt in den Almack-Club verweigert würde; und um ihm Gerechtigkeit widerfahren zu lassen, war diese Vorsichtsmaßnahme weit eher zu ihrem Vorteil als zu seinem. Er beschloß, Hero dies alles auf dem Wege nach Kent sorgfältig auseinanderzusetzen, denn obwohl er am vergangenen Abend über sie im höchsten Grade aufgebracht gewesen war, besaß er doch keine nachträgerische Natur, und es tat ihm bereits leid, daß er ihr Zimmer so überstürzt verlassen hatte, ohne sie in ihrem Kummer zu trösten oder den ehrlichen Versuch zu unternehmen, ihre Angst zu beschwichtigen. Der Gedanke an eine in Tränen aufgelöste Hero war ihm entsetzlich, und er fürchtete, daß sie sich in den Schlaf geweint haben könnte. Als sie zum Frühstück nicht erschien, war er davon überzeugt. So begab er sich, sobald er seine eigene Mahlzeit beendet hatte, in ihr Zimmer hinauf und klopfte höflich an die Türe. Er erhielt keine Antwort. Nachdem er einen Moment gewartet hatte, drückte er die Türklinke nieder und trat ein. Das Zimmer lag in Dunkelheit. Überrascht zögerte er einen Augenblick, bevor er seine Frau beim Namen rief. Er erhielt wieder keine Antwort. Plötzlich hatte der Viscount, ohne recht zu wissen warum, das Gefühl, daß sich außer ihm niemand im Zimmer befand. Er eilte zum Fenster, riß die Vorhänge zurück und drehte sich um. Aber er sah kein irrendes Weib, das schlafend in dem von seidenen Vorhängen umrahmten Bette lag. Die Daunendecke war nicht umgeschlagen worden, auf dem Kopfkissen lag jedoch ein versiegelter Brief. Der Viscount ergriff ihn, und seine Hand war dabei nicht ganz ruhig. Er trug seinen Namen. Sherry erbrach das Siegel und öffnete den Briefbogen.

Sherry, ich bin Dir davongelaufen, weil ich niemals zu Deiner Mama gehen werde und jetzt einsehe, daß es auch keinen Zweck hätte, selbst wenn ich es täte. Du hattest ja recht, als Du sagtest, Du hättest mich nicht heiraten sollen, obwohl ich es damals nicht wußte, als ich noch so unwissend und dumm war. Ich allein bin an allem schuld, denn ich wußte ja immer schon, daß Du mich nicht liebst, und Du bist so geduldig mit mir gewesen und so freundlich, und ich weiß, daß ich sehr lästig war und Dir Dein Leben ruiniert habe und überdies noch Schulden machte, wodurch Du genötigt warst, Pferde zu verkaufen; und auch weil ich nicht wußte, wie ich es bewerkstelligen soll, daß Mrs. Bradgate nicht so teure Sachen bestellt wie die schrecklich hohe Kerzenrechnung und ein Dutzend andere. Bitte, Sherry, laß Dich also von mir scheiden und vergiß mich, und bitte quäle Dich nicht mit Gedanken, was aus mir geworden ist. Ich werde ganz gut weiterkommen, und Du wirst auch keine Möglichkeit haben, mich zu finden. Ich hoffe auch, Sherry, daß Du nicht böse bist, weil ich die Salonuhr mitgenommen habe und meinen Kanarienvogel, denn sie gehören wirklich ebenso mir wie die Ohrringe, die

Du mir am Hochzeitstag geschenkt hast, und Ferdys Armband. – Dein Dich liebendes Kätzchen.

Die Lippen des Viscount zuckten; er sah von dem Brief auf und starrte die vertrauten Dinge an, die plötzlich trostlos und verlassen aussahen. Er fand, daß er außerstande war, klar zu denken, denn wenn er versuchte, sich auf das Problem von Heros derzeitigem Aufenthaltsort zu konzentrieren, schien sein Verstand völlig zu versagen, und der einzige Gedanke, der sich stumpfsinnig wiederholte, war der, daß sie ihn verlassen hatte.

Als er das Zimmer betreten, hatte er die Tür offen gelassen, und nach einigen Minuten bemerkte er, daß jemand unter der Tür stand. Er sah sich rasch um und erkannte seinen Kammerdiener, der ihn mit ernster Miene ansah. Sie blickten einander schweigend an, der Viscount versuchte sich etwas auszudenken, um das Verschwinden seiner Frau zu erklären, und Bootle wartete stumm. Dem Viscount wollte nichts einfallen, und plötzlich wußte er, daß auch der Versuch einer Erklärung zwecklos wäre. Er sagte abrupt: «Bootle, wann hat Mylady das Haus verlassen?»

Der Kammerdiener trat ins Zimmer und schloß die Tür. «Ich weiß es nicht, Mylord, ich glaube aber in der vergangenen Nacht.» Er trat ans Fenster und zog die Vorhänge sorgfältig zurecht, die sein Herr so hastig zurückgeschoben hatte. Dann fügte er mit farbloser Stimme hinzu: «Ich glaube, Mylord, daß Mylady ihre Kammerfrau mitgenommen hat, denn das Stubenmädchen meldete, daß Marias Bett unberührt ist.»

Er bemerkte mit Befriedigung, daß sich die Miene seines Herrn merklich aufhellte. Er sagte, fast noch unbeteiligter als zuvor: «Ich habe mir die Freiheit genommen, Mylord, das Personal zu verständigen, daß Mylady überstürzt abreisen mußte, weil eine Verwandte von Mylady erkrankt ist.»

Der Viscount errötete. «Ja, sehr gut. Danke.» Er faltete den Brief, den er noch immer in der Hand hielt, und steckte ihn in die Tasche. «Sie werden es wohl nicht glauben.»

«O ja, Mylord», erwiderte Bootle ruhig. «Eure Lordschaft können sich auf mich verlassen. Wenn ich mir die Freiheit nehmen darf, Mylord, möchte ich mir zu sagen erlauben, daß für Eure Lordschaft keine Veranlassung besteht, sich bezüglich der Bradgates Sorgen zu machen. Sie sind mit mir verwandt und gehören nicht zu denen, die über ihre Herrschaft tratschen.»

«Ich bin Ihnen sehr verbunden», sagte der Viscount mit einiger Anstrengung. «Sie wissen nicht, ob Mylady eine Droschke rufen ließ – oder eine Sänfte?»

«Nein, Mylord. Aber wenn Eure Lordschaft wünscht, könnte ich diskrete Nachforschungen anstellen.»

«Bitte tun Sie das.»

«Sehr wohl, Mylord. Wünscht Euer Lordschaft, Lord Wrotham zu empfangen, oder soll ich Seiner Lordschaft sagen, daß Sie ausgegangen sind?»

«Lord Wrotham?»

«Ja. Er befindet sich unten, in Euer Lordschaft Bibliothek», sagte Bootle.

«Ich werde ihn empfangen», sagte Seine Lordschaft und schritt eilends aus dem Zimmer.

Lord Wrotham, geschmückt mit den vielbegehrten Insignien des exklusivsten Fahrclubs, des F. H. C., stand in einem graubraunen Tuchmantel, auf den nicht weniger als sechzehn Schulterkragen herabfielen, vor dem Kamin der Bibliothek und stützte einen seiner gestiefelten Füße auf das Kamingitter. Ein Blick auf das Gesicht des Viscount veranlaßte George, sofort, nachdem dieser den Raum betreten hatte, das Wort zu ergreifen, bevor Sherry Zeit fand, mehr als seinen Namen auszusprechen, denn seine blauen Augen hatten einen glänzenden, harten Blick, der zwischen Hoffnung und Mißtrauen schwankte. «Hallo, Sherry», sagte er. «Wann bist du in die Stadt zurückgekehrt? Dachte, du wärest noch in Melton.»

«Nein», sagte Sherry, «nein. George –»

Lord Wrotham rückte das kolossale Bukett zurecht, das er in seinem Knopfloch trug. «Ist Lady Sherry schon fertig, um mit mir auszufahren?» fragte er. «Bin im Begriff, mit meinem Kabriolett nach Richmond zu gondeln. Probiere mein neues Paar aus. Erstklassige Abstammung! Hast du das über Gil schon gehört?»

«Gil ...» sagte Sherry. «Was ist mit Gil?»

George lachte. «Ach, nur daß ihm sein alter Onkel endlich doch den Gefallen zu machen scheint. Ist offenbar in ziemlich schlechter Verfassung. Gil ist eiligst nach Herefordshire gefahren, um bei seinem Ableben dabei zu sein. Bei Gott, ich wollte, ich hätte auch einen Onkel, der mir ein schönes Vermögen hinterläßt!»

Sherry starrte ihn düsteren Blicks an. «Weißt du das ganz bestimmt, George?» fragte er.

«Habe ihn vor nicht ganz zwei Stunden zur Eilpost gebracht. Warum?» erwiderte George.

«Ach, nichts», sagte Sherry und fuhr sich mit der Hand über die Stirn. «Ich dachte nur – hatte gar keinen Grund.»

Lord Wrotham, dem es in steigendem Maße schwerfiel, dem Blick seines Freundes zu begegnen, begann den Hochglanz eines seiner Stulpenstiefel eingehend zu betrachten. Er hatte nicht erwartet, diesen Besuch genußreich zu finden, und er war denn auch alles eher als erfreulich. Sherry sieht in der Tat abgehärmt aus, dachte er; und hätte er Hero nicht versprochen, Sherry ihren Aufenthalt nicht zu verraten, wäre er im höchsten Grade versucht gewesen, ihm die Wahrheit zu sagen. Als er aber am frühen Morgen von der kleinen Gesellschaft in der Stratton Street Abschied genommen, hatte er Hero sein Wort geben müssen, und er war nicht der Mann, es zu brechen. Er hoffte, daß sich das Vertrauen, das er in Mr. Ringwood setzte, nicht als schlecht angebracht erweisen würde, und sagte so beiläufig, als es ihm gelingen mochte: «Hat das Kätzchen die Absicht, mit mir zu fahren, Sherry?»

Der Viscount nahm sich zusammen. «Nein. Tatsache ist, daß sie sich nicht ganz wohl fühlt. Bat mich, sie bei dir zu entschuldigen.»

«Du lieber Gott, hoffentlich doch nichts Ernstes, Sherry?»

«Nein, nein – wenigstens kann man jetzt noch nichts sagen. Weißt du, sie ist an das Stadtleben nicht gewöhnt. Ich will – ich werde sie in ein bis zwei Tagen aufs Land bringen. Benötigt Ruhe und Luftveränderung.»

«Bin aufrichtig betrübt, das zu hören. Du wirst mich zweifellos zum Teufel wünschen: ich werde mich also sogleich wieder entfernen.»

Sherry, für gewöhnlich das gastfreundlichste Wesen, traf keine Anstalten, ihn zurückzuhalten, aber er begleitete ihn bis an die Haustüre. Während er mit George die Treppe hinabschritt, fragte er plötzlich: «George, wo ist mein Cousin Ferdy?»

«Gott, wie soll ich das wissen?» erwiderte George, während er seine Handschuhe anzog. «Sagte gestern abend, er ginge ins Hotel Long dinieren, folglich wird er höchstwahrscheinlich mit Kopfschmerzen im Bett liegen. Du weißt ja, wie er ist!»

«Er dinierte im Long? Weißt du das bestimmt?»

«Er hatte ganz bestimmt eine Verabredung dort», sagte George der Wahrheit entsprechend.

«Oh! Nun – nein, das würde er nicht –» Sherry brach ab und errötete. «Tatsache ist, daß ich heute vormittag selbst höllische Kopfschmerzen habe.»

Lord Wrotham erwiderte etwas Teilnehmendes und verabschiedete sich. Sherry kehrte in seine Bibliothek zurück und ließ sich nieder, um angestrengt nachzudenken. Als Folge dieser konzentrierten Denkarbeit verbrachte er die schrecklichste Woche seines Lebens. Seine Freunde, die täglich erwarteten, ihn in einer seiner gewohnten Spielhöllen zu treffen, blickten sich vergebens nach ihm um. Denn Seine Lordschaft befand sich nicht in London, sondern fuhr zuerst nach Buckinghamshire, auf den Landsitz der Fakenhams, und nachher bis in den Norden nach Lancashire, wo sich Croxteth Hall, der Landsitz des Earl von Sefton, befand. Beide Landsitze erwiesen sich als Nieten. Dafür holten sowohl seine Tante als auch Lady Sefton unerbittlich die ganze Geschichte aus ihm heraus, worauf sie ihn, jede für sich, mit einer merkwürdig gleichartigen Vorlesung über seinen Charakter beglückten. Lady Fakenham, die bedeutend aufrichtiger sprach als Lady Sefton, erklärte ihm, er habe nur seine wohlverdiente Strafe erhalten. Dann schickte sie ihn eiligst mit der äußerst deprimierenden Erwähnung nach Lancashire, daß er, welches Unglück seiner kleinen Frau, die jetzt der rauhen Welt einsam und verlassen preisgegeben war, auch zustoßen mochte, dies lediglich seinem so verabscheuungswürdigen Egoismus zu verdanken habe. Als er sich verabschiedet hatte (es bedurfte seiner ganzen guten Erziehung, sich mit der üblichen Höflichkeit von seiner Tante zu verabschieden), sagte Mylady gedankenvoll zu ihrem Gatten, diese Affäre könnte ganz leicht dazu beitragen, um Anthony zum Manne heranreifen zu lassen.

«Ja, aber was, zum Teufel, kann aus diesem armen kleinen Geschöpfchen geworden sein?» sagte Lord Fakenham, der an der möglichen Bekehrung Sherrys nicht besonders interessiert war.

«Das möchte ich in der Tat auch gerne wissen. Ich wollte auch, sie wäre zu mir gekommen, aber ohne Zweifel wird sie kaum daran denken, sich Sherrys Verwandten aufzudrängen.»

Nachdem Lady Sefton den unglücklichen Viscount so weit unterjocht hatte, daß er sich in einem Zustand stummen Duldens befand – einem Zustand, in den sie ihren Erstgeborenen, Mylord Molyneux, bei seltenen Gelegenheiten zu versetzen vermochte –, wurde sie etwas milder gestimmt und ließ ihn den Schimmer zweier Hoffnungsstrahlen erblicken. Sie hielt es für möglich, daß Hero in Kürze in die Half Moon Street zurückkehren könnte; und sie erbot sich, alle Mißhelligkeiten zu glätten, die wegen des geplanten Wettrennens in einflußreichen Kreisen entstanden sein mochten.

Der Viscount kehrte nach London zurück. Das Haus in der Half Moon Street sah unbewohnt aus, fast so, dachte er, als wäre jemand gestorben. Er hätte es gern verlassen; als er aber alle Anstalten getroffen hatte, um es abzuschließen und in seine Junggesellenwohnung zurückzukehren, besann er sich anders und beschloß zu bleiben, da es Anlaß zu allerlei Tratsch und Spekulationen geben würde. Und wenn Hero zurückkehren sollte, wäre es, wie er dachte, für sie verletzend, die Läden geschlossen und den Türklopfer entfernt zu finden.

Mr. Ringwood, der in die Stadt zurückgekehrt war, sagte völlig der Wahrheit entsprechend, daß er keinen Grund sehen könne, warum sein reicher Onkel nicht noch weitere zehn Jahre am Leben bleiben sollte. Er sagte weiterhin, es täte ihm verteufelt leid, von George erfahren zu haben, daß Lady Sherry so unpäßlich sei, daß sie sich für einige Zeit aufs Land zurückziehen müsse.

Sherry, der sich dazu erzogen hatte, derartige Bemerkungen mit mechanischer Höflichkeit zu beantworten, fand einen gewissen Grad von Erleichterung in der Möglichkeit, seine Maske vor dem Freund, dem er am meisten vertraute, ablegen zu können. Er sagte plötzlich: «Das ist alles nicht wahr. Ist nur ein Märchen, das ich in Umlauf gesetzt habe. Sie hat mich verlassen.»

«Wie meinst du?» sagte Mr. Ringwood.

Sherry lachte kurz auf. «Du hast mich schon richtig verstanden, Gil. Sie ist mir davongelaufen, weil ich ihr sagte, sie müsse zu meiner Mutter nach Sheringham Place. Sie hat sich irgendwelche lächerlichen Ideen in den Kopf gesetzt – natürlich alles Unsinn! – und war weg, bevor ich Zeit hatte, ihr zu erklären, warum ich – denn ich wollte ihr selbstverständlich alles auseinandersetzen, und es war keine Rede von – aber so sind eben die Frauen!»

Mr. Ringwood, der außerordentlich bedächtig eine Prise Schnupftabak nahm, sagte: «Vor mir brauchst du deine dummen Streiche nicht zu beschönigen, Sherry. Die Wahrheit ist meiner Meinung nach, daß du dich mit ihr wegen des Wettrennens gestritten hast.»

«Gestritten? Gil, weißt du, was sie tun wollte? Wenn es deine Frau gewesen wäre... Ich war wirklich sehr ärgerlich. Zum Teufel, jedermann wäre es an meiner Stelle gewesen. Aber deshalb lag doch kein Grund vor, mir davonzulaufen, als wäre ich ein verteufeltes Biest oder – oder – ich weiß, es war ebensosehr meine Schuld wie die ihre, und das sagte ich ihr auch. *Deshalb* ist sie also nicht davon! Ich sagte ihr, sie solle zu meiner Mutter fahren, aber davon wollte sie nichts hören. Sagte irgendwelchen Schwulst, meine Mutter glaube, sie habe mein Leben ruiniert – so ein Blödsinn!»

«Habe nicht den Wunsch, etwas gegen deine Mutter zu sagen, Sherry, lieber Junge, aber genau das hat sie gesagt.»

Sherry starrte ihn an. «Das ist nicht möglich. Ich habe nie ein derartiges Wort gehört.»

«Das glaube ich gern», sagte Mr. Ringwood. «Es ist dennoch wahr, wenn du es auch nicht gehört haben solltest. Dachte mir oft, daß du nicht genügend auf das achtest, was sich unter deiner Nase abspielt. Bin nicht überrascht, daß das Kätzchen nicht nach Sheringham Place gehen wollte. Glaube auch nicht, daß Lady Sheringham sie bei sich gewollt hätte. Mein lieber Junge, wenn du es mir nicht übelnimmst, möchte ich sagen, daß sie versucht hätte, das Kätzchen zu tyrannisieren.»

Die Augen des Viscount sprühten. «O nein, das hätte sie nicht!» sagte er. «Denn sie hätte mit mir zu rechnen gehabt. Und wenn ich gesehen hätte, daß sie oder jemand anderer mein Kätzchen tyrannisiert –»

«Tatsache ist, daß du gar nicht dort gewesen wärest, um es zu sehen», sagte Mr. Ringwood trocken. «Nehme nicht an, daß *du* die Absicht hattest, dich in Sheringham Place aufzuhalten, was?»

«Nein, aber – aber natürlich wäre ich von Zeit zu Zeit hingefahren und –» Er unterbrach sich und sah – einigermaßen in Verteidigungsstellung – mürrisch vor sich hin. «Du glaubst also, es war falsch, daß ich beschloß, das Kätzchen hinzubringen, was? Weil du so viel davon verstehst!»

Mr. Ringwood übersah diesen Zusatz und antwortete ehrlich: «Ja, das tue ich.»

«Aber, du lieber Gott, was hätte ich sonst tun sollen?» brach Sherry los. «So wie es war, konnten wir nicht weiterleben. Zum Teufel, wir waren nicht viel länger als vier Monate verheiratet, aber wenn du nur die Hälfte der verrückten Dinge wüßtest, die das Kätzchen angestellt hätte, wenn ich nicht bei der Hand gewesen wäre, um sie daran zu hindern –»

«Ah!» unterbrach ihn Mr. Ringwood. «Damit hast du den Nagel auf den Kopf getroffen. Sie hat nie verrückte Dinge getan, wenn du bei der Hand warst?»

«In drei Teufels Namen, wie konnte ich denn immer bei der Hand sein? Hast du etwa erwartet, ich würde mein ganzes Leben ändern, nur weil ich verheiratet bin?»

«Mein lieber Junge, ich erwartete, du würdest so etwas wie ein Heim gründen. Ich selbst habe für diese Idee nie viel übrig gehabt, deshalb bin ich auch ledig geblieben. Mir scheint aber, daß ein Mann nicht in derselben Weise weiterleben kann, wenn er sich einmal gebunden hat. Was beabsichtigst du jetzt zu tun?»

«Sie ausfindig zu machen, natürlich! Ich glaubte bestimmt, sie wäre zu meiner Tante Fakenham gefahren oder auch zu Lady Sefton, aber das hat sie nicht getan. Ich erkläre dir, Gil, ich weiß nicht mehr aus noch ein. Dabei muß ich alle Leute zum Narren halten und ihnen erzählen, sie wäre unpäßlich, um zu versuchen, den Schaden wieder gutzumachen, den dieses infernalische Wettrennen verursacht hat. Dazu kommt noch, daß ich nicht ahne, wo ich sie suchen soll – ja, und daß ich gezwungen bin, weiterhin in diesem verdammten Haus zu wohnen – ich kann dir verraten, es gibt Augenblicke, in denen ich dem Kätzchen den Hals umdrehen könnte. Seit sie das Haus verlassen hat, bin ich nicht ein einziges Mal auf der Jagd gewesen. Ich mußte durch ganz England brausen, um sie zu suchen; und ich mache mir solche Sorgen, daß ich in der Nacht nicht schlafen kann. Zum Kuckuck, sie ist nicht geeigneter, für sich selbst zu sorgen, als der Kanarienvogel, den du ihr geschenkt hast. Und ich brauche dich nicht dazu, um mir zu sagen, daß ich für sie verantwortlich bin. Ich hätte nie so verrückt sein dürfen, ein junges Ding direkt aus dem Schulzimmer zu heiraten, das ist die ganze Wahrheit!»

Mr. Ringwood sah ihn durchdringend an. «Du wünschst wohl, Sherry, du hättest es nie getan?»

«Ich wollte, ich hätte überhaupt nicht geheiratet», sagte Sherry mürrisch. «Tu's ja nicht, Gil. Es verursacht bloß Scherereien und Ängste, und das Teuflische dabei ist, daß du es nicht ändern kannst und – nein, daß man es nicht einmal ändern will! Ich glaube, es verhält sich so, daß sich ein Mann daran gewöhnt, eine Frau zu haben, obwohl er es vielleicht nicht glaubt, und dann – zum Henker, Gil, ich vermisse sie mehr, als ich sagen kann!»

«Ich glaube, daß sie zu dir zurückkommen wird», sagte Mr. Ringwood, so gleichgültig er konnte.

«Ja, das sage ich mir ja selbst, und manchmal glaube ich es auch. Es ist ja auch möglich, daß sie mir nur einen Streich spielen will, denn sie war immer das ausgelassenste Ding, das man sich vorstellen kann. Aber dann glaube ich es wieder nicht und beginne nachzudenken, in welche Verlegenheit sie jetzt geraten sein könnte – es überrascht mich also durchaus nicht, daß ich nicht schlafen kann. Wenn ich nur die geringste Ahnung hätte, wo ich sie suchen soll!» Er fuhr sich mit der Hand durch seine blonden Locken. «Isabella ist wieder in der Stadt, so hat man mir wenigstens erzählt. Vielleicht kann sie mir helfen, denn sie kennt das Kätzchen seit ihrer Kindheit. Ich habe ihr ein Billett geschickt und angefragt, ob sie mich unter vier Augen empfangen will. Ich weiß nicht, ob ich ihr so weit vertrauen kann, daß sie die Wahrheit nicht in der ganzen Stadt ausposaunt, aber wenn das Kätzchen nicht bald zurückkommt, wird es ja doch durchsickern, also glaube ich, kann es weiter nicht schaden.»

Mr. Ringwood, der sich nach dieser Unterredung rechtzeitig wieder verabschiedete, war mit dem, was er gehört hatte, nicht unzufrieden. Er erzählte Lord Wrotham, er glaube, die Angelegenheit würde sich ziemlich gut lösen, und stimmte eifrig gegen den Vorschlag Seiner Lordschaft, daß es an der Zeit wäre, Sherry die Wahrheit zu sagen. «Verdammt, Gil, ich dulde das nicht länger!» sagte George. «Du weißt eben nicht, wie ein Mann leidet, wenn die Frau, die er liebt –»

«Es liegt kein Grund vor, zu glauben, daß Sherry das Kätzchen liebt.»

«Ich glaube, er liebt sie. Er sieht verteufelt schlecht aus, er geht nicht auf die Jagd, fährt nicht zum Rennen, ja er sieht nicht einmal zu Watier hinein!»

«Kann ihm nicht schaden», sagte Mr. Ringwood ungerührt von dieser ergreifenden Schilderung. «Ich glaube in der Tat, du hast recht, wenn du sagst, daß er sie liebt. Aber er weiß es noch nicht, und es wäre am besten, wenn er selbst draufkäme. Sprach noch heute davon, er möchte ihr den Hals umdrehen. Hat noch eine hübsche Strecke zu gehen, mein lieber George.»

George war über die Idee, daß jemand Hero den Hals umdrehen möchte, so empört, daß er keinen weiteren Versuch unternahm, Mr. Ringwood Sherry gegenüber milder zu stimmen. Der einzige Umstand, der ihm noch Sorgen bereitete, war, wie er sagte, die Verzweiflung, in der sich Hero befand. Mr. Ringwood stimmte dem zu, sagte aber, es sei für die arme kleine Seele besser, kurze Zeit unglücklich zu sein, als sich Sherry zu entfremden, was sich, wie er gefürchtet, vielleicht ereignet hätte, wäre diese merkwürdige Ehe in dieser unbefriedigenden Weise fortgesetzt worden. Außerdem konnte er George versichern, daß Lady Saltash sofort Gefallen an ihr gefunden habe und dem Eingreifen des Enkels, nachdem sie die ganze Geschichte der Heirat vernommen hatte, ihr uneingeschränktes Lob ausgesprochen habe.

In Wirklichkeit hatte Mylady folgendes gesagt: «Du bist gar kein so großer Narr, wie ich geglaubt habe, Gilbert. Du brauchst mir nicht zu erzählen, was Anthony sagte oder tat. Ich habe das Bürschchen schon gekannt, ehe es die ersten Hosen trug. Ein liebenswürdiger Strick, weiter nichts! Fahr nach London zurück und nimm dieses törichte Geschöpf, den Ferdy Fakenham mit, denn wenn mich irgend jemand zappelig machen kann, dann ist er es.»

Als Sherry Miss Milborne besuchte, fand er, daß sie weder so blendend aussah wie gewöhnlich noch so heiter war. Da seine Gedanken aber ausschließlich mit seinen eigenen Sorgen beschäftigt waren und er auch sonst über keine sonderliche Beobachtungsgabe verfügte, fiel ihm nichts Ungewöhnliches auf, und er kam unverzüglich auf den Zweck seines Besuches zu sprechen.

Isabella war sehr betroffen. Im Gegensatz zu seiner Tante, Lady Sefton und Mr. Ringwood erklärte sie, sie glaube nicht, daß Sherry für Heros Flucht verantwortlich zu machen sei. Da sie selbst nie das geringste Verlangen gehabt hatte, vom streng Konventionellen abzuweichen, war sie über die Erzählung von dem geplanten Wettrennen reichlich entsetzt. Sie vermochte sich nicht vorzustellen, wie eine Dame, die den geringsten Anspruch auf vornehmes Betragen oder Schicklichkeit erhob, einen derartigen Vorschlag auch nur anhören konnte, ohne über diese Demütigung zu erröten. Sie brachte es nicht über sich, Sherry zu tadeln, da er doch ziemlich heftig provoziert worden war; und sie hätte ihm die wärmste Anteilnahme entgegengebracht, wenn er sie akzeptiert hätte. Aber sein Eigensinn war so beschaffen, daß er, sobald er sich in Gesellschaft einer Person befand, die seine Partei ergriff, keine Mühe scheute, um zu versichern, daß die Schuld vom Anfang bis zum Ende bei ihm liege, und wenn seine Hero in ihrem Urteil gefehlt haben sollte, dann sei es nur aus Unwissenheit geschehen, und weil er sie vernachlässigt hatte. Miss Milborne dachte, daß ihm diese Gefühle nur Ehre machten, was sie ihm auch sagte, worauf Seine Lordschaft bloß kurz ausrief: «Dummes Zeug!»

Sie hätte ihm jegliche Hilfe, deren sie fähig war, zuteil werden lassen, aber es gab mit dem besten Willen der Welt nichts, was sie tun konnte, da sie nicht mehr Ahnung hatte als er, wo sich Hero verborgenhielt. Sie waren seit Jahren nicht mehr so vertraut gewesen. Aber sie hatte nur einen Gedanken, und der war äußerst schmerzlich. Sie fragte Sherry mit einer gewissen Verlegenheit, ob er mit Lord Wrotham gesprochen habe.

«Er weiß nichts», erwiderte Sherry ungeduldig. «Er glaubt, daß sie wegen einer Unpäßlichkeit auf dem Lande ist.»

Miss Milborne glättete ihr Taschentuch sorgfältig. «Ich dachte nur – Sherry, manchmal schien es mir, daß – daß George eine besondere Vorliebe für Hero zur Schau trug.»

«Ach, da war nichts dabei», sagte er. «Du lieber Gott, du könntest doch endlich wissen, daß George außer dir jede Frau völlig gleichgültig ist.»

Miss Milborne errötete leicht, blickte auf, und es schien, als ob sie gerne noch mehr gesagt hätte. Aber Sherry, der sich außer für sein eigenes dringendes Problem für nichts interessierte, hatte sich bereits erhoben und war im Begriff, sich zu verabschieden. Isabella hielt ihn nicht zurück; nach einiger Überlegung wußte sie nicht einmal, was sie ihm hatte sagen wollen. Als sie sich die Hände reichten, erzählte sie ihm ein wenig verlegen, daß sie für einige Zeit nach Kent fahren werde. Er nahm dies ohne jegliche Überraschung und ohne weiteres Interesse einfach zur Kenntnis und empfahl sich. Miss Milborne gab sich Mühe, seine Teilnahmslosigkeit nicht als schlechte Behandlung zu empfinden, sie konnte aber nicht umhin, darüber nachzudenken, wie merkwürdig es sei, daß Seine Lordschaft ein junger Mann war, dem so ungewöhnlich wenig auffiel. Denn Miss Milborne hatte sich zum erstenmal im Leben solchermaßen verhalten, daß es ihren eigenen Interessen zuwiderlief, wodurch sie mit ihrer Mama in Widerspruch geriet und diese würdige Dame zu der Prophezeiung veranlaßte, daß sie eine Zukunft als lediges Mädchen erwarte, die überdies von allen jenen Unglücksfällen begleitet sein würde, welche, wie man allgemein annahm, alten Jungfern bevorstanden. Miss Milborne, die mit der Absicht nach Severn Towers fuhr, die Hoffnungen ihrer Mama gehorsam zu erfüllen, war von der Herzogin mit allen Anzeichen besonderer Auszeichnung empfangen worden. Eine Reihe im Range zweifellos höherstehender Gäste war ebenfalls anwesend, aber Isabella fühlte, daß sie der Ehrengast war, und es wurde ihr nicht schwer, die huldvolle Auszeichnung ihrer Gastgeberin als Zustimmung zu Severns Werbung auszulegen. Man hatte sie durch den ganzen riesigen Komplex geführt, ja sogar bis in die Wäsche- und Vorratskammern. Sichtlich interessierte Familienbedienstete hatten vor ihr geknickst; die Wirtschafterin hatte sie in die Geheimnisse des Schloßbetriebes eingeführt; und die Herzogin hatte ganz beiläufig über ihre Pläne gesprochen, falls ihr Sohn ihr seine Verlobte bringen würde. Nichts hätte schmeichelhafter sein können, und warum Miss Milborne plötzlich von panischer Angst ergriffen wurde, war eine Sache, die das Fassungsvermögen ihrer Mutter überstieg. Miss Milborne vermochte auch keinen vernünftigen Grund für ihr Betragen anzugeben. Sie sagte nur, sie liebe den Herzog nicht, aber das war eine zu leichtfertige Äußerung, um von ihrer Mama akzeptiert zu werden. Man hatte Miss Milborne, die sich oftmals in dem riesigen Palast verirrte, durch die blühenden Ländereien gefahren, sie hatte auf goldenen Tellern gespeist und war von einer Armee livrierter Lakaien bedient worden, sie sah sich als Herrin all dieses Glanzes und blieb von dieser Vision – was nur menschlich war – nicht unberührt. An ihrer Seite befand sich aber die völlig unromantische Gestalt ihres herzoglichen Bewerbers, ein Vorbild übertriebener Höflichkeit, der ihr eine Art dünkelhafter Verehrung entgegenbrachte und ihr seine Bewunderung in einer Weise zu verstehen gab, die eher einer Akkolade glich. Seine Gnaden war in seinen Annäherungen an die Dame, die er zu seiner Frau erkoren hatte, ebenso korrekt wie in allen übrigen Einzelheiten seines wohlgeordneten Lebens, und der größte Gefühlsausbruch, dem er sich hinzugeben gestattete, bestand darin, daß er ihre Hand inbrünstig an die Lippen preßte. Miss Milborne zweifelte, ob es ihm je in den Sinn kommen würde, sie in eine brutale Umarmung zu reißen, um sie mit Küssen zu ersticken, wie es sich Lord Wrotham mit bedauerlich wenig Bedenken hatte zuschulden kommen lassen. Sie wußte, er würde mit ihr nie toben und wüten, er würde aber auch nie überspannte Dinge tun, er würde ihr nie drohen, sich eine Kugel vor den Kopf zu schießen, oder seine ganze Energie dazu aufwenden, ihr Blumen zu beschaffen, die in der eben herrschenden Jahreszeit nicht zu haben waren. Sie dachte, daß seine Vorstellung von Schicklichkeit es ausschließen würde, auch nur in gelindem Maße mit ihr zu streiten, da sich stets, wenn ihm etwas an ihr mißfiel, ein mehr als sonst üblicher unerschütterlich-gleichmütiger Ausdruck über sein Antlitz breitete und er sich aus ihrer Nähe zurückzog, um nach einer wohlberechneten Zeitspanne, als ob nichts geschehen wäre, was die Harmonie ihrer Beziehung stören könnte, wieder aufzutauchen. Er mißbilligte das *jeu*, nahm kein größeres Interesse am Rennsport, als es der Mode seines Standes entsprach, wählte seine Freunde unter den gesetzteren seiner Altersgenossen, liebte es, über so trübselige Themen zu moralisieren, wie den Verfall der heutigen Sitten, über die Frivolität der jüngeren Leute und den Mangel an sittsamer Zurückhaltung, den man bei den jungen Mädchen feststellen konnte, die gegenwärtig die gute Gesellschaft zierten.

Und plötzlich, als alles im besten Gange war, um mit einer brillanten Verlobung zu enden, wurde sich Miss Milborne darüber klar, daß sie Severn nicht heiraten könne. Entsetzt darüber, daß sie seine Werbung durch ihr eigenes Verhalten ermutigt hatte, wünschte sie, George hätte sie nie dazu getrieben, die Einladung der Herzogin nach Severn Towers anzunehmen, und tat, was sie konnte, um Seine Gnaden daran zu hindern, sich ihr zu erklären. Ihr Verhalten ihm gegenüber war nichts als ein beständiger Rückzug, der selbst bis zu dem Grad äußerster Kühle ging. Die Herzogin, die es bemerkte, wiederholte ihre Ansicht, daß Isabella ein sehr wohlerzogenes Mädchen sei, denn ein so förmliches, zurückhaltendes Wesen entsprach genau ihrer eigenen Vorstellung wohlerzogenen Betragens. George wäre schon durch ein Zehntel dieser abweisenden Kühle, die sie dem Herzog gegenüber zeigte, in Verzweiflung geraten, aber Severn, der genau wußte, daß er das große Los auf dem Heiratsmarkte war, lebte es als bewunderungswürdige mädchenhafte Keuschheit aus und fühlte sich nicht im geringsten entmutigt. Miss Milborne dagegen fühlte sich in die Enge getrieben, und wenn Lord Wrotham in den Towers erschienen wäre, so hätte er sie – gewiß mit ihrer Zustimmung – auf den Sattel seines Rosses setzen und mit ihr davonreiten können. Aber obwohl Seine Lordschaft ihr, hätte er eine Ahnung von diesem Wunsch gehabt, zweifellos diesen Gefallen getan hätte, kam ihm dieser Gedanke nicht, und der gute Ruf des herzoglichen Ahnenschlosses wurde durch seine romantische Gegenwart nicht gestört. Der Herzog erklärte sich – und Miss Milborne lehnte seinen schmeichelhaften Antrag ab. Die Herzogin war ebenso verblüfft wie beleidigt; und Mrs. Milborne verlieh ihrer unerschütterlichen Meinung Ausdruck, daß ihre unglückliche Tochter den Verstand verloren haben müsse.

Sie brachte sie nach London zurück, und dort drängten sich Mrs. Milborne die üblen Folgen, die sich daraus ergaben, daß Isabella Seiner Gnaden einen Korb gegeben hatte, mit voller Wucht auf. Sie erfuhr die Wahrheit durch das diskret verhüllte Lächeln, das jegliche Anspielung auf die Affäre begleitete, und war tief gekränkt und gedemütigt. Die vornehme Welt hegte nicht den geringsten Zweifel, daß die Mutter Seiner Gnaden durch subtilste Mittel gesiegt hatte und daß die Rückkehr der Milbornes nach London ihre Niederlage bestätigte.

Miss Milborne war sich dieses peinlichen Umstandes ebenso bewußt wie ihre Mutter. Sie hatte ihn vorausgesehen, und es hatte einen beträchtlichen Grad von Mut und Entschlossenheit erfordert, um den Antrag des Herzogs abzulehnen. Was sie aber nicht vorhergesehen hatte, war die Tatsache, daß auch Lord Wrotham dem allgemeinen Irrtum verfallen könnte.

Aber genau das war es, was diesem stürmischen jungen Mann widerfahren war, und es führte allem Anschein nach zu einem Umschwung seiner Gefühle. Anstatt über die Rückkehr der Beauté nach London in unverlobtem Zustand erleichtert und befriedigt zu sein, lachte er auf rauhe und bittere Weise und machte einige so beißende Bemerkungen, daß sie fast einer Beleidigung gleichkamen. Seine Worte wurden natürlich weitergegeben und kamen nach einiger Zeit auch Miss Milborne zu Ohren. Sie hatte die größte Lust, George dafür zu ohrfeigen, da er ihr aber nicht in die Nähe kam, war sie außerstande, diesen Wunsch zu befriedigen. Nach einiger Zeit ruhiger Überlegung mußte sie sich eingestehen, daß sie bis zu einem gewissen Grade schuld sein könnte, daß George abscheulicherweise so wenig Vertrauen in sie setzte, und anstatt ihn auch jetzt noch ohrfeigen zu wollen, hätte sie viel dafür gegeben, Gelegenheit zu haben, ihm alles erklären zu können. Sie gab George alle jene Zeichen der Ermutigung, die eine sittsame junge Dame einem Gentleman geben konnte, aber er empfing sie mit herabgezogenen Mundwinkeln und mit vor Verachtung sprühenden Augen. Miss Milborne, die sich eingebildet hatte, sie könne ihn ungestraft wie einen verlaufenen Hund behandeln, erlitt durch sein Verhalten eine schwere Erschütterung und wurde zwischen Empörung und seltsamer Befriedigung hin- und hergerissen, daß er schließlich doch nicht nach ihrer Pfeife tanzte, so wie es ihr beliebte.

Doch der Umstand, daß sie in viel zu rascher Folge drei so hervorragende Bewerber wie Mylord Sheringham, Seine Gnaden von Severn und Mylord Wrotham verloren hatte, war ein Unglück, das in der Tat schwer zu ertragen war. Als der ernsthafteste Bewerber um ihre Hand kam jetzt nur ein Baronet in Betracht, denn sie wußte sehr gut, daß Bewunderer wie der Honourable Ferdy Fakenham ihr den Hof machten, weil es so Mode war, daß sie damit aber weiter keine wirklich ernstlichen Absichten verbanden. Sir Montagu Revesbys unablässige und ständig zunehmende Aufmerksamkeiten waren nur ein gelinder Balsam für ihr wundes Gemüt. Als aber Mrs. Milborne erklärte, daß es besser wäre, auf dem Lande zu leben, da alles, was ihr pflichtvergessenes Kind in London zu tun für richtig hielt, nur dazu diene, künftiges Glück in den Wind zu schlagen, erhob sie keinen Widerspruch. Dieser Landaufenthalt mochte wie ein Rückzug aussehen, aber nichts war demütigender, als gezwungenermaßen Zielscheibe der Teilnahme oder des Amüsements der vornehmen Welt zu sein.

Also reiste Miss Milborne nach Kent, um ihre Lebensgeister aufzufrischen. Lord Wrotham stürzte sich eigensinnig in eine Vergnügungsjagd und führte überhaupt ein äußerst verwegenes Leben; er verlor Unsummen an den Spieltischen; er tat alles, um sich auf der Jagd den Hals zu brechen; er hielt, ohne im geringsten zu zögern, jede Wette, die ihm angeboten wurde; er gab sich bei Long, bei Limmer, im Daffy Club und an weiteren gleichartigen Plätzen Trinkorgien hin; er zeigte sich vor den empörten Augen der Welt hintereinander mit allerlei käuflichen Dämchen; seinen Freunden gegenüber betrug er sich äußerst gereizt und aggressiv; und er veranlaßte vorsichtigere Gentlemen, sich aus seiner Nähe zurückzuziehen, nachdem sie beobachtet hatten, daß er in Mantons Schießstätte hintereinander ins Schwarze traf.

Inzwischen war Sherry auf der Suche nach seiner verschwundenen Frau keinen Schritt weitergekommen, er konnte aber auch nicht feststellen, daß er sich durch die Gewohnheit mit ihrer Abwesenheit irgendwie auszusöhnen vermochte. Während ein Tag dem andern folgte, vermißte er sie immer heftiger, und das Haus, das sie gemeinsam ausgewählt hatten, wurde ihm immer verhaßter. Ja, er vermißte sogar den schrillen Gesang des Kanarienvogels, der ihn so oft zur Verzweiflung getrieben hatte. Er hatte sich an den Fesseln, die ihm die Ehe auferlegt, wundgerieben; er hatte über den Zwang gestöhnt, Hero auf Bälle und Empfänge begleiten zu müssen; er hatte sich eingebildet, seine Bequemlichkeit sei durch ihre Eigenheit gestört worden, immerzu in Verlegenheiten zu geraten, aus denen er sie dann retten mußte; er hatte sich sogar sehnsüchtig der Tage seines fessellosen Junggesellenlebens erinnert und gemeint, daß er froh wäre, sie zurückrufen zu können. Nun, Hero hatte sie ihm zurückgegeben – aber es war eine Enttäuschung. Solange sie für ihn verloren war, hatte er nicht einmal Lust, auf die Jagd zu gehen; und als einer seiner Freunde ihn aufforderte, jeden Schlagbaum von London bis Barnet mit schöner scharlachroter Farbe zu bemalen, erstaunte er diesen unternehmungslustigen Gentleman mit der trockenen Antwort: «Blödsinn!» ebenso wie dadurch, daß er sich entschieden weigerte, der Aufforderung Folge zu leisten.

Die sensationelle Nachricht von Heros Verschwinden hatte natürlich auch die Gräfinwitwe erreicht, und da sie aus gutem Grunde wußte, daß ihre Schwiegertochter nicht, wie alle Welt vermutete, zur Erholung in Sheringham Place weilte, schrieb sie an Sherry und verlangte von ihm eine Erklärung. Nachdem er das Schreiben einige Male durchgelesen hatte, fuhr Sherry nach Kent, um ihr die Erklärung in eigener Person zu geben. Der ebenfalls anwesende Mr. Paulett begann diese Ehe zu beklagen, die, wie er schon immer vorausgesehen hatte, auf diese Weise enden mußte; er erschrak aber doch, als er sich einem Neffen gegenübersah, den er nicht wiedererkannte. Sherry trotzte weder wie ein kleiner Junge noch bedrohte er ihn heftig, sondern er führte seinen Onkel mit eiskalter, jedoch unerbittlicher Höflichkeit an die Tür, hielt sie für ihn offen und verbeugte sich dort mit kalter Förmlichkeit, was Mr. Paulett ungemein enervierend fand.

Die Gräfinwitwe vergoß Tränen, als sie diese Zeichen der Reife an ihrem Sohn wahrnahm, und sie hätte sich auch seiner Hand bemächtigt und ihm ihr Beileid bezeigt, wenn er es ihr gestattet hätte. Sie bat ihn, es ihr nicht übelzunehmen, aber sie habe nie geglaubt, daß Hero Wantage gut genug für ihn sei. Es war für den Rest ihrer Rede, die zu halten sie eben im Begriffe stand, tief bedauerlich, daß der Viscount erwiderte, er nehme es sogar sehr übel und daß ihre Feststellung durchaus nicht auf Wahrheit beruhe und er seine Mutter ersuchen müsse, diese Äußerung nicht zu wiederholen. Danach beraubte er sie jeder Möglichkeit, noch irgend etwas zu sagen, denn er setzte sie davon in Kenntnis, daß er gewisse Änderungen in seiner Lebensführung vorzunehmen beabsichtige, die ihre Übersiedlung von Sheringham Place auf ihren Witwensitz erforderlich mache – natürlich sobald es ihr passen würde, wie er mit seiner neuen überströmenden Höflichkeit hinzufügte. Weiters kündigte er seine Absicht an, seinen Wohnsitz, unmittelbar nachdem er sich mit seiner Frau ausgesöhnt hatte, in das Palais auf dem Grosvenor Square zu verlegen, und bat Mylady gleichzeitig, alle jene Möbelstücke entfernen zu lassen, die ihr persönliches Eigentum waren oder für die sie eine besondere Vorliebe hatte. Denn er habe die Absicht, das Palais unverzüglich renovieren zu lassen, und er wolle es ohne Zeitverlust in Angriff nehmen.

Als Mylady wieder zu Atem gekommen war, versuchte sie ihm, wenn auch nur schwächlich, ernste Vorstellungen zu machen. Der Viscount schnitt ihr das Wort kurz ab. «Ich habe es beschlossen, Madam. Es ist für mich an der Zeit, daran zu denken, eine Familie zu gründen. Ich hätte das schon von allem Anfang an tun sollen. Es könnte auch schon zu spät sein – ich weiß es nicht. Aber wenn – wenn – meine Frau zu mir zurückkehrt, dann werden wir es, wie ich hoffe, diesmal besser verstehen.»

«Du kannst dich darauf verlassen, daß ich die letzte bin, die dir dein Heim vorzuenthalten wünscht», sagte Lady Sheringham mit bebender Stimme. «Aber ich weiß nicht, aus welchem Grund du annimmst, daß deine Frau zu dir zurückkehren wird, denn ich wette zehn zu eins, daß sie mit einem andern Mann durchgegangen ist.»

«Nein», sagte Seine Lordschaft, drehte ihr den Rücken und starrte aus dem Fenster auf den herbstlich trübseligen Garten. «Und das ist ein weiterer Punkt, den ich Sie bitten muß, nicht zu wiederholen, Madam. Denn es ist nicht wahr!»

«Das kannst du nicht wissen, Anthony, mein armer Junge. Sie hat sich nie etwas aus dir gemacht. Bei ihr war alles nur Eitelkeit und der Wunsch, eine einflußreiche Dame zu werden.»

Er schüttelte den Kopf. «Daran dachte sie nie. Ich habe nichts davon gewußt – habe mir nie die Zeit genommen, darüber nachzudenken oder – oder es zu beachten –, aber sie hatte mich lieb. Viel lieber, als ich sie hatte – damals. Wenn ich sie nur finden könnte! Ich habe mir den Kopf zerbrochen, und ich kann nicht daraufkommen, wohin sie sich gewendet haben könnte und an wen. Sie *muß* bei jemandem Zuflucht gesucht haben! Du lieber Gott, Madam, die Angst läßt mich bei Nacht nicht schlafen, denn ich fürchte, sie könnte allein in der Welt stehen, ohne Geld, ohne Freunde, oder – nein, nein, sie muß bei Freunden sein, von denen ich nichts weiß.»

«Höchstwahrscheinlich ist sie zu dieser gewöhnlichen Person, ihrer Cousine, gegangen», sagte seine Mutter gereizt.

Er erblaßte und drehte sich rasch um. «Mrs. Hoby!» stieß er hervor. «Wie konnte ich nur diese vergessen? Du guter Gott, was für ein Narr bin ich gewesen. Madam, ich bin Ihnen zu großem Dank verpflichtet.»

Er fuhr noch am selben Tag nach London und begab sich sogleich zu dem Haus der Hobys. Als er zum drittenmal geklopft hatte, öffnete ihm ein ziemlich schlampiges Dienstmädchen die Tür und teilte ihm mit, daß ihr Herr und die gnädige Frau von London abwesend seien. Einige weitere Fragen förderten die Auskunft zutage, daß sich die Hobys am Tage nach Heros Verschwinden aus der Half Moon Street zu einem Besuch nach Irland begeben hatten. Mit verfinsterter Miene fragte der Viscount, ob diese Reise schon lange projektiert gewesen sei. Das Mädchen glaubte es nicht: sie hatten gepackt und waren ziemlich überstürzt abgereist; sie glaubte, daß sie durch einen Brief dazu veranlaßt worden waren. Als er aber fragte, ob sie allein gereist seien oder ob sie eine Freundin mitgenommen hätten, schüttelte sie den Kopf und erwiderte, daß sie das nicht sagen könne, da sie nicht Zeugin der tatsächlichen Abreise gewesen war, sie glaube aber, daß die Herrschaften allein gereist seien.

Der Viscount begab sich nach Hause, um das Gehörte zu überdenken. Je mehr er darüber nachdachte, desto überzeugter war er, daß Hero tatsächlich zu ihrer Cousine geflohen war und jetzt von dieser Dame verborgen wurde. Er hatte Theresa Hoby nie leiden können; ihren Gatten kannte er kaum, doch zögerte er nicht, ihn für ganz schlechten Ton zu halten; allmählich entstand in seiner Brust das Gefühl größter Erbitterung, weil Hero von allen Leuten gerade zu jenen geflohen war, die er am meisten verabscheute. Er erinnerte sich, Hero verboten zu haben, mit Mrs. Hoby einen vertrauten Verkehr aufrechtzuerhalten; er erinnerte sich aber auch, daß sie dieses Verbot in ziemlich großzügiger Weise ignoriert hatte, und vergaß bequemerweise, daß er dieses Verbot bloß in der Hitze des Augenblicks ausgesprochen, aber nie ernsthaft wiederholt hatte. Nachdem er sich Hero in allen nur möglichen schreckhaften Situationen vorgestellt hatte, ging er dazu über, sich auszumalen, wie sie sich in einem Gesellschaftskreis amüsierte, den er aufs äußerste mißbilligte. Eine zynische Bemerkung, die sein Onkel Prosper hatte fallenlassen, daß dieses ausgelassene junge Ding bestimmt darauf aus war, ihm die schrecklichste Angst seines Lebens einzujagen, faßte Wurzel in Sherrys Gemüt und trieb ihn dazu, sich ohne das geringste Vergnügen in dieselben Exzesse zu stürzen, denen sich Lord Wrotham hingab. Dahinter steckte aber nichts als Prahlerei, eine Andeutung von verletztem Stolz und mehr als eine Andeutung von Eigensinn. Es veranlaßte aber Mr. Ringwood, die Mundwinkel herabzuziehen und hoffnungslos den Kopf zu schütteln.

Sechs Wochen nach Heros Verschwinden kehrten die Hobys nach London zurück. Sherry hörte von ihrer Ankunft und wartete grimmig auf die Rückkehr seiner Frau. Doch sie kam nicht; dafür erschien ihre Cousine – um ihr einen Besuch zu machen. Der Viscount empfing sie, und zehn Minuten in ihrer Gesellschaft genügten, um ihn zu überzeugen, daß sie nichts über Heros Aufenthaltsort wußte, ja nicht einmal etwas von ihrer Abwesenheit ahnte, und daß sie nach Irland hatte fahren müssen, um ihre erkrankte Schwiegermutter zu pflegen.

Dem Viscount wirbelte der Kopf unter diesem Schlag. Gewissensbisse, Angst und Verzweiflung bemächtigten sich seiner; Bootle war ernstlich beunruhigt, als er bemerkte, daß Seine Lordschaft die ganze Nacht in dem Zimmer verbrachte, das Hero seine Bibliothek nannte, bald auf und ab gehend und bald, den Kopf in den Händen vergraben, am Kaminfeuer sitzend. Er konsumierte an diesem Tag beträchtliche Alkoholmengen, war aber nicht betrunken, als Bootle es wagte, am frühen Morgen des folgenden Tages das Zimmer zu betreten; und das sei, so sagte der Kammerdiener düster zu Bradgate, ein sehr schlimmes Zeichen.

Der Viscount sah ihn einen Moment verständnislos an, dann strich er sich mit der Hand durch die zerwühlten Locken und sagte kurz: «Schikken Sie zu Stoke, man soll ihm sagen, daß ich ihn sogleich zu sprechen wünsche.»

Als Mr. Stoke eintraf, erschrak er über das abgehärmte Aussehen seines Klienten. Er hörte sich die unerfreuliche Geschichte schweigend an, die der Viscount ihm erzählte, und empfing ohne äußerlich merkbare Beunruhigung den Befehl, alle erdenklichen Mittel in Bewegung zu setzen, um Lady Sheringhams Aufenthaltsort ausfindig zu machen. Er stellte dem Viscount einige Fragen und gab sich Mühe, seine eigene Hoffnungslosigkeit zu verbergen; dann verabschiedete er sich mit dem Versprechen, seine ganze Kraft einzusetzen, um Mylady zu finden.

Der Viscount wartete noch immer darauf, daß sein Finanzberater seine Existenz rechtfertigte, als die Gräfinwitwe in London eintraf und ihn aufforderte, sie im Hotel Grillon, wo sie abgestiegen war, zu besuchen. Er entdeckte, daß sie sich in Begleitung von Miss Milborne befand, und erfuhr, daß der ungewöhnlich feuchte Winter ihre zahlreichen rheumatischen Beschwerden derart verschlimmert habe, daß ihr nichts anderes als eine Kur in Bath Heilung bringen könne. Auch Miss Milborne, sagte sie, war einige Wochen kränklich gewesen. Dadurch sei sie auf die Idee gekommen, das süße Geschöpf einzuladen, sie nach Bath zu begleiten, um zu versuchen, welche Wirkung das Wasser auf sie habe, und um den Platz von Mr. Paulett einzunehmen, der damit beschäftigt war, den Witwensitz in bewohnbaren Zustand zu versetzen. Sie wünsche, daß der Viscount seine Kindespflicht erfülle und sie auf ihrer gefahrvollen Reise begleite.

Der Viscount weigerte sich sogleich mit völlig unkindlicher Entschiedenheit. Er erklärte, daß nichts ihn dazu bringen könne, London zu verlassen; und wenn seine Mama glaube, sich in Gefahr zu befinden, von

Straßenräubern überfallen zu werden, dann würde sie sich überzeugen können, daß zwei Vorreiter von weit größerem Nutzen wären als er selbst. Die Gräfinwitwe erhob sich von ihrem Stuhl und sagte mit schwachem Lächeln, daß vielleicht jemand anderer die Macht haben werde, seinen Sinn zu ändern, worauf sie aus dem Salon verschwand und ihn mit Miss Milborne alleinließ.

Der Viscount starrte erst die geschlossene Tür, dann die Beauté an; Mißtrauen und Zorn kämpften auf seinem Gesicht. «Was, zum Teufel –?» fragte er heftig.

Miss Milborne erhob sich, ergriff seine Hand und sagte mit starker Empfindung: «Mein armer Sherry, du siehst so elend aus. Hast du noch nichts von Hero gehört?»

Er schüttelte den Kopf. «Nicht eine Zeile. Ich habe meinen Finanzberater mit der Suche nach ihr beauftragt. Habe ihm gesagt, wenn nötig, könne er die Polizei alarmieren, obwohl ich das, weiß Gott, nicht gerne sähe. Aber was soll ich sonst tun? Und jetzt kommt auch noch meine Mutter hierher und quält mich, sie ausgerechnet nach Bath zu begleiten! Das eine sage ich dir, Bella, obwohl ich dich keineswegs beleidigen will, wenn Mylady sich einbildet, daß du die Macht hättest, mich zum Mitkommen zu überreden, dann hat sie sich nie im Leben einem größeren Irrtum hingegeben.»

Miss Milborne lächelte. «Das weiß ich, Sherry. Ich war dir immer ganz gleichgültig. Ich glaube, du hast Hero schon immer geliebt, obwohl du es vielleicht nicht wußtest, bevor du sie verloren hattest.»

Er erhob sich und blickte auf sie hinunter. «Du behauptetest an dem Tag, an dem ich um deine Hand anhielt, etwas ganz Ähnliches, und ich sagte dir damals, daß Severn nie den Mut aufbringen würde, um dich anzuhalten. Wir sind ein unglückliches Paar, nicht wahr?»

Sie entzog ihm errötend ihre Hand. «Sherry, wir kennen uns seit unserer Kindheit, und es wäre mir unerträglich, wenn du glauben könntest, daß ich Severn nachtrauere. Oh, ich leugne gar nicht, daß es mir geschmeichelt hat, Gegenstand seiner Aufmerksamkeit zu sein, und – ja, vielleicht hat mich auch der Gedanke gereizt, Herzogin zu werden. Als ich mir aber vorstellte, wie eine Ehe mit ihm aussehen würde und daß ich gezwungen wäre, den Rest meines Lebens mit ihm zu verbringen – oh, da konnte ich es einfach nicht über mich bringen.»

«Willst du damit sagen, daß er tatsächlich den Mut aufbrachte und du ihm einen Korb gegeben hast?» rief er aus.

Sie nickte. «Ja, ich konnte ihn nicht daran hindern. Es war verhängnisvoll, daß ich zu Weihnachten nach Severn Towers fuhr. Aber bitte, Sherry, sprich mit niemandem darüber. Es wäre unschicklich, wenn ich damit prahlen würde, einen solchen Sieg errungen zu haben, und Severn wäre es sicher sehr peinlich, wenn alle Welt es wüßte.»

«Bei Gott, das ist ja unglaublich!» sagte Sherry wie vom Donner gerührt.

Sie versuchte zu lächeln. «Nein, wie abscheulich du wieder bist. Du kannst dir vielleicht vorstellen, wie tief ich bei der Mama in Ungnade gefallen bin. Mit Ausnahme von meinem Papa ist deine Mama der einzige Mensch, der freundlich zu mir war, und teilweise ist das auch der Grund, weshalb ich mit ihr nach Bath fahre. Um ganz offen mit dir zu sein, Sherry, ich glaube, sie hat sich die verrückte Idee in den Kopf gesetzt, daß du dich vielleicht von der armen kleinen Hero scheiden läßt, um mich schließlich doch noch zu heiraten.»

«Nun, das werde ich nicht tun», sagte Seine Lordschaft ohne den Schatten von Galanterie.

«Mach dir ja keine falschen Hoffnungen, daß ich dich nehmen würde», erwiderte Miss Milborne. «Ich mache mir aus dir ebensowenig wie aus Severn. Doch, ja, vielleicht ein klein wenig mehr, aber auch nicht sehr viel.»

«Ich wäre froh, wenn ich wüßte, aus wem du dir etwas machst», sagte Sherry.

Sie wandte ihr Gesicht ab. «Ich dachte, du wüßtest es. Wenn es aber nicht der Fall ist, bin ich nur froh darüber.»

«George?»

Als sie nicht antwortete, sagte er: «Welche Verwirrung! George nahm dir dein Verhalten derart übel, daß man seither nichts mit ihm anfangen kann. Geht zum Teufel, so schnell er nur kann. Es wäre am besten, wenn du in London bliebest, Bella.»

«Nein», erwiderte sie. «Das fällt mir nicht im Traum ein. George kann von mir denken, was er will: ich fahre mit Lady Sheringham nach Bath.»

«Tu das ja nicht! Es ist ein gräßlicher Ort, ich selbst kann ihn nicht ausstehen!» Plötzlich unterbrach er sich, seine Brauen zogen sich mit einem Ruck zusammen und seine Augen nahmen einen starren Ausdruck an. «Bath! Wann habe ich zum letztenmal von diesem Ort gesprochen? Ich sagte, ich müsse dorthin fahren, um – Großer Gott, warum habe ich vorher nie daran gedacht? Bath – Schule – Erzieherin! Das hat sie getan, die kleine Törin, das Häufchen Elend! Mein Kätzchen! Sie ist in einem verdammten Seminar, darauf kannst du Gift nehmen, und höchstwahrscheinlich zwingt man sie zu schwerer Arbeit wegen einer Horde – sag meiner Mutter, daß ich sie mit dem größten Vergnügen nach Bath begleiten werde, allerdings muß sie bereit sein, schon morgen zu reisen.»

«Sherry!» rief Isabella mit offenem Mund. «Du glaubst, daß Hero dort sein könnte?»

«Glauben? Ich bin überzeugt! Wäre ich nicht ein so verrückter Dummkopf, dann hätte ich schon vor Wochen daran gedacht. Weißt du was, Bella? Wenn wir meine Mutter bei guter Laune erhalten wollen, dann sagen wir ihr am besten nichts davon. Laß sie nur annehmen, daß du mich überredet hast: mir macht es nichts aus, sie kann aber höllisch unangenehm werden, wenn nicht alles nach ihrem Kopf geht, und wenn du erst zwei Tage lang mit ihr in einer Kutsche eingesperrt warst – denn sie wird nie einwilligen, die Reise in einem Tag zu machen –, dann wirst du ihrer Hysterie auch etwas müde geworden sein!»

Mit diesem vernünftigen, wenn auch respektlosen Rat ergriff Seine Lordschaft Mantel und Hut und eilte davon, um seine Vorbereitungen für die sofortige Abreise aus London zu treffen.

20

Während sich diese Ereignisse abspielten, hielt sich Hero als Gast von Lady Saltash am Upper Camden Place in Bath auf. Anfänglich etwas eingeschüchtert durch die alte Dame, der man allgemein nachsagte, daß sie ebenso respekteinflößend wie spitzzüngig sei, hatte sie sich rasch eingelebt und ihre Schüchternheit bald verloren. Der Mops, bisher noch nicht zu seinen Vätern versammelt, wurde ihrer besonderen Obhut anvertraut; außer ihrem Amt, das kurzatmige Tier zu bürsten und an einer Leine spazierenzuführen, mußte sie auch mit ihrer Gastgeberin Cribbage spielen, ihr die Zeitungen vorlesen und sie in die Trinkhalle oder in den Kursalon begleiten, in dessen Karten- und Lesesälen Mylady Stammgast war. Hero hatte ihren Ehering abgelegt und ihren Mädchennamen wieder angenommen, zwei Prozeduren, die ihr von Lady Saltash ein anerkennendes Kopfnicken eintrugen. Zuerst fiel es ihr schwer, sich immer daran zu erinnern, daß sie wieder eine Miss Wantage war, und als Lady Saltash sie zu einem Kostümball im Neuen Festsaal mitnahm, zog sie empörte Blicke auf sich, als sie unwillkürlich auf die Plätze zustrebte, die für die Pairsgattinnen reserviert waren. Aber dieser kleine *faux-pas* wurde ohne Schwierigkeiten vertuscht, und sobald ihr der Zeremonienmeister vorgestellt worden war und dieser die Anerkennung von Lady Saltashs jungem Schützling bekanntgegeben hatte, war ihre gesellschaftliche Stellung gesichert. Es lag in der Natur der Dinge, daß sie wenig Wert darauf legte und froh gewesen wäre, das Leben einer Einsiedlerin zu führen, wenn Lady Saltash es gestattet hätte. Aber diese hielt nicht viel von Einsiedlerinnen und gab Hero den guten Rat, nie in den Fehler zu verfallen, der Welt Einblick in ihre Gedanken zu gewähren.

«Verlaß dich auf mich, meine Liebe, nichts ist lästiger als eine Person, die ständig über ihr Schicksal klagt. Denke immer daran, daß niemand das geringste Interesse an den Sorgen anderer hat! Es wäre sinnlos, wenn du dich abschließen wolltest, nur weil du dir einbildest, dein Herz sei gebrochen. Mach kein langes Gesicht! Und seufze nie, denn nichts könnte vulgärer sein.»

Hero versprach alles zu tun, um fröhlich zu erscheinen, sie meinte aber, daß es manchmal schwer sei zu lächeln, wenn einem elend zumute ist.

«Unsinn!» erwiderte Lady Saltash. «Hast du erst einmal so viel

Grund wie ich, von dir zu sagen, man habe dich unglücklich gemacht, dann kannst du es ja tun, aber glaube mir, meine Liebe, bisher weißt du noch nichts davon, und höchstwahrscheinlich wirst du es auch nie wissen. Nach dem, was du mir erzählt hast, besteht nicht der geringste Grund, sich aufzuregen. Ich kenne Anthony seit zwanzig Jahren, ich kann dir verraten, daß du den richtigen Weg eingeschlagen hast, um ihn zur Räson zu bringen. Ich glaube, er wird sich schon jetzt alle Haare ausraufen.»

«Aber ich möchte ihn doch um keinen Preis der Welt beunruhigen oder unglücklich machen», rief Hero aus und sah ziemlich niedergeschlagen drein.

«Höchstwahrscheinlich hast du es nie getan. Du bist ein törichtes kleines Kätzchen, meine Liebe. Es scheint, daß mein Enkel mehr Verstand besitzt als du, denn es liegt ganz bestimmt in seiner Absicht, Anthony außerordentlich zu beunruhigen.»

«O nein, das soll er nicht! Das wäre noch schlimmer als alles andere», rief Hero verquält.

«Unsinn! Es ist die höchste Zeit, daß der Junge einmal zu denken beginnt, denn das ist etwas, was er, wie ich überzeugt bin, noch nie im Leben getan hat. Ich habe nicht die geringsten Skrupel, dir zu sagen, meine Liebe, daß ich über alles, was du mir erzählt hast, angenehm überrascht war. Denn es scheint, als hätte sich Anthony dir gegenüber mit mehr Rücksicht benommen, als ich von jemandem erwartet hätte, der dazu erzogen worden war, an nichts als an seine eigene Bequemlichkeit zu denken. Ich könnte schwören, daß er schon die ganze Zeit in dich verliebt war, ohne die geringste Ahnung davon zu haben. Es wird ihm sehr gut tun, dich vermissen zu müssen.»

Hero sah sie hoffnungsvoll an. «Glauben Sie das wirklich, Madam? Aber vielleicht haben Sie nicht richtig verstanden, daß er mich nur deshalb heiratete, weil Isabella Milborne ihm einen Korb gab?»

«Erzähl mir nur nichts von dieser Isabella Milborne! Sie scheint mir genau der Typ unbedeutender Mädchen zu sein, die heutzutage als Beautés gelten. Nun, als ich noch jung war – doch das gehört nicht hierher. Ich wäre sehr überrascht, wenn wir erfahren müßten, daß sich Anthony etwas aus ihr macht. Du wirst sehen, er wird früher oder später hier auftauchen, um dich zu suchen. Aber ich sage dir schon jetzt, mein Kind, wenn du die Absicht hast, ihm auf halbem Weg entgegenzukommen, um dich entdecken zu lassen, bevor er bedingungslos kapituliert hat, dann will ich nichts mehr damit zu tun haben! Das ist nicht die richtige Art, einen Mann zu behandeln. Ein bißchen Eifersucht kann bei diesem Jungen Wunder wirken: er war deiner viel zu sicher! Ich muß dir gestehen, meine Liebe, daß diese Verelsts alle gleich sind. Genauso wie dieser Mops da. Wenn niemand den Wunsch zeigt, seinem Knochen in die Nähe zu kommen, dann wette ich zehn zu eins, daß er ihn nicht einmal anschaut. Legst du aber nur einen Finger darauf, dann kommt ihm plötzlich zu Bewußtsein, daß es nichts auf der Welt gibt, was er heißer begehrt, er wird knurren und die Zähne zeigen und ihn mit gesträubtem Haar bewachen. Ich habe beschlossen, daß Anthony, wenn er hierherkommt, um dich zu suchen, zu sehen bekommt, daß du hier recht erträglich lebst – und zwar ohne ihn!»

Hero sah sie unschlüssig an, aber die Vorstellung, daß Sherry kommen könnte, um sie hier zu suchen, war so berauschend, daß sie keine weiteren Einwendungen gegen das Programm erhob, das ihre weltkluge Gastgeberin ihr nun skizzierte.

Mr. Ringwood, der im allgemeinen durchaus nicht als fleißiger Briefschreiber galt, berichtete getreulich und regelmäßig über Sherrys Entwicklung. Hero vergoß über diesen Briefen heimliche Tränen, und hätte sie nicht beschlossen, Sherry Zeit zu geben, um sie, wenn er das wollte, zu vergessen, so hätte sie ihm schon mindestens ein dutzendmal geschrieben, um ihn zu beruhigen. Als sie aber hörte, er habe sich in eine Orgie der Fröhlichkeit gestürzt, hatte sie tatsächlich das Gefühl, ihr Herz müsse brechen, und sie glaubte, daß er aufgehört habe, sich über ihr Verschwinden Sorgen zu machen. Nachdem sie ihrer Stimme wieder Herr geworden war, suchte sie Lady Saltash auf und trachtete zum dritten- oder viertenmal die Frage anzuschneiden, ob sie sich nicht doch um eine Stellung in einem Seminar für junge Damen bewerben solle. Mylady unterbrach sie kurz. «Hero, laß diese gezierten Allüren vor mir! Was ist denn geschehen, bitte, daß du schon wieder mit diesem Unsinn anfängst?»

«Es ist nur – ich habe einen Brief von Gil bekommen, Madam, der – der –»

Mylady streckte ihre Hand, die ein wenig gichtgekrümmt war, befehlend aus. Nach einem Moment der Unschlüssigkeit reichte ihr Hero den Brief. Lady Saltash las ihn unbewegten Gesichts. «Geht wohl zum Teufel, was?» bemerkte sie. «Sieht ihm ähnlich. Ist genau das, was ich erwartet habe. Bitte, was findest du in diesem Brief – außer der beklagenswerten Orthographie –, das dich veranlaßt, ein so langes Gesicht zu ziehen?»

«Madam, glauben Sie nicht auch, daß Sherry mich ganz vergessen hat?» fragte Hero sehr nachdenklich.

«Wie, weil er sich wie ein trotziger Bub benimmt? Nichts dergleichen. Er hat einfach beschlossen, es solle niemand merken, wie nahe es ihm geht, und am wenigsten du selbst, meine Liebe. In der Tat, ich beginne auf diesen lästigen Jungen Hoffnungen zu setzen. Leg den Brief weg, meine Liebe, und denk nicht mehr daran. Ich habe gehört, daß wir das Stück, das im Theater Royal gegeben wird, ziemlich amüsant finden werden. Habe die Güte und setz dich an meinen Schreibtisch und schreib zwei kleine Billetts. Das eine an Sir Carlton Frome und das andere an Mr. Jasper Tarleton; lade sie ein, mir die Ehre zu erweisen, mich morgen abend ins Theater zu begleiten. Wir werden einen Bedienten an die Kasse schicken, um eine Loge zu besorgen.»

Hero gehorchte. Mitten in ihrer Beschäftigung unterbrach sie sich, blickte auf und sagte: «Wenn Sherry sich unterhält, sehe ich schließlich nicht ein, warum ich es nicht auch tun soll.»

«Ausgezeichnet!» rief Mylady lachend. «Hast du die Absicht, Mr. Tarleton das Herz zu brechen? Ich würde mich freuen, wenn es dir gelänge.»

Hero lachte. «Aber, Madam, er ist doch schon ein ganz alter Mann.»

«Ganz alt?! Wenn er einen Tag älter ist als fünfunddreißig, will ich meine neue Perücke nie wieder aufsetzen.»

«Nun denn, eben zu alt, um ihm das Herz brechen zu können», verbesserte sich Hero. «Ich kann ihn sehr gut leiden, weil er immer so freundlich und höflich ist und weil er mich zum Lachen bringt.»

Lady Saltash, die der verstohlenen Beobachtung ihres alten Freundes Jasper Tarleton keine geringe Unterhaltung verdankte, weil er ganz dem unschuldigen Charme ihres Schützlings verfallen war, warf ihr einen gedankenvollen Blick zu, enthielt sich aber einer weiteren Bemerkung. Sie hatte für Mr. Tarleton eine gewisse Schwäche, nachdem sie aber zahllose Male versucht hatte, ihn für dies oder jenes heiratsfähige junge Mädchen zu interessieren, und alle Bemühungen, die sie seinetwegen unternahm, restlos verschwendet waren, gestand sie sich ein, daß es ihr eine Befriedigung hohen Grades gewähren würde, feststellen zu können, daß er sein Herz an eine Dame verlor, die ebenso unerreichbar wie uninteressiert war. Mr. Tarleton, dachte Mylady, ist viel zu selbstsicher, und ein kleiner Aufruhr des Herzens könnte ihm keineswegs schaden. Mr. Jasper Tarleton war Junggeselle, dem ein einträgliches kleines Gut gehörte, das sich einige Meilen außerhalb von Bath befand. Er war als großer Bücherfreund bekannt, ein Umstand, der es möglicherweise erklärte, daß er den Verlockungen Londons nie erlag; es wurde auch allgemein angenommen, er habe in seiner Jugend eine Enttäuschung erlebt, die ihm einen Widerwillen gegen die Ehe eingeflößt hatte. Wie dem auch sei, er hatte es, ohne die Merkmale eines eingefleischten Weiberfeindes aufzuweisen, tatsächlich fertiggebracht, ledig zu bleiben, und man hielt ihn allgemein für einen schweren Fall. Zahllose Mädchen hatten versucht, ihn zu angeln, denn außer über ein schönes Einkommen verfügte er über ein vorzügliches Auftreten, hatte angenehme Umgangsformen und sah überdies ausgezeichnet aus. Obwohl er den Damen mit dem größten Vergnügen den Gefallen tat, in anmutiger und untadeliger Weise zu flirten, ließ er die auserwählte Schöne nie im Zweifel über seinen völligen Mangel an ernsteren Absichten.

Er lernte Hero anläßlich einer Whistpartie im Hause der Lady Saltash kennen. Sie fesselte seine Aufmerksamkeit sogleich durch etwas, das sie von den sorgfältig gedrillten jungen Damen seiner Bekanntschaft unterschied, dennoch blieb er ihrem Charme gegenüber eigentlich unzugänglich, bis sie ihn eines Abends, während sie in einem Theater in der Pause im Foyer auf und ab gingen, damit aufs höchste entzückte, daß sie ihn in der unschuldigsten Weise fragte, ob auch hier, ebenso wie im Covent Garden, Kokottchen umherspazierten. Er war von ihr hingerissen und antwortete ihr, ohne das geringste Zeichen des Erstaunens zu verraten; er gestattete sich erst zu lachen, als sie bestürzt ausrief: «O Himmel, das hätte ich bestimmt nicht sagen dürfen! Ich bin schon wieder in eine Patsche geraten!»

Er versicherte ihr, daß sie zu ihm sagen könne, was ihr beliebe, worauf sie ein sehr interessantes Gespräch führten, über das selbst Lady Saltash entsetzt gewesen wäre, obwohl sie als äußerst großzügig bekannt war. Mr. Tarleton vermutete, daß Hero ihre Kenntnisse von einem Bruder aufgeschnappt haben müsse, als er aber taktvoll versuchte, etwas über ihr früheres Leben in Erfahrung zu bringen, errötete sie und gab so ausweichende Antworten, daß ihm seine gute Erziehung verbot, weiter in sie zu dringen. Von diesem Tage an bemerkte man aber, daß Mr. Tarleton weit mehr Zeit in Bath verbrachte denn je zuvor. Und als er tatsächlich in den Ballsälen des Kurhauses erschien und sich mit Hero nicht nur zu einem Menuett, sondern auch zu einem der Reigentänze aufstellte, trauten seine zahlreichen Freunde und Bekannten kaum ihren Augen und erzählten einander, der arme liebe Jasper sei auf dem besten Wege, endlich doch eingefangen zu werden.

Wie nicht anders zu erwarten, wäre Hero eine solche Idee nie in den Sinn gekommen. Sie glaubte, ihre neue Bekanntschaft sei längst über das Alter hinaus, in dem man sich verliebt, und behandelte ihn in derselben Weise, wie sie Sherrys unverheiratete Freunde zu behandeln pflegte. Da sie in den letzten Monaten viel mit ihnen beisammen gewesen war, fühlte sie sich in männlicher Gesellschaft völlig zu Hause. Sie benahm sich auch weder geziert noch gab sie sich den Anschein, interessant zu sein, oder heuchelte ein mädchenhaftes Zurückschaudern, das bei gewissen Altersgenossinnen in Mode war, da sie ja vom ersten Augenblick ihres Erscheinens in der Gesellschaft alle Freiheiten einer verheirateten Frau genossen hatte. Mr. Tarleton fand das bezaubernd, und wenn Hero sich bei einem verbotenen Ausdruck, der aus Sherrys Wortschatz stammte, schuldbewußt ertappte oder wenn sie sonst einen *faux-pas* ähnlicher Art beging, bat er sie dringend, sich nicht zu korrigieren, sondern so zu bleiben, wie sie war, ohne den Versuch zu machen, das, was sie sagte oder tat, verbessern zu wollen.

«Denn Sie müssen mir gestatten, Miss Wantage, Ihnen zu gestehen», erklärte er, wobei sein ernster Ton durch ein Augenzwinkern Lügen gestraft wurde, «daß Sie die erquickendste junge Dame sind, die bisher meinen Weg gekreuzt hat. Erzählen Sie mir noch mehr über Brixham Pet.»

Hero sagte ernsthaft: «Ich bin überzeugt, daß ich es nicht tun sollte, denn wenn ich es mir jetzt überlege – so hat mir die Person, die mir von ihm erzählte, gesagt, es sei durchaus kein Thema, über das ich sprechen darf. Wissen Sie, er ist nämlich ein Neger, und viele Leute glauben, daß er Champion wird. Waren Sie schon einmal bei einem Preisboxen, Mr. Tarleton?»

«Ich bin beschämt, aber ich fürchte, dieses Vergnügen versäumt zu haben. Waren Sie schon dabei, Miss Wantage?»

Sie lachte. «Jetzt ziehen Sie mich aber durch den Kakao! – Oh, das wollte ich nicht sagen – Sie machen sich über mich lustig. Selbstverständlich war ich nicht dort! Damen gehen nicht hin!»

«Da sie aber allen jungen Damen, die ich kennenlernte, so unähnlich sind, wäre das kein Maßstab.»

«O nein, das bin ich wirklich nicht. Sollte ich es aber doch sein, dann kann ich Ihnen versichern, daß ich mir das nicht im mindesten wünsche. Es ist sehr unbequem, sich anders als die andern zu benehmen. Das können Sie sich gar nicht vorstellen!»

«Es würde mir nicht das geringste ausmachen. Wenn ich in dieser Beziehung etwas zu sagen hätte, würde ich darauf bestehen, daß Sie sich so benehmen, wie es Ihnen gerade paßt.»

Sie schüttelte den Kopf. «Nein, keineswegs. Wenn Sie wüßten, in welche Verlegenheiten ich schon geraten bin! Ich glaube, auch Sie wären sehr schockiert. Ich bin es ja selbst.»

«Sie tun mir unrecht: ich war noch nie im Leben schockiert.»

«Wären Sie es nicht einmal, wenn eine Dame den Peerless Pool besucht?» fragte Hero und betrachtete ihn, als wäre er ein seltsames Ausstellungsstück.

«Natürlich nicht. Was ist eigentlich der Peerless Pool?»

«Ich war nie dort, denn es – es wäre nicht gerne gesehen worden. Aber ich war am Bartholomäus-Jahrmarkt und im Royal Saloon, und ich habe mich dort, um Ihnen die Wahrheit zu gestehen, außerordentlich gut unterhalten. Aber es war sehr schlechter Ton, müssen Sie wissen, und ich hätte es nicht tun dürfen.»

Er warf den Kopf zurück und lachte. «Ich bemerke, Miss Wantage, daß Sie das sind, was man im allgemeinen einen schwierigen Fall nennt. Verzeihen Sie, wenn ich sehr unverschämt bin und Sie ernstlich und eindringlich bitte, falls Sie heiraten, einen Mann wie mich zu wählen, der nie schockiert wäre.»

Sie errötete und sah auf ihren Fächer nieder. «Ja aber – aber – ich werde nicht heiraten.»

«Was? Wieso denn nicht?» feuerte er sie an. «Ich prophezeie, daß der Tag nicht ferne ist, an dem Sie, von Ihren Brautjungfern umringt, in einer Wolke von Spitzenschleiern und duftenden Orangenblüten in die Kirche schreiten werden, und all Ihre verschmähten Bewerber im Hintergrunde werden mit den Zähnen knirschen, und alle Damen Ihrer Verwandtschaft werden genauso weinen, wie es eben alle weiblichen Verwandten zu tun pflegen, und –»

«O nein, da haben Sie wirklich unrecht», unterbrach sie ihn. «Du lieber Gott, das alles würde mir entsetzlich mißfallen.»

Er hob die Augenbrauen in gespieltem Erstaunen. «Eine Hochzeit mißfallen? Nein, nein, so anders als Ihre Geschlechtsgenossinnen können Sie gar nicht sein!»

«Ich bin nicht anders als meine Geschlechtsgenossinnen. Ich wollte nur sagen, daß ich mir nichts aus einer Hochzeit mache, die so ist, wie

Sie sie beschrieben haben. In London war ich einmal bei so einer Hochzeit und oh, du lieber Himmel! es war so empörend unromantisch!»

Er lächelte. «Dem entnehme ich, daß Sie es vorziehen würden, erst nach einer Entführung zu heiraten, womöglich mit einem schnellen Pferdegespann, der schottischen Grenze als Ziel und einem wütenden Papa in hitziger Verfolgung?»

Hero erwiderte ernsthaft: «Nun, ich erinnere mich kaum an meinen Papa, denn er starb, als ich ein Kind war, aber ich halte eine Hochzeit, vor der man zuerst durchbrennt, für die beste Art, denn plötzlich mit jemandem durchzugehen, für den man – für den man eine entschiedene Vorliebe hat, und ohne die geringste Abmachung, Zeremonie oder Vorbereitung, seine Frau zu werden, ist – wäre – das schönste Abenteuer, das ich mir vorstellen kann. So, als befände man sich plötzlich im Himmel oder im Märchenland; besonders wenn man nie zuvor etwas anderes gedacht hat, als das ganze Leben in derselben alltäglichen Weise verbringen zu müssen.»

Um seine Augenwinkel zeigten sich einige kleine Lachfältchen, dennoch sagte er feierlich: «Miss Wantage, lesen Sie Romane?»

«Nun ja», antwortete sie und sah ihn fragend an. «Meinen Sie vielleicht die Romane der Minerva-Presse?» Ihr fragender Blick verwandelte sich in einen argwöhnischen. «Mr. Tarleton, Sie lachen mich schon wieder aus!»

«Nein, nein», versicherte er ihr. «Ich erfreue mich nur an Ihrer erfrischenden Gesellschaft. Es ist klar, daß für Sie nur der verwegenste Bräutigam in Frage kommt.»

Ein zartes kleines Lächeln spielte um ihre Lippen. «Ja», stellte sie fest.

«Ein Märchenprinz? ein Modeheld? ein Nonpareil?»

«O nein, das braucht er nicht zu sein. Ich kenne einen Nonpareil – einen Unvergleichlichen – das kann ich Ihnen versichern. Er kutschiert auf den Millimeter genau – aber ich würde mir nichts daraus machen, mit ihm durchzubrennen. Ich glaube bestimmt, daß ein Mann seinen Grundsätzen treu bleiben soll.»

«Fraglos», sagte er ernst.

«Und was die Modehelden betrifft, so kenne ich einige, sie würden aber gar nicht zu mir passen, außerdem sind sie durchaus nicht romantisch. Und da sie rastlos über ihre Krawatten, ihre Röcke und die Größe ihrer Knöpfe nachdenken müssen, bleibt ihnen für etwas anderes keine Zeit. Dem wahrhaft romantischesten Mann, den ich kenne, liegt nicht das geringste daran, wie er aussieht. Es würde natürlich nicht für jeden passen, so sorglos zu sein, aber *er* ist so außergewöhnlich schön, daß auch das nicht das geringste zu bedeuten hat.»

«Oh, ich beginne zu fürchten, daß es diesem gefährlichen Burschen bestimmt ist, Sie zu entführen!»

Sie lachte. «Nein, da irren Sie sich aber gründlich. Er ist in ganz jemand andern wahnsinnig verliebt. Außerdem glaube ich, daß er ein höchst unbequemer Gatte wäre, denn wann immer er schlechter Laune ist, will er sich durchaus duellieren.»

«Das ist ganz bestimmt eine Schattenseite», stimmte er zu. «Man kann nur hoffen, daß er nicht häufig übler Laune ist.»

«O ja. Er nimmt die allergeringste Kleinigkeit übel», sagte Hero höflich. «Das Unglück ist nur, daß er ein so brillanter Schütze ist und niemand ihm den Gefallen tun will, sich mit ihm zu duellieren. Dann reißt ihm manchmal die Geduld – darüber kann man sich wirklich nicht wundern. Aber stellen Sie sich nur vor, wie lästig es wäre, mit einem solchen Mann verheiratet zu sein.»

«Sie wissen nicht, wie glücklich ich bin, entdecken zu können, daß Sie einen nachsichtiger denkenden Bräutigam vorziehen, Miss Wantage», sagte Mr. Tarleton und machte ein formelles Gesicht. «Hm – muß Ihr zukünftiger Gatte ein sehr junger Gentleman sein?»

Sie hatte sich etwas vergessen, als sie von Sherrys Freunden sprach; Mr. Tarletons letzte Worte riefen sie wieder in ihre Umgebung zurück. Sie erschrak und fürchtete fast, sich verraten zu haben, sie errötete lebhaft und sagte fast überstürzt: «Das ist ja alles Unsinn! Ich verstehe gar nicht, wie wir auf diese Albernheiten zu sprechen kamen. Erzählen Sie mir lieber etwas über die Braunen, die Sie, wie mir General Crawley sagte, von ihm kaufen wollen. Haben Sie die Absicht, sie vor Ihr Kabriolett zu spannen? Sind es sanfte Tiere? Wissen Sie, ich pflegte einen hochtrabenden Grauen in einem Phaeton zu fahren, er war ungemein schnell und leichtmäulig. Ich habe einmal ein Rennen gewonnen – ich meine, ein privates Rennen», fügte sie hinzu und einen Moment lang trat mit der damit heraufbeschworenen Erinnerung ein entsetzter Ausdruck in ihre Augen.

«So? Sie sind also eine Fahrkünstlerin», rief Mr. Tarleton aus. «Das hätte ich in der Tat vermuten können. Aber das ist ja ausgezeichnet! Die Braunen, von denen Sie sprechen, sind ein wunderbares Gespann – herrliche Traber! Darf ich hoffen, daß Sie ihnen die Ehre erweisen, sie zu kutschieren, wenn ich sie vom General gekauft habe?»

Der erschrockene Blick verschwand und Hero wandte sich ihm impulsiv zu. «Oh, wollen Sie mich unterrichten, wie man ein Gespann fährt? Gil – jener Freund, der mich unterrichtete, wie man einen Phaeton fährt – wollte mir nie erlauben, sein Kabriolett zu kutschieren, aber ich habe so große Lust dazu. Das heißt, wenn Lady Saltash es mir erlaubt.»

Mr. Tarleton versicherte ihr, daß Mylady gegen einen so harmlosen Zeitvertreib keine Einwendungen machen werde, und so war es auch. Lady Saltash lächelte und gab die Erlaubnis. Und sehr bald war es für Mr. Tarleton eine selbstverständliche Sache, an jedem schönen Morgen vor dem Haus am Camden Place vorzufahren und seine lerneifrige Schülerin abzuholen. Sie fuhren in den ländlicheren Bezirken in unmittelbarer Umgebung der Stadt umher, und Hero hatte ein so echtes Talent, daß es nicht lange dauerte, bis sie zufriedenstellend genug kutschierte, um zu wünschen, daß Mr. Ringwood ihre Fortschritte bewundern könne. Während sie die Zügel in Händen hielt, gelang es ihr, die Sorgen, die ihr Herz bedrückten, fast ganz zu vergessen. Sie war oft heiter, immer völlig natürlich und ließ sich nie träumen, daß ein so ältlicher Herr wie ihr Begleiter sich in sie verlieben könnte. Sie hielt ihn für den gütigsten Menschen, dem sie je begegnet war, und behandelte ihn in so vertrauter Weise, daß dies seinen Untergang restlos besiegelte. Mr. Tarleton fühlte, wie er in ihrer Gegenwart täglich jünger wurde, er begann ernsthaft an eine Heirat zu denken und zermarterte sich den Kopf, wie er seine Bewerbung um eine so jugendliche, unkonventionelle und romantische Dame am verlockendsten gestalten sollte. Die schwache Stimme, die ihm zuflüsterte, er werde diesen Wahnsinn bereuen, wies er als unbegründet fest und entschlossen zurück. Ihm fiel ein, daß er bisher das eintönigste Leben geführt hatte und daß es nun eine willkommene Erlösung wäre, einer kleinen Verrücktheit nachzugeben.

21

Nachdem Sherry das Hotel Grillon verlassen hatte, begab er sich nach Hause in die Half Moon Street und traf unterwegs Lord Wrotham, der mit seinem Sulky eben den Picadilly hinunter, in Richtung St. James Street, fuhr. Der Viscount rief ihm zu, und er hielt an. Sein schönes, aber mißvergnügtes Gesicht ließ keine Freude an der Begegnung erkennen; er begrüßte seinen Freund mit finsterem Blick und einem kurzen: «Nun, was gibt's?»

«Oh! Zum Teufel, bist du wieder schlechter Laune?» erwiderte Sherry. «Was bist du nur für ein Kerl, George! Ich habe höllisch gute Lust, dir etwas zu verschweigen, wofür du bestimmt viel gäbest, es erfahren zu können.»

George zuckte die Achseln. «Mach, was du willst. Ich weiß nicht, was geschehen sein kann, um dich in so gute Laune zu versetzen. Als ich dich zuletzt sah –»

«Laß das jetzt», unterbrach ihn Sherry. «Wenn du Streit mit mir suchst, dann hättest du es damals tun müssen, denn bei Gott, ich hatte Lust, mit jedem zu streiten, der sich mir bot. Habe meine Absicht geändert. Dachte, es würde dich interessieren, daß die Beauté wieder in London ist.»

George tat so, als triebe er sein Pferd zur Weiterfahrt an. «Wenn du nur aus dem Grund plötzlich dahergestürzt kommst, um mir das zu erzählen, dann hast du deine Zeit vergeudet. Meinetwegen kann sie in Jericho sein!»

«Die Sache ist die, daß sie eben nicht in Jericho ist. Sie ist im Begriff, in Gesellschaft meiner Mutter nach Bath zu fahren. Ich begleite die beiden Damen morgen dorthin.»

Der starre Blick war plötzlich aus Lord Wrothams Gesicht wie weggewischt. «Was?» stieß er hervor.

«So wahr ich hier stehe. Aber das ist es gar nicht, was ich dir erzählen wollte. Severn hat ihr einen Antrag gemacht.»

Georges funkelnde Augen hingen jetzt mit dem Ausdruck schmerzlichster Begierde an Sherrys Gesicht. «Willst du damit sagen, daß sie ihm einen Korb gegeben hat?»

«So ist es. Sie sagte, die Vorstellung, Herzogin zu werden, habe ihr gefallen, aber als sie daran dachte, ihr ganzes Leben mit Severn verbringen zu müssen, konnte sie es nicht über sich bringen. Könnte nicht behaupten, daß ich es ihr verarge.»

«Ich kann es nicht glauben!»

«Nun, das steht in deinem Belieben. Ich kenne Bella Milborne mein ganzes Leben lang. Sehr aufrichtiges Mädchen – vielleicht sogar viel zu aufrichtig, wie ich mir schon immer dachte, als wir noch Kinder waren. Außerdem bat sie mich, es nicht weiterzuerzählen. Sie meinte, Severn hätte es nicht gern, wenn alle Welt erfahren würde, daß sie ihm einen Korb gegeben hat. Der Teufel hole es, ich hätte nie gedacht, zu erleben, daß mir die Unvergleichliche leid tun könnte, aber darum kann man einfach nicht herumkommen: sie sieht richtiggehend spitz aus. Sie erzählte mir, daß sie bei Mrs. Milborne in Ungnade gefallen ist und daß ihr Vater und meine Mutter die einzigen Menschen wären, die gut zu ihr sind. Sie erzählte mir auch noch etwas anderes, und ich möchte schwören, daß sie es wirklich meinte!»

«Was hat sie dir denn noch gesagt?» fragte George.

Sherry grinste zu ihm hinauf. «Möchtest du das gerne wissen? Ja, glaubst du, ich werde das Vertrauen einer Dame mißbrauchen? Nein, ich nicht!»

George holte tief Atem; er saß da und starrte zwischen den Ohren seines Pferdes geradeaus vor sich hin. Nach einem Augenblick erinnerte er sich der ersten von Sherrys Eröffnungen und wendete ihm seinen gespannten Blick wieder zu. «Du sagtest, sie sei im Begriff, mit deiner Mutter nach Bath zu fahren!»

«Nun, zum Teufel, warum sollte sie es denn nicht?»

«Aber du sagtest doch, daß du auch hinfährst!»

«Tue ich auch. Meine Mutter fürchtet sich vor Straßenräubern oder dergleichen dummem Zeug!»

George blickte ihn finster an. «Sie kann Vorreiter engagieren!»

«Genau das habe ich ihr auch gesagt, aber es genügt ihr nichts, außer daß ich mit ihr komme.»

Georges Augen begannen aufzuglühen. «Ach, wirklich? Das ist etwas Neues, Sherry, bei Gott, das ist es! Auf einmal, so urplötzlich stehst du deiner Mutter demütig zu Diensten? Aber laß es dir gesagt sein, wenn du die Absicht hast, dich wieder an Isabella heranzumachen –»

«Geh und nimm eine Dusche, du Narr!» erwiderte Sherry. «Ich bin ein verheirateter Mann! Außerdem, wenn ich die Absicht hätte, mich wieder an sie heranzumachen, würde ich dir nicht erzählen, daß sie im Begriff ist, nach Bath zu reisen.»

Wieder besänftigt, entschuldigte sich George und erklärte, er sei derart zermürbt, daß er kaum mehr wisse, was er sage. Sherry ließ diese Entschuldigung gelten und hätte sich verabschiedet, wenn George ihn nicht zurückgehalten hätte, um zu sagen: «Sherry, an deiner Stelle würde ich nicht nach Bath fahren. Du kannst den Ort nicht leiden. Wenn Lady Sheringham mir gestatten würde, deinen Platz –»

«Nun, das würde sie nie tun», unterbrach ihn Sherry. «Außerdem habe ich plötzlich Lust, hinzufahren.»

«Warum?» fragte George argwöhnisch.

«Was, zum Teufel, hat das mit dir zu tun? Habe London satt. Fühle mich nicht ganz wohl, brauche eine Abwechslung.»

«So! Und ohne Zweifel wirst du dort den Brunnen trinken?» sagte George höhnisch.

«Möglich», gab Sherry zu. «Man kann nie vorher sagen, wozu ich imstande bin – mit Ausnahme einer bestimmten Sache. Beruhige dich: ich habe nicht die Absicht, der Unvergleichlichen den Hof zu machen.»

Damit eilte er weiter den Piccadilly hinunter und ließ George in ziemlicher Bestürzung zurück.

George fuhr langsam weiter, bog in die St. James Street ab und hatte die Ryder Street, in der er wohnte, fast erreicht, als er sich an Mr. Ringwood erinnerte. Schließlich war es Gil gewesen, der das Kätzchen nach Bath gebracht hatte, und es war an Gil, zu entscheiden, was nun geschehen sollte. Er drehte seinen Sulky um und fuhr zurück in Richtung der Stratton Street. Zu dieser Zeit war Sherry bereits um die Ecke der Half Moon Street gebogen und nicht mehr zu sehen. George fuhr bei Mr. Ringwoods Haus vor, rief einen Müßiggänger herbei, der sein Pferd halten sollte, und sprang vom Sulky.

Die Türe von Mr. Ringwoods Wohnung wurde ihm von dem pensionierten Kammerdiener, dem das Haus gehörte, geöffnet, der ihm mitteilte, daß Mr. Ringwood verreist sei.

«Verreist!» rief George ungehalten. «Ich möchte nur wissen, was, zum Teufel, in ihn gefahren ist, gerade jetzt zu verreisen!»

Der Hausherr, der an allerlei Schrullen der Personen von Stand gewöhnt war und dieses spezielle Mitglied der vornehmen Welt schon lange kannte, zeigte über diesen unvernünftigen Ausbruch keinerlei Erstaunen, sondern sagte höflich, Mr. Ringwood sei auf einen Tag zur Jagd nach Leicestershire gefahren und werde nicht vor dem folgenden Tag zurückerwartet.

«Zum Henker mit ihm!» murmelte George. «Hat seinen Diener vermutlich mitgenommen?»

«Ja, Mylord.»

«Sieht ihm ähnlich!» rief George wild. «Was soll ich jetzt nur machen?»

Mr. Ford, der nicht der Meinung war, daß man von ihm eine Antwort erwarte, hüllte sich in diskretes Schweigen. George stand einige Minuten dumpf brütend da, dann sagte er mit der Miene eines Mannes, der einen wichtigen Entschluß gefaßt hat: «Ich werde ihm einen Brief hinterlassen.»

Mr. Ford verbeugte sich und führte ihn sogleich in Mr. Ringwoods Salon. George setzte sich an den Schreibtisch unter dem Fenster, warf sowohl Cocker als auch den *Racing Chronicle* und verschiedene Ausgaben des *Weekly Dispatch* auf den Boden, zog sich das Tintenfaß herbei, fand nach beträchtlichem Suchen unter der Unmenge von Rechnungen und Einladungen ein Briefpapier und schrieb eiligst einige Zeilen.

«Lieber Gil», schrieb er, «ohne Zweifel hat der Teufel seine Hand im Spiel, denn Sherry fährt morgen mit seiner Mutter und Miss Milborne nach Bath. Ich sehe keine andere Möglichkeit, als vor ihm hinzufahren und Lady Sherry zu warnen, falls sie ihn nicht sehen will. Ich verlasse die Stadt noch heute abend. Dein Wrotham.»

Seine Lordschaft faltete den Brief, setzte Mr. Ringwoods Namen mit kühnen Schriftzügen darauf, siegelte ihn, lehnte ihn gegen die Uhr des Kaminsimses und ging. Er hatte das Gefühl, wenn er Hero von dem bevorstehenden Besuch ihres Gatten in Bath in Kenntnis setzte, außerordentlich anständig zu handeln, und der Umstand, daß diese besondere Freundestat zufällig mit seinem eigenen, ihn völlig beherrschenden Wunsch, nach Bath zu fahren, zusammentraf, war, wie er sich sagte, nichts anderes als ein Glücksfall.

Während George diese Vorkehrungen traf, hatte Sherry seinen Diener Bootle dadurch in maßloses Staunen versetzt, daß er ihm befahl, zu einer frühen Morgenstunde des folgenden Tages alles für eine Reise nach Bath bereitzuhalten. Er drückte sich über die voraussichtliche Länge seines Aufenthaltes in dem Badeort ziemlich vage aus, und da er nie gezwungen war, selbst einzupacken, konnte er sich nicht vorstellen, warum Bootle diesem Punkt auch nur die geringste Bedeutung beimaß. Er beschloß, sein Kabriolett selbst zu kutschieren, denn das würde von Anfang an jeden Versuch seiner Mutter vereiteln, ihn dazu zu zwingen, sich mit ihr in die Familienkutsche zu setzen. Jason und der Groom mußten sogleich benachrichtigt werden, und nachdem dies geschehen war und er dem Groom Befehl gegeben hatte, für geeigneten Pferdewechsel in den verschiedenen Poststationen zu sorgen, ging es bereits gegen acht Uhr, und der Viscount begann an sein Dinner zu denken. Seit Heros Verschwinden hatte er immer seltener zu Hause diniert. An diesem Abend war er so fest überzeugt, endlich den Schlüssel zu Heros Aufenthaltsort gefunden zu haben, und fühlte sich in so guter Stimmung, daß er sein Dinner in der Half Moon Street eingenommen hätte, wenn Mrs. Bradgate entsprechende Vorkehrungen getroffen hätte, um einer so unerwarteten Eventualität gewachsen zu sein. Da dies jedoch nicht der Fall war, sah er sich gezwungen, nochmals auszugehen. Er begab sich zu White und bestellte das weitaus reichhaltigste Mahl, das er seit vielen Wochen zu sich genommen hatte. Er war soeben im Begriff, es zu beenden, als sein Cousin Ferdy in den Speisesaal geschlendert kam. Ferdy war mit einigen Freunden verabredet, da sie aber bisher nicht erschienen waren, setzte er sich zu Sherry und trank mit ihm ein Glas Burgunder.

«Sherry, lieber alter Junge, hast du Lust, morgen abend einen kleinen Hahnenkampf anzusehen?» fragte er und nippte an seinem Wein.

«Kann nicht», erwiderte Sherry kurz. «Fahre nach Bath.»

Ferdy verschluckte sich, und Sherry mußte ihm ziemlich lang auf den Rücken klopfen, um ihn wiederherzustellen, und als er endlich wieder zu Atem gekommen war, tränten ihm die Augen und sein Gesicht war beängstigend rot.

«Ja, zum Teufel, was hast du denn?» rief Sherry und sah ihn überrascht an.

«Krumen», stöhnte Ferdy.

«Krumen? Du hast doch nichts gegessen.»

«Muß doch so gewesen sein», sagte Ferdy schwächlich. «Was veranlaßt dich, nach Bath zu fahren, Sherry?»

«Meine Mutter. Sie wohnt mit der Unvergleichlichen im Grillon. Beide begeben sich nach Bath, um dort den Brunnen zu trinken. Und ich muß sie begleiten.»

Ferdy sah ihn bestürzt an. «Sherry, ich würde es nicht tun», sagte er. «Du wirst dich dort nicht wohl fühlen.»

«Ach was, wenn es mir nicht gefällt, kann ich doch zurückfahren.»

«Viel besser, gleich gar nicht hinzufahren», sagte Ferdy. «Ist um diese Jahreszeit ein äußerst langweiliger Ort. Dort tanzen sie nicht einmal Walzer, und den Brunnen wirst du auch nicht gern trinken.»

«Du lieber Gott, ich werde ihn doch nicht trinken!»

«Ein Jammer, daß du den Hahnenkampf versäumst. Sehr gutes Paar», sagte Ferdy schwächlich, aber zielstrebig.

«Ich sage dir doch, daß ich meine Mutter nach Bath begleiten muß», sagte Sherry ungeduldig. «Was, zum Teufel, ficht dich an, Ferdy? Warum soll ich nicht nach Bath fahren?»

«Dachte eben nur, daß es dir nicht gefallen wird, lieber Junge. Nichts für ungut. Sagtest du nicht, daß die Unvergleichliche auch hinfährt?»

«Sie wird meiner Mutter Gesellschaft leisten.»

«Oh», sagte Ferdy und überlegte das Gehörte sorgfältig. «Nun, das hat noch gefehlt. Sherry, viel besser, nicht hinzufahren. Wenn die Unvergleichliche hinfährt, wird auch Revesby hinfahren, und das wird dir gewiß gar nicht recht sein.»

«Ich glaube, Bath ist groß genug, um für uns beide Platz zu haben! Tatsache ist, daß es nur gut sein kann, wenn ich auch fahre, falls er die Absicht hat, sich an Bellas Schürzenbänder zu hängen.»

Ferdy gab es auf. Er entfernte sich nach einigen Minuten, um sich seinen Freunden anzuschließen, und Sherry begab sich nach Hause.

Aber Ferdys Freunde bemerkten, daß er heute sehr nachdenklich war. Während des Dinners saß er in Gedanken versunken, danach folgte er der Gesellschaft in einem tranceartigen Zustand in das Spielzimmer und war bei dem Spiel so unaufmerksam, daß sein Bruder ihm vorwarf, völlig verloren zu sein. Ihr Gastgeber, der diesen Punkt unparteiisch überlegte, schüttelte den Kopf. «Durchaus nicht verloren, Duke. Sehr liebenswert, wenn er ein wenig blau ist. Heute abend ist er eben nicht liebenswert. Bist du ganz wohl, Ferdy, alter Knabe?»

«Hatte einen Schrecken», sagte Ferdy. «Sah Sherry heute abend.»

«Sherry?» sagte der Honourable Marmaduke.

«Meinen Cousin Sherry», erklärte Ferdy.

«Zum Kuckuck, er ist doch auch mein Cousin, nicht?» sagte Marmaduke. «Ferdy, du bist ja total betrunken!»

«Bitte, er kann ja auch dein Cousin sein», sagte Ferdy, der nicht vorbereitet war, diesen Punkt zu diskutieren. «Es hätte dich aber nicht in Schrecken versetzt. Besteht kein Grund dafür. Sherry fährt nach Bath.»

Marmaduke starrte ihn an. «Warum?» fragte er.

«Eben darüber habe ich mir den ganzen Abend den Kopf zerbrochen. Duke, weißt du, was ich glaube? Es ist Schicksal! Das ist es: Schicksal! Es gibt etwas, das einen Menschen verfolgt: hat einen Namen, ich vergaß aber, wie es heißt. Schleicht hinter ihm drein und vernichtet ihn, wenn er es am wenigsten erwartet.»

«Was ist das?» fragte sein Gastgeber unsicher.

«Ich weiß nicht», erwiderte Ferdy. «Du kannst das Ding nicht sehen.»

«Meinst du ein Gespenst? Ich glaube nicht an Gespenster!» sagte sein Gastgeber, der seine Fassung wiedergewann.

Ferdy schüttelte den Kopf. «Schlimmer als das, Jack, mein lieber Junge. Warte! In einem Augenblick werde ich mich schon an den Namen erinnern. Bin ihm in Eton begegnet.»

«Zum Henker, Ferdy, ich war zur selben Zeit wie du in Eton, du hast aber nie erwähnt, daß etwas hinter dir hergeschlichen ist.»

«Vielleicht habe ich nie darüber gesprochen, es ist aber wahr. Schlich damals hinter mir her, als ich die Fensterscheibe in der Kapelle einschmiß.»

«Der alte Horley?» fragte Mr. Westgate. «Du willst damit doch nicht sagen, daß er nach London gekommen ist? Und warum schleicht er hinter dir her?»

«Nein, nein», erwiderte Ferdy gereizt, weil sein Freund so wenig Intelligenz besaß. «Doch nicht der alte Horley. Nein, das Ding, das ihn dazu brachte, mich zu verdächtigen, obwohl ich fest überzeugt war, meine Spuren verwischt zu haben. Bin nicht ganz sicher, ob es nicht etwas Griechisches ist. Könnte auch etwas Lateinisches sein, wenn ich es genau überlege.»

«Ich weiß, was er meint», sagte Marmaduke. «Und außerdem beweist es, daß er ganz verloren ist, sonst würde er an solche Dinge überhaupt nicht denken. Nemesis! Das ist es, nicht wahr, Ferdy?»

«Nemesis!» wiederholte Ferdy erfreut, daß man ihn endlich verstanden hatte. «Das ist es. Zum Kuckuck, das ist wieder einmal ein Beweis, denn ich dachte nie, daß das Zeug, das sie uns in der Schule beibrachten, noch einmal nützlich sein könnte. Wenn ich aber nicht eine Menge Griechisch und Latein hätte lernen müssen, dann hätte ich nie etwas über dieses Dingsda gewußt. Habe den Namen schon wieder vergessen, aber das hat jetzt nichts mehr zu bedeuten.»

Er schien die Absicht zu haben, über die Vorteile einer humanistischen Erziehung nachzugrübeln, sein Bruder brachte ihn aber zur Sache zurück.

«Was, zum Teufel, hat die Nemesis damit zu tun, daß Sherry nach Bath fährt?» fragte er.

«Du wirst das nicht verstehen», sagte Ferdy. «Glaube, ich werde zu Gil gehen.»

«Zum Teufel, Ferdy, du kannst doch nicht einfach so davonlaufen», widersprach Mr. Westgate.

«Doch, ich kann», erwiderte Ferdy. «Habe das Bedürfnis, mit Gil zu sprechen. Sehr erfahrener Bursche. Komme später zurück.»

«Duke, weißt du was?» sagte Mr. Westgate, der Ferdy nachblickte, während dieser zur Tür schritt. «Ich habe den armen Ferdy noch nie im Leben so angesäuselt gesehen. Weißt du, was passieren wird? Die Wache wird ihn einsperren!»

Dieses schmähliche Schicksal ereilte Ferdy jedoch nicht. Unangefochten erreichte er die Stratton Street, um dieselbe Mitteilung zu erhalten, mit der Lord Wrotham etwas früher an diesem Abend begrüßt worden war. Es zeigte sich sogar, daß er noch weit niedergeschlagener war, als Seine Lordschaft gewesen, er kam aber zu demselben Entschluß. Zum zweitenmal an diesem Tage führte Mr. Ford einen der Freunde Mr. Ringwoods in dessen Salon, um dort einen Brief zu schreiben. Es kostete Ferdy viel Zeit und tiefes Nachdenken, einen Brief zu verfassen, der Mr. Ringwood die ganze Situation erklärte; als er aber das elegant stilisierte Dokument durchlas, war er mit sich nicht unzufrieden. Seiner Meinung nach war es dazu angetan, Mr. Ringwood einerseits die Dringlichkeit der Sache selbst zu veranschaulichen, anderseits ihn über die vollige Selbstlosigkeit und Loyalität des Schreibers in der auf dem Spiele stehenden Angelegenheit zu beruhigen. Es erklärte eindeutig, daß Ferdy seinen Cousin nach Bath begleiten werde; dann wurde es allerdings ein wenig verworren durch die düstere Anspielung auf den möglichen Bedarf eines Sekundanten, aus der Mr. Ringwood schließen konnte, Ferdy hielte es für äußerst wahrscheinlich, daß Sherry ihn fordern werde: eine Möglichkeit, welche er den Machinationen einer geheimnisvollen Kraft zuschrieb, deren Namen Gil mit Hilfe des Honourable Marmaduke Fakenham ausfindig machen könne. Als Ferdy zu dieser Stelle seines Schreibens kam, fiel ihm auf, daß es Mr. Ringwood vielleicht höchst unerwünscht wäre, eine derartige Hilfe in Anspruch zu nehmen, daher fügte er als kurzes Postskriptum hinzu: «Lieber nicht.»

Die mühsame Komposition eines so hochliterarischen Meisterwerks erheischte es natürlich, daß der Honourable Ferdy nach einer kleinen

Stärkung suchte. Glücklicherweise befand sich auf der Anrichte in einer der Karaffen etwas Brandy. Ferdy goß ihn in einen Pokal, trank ihn aus und fügte – da er in allen Dingen des guten Tons sehr genau war –, nach erfolgter Genehmigung ein zweites Postskriptum hinzu: «Trank ein Glas Brandy.»

Er verließ Mr. Ringwoods Wohnung mit dem stolzen Gefühl, daß nichts ungetan geblieben war, was einem Ehrenmanne geziemte. Da ihm der Brandy Mut eingeflößt hatte, begab er sich in die Half Moon Street. Das Haus lag völlig dunkel da, und es dauerte einige Zeit, ehe er auf sein beharrliches Klopfen Antwort erhielt. Es schien ihm ein äußerst merkwürdiger Umstand zu sein, daß in Sherrys Haus niemand die Tür öffnen kam, und er überlegte gerade, ob er sich etwa in der Nummer geirrt habe, als im zweiten Stockwerk ein Fenster aufgerissen wurde und Sherrys ziemlich verschlafene und äußerst zornige Stimme fragte, wer, zum Teufel, denn da wäre.

Ferdy erblickte den Kopf seines Cousins nur in vagen Umrissen und sagte: «Hallo, Sherry, mein lieber Junge! Was, zum Teufel, machst du dort oben?»

«Du bist es, Ferdy?» fragte Sherry wütend. «Was, zum Teufel, tust du dort unten, und warum weckst du mich zu dieser nachtschlafenden Zeit?»

«Wie, Sherry, du kannst doch bestimmt noch nicht geschlafen haben?» sagte Ferdy ungläubig. «Der Abend ist doch erst angebrochen. Kam, um mit dir zu plaudern. Ist sehr wichtig.»

«Hölle und Teufel! Bin todmüde! Was du für ein höllisch lästiger Kerl bist, Ferdy!» sagte Sherry aufs höchste erbittert. Er zog den Kopf aus dem Fenster zurück und öffnete wenige Minuten später die Tür, um seinen Cousin einzulassen. Ferdy trat liebenswürdig lächelnd ein, lehnte es aber kategorisch ab, das Bett im Fremdenzimmer zu benützen. «Muß zu White zurück, Sherry, nachdem ich mit dir gesprochen habe», sagte er. «Bin mit Freunden verabredet. Was bewog dich, so früh zu Bett zu gehen?»

«Zum Kuckuck, es ist ein Uhr vorbei», erwiderte Sherry. «Außerdem fahre ich morgen früh nach Bath.»

«Ist doch nichts dabei», sagte Ferdy. «Ich fahre auch nach Bath, deswegen gehe ich aber nicht um ein Uhr zu Bett. Warum sollte ich das tun?»

«Du bist betrunken, Ferdy. Du fährst doch nicht nach Bath.»

«Doch, ich fahre. Kam, um es dir zu sagen. Habe Lust, dich zu begleiten.»

Sherry hielt die Kerze, die er in der Hand trug, empor und sah seinen Cousin eingehend an. «Warum?» fragte er.

«Habe dich eben gern, Sherry. Weiß nicht, warum, es ist aber so. Habe dich schon immer gern gehabt. Wenn du nach Bath fährst, fahre ich auch.»

«Jetzt bin ich überzeugt, daß du betrunken bist», sagte Sherry äußerst angewidert.

«Nein, ich bin es nicht. Habe Gil auch gern. Gehöre nicht zu den Leuten, die einen Freund im Stich lassen. Kutschierst du selbst?»

«Ja. Aber –»

«Hol mich am Cavendish Square ab. Bin jederzeit reisefertig.»

«Ich habe nichts dagegen, dich abzuholen, wenn du es wirklich willst», sagte Sherry. «Es wäre mir in der Tat auf der Fahrt fast lieber, wenn ich Gesellschaft hätte, aber ich glaube fast, du wirst den größten Teil des morgigen Tages brauchen, um deinen Schwips auszuschlafen. Falls du keine Lust hast, hier zu schlafen, wäre ich dir sehr dankbar, wenn du jetzt nach Hause gingest.»

«Gehe nicht nach Hause, gehe zu White zurück», erklärte Ferdy. «Hast du keine Lust, mitzukommen, lieber alter Junge?»

«Nein. Durchaus nicht», erwiderte Sherry und öffnete ihm die Tür.

«Ganz recht. Bist dafür auch nicht entsprechend gekleidet», stimmte Ferdy zu. «Auf Wiedersehen morgen!»

Entgegen Sherrys Befürchtungen fand er seinen Cousin, als er gegen Mittag am Cavendish Square vorfuhr, nicht nur völlig wach, sondern auch reisefertig. Ferdy hatte Zeit gehabt, sich verschiedene Gründe auszudenken, die seinen Wunsch rechtfertigten, nach Bath fahren zu wollen. Obwohl sein Cousin ihm nicht einen einzigen glaubte, war er weit davon entfernt, den wahren Grund zu erraten. Er hatte den Verdacht, daß Ferdys Aktivitäten in London es ihm ratsam erscheinen ließen, sich für einige Zeit aus der Metropole zu entfernen; da er aber nur das oberflächlichste Interesse an Ferdys Affären nahm, enthielt er sich strikte, ihn danach zu fragen.

Sie hatten während der Reise, die, wie Sherry prophezeit hatte, erst in zwei Tagen vollendet war, keine besonderen Unannehmlichkeiten zu ertragen. Die Prozession, die aus einer großen Reisekutsche, zwei Wagen, in welchen sich das Gepäck und die Dienerschaft befanden, und einem Kabriolett bestand, war imposant genug, um der Gräfinwitwe bei jedem Aufenthalt unterwegs die schmeichelhafteste Aufmerksamkeit zu sichern. Die Gastwirte verbeugten sich so tief, daß ihre Nasen die Knie fast berührten; Kellner kamen herausgelaufen, um ihnen Liköre anzubieten; Zimmermädchen knicksten; und die Lohndiener stolperten übereinander, in dem Wunsche, als erste dazusein und einer *cortège* zu Diensten zu stehen, deren Stil ungewöhnlich hohe Trinkgelder verhieß.

Gegen Abend des zweiten Tages fuhren sie in Bath ein, wobei die Kutsche der Gräfinwitwe eine beträchtliche Strecke vor dem Kabriolett dahinrollte, welches ungewöhnlich lange Zeit vor einer gewissen Gastwirtschaft, einige Meilen außerhalb der Stadt, gehalten hatte.

Lady Sheringham hatte im Royal Crescent eine fürstliche Zimmerflucht gemietet, so daß Sherry, aus der Guinea Lane in die Belmont einschwenkend, scharf nach rechts in die Bennet Street einbiegen mußte, die an den Neuen Kurhaussälen vorbei zum Circus führte. Inmitten der dichtgedrängten Hauptstraße, in einem Augenblick, als die größte Präzision des Auges erforderlich war, um die Durchfahrt zwischen einer Droschke, die auf der linken Straßenseite hielt, und einem ihm entgegenkommenden Phaeton zu finden, das von einem Mann gelenkt wurde, der einen mit vielen Kragen geschmückten Mantel trug, geschah es, daß Sherry seine Frau erblickte, die, ihre Hand auf Lord Wrothams Arm gestützt, fröhlich des Weges kam.

Er schrak zusammen, und ein heftiger Fluch kam über seine Lippen. Er riß den Kopf herum, um ihr nachzuschauen, und achtete nicht auf den Phaeton; im nächsten Augenblick waren die Räder beider Gefährte ineinander verkeilt, und noch weit kräftigere Flüche entströmten den Lippen des Fremden.

Da die Pferde plötzlich auszuschlagen begannen und man ein unheilverkündendes Geräusch splitternden Holzes vernahm, war Sherry gezwungen, sein Augenmerk dorthin zu wenden, wo es am dringendsten benötigt wurde. Als man die verkeilten Wagen voneinander gelöst hatte, was hauptsächlich den Bemühungen Jasons zu verdanken war, der nicht eine Sekunde gezögert hatte, von seinem hohen Sitz herabzuspringen, um zu den Pferden seines Gebieters zu laufen, waren Hero und George bereits in der Russel Street verschwunden. Sherry, der den berechtigten und entrüsteten Äußerungen des Phaetonbesitzers keinerlei Aufmerksamkeit schenkte, legte die Zügel in die Hände seines Cousins und sprang nach einer kurzen Ermahnung, «Die Sache mit dem Burschen zu ordnen», vom Kabriolett herunter, vermied dabei mit knapper Not, von einem Tilbury niedergestoßen zu werden, stürzte über zwei Sänftenträger, deren Bürde ihm den Weg versperrte, erreichte glücklich die andere Straßenseite und lief mit langen Schritten auf die Russel Street zu. Er kam zu spät. Denn als er die Querstraße erreichte, war von der Verfolgten nichts mehr zu sehen; nachdem er einige Schritte in die Straße gemacht hatte, blieb er stehen, denn es wurde ihm klar, wie sinnlos es wäre, ihnen durch alle Straßen der Nachbarschaft nachzujagen. Er drehte sich um und ging wieder zurück, wobei er bemerkte, daß er durch sein sonderbares Betragen kein geringes Aufsehen erregt hatte. Er bemerkte auch, daß er seine Peitsche noch immer in der Hand hielt, und hätte ihn der Anblick Lord Wrothams, wie er sich Hero eifrig zuneigte, nicht mit mörderischer Wut erfüllt, hätte er bestimmt selbst über das unsagbar komische Schauspiel gegrinst, das er zweifellos bot.

Zurückgekehrt, hörte er, wie sich Ferdy mit gewinnender Liebenswürdigkeit in Sherrys Namen entschuldigte und sich erbot, für die Kosten der notwendigen Reparaturen des Phaetons aufzukommen. Der Besitzer des Phaetons war bereits ein wenig besänftigt gewesen, und alles hätte bei einem dritten Glas Gin gemütlich geregelt werden können, wie Ferdy eben im Begriff war vorzuschlagen, wenn der Viscount diese freundlichen Ansätze nicht im Keime erstickt hätte, indem er sich bei seinem Opfer mit finsterem Blick und in der trockensten Weise entschuldigte, ihm seine Karte überreichte, sein Kabriolett bestieg und sich ohne ein weiteres Wort entfernte.

«Na, aber, lieber alter Junge», protestierte Ferdy. «War nicht nötig, auf diese Art wegzufahren. War ein recht netter Bursche.»

«Hast du gesehen, wer da vorbeigegangen ist?» fragte Sherry.

Das jüngste Ereignis hatte alles andere aus Ferdys Gedanken ausgeschaltet; diese Worte brachten ihm aber seine eigene Überraschung wieder in Erinnerung. «Ja, bei Jupiter!» rief er aus. «Zum Teufel, ich konnte meinen Augen fast nicht trauen! George! Du hast ihn doch auch gesehen, Sherry, nicht wahr?»

Sherry knirschte hörbar mit den Zähnen. «Glaubst du, daß ich blind bin? Ich sah ihn, aber vor allem sah ich, wer an seinem Arm daherspazierte. Meine Frau!»

«Lady Sheringham?» sagte Ferdy vorsichtig.

«Ja, du Esel!»

«Ja, Sherry, lieber Junge, da du es jetzt erwähnst, ich sah sie ebenfalls», sagte Ferdy. «Ich wollte deine Aufmerksamkeit nur nicht auf sie lenken.»

Jetzt hatten sie den Circus überquert und waren bereits die Hälfte der Brock Street hinuntergefahren. «Also *das* ist es, weshalb –!» murmelte Sherry. «Also George habe ich es zu verdanken –! Bei Gott, laß mich George nur in die Finger kriegen!»

Ferdy, der wußte, daß es sich nur um Minuten handeln konnte, bevor ihm eine höchst unwillkommene Frage entgegengeschleudert wurde, sagte in dem verzweifelten Versuch, jeden Verdacht abzulenken: «Sherry, ich habe nicht den Wunsch, meine Nase in deine Angelegenheiten zu stecken. Nehme aber an, daß du nicht erwartet hast, Lady Sherry hier zu sehen? Ist eine höchst ungewöhnliche Sache!»

Zu Ferdys Glück war der Viscount so sehr mit George und seinem Verrat beschäftigt, daß er ihn gar nicht beachtete. Das Kabriolett fegte in die Royal Crescent und blieb vor einem der Häuser stehen, vor dem eben die Gepäckwagen von einer Schar Bediensteter entladen wurden. Jason sprang ab und lief zu den Köpfen der Pferde. Als sein Gebieter abgesprungen war, sagte er in erstauntem Ton: «Wahr und wahrhaftig, Guv'nor, es war die Missus!»

«Halt deinen Mund, Jason», sagte der Viscount ärgerlich.

«Mund und Augen bleiben geschlossen wie bei 'ner Auster, Mylord», erwiderte der Reitknecht prompt, während sein scharfgeschnittenes Gesicht lebhafte Neugierde ausdrückte. Der Viscount eilte ins Haus und überließ es seinem Cousin, ihm zu folgen, wann es ihm beliebte. In der Eingangshalle befand sich ein Wirrwarr von Koffern und Hutschachteln; Seine Lordschaft eilte, nicht zu achtsam, mitten hindurch und in den Salon, der sich im ersten Stockwerk befand. Dort traf er Miss Milborne, die damit beschäftigt war, zwei Kammerzofen Anweisungen zu geben, wohin die einzelnen Gepäckstücke, die im ganzen Zimmer herumstanden, zu bringen seien. Sie lächelte Sherry entgegen und sagte: «Deine Mama hat Kopfschmerzen und hat sich ein wenig aufs Bett gelegt, bevor es an der Zeit ist, sich zum Dinner umzukleiden. Es tut mir leid, daß wir hier noch immer so einen Wirrwarr haben, aber es wird bald alles in Ordnung sein – oh, was ist denn los, Sherry?»

Der Viscount wartete, bis sich die beiden Zofen mit Gepäckstücken beladen hatten, dann sperrte er sie sorgfältig aus dem Zimmer aus. Mit der Hand noch auf der Türklinke sagte er grimmig: «Weißt du, wen ich soeben in der Bennet Street sah?»

Sie sah ihn überrascht und neugierig an.

«George!» rief der Viscount, ja, er schleuderte ihr den Namen geradezu entgegen.

«Oh», machte sie und errötete ein wenig. «Oh, wirklich?»

«Ja», erwiderte Seine Lordschaft. «Aber du hast gar keinen Grund, so befriedigt dreinzuschauen, Bella, denn er kam keineswegs deinetwegen nach Bath. Er kam herausfordernd daher und an seinem Arm hing – meine Frau!»

«*Oh*», sagte Miss Milborne in ganz anderem Tonfall. «O nein, Sherry, nein!»

«Ich kann dir nur sagen: Es ist so», rief der Viscount, machte einige hastige Schritte durchs Zimmer und stieß eine Hutschachtel, die ihn störte, aus dem Weg.

Miss Milborne preßte die Hände zusammen und sagte in völlig beherrschtem Ton: «Ich sagte es dir ja, Sherry – ich sagte es dir, daß er eine auffallende Vorliebe für Hero hat! Es fiel mir sofort ein, als ich hörte, daß sie dich verlassen hat. Aber daß er imstande war – die ganze Zeit über – oh, es ist zu schändlich!»

«Warte nur, bis ich ihm Aug in Aug gegenüberstehe!» stieß Sherry zwischen zusammengepreßten Zähnen hervor.

Isabella bedeckte ihre Augen mit einer Hand. «Ich war noch nie im Leben schockierter! Ich weiß nicht, was ich sagen soll. Du glaubst nicht – wäre es nicht möglich, daß er Hero zufällig hier in Bath getroffen hat?»

«Zweifellos wird er uns genau das einzureden versuchen», sagte Sherry unter grimmigem Lachen. «Aber das hieße, es ein wenig zu weit treiben! Jetzt weiß ich, warum er mir so dringend abriet, nach Bath zu fahren. Jetzt ist mir alles klar! Er muß vorausgefahren sein –, und zwar im selben Augenblick, als er erfuhr, daß ich mich entschlossen hatte, mit meiner Mutter hierherzukommen.»

«Und sie!» rief Miss Milborne bebend. «Oh, das hätte ich nie von ihr gedacht!»

«Doch, du hast es gedacht», erwiderte der Viscount, der sich sogleich gegen sie wendete. «Es ist genau das, was du dachtest, Bella. Aber daran ist kein wahres Wort, und wenn du es wagen solltest, das noch einmal zu sagen, dann erwürge ich dich!»

«Bitte glaube ja nicht, daß du mit *mir* in dieser Weise sprechen kannst», sagte Miss Milborne feindselig. «Ich bin ja, dem Himmel sei Dank, nicht deine unglückliche Frau!»

«Wenn du dem Himmel dafür dankst, sind wir wenigstens einer Meinung», warf ihr der Viscount entgegen. «Es ist nur deine Schuld!

Wenn du mit Wrotham nicht so abscheulich gespielt hättest, wäre das nie passiert! Bei Gott, wann immer ich daran denke, wie er alles mögliche versuchte, um mir davon abzuraten, hierherzufahren und –» Er unterbrach sich. «Ja, bei Jupiter», rief er. «Und Ferdy auch! Ferdy! Er wußte es! Nun, so werde ich wenigstens einen von ihnen zwischen die Finger bekommen – Cousin Ferdy wird mir verschiedenes zu erklären haben!»

Noch während er sprach, verließ er jählings das Zimmer und lief mit einigen äußerst gefährlichen Sprüngen die Treppe hinab. Obwohl man seinen Cousin Ferdy im allgemeinen nicht für sehr scharfsinnig hielt, verfügte er doch über einen recht gut entwickelten Selbsterhaltungstrieb und hatte daher nicht auf diesen unvermeidlichen Augenblick gewartet. Weder im Haus noch vor dem Haus war eine Spur von ihm zu finden, und eine erboste Erkundigung bei Bootle förderte lediglich die Auskunft zutage, daß Mr. Fakenham sich einiger dringender Besorgungen erinnert hatte, die ohne den geringsten Zeitverlust erledigt werden mußten, und daß er das Haus vor zehn Minuten verlassen habe. Sherry, der wußte, daß Ferdy beabsichtigt hatte, im Hotel York abzusteigen, begab sich unverzüglich zu diesem Gasthof. Es war aber eine Niete. Mr. Fakenhams Diener und Mr. Fakenhams Gepäck waren allerdings eingetroffen, Mr. Fakenham selbst war jedoch bisher nicht erschienen. Der Viscount, der beständig wütender wurde, wartete einige Zeit im Speisesaal, als es aber klar wurde, daß sein Cousin nicht die Absicht hatte, unverzüglich aus seinem Versteck aufzutauchen, begab er sich wieder ins Royal Crescent zurück, nicht ohne beim Kammerdiener eine Nachricht zu hinterlassen, die darauf berechnet war, Ferdy zu erschrecken und ihn zur sofortigen Flucht nach London zu veranlassen.

Das erste, was dem Viscount nach seiner Rückkehr ins Hotel seiner Mutter ins Auge fiel, war eine zierliche rechteckige Karte, die auf dem Tisch des Entrée lag. Er sah sie flüchtig an und seine Laune besserte sich durchaus nicht, als er entdeckte, daß sie in schwungvoller Lithographie den Namen Sir Montagu Revesby trug. Er begab sich in das obere Stockwerk, um seinen Reiseanzug mit einer Kleidung zu vertauschen, die der Dinnertafel seiner Mutter besser entsprach. Sein kindliches Pflichtgefühl reichte jedoch nicht bis zu Strümpfen und Escarpins, die sie altmodischerweise als *de rigueur* betrachtete. Er schloß einen Kompromiß, indem er ein Paar vorzüglich sitzender Beinkleider wählte, die mittels eines Riemchens unter den Fußsohlen strammgezogen wurden; dazu trug er einen seiner besten Röcke von Stulz, aus besonders feinem Tuch. Seine Mutter, die sich in exzellenter Stimmung zu befinden schien, hieß ihn mit liebevollem Lächeln willkommen und erklärte, als er sich wegen seiner Verspätung flüchtig entschuldigte, es habe nichts auf sich. Er schritt auf seinen Platz an der Spitze der Tafel zu und sagte dabei mißmutig: «Ich sehe, Bella, daß dieser Bursche keine Zeit verloren hat, dir seinen Besuch zu machen.»

«Falls du Sir Montagu meinst», erwiderte Miss Milborne ruhig, «so war er so liebenswürdig, uns zu besuchen, um zu erfahren, ob er uns irgendwie zu Diensten stehen könne. Wir sind ihm bereits für die Blumen, die uns hier erwartet haben, zu Dank verpflichtet.»

«Ja. Tatsächlich», stimmte Lady Sheringham ihr bei. «Ein so reizender Mensch! Mit so ausgezeichneten Manieren: alles an ihm verrät den Gentleman! Ich bin überzeugt, daß er stets liebenswürdig und höflich ist; und stell dir nur vor, Anthony, er war sogar imstande, mich wegen der Behandlung, der ich mich unterziehen muß, vorzüglich zu beraten. Es scheint, daß sich hier ein Dr. Wilkinson befindet, der vor kurzem die Abbey-Bäder erworben hat, welche mir, wie Sir Montagu meinte, besonders guttun würden. Weißt du, es sind Privatbäder, und anscheinend hat dieser Dr. Wilkinson einen besonders interessanten Plan; er beabsichtigt in der Abbey Street eine Trinkhalle zu erbauen, in der man vier verschiedene Brunnen trinken kann! Stell dir das nur vor! Außerdem ist dieser Arzt ein großer Anhänger der russischen Dampfbäder, von denen ich bisher wohl noch nie etwas gehört habe, die mir aber bestimmt außerordentlich guttun würden. Ich weiß gar nicht, wann mir jemand schon so gut gefallen hat. Sir Montagu sprach auch über dich, lieber Anthony, und zwar in der liebevollsten Weise.»

«Ich wäre ihm dankbar, seine Zuneigung für jene aufzusparen, die sie zu schätzen wissen», erwiderte Seine Lordschaft unmißverständlich. Es war ihm klar, daß es Sir Montagu nicht schwergefallen war, Lady Sheringham zu durchschauen, und daß er keine Mühe gescheut hatte, sich bei ihr beliebt zu machen. Die Vorstellung, daß Revesby die Frechheit besessen hatte, das Haus zu betreten, obwohl bekannt war, daß auch er dort wohnte, ärgerte ihn vorübergehend, da ihn aber eine weit wichtigere Angelegenheit beunruhigte, verschwendete er auf diesen Gedanken nicht mehr als einige Augenblicke. Er bemerkte, daß Miss Milborne ihre Haltung nicht nur völlig wiedererlangt hatte, sondern sogar imstande war, ihr Dinner mit ziemlich gutem Appetit zu sich zu nehmen. Er selbst kostete nur von den Speisen, ließ verschiedene Gerichte überhaupt vorbeigehen, und nahm wenig Anteil an dem Gespräch der beiden Damen, die für die nächste Zeit Pläne machten. Er wunderte sich tatsächlich, daß sich Miss Milborne so ruhig über verschiedene ihrer Bekannten zu unterhalten vermochte, die sich eben in Bath aufhielten, über ihre Absicht, sich für die Bälle im Kurhaus eintragen zu lassen, die beste Leihbibliothek aufzusuchen, und über ein Dutzend anderer ebenso belangloser Kleinigkeiten.

Sobald das Dinner beendet war, bat er um die Erlaubnis, sich den Damen nicht anschließen zu müssen, und fragte den Butler, ob sein Reitknecht von dem Auftrag, den er ihm erteilt hatte, zurückgekehrt sei. Jason wartete bereits und wurde unverzüglich geholt. Er grinste seinem Gebieter fröhlich entgegen und verkündete, daß Lord Wrotham, den er als mürrischen Kerl bezeichnete, im White Hart in der Stall Street abgestiegen sei. Der Viscount vertauschte seine Schuhe mit einem Paar glänzender hessischer Stulpenstiefel, verlangte Hut und Mantel und verließ das Haus.

22

Lord Wrotham war einen Tag vor Sherry in Bath eingetroffen und nur so lange im White Hart geblieben, um den Reisestaub abzuschütteln, bevor er sich auf den Upper Camden Place begab. Er hatte jedoch kein Glück, da es ein Mittwoch war und Lady Saltash und ihre junge Freundin ausgefahren waren, um dem allwöchentlichen Konzert im Kurhaus beizuwohnen. George sah sich gezwungen, bis zum folgenden Morgen zu warten, um Hero seine Warnung zu überbringen. Diesmal traf er sie zu Hause an, als sie gerade damit beschäftigt war, Wolle für ihre Gastgeberin aufzuwickeln. Sobald er ihr gemeldet wurde, sprang sie von ihrem Sessel auf, lief ihm entgegen, um ihn zu begrüßen, und streckte ihm beide Hände mit so freudiger Miene entgegen, daß Lady Saltash ihre Augenbrauen ein wenig hob. Aber sie war klug genug, um sich zu sagen, daß die freudige Aufnahme, die diesem schönen jungen Mann zuteil wurde, rein schwesterlicher Natur war, und sie gestattete George, ihre knochige Hand zu küssen; sie verlor jedoch keine Zeit, ihn dadurch in seine Schranken zu verweisen, daß sie ihn daran erinnerte, unter welchen Umständen sie seine Mama zuletzt gesehen hatte und daß sie eine intime Freundin einer seiner gefürchtetsten Tanten war; schließlich erzählte sie noch, wie sie seinem Vater ihre Meinung gesagt hatte, als dieser bereits im Jenseits weilende Gentleman durch übermäßige Belastung seiner Besitzungen bei seinen wohlmeinenden Freunden die tiefste Empörung ausgelöst hatte. Sie endete mit einem in den lebhaftesten Farben geschilderten Bild von Georges Taufe und brachte es auf diese Weise fertig, diesen gefährlichen, flotten jungen Mann viel jünger und weit unbedeutender erscheinen zu lassen, als er sich jahrelang gefühlt hatte.

«Aber, George, was führt Sie hierher?» fragte Hero und lächelte ihn mutwillig an. «Das ist doch kein Ort für Sie! In den Clubs wird kein Hasardspiel geduldet, niemand tanzt Walzer, wie wollen Sie sich denn da zurechtfinden?»

«Ich weiß, 's ist ein verteufelt langweiliger Ort», stimmte George zu. «Aber ich bin nicht deshalb hierhergekommen. Kätzchen – ich meine Lady Sheringham», verbesserte er sich mit einem schuldbewußten Blick auf Lady Saltash.

«Nein, nein, Sie sollen mich nicht so nennen! Ich bin hier nur als Miss Wantage bekannt, aber bitte, sagen Sie auch weiterhin Kätzchen zu mir. Es ist so lange her, seitdem es jemand zu mir sagte», bat ihn Hero mit etwas unsicherer Stimme.

Er drückte ihr teilnehmend die Hand. «Es geht Ihnen aber gut, nicht wahr? Und Sie fühlen sich hier ziemlich wohl?»

«O ja. Wirklich. Die liebe Lady Saltash war so gütig zu mir. Aber Sie haben mir noch nicht erzählt, was Sie hergeführt hat?»

«Ach, Kätzchen, es handelt sich um eine verteufelt verwickelte Sache, und ich wußte nicht, was tun, da ich Ihre Wünsche nicht kannte. Und

Gil mußte gerade dann nach Melton fahren, wenn man ihn am dringendsten braucht; und Ferdy zu Rate zu ziehen, hat keinen Sinn.»

«George, es ist Sherry doch nichts zugestoßen?» rief Hero.

«Nein, gar nichts. Aber er ist gerade jetzt auf dem Weg nach Bath.»

Ein so unbeschreiblicher Glanz trat in Heros Augen, ein so lebhaftes Rot färbte ihre Wange, daß er nichts lieber getan hätte, als Sherry eilends hierherzubringen.

«George», stotterte sie und sah ihn flehentlich an, «um – mich zu holen?»

Er sah sich gezwungen, den Kopf zu schütteln... Es herrschte ein langes Schweigen. Hero brach es schließlich. «Nein, ich verstehe. Aber – aber, wenn es nicht aus diesem Grunde ist, scheint es mir sehr sonderbar zu sein, daß Sherry hierherkommt, weil er Bath nicht ausstehen kann.»

«Die Sache ist die», sagte George in rauhem Ton, um sein überquellendes Mitleid zu verbergen, «daß sich Lady Sheringham eingebildet hat, sie müsse hier den Brunnen trinken; und nichts war ihr gut genug, außer daß Sherry sie begleitet. Auch Miss Milborne befindet sich in ihrer Begleitung.»

«Sie begleitet – oh!» sagte Hero wie betäubt. «*Darum* ist Sherry – ja, ich verstehe. Es – es war sehr freundlich von Ihnen, lieber George, hierherzukommen, um mich zu warnen.»

Er ergriff ihre Hand. «Kätzchen, es hatte keinen Sinn, zu versuchen, es Ihnen zu verheimlichen. Gott weiß, daß ich – aber ich glaube nicht, daß ihm auch nur so viel an der Unvergleichlichen liegt! Es hat in all den Wochen nicht das geringste Anzeichen dafür gegeben. Ich gestehe, daß ich, als ich von seiner Einwilligung hierherzukommen hörte, augenblicklich mißtrauisch war, und ich warf ihm bewußt vor, er versuche mit ihr neuerlich in Verbindung zu treten. Er verneinte dies sogleich und bat mich zu bedenken, daß er ein verheirateter Mann sei; er versicherte mir, er habe nicht die geringste Absicht, ihr den Hof zu machen. Sogleich nachdem ich erfahren hatte, daß Miss Milborne der Lady Sheringham Gesellschaft leisten würde, erbot ich mich, an seiner Stelle die Begleitung der Damen zu übernehmen. Darauf ging er allerdings nicht ein, aber –»

«Legte er großen Wert darauf, sie zu begleiten?» fragte Hero nachdenklich.

Er zögerte. «Schwer zu sagen – zum Kuckuck, ja! Er war davon nicht abzubringen. Aber es kann wohl so gewesen sein, wie er sagte: daß nämlich seine Mutter nie in eine Änderung ihrer Begleitung eingewilligt hätte.»

«Ich glaube kaum, Sherry hätte auf Lady Sheringham gehört, wenn es nicht selbst sein Wunsch gewesen wäre, sich der Gesellschaft anzuschließen», sagte Hero. «Sehen Sie, George, ich kenne Sherry sehr gut. Und ich weiß natürlich auch, daß Lady Sheringham für den Fall, daß er sich von mir scheiden ließe, alles in ihrer Macht Stehende täte, um ihn mit Isabella zu verheiraten.»

«Das ist ganz richtig – aber von Sherry glaube ich es nicht. Zum Kuckuck, Kätzchen, wenn er eine solche Absicht gehabt hätte, dann hätte er mich nicht eigens am Piccadilly aufgehalten – und das tat er –, nur um mir zu erzählen, daß Miss Milborne nach Bath fährt. Ja, bei Jupiter, er hat mir auch angedeutet, daß ich es bin, dem ihre Zuneigung gehört – denn Sie müssen wissen, Mrs. Milbornes Geschichte war wahr: Severn hat ihr einen Antrag gemacht und einen Korb bekommen!»

«O George, ich bin so glücklich, das zu hören», sagte Hero impulsiv. «Wenn das übrige nur auch wahr wäre! Warum käme Sherry aber hierher, wenn Sie recht hätten? Sehen Sie, es ist eben so, wie ich Ihnen an jenem Abend erzählte, als ich davonlief: in Wirklichkeit war es Isabella, die er heiraten wollte, und er nahm mich nur deshalb, weil sie ihm einen Korb gab und seine Mutter ihn so wütend gemacht hatte. Ich glaube nicht, daß er Isabella sehr liebt, aber vielleicht ist er der ganzen Sache – überdrüssig und bereit, Lady Sheringham den Gefallen zu tun.»

«Ich weiß es nicht, ich genieße nicht sein Vertrauen. Als Sie ihn verließen, konnte man ihm im Anfang nicht in die Nähe kommen. Er war auch nie zu Hause und verbrachte Tag und Nacht damit, Sie im ganzen Lande zu suchen. In letzter Zeit hat er aber jede Gelegenheit benützt, sich zu amüsieren, als ob – nicht daß das etwas zu bedeuten hätte –, viele Leute könnten Ihnen erzählen, daß ich genau dasselbe getan habe, und Gott weiß, es hat mir kein Vergnügen bereitet! Was soll ich jetzt tun, Kätzchen? Wollen Sie, daß er etwas von Ihrer Anwesenheit erfährt? Ich gestehe, daß ich glücklich wäre, mit ihm in dieser Angelegenheit reinen Tisch machen zu können, denn mir war die Rolle, die ich zu spielen hatte, durchaus nicht angenehm.»

«O nein, George, bitte sagen Sie ihm nichts! Wenn er beginnt, mich zu vergessen – und sich über die Nachricht, daß ich hier bin, nicht freuen würde –, nein, das könnte ich nicht ertragen. Er würde sich verpflichtet fühlen, mich zurückzunehmen, aber ich will nicht zu ihm zurück, außer – aber warum darüber sprechen? George, er ist nicht meinetwegen nach Bath gekommen, sondern wegen Isabella, Sie wissen das ebensogut wie ich!»

«Wenn ich das glauben müßte –» sagte er düster, und die Hand, die auf seinem Knie ruhte, ballte sich.

«Mir scheint nicht», warf Lady Saltash trocken ein, «als ob einer von euch beiden etwas wüßte. Ich möchte dich, meine Liebe, bitten, dich nicht zu beunruhigen, bevor dein Gatte Bath auch nur erreicht hat. Und was Sie betrifft, Wrotham – denn ich glaube nicht, daß ich mit Ihnen sehr förmlich sein muß –, so dürfen Sie uns, wenn Sie so freundlich sein wollen, in die Trinkhalle begleiten. Ich glaube, der Wagen steht schon vor der Tür.»

George drückte seine Bereitwilligkeit aus, zu Diensten zu stehen, setzte sich den Damen im Wagen gegenüber und war in jeder Beziehung fügsam, bis – Mr. Tarleton auf dem Schauplatz erschien, in der Trinkhalle auf sie zutrat und Hero so sehr mit dem Gehaben eines langjährigen Freundes begrüßte, daß George unwillkürlich mißtrauisch wurde. Hero machte die beiden Herren miteinander bekannt, und als George sich entfernte, um für Lady Saltash ein zweites Glas des berühmten Brunnens zu holen, nahm sie die Gelegenheit wahr, Mr. Tarleton zuzuflüstern, daß dies niemand anderer sei als der Feuerfresser, von dem sie ihm erzählt hatte. Mr. Tarleton, mit seinem starken Sinn für Humor, unterhielt sich darüber ausgezeichnet; er dankte Hero für die Warnung und erklärte, er werde sich wohl hüten, einen so gefährlichen jungen Mann zu erzürnen. George, der Hero in Stellvertretung so eifersüchtig im Auge behielt, daß er sich dadurch äußerst unpopulär machte, weil er darüber vergaß, dem Brunnenwart ein Trinkgeld zu geben, schloß sich ihnen bald darauf wieder an. Bei näherer Betrachtung bemerkte George, daß Mr. Tarleton, dieser fröhliche Mensch, nicht mehr in der ersten Jugendblüte stand, worauf er ihm gegenüber etwas liebenswürdiger wurde. Mr. Tarleton seinerseits, ebenso argwöhnisch wie George, jedoch geschickter darin, es zu verbergen, konnte in seinem Verhalten Hero gegenüber nicht das geringste Anzeichen eines Verliebten entdecken. Lady Saltash saß in geringer Entfernung und beobachtete das Trio mit zynischem Amüsement. Es schien sich nämlich genau die Situation zusammenzubrauen, die ihren etwas boshaften Charakter ergötzte.

Als sie mit Hero wieder im Wagen saß, um eine Rundfahrt durch die Stadt zu machen, bevor sie sich auf den Camden Place zurückbegaben, sagte sie mit der ihr eigenen Aufrichtigkeit, die jedermann in Verlegenheit brachte: «Nun, meine Liebe, ich wäre froh, wenn du mir sagen wolltest, was du weiterhin zu tun beabsichtigst.»

Hero schüttelte hoffnungslos den Kopf.

«Du weißt es nicht? Nichts ist schlechter als das. Aber vielleicht weißt du, ob du bereit wärest oder nicht, dieser Beauté, über die ich soviel höre, deinen Gatten widerstandslos zu überlassen?»

Hero wandte ihr Antlitz ab und starrte, ohne etwas wahrzunehmen, aus dem Fenster. «Oh, Madam, bitte fragen Sie mich nicht! Ich habe – ich hege so böse Gedanken gegen die arme Isabella!»

«Ausgezeichnet! Ich bin froh, feststellen zu können, daß in dir doch ein wenig Charakter steckt. Höre, mein Kind, laß dir von mir sagen, wenn du dich wirklich anstrengen willst, Anthony zu behalten, dann mußt du beweisen, daß du sehr gut imstande bist, auch ohne ihn auszukommen. Du darfst ihn weder mit verliebten Augen ansehen noch ihn um Verzeihung bitten, weil du an seinem überheblichen Verhalten Kritik geübt hast! *Dir* wurde unrecht getan, denk daran! Und –»

«Nein, Madam, nein, wirklich nicht», sagte Hero ernsthaft. «Ich bin an allem schuld, weil ich so –»

«Unterbrich mich nicht! Ich wiederhole, dir wurde unrecht getan, und wenn du jemals hoffst, Herrschaft über Anthony zu gewinnen –»

«Aber, Madam, Sie mißverstehen das völlig», versicherte Hero. «Ich habe nie etwas Derartiges gedacht, ich will nichts als ihn glücklich machen und ihm keine so lästige Frau sein.»

«Du bist verrückt», sagte Mylady. «Ich hätte gute Lust, weder mit dir noch mit der ganzen Sache weiterhin etwas zu tun zu haben. Du willst ihn nur glücklich machen! Ja! Und wenn es ihn glücklich machen würde, sich von dir scheiden zu lassen und dieses Milborne-Ding zu heiraten, dann würdest du ihm, glaube ich, dabei sogar noch helfen, was?»

Hero überlegte sich das. «Nein, das würde ich nicht!» sagte sie plötzlich. «Wenn Isabella Sherry liebte, dann würde ich mich bemühen, nicht egoistisch zu sein, sie liebt ihn aber nicht, und wenn sie ihn jetzt in dieser abscheulichen Weise ermutigt, ihr nachzulaufen, dann bestimmt nur, weil Severn ihr keinen Antrag gemacht hat, was immer sie Sherry auch erzählt haben mag. Ich kenne alle Herren, die Isabella heiraten wollen, und da Severn jetzt nicht mehr im Rennen liegt, ist Sherry bei weitem der erstrebenswerteste – oder er wäre es, wenn ich nicht existieren würde –, aber Isabellas abscheulichem Ehrgeiz darf er nicht geopfert werden!»

Lady Saltashs Augen verengten sich vor Vergnügen. «Jetzt beginnst du wie eine vernünftige Frau zu sprechen!» sagte sie. «Und, bitte, wie beabsichtigst du ihn aus den Netzen dieser berechnenden Schönen zu retten?»

«Ach, ich weiß es nicht», gestand Hero. «Wenn ich zu Sherry zurückkehren würde, könnte sie ihn natürlich nicht heiraten, nicht wahr? Aber ich weiß gar nicht, ob er mich zurückhaben will: in Wirklichkeit habe ich große Angst davor, daß er es nicht will; also würde ihn das durchaus nicht glücklich machen. Und, o Gott, Madam, wenn ich bedenke, daß Isabella schön ist, eine reiche Erbin und wohlerzogen, daß sie nie etwas Verkehrtes tut und in jeder Beziehung so ist, wie eine Frau sein soll, kann ich mir nicht vorstellen, daß Sherrys Zuneigung zu ihr nicht wieder erwacht.»

«Ich bin fest überzeugt», widersprach Mylady ruhig, «daß Sherry für sie nie die geringste wirkliche Zuneigung empfunden hat. All dieses Gerede, daß er dich in einem Anfall von Trotz geheiratet hat, ist schön und gut. Derartige Dinge lese ich immer wieder in Schundromanen, daß es aber tatsächlich geschieht, habe ich bisher in meinem ganzen Leben nicht beobachten können. Verlaß dich darauf, meine Liebe, ein Mann, dessen Gefühle ernstlich beteiligt sind, gibt seine Bewerbung nicht so rasch auf, wie es Sherry getan zu haben scheint. In Wahrheit war er in keine von euch beiden verliebt. Wie seine Gefühle jetzt sind, vermag ich nicht zu beurteilen, es liegt aber in der Natur von neun unter zehn Männern, daß sie geneigt sind, das zu verachten, was sie nur aufzuheben brauchen, um das, was ihnen unerreichbar scheint, unverzüglich und glühend zu begehren. Nun, du weißt nicht, ob Anthony dich liebt oder nicht, und höchstwahrscheinlich weiß er es selbst nicht. Fällst du ihm aber jetzt wie eine reife Pflaume in den Schoß, dann glaube ich, wirst du es nie erfahren, denn ich lasse ihm soviel Gerechtigkeit widerfahren, anzunehmen, daß er dich wieder in Gnaden aufnehmen würde. Er war nie ein bösartiger Junge: ich war im Gegenteil immer überzeugt, daß er eine sehr liebenswerte Veranlagung hat, nur hätte ihn jemand dazu aneifern müssen, sie auch zu demonstrieren. Willst du wissen, wie du zu ihm stehst, dann lasse ihn ruhig glauben, daß du keine besondere Sehnsucht hast, zu ihm zurückzukehren. Wenn er dich will, wird er Himmel und Hölle in Bewegung setzen, dich zurückzugewinnen; tut er das nicht – dann kannst du ihn ja glücklich machen, auf welche verrückte Art du willst.»

Hero, die sich das alles mit größter Aufmerksamkeit angehört hatte, dachte darüber nach, bevor sie antwortete. Schließlich sagte sie bedächtig: «Es wird mir sehr schwerfallen, aber vielleicht ist es schließlich nur zum besten. Ich verstehe, was Sie meinen, Madam. Als George mir erzählte, daß Sherry hierherkommt, dachte ich mir – ich konnte es nicht verhindern, mir einzubilden, daß er deshalb käme, weil er durch Zufall erfahren hatte, daß ich bei Ihnen bin. Und ich konnte mir auch nicht helfen, zu hoffen, daß er mich vielleicht doch liebt.»

«Ja, meine Liebe», stimmte Lady Saltash mit einer gewissen Trockenheit zu. «Das hätte die Sache in einem ganz andern Licht erscheinen lassen. Aber scheinbar hat er nicht die geringste Ahnung, daß du bei mir bist.»

«Nein», sagte Hero traurig. Lady Saltash ließ es dabei bewenden. Kurz nach Mittag erschien Mr. Tarleton mit seinem Kabriolett, wie vereinbart, am Camden Place und holte Hero zu einer Fahrt nach Kelston ab. Es fiel ihm auf, daß sie ein ziemlich ernstes Gesicht machte; er neckte sie deswegen und warf ihr vor, daß sie Bath für einen öden Ort hielt und ihn selbst für einen recht langweiligen Menschen.

«O nein, das tue ich ganz bestimmt nicht», sagte sie rasch.

«Ich bin überzeugt, daß Sie mich für einen faden Hund halten, der mit einem Fuß bereits im Grab steht und der seiner ganzen Veranlagung nach nicht einen Funken romantischer Liebesglut aufzubringen vermag.»

Sie lachte. «Nein, wie könnte ich so dumm sein? Ich glaube, wenn Sie wollten, könnten Sie außerordentlich romantisch sein, und was den einen Fuß im Grab betrifft – wie lächerlich!»

«Aber ich glaube doch, daß Sie es sich dachten, als ich Ihnen vorgestellt wurde», sagte er spöttisch.

Sie errötete. «Ja, das stimmt, aber das war, ehe ich Sie richtig kennenlernte.»

«Sagen Sie, Miss Wantage, glauben Sie, daß ich über die Jahre hinaus bin, in denen man an eine Heirat denken darf?»

Sie blickte auf. «Nein, wirklich nicht. Warum? Haben Sie diese Absicht?»

«Ja», erwiderte er.

In Heros Wangen zeigten sich reizende Grübchen. «Natürlich müssen Sie unter diesen Umständen romantisch werden, Mr. Tarleton. Wissen Sie, junge Mädchen sind schon so töricht, die Romantik dem gediegenen Wert weitaus vorzuziehen!»

Er schnitt eine Grimasse. «Gediegener Wert! Die abscheulichste aller Redensarten! Erinnern Sie sich, mir einmal gesagt zu haben, daß Sie die Ehen durchgebrannter Paare für die besten halten? Sind Sie noch immer derselben Ansicht?»

Sie unterdrückte einen Seufzer. «Ja. Das heißt, für mich ist es die einzige Art, die für eine Ehe in Betracht kommt. Aber ich glaube nicht, daß es zu Ihnen passen würde. – Was meinen Sie, Mr. Tarleton, werde ich je imstande sein, ein Gespann zu kutschieren?»

«Ja, bestimmt. Und es wäre mir ein Vergnügen, Sie unterrichten zu dürfen.»

«Ich habe bisher niemanden kennengelernt, mit dem ich so außerordentlich gut ausgekommen wäre wie mit Ihnen», sagte Hero lachend. «Aber ich bin überzeugt, daß man es mir nicht erlauben sollte. Ich glaube fast, es gehört sich nicht.»

«Wen kümmert das?» erwiderte er. «Ich kann Ihnen versichern, daß ich nicht der lederne alte Bursche bin, der immer nur an das denkt, was sich gehört.» Er betrachtete ihr Profil. «Sie haben mir nie etwas über sich selbst erzählt, Miss Wantage. Allem Anschein nach sind Sie mit Lady Saltash nicht verwandt?»

«Nein», erwiderte sie.

«Verzeihen Sie mir, wenn ich unverschämt erscheine. Da ich Sie aber ein Leben führen sehe, das für jemanden Ihrer Jugend und Ihrer angeborenen Lebhaftigkeit gar nicht das richtige ist, und ich –»

«Lady Saltash ist die Güte selbst», sagte sie. «Ich bin ihr in der Tat unendlich verpflichtet, und wenn ich Ihnen undankbar erscheinen sollte –»

«Undankbar! Nein, wahrhaftig nicht! Ich war nur darüber etwas betroffen, daß Sie ihr beständig zu Diensten stehen. Ich hege die größte Verehrung fur Lady Saltash, dennoch kann ich nicht glauben, daß Sie am Camden Place glücklich sind.»

Hero schwieg und errötete noch tiefer. Nach einer kurzen Pause fuhr er fort: «Haben Sie die Absicht, dauernd in Ihrer derzeitigen Situation zu bleiben?»

Sie erschrak. «O nein! Das wäre unmöglich, denn ich habe nicht das geringste Recht auf die Gastfreundschaft der Lady Saltash. Ich habe jetzt schon das Gefühl, ihre Güte zu lange in Anspruch genommen zu haben. Ich weiß nicht – ich habe mich noch nicht ganz entschlossen, was ich tun werde, aber wissen Sie, ich bin nämlich zur Erzieherin ausgebildet worden und – und ich kam mit der Absicht nach Bath, in irgendeinem Seminar eine geeignete Stellung zu finden.»

«Eine Erzieherin! Sie!!» rief er aus. «Das kann doch nicht Ihr Ernst sein! Sie können doch nicht annehmen, ich würde Ihnen glauben, daß Sie sich eine derartige Existenz wünschen!»

Ein etwas melancholisches Lächeln zitterte auf ihren Lippen. «O nein! Ich würde es aus ganzem Herzen verabscheuen! In der Tat habe ich sogar einmal gesagt, daß ich alles eher tun würde, als Erzieherin zu werden. Wenn ich aber eine solche Stellung finde, dann wird es vielleicht gar nicht so arg sein.»

«Haben Sie denn keine Verwandten, die für Sie sorgen?» fragte er. «Sie sind doch noch so jung. Es muß bestimmt jemand da sein – vielleicht ein Vormund –, dessen Aufgabe es ist, für Sie zu sorgen.»

«Nein, ich habe niemanden – das heißt, ich habe eine Cousine, die mich bei sich aufnahm, als mein Vater starb, aber bei ihr kann ich nicht ewig bleiben, und um Ihnen die Wahrheit zu gestehen, ich kann sie nicht leiden und sie mich auch nicht.»

«Ich hätte nie gedacht, daß das möglich wäre», sagte er in bewegtem Ton. «Ich dachte – das ändert die Situation vollständig!» Er lächelte, als sie ihn fragend ansah, und sagte: «Kein Wunder, daß Sie von Romantik und Abenteuern träumen. Ich glaube, man sollte Sie Aschenbrödel nennen.»

Ihr Mund zuckte. Sie erwiderte: «Es ist seltsam, daß Sie das sagen. Manchmal habe ich mir das nämlich auch gedacht. Sie wissen aber nicht alles, und ich kann es Ihnen jetzt auch nicht erzählen, obwohl ich es eines Tages vielleicht doch tun werde. Ich – ich hatte viel Ähnlichkeit mit dem Aschenbrödel.»

«Außer – daß noch kein Prinz mit dem Glasschühlein erschienen ist, um es an Ihrem Fuß zu probieren», sagte er.

Sie schwieg, ihre Aufmerksamkeit war allem Anschein nach von der vor ihr liegenden Straße völlig in Anspruch genommen, und ihr Gesicht war auch noch immer ein wenig gerötet. Als sie wieder das Wort ergriff, geschah es mit einem Anflug von Befangenheit, und nur um zu sagen, sie glaube, es wäre Zeit, an die Rückkehr auf den Camden Place zu denken. Er stimmte sofort zu, denn er vermutete, daß ihre Befangenheit von einer mädchenhaften Scheu herrühre. Er sagte leise: «Liebes Aschenbrödel, war es im Haus Ihrer Cousine sehr langweilig und widerwärtig?»

Sie lächelte darüber. «Ja, ekelhaft langweilig! Und sie hat drei Töchter, und alle drei sind schrecklich häßlich, wenn auch vielleicht nicht häßlich genug, um sie die ‹Häßlichen Schwestern› zu nennen.»

«Und gingen sie alle auf Gesellschaften, während Sie zu Hause bleiben und die Küche fegen mußten?»

«Nun, so schlimm war es nicht, denn ich war noch nicht in die Gesellschaft eingeführt worden. Ich meine, sie waren nicht immer nett zu mir, ich muß aber gestehen, daß es für sie recht lästig gewesen sein mag, mich bei sich aufnehmen zu müssen.»

«Ich hoffe, daß alle drei als alte Jungfern sterben werden!»

«Nein, wie boshaft», protestierte Hero.

«Sie träumten von Romantik – und Ihre Verwandten wollten aus Ihnen eine Erzieherin machen! Das kann ich ihnen nie verzeihen. Aber Sie müssen, ihnen zu Trotz, Ihre Romanze erleben! Was würden Sie dazu sagen, wenn Sie jemand entführen und auf der Stelle heiraten würde, und wenn Sie von einem Gatten, der Sie anbetet, verhätschelt und umhegt würden – nun ja, eben mit dem üblichen Schluß: und von da an lebten sie glücklich und in Freuden, und wenn sie nicht gestorben sind ... War es nicht das, wovon Sie träumten?»

«Alle jungen Mädchen träumen davon», sagte sie in gepreßtem Ton. «Wenigstens dann, wenn sie noch sehr jung und töricht sind. Aber – aber im wirklichen Leben geht es nicht zu wie im Märchen.»

«Aber Sie sind dazu geschaffen, ein Leben wie im Märchen zu führen, und ich habe beschlossen, daß Sie es auch führen sollen!»

Sie hob ihre klaren Augen zu seinem Gesicht und sagte schlicht: «Bitte nicht, Mr. Tarleton! Ich weiß ja, daß Sie nur scherzen, aber – aber es wäre mir lieber, Sie täten es nicht.»

«Ich werde nie etwas tun, was Ihnen mißfällt», versprach er. «Werde ich Sie morgen abend auf dem Kostümball sehen?»

«Ich – ich weiß noch nicht genau. Ich glaube aber nicht.»

«Oh, das wäre zu grausam», neckte er sie. «Haben Sie mir nicht versprochen, daß ich meinen Namen für das Menuett einschreiben darf? Ich werde es ganz bestimmt tun, ehe ich Bath heute abend verlasse. Sie können doch nicht so grausam sein, mich ohne Dame zu lassen, die ich zum Tanz führen kann.»

Sie gab ihm eine nichtssagende Antwort; von ihr bezauberter denn je, sprach er auf dem Rest der Fahrt auch weiterhin in leichtem Ton über belanglose Dinge. Er setzte sie auf dem Camden Place ab und war zu einer Reihe von Heldentaten entschlossen, die phantastisch genug waren, um auch die törichteste Jungfrau zu reizen, die sich je zwischen den schillernden Romaneinbänden der meistgelesenen Bibliotheksbücher herumgetrieben hatten.

Am spätern Nachmittag, als Hero zu Fuß aus der Milsom Street zurückkehrte, begegnete ihr George. Sie hatte für Lady Saltash eine Besorgung gemacht, und George nahm ihr sogleich ihr Paket ab und bestand darauf, sie auf den Upper Camden Place zurückzubegleiten. Sie hatten soeben die Bennet Street überquert, als Sherrys Kabriolett um die Ecke der Belmont fegte. Sein Erschrecken und der Ausdruck eisigen Erstaunens auf seinem Antlitz entgingen Hero keineswegs; und da es ihr nicht in den Sinn kam – und was das anbelangt, auch George nicht –, daß sein Erstaunen nicht sosehr dem Umstand galt, sie zu sehen, als vielmehr ihrem Begleiter, so schwand ihr der letzte Hoffnungsschimmer, daß er vielleicht doch nach Bath gekommen sein könnte, um sie zu suchen. Während Sherry sein Kabriolett von dem Phaeton zu befreien suchte, eilte sie der Russel Street zu und zog George fast mit Gewalt hinter sich her. Da er selbst kein schlechter Fahrer war, schien ihm im Augenblick nichts anderes wichtiger als die Besichtigung des Trümmerhaufens, den Sherry verursacht hatte.

«Wie kann er nur etwas derart Verrücktes tun!» rief er aus.

Trotz ihrer Verzweiflung mußte Hero lachen, obwohl sie wegen des Unfalls noch ein wenig zitterte. «Das sah Sherry wieder einmal ähnlich!» sagte sie. «Und ich bin überzeugt, er wird sagen, daß nur dieser arme Mensch schuld war. Oh, George, er vermutete mich nicht hier. Sie haben recht gehabt. Ich habe ihn niemals empörter gesehen. Du lieber Himmel, warum wurde ich je geboren!»

«Haben Sie gesehen, wer neben ihm saß?» fragte er. «Ferdy. Sherry muß ihm ebenso wie mir erzählt haben, daß er hierherfährt. Ich muß gestehen, ich hätte nie gedacht, daß Ferdy genug Verstand hat, um auch hierherzukommen. Verlassen Sie sich darauf, er wird innerhalb einer Stunde auf dem Camden Place Besuch machen. Aber, Kätzchen, was, zum Teufel, soll jetzt geschehen? Das Unglück besteht darin, daß er mich mit Ihnen gesehen hat und mich zweifellos um Ihre Adresse fragen wird. Was befehlen Sie, daß ich ihm sagen soll?»

Hero war außerstande, einen Entschluß zu fassen; als sie aber den Camden Place erreicht hatten, nahm ihr Lady Saltash unverzüglich die Entscheidung ab und beauftragte George, Sherry zu sagen, daß Hero im Moment bei ihr wohne.

Hero, die in einiger Erregung im Zimmer auf- und abgeschritten war, blieb jetzt stehen, um im Tone unerschütterlicher Entschlossenheit zu erklären: «George, sollte er Sie fragen, ob ich glücklich bin, dann sagen Sie ihm, daß ich keine Zeit finde, um etwa nicht glücklich zu sein, da ich beständig auf Parties und Bällen bin und außerdem noch in Konzerte gehe. Und sagen Sie ihm, daß ich wieder Miss Wantage geworden bin. Und, lieber George, würde es Ihnen sehr viel ausmachen, ihm zu sagen, daß ich hier in Bath sehr viele Bewunderer habe? Und sollten Sie es wagen, ihn ahnen zu lassen, daß ich ihn ganz entsetzlich vermisse, dann spreche ich, solange ich lebe, nie wieder ein Wort mit Ihnen!»

George versprach, ihre Anweisungen buchstäblich zu befolgen; er sah aber ein wenig bekümmert aus, denn er hatte sie noch nie mit einem so verstörten Gesicht gesehen. Da Lady Saltash die Befehle, die ihm Hero gegeben, gutzuheißen schien, dachte er, nichts Besseres tun zu können, als sie auszuführen. Er verweilte aber noch ein wenig im Salon der Lady Saltash, da er von lebhafter Neugierde erfüllt war, Ferdy zu sprechen, und überzeugt war, daß der junge Mann sehr bald am Camden Place auftauchen werde. Er brauchte nicht lange zu warten. In überraschend kurzer Zeit wurde Ferdy von einer Droschke vor der Türe abgesetzt. Sein Gesicht trug so deutlich den Ausdruck eines gehetzten Rehs, daß selbst Hero lachen mußte, die neben George am Fenster stand, um seine Ankunft zu beobachten.

Aber es gab keinen äußeren Druck, der stark genug wäre, Ferdy seine auserlesenen Manieren vergessen zu lassen, und als er eine Minute später in den Salon geführt wurde, hätte nichts vollendeter sein können als seine Verbeugung oder zierlicher als der Kuß, den er auf die Hand der Lady Saltash drückte.

«Nun, junger Mann», sagte Mylady sarkastisch, «Sie sehen ja aus wie ein Kaninchen, hinter dem ein wütender Hund her ist! Ist Sheringham dicht auf Ihren Fersen?»

«Dem Himmel sei Dank, Madam, nein!» erwiderte er ernsthaft. «Aber um ein Haar wäre er es gewesen. Es bedurfte der größten Geistesgegenwart.»

«Die körperliche Abwesenheit nicht zu vergessen, wie ich annehme!»

Er zog Heros Hand an die Lippen. «Lady Sherry! Ihr gehorsamster Diener! Möchte Sie nicht beunruhigen, aber wir sind in einer scheußlichen Situation. Verteufelt bedauerlich, daß Sie sich gerade zu der Zeit in der Bennet Street aufhielten! Der arme Sherry geriet in so unglaublichen Zorn! Wissen Sie, er hatte doch keine Ahnung, daß Sie in Bath sind. Der arme Kerl war wie vom Blitz getroffen. Fuhr mit seinem Kabriolett mitten in einen sehr hübschen Phaeton und überließ es mir, mich für ihn zu entschuldigen, während er davonstürzte, um Sie zu erwischen. Hat Sie aber nicht gefunden – doch er wird Sie finden, Kätzchen: Sie kennen Sherry! Ist viel zu eigensinnig, um sich geschlagen zu geben.»

«Ferdy, war er sehr böse?» fragte sie besorgt.

«Er war wütend!» versicherte er ihr. «Hat es äußerst übelgenommen, daß Sie in Gesellschaft von George waren. Es gefällt ihm gar nicht, daß George ihn die ganze Zeit über zum besten gehalten hat. Sagte, er wünsche sich nichts anderes, als ihn zwischen die Finger zu bekommen. Dachte mir also, es ist am besten, gleich herzukommen, um dich zu warnen, George.»

«Du lieber Gott, ich fürchte mich nicht vor Sherry», sagte George zornig.

«Nein, nein, George. Er wird dich in der Luft zerreißen! Das wissen alle! Die Sache ist nämlich die, daß du doch nicht haben willst, daß Sherry dich neuerdings fordert.»

«Oh, wenn er Lust hat, soll er es nur tun!» erwiderte George sogleich. «Ich bin jederzeit bereit, das kann ich dir versichern!»

«Nein, George, das dürfen Sie nicht! Ich erlaube nicht, daß Sie Sherry töten», rief Hero eiligst.

«Ganz richtig», stimmte Ferdy bei. «George, du wirst die Leute nur gegen dich aufbringen, wenn du Sherry tötest. Man soll den Unannehmlichkeiten, wenn möglich, immer ausweichen. Ist außerdem mein Cousin, wie du weißt. Habe ihn gern.»

«Ja, das ist alles schön und gut, wenn er mich aber zu einem Duell herausfordert, will ich verdammt sein, wenn ich ihm die Satisfaktion verweigere.»

«George, um meinetwillen», bat Hero und umklammerte seinen Arm.

«Ach, schon gut», sagte George. «Aber hören Sie, Kätzchen, ich würde das für niemanden sonst tun; es wird mir ohnedies ungeheuer schwerfallen. Ferdy, bist du nach Bath gekommen, um Lady Sherry zu warnen?»

«Dachte, daß ich es tun sollte», erklärte Ferdy. «Gil ist verreist, und ich konnte nicht verhindern, daß Sherry nach Bath fährt. Wußte nicht, daß du hier bist. Bist du auch hergefahren, um sie zu warnen?»

«Ihr seid beide rührend gut zu mir», sagte Hero herzlich. «Ich weiß bestimmt, daß noch nie jemand so gute Freunde hatte. Ich muß euch wirklich von Herzen danken. Ferdy, hoffentlich ist Sherry nicht sehr böse auf Sie.»

«Er ist zu aufgeregt, um darüber nachzudenken, ob ich etwas mit Ihrem Aufenthalt in Bath zu tun hatte», erwiderte Ferdy. «Stürzte in einer teuflischen Laune in das Haus hinein – Lady Sheringham ist im Royal Crescent abgestiegen –, ich weiß allerdings nicht warum, ich glaube aber, er wollte das Ganze der Unvergleichlichen erzählen. Schien mir der richtige Augenblick zu sein, mich zu entfernen. Nicht deshalb, weil ich mich etwa vor Sherry fürchte, aber, Kätzchen, ich weiß nicht, was ich ihm sagen soll: wenn er erst einmal vermutet, daß ich Ihren Aufenthalt kenne, dann versucht er mir bestimmt die ganze Geschichte zu entlocken.»

«Wir müssen ihm die Wahrheit sagen», erklärte George.

Ferdy starrte ihn an. «Zum Kuckuck, George, er wird uns in Stücke reißen. Ich meine, weil wir seine Frau vor ihm verstecken und ihm weismachten, wir hätten keine Ahnung, wo sie ist. Wir haben ihn zum Narren gehalten. Wird es nicht dulden! Nein, das duldet mein Cousin Sherry nicht! Man kann es von ihm auch nicht erwarten.»

«*Mich* wird er nicht in Stücke reißen», erwiderte George mit trotzig aufgeworfenen Lippen.

Ferdy vermochte daraus keinen Trost zu schöpfen und sagte in entrüstetem Ton: «Was hat das Ganze für einen Sinn? Wahrscheinlich wird er dafür *mich* in Stücke reißen! War nie so kräftig wie er, außerdem war ich mit den Fäusten nie besonders geschickt. Ich wollte fast, ich wäre nie nach Bath gekommen. Überdies weiß Sherry, daß ich im York abgestiegen bin, und ich wette um tausend Pfund, daß er in diesem Augenblick dort auf mich wartet, bereit, im selben Moment auf mich loszuschlagen, in dem ich das Hotel betrete.»

«Unsinn! Wie ich Sherry kenne, wird er viel eher versuchen, mich ausfindig zu machen», sagte George lebhaft. «Ja, ich gedenke sogar, mich jetzt ins White Hart zurückzubegeben, denn je eher ich dieses Hindernis nehme, desto besser ist es für uns alle.»

«George, Sie werden bestimmt nicht vergessen, daß Sie mir versprochen haben, Sherry nicht zu fordern, nicht wahr?» fragte Hero besorgt. «Glauben Sie nicht, daß Ferdy mit Ihnen gehen sollte, nur um Sie daran zu erinnern?»

«Nein, zum Kuckuck, Kätzchen», widersprach Ferdy und ähnelte mehr denn je einem gehetzten Reh. «Ist ohnedies schon schlimm genug. Außerdem bedürfte es mindestens zwei Männer, um die beiden daran zu hindern, einander an die Kehle zu springen. Hat gar keinen Sinn, wenn ich mitgehe. Könnte dabei nur verletzt werden.»

Hier schaltete sich Lady Saltash ein und gab ihrer Meinung Ausdruck, daß Lord Wrotham zweifellos ohne Ferdys Unterstützung weit besser dran sei. Und sie erntete Ferdys unauslöschliche Dankbarkeit, als sie ihn einlud, zum Dinner am Camden Place zu bleiben. Und George beauftragte sie, falls Sherry den Wunsch äußern sollte, seine Frau aufzusuchen, dann solle er ihm mitteilen, daß sie zu einer privaten Party gegangen sei und ganz bestimmt nicht vor Mitternacht nach Hause zurückkäme.

23

Es war neun Uhr. Die Kirchenglocken schlugen soeben die Stunde, als Sherry stolzen Schrittes den Privatsalon Lord Wrothams im White Hart betrat. George hatte bereits diniert, das Gedeck war entfernt und eine Flasche mit altem rotem Portwein sowie zwei Gläser auf den Tisch gestellt worden.

Sherry wartete nur ab, bis sich der Kellner, der ihn in den Salon geführt hatte, entfernte, um seinen Freund in einer Weise zu begrüßen, die seinen Gefühlen nur in sehr geringem Maße Ausdruck verlieh. «George! Du elender schwarzer Schuft!» rief er wild.

Lord Wrotham unterdrückte seine gewaltige Neigung, ihm mit gleicher Münze heimzuzahlen, und versuchte, was er mit einer milden Antwort erreichen könne. «Hallo, Sherry! Dachte mir schon, daß du mich besuchen würdest. Glas Portwein gefällig?»

«Die einzige Verwendung, die ich für ein Glas Portwein habe, ist, es dir in dein verdammtes Gesicht zu schütten!» erwiderte Sherry keineswegs besänftigt.

Lord Wrotham umfaßte die Flasche mit festem Griff. «Nein, das wirst du nicht tun», sagte er. «Und es hat auch keinen Sinn, mich fordern zu wollen, denn ich werde mich mit dir nicht duellieren. Und selbst wenn ich es täte, könntest du mich ja doch nicht töten. Ja, du würdest mich wahrscheinlich nicht einmal treffen. Aber glaube mir, ich nehme es dir durchaus nicht übel, daß du es versuchen willst.»

«So, du nimmst es mir also nicht übel, was?» rief Sherry aus. «Bei Gott, äußerst zuvorkommend! Was hast du mit meiner Frau gemacht?»

«Sie nach Hause begleitet», antwortete George ruhig.

«Tod und Verdammnis! Ich nehme an, daß du sie wohl nur zufällig getroffen hast, was?» sagte Sherry mit beißendem Hohn.

«Stimmt. Wenn du aber meinst, ob ich wußte, daß sie sich in Bath aufhält, dann muß ich sagen: ja, ich wußte es.»

«Und du wagst es, mir kaltlächelnd zu sagen, daß du wußtest, wo sie ist –»

«Ja. Aber ich gestehe, daß es ein verteufelter Streich ist, den ich dir gespielt habe», gab George zu. «Es gefiel mir gar nicht, aber ich gab Lady Sherry mein Wort, sie nicht zu verraten, folglich konnte ich nichts tun, als mich ruhig zu verhalten.»

Sherry glich einer schwarzen Gewitterwolke. «Sie teilte *dir* mit, wo sie zu finden ist? Sie zog *dich* ins Vertrauen? Wrotham, beantworte mir das, oder ich werde dich so lange würgen, bis du mir die Wahrheit sagst! – Ist sie mir davongelaufen, um zu *dir* zu gehen?»

«Nein, sie kam zu Gil», erwiderte George. «Ferdy und ich dinierten bei ihm. Sherry, um ganz aufrichtig zu sein, sie erzählte uns das Ganze und bat uns, ihr zu helfen, sich vor dir zu verbergen. Sie war in einer traurigen Gemütsverfassung. Ich wäre in der Tat am liebsten weggegangen, um dich aufzusuchen und zur Rechenschaft zu ziehen.»

«Es wäre besser gewesen, du hättest es getan», sagte Sherry rasch mit sehr weißen Lippen. «Eine feine Sippschaft sind meine Freunde! All diese Wochen – wo ist sie?»

«Sie wohnt als Gast bei Lady Saltash am Camden Place», sagte George.

Sherry starrte ihn an. «Bei Lady Saltash? Gils Großmutter?! Nun, zum Teu – als ich hierherkam, hatte ich keine Ahnung, welche Situation ich hier vorfinden würde. Aber das übersteigt alles! Gast bei Lady Saltash! Und ich nehme an, daß sie äußerst gastfreundlich aufgenommen wurde? Und sie war durchaus nicht gezwungen, sich ihr Brot zu verdienen? Und keineswegs in Schwierigkeiten?!»

«Hölle und Teufel, du solltest darüber froh sein», rief George.

«Darüber froh sein! Natürlich bin ich froh darüber. Wenn ich aber bedenke – und du wußtest es! Du und Gil und Ferdy! Ihr nennt euch meine Freunde, ihr helft aber meiner Frau und unterstützt sie dabei, sich vor mir zu verstecken, während ich im ganzen Land umherjagte, sie überall suchte und einfältig genug war, sie mir in Not und Elend vorzustellen! Bei Gott, das übersteigt alles! Ich hätte gute Lust, dir die Eingeweide auszureißen und den Krähen vorzuwerfen!»

«Ach was, Sherry, geh und nimm eine Dusche!» sagte George ungeduldig. «Oder fahr nach London zurück und reiße Gil die Eingeweide heraus. Es war seine Idee, nicht die meine.»

Sherry, der im Zimmer umherlief, sagte über die Schulter: «Aber du gehst fröhlich mit ihr spazieren, wie es dir beliebt, und sie legt ihre Hand auf deinen Arm! Hast nicht einmal gewartet, damit ich sie einholen kann! Gast der Lady Saltash! Ihr vier habt mich schön zum Narren gehalten!»

«Nein, das haben wir nicht getan. Außer uns kennt niemand die Wahrheit. Lady Sheringham ist hier nur unter dem Namen einer Miss Wantage bekannt.»

Seltsamerweise schien diese Neuigkeit den Viscount noch mehr zu erbittern. Es hatte den Anschein, als ob er Schwierigkeiten hätte, Luft zu bekommen. George fand es jetzt an der Zeit, ihm zum zweitenmal eine Erfrischung anzubieten. Er schenkte zwei Gläser Portwein ein und reichte eines seinem so schwer geprüften Freund. Sherry gewann sein Sprachvermögen wieder: «Ich nehme an, daß meine Frau um mich durchaus keine Trauer trägt?»

«Nein», sagte George, seiner Weisung eingedenk. «Sie war im Anfang verteufelt bestürzt, jetzt scheint sie aber in ausgezeichneter Stimmung zu sein. Du mußt nämlich wissen, daß sie sich sehr gerne in Bath aufhält. Sie geht gern auf Bälle und in Konzerte und hat hier eine Menge Freundschaften geschlossen. Äußerst charmantes kleines Ding, das Kätzchen: ich glaube, sie wurde in Bath *die* große Mode.»

Diese Nachricht erweckte in dem Viscount durchaus keine Genugtuung. Er knirschte mit den Zähnen. «So, tatsächlich? Und ich dachte –!» Seine Gefühle überwältigten ihn neuerlich, und er nahm seinen Gang durch das Zimmer wieder auf. Er war eben im Begriff, das Wort wieder zu ergreifen, als das entfernte Stimmengewirr, das ihn schon seit dem Betreten des Salons vage irritiert hatte, kräftiger an sein Ohr drang. «Was zum Teufel ist das für ein infernalisches Geheul?» fragte er.

«Höllischer Krach, was?» stimmte George zu. «Es ist der Verein: ‹Die Harmonie›. Sie kommen hier allwöchentlich zusammen. Hätte ich das gewußt, dann wäre ich hier nicht abgestiegen. Es scheint so etwas wie eine Liedertafel zu sein.»

«Was?» rief Sherry ungläubig aus. «Du willst doch nicht behaupten, daß sie jede Woche nur deshalb hierherkommen, um eine solche Katzenmusik zu machen? Nun, ich muß sagen, das ist eine entsetzliche Gewohnheit! Dieses Bath! Siehst du, das hast du von Bath!»

«Man möchte glauben, es wäre genug, um alle Fenster und Türen zu verbarrikadieren, nicht?» sagte George. «Habe einen furchtbaren Schrekken gekriegt, als sie ihr Geheul zum erstenmal anstimmten, das kann ich dir sagen.»

Beide junge Herren verharrten einige Augenblicke in stummem Brüten über den Zustand einer Gesellschaft, die eine derartige Barbarei duldete. Eine Pause in den in der Ferne entfalteten musikalischen Aktivitäten erinnerte Sherry an eine weit dringlichere Angelegenheit. Er warf George einen prüfenden Blick zu, dann sagte er: «Wie oft warst du in Bath, seitdem mich das Kätzchen verlassen hat?»

«Zum Teufel, Sherry, für wen hältst du mich denn?» sagte George unwillig. «Ich kam diesem Ort nicht einmal in die Nähe, bis ich hörte, daß du auf dem Weg hierher bist. Da mußte ich Lady Sherry warnen. Du hättest an meiner Stelle dasselbe getan.»

«Mußtest sie warnen», stieß Sherry hervor. «Als ob ich ein notorischer Blaubart wäre! Wenn das nicht die Höhe ist!»

«Na ja, du hast sie aber doch so erschreckt, daß sie dir davongelaufen ist», sagte George unfreundlich.

Sherry ergriff seinen Biberhut, den er auf einen Stuhl geworfen hatte, und glättete sorgfältig die aufgerauhten Stellen. «Ich habe dir nichts weiter zu sagen», kündigte er an. «Ich gehe jetzt meine Frau besuchen.»

«Es hat keinen Sinn, heute abend hinzugehen», sagte George. «Sie ist zu irgendeiner Party gegangen und wird vor Mitternacht nicht zurückerwartet.»

«Zu einer Party gegangen», wiederholte der Viscount erschüttert.

«Sie muß sich doch gedacht haben, daß ich sie, sobald ich sie hier gesehen hatte, unverzüglich besuchen werde.»

«Das hat sie auch», erwiderte George kühl. «Sherry, ich glaube, sie will dich nicht sehen.»

Die blauen Augen des Viscount starrten eine Minute lang gefährlich in die dunklen Georges. Dann wandte er sich auf den Absätzen scharf um und schritt aus dem Zimmer.

Er unternahm keinen Versuch, die Richtigkeit von Georges Angaben zu überprüfen, sondern kehrte ins Royal Crescent zurück und wurde von so vielen einander widersprechenden Gefühlen hin- und hergerissen, daß er selbst kaum noch wußte, ob Ärger, Erleichterung oder Angst vorherrschten. Seine Laune besserte sich keineswegs, als er im Privatsalon seiner Mutter eine Gesellschaft vorfand, die aus zwei jungen Damen und deren Bruder bestand, die sich in animiertester Weise mit Miss Milborne unterhielten. Seine Miene war so abschreckend, daß sie Mr. Chalfont sogleich einschüchterte; die jungen Damen allerdings waren nicht so leicht einzuschüchtern, sie hielten ihn lediglich für einen auffallend gutaussehenden jungen Mann und hätten zweifellos ihr möglichstes getan, ihn zu erobern, wenn er ihnen nur die geringste Möglichkeit gegeben hätte, ihren Charme zu entwickeln. Leider entschuldigte er sich fast augenblicklich und zog sich in die Einsamkeit seines eigenen Appartements zurück, um dort nachzudenken.

Die Folge seiner Überlegungen war, daß jedes andere Gefühl dem überwältigenden Wunsche wich, Hero so bald wie möglich wiederzusehen. Er klopfte zu einer übertrieben frühen Stunde des nächsten Morgens an das Portal der Lady Saltash; er wurde aber von dem stattlichen Butler nicht vorgelassen, sondern in Kenntnis gesetzt, daß bisher weder Mylady noch Miss Wantage erschienen seien. Sein Blick befremdeten Erstaunens veranlaßte Sherry, zu erröten und sich in ziemlicher Verwirrung zurückzuziehen. Denn er war im Begriff gewesen, seine Absicht laut werden zu lassen, einfach in Heros Schlafzimmer hinaufzugehen, da er ganz vergessen hatte, daß niemand in Bath etwas von ihrer Ehe ahnte; als er sich vergegenwärtigte, welche skandalöse Deutung das im Haushalt der Lady Saltash erfahren hätte, war er dermaßen erschüttert, daß er auf einige Zeit aus dem Gleichgewicht geriet und davonstürzte, ohne seine Visitenkarte zu hinterlassen.

Um die Zeit zu verbringen und seinen Gefühlen eine kleine Erleichterung zu gewähren, besuchte er seinen Cousin im Hotel York und erfreute ihn mit seiner in kernigen Worten gehaltenen Ansicht über dessen Moral und Charaktereigenschaften. Ferdy, der im Bett lag und eben den letzten Bissen seines Frühstücks verzehrte, unternahm keinen Versuch, sich zu verteidigen, sondern ließ nur einige beschwichtigende Laute hören und erklärte hernach, daß Gil an allem schuld sei.

«Du kannst dich höllisch glücklich preisen, daß ich dich nicht aus dem Bett reiße und windelweich prügle!» sagte der Viscount und sah ihn etwas verwirrt an. «In der Tat, äußerst glücklich, das kann ich dir sagen!»

«Ich kann dir versichern, alter Junge, das tue ich auch», sagte Ferdy in gewinnendster Weise. «Sehr glücklich, daß du es nicht wirklich tun willst! Ich ziehe ja doch immer den kürzeren, wenn ich mich mit dir auf eine Boxerei einlasse!»

«Hasenfuß!» stichelte der Viscount.

«Wie du meinst, Sherry, wie du meinst!» sagte Ferdy.

Der Viscount gab es auf, lachte und ließ sich herbei, mit seinem Cousin eine Tasse Kaffee zu trinken. Um halb elf erschien er wieder am Camden Place und wurde abermals nicht vorgelassen. Die Damen, erklärte der Butler, seien nicht zu Hause. Diesmal überreichte ihm der Viscount seine Karte, dennoch ließ sich der Butler, obwohl er sich in höflichster Weise verbeugte, von Seiner Lordschaft nicht erweichen.

Hierauf hatte der Viscount den glücklichen Einfall, sich zur großen Trinkhalle zu begeben, wo er seiner Mutter und Miss Milborne, die den Mittelpunkt einer plaudernden Gruppe bildeten, schnurstracks in die Arme lief. Lady Sheringham beschlagnahmte ihn sogleich, um ihn ihren neuen Bekannten vorzustellen. Eine der Schwestern Chalfont sagte, sie habe das Gefühl, Seine Lordschaft schon lange zu kennen, empfing für ihre Bemühungen aber lediglich einen eisigen Blick. Dann bemerkte der Viscount, daß sich Sir Montagu Revesby ebenfalls in der Gruppe befand; er gewährte ihm nicht mehr als die kälteste Verbeugung, drehte ihm aber absichtlich den Rücken zu, als Sir Montagu lächelnd sagte: «Ich bin entzückt, dich hier zu sehen, mein lieber Sherry!»

Die ältere Miss Chalfont belegte Seine Lordschaft dann völlig mit Beschlag und fragte ihn, ob er das Wetter nicht für mild genug halte, um eine Expedition nach Wells zu unternehmen. Er erwiderte mit einem kurzen «Nein».

«Grausamer!» rief Miss Chalfont und ließ ihre schönen Augen spielen. «Ich habe beschlossen, hinzufahren, weil ich ganz vernarrt in Kathedralen bin. Sie nicht, Mylord?»

«Kathedralen?» gab der Viscount zur Antwort. «Du lieber Gott, nein.»

«Ich weiß nicht, wie das Projekt, nach Wells zu fahren, gelingen soll, das sich diese Mädchen in den Kopf gesetzt haben», warf Lady Sheringham ein. «Ich weiß aber bestimmt, wenn die liebe Isabella dazu Lust hätte, dann wäre Anthony entzückt, sie in seinem Kabriolett hinzubringen.»

«Nichts würde mir ein größeres Vergnügen bereiten, Madam», erwiderte der Viscount und warf Miss Milborne einen düsteren Blick zu, «wenn ich nicht bereits anderwärts vergeben wäre.»

«Oh, wie unartig!» rief Miss Chalfont. «Sie wissen doch nicht, an welchem Tag wir fahren wollen.»

«Ich bin für die ganze Zeit meines Aufenthalts an diesem verfl – an diesem Ort vergeben», antwortete der Viscount.

Die Gräfinwitwe, durch diese unfreundliche Rede aufs äußerste empört, schien die Absicht zu haben, diesen Punkt weiter zu erörtern, aber Miss Milborne legte sich ins Mittel und erklärte, sie habe nicht vor, in dieser Jahreszeit eine so lange Reise zu unternehmen. Durch das darauffolgende Stimmengewirr verschaffte sich Sir Montagus Stimme Gehör, der sich galant erbot, Miss Milborne in seinem Kabriolett, wohin immer sie wünschen würde, fahren zu wollen. Sie dankte ihm höflich, gab ihm aber keine bestimmte Antwort. In diesem Moment gewahrten Miss Chalfonts umherschweifende Blicke in der Trinkhalle einen Neuankömmling, und da er der hübscheste junge Mann war, der ihr bisher in den Weg gekommen, hatte sie keine Augen mehr für Sherry, der seinerseits keine Zeit verlor, ihr zu entfliehen. Lord Wrotham, an die Gesellschaft herantretend, fiel Miss Chalfont lebendig in die Krallen, und während der folgenden Viertelstunde wurde ihm nicht mehr als eine vorzügliche Aussicht auf das Profil der Unvergleichlichen gewährt. Als er schließlich doch Gelegenheit fand, sich Miss Milborne zu nähern, behandelte sie ihn mit eisigster Höflichkeit und überhörte geflissentlich seine dringende Bitte um eine Unterredung unter vier Augen. Er war eben im Begriff, sie mit Bitten zu bestürmen, als er Heros ansichtig wurde, die eben Lady Saltash zu einem Sessel geleitete. In ihrem Gefolge befanden sich Mr. Tarleton, der Honourable Ferdy Fakenham und ein dritter Herr, den George nicht kannte. Er stand rasch auf, sagte zu Miss Milborne: «Bitte entschuldigen Sie mich!» und ging quer durch den Saal auf Hero zu, um sie wissen zu lassen, daß auch Sherry zugegen sei. Miss Milborne sah ihm mit starrer Miene nach, und wilde Empörung erfüllte sie.

George war kaum an Heros Seite getreten, als Sherry auch schon auf sie zusteuerte. Seine Augen saugten sich förmlich an dem Gesicht seiner Frau fest, und er hätte ohne Zweifel niemanden von den Anwesenden beachtet, hätte ihn Lady Saltash nicht rasch auf die Erde zurückgezwungen, indem sie sagte: «Oh, Anthony! Wie geht es dir!»

Er sah sich genötigt, bei ihrem Stuhl stehenzubleiben, sich über ihre Hand zu neigen und ihre Fragen zu beantworten. Nachdem sie ihn nach dem Befinden seiner Mutter gefragt hatte, sagte sie in vielsagendem Ton: «Ich glaube, du kennst Miss Wantage schon?»

Sherry stotterte, daß er glaube, einigermaßen mit ihr bekannt zu sein, und ergriff Heros Hand wie jemand, der sich in Trance befindet. Sie sah ihm aber nicht in die Augen, sondern murmelte nur eine konventionelle Begrüßung und befreite sich sogleich wieder. Dann wandte sie sich an Lady Saltash und sagte: «Liebe gnädige Frau, haben Sie es hier auch wirklich ganz bequem? Dann wird es Ihnen wohl nichts ausmachen, wenn ich Sie jetzt verlasse?»

«Nein, nein, mein Kind, geh nur», erwiderte Lady Saltash. «Ich weiß sehr gut, wie erpicht du darauf bist, wegzufahren. Ich möchte nur nicht, daß du eines schönen Tages zu Schaden kommst. Denken Sie stets daran, Mr. Tarleton, daß sie unter Ihrem Schutz steht, und lassen Sie sie ja nicht im Zentrum von Bath mit Ihren Pferden herumkutschieren, was ihr ohne weiteres zuzutrauen wäre. Setz dich zu mir, Sherry, und erzähl mir den neuesten Londoner Tratsch!»

«Madam, ich bitte, mich entschuldigen zu wollen», sagte Sherry. «Wenn Miss – Miss Wantage auszufahren wünscht, so würde ich mich glücklich schätzen, sie in meinem Kabriolett fahren zu dürfen, denn es ist mein sehnlichster Wunsch, meine Bekanntschaft mit ihr zu erneuern.»

«Aber Miss Wantage ist mit mir verabredet», erklärte Mr. Tarleton sanft. Er begegnete einem Blick, der ihn überraschte. Der Viscount, der sich nur mit sichtlicher Anstrengung beherrschte, sagte: «Ich wäre Ihnen sehr verbunden, Madam, wenn Sie mir die Gunst einer kurzen Unterredung unter vier Augen gewähren wollten.»

Hero, entsetzt, in aller Öffentlichkeit einer Szene ausgesetzt zu sein, und im vollen Bewußtsein dessen, daß ihre Schwiegermutter sie ebenfalls bemerkt hatte und sie anstarrte, als könne sie ihren Augen nicht trauen, sagte rasch: «Ein anderes Mal, bitte! Ich bin heute vormittag tatsächlich schon mit Mr. Tarleton verabredet.»

Während sie sprach, legte sie ihre Hand mit beschwörendem Druck auf Mr. Tarletons Arm. Dieser machte dem Viscount sogleich eine flüchtige Verbeugung und führte Hero aus der Trinkhalle. Da er fühlte, wie sie zitterte, sagte er, während er seine Hand über die ihre legte: «Fürchten Sie sich nicht. Wer war eigentlich dieser ungebärdige junge Mann? Ich habe seinen Namen nicht genau verstanden.»

«Lord Sheringham», erwiderte sie mit bebender Stimme. «Sie werden es etwas ungewöhnlich von mir finden, und ich kann es Ihnen auch nicht erklären, aber ich habe den merkwürdigen Wunsch, mit ihm nicht alleingelassen zu werden.»

Mr. Tarleton versicherte ihr, daß sie das nicht zu befürchten brauche. Sherrys etwas lebemännischen Allüren, verbunden mit Heros Worten, beschworen eine furchtbare Vision von versuchter Verführung, Raub und Gewalttätigkeit herauf. Er hatte den brennenden Wunsch, Hero zu beschützen, und hätte Sherry versucht, sie zu verfolgen, dann hätte er zweifellos sein Bestes getan, um ihn niederzuboxen.

Aber Sherry war sich der Konsequenzen völlig bewußt, hätte er versucht, vor aller Welt eine Entscheidung zu erzwingen, und folgte ihr nicht. Statt dessen wandte er sich Lady Saltash zu und bat sie, ihm mitzuteilen, wann er sich die Ehre eines Besuches geben dürfe. Lady Saltash, durch die ganze Situation höchlichst belustigt, erklärte in liebenswürdigster Form, er könne sie zu jeder Stunde, die ihm passe, besuchen, allerdings schwärmten sie und Miss Wantage so viel umher, daß sie nicht versprechen könne, dann auch zu Hause zu sein. Der Viscount, der sich keineswegs hinters Licht führen ließ, verbeugte sich förmlich und faßte den finsteren Entschluß, eines schönen Tages – bevor er noch viel älter war – mit Mylady abzurechnen. Hierauf zog er sich an die Seite seiner Mutter zurück und fragte sie, ob sie bereit sei, aufzubrechen. Es war ihm eingefallen, daß es vielleicht ganz gut wäre, sie mit den Tatsachen des ganzen Falles bekanntzumachen.

Sie nahm sie in derselben Weise auf, die zu erwarten war, ereiferte sich über Heros Unverschämtheit und ließ es sich angelegen sein, ihren Sohn darauf hinzuweisen, daß dieses berechnende Frauenzimmer keine Zeit verloren habe, ein weiteres unglückliches Opfer an sich zu fesseln. Sie erklärte sich auch bereitwilligst damit einverstanden, von ihr nur als Miss Wantage zu sprechen, und fügte hinzu, daß sie Hero ohnedies nie als etwas anderes betrachtet habe.

Kurz nachdem sie das Royal Crescent erreicht hatten, gesellte sich auch Miss Milborne zu ihnen, die von Sir Montagu bis an die Tür begleitet worden war. Lady Sheringham begrüßte sie ächzend und stöhnend und fragte sie, ob sie dieses «schamlose Geschöpf» gesehen habe, das in der Trinkhalle vor ihren Augen so frech paradierte.

Miss Milborne erwiderte: «Liebe gnädige Frau, ich könnte nicht behaupten, daß sie paradiert hätte. Ich habe sie in der Tat gesehen und muß gestehen, daß ich bei dem Gedanken, in welch unangenehmer Situation Sie und Sherry sich befinden, äußerst betroffen war. Ich wundere mich, daß Hero so etwas tun konnte! Denn alle werden denken müssen –»

«Darum handelt es sich nicht», schnappte Sherry. «Man kennt sie hier nur unter dem Namen einer Miss Wantage, und auf alle Fälle liegt mir nichts daran, was sich ein Haufen von Niemanden in Bath denkt! Völlig verrückt macht mich aber die Tatsache, daß sowohl George als auch Gil und Ferdy die ganze Zeit über gewußt haben, daß sie in Bath ist. Sie haben es von allem Anfang an gewußt!»

«Das haben wir doch gleich vermutet, nicht wahr?» sagte Miss Milborne kühl. «Lord Wrotham scheint mit seinen Aufmerksamkeiten ihr gegenüber so emsig beschäftigt zu sein, daß ich mich über nichts mehr wundern würde, was ich zu hören bekomme. Liebe Lady Sheringham, ich muß gestehen, daß ich, falls Sie nichts dagegen haben, große Lust hätte, mir Wells anzusehen. Wir haben geplant, morgen in drei Wagen hinzufahren – es soll nur eine Gesellschaft von sechs Personen sein –, um uns, solange das Wetter so mild ist, die Kathedrale anzusehen. Miss Chalfont versicherte mir, daß wir es leicht bei Tageslicht machen können, um rechtzeitig zum Dinner wieder in Bath zu sein. Sir Montagu Revesby war so freundlich, mir einen Platz in seinem Kabriolett anzubieten. Mr. Chalfont schließt sich der Gesellschaft mit einem seiner Freunde ebenfalls an; und selbstverständlich seine beiden Schwestern.»

«Bella, wenn du meinen Rat hören willst», warf der Viscount ein, «dann fährst du nicht mit Revesby im Lande umher.»

«Danke, Sherry, das ist sehr gütig, aber da meine Mama gegen Revesby keine Einwendungen erhebt, sehe ich nicht ein, warum du es tun solltest.»

«Ich bin überzeugt, daß Sir Montagu sich in allen Lebenslagen untadelig benimmt», erklärte die Gräfinwitwe. «Allerdings, wenn Sie, meine Liebe, mitzufahren wünschen, wäre es mir lieb, ich könnte Anthony dazu überreden, Sie zu begleiten, weil ich überzeugt bin, daß Sie es in seiner Gesellschaft viel amüsanter hätten.»

«Im Gegenteil, Madam, ich hätte es in seiner Gesellschaft durchaus nicht amüsanter, denn vor allem verabscheue ich einen Mann, der schlechter Laune ist», sagte Miss Milborne beißend.

«Nimm dich in acht», erwiderte der Viscount. «Wenn du mich böse machst, will ich verdammt sein, wenn ich dich am Abend auf den Ball begleite.»

«Du lieber Himmel, hast du wirklich die Absicht, das zu tun?» sagte Miss Milborne. «Ich kann dir versichern, ich hatte nicht die geringste Hoffnung, daß du bereit sein könntest, auf den Ball zu gehen.»

«Nun also, ich bin bereit. Außerdem habe ich den Subskriptionsbeitrag bereits erlegt und gleichzeitig zwei Damenkarten erhalten, so daß du und meine Mutter heute abend hingehen könnt, falls ihr Lust habt», sagte Seine Lordschaft gnädig.

«Ich muß gestehen, Anthony, das war ein schöner Zug von dir», sagte seine Mutter anerkennend.

«Ich möchte meine Frau sehen», erwiderte Seine Lordschaft. «Denn ich kann voraussagen, was sich abspielen würde, wenn ich am Camden Place neuerlich Besuch mache.»

«Sie wird bestimmt nicht auf dem Ball sein», rief Lady Sheringham. «Soviel Unverschämtheit würde sie denn doch nicht besitzen!»

«Ich sehe keinen Grund, warum sie nicht überall hingehen sollte, wohin es ihr beliebt», erwiderte Sherry aufgebracht. «Und da sie ihren Namen für ein Menuett mit einem Burschen namens Tarleton eingetragen und den ersten Kotillon George versprochen hat, nehme ich an, daß sie bestimmt dort sein wird.»

Es stellte sich tatsächlich heraus, daß er recht behielt. Sherrys eifersüchtige Blicke in der Trinkhalle schienen zu beweisen, daß der Rat der Lady Saltash gut gewesen war. Heros Herz hatte so lange wild geschlagen, bis sie sich erinnerte, diesen Blick schon einmal gesehen zu haben, als sie George geküßt hatte, und er damals weiter nichts als einen neiderfüllten Charakter bewies. Hin- und hergerissen zwischen der Freude, ihn wiederzusehen, dem Schmerz, daß er in Bellas Gefolge nach Bath gekommen war, der Hoffnung, daß er sich sehnen könnte, seine Frau zurückzuerobern, und der Angst, daß es nicht der Fall sein könnte, wußte sie nicht mehr, was sie sich denken sollte. Auf den Ball zu gehen, um vielleicht mitansehen zu müssen, wie Sherry sich um Bella bemühte, konnte ihr nur Kummer bereiten; nicht hinzugehen und sich auf diese Art seines geliebten Anblicks zu berauben, war undenkbar; und zu all dem gesellte sich der ihrem Stolz entsprungene Wunsch, ihr Elend vor ihm zu verbergen, ja ihn sogar annehmen zu lassen, daß sie ohne ihn sehr gut lebte. So hatte sie Mr. Tarleton gestattet, ihren Namen für das Menuett einzutragen, und hatte versprochen, den ersten Kotillon mit George, den zweiten mit Ferdy zu tanzen. Mr. Tarleton war außerdem das Vorrecht gewährt worden, sie zum Tee führen zu dürfen. Wegen des Reigentanzes hatte sie noch keine Entscheidung getroffen. Sherry tanzte ihn niemals, weil er erklärte, daß er gräßlich langweilig sei, sollte er aber seine Gewohnheit brechen und sie dennoch um diesen Tanz bitten, dann würde sie kaum die Kraft aufbringen, ihm einen Korb zu geben.

Da diejenigen, die das Menuett zu tanzen beabsichtigten, verpflichtet waren, nicht später als um acht Uhr im Ballsaal zu erscheinen, begab sich die Gesellschaft der Lady Saltash bedeutend früher in die Festsäle als die der Lady Sheringham. Das Menuett hatte bereits begonnen, als Sherry seine Damen in den Saal führte und seine Mutter auf einer Bank in der oberen Reihe unterbrachte. Hero, die die Tanzfiguren sehr anmutig ausführte, konnte nicht umhin, darüber nachzudenken, daß es für die Unvergleichliche etwas höchst Ungewöhnliches war, wie ein Mauerblümchen am Rande des Saales sitzen zu müssen, während andere, weit weniger blendende Mädchen auf dem Parkett tanzten. Gleich darauf schalt sie sich wegen ihrer bösartigen Gedanken und gestand sich ein, daß die Unvergleichliche nur deshalb sitzengeblieben war, weil sie keine Zeit gehabt hatte, ihren Namen für das Menuett eintragen zu lassen. Sie sah auch an diesem Abend in einer Wolke grünlichgelber Gaze blendend aus, ihr rostbraunes Haar war ausgezeichnet geschnitten und gelockt und ihre Haut fast unwahrscheinlich weiß. Während Hero sie betrachtete, sah Isabella mutwillig lächelnd zu Sherry auf, der sich neben ihren Sessel gestellt hatte. Eine gewisse Vertraulichkeit, die in diesem Lächeln lag, und etwas in der Art, wie sich Sherry ihr zuneigte, um zu hören, was sie ihm sagte, traf Hero mitten ins Herz. Er lächelte ebenfalls, nickte zustimmend und machte eine Bemerkung, die Miss Milborne hellauf lachen ließ, obwohl sie einen Finger rügend erhob. Gleich darauf wurde Hero durch eine Tanzfigur gezwungen, ihnen den Rücken zu kehren, und von da an bemühte sie sich, nicht mehr in ihre Richtung zu schauen. Statt dessen ließ sie sich in einen mutwilligen Flirt mit Mr. Tarleton ein.

Das entging wieder Sherry nicht, der, kaum daß er ihren Partner erkannte, aller Logik bar, erklärte, er hätte es sich denken können, daß sich dieser Bursche als Mr. Tarleton entpuppen würde.

Nach Beendigung des Menuetts, während sich die Paare noch langsam vom Parkett wegbegaben, trat ein junger Mann auf Hero zu und bat sie um den ersten Reigentanz. Sie akzeptierte, die Tänzer nahmen ihre Plätze ein, und als sich der Viscount endlich durch den Saal hindurchgeschlängelt hatte und seine Frau erreichte, führte sie ihr neuer Tänzer bereits in das Carrée. Sherry war so verärgert, daß er schnurstracks zu Isabella zurückeilte, sie nur den Bruchteil einer Sekunde vor Sir Montagu Revesby erreichte und wütend sagte: «Komm, Bella, tanz mit mir! Ich will verdammt sein, wenn ich meinem kleinen Unglückswurm die Genugtuung bereite, mich die Wand zieren zu sehen, wie George es zu tun pflegt.»

«Du tanzt doch nie einen Reigentanz», erinnerte ihn Isabella.

«Diesen werde ich tanzen, auch wenn es mich umbringt!» schwor Seine Lordschaft.

Heros Carrée war bereits zusammengestellt worden, daher sah er sich gezwungen, ein zweites Carée zu suchen. Das hatte er allerdings nicht beabsichtigt, aber Miss Milborne konnte dem Schicksal nur dankbar sein, denn der Aussicht, mit einem Kavalier zu tanzen, der darauf versessen war, Aug und Ohr einer andern Dame desselben Carrées auf sich zu ziehen, hätte sie nur mit einigem Unbehagen entgegenzusehen vermocht.

Hero sah natürlich, wie Seine Lordschaft Miss Milborne zum Tanze führte, und es schien ihr sogleich, als wäre der Becher jetzt voll. Am liebsten wäre sie aus dem Ballsaal gestürzt, um sich einem herzhaften Tränenstrom hinzugeben, da das aber unmöglich war, zwang sie sich zu einer übertriebenen Lebhaftigkeit, sie lachte und plauderte und erweckte ganz den Anschein einer jungen Dame, die sich blendend unterhielt. Der Viscount, dem dieses gefühllose Betragen nicht entging, ahmte es unverzüglich nach; und da Miss Milborne gerade Lord Wrothams auffallende Erscheinung unter der Türe sah, zögerte sie nicht, ihren Jugendfreund zu ermuntern, mit ihr zu flirten, soviel er nur wollte. Da seine enorm witzigen Einfälle durch Bemerkungen, die er mit wütend unterdrückter Stimme über das schamlose Betragen seiner Frau machte, abgelöst wurden, geriet Isabella durchaus nicht in Gefahr, den Wert seiner an ihre Adresse gerichteten Komplimente zu überschätzen.

Wie auch die Absichten des Viscount bei Beendigung des Tanzes gewesen sein mochten, wurden sie dadurch zunichte, daß Mr. Guynette, der Zeremonienmeister, ihn überfiel. Mr. Guynette, der gewöhnt war, mit widerspenstigen jungen Herren umzugehen, hatte ihn, ehe sein Opfer wußte, wie ihm geschah, dem häßlichsten Mädchen im Saale vorgestellt, ein Umstand, der Seiner Lordschaft hätte klarmachen sollen, wie unklug es ist, zu verabsäumen, seinen Namen in das Subskriptionsbuch des Zeremonienmeisters eintragen zu lassen. Das Gebot der Höflichkeit zwang Sherry, die häßliche junge Dame zu einem Tanz zu engagieren, und da sie nicht zögerte, seine Aufforderung zu akzeptieren, sah er sich zu einer weiteren halben Stunde Fegefeuer verurteilt. Hierauf folgte der erste Kotillon, den Hero mit George tanzte, worauf sich alles in den Teesalon begab. Isabella hatte zu diesem Zeitpunkt bereits den üblichen Hofstaat um sich versammelt, dessen prominentestes Mitglied offenbar Sir Montagu war; Hero und Mr. Tarleton saßen bereits an einem kleinen Tisch, an dem kein Platz frei war, als es dem Viscount endlich gelang, sich in den überfüllten Teesalon durchzukämpfen; am Ende war Seine Lordschaft gezwungen, sich einigen Gentlemen am Büfett anzuschließen, die ebenfalls keine Partnerinnen hatten. Hier traf er Lord Wrotham, dessen Miene wie üblich einer Gewitterwolke glich; Sherrys Geisteszustand war aber so beschaffen, daß er völlig vergaß, sich von Wrotham unter den ungünstigsten Bedingungen getrennt zu haben, und ihn dankbar als gleichgestimmte Seele begrüßte.

«Was für ein abscheulich stumpfsinniger Abend!» stieß er hervor. «Hier ist's ja zehnmal ärger als im Almack!»

«Ich möchte gerne wissen», sagte George, der ihn finster ansah, «was, zum Teufel, du dir dachtest, als du mir vorfaseltest, daß ich Miss Milbornes Zuneigung gewonnen hätte?»

«Habe dir nie etwas Derartiges gesagt», erwiderte der Viscount. «Habe nichts anderes gesagt als das, was sie mir so gut wie gestanden hat. Warum bist du denn so schlechter Laune?»

«Ich bat, sie zum Tee führen zu dürfen, worauf sie erklärte, sie habe es Monty bereits versprochen. Dann tanzte ich mit ihr den zweiten Reigentanz, aber sie tat so, als hätte sie mich vorher nie im Leben gesehen.»

«Nun, dann laß es dir zur Warnung dienen, meiner Frau nicht mehr den Hof zu machen», sagte Sherry mit einiger Strenge.

«Sie kann doch unmöglich annehmen, daß zwischen mir und dem Kätzchen etwas anderes als bloße Freundschaft besteht!» sagte George.

«Wer hat dir denn erlaubt, meine Frau Kätzchen zu nennen?» fragte der Viscount kriegerisch.

«Du», erwiderte George.

«Oh!» sagte Sherry und gab sich geschlagen.

«Es will mir nicht in den Kopf, daß die Unvergleichliche einen solchen Unsinn glauben kann», erklärte George errötend. «Sag selbst, wann habe ich ihr Grund gegeben anzunehmen, daß ich ein anderes Mädchen auch nur anschauen würde?»

«Nun, auf mein Wort!» rief Sherry aus. «Wenn das nicht alles übersteigt! Ist es nicht Grund genug, daß du meine Frau auf dem Ball der Fakenhams geküßt hast –»

«Davon wußte sie nichts!»

«O ja, sie wußte es. Denn das Kätzchen versuchte sie zu überreden, dich zu bitten, von dem Duell mit mir zurückzutreten.»

«Du guter Gott!» stieß George hervor und erblaßte. «Also deshalb war es – ich muß mit ihr sprechen!»

«Hier wird dir das nicht gelingen», sagte Sherry mit schwermütiger Genugtuung. «Wenn ich es genau bedenke, müssen wir beide ja als ein nettes Paar Dummköpfe dastehen, daß wir zwei Mädchen nachlaufen, die mit uns nichts zu tun haben wollen! Dabei gibt's hier auch nichts zu trinken außer diesem verfluchten Tee!»

«Sie wird Monty heiraten», sagte George trübe.

«Nein, das wird sie nicht tun!»

«Sie fährt morgen in seinem Kabriolett auf irgendeinen verdammten Ausflug. Sie erzählte es mir selbst. Aber ich werde meine Zeit hier nicht länger vergeuden. Ich gehe zurück ins White Hart. Dort gibt's einen sehr anständigen Chambertin.»

«Ich will verdammt sein, wenn ich nicht mit dir komme!»

«Das kannst du nicht tun. Du mußt doch Lady Sheringham und Miss Milborne nach Hause begleiten.»

«Ich werde zeitgerecht zurück sein, um sie nach Hause zu bringen», sagte Sherry, «außer – bei Jupiter, ich könnte Ferdy dazu zwingen, mir beim Kotillon seinen Platz zu überlassen!»

«Was hat das für einen Sinn?» sagte George. «Ich habe vorhin fast dasselbe getan, aber ein Ball ist für Privatgespräche in der Tat höchst ungeeignet. Man wird durch die Tanzfiguren immer wieder getrennt, und schließlich endet alles mit einem Streit.»

«Ich glaube fast, daß du recht hast», sagte Sherry. «Aber, wenn ich das Kätzchen entführte –»

«Das kannst du nicht tun!» rief George empört. «Man ist auf diesen Bällen verteufelt korrekt. Außerdem – wenn sie sich weigerte, mit dir zu kommen, dann würdest du als ein noch größerer Esel dastehen als jetzt.»

«Ja, mein Gott, das ist wahr», stimmte Sherry zu. «Ich war ein Narr, daß ich hierhergekommen bin. Gehen wir, George!»

So wurde den beiden Damen, die keine Mühe gescheut hatten, den beiden Lords ihre Gleichgültigkeit zu beweisen, das zweifelhafte Vergnügen zuteil, mitansehen zu müssen, wie sie sich gemeinsam aus dem Ballsaal entfernten. Es hätte ihnen zwar eine gewisse Genugtuung bereiten sollen, daß ihre Winke so gut verstanden worden waren, aber leider war diese Genugtuung in den Gefühlen der beiden durchaus nicht vorherrschend. Nachdem sie eine gewisse Erleichterung darin gefunden hatten, einander in der nächsten Stunde auffallend zu ignorieren, bekam jede von ihnen heftige Kopfschmerzen, und beide entdeckten gleichzeitig den brennenden Wunsch, nach Hause zu fahren.

24

Hero, die eine schlaflose Nacht verbracht hatte, erhob sich am nächsten Morgen tatsächlich mit Kopfschmerzen und verdächtig verschwollenen Augen. Lady Saltash warf ihr einen Blick zu, schickte sie ins Bett zurück und empfahl ihr, in den Spiegel zu schauen, um selbst zu entscheiden, ob sie ihrem Gatten oder sonst jemandem dieses betrübliche Antlitz zeigen wolle.

«Oh, Madam, glauben Sie, daß er heute vormittag kommen wird?» fragte Hero. «Ich bin überzeugt, er denkt nur an Isabella! Als ich sah, daß er mit ihr den Reigentanz tanzte – *Sherry* einen Reigentanz! –, glaubte ich umsinken zu müssen!»

Mylady lachte. «Sag mir, bitte, was soll ein Mann von Geist denn sonst tun, da du so skandalös mit dem jungen Mann geflirtet hast, der kaum den Kinderschuhen entwachsen ist? Du dummes Mädel! Die Sache steht doch exzellent! Sheringham ließ dich die ganze Zeit, die er im Ballsaal war, keine Sekunde aus den Augen!»

Heros Lippen bebten. «Und während wir Tee tranken, ging er einfach weg. Ich dachte – ich glaubte, er würde vielleicht nach dem Tee zu mir kommen, um mit mir zu tanzen, aber – aber –»

«Na hör einmal! Und dich vielleicht auch noch entführen? Von einem Ball in Bath! Unerhört!»

Hero lächelte schwach. «Ich glaube nicht, daß ihm das etwas ausmachen würde. Es wäre genau das, was Sherry tun würde, wenn ihm etwas daran läge. Er wollte eben nicht. Wenn – wenn er heute vormittag hierherkäme, Madam, würden Sie dann vielleicht so gütig sein, ihn zu empfangen und – und, wenn es Ihnen möglich ist, ausfindig machen, wie seine Gefühle für mich in Wirklichkeit sind?»

«Beruhige dich, meine Liebe: ich werde ihn empfangen», versprach Lady Saltash.

Mylady sah sich aber nicht in der Lage, ihn zu empfangen. Denn er erschien an diesem Vormittag gar nicht auf dem Camden Place, weil Mr. Ringwood mit der Nachtpost in Bath eingetroffen war.

Die Postkutsche war pünktlich gewesen und hatte ihn einige Minuten nach zehn Uhr vor dem White Hart abgesetzt, wo er Lord Wrotham beim Frühstück antraf. Er beteiligte sich an dieser Mahlzeit, nachdem er sich rasiert und seine Reisekleidung gewechselt hatte; dann hörte er sich den etwas zusammenhanglosen Bericht Seiner Lordschaft über die verwickelte Lage, die scheinbar stündlich komplizierter wurde, in gelassenem Schweigen an. Ein beträchtlicher Teil von Georges Bericht befaßte sich natürlich mit dem Verhalten der Unvergleichlichen, aber Mr. Ringwood achtete recht wenig darauf. Nachdem er George bis zu Ende angehört hatte, sagte er stöhnend:

«Eine Horde von Dummköpfen!»

«Wer?» fragte George.

«Du und Sherry und Ferdy», erwiderte Mr. Ringwood. «Hölle und Teufel, ich glaube fast, daß Ferdy nicht der ärgste unter euch ist. Da, sieh dir das an!» Er reichte ihm Mr. Fakenhams Brief, den George mit wachsendem Erstaunen durchlas. «Muß angesäuselt gewesen sein», bemerkte er. «Wer soll denn dieser Bursche sein, von dem er glaubt, er sei die Triebfeder von Sherrys Reise nach Bath? Das ist doch der reine Blödsinn! Ich weiß nicht, warum er herkam, aber dahinter steckt doch keine Verschwörung. Und was, zum Teufel, hat Duke damit zu tun?»

«Gott, ich weiß es auch nicht», sagte Mr. Ringwood zornig. «Du wirst doch nicht glauben, daß ich meine Zeit damit vergeude, ihn um den Namen eines Burschen zu fragen, der mich durchaus nicht interessiert.»

«Nein. Aber ich würde viel darum geben, wenn ich wüßte, warum Ferdy annimmt, daß jemand dahintersteckt», sagte George und sann diesem Problem nach. «Hat mir gegenüber kein Wort erwähnt. Könnte doch nicht etwa Revesby sein, oder? Kann mir aber nicht denken, daß Ferdy, wenn er ihn meint, seinen Namen vergißt. Werde ihn fragen.»

«Du kannst tun, was du willst. Ich werde jetzt Sherry besuchen», sagte Mr. Ringwood. «Wo wohnt er?»

«Im Royal Crescent. Aber ich warne dich, Gil, er ist in einer teuflischen Laune!»

«Es besteht nicht der geringste Grund, mich zu warnen», sagte Mr. Ringwood. «Da du in fünf Jahren nicht imstande warst, mich zu einem

Duell zu fordern, ist es höchst unwahrscheinlich, daß es Sherry gelingt.» Hierauf zog er seine hessischen Stulpenstiefel an, die sein Diener liebevoll mit einer spanischen Hochglanzcreme behandelt hatte, schlüpfte in seinen Tuchrock, klemmte seinen Malakkastock unter den Arm und begab sich ins Royal Crescent.

Er traf Sherry, als dieser eben im Begriffe war, das Haus zu verlassen, um am Camden Place einen Vormittagsbesuch zu machen; bei seinem Anblick gab Sherry seine ursprüngliche Absicht auf und stürzte sich mit einem Laut auf Gil, der sich wenig von dem Grollen eines wütenden Tigers unterschied.

«Gerade der Mann, den ich vor allen zu sehen wünsche», rief Sherry drohend. «Du hast mir höllisch viel zu erklären, das kann ich dir sagen! Komm mit hinauf!»

«Ich komme», erwiderte Mr. Ringwood. «Was aber die Erklärungen betrifft, so scheint es mir, daß eher du mir einige zu geben hast!»

«Du gefällst mir, mit deiner verfluchten Unverschämtheit!» rief Sherry. «Was, zum Teufel, sollte ich zu erklären haben?»

«Bitte sehr. Du kannst damit beginnen, mir zu erklären, was, zum Teufel, dich nach Bath geführt hat», sagte Mr. Ringwood, während er Sherry in den Salon folgte. «Wenn Lady Sheringham zu Hause ist –»

«Sie ist es nicht», unterbrach ihn Sherry. «Sie ist ausgefahren, um irgendeinen verfluchten Arzt oder sonst wen aufzusuchen. Und die Unvergleichliche ist vor einer Stunde nach Wells gefahren, also brauchst du nicht zu fürchten, daß du gezwungen bist, bei einer von ihnen den aufmerksamen Kavalier zu spielen.» Damit riß er die Tür zum Salon auf und führte seinen Freund in das Zimmer. «Also los, Gil! In netter Weise hast du mich in all den Wochen behandelt! Was, zum Donnerwetter, veranlaßte dich, meine Frau vor mir zu verstecken und mich heimtükkischerweise glauben zu lassen, du wüßtest nicht mehr über ihren Aufenthaltsort als ich? Bei Gott, wenn ich dich nicht so gut kennen würde, dann könnte ich mir ziemlich genau vorstellen, welche Absichten du ihr gegenüber hegst!»

«Du müßtest ungewöhnlich stark betrunken sein, um zu glauben, ich würde deine Frau zu meiner Großmutter bringen, wenn ich unehrenhafte Absichten hätte», erwiderte Mr. Ringwood.

«Das ist natürlich richtig», gab Sherry zu. «Dennoch, Gil, ich kann nicht verstehen, welches Spiel du spielst; und wenn ich bedenke, wie du mich getäuscht hast, obwohl du wußtest, daß ich vor Angst um mein Kätzchen wie von Sinnen war –»

«Die Sache ist die, ich wußte das eben nicht», sagte Mr. Ringwood. «Wenn ich es genau überlege, dann weiß ich es auch jetzt noch nicht.»

Sherry starrte ihn an. «Bist du von Sinnen?» fragte er. «Um Himmels willen, für welche Sorte Mensch hältst du mich eigentlich? Meine Frau hat mich verlassen, und du weißt nicht, ob ich mir Sorgen darüber mache?»

«Ich habe mir wohl gedacht, daß du froh wärest, sie in guten Händen zu wissen», sagte Mr. Ringwood unverdrossen, «ich wußte aber nicht, ob es dir viel ausmachen würde, daß sie nicht mehr mit dir zusammenlebt.»

«Nicht viel ausmachen!» rief Sherry. «Sie ist doch meine Frau!»

Mr. Ringwood polierte sein Monokel und schenkte dieser Tätigkeit die größte Aufmerksamkeit. «Sherry, ich werde mit dir ganz aufrichtig sein», sagte er.

«Bei Gott, ich wäre nur froh darüber!»

«Das glaube ich nicht, mein lieber Junge, wenn du erst alles erfahren hast. Ist 'ne sehr heikle Sache. Würde sie nicht erwähnen, wenn ich nicht dazu gezwungen wäre. Ich weiß, daß sie deine Frau ist: war bei der Hochzeit. Die Sache ist die, Sherry, deine Ehe war eine verteufelt seltsame Angelegenheit. Hast wohl nie behauptet, in das Kätzchen verliebt zu sein, was?»

Sherry errötete, versuchte zu sprechen, es gelang ihm aber nicht.

«Hast uns allen zu verstehen gegeben, daß du es nicht bist», fuhr sein Freund fort. «Das war aber durchaus nicht nötig, war ja sonnenklar! Aber noch etwas anderes ist sonnenklar; ob du aber einsiehst, daß es so ist, weiß ich nicht, habe es auch nie gewußt. Versuchte verschiedene Male, dir einen Wink zu geben, du hast ihn aber scheinbar nicht verstanden. Das Kätzchen hält große Stücke auf dich. Wollte nie auch nur das kleinste Wörtchen gegen dich hören! Wollte nicht einmal zugeben, daß du für den F. H. C. nicht gut genug kutschierst. Schon das allein beweist alles! Schien mir immer, daß sie nur den einen Gedanken kannte: dir zu gefallen. Wenn ihr plötzlich etwas einfiel, was sie nicht tun sollte, brauchte man ihr bloß zu sagen, du hättest das nicht gerne, und sie gab es unverzüglich auf. Hat mich immer an das Gedicht, oder was es war, erinnert, das ich als Kind lernen mußte. Es war etwas über liebevolles Geben: genauso ist das Kätzchen. Wohlgemerkt, ich will durchaus nicht sagen, daß du nicht großzügig warst, daß du sie nicht ermutigt hättest, soviel Geld auszugeben, wie sie wollte, und –» Er unterbrach sich, denn Sherry hatte rasch eine Hand erhoben. «Nun gut, hat ja auch keinen Sinn, näher darauf einzugehen. Glaube, du weißt, was ich meine. Hol's der Teufel, wenn ich weiß, was ich aus all dem machen soll! Dann hattest du mit ihr den Krach wegen dieser Wettfahrt, auf die sie sich einlassen wollte, worauf sie zu mir kam, weil sie niemand andern hatte, an den sie sich wenden konnte. Sie saß mit dem verflixten Kanarienvogel, den ich ihr einmal schenkte, und der Salonuhr in meinem Zimmer und weinte, als ob ihr armes kleines Herzchen brechen sollte. Habe keine Skrupel, dir das zu erzählen, Sherry, ich war verdammt nahe daran, dich deswegen zu fordern! Scheint, daß du dich gegen das arme kleine Seelchen wie ein verfluchtes Biest benommen hast! Sie machte dir aber keinen Vorwurf! Sie blieb dabei, daß alles, von Anfang an, ihre Schuld gewesen sei. Sagte etwas, was mich ein wenig nachdenklich stimmte. Sie sagte, du hättest sie nie geliebt und hättest in Wirklichkeit die Unvergleichliche heiraten wollen.»

«Nein!» warf Sherry mit erstickter Stimme ein.

«Ich muß gestehen, ich habe auch nie angenommen, daß du dir einen Pfifferling aus der Unvergleichlichen machst», stimmte Mr. Ringwood bei. «Dachte, daß du dein Kätzchen vielleicht lieber hast, als du selbst es wußtest.»

Sherry war ans Fenster getreten und wendete seinem Freund den Rücken zu. Dann sagte er leise: «Das ist wahr.»

«Und darum habe ich das Kätzchen zu meiner Großmutter gebracht, und darum veranlaßte ich Ferdy und George, dir zu verheimlichen, daß sie ihren Aufenthaltsort kannten. Dachte mir, wenn du erst das Gefühl hast, sie verloren zu haben, dann wird es dich vielleicht dazu bringen, etwas nachzudenken.» Er schwieg und sah zu dem Viscount hinüber. Dann fuhr er fort: «Hätte sie aber auf keinen Fall verraten, weißt du. Einmal war ich schon der Meinung, alles hätte sich zum Besten gewendet. In letzter Zeit war ich dessen aber nicht mehr so sicher. Weiß zum Beispiel nicht, für wen du Sheringham Place instandsetzen läßt.»

Sherry drehte sich um. «Du Esel! Natürlich für das Kätzchen – wenn ich sie finden sollte. Glaubst du, ich hätte nicht, ebenso wie du, Zeit gehabt, nachzudenken? Jetzt weiß ich, was ich hätte tun müssen! Ich dachte, ich könnte mein Leben in gewohnter Weise fortsetzen, obwohl ich verheiratet war. Hatte niemals die Absicht, das Leben eines Ehemannes zu führen. Nun ja, jetzt weiß ich, daß das unmöglich ist, und hol's der Teufel, ich wünsche es mir auch nicht! Ich dachte, wenn ich das Kätzchen finde, könnten wir von neuem beginnen, und ich will versuchen, es richtiger zu machen! Hätte ich nicht gehofft, daß sie zu mir zurückkehrt, dann wäre ich das verdammte Haus in der Half Moon Street längst losgeworden. Gott weiß, ich habe es hassen gelernt! Aber wie hätte ich das tun können? Nimm an, sie wäre zu mir zurückgekommen und hätte die Läden geschlossen gefunden, oder es hätten gar fremde Menschen in dem Haus gewohnt. Ich mußte bleiben, obwohl es mir wie eine Gruft vorkam.»

«Ich verstehe», sagte Mr. Ringwood. «Kann nicht leugnen, dein Wunsch, Sheringham House adaptieren zu lassen, sah mir ganz so aus, als hättest du ganz andere Ideen im Kopf. Als Severn aus dem Rennen ausschied – nun, Sherry, ich konnte es nicht hindern, ein wenig verwundert zu sein.»

«Gil, wenn du noch einmal Bellas Namen mir gegenüber erwähnst, bin ich imstande, dir etwas anzutun!» warnte ihn Sherry. «Ich habe mir nie auch nur so viel –» und er schnappte mit dem Finger – «aus dem dummen Ding gemacht. Und wenn du davon nicht zu überzeugen bist, kannst du sie ja selbst fragen. Du lieber Himmel, von mir aus kann sie eine Beauté sein, aber ich lobe mir mein Kätzchen! Bella mit all ihren Faxen und Gnaden, mit ihren Launen und ihrer verdammt scharfen Zunge! Nein, dafür danke ich! Außerdem, kein Mann, der mit dem Kätzchen gelebt hat, würde die Beauté auch nur ein zweites Mal ansehen.»

«Warum, zum Teufel, bist du dann nach Bath gefahren, das du, wie wir alle wissen, nicht ausstehen kannst? Doch nur, um in Isabellas Nähe zu sein!» sagte Mr. Ringwood aufs äußerste erbittert.

«Um in Isabellas Nähe zu sein? Mein Gott, und das hast du geglaubt? Du mußt total verrückt sein! Nichts, außer einer einzigen Sache, hätte mich dazu bewegen können, hierherzukommen. Als mich meine Mutter aufforderte, sie zu begleiten, wollte ich nichts davon wissen. Ja, und Bella erklärte ich, wenn sie glaube, die Macht zu haben, mich zu überreden, dann irre sie sich gewaltig. Aber etwas, das sie erwähnte – oder das ich sagte, ich erinnere mich nicht genau, was es war –, rief mir ins Gedächtnis, daß dieses Bagshotweib die Absicht hatte, das Kätzchen nach Bath zu schicken, um dort Erzieherin zu werden. Ich glaubte bestimmt, sie in irgendeinem Seminar auf dem Queen's Square zu finden, und das ist der einzige Grund, warum ich in diese Stadt gekommen bin, in die ich meinen Fuß nie mehr zu setzen gedenke, und sollte ich hundert Jahre alt werden!»

Mr. Ringwood starrte ihn an. «So war es also?»

«Natürlich war es so! Und ich sah das Kätzchen in Georges Gesellschaft, fast im selben Augenblick, als ich in die Stadt einfuhr, und hätte ich sie noch erreichen können, dann hätte ich ihn kalten Blutes getötet! Seither habe ich versucht, wenigstens zwei Worte allein mit dem Kätzchen zu sprechen, aber sie will mich am Camden Place nicht empfangen und weigert sich, mir mehr zu gewähren als jene Höflichkeit, die man einem Fremden erweist, den man in Gesellschaft kennenlernt.»

«Auf mein Wort, Sherry, wenn es auf dieser Welt je einen Esel gegeben hat, dann bist du es!» rief Mr. Ringwood aus. «Wie, zum Teufel, sollte das Kätzchen wissen, daß du hergekommen bist, um sie zu suchen? Verlaß dich darauf, sie glaubt bestimmt, daß du nur gekommen bist, um in Miss Milbornes Nähe zu sein, und daß du nicht im geringsten erwartet hattest, sie hier zu sehen. Mich wundert es nicht, daß sie dich nicht empfangen will.»

«Aber sie kann doch nicht denken – sie *kann* doch nicht denken –» stotterte Sherry.

«Sie!» rief Mr. Ringwood vernichtend aus. «Sherry, es scheint mir eher, daß du es bist, der nicht denken kann. Ich will verdammt sein, wenn ich je einen solchen Kerl wie dich kennengelernt habe! Wie gut, daß ich herfuhr, denn du hast dir da eine schöne Suppe eingebrockt! Außerdem weiß ich gar nicht, ob es nicht schon zu spät ist, dir wieder aus dem allen herauszuhelfen.»

«Wie meinst du das?» sagte Sherry rasch und starrte ihn unbeweglich an.

Mr. Ringwood begegnete seinem Blick aufrichtig und ehrlich. «Sagte dir doch, lieber Junge, ich würde mit dir aufrichtig sein, nicht wahr? Also, ich habe kürzlich von meiner Großmutter gehört, daß da ein Bursche ist, der dem Kätzchen heftig den Hof macht.»

«Das stimmt», sagte Sherry grimmig.

«Die alte Dame glaubt nicht, daß bisher viel dran ist, sie gab mir aber einen Wink, daß du gut daran tätest, einzugreifen, ehe es zu spät ist. Tatsache ist, daß ich, als du im Gefolge deiner Mutter abreistest, im Begriffe war, dem Kätzchen zu schreiben und ihr zu sagen, daß es an der Zeit sei, mir die Erlaubnis zu geben, dir die Wahrheit zu sagen. Soweit ich es zu beurteilen vermag, ist er ein recht liebenswürdiger Mensch, mit einem kleinen Besitz, angenehmen Manieren und dergleichen. Ist verteufelt entzückt vom Kätzchen und bereit, alles zu tun, was in seiner Macht steht, um ihr zu gefallen.»

Sherry war eben im Begriff, ihm seine eigene Meinung über Mr. Tarleton mitzuteilen, als der ihm angeborene Gerechtigkeitssinn durch die Genauigkeit dieser zutreffenden Beschreibung tief berührt wurde. «Ja, hol ihn der Teufel!» sagte er bitter. «Ich glaube selbst, daß er ein recht angenehmer Mensch ist, verdammt, ich glaube sogar, er wäre dem Kätzchen gegenüber bedeutend liebevoller, als ich es je gewesen.»

Mr. Ringwood erhob sich. «Ich werde jetzt am besten gleich auf den Camden Place gehen und das Kätzchen besuchen», sagte er. «Werde alles tun, was ich kann, um diese verfluchte Verwirrung, die du verursacht hast, wieder zu lösen.»

Sherry faßte seine Hand. «Gil, du bist der beste Freund, den ein Mensch haben kann!» erklärte er. «Und, nicht wahr, du wirst ihr sagen, daß ich einzig und allein deshalb hierherkam, um sie zu suchen? Sag ihr, ich war, seitdem sie mich verlassen hat, stets bereit, mir eine Kugel vor den Kopf zu schießen. Und bitte sie, mich wenigstens zu empfangen. Sag ihr –»

«Reg dich nur nicht auf! Ich werde ihr alles ausrichten», versprach Mr. Ringwood

Als er aber auf dem Camden Place eintraf, war Hero in den Schlaf völliger Erschöpfung gesunken, aus dem zu wecken ihm Lady Saltash rundweg abschlug, und Mr. Ringwood sah sich gezwungen, statt dessen ihr seine Botschaft zu überbringen, was, wie sie ihm versicherte, auch ganz erfolgversprechend wäre. Nachdem er ihr die ganze Sache erzählt hatte, nickte sie und bemerkte, sie habe nichts anderes erwartet, als daß sich Sheringham genauso dumm benehmen werde.

«Er verdient es, auf die Folter gespannt zu werden, und wenn es nach mir ginge, so bliebe es dabei», sagte sie in strengem Ton. «Doch es ist hoch an der Zeit, daß diese unsinnige Situation ein Ende findet, denn wenn ich die ganze Lage nicht mißverstehe, so hat mein Freund Jasper Tarleton sein Herz vollständiger verloren, als ich je vermutet hätte.» Sie überlegte einen Moment und trommelte mit ihren Fingern auf den Tisch. «Du kannst Sheringham von mir ausrichten, daß er mich, wenn er heute abend in meinem Haus dinieren will, nicht zu Hause finden wird. Ich diniere mit Freunden im Laura Place, und das zählt nicht zu jener Art Geselligkeit, bei der sich seine Frau unterhalten würde. Er kann hier Punkt sieben Uhr erscheinen. Ich lasse das Kind für den Rest des Tages im Bett, denn das eine kann ich dir versichern, ich dulde nicht, daß sie Sheringham ein blasses Gesicht zeigt.»

«Wird sie seinem Besuch aber zustimmen, Madam? Wissen Sie das ganz bestimmt?» fragte Mr. Ringwood besorgt.

Sie lachte trocken auf. «Oh, nur keine Angst, sie wird zustimmen!»

«Bitte um Verzeihung, Madam, aber werden Sie auch bestimmt nicht vergessen, ihr Sherrys Botschaft zu übermitteln? Ich kann nur wiederholen, daß er ihr ziemlich viel Grund gegeben hat, ihn nicht zu empfangen.»

«Sag ihm das», empfahl Lady Saltash. «Und höre, Gilbert, du brauchst ihm nicht zu erzählen, daß sie nur darauf wartet, ihm um den Hals zu fallen. Er soll nur in recht zerknirschter Gemütsverfassung hierherkommen! Ich glaube, das wird wahrscheinlich das erste und auch das letzte Mal in seinem Leben sein.»

Mr. Ringwood versprach, Sherry nichts zu sagen, was sein Selbstbewußtsein stärken könnte, bat seine Großmutter, Hero seine Empfehlung zu übermitteln, und begab sich ins Royal Crescent zurück.

Da die Gräfinwitwe aus der Kuranstalt zurückgekehrt war, führte ihn Sherry diesmal in den Speisesaal des Erdgeschosses und verlangte stürmisch zu erfahren, was Gil erreicht hatte. Sein Antlitz umwölkte sich, als er erfuhr, daß Mr. Ringwood Hero nicht persönlich hatte sprechen können, seine Lebensgeister hoben sich jedoch mit rasender Geschwindigkeit, als er erfuhr, daß er sie am Abend allein antreffen werde; er schüttelte Mr. Ringwood inbrünstig die Hand und vergaß völlig, daß es je einen Moment gegeben hatte, in dem er sich mit ihm nicht in äußerster Harmonie befunden.

Was Hero anbelangt, so wurde sie von ihren Gefühlen dermaßen überwältigt, als ihre Gastgeberin ihr das vormittägige Gespräch mit Mr. Ringwood erzählte, daß sie aus dem Bette sprang, ihre Arme um Lady Saltashs Hals schlang und sie so unbarmherzig an sich preßte, daß sie an Myladys zweitbester Perücke furchtbare Verheerungen anrichtete. Zur Ordnung gerufen, war sie sogleich ganz gefügig, ja sie versprach sogar, den ganzen Nachmittag ruhig im Bett zu bleiben, wenn Lady Saltash ihrer Köchin Befehl geben würde, nur Lieblingsgerichte Sherrys servieren zu lassen. Hernach legte sie sich wieder ins Bett und ließ die Uhr nicht aus den Augen, bis sie es nicht länger aushielt, ihrer Kammerfrau läutete und sich eine Toilette anlegen ließ, die Sherry einmal besonders gut gefallen hatte. Danach flitzte sie rastlos im Hause umher, bis Lady Saltash darüber klagte, daß sie sie entsetzlich nervös mache. Da man in Bath nicht zu so später Stunde speiste wie in den vornehmen Kreisen Londons, begab sich Lady Saltash bereits um sechs Uhr zu ihrer Dinnergesellschaft, erinnerte aber ihren Schützling ganz prosaisch daran, daß sie den gewohnten Spaziergang mit dem Mops nicht vergessen solle.

Es war Heros Amt, das Tier vor Lady Saltashs üblicher Dinnerstunde hinauszuführen, um noch etwas Luft zu schnappen; nachdem Lady Saltash in ihrer Barutsche weggefahren war, dachte Hero, daß sie die langsam dahinschleichende Zeit auf diese Weise ausfüllen könnte. Sie zog also ihren Kapuzenmantel an, ergriff die Leine des Mopses und betrat die Straße. Es dämmerte bereits, doch war es noch hell genug, um unbesorgt einen kurzen Spaziergang rund um den Oberen und Unteren Camden Place machen zu können. Außerdem befand man sich in einer so exklusiven Nachbarschaft, daß man wenig oder gar keine Befürchtungen zu hegen brauchte, einer unerwünschten Person zu begegnen. Sie trippelte dahin, der Mops schnaufte dicht neben ihrem Fuß, und ihre Gedanken eilten der bevorstehenden zauberhaften Stunde beflügelt voraus.

Hero war so in Gedanken versunken, daß sie den Wagen kaum bemerkte, der am Unteren Camden Place hielt. Sie hatte seine vagen Umrisse in der zunehmenden Dämmerung wohl gesehen, aber sie achtete nicht weiter darauf, bis die hohe Gestalt eines Mannes in einem Kragenmantel und einem großen Biberhut plötzlich vor ihr auftauchte. Sie stieß einen kleinen Angstschrei aus, hatte aber keine Zeit, etwas anderes zu tun, ehe sie in eine unwiderstehliche Umarmung gezogen wurde. Sie unternahm verzweifelte Anstrengungen, sich zu befreien und den Versuch, um Hilfe zu rufen. Ihr Angreifer verhinderte dies, indem er seine Lippen auf die ihren preßte und sie leidenschaftlich küßte. Sie konnte nur den Schimmer einer Larve wahrnehmen, die seine obere Gesichtshälfte bedeckte, aber plötzlich glaubte sie zu wissen, wer es war, der ihr solchermaßen aufgelauert hatte; sie befreite einen Arm, schlang ihn um seinen Hals und erwiderte seine Umarmung mit äußerster Leidenschaft. Das Geräusch gemächlicher Schritte, die sich von ferne näherten, veranlaßten den maskierten Gentleman, sie aufzuheben, mit drei raschen Schritten zu der wartenden Postkutsche zu tragen und eiligst hineinzuschieben. Da sie noch immer, ganz unbewußt, die Leine des Mopses umklammerte, wurde das faule Tier wohl oder übel hinter ihr hinaufgezogen und bemühte sich unter viel Getöse, in die Kutsche hineinzuklettern, bevor die Tür hinter ihm geschlossen wurde.

Hero, die ohne weitere Umstände auf einen der Polstersitze geschleudert worden war, richtete sich wieder auf, als sich die Kutsche in Bewegung setzte, und bemerkte, daß sie gleichzeitig lachte und weinte. Aber der Anblick des entrüsteten Mopses, der keuchend auf dem Boden der Kutsche saß, trocknete ihre Tränen gründlich. «Oh», gluckste sie. «Oh, du abscheulicher kleiner Hund. Das sieht Sherry wieder ähnlich, dich auch noch hinter mir hereinzuwerfen!»

Inzwischen gratulierte sich Mr. Tarleton, der hinter der Kutsche ritt, zu dem Gelingen seines abscheulichen Planes, die Dame zu entführen, die er zu seiner Frau zu machen wünschte. Und Sherry, der für das Dinner mit seiner Frau bereits sorgfältigst angekleidet war, saß vor seinem Toilettentisch und versicherte Lord Wrotham ungeduldig, kein Ausländer, weder ein Grieche noch sonst jemand, habe die Hand dabei im Spiele, daß er nach Bath gekommen war.

«Ich kann es einfach nicht verstehen», sagte George. «Kann aus dem, was Ferdy sagt, unmöglich klug werden. Scheint, daß dieser Bursche mit ihm in Eton war. Habe nicht gewußt, daß auch Griechen dort waren, wußtest du es? Scheint mir auch ein verteufelt merkwürdiger Kunde zu sein. Soll immerzu hinter einem herkriechen und einen erschrecken. Ferdy behauptet, daß Duke ihn kennt.»

«Das ist möglich, ich kenne ihn aber nicht», erwiderte der Viscount. «Ich wäre froh, wenn du endlich aufhören würdest, mich damit zu quälen, und dich entferntest. Geh in den Salon hinüber und spiel den Charmeur; ich glaube, Isabella ist schon zurückgekommen. Du wirst Gil auch antreffen. Der arme Teufel kam, um meiner Mutter seine Aufwartung zu machen – sie hat ihn eine ganze Stunde nicht mehr losgelassen, er mußte sich anhören, was irgendein verdammter Arzt ihr über russische Dampfbäder erzählt hat.»

«Ich gebe zu, daß ich gekommen bin, weil ich hoffte, Miss Milborne zu sehen», sagte George geistvoll. «Aber leider steht es so, daß mich deine Mutter nicht gerne sieht, und es wäre mir lieber, wenn du mit mir kämest, um die Wogen zu glätten.»

Der Viscount, der an seine Halsbinde letzte Hand legte, erklärte George, er sei ein feiger Hund, wenn er aber noch einen Moment warten wolle, ohne über den geheimnisvollen Griechen zu quatschen, dann würde er sein Bestes für ihn versuchen. Während er aber noch sprach, klopfte es an der Tür, und als er «herein» rief, trat die Gräfinwitwe ein, ihr Riechfläschchen unheilkündend umklammernd. Sie nahm Lord Wrothams Anwesenheit mit einer leichten Neigung ihres beturbanten Kopfes zur Kenntnis, wandte sich aber sogleich an ihren Sohn.

«Oh, Anthony, ich bin so froh, daß du noch nicht ausgegangen bist! Ich bin wegen der lieben Isabella in großer Sorge und fürchte, daß ihr ein Unfall zugestoßen ist. Sie versicherte mir, spätestens um fünf Uhr zurück zu sein, und jetzt ist's schon halb sieben, und es zeigt sich noch immer keine Spur von ihr. Als ob das an sich nicht schon schlimm genug wäre, bin ich auch äußerst bestürzt über das, was mir Mr. und Miss Chalfont erzählten, die soeben zu Besuch kamen. Sie brachten mir Isabellas Schal, den sie unvorsichtigerweise im Hotel in Wells verloren hat. Mein lieber Anthony, es scheint, daß sie und Sir Montagu, mehr als eine halbe Stunde vor der übrigen Gesellschaft, auf einer anderen Straße nach Bath zurückgefahren sind. Was kann ihnen nur zugestoßen sein? Als man mir die Nachricht brachte, hatte ich einen so schrecklichen Anfall von Herzklopfen, daß Mr. Ringwood – es war besonders liebenswürdig von ihm, er ist ein so ritterlicher Mensch! Oh, da sind Sie ja, lieber Mr. Ringwood. Nun ja, ich bin überzeugt – wie ich also bereits sagte, er war genötigt, meine Kammerfrau zu rufen, die mich mit etwas Hirschhorngeist und Wasser wiederbeleben mußte! Denn ich bin, wie du weißt, für unsere liebe Isabella verantwortlich, und wie ich ihrer Mama je wieder unter die Augen treten soll, wenn ihr ein Unfall zugestoßen wäre – es bleibt nichts übrig, Anthony, als daß du dich mit deinem Kabriolett unverzüglich auf die Suche nach ihr machst!»

«So! Es bleibt nichts anderes übrig! Bei Jupiter!» rief der Viscount.

«Nein, danke, Madam! Ich warnte Bella, mit diesem Burschen nicht im Lande umherzuzigeunern. Da sie nicht auf mich hören wollte, muß sie eben die Konsequenzen tragen. Ich diniere heute Punkt sieben Uhr mit meiner Frau auf dem Camden Place, und Sie mögen selbst urteilen, wie wahrscheinlich es ist, daß ich diese Einladung wegen einer Laune Bellas versäume!»

George, dessen ausdrucksvolle Augen während ihrer ganzen Rede starr auf das Gesicht der Gräfinmutter gerichtet waren, trat in diesem Augenblick vor und sagte mit tiefer, klingender Stimme: «Lady Sheringham, Sie können diese Angelegenheit unbesorgt mir überlassen. Sie betrifft ja auch weit eher mich als Sherry. Ich werde mich unverzüglich auf den Weg machen. Und Sie brauchen nichts zu befürchten, denn ich werde nicht nur Miss Milborne zu Ihnen zurückbringen, sondern ganz bestimmt auch Revesby zur Verantwortung ziehen, entweder für seine Sorglosigkeit – oder – oder für die Schurkerei, die er begangen hat!»

Er verbeugte sich kurz und eilte mit einem so wilden Gesichtsausdruck auf die Tür zu, daß Mr. Ringwood Einspruch erhob.

«Nein, George, wirklich! Aber, so hör doch! Zehn zu eins wette ich, daß es nur einem unbedeutenden Unfall zuzuschreiben ist und daß sie jeden Augenblick hier eintreffen werden. Verwünscht, Monty würde nie – *George*!»

Aber Lord Wrotham, der ihm bloß einen verächtlichen Blick zuwarf, verschwand aus dem Zimmer. Mr. Ringwood wandte sich Sherry zu. «Glaube, es wird am besten sein, wenn ich ihm nachgehe, lieber alter Junge», sagte er. «Du weißt, wie er ist. Ich kann Monty nicht leiden, aber ich kann nicht zulassen, daß George ihn umbringt – denn das wäre es: schierer Mord! Ihr ergebener Diener, Lady Sheringham. Viel Glück, Sherry, alter Knabe!»

Die Gräfinwitwe sank auf einen Stuhl, völlig überwältigt von der plötzlichen Wendung der Dinge. Sie hob ihr Taschentuch an die Augen und war eben im Begriff, die bevorstehende Versöhnung ihres Sohnes mit seiner Frau zu beklagen, als ein Diener unter die Tür trat und die Ankunft des Honourable Ferdy Fakenham meldete, der zum Dinner ins Royal Crescent eingeladen war. Der Viscount, froh, einer noch törichteren Jeremiade seiner Mutter, als er ohnedies gewohnt war, zu entgehen, befahl dem Diener, Ferdy in sein Zimmer zu führen, und wandte seine ganze Aufmerksamkeit der weit dringenderen Frage zu, welche Berlocke er zur Vervollkommnung seiner Toilette wählen sollte.

Nachdem Ferdy das Zimmer betreten hatte, erfreute ihn seine Tante sogleich mit einer tränenreichen Erzählung des Unglücks, das, wie sie überzeugt war, sie alle betroffen hatte. Er schüttelte den Kopf und erklärte, Monty sei ein schlechter Mensch, und es wäre nicht abzusehen, wann die Verheerungen enden würden, die dieser alte griechische Kerl verursacht hatte. Das erregte die Aufmerksamkeit des Viscount, und er war eben im Begriff, von seinem Cousin eine Erklärung zu verlangen, als Bootle das Zimmer mit beleidigter Miene betrat und meldete, daß Jason, den er ungeniert als Taugenichts bezeichnete, darauf bestehe, Seine Lordschaft sofort zu sprechen.

«Was, zum Teufel, kann er wollen?» sagte Seine Lordschaft. «Wo ist er denn?»

«Hier bin ich, Guv'nor», erwiderte der Reitknecht, der unter Bootles Arm hindurchschlüpfte. «Krieg keinen Atem, hab 'ner Kutsche nachrennen müssen, das hätt genügt, daß einer dabei draufgeht.»

«Du bist ja betrunken», sagte Seine Lordschaft streng.

«Nein, ich bin's nicht. Schicken Sie den fetten Dummkopf weg, ich muß Ihnen was ganz solo erzählen, was Sie wissen müssen. Ja, und Sie, legen Sie Ihre Löffel nicht auf der andern Seite an die Tür!» fügte er hinzu.

Bootle war über diese Zumutung derart beleidigt, daß er ohne ein weiteres Wort aus dem Zimmer stolzierte und die Tür mit peinlichster Sorgfalt hinter sich schloß. Der Reitknecht sah seinen Gebieter mit aufrichtigem Kummer an. «'s ist wegen der Missus», platzte er heraus.

Der Viscount ließ die Berlocke fallen, die er eben gewählt hatte. «Was?» fragte er rasch. «Was ist geschehen?»

Der Reitknecht schüttelte traurig den Kopf. «Durchgebrannt, Guv'nor», sagte er schlicht.

«Was?»

«So wahr mir Gott helfe, Guv'nor, wahr und wahrhaftig! Davongefahren mit dem feinen Fatzken, mit dem sie schon gestern gegangen is.»

Der Viscount hatte das merkwürdige Gefühl, als ob der Boden unter seinen Füßen schwanke. Er streckte eine Hand aus, um sich an die Kante seines Toilettentisches anzuklammern, und sagte heiser: «Das ist eine Lüge!»

«Mir soll sofort der Schlag treffen, wenn ich Sie je 'ne Lüge gesagt hab, Guv'nor», sagte Jason in tiefem Ernst. «Würde über die Missus nie nich 'ne Lüge sagen. Könnt selbst auf der Stelle losheulen!» Als Beweis seiner Aussage wischte er mit dem Jackenärmel über seine Augen und schnüffelte schmerzlich.

Der Viscount, der so weiß wie sein Hemd geworden war, fragte: «Woher weißt du das, Schlingel?»

«Hab allens mit die eignen Lichter gesehn, Guv'nor.» Er stieg unruhig von einem Fuß auf den andern. «Ich steh am Camden Place, weil Maria – das freche Frauenzimmer, was die Zofe der Missus ist – davon gequasselt hat, daß die Missus den Hund, der wo der feinen alten Frau gehört, jeden Abend auf die Gasse führt. Dachte mir, ich sollt hingehen und der Missus sagen, wie scheußlich sie uns fehlen tut – aber ich konnt nicht dazukommen, den Brotladen aufzumachen. Weil nämlich auf der Straße 'ne Kutsche steht, und daneben der Mann – Sie wissen schon, Guv'nor. So leg ich mir auf die Lauer, und halt die Lichter offen. Und daher kommt die Missus mit dem Hundsvieh an die Leine.

Dann seh ich, wie der feine Fatzke 'ne Maske über die Visage zieht, und ich will 'n dämlicher Hund sein, wenn er die Missus nich packt und beginnt, ihr abzuküssen! Bevor ich 'nen Atem holen kann, schmeißt er sie in die Kutsche, springt auf ein feines Stück Vollblut, und alle hauen ab!»

Der Viscount trat dicht an ihn heran. «Du verdammter kleiner Narr, und du hast nichts getan, um Mylady zu helfen? Du siehst mit an, wie man sie gewaltsam fortführt und du –»

«Guv'nor, 's hat keinen Sinn nich, Ihnen zu belügen: sie is nich entführt wor'n, ich mein, 's war nich gegen ihren Willen. Denn ich seh, wie sie 'n Arm um den Hals von dem Kerl legt und ihn herzt, wie ich noch nie nich gesehn hab, sie hat sich nie nich gewehrt, nich gequietscht, nein, nich ein einziges Mal.»

«Ich habe es ja schon immer gewußt!» erklärte die Gräfinwitwe.

«Nein, zum Kuckuck, Madam, Sie können das nicht gewußt haben», erklärte Ferdy, sehr gerührt über die verzweifelte Miene seines Cousins. «Sherry, lieber alter Junge, verlaß dich drauf, ist ja alles nur Unsinn! Das Kätzchen würde nie einen Kerl mit einer Maske küssen! Könnte vielleicht George küssen, aber doch nicht einen Kerl mit einer Maske. Dein erbärmlicher Reitknecht muß ja total betrunken sein!»

Sherry schüttelte stumm den Kopf. Und Jason sagte: «Ich bin nie nich betrunken. Bin doch hinter die Kutsche dreingerannt – quer durch die ganze Stadt, ja, das hab ich getan, und ich weiß, welche Straße dieser gerissene Halunke fahren tut, es war nicht die Straße, wo man zu seinem Haus hinkommt. Fährt mit der Missus die Radstockstraße, die wo man nach Wells fährt, jawoll, aber er wird nich weit kommen, das weiß ich auch, nein, das wird er nich!»

Sherry hob den Kopf. «Warum denn nicht?»

«Ich hab den Halunken beklaut, während er auf die Missus gewartet hat», sagte Jason trotzig. Und in verteidigendem Ton fügte er hinzu: «Sie hab'n mir nie nich gesagt, daß ich diesen Kerl nich beklauen darf, Guv'nor, und wenn das 'n Freund von Sie is, denn hör ich das zum erstenmal.»

Sherry sah ihn durchdringend an. «Was hast du ihm gestohlen? Komm, ich bin nicht böse auf dich! Gib Antwort!»

Jason schnüffelte etwas, dann griff er in seine Brusttasche und förderte widerwillig eine prall gefüllte Brieftasche und eine mit einem Ring verschlossene Börse zutage. Beides überreichte er seinem Gebieter. Die Brieftasche enthielt außer einer stattlichen Anzahl Banknoten eine Spezial-Heiratslizenz und verschiedene Visitenkarten mit Namen und Adresse Mr. Tarletons; in der Börse befanden sich einige Guineen und Halbguineen.

Sherry schob die Banknoten mit zitternder Hand wieder in die Brieftasche. «Vielleicht trägt er ein paar lose Münzen in der Tasche, aber du hast recht», sagte er. «Wenn er mit Mietpferden fährt, wird er nicht weiter kommen als zur ersten Poststation. Er kennt die Wahrheit nicht:

er glaubt selbstverständlich, daß sie frei ist und ihn heiraten kann. Jason, du weißt bestimmt, daß er die Radstockstraße gefahren ist?»

«Drauf nehm ich meinen letzten Schluck!» erwiderte der Reitknecht.

«Hochzeit in Wells – ja, das ist's, was er vorhat. Jason, bring mein Kabriolett vor die Tür, so rasch du kannst! Fort mir dir!»

«Anthony», begann die Gräfinwitwe, die sich erhoben hatte, als Jason hinauseilte, um den Auftrag auszuführen. «Willst du nicht auf deine Mutter hören? Bedarf es noch weiterer Beweise, wessen dieses verdorbene Mädchen –»

«Madam, ich muß Sie bitten, nicht weiterzusprechen», unterbrach er sie mit so strengem Blick, daß sie unwillkürlich zurückwich. «Mich allein trifft alle Schuld – an allem! Ich bekam, was ich verdiente, das weiß ich jetzt, wenn Sie es auch nicht wissen. Meine Torheit – meine Vernachlässigung, meine verwünschte Grausamkeit ihr gegenüber haben sie zur Flucht getrieben. Bestimmt hat sie Lady Saltash gezwungen, meinen Besuch für heute abend zu akzeptieren. Aber lieber, als mich wiederzusehen –» er brach ab, und seine Lippen bebten. «Aber deswegen muß sie nicht – ich kann nicht zugeben, daß sie mit diesem Mann entflieht, bevor ich – bevor ich sie freigegeben habe! Ich muß sie finden – muß Tarleton die Umstände erklären – und sie wieder dem Schutz der Lady Saltash anvertrauen.»

Ferdy, der in tiefes Nachdenken versunken war, sah ihn jetzt bedeutungsvoll an. «Sherry, lieber alter Junge, weißt du, was ich glaube? Ist alles bloß ein Irrtum! Zehn zu eins wette ich, daß dein Reitknecht nicht weiß, was er spricht. Er hat das Kätzchen vielleicht auf einen Maskenball geführt. Du weißt ja, Maske –»

«Ferdy, ich hätte heute abend mit ihr dinieren sollen», sagte Sherry, und seine Stimme brach.

«Dann muß sie es rein vergessen haben. Zum Kuckuck, ist doch verteufelt leicht, eine Dinnereinladung zu vergessen. Ist mir selbst schon oft passiert. Ist aber ganz in Ordnung, hinter ihr herzufahren. Es gehört sich nicht, mit einem Burschen in Maske herumzukutschieren: man hätte sie warnen sollen. Aber, Sherry, nimm es nicht wieder übel, und erschrecke das arme kleine Seelchen nicht zu Tode.»

«Nein, nein. Wie ich es allerdings fertigbringen soll, den Burschen Tarleton nicht zu erwürgen – aber keine Angst! Ich werde mich beherrschen.»

Ferdy faßte einen großmütigen Entschluß. «Sherry, weißt du was? Ich werde dich begleiten», sagte er. «Zum Teufel, ich werde doch einen Freund nicht im Stich lassen!»

25

Hero, die mit so wenig Förmlichkeiten in die Postkutsche hineinbefördert worden war und jetzt gerüttelt und geschüttelt durch die Straßen von Bath fuhr, hatte weder die leiseste Ahnung, wohin die Fahrt ging, noch warum Sherry sich nicht zu ihr in die Kutsche gesetzt hatte. Sie zog eine Decke, die sie auf einem Sitz fand, über ihre Knie, setzte sich in eine Wagenecke und hielt sich an einem der Gurte fest, die als Armstützen dienten; im übrigen sah sie der Entwicklung der Dinge im Zustande freudigster Erregung entgegen. Ja, wenn sie gewußt hätte, daß ihr Entführer denn doch nicht so romantisch war, um allen gesunden Menschenverstand zu verlieren, und daß er eine recht klare Vorstellung von den Folgen hatte, die jemanden erwarteten, der den Versuch unternahm, sich zur Eroberung einer Dame eines Hilfsmittels zu bedienen, das nicht ohne guten Grund als Nötigung bezeichnet wurde. Die Straße von Bath nach Wells war, besonders in dieser Jahreszeit, von Schlaglöchern übersät. Mr. Tarleton meinte, sein romantisches Beginnen hätte bessere Aussichten, zum Erfolg zu führen, wenn er seine Liebeserklärung aufschob, bis sie Wells erreicht hatten.

Die Kathedralenstadt war mehr als achtzehn Meilen von Bath entfernt und lag jenseits der Mendip Hills. Mr. Tarleton hatte für seine zukünftige Frau ein Zimmer im «Christopher» bestellt, für sich selbst ein anderes im «Schwan», denn obwohl ihn sein Wunsch, in Heros alltägliches Leben ein wenig Romantik zu bringen, zu einer Tat geführt hatte, über die er nicht gerne eingehender nachdachte, veranlaßte ihn andrerseits sein angeborenes gesetztes Wesen paradoxerweise dazu, äußerst sorgfältig darauf zu achten, nicht mehr Anstoß zu erregen, als unbedingt nötig war. Er hatte die Kutsche und das Gespann tatsächlich wohlüberlegt in einem Stall gemietet, in dem man ihn nicht kannte, und manchmal ertappte er sich dabei, feige zu hoffen, daß die Wahrheit über die Art seiner Eheschließung der Allgemeinheit nie bekannt würde.

Diese Überlegung bewog ihn, die Postpferde lieber in dem kleinen Dorf Emborrow, am Fuß der Mendips, zu wechseln, als im Old Down Inn, das, zwölf Meilen von Bath entfernt, die allgemein übliche Etappe war. Als sie diese Ortschaft erreichten, war der Mond bereits strahlend emporgestiegen, ein Umstand, der die Fahrt etwas angenehmer gestaltete. Die Kutsche fuhr in den kleinen Hof ein, welcher zu der einzigen Gaststätte gehörte, und der Wirt rief nach seinem Stallpersonal.

Im selben Augenblick wurde eines der Kutschenfenster herabgelassen, Hero steckte den Kopf heraus und sah mit glückstrahlenden Augen und einem spitzbübischen Lächeln in den erleuchteten Hof, in dem sich Laternenschein und Mondlicht vermischten. «Oh, welch ein lächerlicher und doch so bezaubernder Anfang», begann sie, und ihre Stimme zitterte vor Freude. Als ihr Blick aber nicht auf Sherrys geliebte Züge, sondern auf Mr. Tarletons keineswegs erregendes Antlitz fiel, brach sie kurz ab. Peinliche Überraschung, ja Bestürzung malte sich in ihren Zügen, die

Farbe wich aus ihren Wangen, und sie stieß in vernichtendstem Ton nur ein einziges Wort hervor: *«Sie?!»*

Mr. Tarleton war höchstens auf mädchenhaften Unwillen gefaßt gewesen, aber nicht darauf, und er war denn doch ein wenig verblüfft. Er trat an den Wagen heran und sagte, während er zu dem erblaßten Antlitz im Fensterrahmen aufblickte: «Aber, meine süße Liebste, wer sollte es sonst sein?»

«Oh», jammerte Hero, und ihr Gesicht verzog sich wie das eines weinenden Babys. «Oh – ich dachte, es w-wäre Sh-Sherry!»

Mr. Tarleton wirbelte der Kopf. «Sie dachten, daß ich wer bin?» fragte er wie betäubt.

«M-mein Gatte», schluchzte Hero, und eine Träne nach der andern rollte über ihre Wangen. «Oh, wie konnten Sie nur ein so g-grausames Spiel mit mir treiben?»

Hatte unter Sherrys Füßen nur der Boden geschwankt, so schwankte jetzt das ganze Universum um den unglücklichen Mr. Tarleton. Einen Moment lang vermochte er nichts, als mit verständnislosem Erstaunen zu Hero aufzublicken. Er wiederholte in nachdenklichem Ton: «Ihr *Gatte*?»

Lediglich herzzerreißendes Schluchzen antwortete ihm. Da bemerkte er, daß der Postkutscher neben ihm stand, und er nahm sich mit einiger Anstrengung zusammen, um seine Fassung wiederzuerlangen. «Ich beschwöre Sie, Madam –! Bitte, nicht –! Kutscher, wieviel bekommen Sie?»

Der Kutscher, der den Postwagen von Bath hierhergefahren hatte, nannte achtzehn Shilling als Preis, wobei er für Kutsche und Pferdegespann pro Meile einen Shilling Sixpence rechnete. Mr. Tarleton, begierig, ihn loszuwerden, griff in die Tasche. Dabei entdeckte er, daß nicht nur seine Börse, sondern auch seine Brieftasche verschwunden waren, das ganze Bargeld, das er lose in einer seiner Taschen fand, betrug lediglich sechs Shilling neun Pence. Noch nie hatte sich ein Entführer in einer peinvolleren Situation befunden! Nie hatte er erwartet, so bitter bedauern zu müssen, daß er den Wagen in einem Stall gemietet hatte, in welchem sein Name gänzlich unbekannt war. Ein Blick auf das Gesicht des Postkutschers genügte, um ihn darüber zu belehren, daß man ihm, ohne ein äußerst peinliches Geschrei, niemals gestatten würde, auf Kredit weiterzureisen. Man kannte ihn natürlich auch in dem Gasthof nicht. Es blieb ihm also nichts übrig, als sich an sein schluchzendes Opfer zu wenden. Während er es tat, überwand sein Sinn für das Lächerliche der Situation fast seine quälenden Gefühle.

«Meine Liebe, bitte weinen Sie doch nicht! Ich verspreche Ihnen, alles wieder in Ordnung zu bringen. Es ist nur – Miss Wantage – ich befinde mich in der lächerlichsten Situation, die man sich vorstellen kann –, man hat mir nämlich meine Brieftasche gestohlen – und hier steht der Kutscher und will für seine Dienste entlohnt werden. Können Sie mir – eine Guinee leihen?»

Hero hob ihren Kopf von dem Fensterrahmen und erwiderte: «Natürlich k-kann ich das nicht. Ich habe meine G-Geldbörse nicht bei mir.»

«Oh, mein Gott», murmelte Mr. Tarleton. «Jetzt sind wir aber in einer Patsche!»

«Ich wollte, ich wäre tot», erwiderte Hero.

«Nein, nein, sagen Sie das nicht. Himmel, welche Verwirrung! Aber wie hätte ich vermuten können – mein liebes Kind, Sie können unmöglich hier sitzenbleiben. Bitte, steigen Sie aus und treten Sie in den Gasthof ein. Ich weiß wirklich nicht, wo mir der Kopf steht!» Er stieg die Wagenstufen hinan, die ein Stallbursche hilfsbereit herabgelassen hatte, kaum hatte er aber die Tür der Kutsche geöffnet, als ihm der Mops das weitere Eindringen in das Gefährt aufs heftigste streitig machte. Er wich zurück, während er ausrief: «Du lieber Gott, was hat Sie veranlaßt, dieses abscheuliche Geschöpf mitzubringen?»

«Daran sind doch Sie schuld», sagte Hero hinter den Falten ihres Taschentuchs. Sie schneuzte sich verächtlich. «Ich wollte ihn doch nicht mitnehmen, und, oh, ich dachte mir, es sähe S-Sherry g-ganz ä-ähnlich, ihn h-hinter mir in den Wagen zu werfen.»

«Bitte, fangen Sie nicht wieder zu weinen an», beschwor sie der gepeinigte Mr. Tarleton. «Wir werden im Nu das ganze Stallpersonal um uns versammelt haben. Treten Sie bloß in den Gasthof ein, und ich werde alles andre in Ordnung bringen.»

«Niemand kann alles in Ordnung bringen, denn ich bin unwiderruflich ruiniert», erklärte Hero. «Mein Gatte sollte heute zum Dinner k-kommen – und ich werde nicht da sein, und er wird nie – nie mehr mit m-mir sprechen. Und wenn er erfährt, in welche entsetzliche Klemme Sie mich gebracht haben, dann wird alles noch viel, viel schlimmer werden.»

Mr. Tarleton ergriff ihre Hand, um ihr aus der Kutsche zu helfen. «Er wird es nicht erfahren. Wir werden uns eine Geschichte ausdenken, die ihn völlig zufriedenstellen wird. Aber wer – warum – nein, kommen Sie in den Gasthof, wo wir uns unter vier Augen unterhalten können. Und was dich betrifft, Bursche, so mußt du warten! Geh ins Schankzimmer und laß dir auf meine Kosten einen Schnaps geben. Hier hast du eine Krone – aber halte gefälligst den Mund!»

Der Kutscher steckte das Trinkgeld ein, warnte jedoch seinen Fahrgast, keinen Versuch zu machen, ihm mit dem Fuhrlohn durchzugehen. Mr. Tarleton fragte hierauf kurz angebunden, wie er sich vorstelle, etwas Derartiges in seiner gegenwärtigen pekuniären Lage bewerkstelligen zu können, und führte Hero in den Gasthof. Hier befahl er dem Wirt gebieterisch, Mylady in einen Privatsalon zu führen. Nachdem dies geschehen war und ihn der Wirt wieder in dem völlig verödeten Gastzimmer aufgesucht hatte, erklärte er mit so viel Sicherheit, als er aufzubringen vermochte, daß man ihm sowohl seine Brieftasche als auch seine Börse gestohlen habe. Der Wirt war zwar höflich, aber doch merklich skeptisch, so daß Mr. Tarleton hochmütig erklärte: «Hier ist meine Karte, Bursche!» Fast unmittelbar darauf war er aber gezwungen, sich zu korrigieren. «Nein, verflucht, die sind ja mit allem andern ebenfalls dahin. Mein Name ist Tarleton – aus Frensham Hall, in der Nähe von Swainswick. Sie werden davon wohl schon gehört haben. Ich begleite eine – eine befreundete Dame nach Wells – wenigstens beabsichtige ich es, der Zufall will es jedoch, daß sie entdeckte, in Bath ein äußerst wichtiges – hm – Paket vergessen zu haben, so daß wir uns gezwungen sehen, so rasch wie irgend möglich wieder zurückzufahren. Tun Sie mir den Gefallen, den Postkutscher zu bezahlen – oder nein! Noch besser, lassen Sie seine Pferde von einem Ihrer eigenen Kutscher oder Stallburschen mit einem leeren Wagen zurückbringen, während mein Kutscher uns mit einem frischen Gespann nach Bath zurückbringt. Ihr beide könnt auf diese Weise sicher sein, euer Geld zu erhalten. Inzwischen –»

Der Wirt, der nachgedacht hatte, unterbrach ihn an dieser Stelle. «Euer Gnaden, bitte um Entschuldigung, aber wie kommt es, daß Sie, wenn Sie auf Frensham Hall leben, in einer Mietskutsche nach Wells reisen?»

«Was hat das mit Ihnen zu tun, Bursche!» rief Mr. Tarleton, dem das Blut, zu seinem Ärger, zu Kopf gestiegen war.

«Sir, ich weiß nicht, was es mit mir zu tun hat, aber ich dachte mir, daß es doch sehr eigenartig ist, wenn ein Gentleman, der nach Wells reisen will, nicht in seiner eigenen Equipage fährt – ah, hm – und außerdem zu einer günstigeren Tageszeit. Möchte Sie nicht beleidigen, Sir, aber Sie werden verstehen!»

«Man kennt mich in Bath sehr gut», sagte Mr. Tarleton steif. «Ja, und man kennt mich im Old Down Inn ebenfalls. Sie können sich also Gewißheit verschaffen, indem Sie jemanden hinschicken, um nachzufragen, ob ein Mr. Tarleton nicht stets bei ihnen die Pferde gewechselt hat.»

«Ja, wenn ich einen meiner Burschen aber eineinhalb Meilen weit die Straße hinaufschicke, um Erkundigungen einzuziehen, wer bürgt mir dafür, daß *Sie* dieser Mr. Tarleton sind?» erwiderte der Wirt. «Und wenn Sie in Bath so gut bekannt sind, wie kommt es, daß der Postkutscher Euer Gnaden nicht zu kennen scheint? Das ist es, was ich gerne wissen möchte.»

Mr. Tarleton hatte die größte Mühe, sich zu beherrschen. Nach einem kurzen, aber heftigen inneren Kampf gelang es ihm, die wütenden Worte, die ihm auf die Lippen traten, zu unterdrücken. Nach einer höchst aufreibenden Auseinandersetzung ließ sich der Wirt sogar überreden, ihm ein Paar frische Pferde vor die Kutsche zu spannen und den Postkutscher, der ihn aus Bath hergebracht hatte, dazu zu bewegen, ihn wieder dorthin zurückzufahren, sobald er sich etwas gestärkt hatte, worauf er, wie der Wirt ihm versicherte, bestimmt bestehen werde. Mr. Tarleton lieferte ihm dann seine goldene Uhr und seinen Siegelring als Pfand aus, bestellte Kaffee, der sogleich in den Salon geschickt werden solle, und beeilte sich, Hero aufzusuchen.

Als er eintrat, saß Hero beim Kamin, hielt den Mops in den Armen und bot ein Bild des Jammers. Sie warf ihm, als er das Zimmer betrat, einen so vorwurfsvollen Blick zu, daß er unwillkürlich ausrief: «Wie konnte ich denn das ahnen? Ich dachte, Ihnen eine Freude zu bereiten! Und als Sie mich küßten – du guter Gott, hat es je einen so abscheulichen Wirrwarr gegeben?»

«Niemals, niemals», sagte Hero eifrig und rückhaltlos. «Ich kann mir nicht vorstellen, wie Sie dazu kamen, anzunehmen, daß ich mit Ihnen durchbrennen wollte! Und überdies noch mit diesem abscheulichen kleinen Hund!»

«Aber, meine Liebe, Sie mußten in den vergangenen Wochen doch bestimmt bemerkt haben, daß ich bis über die Ohren in Sie verliebt bin.»

Ihr Gesicht zeigte ihm deutlich, daß sie sich dieser Tatsache durchaus nicht bewußt gewesen war. «In mich verliebt? Aber Sie könnten doch mein – ich meine – ich meine –»

«Nein, das könnte ich nicht», sagte er verstimmt. «Ich könnte nicht Ihr Vater sein, wenn Sie das sagen wollten. Aber wie kommt es, daß Sie unter dem Namen einer Miss Wantage bei Lady Saltash leben? Wer ist Ihr Gatte? Kenne ich ihn? Ist er jetzt in Bath?»

«Ja. O ja. Er kam hierher, um mich zu suchen, weil wir einen entsetzlichen Streit miteinander hatten und ich ihm davongelaufen war. Aber das wußte ich nicht und dachte, er wäre wegen Miss Milborne gekommen, und deshalb – oh, er darf nie erfahren, was sich heute abend abgespielt hat. Das ist viel, viel ärger als alle Verlegenheiten, in denen ich schon war!»

«Du guter Gott», sagte Mr. Tarleton verständnislos. «Aber wer ist es denn?» Ein abscheulicher Gedanke dämmerte ihm auf; er sah mit schrecklicher Vorahnung zu Hero hinüber und fragte: «Doch nicht – ich hoffe aufrichtig – doch nicht der wilde junge Gentleman aus der Trinkhalle?»

«Er ist nicht wild», erwiderte Hero und errötete unwillig. «Er ist der liebste und beste Mensch der Welt! Es war nur, weil er sich geärgert hat, daß ich mit Ihnen fortfuhr. Wenn ich bedenke, daß er Lord Wrotham nur deshalb gefordert hat, weil er mich ein einziges Mal küßte, dann fürchte ich, wird er in einer noch weit schlimmeren Laune sein, wenn ihm das zu Ohren kommt. Oh, ich hoffe so sehr, daß es einen Ausweg gibt, damit er es nicht erfährt.»

«Das hoffe ich in der Tat auch», sagte Mr. Tarleton aufrichtig. «Um mit Ihnen, meine Liebe, ganz ehrlich zu sein, muß ich gestehen, meine Knie schlagen bereits derart zusammen, daß ich nur staunen kann, wieso Sie es nicht hören!»

Darüber mußte sie denn doch lachen, sie verfiel aber fast unmittelbar darauf wieder in Schwermut. «Ach, lassen wir das. Was muß er sich denken, wenn er um sieben Uhr niemanden am Camden Place vorfindet! Oh, begreifen Sie denn nicht, daß er annehmen muß, ich will ihn nicht sehen! Er wird so verletzt und wütend sein, ach, wie kann ich ihm je erklären, daß es nicht meine Schuld war? Ich bin restlos verzweifelt!»

«Lassen Sie mich nachdenken», bat Mr. Tarleton, setzte sich an den Tisch und stützte seinen Kopf in die Hände. «Sie haben mich in solche Aufregung versetzt, daß mir der Kopf wirbelt. Vermutlich können Sie ihm nicht sagen, daß Sie mit irgendwelchen Freunden dinieren gegangen sind?»

«Nein, das könnte ich nicht», sagte Hero ziemlich ärgerlich. «Er wollte eigens kommen, um mich zu sehen, und, oh, es sollte Krebse mit Butter geben und eine R-Rindszunge mit B-Blumenkohl.»

Mr. Tarleton sah etwas bestürzt drein und wies völlig wirkungslos darauf hin, daß diese irdischen Erwägungen von sehr geringer Bedeutung seien.

«Es sind aber Sherrys Lieblingsspeisen», erklärte Hero traurig.

«Nun, lassen wir das», sagte Mr. Tarleton. «Ich bin überzeugt, daß Sie ihm noch viele derartige Mahlzeiten werden servieren lassen können, aber mein Kind, ich verstehe nicht, daß Sie sich in einer Situation wie dieser über etwas aufregen –»

«Nein, dazu wird es nie kommen, denn er wird so wütend sein, daß er mich ganz verstößt, und ich werde auf dieser Welt ganz verlassen sein, und nur diesen widerwärtigen Hund und einen Kanarienvogel besitzen, die ich lieb haben kann!»

«Meine liebe Miss – ich meine, meine liebe Lady Sheringham –, ich bin überzeugt, daß Sie Ihr Gatte nicht mit so unverdienter Härte behandeln wird. Ich bitte, ich beschwöre Sie –»

«Doch, das wird er tun», widersprach Hero und versuchte ihre Augen mit einem sehr feuchten Taschentuch zu trocknen. «Jeder Ehemann würde es tun, wenn er von dieser entsetzlichen Situation erführe.»

«Ich versichere Ihnen bei meiner Ehre, daß der Mann, der etwas Derartiges tun könnte, ein wahres Ungeheuer wäre!»

Hero war sofort aufgebracht, daß er für ihren geliebten Sherry einen solchen Ausdruck gebrauchte, und nur der Eintritt des Kellners, der den befohlenen Kaffee brachte, bewahrte Mr. Tarleton vor der zermürbenden Aufgabe, endlose Widerrufe und Erklärungsversuche abgeben zu müssen. Während der Kellner die Kaffeetassen sorgfältig und bedächtig auf dem Tisch arrangierte, ließ er die Tür zu dem anstoßenden Gastzimmer halb offenstehen. Verworrenes Geräusch, das die Ankunft neuer Gäste in dem Gasthof ankündigte, drang auch an die Ohren des Paares im reservierten Salon. Eine Stimme, die Hero in ihrem Sessel erstarren ließ, sagte keineswegs mit der gewohnten Verbindlichkeit: «Führen Sie uns in einen Privatsalon und schicken Sie der Dame einige Erfrischungen hinein. Mein Wagen hatte einen Unfall, so daß wir gezwungen waren, zu Fuß hierher zu gehen.»

Der Wirt war eben im Begriff zu sagen, daß sein einziger Salon bereits vergeben sei, als er von einer anderen Stimme, eisig vor sarkastischem Zorn, unterbrochen wurde, die Hero noch weit besser bekannt war. «Ich wäre foh, eine Tasse heißen Kaffee zu bekommen – *heiß* – bitte! Ich möchte ihn aber hier, in Ihrem Gastzimmer, trinken; und ich wäre Ihnen dankbar, wenn Sie unterdessen Pferde vor eine Chaise spannen ließen, damit ich sogleich nach Bath fahren kann.»

Hero schnappte nach Luft, setzte sich kerzengerade in ihrem Sessel auf und öffnete die Augen weit vor Erstaunen. Man hörte, wie der Wirt entschuldigend erklärte, daß er nur eine einzige Chaise besitze, die aber momentan vermietet sei.

«Es ist mir gleichgültig, welcher Art dieser Wagen ist, aber ich muß und werde einen Wagen bekommen!» kündigte Miss Milborne an. «Wessen Kutsche ist denn das, bitte, die in Ihrem Hof steht?»

«Sie wurde von den Herrschaften im Salon gemietet, Madam. Ich kann Ihnen tatsächlich nichts anderes anbieten als mein persönliches Gig, und das würde sich nicht eignen.»

«Danke. Es wird sich vorzüglich eignen, wenn Sie nur so freundlich wären, es diesem – diesem Gentleman zu vermieten», sagte Miss Milborne in bitterem Ton.

Der Kellner, der den Tisch endlich zu seiner Zufriedenheit fertig gedeckt hatte, entfernte sich jetzt und schloß hinter sich die Tür. Zu Mr. Tarletons Überraschung erhob sich Hero aus ihrem Sessel, wobei sie den Mops von ihrem Schoß stieß, schlich auf den Zehenspitzen zur Tür und versuchte durchs Schlüsselloch zu schauen. Da sie nur sehr wenig zu sehen vermochte, legte sie statt dessen ihr Ohr an die Öffnung und lauschte mit gespanntem Gesicht, was im Gastzimmer vor sich ging. Als Mr. Tarleton fragen wollte, was in aller Welt sie da tue, hob sie gebieterisch einen Finger und zischte bloß: «Schscht!»

Offenbar hatte sich der Wirt zurückgezogen, um Miss Milbornes Befehl auszuführen, denn Sir Montagus Stimme war deutlich zu vernehmen, als er sagte: «Nun, meine liebste Miss Milborne, gestatten Sie mir, Ihnen zu versichern, daß Sie sich völlig im Irrtum befinden. Kommen Sie, wir wollen doch nicht streiten. Dieser unvorhergesehene, höchst bedauerliche Unfall –»

«Wenn Sie auch nur den Versuch machen, mich mit einer Fingerspitze zu berühren, werde ich aus vollem Hals zu schreien beginnen!»

«Aber, meine Liebe, so hören Sie mich doch nur an. Ich ließe es mir niemals träumen, Sie zu berühren! Aber –»

«Nein! Und zweifellos ließen Sie es sich auch nicht träumen, mir Ihre höchst unwillkommenen Zärtlichkeiten aufzunötigen und mich roh zu umarmen, als ob ich eines der gemeinen Frauenzimmer wäre, mit denen Sie offenbar gewöhnt sind, es zu tun zu haben», erwiderte Miss Milborne. «Ohne Zweifel wären Sie auch so freundlich gewesen, mich loszulassen, ohne daß ich Sie mittels einer Nadel dazu veranlaßt hätte!»

Hierbei begannen Heros Augen vor Vergnügen zu blitzen, und sie mußte ein Lachen unterdrücken.

«Wenn ich», sagte Sir Montagu, «wenn ich, berauscht von dem Gedanken, mich plötzlich allein in Gesellschaft einer Dame zu befinden, für die ich die leidenschaftlichste Ergebenheit hege, die –»

«Ich wäre Ihnen dankbar, wenn Sie mich mit weiteren Leidenschaftsausbrüchen verschonen würden», sagte Miss Milborne. «Wenn Ihre leidenschaftliche Ergebenheit Sie dazu bringt, mir vorzuspiegeln, daß es keinen andern Ausweg gäbe, als mich mit Ihnen zu verloben, nur weil wir in einem entlegenen Dorf gestrandet sind, kann ich nur hoffen, einer derartigen Ergebenheit nie wieder zu begegnen. Ich weiß nicht, mit welchen Mitteln es Ihnen gelungen ist, den Unfall Ihres Wagens herbeizuführen, ich zweifle aber nicht länger, aus welchem Grund Sie so begierig waren, mit mir auf einer andern als der Poststraße nach Bath zurückzufahren. Sir, als Sie bemerkten, daß für Sie keine Hoffnung bestand, meine Hand auf ehrenhafte Weise zu gewinnen, versuchten Sie, mich durch eine List zu einer Ehe zu zwingen! Sie kennen aber meinen Charakter nicht, wenn Sie annehmen, ich wäre ein so schwaches oder törichtes Mädchen, um mich Ihrem niederträchtigen Ansinnen zu beugen.»

Hero, die dieser Rede mit gespannter Aufmerksamkeit gelauscht hatte, verließ jetzt ihren Posten an der Tür und lief auf Mr. Tarleton zu: «Ich bin gerettet!» flüsterte sie freudig erregt. «Es ist Isabella Milborne und der abscheulichste Mann, den man sich nur vorstellen kann. Ich kenne Isabella seit meiner Kindheit, und ich weiß, daß sie mir aus dieser Verlegenheit helfen wird. Und ich glaube auch, daß sie sehr froh sein wird, mich zu sehen, weil sie mit mir in der Chaise zurückfahren kann, denn sie wird sich kaum wünschen, hoch oben auf dem Gig des Wirts zu sitzen. Es wäre durchaus nicht der Stil, der zu ihr paßt. Bleiben Sie hier im Zimmer, Mr. Tarleton, während ich draußen alles arrangiere.»

«Aber, Lady Sheringham, überlegen Sie einen Moment», sagte er eindringlich. «Wissen Sie auch bestimmt –»

«Ja, ja, und jedenfalls kann ich die arme Isabella dem Sir Montagu nicht auf Gnade und Ungnade preisgeben.»

«Nach dem, was ich dem Gespräch entnehmen konnte, ist die ‹arme Isabella› meiner Meinung nach recht gut imstande, sich ihrer Haut zu wehren», sagte Mr. Tarleton trocken.

«Ja, war es nicht herrlich, mitanhören zu können, wie sie ihm diese kalte Dusche gab? Sie ist wirklich eines der gescheitesten Mädchen. Aber ich glaube nicht, daß diese Situation für sie sehr angenehm sein kann. Bitte, halten Sie den Hund an der Leine.»

Mr. Tarleton, an dem die Ereignisse des Abends nicht spurlos vorübergegangen waren, übernahm gehorsam die Hundeleine und sah mit einiger Besorgnis, wie seine Gefährtin die Tür öffnete und das Gastzimmer betrat.

Miss Milborne, die, beim Kamin stehend, einen Fuß in einem beschmutzten Halbschuh der Glut entgegenhielt, wandte den Kopf und rief erstaunt aus: «Hero!»

«Ja, mich persönlich», sagte Hero, unter feiner Mißachtung der Grammatik, dafür aber mit dem sonnigsten Lächeln. «Arme Isabella, wie beschmutzt du bist, und wie schrecklich muß es dir sein, dich in einer so üblen Lage zu befinden. Bitte, komm zu mir in den Salon. Und es besteht für dich auch kein Grund, das Gig des Wirts zu mieten, denn ich werde dich in meiner Chaise nach Bath zurückbringen.»

«Aber wie kommt es nur», stotterte Miss Milborne in größtem Erstaunen, «wie in aller Welt kommt es, daß du hier bist, und zu so später Stunde? Oh, Hero, in welche neue Verlegenheit bist du wieder geraten?»

«Nun, ich muß sagen, Isabella, das ist doch die Höhe! Daß du *mich* beschuldigst, in der Tinte zu sitzen, wenn du dich in einer weit schlimmeren Lage befindest!» sagte Hero. «Ich kann nicht verstehen, wie du mit Sir Montagu Revesby im Lande umherkutschieren kannst, denn ich weiß bestimmt, daß sich das nicht gehört!»

«Sir Montagu und ich», sagte Miss Milborne errötend, «befanden uns in Gesellschaft einiger meiner Freunde auf einem Ausflug in Wells.»

«Ach, und wo sind sie denn, deine Freunde?» fragte Hero, nicht unbegründet. «Weißt du, Isabella, ich habe alles mitangehört, was sich eben zwischen dir und Sir Montagu ereignet hat, aber obwohl ich ganz genau weiß, daß dich an dem Unfall mit dem Wagen keine Schuld trifft, kann man nicht leugnen, daß du dich in einer recht mißlichen Lage befindest. Und du kannst sagen, was du willst, ich bin dennoch überzeugt, daß es *eine* Person gibt, von der du nicht wolltest, daß sie etwas davon erführe. Denn so herzlos bist du nicht, um ihm einen solchen Schmerz zu bereiten, ich weiß, du bist es nicht!»

Miss Milborne, die müde und durchfroren war und stärker erschüttert, als sie sich anmerken ließ, fühlte plötzlich, daß Tränen unter ihren Augenlidern brannten; sie verhüllte ihr Antlitz mit den Händen und sagte mit bebender Stimme: «O Hero, nicht! Bitte, sprich nicht weiter!»

Hero lief sogleich auf sie zu. «Oh, bitte entschuldige. Liebste Isabella, bitte weine nicht. Ich wollte dir nicht weh tun, wirklich, das wollte ich nicht!»

Sir Montagu sagte mit seidigster Stimme: «Sehr rührend, Lady Sheringham. Und wo, wenn ich bitten darf, befindet sich Ihr Gatte? Wohl nicht hier, wie ich annehme. In der Tat war er, wie ich hörte, in letzter Zeit nicht übertrieben oft in Ihrer Gesellschaft. Sie waren meine entschiedenste Feindin, nicht wahr? Ich möchte nur wissen, ob Sie das nicht eines Tages bereuen werden. Und wissen Sie auch, daß ich fast glauben möchte, daß es der Fall sein wird? Wäre es zuviel verlangt, hoffen zu dürfen, einen Blick auf den Kavalier werfen zu können, der sich ohne Zweifel in dem Privatsalon verbirgt?»

«Nein!» sagte Tarleton von der Türschwelle. «Es ist nicht zuviel verlangt, Sir!» Mit diesen Worten landete er eine äußerst brauchbare Rechte auf Sir Montagus Kinnspitze, die ihn krachend zu Boden stürzen ließ. «Stehen Sie auf, damit Sie noch etwas mehr von dieser Hausmannskost erhalten können!» rief er, während er mit geballten Fäusten über Sir Montagu gebeugt dastand.

Sir Montagu hatte einen recht bösen Tag hinter sich. Es war ihm weder mit anständigen noch mit unanständigen Mitteln gelungen, sich der Hand der reichen Erbin zu bemächtigen; es war ihm eine recht ansehnliche Nadel in den fleischigen Teil seines Armes gestochen worden; er war gezwungen gewesen, drei Meilen einer unbeschreiblich schlammigen Straße neben einer Dame zu gehen, die während des ganzen mühseligen Marsches eisiges Schweigen bewahrte, und neben einem Bauernlümmel, den sie bestochen hatte, sie zum nächsten Postgasthof zu führen; nachher mußte er der Person die Stirne bieten, der er den größten Teil seines Mißgeschicks zuschrieb; und schließlich war er noch schmerzhaft und schmählich von einem ganz fremden Menschen niedergeboxt worden, der nur darauf zu warten schien, diese Heldentat zu wiederholen. Schwankend zwischen wütendem Zorn und der natürlichen Angst eines Mannes, dem körperliche Gewalt jederzeit ein Greuel gewesen war, verlor er völlig den Kopf. Sein Spazierstock war gemeinsam mit dem Stuhl, auf den er ihn gelegt hatte, zu Boden gefallen, da er sich bei seinem Sturz wild an ihn geklammert hatte. Er griff nach ihm, zog sich in die Höhe, tastete an dem geschnitzten Elfenbeingriff herum, und als Mr. Tarleton ihm gegenüber die zweckentsprechende Boxstellung einnahm, riß er die verborgene Klinge aus der unschuldig aussehenden Scheide und stach auf seinen Angreifer los. Mr. Tarleton bemerkte die Gefahr gerade um einen Bruchteil zu spät, um den Stich ganz abwehren zu können. Als er den Angriff kommen sah, wich er ihm aus, so daß die Klinge, anstatt seine Brust zu durchbohren, lediglich durch den Ärmel seines Rockes drang und ihm eine tiefe Fleischwunde am Oberarm zufügte. Im nächsten Augenblick war er mit Sir Montagu aneinandergeraten, entwand ihm den Stockdegen und boxte ihn erneut zu Boden. Hierauf blieb er atemlos stehen und versuchte instinktiv nach seinem Arm zu greifen, um das reichlich fließende Blut zu stillen, das seinen Ärmel schrecklich verfärbte und dann zu Boden tropfte.

Die beiden Damen, die bei diesen Vorgängen vor Entsetzen wie angewurzelt dagestanden waren, liefen auf ihn zu.

«Welche Schande!» rief Isabella, und ihre Augen blitzten in herrlichem Zorn. «Gegen einen unbewaffneten Mann eine Klinge zu ziehen! Feigling!»

«Oh, armer Mr. Tarleton», sagte Hero. «Und das alles haben Sie um meinetwillen getan! Ich bin Ihnen außerordentlich dankbar und hoffe nur, daß Sie nicht ernstlich verletzt sind. Bitte, erlauben Sie, daß ich Ihnen dabei helfe, den Rock auszuziehen. Oh, sind Sie da, Wirt? Seien Sie so gut und bringen Sie, so rasch Sie können, eine Schüssel mit Wasser und etwas Brandy. Und, Kellner, helfen Sie bitte diesem Herrn seinen Rock ausziehen – die andern sollen sich entfernen!»

«Du guter Gott», sagte Mr. Tarleton mit schwacher Stimme, als er sich dem Wirt, dem Kellner, dem Stallknecht, zwei Postkutschern und einem Zimmermädchen gegenübersah. «Oh, was habe ich da angerichtet! Meine verwünschte Torheit! Als ich aber hörte, in welcher Weise er zu Ihnen sprach, konnte ich mich nicht zurückhalten!»

«Nein, nein, das konnten Sie natürlich nicht», sagte Hero, die seinen Ärmel behutsam aufrollte und die häßliche Fleischwunde bloßlegte. «Oh, dafür müssen wir einen Arzt haben. Wirt! – Ach, er ist weggegangen. Einer von euch soll, bitte, zum nächsten Arzt laufen, und ihm sagen, daß sich hier ein Herr befindet, der bei einem Unfall verletzt wurde.»

«Um Himmels willen nicht», bat Mr. Tarleton aus der Tiefe eines Fauteuils, in den man ihn gesetzt hatte. «Es ist nichts als ein Kratzer! Wenn Sie mir bloß eine Serviette reichen und mir dabei helfen würden, sie fest um den Arm zu binden.»

Isabella, die in ihrem Retikül eifrig herumgekramt hatte, brachte eine Schere zum Vorschein und begann mit ihrer Hilfe eine Serviette in Streifen zu schneiden. Sir Montagu, durch seine jüngste Wahnsinnstat ebenso erschreckt wie durch die fürchterlichen Folgen, die sich, wie er deutlich kommen sah, daraus ergeben mußten, war aufgestanden und in die entfernteste Ecke des Zimmers getaumelt, wo er, die Hand auf seine rasch anschwellende Backe gedrückt, sich auszudenken versuchte, auf welche Art er die drohenden Konsequenzen verhüten könnte. Der Wirt kehrte mit einer Wasserschüssel zurück und befahl seinen Angestellten mit scharfer Stimme, sich an ihre Arbeit zu begeben. Der Kellner setzte ein Glas Brandy an Mr. Tarletons Lippen. Mr. Tarleton, der sich durch den starken Blutverlust ziemlich schwach fühlte, schluckte den Brandy und lehnte sich hierauf mit geschlossenen Augen in seinen Fauteuil zurück.

Der Wirt, aufs höchste entrüstet über ein so zügelloses Betragen in seinem Hause, behandelte die Wunde dennoch sehr geschickt, gab aber seine Absicht zu erkennen, den Dorfpolizisten herbeizurufen, um beide Kämpfer verhaften zu lassen. Als Anhang fügte er eben noch hinzu, daß der Beamte schon wissen werde, wie er mit sogenannten Gentlemen zu verfahren habe, die versuchten, ehrliche Postkutscher um ihren Fuhrlohn zu prellen, als man im Hof das Geräusch von Pferdehufen und das Scharren von Rädern auf dem Katzenkopfpflaster vernahm und eine ungeduldige Stimme rief: «He, hallo! Stallknecht! Stallknecht! Hören Sie doch!»

«Sherry!» schrie Hero auf und stürzte von der Seite Mr. Tarletons eiligst auf den Korridor, der in den Hof führte. «Sherry! Sherry!»

Seine Lordschaft war soeben von seinem Kabriolett heruntergesprungen. Er erkannte seine Frau im Schein des Lampenlichts, das durch die offenstehende Tür fiel, und stürzte auf sie zu. «Oh, mein Kätzchen! Gott sei Dank, daß ich dich gefunden habe!» rief er und streckte seine Arme nach ihr aus. «Du darfst das nie, nie wieder tun, hörst du, mein süßer kleiner Schatz! Ich kann ohne dich nicht leben!»

Hero lief direkt in seine weitgeöffneten Arme und schlang die ihren eng um seinen Hals. «Nein, nein, Sherry, ich wollte es ja nie tun!»

schluchzte sie. «Ich glaubte doch, daß du es warst, und nicht Mr. Tarleton!»

«Ach, Kätzchen, das sieht dir wieder ganz ähnlich», sagte er etwas unsicher. «Aber ich hätte ja an seiner Stelle dort sein sollen! Und wenn ich nicht ein solcher Esel gewesen wäre – Kätzchen, mein kleiner Pechvogel, wie übel hast du mir doch mitgespielt. Komm, küsse mich!»

Der Honourable Ferdy Fakenham, der mit ungeheurem Interesse die leidenschaftliche Umarmung und die Zärtlichkeiten beobachtete, die zwei Personen austauschten, welche ihre Umgebung völlig zu vergessen schienen, stieg würdevoll von dem Kabriolett herab und befahl dem gleichermaßen interessierten Jason, die Pferde in den Stall zu führen und darauf zu achten, daß sie gut abgerieben würden. Als diesem Befehl widerwillig gehorcht worden war, trocknete Sherry soeben die feuchten Wangen seiner Frau mit seinem Taschentuch, und Hero blickte selig lächelnd in sein zärtliches Gesicht. «Aber, Sherry, woher wußtest du es denn?»

«Jason sah dich. Ich dachte – ich fürchtete, es wäre deshalb geschehen, weil ich dir eine so unüberwindliche Abneigung gegen mich eingeflößt hatte, daß du es nicht über dich bringen konntest, mich zu empfangen. Ich hätte mir am liebsten eine Kugel vor den Kopf geschossen!»

«Oh, Sherry, nein! Wie wäre es denn möglich, dich nicht zu lieben? Ich habe dich mein ganzes Leben geliebt!»

«Kätzchen, mein Kätzchen!» rief er und schloß sie wieder in die Arme. «Ich wollte, ich könnte dasselbe von mir sagen. Aber ich gewann dich erst so lieb, nachdem ich dich geheiratet hatte. Was bin ich doch für ein schlechter Mensch! Als du mir aber davongelaufen warst, da wußte ich erst, wie innig ich dich liebte. Das eine kann ich dir sagen, du wirst keine Gelegenheit mehr bekommen, mir davonzulaufen!»

Sie legte ihre Wange an sein Herz. «Oh, und ich bin immer so lästig gewesen. Und jetzt wieder diese schreckliche Verwirrung! Ich dachte, du würdest mich für immer davonjagen.»

«Es war meine Schuld. Alles war nur meine Schuld!» sagte er leidenschaftlich.

Ferdy hüstelte diskret. «Sagte dir doch immer, daß es ein Irrtum ist, Sherry, lieber alter Junge. Habe nicht die Absicht, dich zu stören, da sind aber zwei Postkutscher, die neugierig um die Ecke lugen.»

«Laß sie lugen», sagte Seine Lordschaft, schob aber doch Heros Hand unter seinen Arm und schritt mit ihr langsam in den Gasthof. «Wo ist dieser Bursche Tarleton? Du kleine Teufelin, du mußt ihn hübsch an der Nase herumgeführt haben. Ich will verdammt sein, wenn mir der arme Kerl nicht leid tut. Aber was, zum Kuckuck, hat er sich denn vorgestellt, als er so plötzlich mit dir davonlief?»

«O Sherry, ich fürchte, es war deswegen, weil ich einmal schrecklich törichtes Zeug dahergeredet habe», gestand Hero schuldbewußt.

Er brach in schallendes Gelächter aus. «Das hätte ich mir denken können. Bei Gott, Fratz, es sieht ganz so aus, als wäre ich deine letzte Hoffnung gewesen, die mit der Eilpost kommen mußte, um dir wieder einmal aus der Patsche zu helfen.»

«Weißt du, Sherry, es ist für mich eine außerordentliche Erleichterung, daß du das sagst, denn um die Wahrheit zu gestehen, es handelt sich um eine weit schlimmere Verwicklung, als du dir vorstellen kannst. Sie ist in der Tat sogar ziemlich anstoßerregend, und der Wirt drohte, daß er uns von dem Polizisten verhaften lassen will. Wenn du aber vielleicht so gut wärest, die Rechnung für den armen Mr. Tarleton zu bezahlen, könnte er sich erweichen lassen. Weißt du, es ist ihm nämlich sein ganzes Geld gestohlen worden –»

«Ich weiß», sagte Sherry grinsend, «Jason hat es ihm geklaut. Dadurch gelang es mir auch, dich hier einzuholen.»

«Oh, wie gescheit von Jason», rief Hero. «Wir müssen ihm etwas Schönes schenken.»

In diesem Augenblick hatten sie das Ende des Ganges erreicht, der in das Gastzimmer führte. Mr. Tarleton war es gelungen, den Wirt loszuwerden, dennoch erschien der Raum dem eintretenden Viscount merkwürdig bevölkert. Sein erstaunter Blick fiel zuerst auf Miss Milborne, dann auf Sir Montagu Revesby und zuletzt auf den Mops, der während der letzten Ereignisse schnarchend vor dem Salonfeuer gelegen hatte und eben erst in das Gastzimmer gewatschelt war, um Seine Lordschaft mit einem asthmatischen Bellen zu begrüßen.

Es war für den Viscount charakteristisch, daß seine Gedanken unverzüglich von den bewegten Ereignissen dieses Tages abgelenkt wurden. Der Ausdruck einer bösen Vorahnung breitete sich über sein Gesicht; er starrte den Mops mit grenzenlosem Abscheu an und fragte: «Woher kommt denn das hier?»

«Oh, den hab ich mitgebracht», erwiderte Hero fröhlich. «Es ist ein Mops.»

«Das sehe ich», sagte Sherry. «Nein, zum Kuckuck, Kätzchen. Ich habe nichts gegen Gils Kanarienvogel – das heißt, ich habe schon etwas gegen ihn, aber ich kann ihn ertragen –, ich will mich aber hangen lassen, wenn ich ein so überfressenes kleines Scheusal wie dieses in meinem Hause dulde! Wenn du einen Hund haben willst, werde ich dir einen schenken, aber ich mache dich aufmerksam, es wird keinesfalls ein Mops sein!»

«Ach, Sherry, wirklich?» sagte Hero. «Ich glaube, daß ich sehr gerne einen Hund hätte. Aber weißt du, der hier gehört ja gar nicht mir. Er gehört Lady Saltash und ist bestimmt abscheulich!»

«Warum, zum Teufel, hast du ihn dann mitgenommen?» fragte Sherry. «Kann nicht verstehen, was du, wenn du dich schon entführen ließest, mit einem Hund wolltest!»

«Nein, ich hatte doch nicht die Absicht, ihn mitzunehmen, ich war mit ihm nur spazierengegangen, als Mr. Tarleton mich entführte, und irgendwie war er dann in die Kutsche geraten. Sherry, das hier ist Mr. Tarleton.»

Mr. Tarleton hatte sich etwas unsicher erhoben und sagte jetzt mit soviel Würde, als man von einem Manne erwarten konnte, der seinen Rock halb angezogen und halb ausgezogen hatte. «Sheringham, wenn Sie mir ein Wort unter vier Augen gewähren wollten, glaube ich, Ihnen alles zu Ihrer vollen Zufriedenheit erklären zu können.»

«Oh, das brauchen Sie gar nicht zu tun», erwiderte Sherry fröhlich und schüttelte ihm die Hand. «Ich verarge es Ihnen gar nicht, mit meiner Frau durchgebrannt zu sein: habe es ganz genauso gemacht! Wenn ich es recht überlege, könnten Sie mir sogar etwas nachtragen, denn es war mein Reitknecht, der Ihnen die Brieftasche und die Börse gestohlen hat. Wollte sie mitbringen, aber bei all dem Wirrwarr habe ich sie vergessen. Hallo, Sie sind ja verletzt! Woher kommt das?»

Ferdy, der starr auf die Schüssel mit dem geröteten Wasser geblickt hatte, die auf dem Tische stand, neben der überdies eine blutgetränkte Serviette lag, gab seinem Cousin einen leichten Rippenstoß. «Weißt du, Sherry, was ich glaube? War eine regelrechte Boxerei. Jemand hat ein Messer gezogen. Blut ist in Strömen geflossen. Wenn es Montys Blut war, dann ist es gut. Kann ihn nicht leiden, konnte ihn niemals leiden.»

Sherry drehte sich um, sah Revesby an, und seine Miene verhärtete sich. «Ich habe vergessen, daß dieser verdammte Halunke hier ist», sagte er. «Bei Jupiter, du hast recht. Endlich hat ihm jemand einen tüchtigen Boxhieb verpaßt! Schau dir nur seine Backe an!»

«Sitzt ausgezeichnet», sagte Ferdy und nickte beifällig mit dem Kopf. «Zum Henker, dieser Bursche Tarleton scheint mir ein patenter Kerl zu sein. Ihr gehorsamster Diener, Sir. Ist mir ein Vergnügen, Sie kennenzulernen.»

«Ja, aber warte einmal», sagte Sherry, und sein Blick umfaßte die aus der Scheide gezogene Klinge und Mr. Tarletons Arm. «Da steckt doch etwas verteufelt Merkwürdiges dahinter! Was hat dieser Stockdegen hier zu suchen? Sie wollen doch nicht sagen –»

«Frag Sir Montagu», sagte Miss Milborne, die, der Vorgänge völlig entrückt, das Kinn in die Hand gestützt, ins Feuer gestarrt hatte. «Frag ihn nur, wie es möglich war, daß er seine Klinge gegen einen unbewaffneten Mann gezogen hat.»

«Das hat er getan?» sagte Ferdy. «Nun, das ist ja unglaublich! Hast du gehört, Sherry? Sagte dir immer, daß er ein schlechter Mensch ist.»

«Gott, ich habe das schon während der letzten drei Monate gewußt. Ich möchte aber wissen, warum er die Klinge zog und weshalb er den Boxhieb bekam. Und weil ich gerade dabei bin, möchte ich auch noch eine andere Sache wissen – nicht daß mir viel daran läge, aber ich glaube, es würde uns Unannehmlichkeiten ersparen: was habt ihr beide zu dieser Nachtstunde hier zu suchen?»

Miss Milborne gab ihm bereitwilligst eine genaue Darstellung ihres Anteils an den Ereignissen dieses Abends. Der Viscount blieb ungerührt. «Nun ja, Bella, ich hatte dich gewarnt, mit ihm zu fahren», sagte er. «Hätte mir denken können, daß er ein Unheil anrichten würde. Zum Kuckuck, es geschieht dir ganz recht! Einen schönen Staub hast du da aufgewirbelt, und wenn ich etwas von dieser Sache verstehe, dann geschah alles nur, um George zu ärgern. Es erklärt mir aber noch nicht, wieso es zu einer Schlägerei mit Mr. Tarleton kam.»

«Oh, Mr. Tarleton war so freundlich, ihn niederzuboxen, weil er mir so abscheuliche Dinge sagte», erklärte Hero freudig.

«Ach, so war es also?» sagte Seine Lordschaft, und seine Augen blitzten kriegerisch auf. «Ich bin Ihnen zu großem Dank verpflichtet, Tarleton! Und jetzt gestehe, du Schuft, bevor ich dir deine verlogene Kehle zerdrücke, was hast du zu Lady Sheringham gesagt?»

Sir Montagu sagte heiser, während er zurückwich: «Sheringham, du wirst es bereuen, wenn du mich anrührst! Wenn die Ereignisse dieser Nacht erst einmal bekannt sind –»

«*Nein*, Sherry», rief Ferdy, packte den Ärmel seines Cousins und umklammerte ihn verzweifelt. «Du hast versprochen, nicht wütend zu werden. Wäre nicht gut. Man muß dem Kerl den Mund stopfen.»

«Ich will ihm den Mund so stopfen, daß er ihn nie wieder aufmacht!» rief Sherry wild. «Zum Teufel, Ferdy, laß mich los! Ich werde dieses üble Gewürm in Stücke reißen, und wenn von ihm dann noch etwas übrigbleibt, wenn ich mit ihm fertig bin –»

«Lieber Junge, doch nicht vor den Damen! Schrecklich schlechter Ton! Außerdem ist das nicht nötig: George dürstet nach seinem Blut, und warum, zum Kuckuck, soll er es nicht bekommen? Wird ihm guttun, dem armen Kerl! Wird ihm wieder Lebensfreude geben!»

«Sherry, ich warne dich, wenn es hier noch einmal zu einer Schlägerei kommt, bekomme ich einen hysterischen Anfall», erklärte Miss Milborne. «Ich bin überzeugt, daß ich mehr als Hero von seiten Sir Montagus zu erdulden hatte, und wenn ich zufriedengestellt bin, Sherry, sehe ich nicht ein, warum du es nicht sein solltest. Und wenn Sie, Sir, so unklug sein sollten, auch nur ein einziges Wort über die heutigen nächtlichen Ereignisse über Ihre Lippen kommen zu lassen, dann hätte ich der Welt auch einiges zu erzählen! Ich bilde mir ein, Sie würden es nicht besonders begrüßen, wenn allgemein bekannt würde, daß Sie Ihre Klinge gegen einen unbewaffneten Mann gezogen haben!»

Sherry schüttelte seinen Cousin ab. «Revesby», sagte er und maß Sir Montagu mit den Blicken, «ich würde die Gelegenheit begrüßen, eine gewisse Rechnung mit Ihnen zu begleichen, aber ich glaube, Ferdy hat recht – es ist nicht nötig. Wrotham sucht Sie, und er wird höchstwahrscheinlich jede Minute hier auftauchen. Revesby, Sie sind bereits ein toter Mann!»

«George sucht mich?» sagte Miss Milborne mit schwacher Stimme. «Oh, du lieber Himmel!»

«Ist in übelster Laune auf und davon, sobald er hörte, daß Sie nicht zurückgekehrt sind», sagte Ferdy. «Sagte, er würde Revesby wegen seiner Schurkereien zur Rechenschaft ziehen. Du guter Gott, Sherry, ich will verdammt sein, wenn dieses griechische Wesen nicht auch hinter Monty her ist! Auf mein Wort, sehr bemerkenswerter Zufall!»

«Was, zum Teufel, ist das für ein Gerede von diesem verwünschten Griechen?» fragte Sherry. «George versuchte schon, mir von ihm zu erzählen, aber ich will gehängt werden, wenn ich daraus schlau wurde. Alles, was ich weiß, ist, daß ich keinen Griechen kenne – und auch keinen kennen will!»

«Es ist kein Ding, mit dem du bekannt sein kannst, lieber alter Junge. Duke kennt es. Schleicht hinter jemandem her, wenn er es gar nicht erwartet. Dachte, es wäre hinter mir her, aber es zeigt sich, daß es hinter Monty her ist. Und das ist gut so!»

«Ja, aber was *ist* es denn?»

Mr. Tarleton sagte mit belustigtem Lächeln: «Ich glaube, er meint die Nemesis –»

«Ja, das ist es!» rief Ferdy und sah ihn respektvoll an. «Nemesis! Kennen Sie es auch?»

«Nun, das kann ich von mir nicht behaupten», erklärte Sherry. «Außerdem, was immer es auch sein mag, es hat nichts damit zu tun, daß ich nach Bath gefahren bin.»

«Nicht ‹es›», murmelte Mr. Tarleton, der seine Jahre zu fühlen begann. «'s ist die Göttin der Rache, und, Hesiod zufolge, die Tochter der Nacht.»

«So? War sie das?» sagte Ferdy. «Nun, bei Jupiter, Tochter von wem?»

«Der Nacht», wiederholte Mr. Tarleton.

Ferdy sah ihn ein wenig zweifelnd an. «Scheint mir etwas merkwürdig, aber ich glaube, Sie haben recht. Wenn ich es überlege, so waren diese alten Griechen verteufelt komische Leute.»

Sein Cousin sah ihn überrascht an, und dieser Blick war nicht ganz frei von Mißbilligung. «Aber Ferdy, ich habe nie gewußt, daß du ein Bücherwurm bist!» sagte er.

«Lernte es in Eton», entschuldigte sich Ferdy mit abwehrendem Hüsteln. «Die Sache ist die, ich dachte, das Ding sei hinter mir her. Jetzt zeigt sich's, daß es hinter Monty her ist. Es gab ihm den Boxhieb und setzte George auf seine Spur. Immerhin, Sherry, wenn ich es überlege, bin ich nicht restlos überzeugt, daß es eine so gute Sache ist. Möchte nicht, daß George aus dem Land flüchten muß.

Weißt du was: laß Monty laufen, bevor George kommt! Ist ja in gewisser Weise ewig schade, aber so ist es nun einmal.»

Sherry hatte den Kopf erhoben und lauschte auf ein unverkennbares Geräusch. «Zu spät!» sagte er mit kurzem Lachen. «Wette jeden Betrag, daß es George ist.»

Das stellte sich in der Tat als richtig heraus. Kaum zwei Minuten später stürzte George, gefolgt von Mr. Ringwood, in das Gastzimmer. Er blieb auf der Schwelle stehen. «Sherry!» stieß er hervor. «Du guter Gott, du hier? Was zum – Kätzchen!»

Mr. Ringwood hob sein Monokel ans Auge. «Auf mein Wort!» sagte er milde erstaunt. «Verteufelt merkwürdiger Ort, um euch alle anzutreffen! Ihr ganz gehorsamster Diener, Kätzchen. Sind Sie und Sherry auf der Hochzeitsreise hier?»

Hero umklammerte seine beiden Hände mit festem Griff. «Lieber Gil, ich bin so froh, Sie wiederzusehen. Ich war in so schrecklicher Verlegenheit. Ich wurde durch ein Mißverständnis von dem armen Mr. Tarleton entführt; und Isabella kam durch Sir Montagu Revesby ebenfalls in eine furchtbare Klemme; aber dann traf Sherry ein – und alles ist wieder in schönster Ordnung – ich meine, alles kam zu einem glücklichen Ende.»

Lord Wrotham, der sich bei dieser scharfsinnigen Erklärung nur an den einen Punkt hielt, der ihn betraf, sah sich nach seiner Beute um, erblickte sie und stieß hervor: «Aha!»

Sir Montagu, ein völlig geisterhaftes Lächeln um die Lippen, sagte: «Lady Sheringham irrt sich – ich kann alles erklären – ein bedauerlicher Unfall –»

«Ja?» sagte George, und streifte seine Fahrhandschuhe ab, nahm sie in die rechte Hand und trat auf Sir Montagu zu. «Sie haben Miss Milborne in eine peinliche Situation gebracht, und Sie glauben, das erklären zu können? Aber nicht zu meiner Satisfaktion, Revesby!»

«Nein, George, du wirst das nicht tun», sagte Mr. Ringwood plötzlich und hielt das rechte Handgelenk Seiner Lordschaft fest. «Nach seinem Aussehen zu schließen, ist dir jemand zuvorgekommen. Laß es sein, Mann, laß es sein!»

«Bei Gott, Gil, wenn du mich nicht augenblicklich losläßt –! Zwei lange Monate habe ich auf eine Gelegenheit gewartet, diesen Kerl zu fordern; wenn du glaubst, du oder jemand anderer könnte mich hindern, ihn jetzt, wo ich ihn endlich –»

«George!» rief Miss Milborne eindringlich.

Lord Wrothams Augen wandten sich ihr sogleich zu.

«George», sagte Miss Milborne nochmals. Sie war ziemlich blaß, begegnete seinem Blick aber freimütig. «George, wenn Sie ihn fordern, heirate ich Sie nicht!»

«Isabella!» rief Seine Lordschaft, am ganzen Körper zitternd. «Willst du damit sagen – kannst du meinen –?»

Mr. Ringwood ließ ihn los, jedoch nicht, bevor er ihm die Handschuhe fürsorglich aus seiner plötzlich erschlafften Hand genommen hatte.

«O George, um Himmels willen, bring mich nach Hause», bat Miss Milborne, und ihre so wunderbar modulierte Stimme brach. «Ich bin so müde und hungrig – und ich habe mir nie das geringste aus diesem abscheulichen Menschen gemacht, nein, gewiß nicht – aber auch nicht aus Severn oder Sherry oder irgend jemandem außer dir, und ich weiß nicht, warum ich dich so lieb habe, denn du bist genauso abscheulich wie jeder einzelne von ihnen, aber ich liebe dich eben, und wenn du willst, heirate ich dich schon morgen.»

«Wenn ich will!» wiederholte Seine Lordschaft mit belegter Stimme und zerbrach sie fast in seiner Umarmung.

Mr. Ringwood, der bemerkte, daß Georges Aufmerksamkeit von Sir Montagu abgelenkt war, berührte den bleichen Gentleman an der Schulter und wies mit dem Kopf vielsagend in die Richtung der Tür. Ferdy, hilfsbereit wie immer, holte Hut und Mantel und überreichte ihm beides schweigend. Sir Montagu ergriff sie dankbar und entfloh.

«Und das beste daran ist», bemerkte Sherry, der die Tür hinter ihm schloß und die Schulter dagegenlehnte, «daß er es einige Monate lang nicht wagen wird, sein Gesicht in der Stadt zu zeigen, im Falle er George irgendwo treffen und dieser sich von seinen Gefühlen hinreißen lassen sollte.»

«Habt ihr den Kerl entwischen lassen?» fragte George und wandte ihnen den Kopf zu.

«Ja, aber es war wirklich besser, ihn laufen zu lassen», sagte Hero beschwichtigend. «Denn wenn Sie ihn erschießen, müßten Sie das Land verlassen und könnten Isabella nicht heiraten. Er wird es nicht wagen, auch nur ein Wort über die Vorfälle des Abends zu verlieren, denn er weiß genau, daß wir dann erzählen würden, auf welche Art er den armen Mr. Tarleton verwundet hat. Außerdem – sollte er einen schrecklichen Skandal heraufbeschwören, dann läge Sherry, wie ich glaube, gar nichts daran, wenn ich den Leuten etwas über sein Kind erzählen würde – denn er hat eines, müssen Sie wissen, und er wollte der Mutter des Kindes nicht einen einzigen Penny für dessen Unterhalt geben, und jetzt muß es Sherry tun, was wirklich zu weit geht, da es doch nicht Sherrys Baby ist. Ich wollte allerdings, es wäre seines – ich meine natürlich, ich wollte, ich hätte eines, denn es ist ein so süßes kleines Geschöpfchen.» Ein Gedanke flog ihr durch den Kopf. Ihre Augen leuchteten auf. Sie wandte sich impulsiv an Sherry. «O Sherry, glaubst du –»

«Ja!» sagte Seine Lordschaft hastig. «Ja, Kätzchen, ich glaube es, aber um Himmels willen, nicht jetzt!»

«Schlechter Ton!» sagte Ferdy freundlich. «Gehört sich gar nicht. Tarleton ist doch hier. Recht angenehmer Mensch, aber doch fast ein Fremder! Werde das später besprechen!»

«Nein, bei Gott, das wirst du nicht!» sagte Seine Lordschaft ungestüm.

«Eh?» machte Ferdy. «Du guter Gott! Nein, bei Gott, natürlich nicht!»

B2/VII